FISCHER SAUERLÄNDER

Außerdem von Chris Colfer bei Fischer Sauerländer erschienen:

Roswell Johnson rettet die Welt

Land of Stories – Das magische Land
Band 1: *Die Suche nach dem Wunschzauber*
Band 2: *Die Rückkehr der Zauberin*
Band 3: *Eine düstere Warnung*
Band 4: *Ein Königreich in Gefahr*
Band 5: *Die Macht der Geschichten*
Band 6: *Der Kampf der Welten*

Land of Stories – Das magische Land: Eine Schatztruhe klassischer Märchen

Land of Stories – Das magische Land: Die Suche nach dem Wunschzauber – Band 1 als farbig illustrierte Schmuckausgabe

Tale of Magic – Die Legende der Magie
Band 1: *Eine geheime Akademie*
Band 2: *Eine dunkle Verschwörung*
Band 3: *Ein düsterer Pakt*

Chris Colfer

Land of Stories
Das magische Land

Die Rückkehr der Zauberin

Band 2

Aus dem Amerikanischen
von Fabienne Pfeiffer

Mit Illustrationen
von Brandon Dorman

FISCHER SAUERLÄNDER

Zu diesem Buch ist bei Argon ein Hörbuch, gelesen von Rufus Beck, erschienen, das im Buchhandel erhältlich ist.

2. Auflage 2025

Erschienen bei Fischer Sauerländer Taschenbuch
Frankfurt am Main 2024

Das englischsprachige Original erschien 2013
unter dem Titel »The Land of Stories: The Enchantress returns«
bei Little, Brown and Company, New York.

Hedderichstr. 114, D-60596 Frankfurt am Main
Satz: Dörlemann Satz, Lemförde
Druck und Bindung: GGP Media GmbH, Pößneck
ISBN 978-3-7335-0497-7

Kontaktadresse nach EU-Produktsicherheitsverordnung:
produktsicherheit@fischer-sauerlaender.de

Inhalt

Für Hannah.

Dafür, dass Du der mutigste, stärkste
und ehrlichste Mensch bist, den ich kenne.
Und weil Du mir gezeigt hast,
dass man unmöglich »verflucht« sein kann,
wenn man ein so tapferes Herz wie Deines besitzt.
Außerdem habe ich Dir mein erstes
blaues Auge zu verdanken –
Du warst vier, ich war neun.
Es tut immer noch weh.
Bubba hat Dich lieb.

»Die Welt wird nicht bedroht von den
Menschen, die böse sind, sondern von denen,
die das Böse zulassen.«

Albert Einstein

Prolog

Aufstieg und Rückkehr

Der Osten feierte das größte Freudenfest aller Zeiten: Jeden Tag zogen Paraden durch die Dorfstraßen, Häuser und Läden waren mit bunten Bannern und Kränzen geschmückt, und die Leute am Wegrand warfen fröhlich Blütenblätter in die Luft, die sanft zu Boden schwebten. Alle Bürger trugen ein Lächeln im Gesicht, so stolz waren sie auf das, was sie kürzlich erreicht hatten.

Über ein Jahrzehnt hatte das Schlafende Königreich dafür gebraucht, sich vollends von dem schrecklichen Fluch zu erholen, mit dem es einst belegt worden war – doch nun war es wieder zu jenem blühenden und wohlhabenden Land erstarkt, das es einst gewesen war. Die Menschen im Osten hatten große Pläne für ihre Zukunft, und so gaben sie ihrer Heimat auch den früheren Namen zurück: Östliches Königreich.

Höhepunkt und Abschluss der Festwoche bildete eine Feier

im großen Saal von Königin Dornröschens Schloss. Es schien, als wäre das gesamte Königreich angereist, so viele waren gekommen, und teilweise mussten die Besucher stehen oder auf Fenstersimsen Platz nehmen. Die Königin selbst, ihr Ehemann König Chase und der königliche Berater saßen an einem hohen Tisch am Kopfende des Raums.

In der Mitte des Saals fand eine kleine Aufführung statt: Eine Theatergruppe spielte Dornröschens Leben nach – die Schauspieler verkörperten die Feen, die das Baby gesegnet hatten, und auch die böse Zauberin, deren Fluch die Prinzessin hatte töten sollen, sobald sie sich mit der Spindel eines Spinnrades in den Finger stäche. Zum Glück war es einer anderen Fee gelungen, diesen Fluch so zu verändern, dass er nach dem schicksalhaften Stich die Prinzessin und das gesamte Königreich einfach in einen hundertjährigen Schlaf hatte fallen lassen. Besonders an der Szene, in der König Chase Dornröschen schließlich geküsst und alle wieder aufgeweckt hatte, hatten die Darsteller sichtlich ihre Freude.

»Ich finde, es ist an der Zeit, dass wir uns alle von den kleinen Geschenken trennen, die die Königin uns gemacht hat«, rief eine Frau aus dem hinteren Teil des Raums. Sie kletterte auf einen Tisch und deutete fröhlich auf ihr Handgelenk.

Sämtliche Bürger des Königreichs trugen Gummibänder aus Baumharz am Arm. In den vergangenen Monaten hatte Königin Dornröschen sie angewiesen, die Bänder schnalzen zu lassen, wann immer sie sich am Tage müde fühlten. Dieser Kniff hatte den Menschen geholfen, wach zu bleiben und auch die letzten Nachwirkungen des Fluchs zu überwinden.

Inzwischen jedoch waren die Bänder glücklicherweise überflüssig. Alle Gäste im Saal rissen sie sich gleichzeitig von den Handgelenken und warfen sie freudig in die Höhe.

»Euer Majestät, wollt Ihr uns nicht noch einmal erzählen, wie Ihr auf solch einen Trick gekommen seid?«, wandte ein Mann sich an die Königin.

»Ihr werdet mich für sonderbar halten, wenn ich es Euch verrate«, meinte Dornröschen. »Ein Junge hat mir den Tipp gegeben. Vor einem Jahr haben er und seine Schwester das Schloss besucht; er hat mir berichtet, dass er in der Schule ein solches Band verwendet, um sich wach zu halten, und vorgeschlagen, ich solle es in meinem Königreich ebenfalls ausprobieren.«

»Bemerkenswert!«, staunte der Mann und lachte mit ihr.

»Faszinierend, nicht wahr? Ich finde, Kinder haben immer die außergewöhnlichsten und großartigsten Ideen«, gestand die Königin. »Wenn wir doch alle so scharfsinnig und aufmerksam durch die Welt gehen würden – dann würden wir feststellen, dass die einfachsten Lösungen für die größten Probleme manchmal direkt vor unserer Nase liegen.«

Dornröschen schlug behutsam einen Löffel gegen ihr Glas. Dann erhob sie sich und sprach zu ihren erwartungsvollen Untertanen.

»Freunde«, rief sie und hob ihr Glas. »Heute ist ein ganz besonderer Tag in unserer Geschichte – und ein noch wunderbarerer Tag für unsere Zukunft. Mit dem heutigen Morgen befinden sich die Handelsbeziehungen, die landwirtschaftlichen Erträge und der generelle Wachheitsgrad unseres Königreichs nicht nur auf demselben, sondern sogar auf einem *besseren* Stand als vor dem Schlaffluch!«

Ihr Volk jubelte so laut, dass das ganze Schloss von dem Freudentaumel erbebte. Dornröschen warf einen Blick zur Seite und schenkte ihrem Ehemann ein warmes Lächeln, das dieser erwiderte.

»Wir dürfen den furchtbaren Fluch, der hinter uns liegt,

nicht vergessen – doch wenn wir auf diese finstere Zeit zurückschauen, dann lasst uns vor allem daran denken, wie wir sie überwunden haben«, fuhr Dornröschen fort. Ein paar Tränen hatten sich in ihren Augenwinkeln gesammelt. »Dieser Triumph soll all jenen, die uns schaden wollen, eine Warnung sein: Das Östliche Königreich ist zurück, es ist stark und steht zusammen gegen alle dunklen Mächte, die sich ihm in den Weg stellen!«

Begeisterter Beifall ertönte und erschütterte den Saal so heftig, dass ein Mann tatsächlich von seinem Fenstersims fiel.

»Nie habe ich größeren Stolz dabei empfunden, in Eurer Mitte zu stehen, als heute Abend! Ein Hoch auf Euch alle!«, prostete die überglückliche Königin, und der ganze Raum führte geschlossen die Gläser zum Mund.

»Ein Hoch auf Königin Dornröschen!«, rief ein Mann in der Mitte des Saals.

»Ein Hoch auf die Königin!«, tönte es aus der Menge zurück. »Sie lebe hoch! Hoch! Hoch!«

Dornröschen winkte ihnen anmutig zu und nahm dann Platz. Die Feierlichkeiten erstreckten sich noch über viele Stunden, doch um kurz vor Mitternacht überkam die Königin ein seltsames Gefühl – eines, das sie schon seit Jahren nicht mehr verspürt hatte.

»Na, so was, das ist ja merkwürdig«, murmelte sie leise vor sich hin und starrte ein wenig gedankenverloren und mit einem Lächeln auf den Lippen in die Ferne.

»Stimmt etwas nicht, Liebes?«, erkundigte sich König Chase.

Dornröschen stand auf und wandte sich zur Treppe hinter den Thronsesseln.

»Du musst mich entschuldigen, mein Liebster«, raunte sie ihrem Ehemann zu. »Ich bin wirklich *müde.*«

Das überraschte sie selbst ebenso wie ihn, denn seit Jahren schon hatte Dornröschen nicht mehr geschlafen. Die Königin hatte ihren Untertanen geschworen, dass sie erst wieder ruhen wolle, wenn das Reich gänzlich wiederhergestellt sei; nun sagte ein Blick auf all die fröhlichen Gesichter im Saal dem Königspaar, dass Dornröschen ihr Versprechen erfüllt hatte.

»Gute Nacht, Liebes, schlaf gut«, sagte König Chase und küsste ihre Hand.

In ihren Gemächern zog die Königin ihr liebstes Nachthemd an und schlüpfte zum ersten Mal seit mehr als zehn Jahren in ihr Bett. Es fühlte sich an wie ein Wiedersehen mit einem guten Freund. Sie hatte ganz vergessen gehabt, wie herrlich es war, die kühlen Laken an den Armen und Beinen und das weiche Kissen unter ihrem Kopf zu spüren, und wie wunderbar, sich in die Matratze sinken zu lassen.

Der Lärm des Fests drang bis in Dornröschens Kammern, doch er störte sie nicht im Geringsten; vielmehr empfand sie die Geräusche als beruhigend. Die Königin atmete tief durch und fiel in einen sehr tiefen Schlaf – beinahe so tief wie jener während des hundertjährigen Fluchs. Diesmal allerdings wusste sie, dass sie jederzeit wieder daraus erwachen konnte.

Als König Chase sich später zu ihr gesellte, huschte ihm beim Anblick seiner friedlich schlummernden Frau unwillkürlich ein Lächeln über das Gesicht. Seit jenem Tag, an dem er sie zum ersten Mal zu Gesicht bekommen hatte, hatte er sie so nicht mehr gesehen.

Im großen Saal ging die Feier schließlich zu Ende. Die Lampen und auch die Feuer in sämtlichen Kaminen des Schlosses wurden gelöscht, und die Bediensteten zogen sich in ihre Unterkünfte zurück, nachdem sie die letzten Spuren des ausgelassenen Abends beseitigt hatten.

Endlich kehrte Ruhe im Schloss ein. Einige Stunden vor Sonnenaufgang jedoch wurde die Stille jäh durchbrochen. Ein donnerndes Klopfen an der Tür ihrer Gemächer ließ Dornröschen und König Chase aus dem Schlaf fahren.

»*Majestäten!*«, rief ein Mann von der anderen Seite der Tür. »Vergebt mir, aber wir müssen hineinkommen!«

Die Tür wurde aufgerissen, und der königliche Berater stürmte in den Raum, gefolgt von einem Dutzend Soldaten in Uniform. Sie sammelten sich im Halbkreis um das Bett.

»Was um alles in der Welt soll das?!«, brüllte König Chase. »Wie könnt Ihr es wagen, in unsere privaten –«

»Es tut mir so leid, Euer Majestät, doch wir müssen die Königin unverzüglich in Sicherheit bringen«, keuchte der Berater.

»*In Sicherheit?*«, fragte Dornröschen entgeistert.

»Wir erklären Euch alles unterwegs, Euer Majestät«, sagte der Berater. »Nun allerdings müsst Ihr schnellstmöglich in die Kutsche steigen – *Ihr allein.* So nämlich wird es weitaus weniger auffallen, als wenn Ihr zusammen mit dem König aufbrechen würdet.«

Im flehenden Blick des Beraters lag höchste Verzweiflung. Die Königin erstarrte.

»Chase?!«, wandte Dornröschen sich an ihren Ehemann – sie wusste nicht, was sie tun sollte.

Auch dem König hatte es die Sprache verschlagen. »Wenn sie sagen, dass du gehen musst, dann musst du gehen«, war alles, was er herausbrachte.

»Ich kann mein Volk nicht im Stich lassen«, beharrte Dornröschen.

»Bei allem gebührenden Respekt, Euer Majestät: Tot seid Ihr niemandem von Nutzen«, gab der Berater zu bedenken.

Dornröschen spürte, wie ihr der Magen in die Kniekehlen rutschte. Wie meinte er das – *tot*?

Bevor sie wusste, wie ihr geschah, hatten die Wachen sie aus dem Bett gehoben und auf die Füße gestellt. Rasch führten die Männer sie und den Berater aus der Tür. Ihr blieb nicht einmal Zeit, sich zu verabschieden.

Die Gruppe hastete auf einer gewundenen Treppe mehrere Stockwerke abwärts. Unter den bloßen Füßen der Königin fühlten sich die steinernen Stufen rau und kalt an.

»Bitte – sagt mir, was hier vor sich geht!«, drängte Dornröschen.

»Wir müssen Euch aus dem Königreich schaffen, und das so schnell wie möglich«, erklärte der Berater.

»Wieso?«, wollte sie wissen und wand sich aus dem Griff der Wachposten, die ihr Geleit gaben. Niemand antwortete ihr, bis sie stocksteif mitten auf der Treppe stehen blieb. »Keinen Schritt gehe ich weiter, ehe jemand mich in Kenntnis gesetzt hat! Ich bin die Königin! Es ist mein Recht, Bescheid zu wissen!«

Der königliche Berater erbleichte.

»Ich möchte Euch nicht noch mehr beunruhigen, Euer Majestät«, flüsterte er mit zitternder Stimme. »Aber um kurz nach Mitternacht, als alle Gäste nach Hause gegangen waren, haben zwei Soldaten nahe dem Eingangsportal des Schlosses einen hellen Lichtblitz gesehen, und aus dem Nichts ist ein Spinnrad erschienen.«

Dornröschens Augen wurden groß, und alle Farbe wich ihr aus dem Gesicht.

»Zunächst haben sie nicht geglaubt, dass es ein Anlass zu ernstlicher Sorge sein könnte – eher vielleicht ein alberner Streich, um die Feierlichkeiten heute Abend zu stören«, fuhr der Berater fort. »Als sie jedoch das Spinnrad genauer untersuchen wollten, ist es in Flammen aufgegangen. Und in diesem Moment ist noch etwas anderes passiert.«

»Und was?«, hakte Dornröschen sofort nach.

»Die Ranken und Dornensträucher, die während des Schlafzaubers das Schloss überwuchert hatten – all jene Pflanzen, die fortgeschafft und in der Dornengrube versenkt wurden –, haben wieder *zu wachsen begonnen*«, gestand er. »Nie im Leben habe ich etwas so schnell wuchern sehen; inzwischen ist beinahe das halbe Schloss davon bedeckt. Die Gewächse verschlingen noch das gesamte Königreich.«

»Wollt Ihr mir damit sagen, dass der Fluch, der über der Dornengrube liegt, sich im ganzen Reich ausbreitet?«, fragte die Königin.

»Nein, Euer Majestät«, meinte der Berater und schluckte hörbar. »Diesen Fluch hat ja lediglich eine alte Hexe ausgesprochen. Hier haben wir es mit dunkler Magie zu tun – mit sehr mächtiger dunkler Magie! Einer Magie, wie ihr unser Königreich bisher nur einmal ausgesetzt war.«

»Nein«, keuchte Dornröschen und schlug sich eine Hand auf den Mund. »Ihr glaubt doch nicht etwa –«

»Doch, ich fürchte schon«, sagte der Berater. »Und nun widersetzt Euch bitte nicht länger – wir müssen Euch schnellstmöglich außer Landes bringen.«

Die Wachen packten die Königin wieder am Arm und eilten mit ihr tiefer ins Schloss hinab; diesmal wehrte sie sich nicht. Gemeinsam rannten alle die Stufen hinunter, bis sie im Erdgeschoss des Gebäudes angelangt waren. Sie stürzten durch ein paar hölzerner Doppeltüren, und mit einem Mal fand sich Dornröschen in den Stallungen wieder.

Vor ihr waren vier Kutschen aufgereiht. Um jede hatte

sich ein Dutzend berittener Soldaten gruppiert, bereit zum sofortigen Aufbruch. Drei der Gefährte leuchteten golden; sie stammten aus der privaten Sammlung der Königin. Nun allerdings wurde Dornröschen zur vierten Kutsche geführt – einer kleinen, tristen und unscheinbaren. Die Soldaten, die sie umstanden, trugen keine Rüstung wie die übrigen, sondern waren als Farmer und gewöhnliche Bürger aus der Stadt verkleidet.

Die Wachen hoben die Königin hinein; im Innern hatte sie kaum genügend Platz, sich bequem hinzusetzen.

»Was ist mit meinem Mann?«, wollte Dornröschen wissen und streckte eine Hand aus, um zu verhindern, dass der Wagenschlag sich hinter ihr schloss.

»Ihm wird nichts zustoßen, Euer Majestät«, versicherte ihr der königliche Berater. »Der König und ich werden ebenfalls abreisen, sobald wir die weiteren Kutschen zur Täuschung losgeschickt haben. Das alles war bereits geplant – für den Fall, dass das Schloss jemals angegriffen werden sollte. Vertraut mir, es ist die sicherste Vorgehensweise.«

»Solche Pläne habe ich nie in Auftrag gegeben!«, empörte sich Dornröschen.

»Nein, sie sind noch auf Anweisung Eurer Eltern entworfen worden«, bestätigte der Berater. »Eine der letzten Anordnungen, die sie vor ihrem Tod gemacht haben.«

Diese Offenbarung ließ das Herz der Königin noch heftiger pochen. Ihre Eltern hatten den Großteil ihres Lebens dem Versuch verschrieben, Dornröschen zu schützen, und selbst im Tod bemühten sie sich noch immer darum.

»Wohin bringt Ihr mich?«, fragte Dornröschen.

»Fürs Erste ins Königreich der Feen«, erklärte der Berater. »Beim Rat der Feen seid Ihr derzeit am sichersten. Die übrigen

Kutschen werden zur Ablenkung in andere Richtungen fahren. Nun aber müsst Ihr Euch beeilen.«

Sanft schob er sie vollends ins Wageninnere und schloss mit Nachdruck hinter ihr die Tür. Selbst das Dutzend berittener Wachen, das sich um ihre kleine Kutsche scharte, konnte die Königin nur wenig beruhigen. Sie wusste, dass niemand ihr in der gegenwärtigen Situation wirklich Schutz bieten konnte.

Der königliche Berater nickte den anderen Gefährten zu, und sie setzten sich in Bewegung. Einige Augenblicke später gab er auch Dornröschens Kutscher ein Zeichen, und wie eine Kanonenkugel schoss ihr Wagen in die Nacht hinaus, wobei die Hufe der Pferde nur so donnerten.

Durch das winzige Kutschenfenster sah Dornröschen nun das ganze Ausmaß des Schreckens, den der Berater ihr beschrieben hatte.

Überall auf dem Schlossgelände tummelten sich Soldaten und Dienstpersonal, die den wildwuchernden Dornensträuchern und Ranken zu Leibe rückten. Die Pflanzen wuchsen direkt aus dem Boden und griffen ihre Widersacher an wie Schlangen, die sich um ihre Beute winden. Die Ranken krochen an der Fassade des Schlosses empor, barsten durch Fenster und zogen Menschen ins Freie, ließen sie Hunderte Meter hoch in der Luft baumeln.

Dornen und Ranken schossen nun auch aus der Erde auf Dornröschens Wagen zu, doch die Soldaten hackten sie schnell und geschickt mit ihren Schwertern zurück.

Nie zuvor in ihrem Leben hatte Königin Dornröschen sich derart hilflos gefühlt. Sie erspähte Leute aus dem Dorf, die – zum Teil in Rufweite ihrer Kutsche – den blättrigen Ungeheuern zum Opfer fielen, und sie konnte nur tatenlos zusehen und hoffen, dass sie im Königreich der Feen Hilfe finden würde.

Dass sie ihren Ehemann und ihr Königreich zurückließ, lastete als schwere Schuld auf ihr, doch der Berater hatte recht: Tot wäre sie niemandem von Nutzen.

In ihrem Rücken wurde das Schloss kleiner und kleiner, während ihr Wagen all die Verwüstung hinter sich ließ. Bald schon rumpelte die Kutsche durch einen Wald, und rundum drängten sich Bäume, so weit das Auge reichte.

Selbst nach Stunden hatte Dornröschens Furcht noch nicht nachgelassen. Immer wieder flüsterte sie »Wir sind fast da … wir sind fast da …« vor sich hin, obwohl sie keinerlei Ahnung hatte, wie weit der Weg noch sein mochte.

Plötzlich erklang aus den Bäumen ein schriller Pfeifton. Dornröschen drückte gerade rechtzeitig die Nase ans Fenster, um zu sehen, wie ein Soldat und sein Pferd in hohem Bogen in den Wald neben dem Pfad geschleudert wurden. Ein weiteres Zischen schallte auf die Reisegruppe zu, und noch eine berittene Wache katapultierte es samt Pferd auf der anderen Seite des Weges ins Gestrüpp. Sie waren entdeckt worden!

Nun folgten die panischen Schreie der Soldaten und Pferde im Sekundentakt, während immer mehr von ihnen durch die Luft flogen. Was auch immer dort draußen war, es erledigte ein Gespann nach dem anderen.

Dornröschen duckte sich zitternd auf die Holzbohlen des Kutschenbodens. Sie wusste, dass es nicht mehr lange dauern konnte, bis alle Soldaten außer Gefecht gesetzt wären.

Ein letzter Angriff schaltete die verbliebenen Pferde und Reiter aus; ihre Klagelaute hallten durch die Nacht. Da kippte der Wagen um und krachte zu Boden, wo er weiterrutschte und erst nach einigen Metern zum Liegen kam. Nun war es totenstill im Wald. Kein Laut von den verletzten Männern und Tieren war zu hören. Die Königin war vollkommen allein.

Dornröschen kletterte durch die Tür der Kutsche ins Freie. Sie humpelte und hielt sich das linke Handgelenk, doch sie war von ihrer Angst noch so überwältigt, dass sie die Verletzungen kaum spürte.

War die Attacke vorüber? Konnte sie gefahrlos um Hilfe rufen oder nach Überlebenden suchen? Gewiss hätte doch das, was sich irgendwo im Dickicht verbergen musste, sie längst erledigt, wenn es sie hätte tot sehen wollen.

Gerade wollte die Königin sich bemerkbar machen, als ein blendender violetter Blitz den Wald erhellte. Dornröschen schrie auf, warf sich auf den Waldboden und bedeckte ihr Gesicht mit den Händen – doch das grelle Licht hielt sich nur eine Sekunde. Dann roch die junge Frau Rauch, kam auf die Füße und blickte sich um. Um sie herum stand alles in Flammen, und jeder einzelne Baum hatte sich in ein Spinnrad verwandelt.

Nun ließ es sich nicht mehr leugnen: Die größte Furcht des Königreichs hatte sich bewahrheitet.

»Die Zauberin«, flüsterte Dornröschen. *»Sie ist zurück.«*

Kapitel 1

Vorbeiziehende Gedanken

Das sanfte Ruckeln des Zuges schaukelte Alex Bailey wach. Sie blickte sich im leeren Abteil um, während die Erinnerung daran, wo sie sich befand, langsam zu ihr zurückkehrte. Das dreizehnjährige Mädchen stieß einen langen Seufzer aus und schob eine rotblonde Haarsträhne, die sich gelöst hatte, zurück unter ihren Haarreif.

»Nicht schon wieder«, murmelte sie leise vor sich hin.

Alex hasste es, in der Öffentlichkeit einzunicken. Sie war ein ausgesprochen intelligentes und ehrgeiziges Mädchen und wollte niemandem einen falschen Eindruck von sich vermitteln. Zum Glück waren außer ihr nur wenige Leute im Fünf-Uhr-Zug zurück in die Stadt unterwegs, so dass ihr kleiner Patzer unbemerkt geblieben war.

Alex war schon immer eine außergewöhnlich begabte Schülerin gewesen. Tatsächlich überflügelte sie ihre Klassenkameraden derart, dass sie für ein Förderprogramm ausgewählt worden war und nun am College im Nachbarort einen zusätzlichen Kurs belegen durfte.

Weil ihre Mutter den größten Teil des Tages bei der Arbeit im Kinderkrankenhaus verbrachte und ihre Tochter nicht mit dem Auto bringen konnte, radelte Alex jeden Donnerstag nach der Schule mit dem Fahrrad zum Bahnhof und fuhr die kurze Strecke in die nächste Stadt von dort mit den Zug. Zwar hatte ihre Mutter anfangs Bedenken gehabt, Alex den Weg alleine zurücklegen zu lassen – doch sie wusste, dass ihre Tochter gut zurechtkommen würde. Diese kurze Reise war schließlich nichts im Vergleich zu gewissen Dingen, die Alex in der Vergangenheit bereits bewältigt hatte.

Alex liebte den Kurs des Förderprogramms. Zum ersten Mal überhaupt bot sich ihr die Gelegenheit, etwas über Kunst und Geschichte und fremde Sprachen zu lernen, noch dazu in einem Umfeld, in dem auch alle anderen lernen *wollten.* Wann immer ihre Lehrer Fragen stellten, war Alex nun eine von vielen, die ihre Hände hoben, um die richtige Antwort zu geben.

Außerdem verschaffte die wöchentliche Zugfahrt Alex eine kleine Auszeit. Sie konnte aus dem Fenster schauen und die Gedanken schweifen lassen, während der Zug durch die Landschaft ratterte. So wurde die Zeit im Zug zur entspannendsten ihres ganzen Tages, und dass Alex ein wenig schläfrig wurde, kam häufiger vor, auch wenn sie nur selten so wie heute komplett einnickte.

Normalerweise war ihr das beim Aufwachen stets ein wenig peinlich, doch diesmal empfand sie zusätzlich eine Spur Ärger. Denn der bedrückende Traum, aus dem sie soeben geschreckt war, hatte sie im vergangenen Jahr schon oft gequält.

Alex hatte geträumt, dass sie zusammen mit ihrem Zwillingsbruder Conner barfuß durch einen wunderschönen Wald gerannt war.

»Wer zuerst an der Hütte ist!«, hatte Conner mit breitem Grinsen gerufen. Er sah seiner Schwester enorm ähnlich, war jedoch dank seines jüngsten Wachstumsschubs inzwischen gute zehn Zentimeter größer als sie.

»Los geht's!«, hatte Alex lachend erwidert, und beide waren losgerast.

Völlig sorglos jagten sie einander durch die Bäume und über saftig grüne Wiesen. Um Trolle, Wölfe oder böse Königinnen mussten sie sich keinerlei Gedanken machen, denn wo immer Alex und Conner im Traum auch waren: Sie wussten, dass ihnen nicht das Geringste zustoßen konnte.

Schließlich kam eine kleine Hütte in Sicht. Die Zwillinge stürmten darauf zu und legten all ihre Energie in den Endspurt.

»Erste!«, rief Alex, als ihre Handflächen eine Millisekunde vor denen ihres Bruders an der Haustür anschlugen.

»Das ist unfair!«, protestierte Conner. »Meine Füße sind platter als deine!«

Alex kicherte und versuchte, die Tür zu öffnen, doch die Hütte war verschlossen. Alex klopfte, doch niemand ließ die Kinder herein.

»Das ist komisch«, sagte Alex. »Grandma wusste doch, dass wir zu Besuch kommen; ich frage mich, wieso sie abgeschlossen hat.«

Zusammen mit ihrem Bruder spähte sie durch das Fenster. Im Innern konnten die beiden ihre Großmutter erkennen: Sie saß in einem Schaukelstuhl vor dem Kamin, wippte langsam vor und zurück und wirkte traurig.

»Grandma, wir sind da!«, rief Alex und klopfte fröhlich an die Scheibe. »Mach die Tür auf!«

Ihre Großmutter rührte sich nicht.

»Grandma?«, wiederholte Alex und pochte nun etwas fester gegen das Fenster. »Grandma, wir sind's! Wir wollen dich besuchen!«

Erst jetzt hob Grandma leicht den Kopf und erwiderte den Blick der Kinder, blieb jedoch sitzen.

»Lass uns rein!«, drängte Alex und hämmerte dabei regelrecht gegen das Glas.

Conner schüttelte den Kopf. »Das hat keinen Zweck, Alex. Wir kommen nicht rein.« Er wandte sich ab und machte in jene Richtung kehrt, aus der er und seine Schwester gekommen waren.

»Conner, geh nicht weg!«, rief Alex ihm nach.

»Was soll das?«, entgegnete er über die Schulter. »Sie will uns ganz eindeutig nicht bei sich haben.«

Daraufhin begann Alex, mit aller Kraft an die Scheibe zu trommeln – so fest, dass sie beinahe zersprungen wäre. »Grandma, lass uns herein! Wir wollen reinkommen! *Bitte!*«

Aber Grandma starrte nur mit leerem Blick zu ihr hoch.

»Grandma, ich weiß nicht, was ich falsch gemacht habe, aber was es auch gewesen ist: Es tut mir leid! Bitte lass mich wieder rein!«, flehte Alex, während ihr Tränen über die Wangen liefen. »Ich will reinkommen! Ich will zu dir rein!«

Grandmas ausdruckslose Miene verzog sich zu einem Stirnrunzeln, und dann schüttelte sie den Kopf. In diesem Moment wurde Alex endgültig klar, dass ihre Großmutter sie nicht hereinlassen würde – und jedes Mal, wenn sie im Traum zu dieser Erkenntnis kam, wurde sie wach.

Auch diesmal war es also kein angenehmer Traum gewesen, doch es hatte sich so gut angefühlt, wieder einmal in einem Wald zu sein und das Gesicht ihrer Großmutter zu sehen …

Wofür der Traum stand, wusste Alex ganz genau, schon seit sie ihn zum ersten Mal geträumt hatte.

Dennoch hatte es sich diesmal anders angefühlt, als sie aus der vertrauten Szene erwacht war: Alex wurde den Eindruck nicht los, dass jemand sie beim Schlafen beobachtet hatte.

Im ersten Moment, nachdem sie aus dem Schlummer hochgefahren war, hatte sie zwar nicht genau darauf geachtet – doch jetzt hätte sie schwören können, dass sie am anderen Ende des Zugabteils kurz ihre Großmutter wahrgenommen hatte.

Konnte das wirklich und wahrhaftig sein, oder spielte ihre Phantasie ihr lediglich einen Streich? Dass Grandma tatsächlich dort gesessen hatte, schien Alex nicht vollkommen unmöglich. Ihre Großmutter war zu einer ganzen Menge Dinge fähig …

Über ein Jahr war es nun her, dass die Geschwister Alex und Conner Bailey das größte Geheimnis ihrer Familie aufgedeckt hatten. Als ihre Großmutter den beiden ein altes Geschichtenbuch geschenkt hatte, hätten die Kinder niemals erwartet, dass dieses Buch sie auf magische Weise in die Märchenwelt befördern würde – und nicht einmal in ihren kühnsten Träumen hätten sie sich vorstellen können, dass ihre Großmutter und auch ihr verstorbener Vater ursprünglich aus dieser Welt stammten.

Alex und Conner waren anschließend durch die Königreiche des sogenannten magischen Landes gereist und hatten sich mit all den Figuren angefreundet, von denen sie in ihrer Kindheit gelesen hatten; es war das großartigste Abenteuer ihres Lebens gewesen. Die allergrößte Überraschung aber hatte am Ende auf sie gewartet: Da nämlich hatten die Zwillinge erfahren, dass ihre eigene Großmutter Aschenputtels gute Fee war.

Grandma hatte die beiden schließlich gefunden und wieder nach Hause zu ihrer besorgten Mutter gebracht.

»Ich musste euren Lehrern erzählen, ihr wärt an Windpocken erkrankt«, hatte Charlotte, die Mutter der beiden, gesagt. »Ich musste mir eine gute Begründung dafür einfallen lassen, dass ihr zwei Wochen lang verschwunden wart, und dachte, dass mir wohl kaum jemand glauben würde, wenn ich behaupte, ihr reist gerade durch eine andere Dimension.«

»Windpocken?«, jammerte Conner nur. »Mom, hättest du dir nicht irgendetwas Cooleres ausdenken können? Zum Beispiel einen Spinnenbiss oder eine Lebensmittelvergiftung?«

»Wusstest du die ganze Zeit über, wo wir waren?«, fragte Alex.

»Das auszuknobeln war nicht allzu schwer«, meinte Charlotte. »Als ich von der Arbeit nach Hause gekommen war, bin ich in dein Zimmer gegangen und habe das Buch – *Das magische Land* – auf dem Boden liegen sehen. Es hat immer noch geleuchtet.«

Sie warf einen Blick auf das große, smaragdgrüne Märchenbuch, das Grandma nun in Händen hielt.

»Hast du dir Sorgen gemacht?«, fragte Conner.

»Natürlich«, antwortete seine Mutter. »Nicht unbedingt, dass euch etwas zustößt, sondern, dass ihr das alles nicht verkraftet. Ich hatte Angst, dass euch dieses Erlebnis verstören würde, deshalb habe ich sofort eure Großmutter angerufen. Zum Glück war sie gerade in unserer Welt und mit ihren Freunden unterwegs. Doch als dann zwei Wochen vergangen waren und ich noch immer keine Ahnung hatte, wo ihr wart … na, sagen wir einfach, ich hoffe, so etwas muss ich nie wieder durchmachen.«

»Dann wusstest du also über *alles* Bescheid?«, bohrte Alex nach.

»Ja«, gab ihre Mutter zu. »Euer Dad wollte es euch eines Tages erzählen; leider hat er nie die Möglichkeit dazu bekommen.«

»Wie hast du es herausgefunden?«, fragte Conner. »Wann hat Dad es dir gesagt? Hast du ihm direkt geglaubt?«

Charlotte lächelte, als sie sich daran erinnerte. »Vom ersten Moment an, da ich euren Vater gesehen hatte, war mir klar, dass etwas an ihm anders war«, gestand sie. »Damals hatte ich gerade meine erste Arbeitswoche als Krankenschwester in der Kinderklinik begonnen, und eure Großmutter kam mit ein paar Freunden vorbei, um den kleinen Patienten Geschichten vorzulesen. Völlig hingerissen war ich allerdings von dem gutaussehenden jungen Mann, der sie begleitete. Er schien mir so sonderbar; immerzu blickte er sich völlig erstaunt um. Als er den Fernseher entdeckt hatte, dachte ich, er würde in Ohnmacht fallen.«

»Das war Johns erster Ausflug in diese Welt«, fügte Grandma mit einem Lächeln hinzu.

»Er bat mich, ihn in der Klinik herumzuführen, und das habe ich getan«, schilderte Charlotte weiter. »Er war so fasziniert von allem, was ich ihm erklärte: von den Operationen, die wir durchführten, den Medikamenten, die wir verwendeten, und den Patienten, die bei uns in Behandlung waren. Er fragte, ob wir uns später, nach dem Ende meiner Schicht, noch einmal treffen wollten, damit ich ihm noch mehr erzählen könnte. Letztlich haben wir uns zwei Monate lang regelmäßig verabredet und allmählich ineinander verliebt. Bis er plötzlich ohne jede Vorwarnung verschwand. Drei ganze Jahre lang habe ich ihn nicht mehr gesehen.«

Die Zwillinge spähten zu ihrer Großmutter hinüber, da sie einen Teil der Geschichte schon kannten.

»Ich habe ihn gezwungen, mit mir in die Märchenwelt zurückzukehren, und ihm verboten, eure Mutter wiederzusehen«, räumte Grandma ein wenig zerknirscht ein. »Ich hatte meine Gründe, wie ihr wisst, und trotzdem war es ganz und gar falsch von mir.«

»Und dann hat er den Wunschzauber entdeckt und angefangen, genau wie wir die Gegenstände dafür zusammenzutragen, damit er auf anderem Weg zu dir zurückkommen konnte«, wandte Alex sich ganz aufgeregt an ihre Mutter.

»Und er hat in Wirklichkeit gar nicht so lange dafür gebraucht; so schien es nur, weil wir noch nicht geboren waren und vorher eine Zeitverschiebung zwischen den beiden Welten bestand«, ergänzte Conner.

Charlotte und Grandma nickten beide.

»Eines Tages bin ich ihm im Krankenhaus wiederbegegnet«, setzte Charlotte ihre Erzählung fort. »Er sah so erschöpft und schmutzig aus, als wäre er gerade aus dem Krieg heimgekehrt. Er hat mich angesehen und gesagt: ›Du hast keine Ahnung, was ich durchgemacht habe, um dich wiedersehen zu können.‹ Einen Monat später haben wir geheiratet, und im Jahr darauf sind wir Eltern geworden. Um also eure Frage zu beantworten: Nein, es ist mir nicht schwergefallen, zu glauben, dass euer Vater aus einer anderen Welt stammte – denn irgendwie hatte ich es von Beginn an gewusst.«

Alex griff in ihre Tasche und zog das alte Tagebuch ihres Vaters hervor, das er auf seiner Suche nach den Utensilien für den Wunschzauber geführt hatte. Es war dasselbe Tagebuch, dem sie und ihr Bruder auf ihrer eigenen Suche gefolgt waren.

»Hier, Mom«, sagte Alex. »Jetzt kannst du genau nachlesen, wie sehr Dad dich geliebt hat.«

Charlotte starrte auf das Tagebuch hinunter und wagte kaum, es entgegenzunehmen. Schließlich aber schlug sie es auf. Als sie die Schrift ihres verstorbenen Ehemannes erkannte, stiegen ihr Tränen in die Augen.

»Danke, mein Schatz«, flüsterte sie.

»Nur, damit du es weißt«, mischte Conner sich ein, »Alex und ich haben das alles auch geschafft. Wir sind ebenfalls ziemlich großartig. Vergiss das nicht, falls du in Zukunft mal das Bedürfnis verspürst, uns Taschengeld zu geben.«

Charlotte warf ihrem Sohn im Spaß einen bösen Blick zu. Alle wussten, dass sie es sich nicht leisten konnte, ihren Kindern Taschengeld zu zahlen. Seit dem Tod ihres Mannes hatte die Mutter der Zwillinge ihre liebe Mühe, die Familie über die Runden zu bringen und die Schulden von seiner Beerdigung abzustottern. Nun allerdings wurde Alex nachdenklich: Wenn ihre Familie doch so viele Beziehungen in der Märchenwelt hatte, wieso genau war ihr Leben dann im vergangenen Jahr so hart und schwierig gewesen?

»Mom«, sagte Alex, »warum müssen wir so sehr kämpfen, wenn doch Grandma einfach ihren Zauberstab schwingen und alles besser machen könnte?«

Conner sah zu seiner Mutter hinüber und dachte heimlich dasselbe. Die Großmutter der Zwillinge schwieg – diese Frage musste ihre Schwiegertochter selbst beantworten.

»Weil euer Vater das nicht gewollt hätte«, sagte Charlotte nach einem Augenblick. »Er hat unsere Welt so sehr geliebt. Hier haben wir uns kennengelernt, hier seid ihr beiden geboren, und hier wollte er euch großziehen. Er stammte aus einer Welt voller Könige und Königinnen und Magie; einer Welt voller Geburtsrechte und Ruhm und unverdientem Reichtum – Dinge, von denen er glaubte, dass sie den Charakter der Menschen ruinierten. Er wollte, dass ihr zwei an einem Ort aufwachst, an dem ihr alles, was ihr euch nur wünscht, bekommen könnt, wenn ihr nur hart genug dafür arbeitet. Und auch, wenn uns hin und wieder ein klein wenig Magie viel geholfen hätte, habe ich versucht, seinen Willen zu respektieren.«

Alex und Conner sahen einander an. Vielleicht hatte ihr Dad recht. Hätten sie das, was sie in den vergangenen Wochen geschafft hatten, auch bewältigen können, wenn sie anders erzogen worden wären? Wäre es ihnen gelungen, alle Gegenstände für den Wunschzauber zu sammeln oder der bösen Königin die Stirn zu bieten, wenn ihr Vater ihnen nicht beigebracht hätte, an sich selbst zu glauben?

»Und wie geht es jetzt weiter?«, wollte Conner wissen.

»Was meinst du damit, Conner?«, fragte Grandma zurück.

»Na ja – unser Leben wird doch jetzt mit Sicherheit vollkommen anders«, erklärte Conner mit leuchtenden Augen. »Nachdem wir zwei Wochen lang am laufenden Band nur ganz knapp Trollen, Wölfen, Kobolden, Hexen und bösen Königinnen entkommen sind, kann gewiss niemand von uns verlangen, nun wieder ganz normal zur Schule zu gehen. Dafür sind wir eindeutig zu traumatisiert, stimmt's, Alex?«

Charlotte und Grandma sahen einander an und brachen in Gelächter aus.

»Das heißt dann wohl, wir müssen doch wieder in die Schule?«, murrte Conner. Das Leuchten in seinen Augen verblasste.

»Netter Versuch«, antwortete seine Mutter zwinkernd. »Jede Familie hat ihr Päckchen zu tragen, aber das heißt nicht, dass ihr deswegen die Schule vernachlässigen könnt.«

»So ein Glück!«, seufzte Alex erleichtert. »Ich hatte schon Sorge, ihr könntet wirklich ernsthaft über Conners Vorschlag nachdenken.«

Grandma warf einen Blick auf die Uhr. »Die Sonne geht bald

auf«, sagte sie. »Wir haben die ganze Nacht durchgeplaudert. Nun muss ich aber los.«

»Wann sehen wir dich wieder?«, fragte Alex. »Wann können wir zurück ins magische Land?« Diese Frage hatte Alex stellen wollen, seit sie und ihr Bruder die Märchenwelt verlassen hatten. Grandma sah auf ihre Füße hinunter und dachte einen Augenblick nach, bevor sie antwortete.

»Ihr habt ein ganz furchtbar großes Abenteuer erlebt«, entgegnete sie. »Und jetzt ist es erst einmal wichtig, dass ihr euch auf euer Leben als Zwölfjährige in dieser Welt konzentriert. Genießt eure Kindheit, solange ihr es noch könnt, Kinder. Aber eines Tages – das verspreche ich euch – werde ich euch wieder mit zurücknehmen.«

Das war nicht die Antwort, die Alex sich erhofft hatte; dennoch nickte sie. Doch eine weitere Frage lag ihr seit der vergangenen Nacht auf der Zunge.

»Bringst du uns irgendwann Magie bei, Grandma?«, bettelte Alex mit großen Augen. »Ich meine, da Conner und ich immerhin zu einem Teil Feen sind, wäre es sicher gut, das eine oder andere zu beherrschen.«

»Das habe ich ja vollkommen vergessen!«, rief Conner und schlug sich eine Hand gegen die Stirn. »Bitte, haltet mich da raus. Ich will keine Fee sein – das kann ich gar nicht genug betonen.«

Grandma war plötzlich ganz still. Sie schielte zu Charlotte hinüber, die nur mit den Schultern zuckte.

»Zum rechten Zeitpunkt, mein Schatz, nichts lieber als das«, sagte Grandma an Alex gewandt. »Im Augenblick allerdings muss ich mit dem Rat der Feen erst einige Dinge klären, die ziemlich viel Zeit in Anspruch nehmen – aber darüber braucht ihr beiden euch keine Gedanken zu machen. Sobald wir alles abgearbeitet haben, würde ich euch gern ein wenig Magie beibringen.«

Grandma nahm ihre Enkel in den Arm und drückte Alex und Conner jeweils einen Kuss auf den Scheitel.

»Ich glaube, es wird am besten sein, wenn ich das hier mitnehme«, sagte sie schmunzelnd und deutete auf das Märchenbuch. »Wir wollen schließlich nicht, dass die Geschichte sich wiederholt.«

Dann machte sie sich auf den Weg zur Haustür. Ihre Hand lag bereits auf dem Türknauf, als sie innehielt und sich noch einmal umdrehte.

»Da fällt mir ein: Ich bin ja gar nicht mit dem Auto hier«, sagte sie verschmitzt lächelnd. »Sieht ganz so aus, als müsste ich *auf altmodische Feenart* abreisen. Auf Wiedersehen, Kinder, ich liebe euch von ganzem Herzen.«

Und langsam verschwanden die Umrisse ihrer Großmutter – sie hatte sich zu einer weichen, schillernden Wolke verflüchtigt.

»Wow, *das* ist mal etwas, das ich schon gern lernen würde«, räumte Conner ein. Er fuhr mit den Händen durch die glitzernden Funken. »Für diese Lektion könnt ihr mich eintragen.«

Alex gähnte und steckte damit ihren Bruder an

»Ihr zwei müsst vollkommen erschöpft sein«, hatte ihre Mutter bemerkt. »Warum geht ihr nicht zu Bett? Ich nehme mir morgen frei, damit ich für euch da sein kann, falls ihr noch Fragen habt. Und auch schlicht und einfach, weil ich euch vermisst habe.«

»Wenn das so ist, dann habe ich noch eine wichtige Frage«, hatte Conner eingeworfen. »Was gibt's zum Frühstück? Ich bin am Verhungern.«

Endlich fuhr Alex' Zug in den Bahnhof ein. Sie hievte ihr Fahrrad auf den Bahnsteig, und während sie nach Hause radelte, kreisten ihre Gedanken immer noch um ihre Großmutter.

Nachdem sie und ihr Bruder das magische Land entdeckt hatten, hatte Alex erwartet, künftig ein Leben in zwei Welten zu führen und die Sommer und sämtliche Ferien mit Conner im Königreich der Feen oder bei ihrer Großmutter in Cinderellas Palast zu verbringen. Sie hatte auf ein völlig neues Leben voller Magie und Abenteuer gehofft. Leider jedoch war sie enttäuscht worden.

Mehr als ein Jahr war seit jener Nacht vergangen, in der die Großmutter der Zwillinge sich von den beiden verabschiedet hatte. Seither hatten Alex und Conner nicht einen einzigen Brief oder Anruf erhalten – keinerlei Erklärung, weshalb sie so lange fortblieb. Sämtliche Feiertage und auch den Geburtstag der Geschwister hatte Grandma versäumt – Tage, die sie noch *nie* einfach vergessen hatte. Und, was die ganze Sache noch schlimmer machte: In all dieser Zeit waren Alex und Conner kein einziges Mal wieder im magischen Land gewesen.

Obwohl sie eigentlich nicht böse auf ihre Großmutter sein wollten, nahmen Alex und Conner ihr das doch ein wenig übel. Wie konnte sie einfach verschwinden und sich überhaupt nicht mehr melden? Wie konnte sie ihre Enkel zuerst an einen Ort mitnehmen, von dem sie von klein auf geträumt hatten, und sie dann nie wieder dort hinlassen?

Grandma hatte es schließlich selbst gesagt: Ein Teil des magischen Landes lebte in ihnen – für wen hielt sie sich also, dass sie glaubte, die Zwillinge davon fernhalten zu dürfen?

»Eure Großmutter ist eine sehr beschäftigte Frau«, gab Charlotte Alex jedes Mal, wenn sie das Thema ansprach, zu bedenken. »Sie liebt euch von Herzen. Wahrscheinlich hat sie im Augenblick bloß alle Hände voll zu tun. Wir hören sicher schon bald wieder von ihr.«

Das aber genügte nicht, um Alex zu beruhigen. Je mehr Zeit verging, desto stärker sorgte sie sich, ob es ihrer Großmutter wohl gutging – und manchmal sogar, ob sie noch *am Leben* war.

Ohne ihren Vater auszukommen war das Schwierigste, was die Zwillinge je hatten bewältigen müssen. Doch ein Leben ohne ihren Dad *und* ohne ihre Großmutter schien ihnen beinahe unerträglich.

»Was glaubst du, was da los ist?«, hatte Alex Conner einmal gefragt.

»Keine Ahnung«, hatte er mit einem schweren Seufzer geantwortet. »Das Letzte, was Grandma zu uns gesagt hat, war, dass sie und die anderen Feen etwas klären müssten. Vielleicht dauert das einfach länger als erwartet?«

»Kann sein«, erwiderte Alex. »Allerdings habe ich so ein Gefühl, dass es sich bei dieser Angelegenheit um ein wesentlich schwierigeres Problem handelt, als sie zugeben wollte. Was sonst würde sie so lange davon abhalten, uns einmal anzurufen oder vorbeizukommen?«

Conner zuckte lediglich mit den Schultern. »Ich kann mir nicht vorstellen, dass Grandma uns jemals absichtlich aus dem Weg gehen oder von irgendetwas ausschließen würde«, sagte er.

»Ich mache mir bloß Sorgen um sie«, rechtfertigte Alex sich.

»Alex«, fragte Conner mit einer hochgezogenen Augenbraue, »die Frau kann zaubern und ist schon Hunderte von Jahren alt. Worüber machst du dir da denn Sorgen?«

Alex seufzte. »Wahrscheinlich hast du recht. Dann sollte sie besser eine extrem gute Entschuldigung parat haben, wenn sie uns das nächste Mal besucht.«

Doch dieses nächste Mal ließ auf sich warten.

Natürlich war es kein Wunder, dass die ganze Situation Alex schlecht schlafen ließ und sich auf ihre Träume auswirkte, doch mittlerweile war Alex regelrecht deprimiert. Seit ihrer Rückkehr aus dem magischen Land hatte sie das Gefühl, als würde ein Teil von ihr schlicht fehlen. Die Märchenwelt hatte jene Leere in ihr ausgefüllt, die sie nach dem Verlust ihres Vaters verspürt hatte – und mit jedem Tag, den sie nicht dorthin zurückkehren konnte, wuchs ebendiese Leere nun aufs Neue.

Auf ihren wöchentlichen Fahrten zum College wurde Alex das immer ganz besonders deutlich bewusst. Auch wenn Alex von einem richtigen Studium noch viele Jahre entfernt war, so gefiel ihr doch der Gedanke überhaupt nicht, eine Zukunft planen zu müssen, in der das magische Land keinen Platz hatte. Wie sollte sie ein normales Leben führen können, nun, da sie Beweise dafür hatte, dass sie selbst eben ganz und gar nicht normal war?

Alex träumte davon, eines Tages komplett ins magische Land zu ziehen. Würde ihre Großmutter ihr genügend Magie beibringen können, dass Alex offiziell zur Fee werden könnte? Bestand für Alex vielleicht sogar die Möglichkeit, ein Mitglied des Rats der Feen zu werden, oder – noch besser – des Märchenrats?

Heimlich versuchte Alex bereits, allein zaubern zu üben, doch das funktionierte nie. Nur ein einziges Mal hatte sie etwas Magisches vollbracht – damals, als es ihr versehentlich gelungen war, Grandmas Märchenbuch zu aktivieren, das sie und Conner ins magische Land transportiert hatte. Da es sich bei dem dicken Wälzer aber schließlich um das Buch ihrer Großmutter handelte, fragte Alex sich, ob sie auch ohne Hilfe irgendetwas zustande brächte.

Manchmal, wenn sie besonders verzweifelt war, ging Alex in die Schulbibliothek und stöberte wahllos nach irgendwelchen Märchenbüchern. Wenn sie fündig wurde, drückte sie sich die Bücher an die Brust und dachte fest daran, wie sehr sie die Märchenwelt wiedersehen wollte – genau so, wie sie sich am Abend ihres zwölften Geburtstags dorthin gewünscht hatte. Mehr, als dass sie ungewollt die Aufmerksamkeit und seltsame Blicke anderer Schüler auf sich zog, passierte allerdings niemals.

»Wieso kuschelt sie mit einem Buch?«, hatte einmal ein beliebtes Mädchen zu seiner versnobten Clique gesagt.

»Vielleicht will sie damit auch zum Abschlussball gehen!«, hatte eine der Freundinnen gekichert, und alle hatten über Alex gelacht.

Am liebsten hätte Alex sie angeschrien: »Hey! Meine Großmutter ist Aschenputtels gute Fee, und sobald sie mir ein bisschen Magie beigebracht hat, verwandele ich euch alle in das Lipgloss, das ihr euch viel zu dick auftragt!« Doch solche Gedanken behielt sie letztlich immer für sich.

Während Alex auf dem Fahrrad die restliche Strecke vom Bahnhof nach Hause düste, schloss sie für ein paar Sekunden die Augen und stellte sich vor, sie wäre auf Däumelinchens Bach im Königreich der Feen unterwegs – links von ihr eine Herde Einhörner, rechts eine Traube schwebender Feen – und mit ihrer Großmutter verabredet, die ihr beibringen wollte, wie man Lumpen in ein wunderschönes Ballkleid verzauberte.

Paradiesisch, dachte sie sehnsüchtig.

Alex schlug die Augen wieder auf – und krachte im nächsten Moment frontal und schmerzhaft in eine Reihe Mülltonnen. Zum Glück hatte außer einem Gartenzwerg auf der anderen Straßenseite niemand den Unfall mitbekommen, doch selbst der Zwerg schien ihr missbilligende Blicke zuzuwerfen.

Nachdem Alex sich hochgerappelt und abgeklopft hatte, beschloss sie, ihr Fahrrad den Rest des Weges nach Hause zu schieben. Der Zusammenprall hatte sie brutal in die Wirklichkeit zurückgeholt.

Die Baileys wohnten noch immer im selben gemieteten Haus mit flachem Dach und wenigen Fenstern, doch insgesamt sahen ihre Lebensumstände inzwischen viel rosiger aus. Alex' und Conners Mutter war es endlich gelungen, einen großen Berg ihrer Schulden zu begleichen, so dass sie bei weitem nicht mehr so viel arbeiten musste wie zuvor. Seit kurzem allerdings beschäftigte Charlotte Bailey etwas ganz anderes, und das hatte nichts mit ihrer Arbeit als Krankenschwester zu tun.

Alex stellte ihr Rad auf der Veranda ab. Sie wollte gerade die Haustür öffnen, als diese auch schon aufgerissen wurde und Conner im Türrahmen erschien. Er wirkte aufgebracht und aus irgendeinem Grund zutiefst beunruhigt.

»Was ist denn mit dir los?«, wollte Alex wissen.

»Ach, ich dachte, du bist Mom«, antwortete Conner.

»Brauchst du sie für irgendwas?«, erkundigte sich Alex.

»Nein«, gab Conner zurück. »Mom ist bloß normalerweise abends immer um sechs zu Hause.«

»Es ist gerade sechs«, meinte Alex und musterte ihn, als wäre er verrückt.

»Es ist *viertel nach* sechs, Alex«, entgegnete Conner mit hochgezogenen Augenbrauen.

»Und?«

»Na – wo ist sie? Siehst du sie? Steht etwa ein Auto in der Hofeinfahrt?«, fragte Conner.

»Vielleicht ist viel Verkehr«, gab Alex zu bedenken.

»Oder etwas anderes«, raunte Conner. »Etwas, das sie auf der Arbeit festhält.«

»Willst du auf irgendwas Bestimmtes hinaus?«, erwiderte Alex. Sie wurde allmählich ein wenig ärgerlich.

»Ich muss dir was zeigen«, gab Conner endlich zu. »Aber sei gewarnt: Es wird dir nicht gefallen.«

»Ähm … okay«, sagte Alex zögernd und folgte ihrem Bruder ins Haus.

Aus dem Innern ertönte aufgeregtes Bellen und Winseln, als sie durch die Tür trat.

»Buster! Runter, Junge! Das ist nur Alex!«, rief Conner. »Wieso benimmt sich dieser blöde Hund, als würde jeder, der dieses Haus betritt, einen Sprengstoffgürtel tragen? Wir wohnen auch hier!«

»Verrätst du mir jetzt endlich, was los ist, Conner?«, drängte Alex, der langsam aber sicher die Geduld ausging.

»Ich zeig's dir. Komm mit in die Küche«, meinte Conner. »Es gibt da gewisse neue *Entwicklungen.*«

Kapitel 2

Mit einem Hund fing alles an

Einige Monate zuvor war Buster, der Border Collie, aus dem örtlichen Tierheim adoptiert und zu den Baileys gebracht worden – ein Geschenk von Dr. Robert Gordon, mit dem die Mutter der Zwillinge im Krankenhaus arbeitete, und der zum engen Freund der Familie geworden war.

»Dr. Bob« – wie die Zwillinge ihn nannten, wenn er gelegentlich zum Abendessen vorbeikam – hatte sich schnell als warmherziger Mann erwiesen, der beinahe immer ein ungezwungenes Lächeln im Gesicht trug. Er hatte schütteres Haar und war eher klein, doch seine großen, gütigen Augen nahmen jeden sofort für ihn ein.

»Oh, Bob! Das wäre doch nicht nötig gewesen!«, hatte Charlotte Bailey gerufen, als er sie mit dem Hund überrascht hatte.

»Was macht denn das Fellknäuel hier?«, fragte Conner, als er hereinkam, um zu sehen, woher der Radau rührte.

»Er gehört euch!«, strahlte Bob. »Eure Mom erzählt immerzu von dem Border Collie, den sie als kleines Mädchen hatte, und neulich hat sie gemeint, dass sie sich insgeheim schon ewig einen neuen wünscht. Ich habe im Tierheim ausgeholfen, und als ich diesen kleinen Kerl hier entdeckt habe, war mir sofort klar, dass ich ihn für euch da herausholen muss.«

»Wir haben einen Hund?!«, schrie Conner. Obwohl die Worte aus seinem eigenen Mund kamen, konnte er es noch nicht vollends begreifen.

»Ich schätze schon«, antwortete Charlotte.

Conner warf sich sofort zu Boden und schmuste mit seinem neuen Haustier. *»Wir haben einen Hund! Wir haben einen Hund!«*, jubelte er immer wieder. »Endlich ist unser Vorstadtleben komplett! Danke, Dr. Bob!«

»Gern geschehen!«, schmunzelte Dr. Bob.

»Wie heißt du, mein Junge?«, wollte Conner von dem Border Collie wissen.

»Buster«, erwiderte Bob. »So zumindest haben sie ihn im Tierheim gerufen.«

Der schwarzweiße Hund war absurd fröhlich und hatte leuchtend grüne Augen, von denen eines ein wenig größer war als das andere. Bob hatte ihm ein rotes Tuch an das Halsband geknotet.

Conner umarmte den Hund und weinte vor Freude beinahe. »Ich weiß, wir haben uns gerade erst kennengelernt, Buster, aber es fühlt sich an, als würde ich dich schon mein ganzes Leben lang lieben!«, seufzte er.

»Wer ist das?«, fragte Alex, als sie dazustieß – neugierig, was der ganze Trubel sollte.

»Das ist mein Hund, Buster!«, verkündete Conner und zog eine seiner Socken aus, um mit Buster Tauziehen zu spielen.

»Er gehört euch *allen*«, verbesserte Bob ihn.

»Conner, nimm nicht die guten Socken!«, ermahnte Charlotte ihn.

Alex rutschte unwillkürlich ein hohes Quietschen heraus, und die Kinnlade fiel ihr herunter. »Wir haben einen Hund?!«, keuchte nun auch sie ungläubig und sprang auf und ab. Buster hatte etwas an sich, das die Zwillinge zu Begeisterungsstürmen hinriss, als wären sie wieder zehn.

»Ja, wir haben einen Hund«, bekräftigte Charlotte und lächelte ebenfalls.

»Sei nicht enttäuscht, wenn er mich lieber mag als dich, Alex«, merkte Conner ganz sachlich an. »Es ist nicht ungewöhnlich, dass Hunde ihr Herz eher an Jungs hängen. Ich glaube, das ist sogar wissenschaftlich erwiesen.«

»Buster, hierher!«, rief Alex. Sofort erschien Buster an ihrer Seite und winselte glücklich zu ihr hoch.

»Ist ja auch egal«, murmelte Conner ein wenig enttäuscht.

In ihrer Begeisterung über den Hund hatten die Zwillinge das Geschenk keine Sekunde lang hinterfragt, und beim Herumtollen mit dem neuesten Familienmitglied waren sie zu abgelenkt gewesen, um die innige, dankbare Umarmung zu bemerken, in die Charlotte Bob geschlossen hatte – eine Umarmung, die für eine *freundschaftliche* Geste viel zu lange gedauert hatte.

Doch im Laufe der Zeit hatten die Zwillinge Bob immer häufiger zu Gesicht bekommen, bis ihnen die Anzeichen dafür, dass ihre Mutter und der Arzt mehr als nur Freunde waren, nicht mehr entgehen konnten …

Als Alex jetzt die Küche betrat, wies Conner sie an, am Tisch Platz zu nehmen. Obwohl Buster die Zwillinge jeden Tag sah, konnte er sich vor Begeisterung darüber, dass die Kinder nun beide zu Hause waren, kaum einkriegen. Er hüpfte wie ein Gummiball und drehte sich in der Küche wild im Kreis.

»Buster, beruhig dich!«, befahl Conner. »Ich schwöre, dieser Hund braucht Pillen.«

»Was ist denn los, Conner?«, wollte Alex endlich wissen. »Du liebst diesen Hund doch genauso sehr, wie er dich liebt.«

»Nicht mehr – seit ich herausgefunden habe, dass er ein Bestechungsgeschenk gewesen ist!«, erklärte Conner hitzig. »Schau dir das an!«

Conner schnappte sich einen Strauß aus einem Dutzend langstieliger roter Rosen von der Küchentheke und donnerte ihn samt Vase direkt vor Alex auf den Tisch.

»Die sind ja wunderschön! Wo kommen die her?«, fragte Alex begeistert.

»Sie sind geliefert worden, als ich gerade aus der Schule nach Hause gekommen war«, grollte Conner. »Blumen für Mom … von *Bob*!«

Alex' Augen weiteten sich. »Ach du liebe Güte«, flüsterte sie und schluckte. »Tja, das ist unheimlich süß von ihm.«

»Süß?!«, empörte Conner sich lautstark. »Das ist nicht süß, Alex! Das ist geradezu *romantisch*!«

»Conner, du weißt doch gar nicht sicher, ob er es so gemeint hat«, versuchte Alex ihn zu beschwichtigen. »Leute schicken sich ständig gegenseitig Blumen.«

Conner durchstöberte den Strauß. »Freunden schenkt man Gänseblümchen oder Sonnenblumen oder eine fleischfressende Venusfliegenfalle – aber rote Rosen sind eindeutig romantisch!«, beharrte er. »Und er hat eine Karte dazugelegt. Irgendwo hier drin steckt sie – ich habe sie ungefähr einhundert Mal gelesen, bevor ich sie wieder hineingestopft habe – ah ja, da. Lies.«

Er reichte seiner Schwester ein kleines Kärtchen, das zu Alex' Entsetzen herzförmig war. Sie warf einen Blick auf den Umschlag, als befänden sich darin die Ergebnisse einer Schularbeit, von der sie wusste, dass sie sie verhauen hatte.

»Das will ich gar nicht lesen«, nuschelte Alex. »Ich will nicht in Moms Privatsphäre eindringen.«

»Dann lese ich es dir vor«, erwiderte Conner und wollte ihr das Papier aus der Hand reißen.

»Schon gut, ich lese selbst!«, sagte Alex und öffnete die Karte widerstrebend.

CHARLOTTE,

ALLES LIEBE ZUM SECHSMONATIGEN!

DEIN BOB

Ganz schnell, als könnte sie so die schreckliche Wahrheit darin einsperren, klappte Alex die Karte wieder zu. Conner beugte sich zu seiner Schwester hinunter, musterte eindringlich ihr Gesicht und wartete auf ihre Reaktion.

»*Naaaaaaa?*«, hakte er nach.

»Na ja«, entgegnete Alex, während sie im Kopf ein Dutzend unwahrscheinlicher Theorien durchspielte, »wir wissen trotzdem nicht sicher, ob das bedeutet, dass sie *ein Paar* sind.«

Conner warf die Hände in die Luft und tigerte durch die Küche. »Alex, fang nicht so an!«, rief er vorwurfsvoll und deutete mit dem Finger auf sie.

»Wie?«, gab sie zurück.

»So machst du es immer: Wenn du etwas nicht wahrhaben willst, versuchst du, es herunterzuspielen!«, warf er ihr vor.

»Conner, ich glaube, du übertreibst –«

»Sieh den Tatsachen ins Auge, Alex: Wir haben uns von einem Border Collie blenden lassen!«, brüllte Conner laut genug, dass die Nachbarn ihn gewiss hören konnten. »Mom und Bob sind *verliebt*!«

Mom und *verliebt* im selben Satz zu hören verursachte Alex ein ganz flaues Gefühl im Magen. Ihrer Meinung nach gehörten die beiden Worte nicht einmal ins selbe Wörterbuch.

»Ich werde mich nicht vorab allzu sehr über etwas aufregen, das ich noch nicht von Mom persönlich gehört habe«, beschloss sie.

»Welche Beweise brauchst du denn noch?«, ereiferte sich Conner. »Mom bekommt ein Dutzend roter Rosen geliefert, zusammen mit einer Karte in Herzform, auf der ein konkreter Zeitraum angegeben ist! Was glaubst du, was ›Alles Liebe zum Sechsmonatigen‹ bedeutet? Meinst du, Mom und Bob sind einem Kegelclub beigetreten und haben uns nichts davon erzählt?«

Die Köpfe beider Kinder ruckten abrupt herum, als sie hörten, wie das Garagentor geöffnet wurde. Endlich kam ihre Mutter von der Arbeit nach Hause.

»Frag sie«, bedeutete Alex tonlos ihrem Bruder.

»Frag *du* sie«, gestikulierte er ebenso stumm zurück.

Wenige Augenblicke später betrat Charlotte das Haus. Sie trug noch immer ihre blaue Krankenhausuniform und hatte eine Einkaufstüte voller Lebensmittel im Arm. Damit ging sie direkt an den Blumen auf dem Tisch vorbei, ohne sie zu bemerken.

»Hey, ihr zwei – tut mir leid, dass ich so spät dran bin«, begrüßte Charlotte die Zwillinge. »Ich habe auf dem Heimweg kurz am Supermarkt gehalten, um etwas zum Abendessen mitzubringen; ich verhungere gleich! Ich dachte, dass ich uns irgendwas mit Reis und Hühnchen mache – klingt das gut? Habt ihr Hunger?«

Als die Kinder keine Antwort gaben, sah Charlotte hoch.

»Was ist denn los mit euch?«, fragte sie. »Ist alles in Ordnung – *Moment mal,* wo kommen denn diese Blumen her?«

»Die sind von deinem *Freund*«, meinte Conner vielsagend.

Wie oft es ihrer Mutter in den dreizehn Jahren, die sie schon mit ihr zusammenlebten, die Sprache verschlagen hatte, konnten Alex und Conner an einer Hand abzählen. Nun aber war es wieder einmal so weit.

»O …«, machte Charlotte und glich dabei einem Reh im Scheinwerferlicht.

»Du hast uns eine ganze Menge zu erklären!«, stellte Conner fest und verschränkte die Arme vor der Brust. »Vielleicht solltest du dich besser hinsetzen.«

»Entschuldige mal, hat dich hier jemand zum Erziehungsberechtigten befördert?«, erwiderte Charlotte und warf ihrem Sohn einen entrüsteten Blick zu.

»Tut mir leid«, murmelte Conner und senkte den Kopf. »Ich finde nur, das ist etwas, worüber wir reden sollten.«

»Stimmt es?«, erkundigte Alex sich mit halb besorgter, halb entsetzter Miene.

»Ja«, brachte Charlotte mühsam hervor. »Bob und ich sind seit einiger Zeit zusammen.«

Conner rutschte auf einen Stuhl neben seiner Schwester. Alex schlug ihre Stirn auf die Tischplatte.

»Ich wollte es euch sagen«, fügte Charlotte eilig hinzu. »Ich hatte bloß vor, noch damit zu warten, bis –«

»Lass mich raten: Bis wir etwas älter sind?«, schnitt Conner ihr das Wort ab. »Wenn ich für jede Gelegenheit, bei der jemand das sagt, zehn Cent bekäme … Alex, pass auf – gut möglich, dass wir in Wirklichkeit noch einen heimlichen Drilling irgendwo haben, das aber erst eröffnet bekommen, wenn wir dreißig sind.«

Charlotte kniff die Augen fest zu und stieß langsam einen tiefen Atemzug aus. »Genau genommen war ich noch dabei, mir zu überlegen, *wie* ich es euch beibringen könnte«, gestand sie leise. »Ihr beiden habt euch in letzter Zeit solche Sorgen gemacht, weil ihr eure Großmutter nicht mehr zu Gesicht bekommt. Da wollte ich euch nicht noch mehr zumuten. Ich weiß, ihr braucht Zeit, um euch daran zu gewöhnen«, räumte sie ein.

»Zeit? Wir brauchen hier eine emotionale Wiederbelebung, Mom«, verkündete Conner.

»Ich glaube, ich war tatsächlich weniger schockiert, als ich herausgefunden habe, dass unsere Großmutter eine Fee in einer anderen Dimension ist«, fügte Alex hinzu.

Charlotte senkte betrübt den Blick auf ihre Hände. Die Zwillinge hatten ihr nicht absichtlich ein schlechtes Gewissen machen wollen, doch ihre Gefühle veranstalteten in diesem Moment eine derart wilde Achterbahnfahrt, dass es ihnen unmöglich war, gleichzeitig auch noch rücksichtsvoll zu sein.

»Bob und ich kennen uns schon sehr lange«, versuchte Charlotte zu erläutern. »Nach dem Tod eures Dads ist er für mich zu einem sehr guten Freund geworden. Er war einer der wenigen Menschen, mit denen ich über alles reden konnte, was ich durchmachte. Wusstet ihr, dass Bobs Frau nur ein Jahr vor eurem Dad gestorben ist?«

Beide Zwillinge schüttelten den Kopf.

»Du hättest mit *uns* reden können«, wandte Conner ein.

»Nein, hätte ich nicht«, widersprach Charlotte. »Ich brauchte einen anderen Erwachsenen, dem ich mich anvertrauen konnte. Bob und ich haben uns jeden Tag bei der Arbeit unterhalten und sind dabei sehr vertraut miteinander geworden, und in letzter Zeit ist mehr aus dieser Freundschaft gewachsen.«

Die Geschwister waren sich nicht sicher, ob das, was ihre Mutter erzählte, hilfreich war oder alles nur noch schlimmer machte. Je mehr sie erklärte, desto wirklicher wurde es.

»Was ist mit Dad?«, brachte Alex schließlich hervor. »Deine und Dads Geschichte war im wahrsten Sinne des Wortes ein Märchen, Mom. Er hat eine andere Welt zurückgelassen, um mit dir zusammen sein zu können. Liebst du nicht immer noch *ihn*?«

Diese Frage brach ihnen allen das Herz, und Charlotte ganz besonders.

»Euer Vater war die Liebe meines Lebens, und das wird er auch immer bleiben«, beteuerte sie. »Diese Jahre ohne ihn sind die schlimmsten meines gesamten Lebens gewesen. Wir waren zwölf Jahre lang verheiratet und haben in dieser Zeit über viele Dinge gesprochen, über viele *Möglichkeiten.* Ich weiß mit absoluter Sicherheit, dass euer Dad sehr enttäuscht von mir wäre, wenn ich ein weiteres Jahr damit zubringen würde, ihn zu vermissen. Er würde wollen, dass ich weiterlebe – genauso, wie auch ich es mir für ihn wünschen würde, wenn unsere Rollen vertauscht wären. Das ist ein Versprechen, das wir uns gegenseitig gegeben haben.«

Charlotte hielt einen Moment inne und sammelte sich, bevor sie fortfuhr. »Im ersten Jahr nach seinem Tod dachte ich, ich würde niemals darüber hinwegkommen«, sagte sie. »Ich dachte, ein Teil von mir sei mit ihm gestorben, und ich würde nie wieder jemand anderen lieben können. Doch dann hat Bob mir gebeichtet, dass er und seine Frau sich kurz vor ihrem Tod dasselbe Versprechen gegeben hatten, und dass es ihm damit ganz ähnlich ging. Aus irgendeinem Grund hat es mir so sehr geholfen, einfach zu wissen, dass es jemandem genauso geht wie mir.«

Die Zwillinge warfen einander einen hoffnungslosen Blick zu. Ihnen war klar, dass sie nichts tun konnten, um den Herzschmerz ihrer Mutter zu lindern. »Ich weiß, dass das schwierig für euch beide ist«, meinte Charlotte. »Ich verlange auch nicht, dass ihr es gutheißt. Ihr könnt darüber denken, was immer ihr wollt – dazu habt ihr jedes Recht. Ihr sollt lediglich wissen, dass Bob mich wirklich glücklich macht, so glücklich, wie ich es schon sehr lange nicht mehr gewesen bin.«

Conner mühte sich vergeblich, eine Frage zurückzuhalten, die ihm mit einem Mal in den Sinn gekommen war.

»Conner, was ist?«, ermutigte Charlotte ihn und tupfte dabei ihre Augenwinkel mit einem Ärmelsaum trocken.

»Gar nichts«, entgegnete Conner trotzig und schüttelte wenig überzeugend den Kopf.

»Doch, das denke ich schon«, widersprach seine Mutter, die ihren Sohn manchmal besser kannte als er sich selbst. »Immer, wenn du so die Lippen schürzt, liegt dir eine Frage auf der Zunge.«

Conner verzog sofort den Mund.

»Schon in Ordnung, Liebling, du kannst mich wirklich alles fragen«, bot Charlotte noch einmal an.

»Es ist eine echt kindische und blöde Frage«, warnte Conner sie vor. »Ich schätze, das ist etwas, worüber ich mir immer schon den Kopf zerbrochen habe bei Leuten, die ihren Ehemann oder ihre Ehefrau verloren haben. Ich meine, eines Tages, wenn wir alle im … na ja, im *Himmel* sind, nehme ich an – wird es dann nicht ein bisschen komisch, mit Dad *und* Bob?«

Alex wollte schon ein missbilligendes Seufzen ausstoßen, hielt sich dann aber zurück. Selbst sie musste gestehen, dass die Frage ihre Berechtigung hatte. Auch wenn es ihr ein fürchterlich schlechtes Gewissen bereitete: Ein wenig empfand auch sie es so, als würde ihre Mom ihren Dad betrügen.

Ein Lächeln stahl sich auf Charlottes Gesicht, und schließlich lachte sie leise. »Oh, Liebling, sollten wir je alle irgendwo wieder zusammenkommen, dann gehe ich davon aus, dass wir zu glücklich sein werden, um uns an solchen Dingen zu stören.«

Alex und Conner sahen einander an und wussten, dass sie beide dasselbe dachten. Die Vorstellung, ihre ganze Familie könnte wieder vereint sein, brachte auch sie zum Lächeln.

Charlotte legte ihre Hände auf dem Tisch über die ihrer Kinder. »Nichts, was irgendeiner von uns tut, kann Dad jemals zurückbringen«, sagte sie ernst. »Und ebenso wird nichts von dem, was wir treiben, ihn noch weiter von uns fortdrängen. Wir werden ihn immer im Herzen tragen, ganz egal, was passiert.«

»Ich schätze, wenn ich es so betrachte, komme ich besser damit zurecht«, räumte Conner ein.

»Ich auch«, gestand Alex.

»Das freut mich«, meinte Charlotte und lächelte beiden zu. Sie stand vom Tisch auf und griff nach ihrem Autoschlüssel. »Jetzt habe ich keine Lust mehr, zu kochen. Kommt, wir gehen stattdessen Pizza essen. Nach einem so gehaltvollen Gespräch braucht auch der Magen etwas Gehaltvolles.«

Kapitel 3

Mittagessen in der Bibliothek

Am nächsten Tag in der Schule tat Alex sich noch immer schwer damit, die Unterhaltung (und die Pizza) vom Vorabend zu verdauen. Die Tatsache, dass ihre Mutter eine neue Beziehung eingegangen war, setzte ihr schwer zu – und ihre ohnehin düstere Stimmung trübte sich so nur noch weiter.

Es kam ihr vor, als verliere sie allmählich über alles in ihrem Leben die Kontrolle, und sie hasste dieses Gefühl.

Alex brauchte dringend jemanden, mit dem sie reden konnte – nicht ihre Mutter oder ihren Bruder, sondern eine Außenstehende, die sie umarmen und ihr sagen würde, alles werde wieder in Ordnung kommen: Sie brauchte ihre Großmutter. Alles hätte sie dafür gegeben, bloß Grandmas Gesicht wieder einmal zu sehen. Da das aber nun einmal im Augenblick nicht möglich schien, beschloss Alex, sich fürs Erste zumindest Trost bei einer *Variante* ihrer Großmutter zu holen.

In der Mittagspause machte sie sich auf zu einem ihrer liebsten Orte auf der ganzen Welt – der Schulbibliothek.

»Hi, Alex«, begrüßte die Bibliothekarin sie, als Alex an ihrem Pult vorbeiging. »Es wird dich sicher freuen zu hören, dass ich gerade eine neue Reihe Lexika bestellt habe.«

»Wirklich?«, fragte Alex. »Das ist ja wunderbar!«

Zum ersten Mal an diesem Tag trat ein Lächeln auf ihr Gesicht. Allerdings verblasste es schon eine Sekunde später, als ihr klarwurde, wie traurig es eigentlich war, dass »eine neue Reihe Lexika« die tollste Neuigkeit war, die ihr seit Wochen jemand überbracht hatte.

»Wie schön, dass du so begeistert bist«, meinte die Bibliothekarin. »Vorhin habe ich einem Schüler erzählt, ich bekäme bald neue Lexika – und er hat sich erkundigt, wie lange ich dafür ins Krankenhaus müsste! Kaum zu glauben, oder? Die Zeiten ändern sich wirklich rasant.«

»Das können Sie laut sagen«, murmelte Alex beinahe tonlos.

Sie hielt auf die hinterste Regalreihe zu, wo die Kinderliteratur einsortiert war. Schüler durften die Bücher von dort nicht ausleihen, da sie zumeist als Hintergrundlektüre für den Englischunterricht verwendet wurden. Vom obersten Brett zog Alex nun einen alten, mehrere hundert Seiten dicken Wälzer herunter. Genau dort hatte sie ihn bei ihrem letzten Besuch in der Bibliothek verstaut.

Eine Schatztruhe klassischer Märchen stand auf dem braunen Einband. Äußerlich wirkte das Buch unscheinbar und hatte bei weitem nicht den ehrwürdigen Charme des Märchenbuchs ihrer Großmutter; dennoch war er zu Alex' liebstem Bibliotheksband geworden.

Sie blickte sich um, um sicherzugehen, dass niemand sie beobachtete. Abgesehen von der Bibliothekarin, die am Computer beschäftigt war, hatte Alex den Büchersaal für sich.

Sie schlug das Buch auf und blätterte durch die Seiten, überflog die Illustrationen zu »Dornröschen« und »Schneewittchen«, zu »Rapunzel« und »Rotkäppchen«, zu »Goldlöckchen« und »Jack und die Bohnenranke«. Erstaunlicherweise sahen die gezeichneten Figuren exakt so aus wie die Menschen, die sie ein Jahr zuvor in der Märchenwelt getroffen hatte.

Endlich fand Alex das Kapitel über Aschenputtel und das Bild, das sie so brennend hatte sehen wollen – eine Zeichnung der guten Fee.

Jedes Mal, wenn sie es ansah, musste Alex unwillkürlich kichern. Die Vorstellung des Künstlers hätte nicht weiter vom tatsächlichen Aussehen ihrer Großmutter entfernt sein können. In diesem Buch war die gute Fee als große, kräftige Frau mit wulstigen Lippen, Flügeln, langem blondem Haar und einer üppigen Krone dargestellt.

So unpassend das Bild jedoch auch sein mochte, im Grunde zeigte es nichtsdestotrotz ihre Großmutter, und das war das Entscheidende für Alex.

»Hi, Grandma«, flüsterte sie der Seite zu. »Die Krone und die Flügel stehen dir gut. Lustig, wie unterschiedlich du jedes Mal aussiehst. In jeder Märchensammlung, die ich lese, ein bisschen anders. Sind das bloß übertriebene und sehr freie künstlerische Interpretationen, oder hat sich dein Stil über die Jahre verändert?«

Alex' Großmutter war selbst erst eine junge Fee im magischen Land gewesen, als sie herausgefunden hatte, dass neben ihrer eigenen noch eine andere Welt existierte. In der gesamten Geschichte beider Welten hatte es außer ihr niemals jemanden gegeben, der beliebig zwischen den Dimensionen hin- und herreisen konnte. Weshalb ausgerechnet sie solch eine wunderbare Gabe besaß, hatte die gute Fee nie verstanden – doch Magie folgte schließlich seit jeher ihren eigenen Regeln.

Bei ihren ersten Besuchen hatte die Großmutter der Zwillinge die ihr fremde Welt in einem sehr finsteren Zustand vorgefunden; zu Beginn des Mittelalters war das gewesen, und überall hatten nur Krieg und Pest geherrscht. Die gute Fee erzählte Kindern, die sie traf, Geschichten aus dem magischen Land, um sie aufzuheitern. Die Erzählungen brachten ihren kleinen Zuhörern so viel Hoffnung und Freude, dass Grandma beschloss, es zu ihrer Lebensaufgabe zu machen, das Wissen um die Märchenwelt in der Welt der Kinder zu verbreiten.

Nach und nach weihte sie andere Feen – darunter Mutter Gans und die Mitglieder des Rates der Feen – ein und holte sie an ihre Seite, damit diese sie heimlich auf ihren Reisen begleiten und ihr helfen konnten, die Geschichten des magischen Landes überall bekannt zu machen und so ein wenig Magie in eine Welt zu bringen, die selbst zu wenig davon besaß. Im Laufe der Zeit verpflichteten die Feen noch weitere Helfer, etwa die Brüder Grimm und Hans Christian Andersen, die dann ebenfalls dafür sorgten, dass die Geschichten nicht in Vergessenheit gerieten.

Zunächst trennte eine Zeitverschiebung die beiden Dimensionen voneinander. Die Märchenwelt drehte sich im Vergleich zu ihrem Gegenstück wesentlich langsamer. Zwar versuchten die Feen, der anderen Welt möglichst häufig Besuche abzustatten, doch selbst wenn in ihrer eigenen Heimat nur Monate zwischen den Ausflügen vergingen, so waren derweil in der anderen Dimension bereits Jahrzehnte verstrichen. Erst mit der Geburt von Alex und Conner – der ersten Kinder, die Teil beider Welten waren – hatten die Sphären sich aufeinander eingependelt.

Die Zwillinge waren die Naht, die die beiden Welten miteinander verband. Und während Alex nun *Eine Schatztruhe klassischer Märchen* in den Händen hielt, konnte sie beinahe die Kraft spüren, die durch ihre Venen floss. Kein Wunder, dass sie schon ihr ganzes Leben lang Märchen so sehr liebte.

Alex fragte sich, ob ihre Großmutter das vergangene Jahr tatsächlich ganz und gar dafür aufgeopfert hatte, überall in der Welt Märchen zu verbreiten. Oder war im magischen Land womöglich etwas Schlimmes vorgefallen, das die gute Fee beschäftigt hatte?

»Grandma, ich weiß nicht, was los ist, aber ich brauchte dich gerade wirklich dringend«, wandte Alex sich erneut an das Buch. »Alles hier verändert sich, alles schlägt eine Richtung ein, die mir nicht gefällt. Dieses ganze Erwachsenwerden ist viel schwieriger, als ich es mir je vorgestellt hätte. Und dass ich dich dabei nie sehen kann, macht es unerträglich.«

Noch einmal blickte sie sich verstohlen in der Bibliothek um und vergewisserte sich, dass sie nach wie vor allein war. Dann drückte Alex den Wälzer so fest an sich, wie sie nur konnte, ohne ihn dabei zu beschädigen, und flüsterte in den Buchrücken hinein.

»Bitte lass mich ins magische Land zurückkehren«, wisperte sie. »Erlaube mir, mich dir und den anderen Feen anzuschließen. Wenn etwas Schreckliches passiert ist, dann lass mich helfen. Das könnte ich ganz bestimmt. Bitte, schick mir wenigstens ein Zeichen, damit ich weiß, dass es dir gutgeht.«

Alex umklammerte das Buch noch einige Sekunden länger, in der Hoffnung, dass vielleicht heute der Tag sein könnte, an dem es sie auf magische Weise in jene Welt zurückbrachte, die sie so liebte. Zu ihrer Enttäuschung jedoch blieb sie felsenfest in der Bibliothek verankert.

Ganz unbemerkt war ihr Flüstern allerdings nicht geblieben.

»Wenn das Kuscheln bei diesem Schinken nichts bringt, versuch es mal mit einem von denen«, meinte eine Stimme ganz in Alex' Nähe.

Erschrocken ließ Alex das Buch fallen. Ein Stück weit den Gang hinunter saß Conner auf dem Fußboden, umgeben von Bücherstapeln. Alex hatte ihn zuvor völlig übersehen.

»Du hast mich erschreckt«, beklagte sie sich. Sie war peinlich berührt, zumal sie nicht genau wusste, wie viel von dem, was sie dem leblosen Gegenstand zugeraunt hatte, bis zu ihrem Bruder gedrungen war.

»Du hast Glück, dass ich dich kenne – sonst hätte ich dich wahrscheinlich der Schulpsychologin gemeldet«, neckte Conner sie mit einem spöttischen, zugleich aber liebevollen Grinsen.

»Was machst du hier?«, wollte Alex wissen. Sie ging zu ihm hinüber und erkannte, dass es sich bei den meisten der Titel um ihn herum ebenfalls um verschiedenste Geschichtenbände und Märchenbücher handelte.

»Offenbar das Gleiche wie du«, gab Conner zu und musste dann leise in sich hineinkichern. »Obwohl ich bisher nicht das Bedürfnis hatte, einem dieser Wälzer so nahe zu kommen wie du eben.«

»Sehr witzig«, gab Alex zurück und setzte sich neben ihn. »Warst du überhaupt schon jemals vorher in der Bibliothek?«

Conner seufzte und zuckte mit den Schultern. »Irgendwie bin ich heute ganz komisch niedergeschlagen. Und da dachte ich, wenn ich hier drinnen ein paar Bücher durchblättere, geht es mir vielleicht wieder besser«, erklärte er.

»Hat es funktioniert?«, erkundigte sich Alex.

»Größtenteils schon, würde ich sagen«, meinte Conner. »Was glaubst du, woran das liegt?«

»Na ja«, setzte Alex an und rückte dann zunächst ihren Haarreif zurecht, »ich habe mal in einem Zoologiebuch gelesen, dass bestimmte Arten von Vögeln und Insekten, die auf Bäumen leben, zu Boden klettern und sich im Wurzelgeflecht verstecken, wann immer sie das Gefühl haben, ihr Heim sei in Gefahr.«

Conner starrte sie an, als hätte sie ihm soeben auf Chinesisch geantwortet. »Und *was genau* hat das bitte mit unserem Thema zu tun?«

»Auch unser Zuhause ist schließlich bedroht«, erläuterte Alex. »Dinge verändern sich. Also haben wir uns hierher geflüchtet und lesen in der Bibliothek alte Märchenbücher. Wir sind zu unseren Wurzeln zurückgekehrt.«

»Na klar«, erwiderte Conner, der den Vergleich nur halb nachzuvollziehen vermochte. »Wie kann es sein, dass du dich *daran* erinnerst, es aber nie schaffst, dir auch nur den Namen eines Sängers aus dem Radio zu merken?«

»Worauf ich hinauswill«, fuhr Alex fort, ohne auf den Kommentar ihres Bruders einzugehen, »ist, dass wir manchmal bloß ein paar vertraute Gesichter sehen müssen, damit wir uns wieder geborgen fühlen.«

Conner wiegte den Kopf. »Tja, ich würde nicht unbedingt behaupten, dass ich *vertraute* Gesichter gesehen habe.«

Er wühlte sich durch seinen Bücherstapel und zog einige Bände hervor, um sie seiner Schwester zu zeigen.

»*Hier* drin – in der ägyptischen Version von ›Aschenputtel‹ – ist Grandma ein *Falke*!«, berichtete er aufgeregt. »Und in *diesem* Buch kommt sie nicht einmal vor! Aschenputtel bekommt ihr Kleid und die Schuhe von einem Baum! Kannst du dir das vorstellen? Als ob ein *Baum* ihr ein neues Kleid schenken könnte. Also echt. Eine vollkommen Fremde mit einem Zauberstab scheint mir da doch viel plausibler.«

»Wir sollten Beschwerdebriefe verfassen«, überlegte Alex. »Und unterschreiben wir die dann als Enkel der guten Fee? Meinst du, unsere Anregungen werden ernster genommen, wenn wir das machen?« Beide Kinder lachten.

»Ganz bestimmt!«, amüsierte sich Conner. »Oder wir geben an, dass wir den lange verschollenen Märchenprinzen persönlich kennen! Ich wette, das hat noch niemand von sich behauptet.«

Einen Augenblick lang verstummten die Zwillinge, und ihre Heiterkeit schlug in Verzweiflung um. »Froggy fehlt mir«, gestand Conner. »Ich vermisse es allein schon, bloß *seinen Namen auszusprechen.*«

»Daran können wir leider nichts ändern«, stellte Alex niedergeschlagen fest. »Wenn Grandma wollen würde, dass wir zurückkommen, würde sie uns verraten, was los ist. Bis dahin, fürchte ich, bleibt uns nichts anderes, als Bücher zu umarmen.«

»Toll«, kommentierte Conner sarkastisch. »Ich frage mich, was Dad uns raten würde, wenn er noch am Leben wäre. Ich bezweifle, dass selbst *er* eine Geschichte auf Lager hätte, die uns bei all dem, was wir gerade durchmachen müssen, helfen würde.«

Das gab Alex zu denken. Die meisten Geschichten ihres Dads hatten perfekten Trost für die Probleme und Sorgen ihrer Grundschulzeit geboten – doch welchen Rat könnte er ihnen heute geben?

»Ich wette, er würde betonen, dass jeder sein Happy End finden kann, der Weg dorthin aber im Grunde das Entscheidende ist – denn der erst macht eine Geschichte erzählenswert«, mutmaßte sie. »Es geht darum, wie die Figuren an ihren Aufgaben wachsen und so zu Helden werden.«

»Jaaa …«, meinte Conner. »So was in der Art … Du hast das schon echt gut drauf.«

Ein hohes Piepen ertönte und kündigte eine Lautsprecherdurchsage an.

»Conner Bailey, bitte melden Sie sich im Büro der Schulleiterin. Conner Bailey, bitte im Büro der Schulleiterin melden.«

Beide Geschwister starrten zuerst hoch zu der Box an der Decke und dann einander an.

»Was hast du angestellt?«, wollte Alex wissen.

»Keine Ahnung!« Conner schluckte. Im Kopf ging er die vergangenen vier Wochen durch und grübelte fieberhaft, was er getan haben könnte, um sich einen Ausflug ins Büro der Schulleiterin zu verdienen. Doch ihm fiel beim besten Willen nichts ein.

So suchte er all seine Sachen zusammen und stellte die Bibliotheksbände zurück ins Regal.

»Tja, dann drück mir die Daumen«, meinte er zu seiner Schwester. »Bis nach der Schule … *hoffentlich.*«

Alex blieb auf dem Fußboden sitzen, und entmutigende Gedanken machten sich in ihrem Kopf breit. Was, wenn sie ihre Großmutter nie wiedersehen würde? Würde sie zur verrückten alten, bücherkuschelnden Dame werden, die von einer Bibliothek zur nächsten reiste? Würden ihre zukünftigen Kinder ihr glauben, wenn sie ihnen von ihrer Verbindung in die Märchenwelt erzählte?

Schließlich läutete die Schulglocke, und Alex rappelte sich hoch. Sie hob *Eine Schatztruhe klassischer Märchen*, das sie fallen gelassen hatte, vom Boden auf und beschloss, noch einen letzten Blick auf die Illustrationen zu werfen, ehe sie zurück in den Unterricht ging.

Alex schlug dieselbe Seite auf, zu der sie zuvor gesprochen hatte – und entdeckte zu ihrer Verblüffung dort nun ganz andere Bilder. Anstelle der fülligen Frau mit Flügeln und Krone zeigte die Zeichnung eine zierliche Dame mit gütigem Lächeln, die ein himmelblaues, funkelndes Gewand trug. *Ihre Großmutter.*

Alex wirbelte herum und blickte in der Bibliothek umher; sie war noch immer ganz durcheinander, doch auf ihrem Gesicht breitete sich ein Lächeln aus. Ihre Großmutter hatte ihr soeben eine Botschaft geschickt.

Kapitel 4

Im Büro der Schulleiterin

Conner wartete erst seit zehn Minuten vor dem Büro der Rektorin, kam sich jedoch vor, als säße er bereits zwei Stunden dort. Die Frage, weshalb er überhaupt hier war, nagte an ihm.

Bisher war er in diesem Schuljahr als erstaunlich guter Schüler aufgefallen – nicht so überragend wie seine Schwester zwar, aber doch ziemlich gut. Seine Noten waren anständig, auch wenn er gewiss in Mathe oder den Naturwissenschaften besser hätte abschneiden können, doch so ging es wohl fast allen Schülern. Abgesehen davon, dass er gelegentlich vergaß, welche Revolution wo stattgefunden hatte, schlug er sich auch im Geschichtsunterricht wacker. Und zum ersten Mal in seinem Leben machten ihm die Aufgaben in Englisch tatsächlich Spaß.

Conner war sich sicher, dass er nichts falsch gemacht hatte. Warum also war er hier gelandet? Allmählich wurde er argwöhnisch und überlegte, ob ihm womöglich jemand absichtlich etwas in die Schuhe geschoben hatte – glaubte die Schulleiterin, Conner sei für das Graffiti auf den Schließfächern verantwortlich oder habe den Goldfisch in die Lehrertoilette gesetzt? Sicher, er hatte diese Streiche lustig gefunden, aber er hatte sie nicht *begangen*. Und falls niemand ihn für den Schuldigen hielt, dachten die Lehrer dann vielleicht, er wisse, wer hinter den Scherzen steckte, und erwarteten von ihm, dass er gegen die Täter aussagte? Könnte er sich in der Schule auf sein Aussageverweigerungsrecht berufen? Durfte er im Falle eines Falles einen Rechtsanwalt verlangen oder jemanden anrufen?

Die Tür zum Büro der Rektorin ging auf, und ein Mädchen rannte tränenüberströmt heraus. Conner verspannte sich augenblicklich.

»Mr Bailey?«, rief Mrs Peters aus dem Zimmer.

Conner schluckte. Seinen Namen aus ihrem Mund zu hören fand er noch genauso gruselig wie damals, als sie ihn in der sechsten Klasse unterrichtet hatte …

Eine derart gewaltige Beförderung war das Letzte gewesen, was Mrs Peters erwartet hatte, doch in letzter Zeit war es für sie auf der Karriereleiter wirklich rasant nach oben gegangen.

Nach fünfundzwanzig langen Jahren als Lehrerin hatte Mrs Peters eigentlich den Entschluss gefasst, in den Ruhestand zu gehen – ein Gedanke, den sie bereits eine ganze Weile mit sich herumgetragen hatte. Heimlich und ohne das Wissen ihrer Schüler hatte sie seit Jahren auf einem Kalender in ihrem Pult die Tage bis zu jenem Zeitpunkt durchgestrichen, da sie ihren Rentenantrag stellen konnte.

In Tagträumen hatte sie sich ihr Leben nach der Pensionierung schon lange ausgemalt: Sie hatte all die Reisen in exotische Länder geplant, die sie unternehmen wollte, und eine Liste mit sämtlichen kleinen Reparaturen geschrieben, die in ihrer Wohnung nötig wurden, und für die sie nun endlich die Zeit finden würde. Für das Gemüsebeet, das sie in ihrem kleinen Garten anlegen wollte, war längst alles besorgt. Mit anderen Worten: Mrs Peters war mehr als bereit gewesen.

In den letzten Wochen vor Vollendung ihrer Lehrerlaufbahn jedoch hatte Mrs Peters das Angebot erhalten, die Schulleitung zu übernehmen. Und so reizvoll ihr ein Leben voller Gartenarbeit und Entspannung erschienen war – ein Leben als Rektorin bot ihr in Hülle und Fülle genau das, was sie an ihrem Beruf stets am meisten geliebt hatte: *Autorität über formbare und leicht zu beeindruckende Kinder.*

Natürlich hatte sie keinen Moment gezögert, sondern sofort zugesagt. In ihrer neuen Machtposition blühte sie auf; sie genoss es, Strafen zu verteilen, und gelegentlich ergab sich sogar eine Situation, in der sie das tun konnte, was sie lieber tat als alles andere, und genau dafür hatte sie Conner Bailey in ihr Büro beordert.

»Setzen Sie sich«, befahl Mrs Peters.

Conner nahm so folgsam ihr gegenüber Platz, dass sein eigenes Verhalten ihn selbst an Buster erinnerte. Auf ein Belohnungsleckerli wagte er jedoch nicht zu hoffen. Seine Augen huschten im Zimmer umher; ihm fiel auf, dass Mrs Peters ihr Büro in den gleichen Mustern und mit ähnlichen Blumendrucken dekoriert hatte, wie sie stets ihre Kleider zierten.

»Wissen Sie, weshalb ich Sie heute habe rufen lassen?«, erkundigte sich Mrs Peters. Sie sah ihn dabei nicht einmal an. Ihr Blick schweifte geschäftig über einen Stapel Formulare, den sie in Händen hielt.

»Null Ahnung«, meinte Conner. In der Spiegelung ihrer Brillengläser konnte er beinahe ausmachen, was auf den Papieren geschrieben stand.

»Ich wollte mit Ihnen über die Aufsätze sprechen, die Sie im Englischunterricht abgegeben haben«, erklärte Mrs Peters und suchte nun endlich Augenkontakt.

Da erst wurde Conner klar, dass die Blätter, die sie gerade überflog, seine Handschrift trugen. Er wurde panisch.

»Geht es um meinen Aufsatz zu *Wer die Nachtigall stört …?*«, fragte er. »Ich weiß, ich habe geschrieben, ›Mit am traurigsten an dem Buch ist, dass ein Mädchen auf den Namen Scout hört‹, aber anschließend habe ich mit Ms York über meinen Ansatz geredet, und verstanden, wie ich es hätte besser machen können.«

Mrs Peters kniff die Augen zusammen und zog wertend eine Augenbraue hoch – etwas, das mindestens einmal vorkam, wann immer sie sich mit Conner im selben Raum befand.

»Oder stimmt etwas nicht mit meiner Hausaufgabe zu *Farm der Tiere?*«, riet Conner weiter. »Ja, darin steht, ›Ich wünschte, George Orwell hätte als Darstellungsform seiner Kritik am politischen System etwas gewählt, wovon ich nicht Hunger auf Cheeseburger mit Speck bekomme‹, aber so ging es mir damit wirklich; ich wollte nichts ins Lächerliche ziehen.«

»Nein, Mr Bailey«, unterbrach ihn Mrs Peters. »Ich habe Sie in mein Büro gerufen, um mich mit Ihnen über die *kreativen Schreibübungen* zu unterhalten, die Sie in Ms Yorks Unterricht bearbeitet haben.«

»Oh?«, machte Conner. Das kreative Schreiben gefiel ihm für gewöhnlich am besten. »Wie kann ich denn *das* in den Sand gesetzt haben?«

»Haben Sie nicht«, versicherte ihm die Rektorin. »Ihre Texte sind *phantastisch.*«

Conner riss es vor Ungläubigkeit den Kopf herum.

»Haben Sie gerade gesagt, was ich glaube, das Sie gesagt haben?«, hakte er nach.

»Ich denke schon«, sagte Mrs Peters und wirkte darüber beinahe ebenso verblüfft wie Conner. »Ms York hatte Sorge, Sie könnten Ihre Geschichten irgendwo abgeschrieben haben, deshalb hat sie sie mir zukommen lassen, damit ich einen Blick darauf werfe – doch so etwas habe ich noch nie in meinem Leben gelesen. Und ihr entsprechend versichert, dass die Arbeiten mir sehr originär erscheinen.«

Conner hatte Mühe, das alles zu verarbeiten; ausgerechnet Mrs Peters machte ihm nicht nur Komplimente, sondern hatte ihn sogar verteidigt.

»Dann bin ich also aus einem *guten Grund* hier?«, vergewisserte er sich.

»Aus einem sehr guten Grund«, betonte Mrs Peters. »Ihre Geschichten und Ihre Sicht auf die Märchenfiguren finde ich wundervoll! Besonders geliebt habe ich Ihre Erzählungen über die Märchenprinzen, die nach ihrem verloren geglaubten Bruder gesucht haben, und über den lange verschollenen Liebhaber der bösen Königin, der in ihrem magischen Spiegel gefangen war. Außerdem sind Trix, die unartige Fee, und die biedere Trollprinzessin Trollbella so phantasievolle neue Charaktere. Ziemlich beeindruckend, das alles!«

»Ähm … danke«, meinte Conner.

»Darf ich fragen, was Sie zu diesen Geschichten inspiriert hat?«, fragte Mrs Peters.

Conner schluckte hörbar. Er wusste nicht, was er darauf antworten sollte. Genau genommen hatte er die Schulstunden genutzt, um seine *Erlebnisse* zu schildern, weshalb die Aufsätze nicht unbedingt ›kreative Schreibübungen‹ waren. Galt das als Lüge, auch wenn er die Wahrheit schlicht nicht erzählen konnte?

»Die sind mir bloß so eingefallen«, wich Conner achselzuckend aus. »Kann ich gar nicht recht erklären.«

Da tat Mrs Peters etwas, das Conner bei ihr noch nie erlebt hatte: *Sie lächelte ihn an.*

»Ich hatte gehofft, dass Sie das sagen«, gestand sie ihm und holte dann aus einer Schublade ihres Schreibtischs eine Mappe hervor. »Und ich war so frei, mir den Schülersteckbrief anzusehen, den Sie zu Beginn des Schuljahres ausgefüllt haben. Dabei fand ich es interessant, dass Sie in der Spalte ›Berufswunsch‹ einfach ›irgendwas Cooles‹ eingetragen haben.«

Conner nickte. »Dazu stehe ich auch«, sagte er.

»Nun ja, sofern Sie nicht das Ziel haben, als professioneller Schneemann zu arbeiten, nehme ich an, Sie sind gewiss offen für Vorschläge?«, fragte Mrs Peters.

»Logisch«, entgegnete Conner. Ihm selbst waren noch keine Jobs eingefallen, auf die seine Beschreibung passte.

»Mr Bailey, haben Sie je in Erwägung gezogen, *Schriftsteller* zu werden?«, wollte Mrs Peters wissen. »Wenn ich diese Aufsätze betrachte, dann glaube ich, Sie könnten – mit der Zeit und mit ein wenig Übung – das Zeug dazu haben.«

Obwohl die beiden allein im Zimmer waren, musste Conner sich ins Gedächtnis rufen, dass die Schulleiterin gerade mit ihm sprach.

»Schriftsteller?«, wiederholte er. *»Ich?«* Der Gedanke war ihm noch nie gekommen. Sofort füllte sein Kopf sich mit Zweifeln, die sich auf den Vorschlag stürzten wie weiße Blutkörperchen auf ein Virus.

»Ja, *Sie*«, nickte Mrs Peters und zeigte zur Verdeutlichung mit dem Finger auf Conner.

»Aber sollten Schriftsteller nicht eigentlich superschlau sein?«, erkundigte sich Conner. »Sagen sie nicht Dinge wie *Dem pflichte ich bei* und *Mit derlei kann ich mich nicht identifizieren*? Solche Leute sind Schriftsteller, nicht ich. Die würden mich auslachen, wenn ich versuchte, einer von ihnen zu werden.«

Mrs Peters stieß ein wenig Luft durch die Nase aus; Conner fiel wieder ein, dass es sich dabei um ihre Version eines Lachens handelte.

»Intelligenz ist nichts, worum man wetteifern muss«, sagte sie. »Es schwirrt genügend davon umher, und sie tritt ganz unterschiedlich in Erscheinung.«

»Aber schreiben kann doch jeder, oder?«, warf Conner ein. »Ich meine, deshalb werden Autoren doch häufig heftig kritisiert, stimmt's? Weil im Grunde jeder ihren Job machen könnte, wenn er nur wollte.«

»Bloß, weil jeder etwas tun könnte, heißt das nicht, dass jeder es auch tun sollte«, gab Mrs Peters zu bedenken. »Außerdem: Heutzutage glaubt sich jeder Mensch mit Internetanschluss befähigt und berufen, an anderen herumzumäkeln und sie zu kritisieren.«

»Möglich«, murmelte Conner, doch seine hoffnungslose Miene sprach eine andere Sprache. »Wie kommen Sie darauf, dass ich einen guten Schriftsteller abgeben könnte? Meine Geschichten sind doch simpel, verglichen mit anderen Werken da draußen. Mein Wortschatz ist auch nicht besonders toll – und ohne die automatische Rechtschreibprüfung bin ich verloren.«

Mrs Peters nahm ihre Brille ab und rieb sich die Schläfen. Conner war nach wie vor ein Schüler, zu dem man nur schwer durchdrang.

»Was einen guten Schriftsteller ausmacht, ist, dass er etwas zu erzählen hat und die Leidenschaft besitzt, es mit anderen zu teilen«, erklärte sie. »Ich kann Ihnen gar nicht sagen, wie oft ich schon Romane oder Zeitungsartikel gelesen habe, die versucht haben, mit komplizierten Formulierungen und witzigen Wortspielen darüber hinwegzutäuschen, dass sie absolut keine Geschichte zu bieten hatten. Eine gute Geschichte sollte man genießen können; Schlichtheit kann da manchmal ein großes Plus sein.«

Conner war noch immer nicht überzeugt. »Ich weiß einfach nicht, ob das wirklich etwas für mich ist.«

»Sie müssen sich ja nicht sofort entscheiden«, beschwichtigte Mrs Peters. »Ich bitte Sie lediglich, einmal darüber nachzudenken – denn ich fände es schrecklich, wenn jemand mit Ihrer Vorstellungsgabe nach dem Schulabschluss nicht ›irgendwas Cooles‹ damit anstellt.« Auf ihrem Gesicht erschien ein weiteres seltenes kleines Lächeln. »Im Laufe meiner Karriere habe ich zwei Dinge besonders lieben gelernt: zu tadeln und zu ermutigen. Ich danke Ihnen, dass Sie mir heute eine Gelegenheit zu Letzterem gegeben haben. Davon bekomme ich nicht allzu viele.«

»Keine Ursache«, meinte Conner. »Ist ganz nett, mal in die andere Kategorie zu fallen.«

Mrs Peters setzte ihre Brille wieder auf und reichte Conner seinen Aufsatzstapel. Er nahm an, dass ihre Unterhaltung damit zu Ende war, und machte sich auf zur Tür – erleichtert, dass er das Schulleiterinnenbüro nicht wie seine Vorgängerin in Tränen verließ.

»Ich bin so stolz auf Sie, Conner«, brach es aus Mrs Peters heraus, als er bereits die Hand auf den Türknauf legte. »Sie haben sich ganz schön gemausert, seit Sie in meinem Unterricht immerzu eingenickt sind.«

Conner fiel darauf keine andere Erwiderung als ein breites Grinsen ein. Hätte ihm eineinhalb Jahre zuvor jemand prophezeit, dass Mrs Peters eines Tages eine seiner größten Unterstützerinnen werden würde, hätte er das niemals geglaubt.

Auf dem Heimweg ließ Conner sich alles noch einmal durch den Kopf gehen. Seine Gedanken schwangen sich in die Höhen ungeahnter Möglichkeiten auf und tauchten dann wieder ab in die Tiefen seiner eigenen Selbstzweifel. Hatte Mrs Peters den Verstand verloren – oder könnte aus *ihm*, Conner Bailey, eines Tages tatsächlich ein Schriftsteller werden?

Würde irgendjemand seine Erzählungen von Trollbella und Trix, über die böse Königin und das große böse Wolfsrudel oder Jack und Goldlöckchen lesen wollen? Und hätten *die Hauptfiguren* womöglich etwas dagegen, dass er über sie schrieb? Würde Goldlöckchen – sofern er sie je wiedersah – ihn am Ende sogar grün und blau schlagen dafür, dass er die Dreiecksgeschichte zwischen ihr, Jack und Rotkäppchen offengelegt hatte?

Seit Jahrhunderten wurden stets nur die gleichen Erzählungen über sie geschrieben; da nahm Conner an, dass die Bewohner der Märchenwelt sicher nichts einzuwenden hätten, wenn er die Leute hier und da ein wenig auf den neuesten Stand brachte.

Doch wie würde Alex das sehen? Sie hatte ebenso großen Anteil an den Abenteuern im magischen Land gehabt wie er; würde es ihr etwas ausmachen, wenn Conner ihre Erlebnisse nun mit aller Welt teilte?

Immer war es Alex gewesen, die eine großartige Zukunft vor sich gehabt hatte, nicht Conner. *Sie* hatte von klein auf ehrgeizige Pläne geschmiedet; Conner ging nach wie vor fest davon aus, dass sie eines Tages Ärztin oder Anwältin oder Präsidentin sein würde. Über seine eigene Zukunft hatte er sich leider weitaus weniger Gedanken gemacht, deshalb schien ihm jeder Vorschlag nun weit hergeholt.

Mit einem Mal wurde ihm klar, dass er dringend Alex' Meinung zu all dem hören wollte. Doch zu Hause angekommen blieb er zunächst ruckartig stehen. Was er dort nämlich vorfand, hatte er nicht erwartet.

»Was macht denn Bob hier?«, grübelte Conner leise vor sich hin, als er das Auto erkannte, das in der Zufahrt parkte.

Die Haustür wurde aufgerissen, bevor Conner seinen Schlüssel hervorziehen konnte; auf der anderen Seite stand Alex, mit großen Augen und gespenstisch bleichem Gesicht.

»Endlich!«, rief sie erleichtert.

»Was ist hier los?«, drängte Conner. »Wieso ist Bob da?«

»Er wollte mit uns reden, bevor Mom nach Hause kommt«, erklärte Alex. »Er weiß, dass wir Bescheid wissen, und meinte, er wolle uns etwas fragen. Ich glaube, ich habe eine sehr genaue Ahnung, um was es geht.«

»Und das wäre?«, erkundigte sich Conner, der nicht die Spur einer Idee hatte.

»Komm einfach rein«, erwiderte Alex. »Ich denke, hier tut sich gleich etwas *Großes.*«

Kapitel 5

Der Heiratsantrag

Alex und Conner sahen schon seit ihrem vierten Lebensjahr nicht mehr wie eineiige Zwillinge aus. Etwa in diesem Alter nämlich hatte Charlotte es aufgegeben, sie jeden Tag gleich anzuziehen, und beide hatten ihre ganz persönlichen Vorlieben und Merkmale entwickelt. Als sie nun jedoch nebeneinander mit verschränkten Armen auf der Couch saßen und Bob mit ihren Blicken erdolchten, konnte man sie tatsächlich wieder kaum auseinanderhalten.

»Also …«, setzte Bob an und rutschte ihnen gegenüber unbehaglich in einem Sessel hin und her. »Eure Mom hat gemeint, sie hätte euch gegenüber endlich die Katze aus dem Sack gelassen, was uns beide angeht.«

Eines musste man ihm zugestehen: Es war mutig, dass er die Situation von sich aus ansprach.

»Allerdings«, entgegnete Conner.

Bob nickte eifrig, als wäre das eine gute Sache. Die Zwillinge blinzelten nicht einmal – sie wirkten regelrecht einschüchternd.

»Es tut mir leid, dass diese Blumen zu euch nach Hause geliefert wurden. Eigentlich hätten sie ins Krankenhaus gebracht werden sollen«, meinte Bob.

»Ja, das hätten sie wohl«, gab Alex zurück. Im Laufe seiner Karriere hatte Bob schon Tausende schwieriger Operationen erfolgreich durchgeführt, doch von den Kindern der Frau, die er liebte, derart angestarrt zu werden, setzte ihm mehr zu als jede Operation der Welt.

»Ich verstehe, dass es nicht leicht für euch ist, all das zu verarbeiten«, räumte er ein. »Trotzdem bin es doch immer noch *ich*, Leute. Ich bin nach wie vor derselbe Dr. Bob, mit dem ihr schon zigmal zu Abend gegessen habt. Der Kerl, der mit euch in die Filme geht, die eure Mutter nicht sehen will. Der Typ, der euch Buster geschenkt hat. Und jetzt eben bloß auch noch der –«

»Neue Freund unserer Mutter?«, brachte Conner den Satz zu Ende. »Netter Versuch, aber alles, was du gerade aufgezählt hast, macht die ganze Geschichte nur noch schlimmer. Wir dachten, wir *kennen* dich.«

»Gibst du zu, dass Buster eine Art Mitgift war, Bob?«, fragte Alex.

»Alex, was ist eine Mitgift?«, raunte Conner ihr aus dem Mundwinkel zu, ohne dabei den Blick von Bob abzuwenden.

»So was wie eine Ablösesumme«, erläuterte Alex. »In der Antike zum Beispiel haben Männer den Familien ihrer Angebeteten ein Dutzend Kamele oder dergleichen versprochen, wenn sie dafür die Tochter zur Braut nehmen durften.«

»Kapiert«, meinte Conner und konzentrierte sich nun wieder ganz auf Bob. »Ist unsere Mutter in deinen Augen kein Dutzend

Kamele wert, Bob? Ein Hund, und du glaubst, die Sache ist geritzt?«

»Ich glaube ganz sicher nicht, dass die Sache geritzt ist«, betonte Bob. »Noch nicht.«

Alex und Conner verengten tadellos synchron die Augen zu Schlitzen, als hätten sie sich vorher abgesprochen. Bob schob eine Hand in die Tasche und zog eine kleine Samtschatulle hervor. Eine Sekunde lang fragten die Zwillinge sich, was es damit wohl auf sich haben mochte – aber auch nur eine Sekunde lang. Als ihnen klarwurde, dass das Kästchen für alles außer einem *Ring* zu klein war, dämmerte ihnen, was die Geste bedeuten musste.

»O Gott«, stieß Alex aus.

»Auf gar keinen Fall!«, rief Conner.

Bob sah mit einem Lächeln auf die Schatulle hinunter. »Wisst ihr, als vor vier Jahren meine Frau gestorben ist, hätte ich mir nie träumen lassen, dass ich je wieder glücklich werden würde«, meinte er leise. »Jeden Tag rette ich Leben, doch lange Zeit war ich überzeugt, dass ich mein eigenes unmöglich würde retten können. Und dann war da plötzlich eure Mom, und ich durfte feststellen, dass ich mich getäuscht hatte.«

Alex und Conner schielten aus den Augenwinkeln zum jeweils anderen hinüber. Noch nie hatten sie Bob so rührselig erlebt. Trotzdem wussten sie seine Ehrlichkeit zu schätzen.

»Ich weiß, dass ihr schon eine Weile zusammen seid … aber das kommt mir nun alles so schnell vor«, gestand Alex.

»Wir haben es ja erst gestern Abend erfahren«, gab Conner zu bedenken. »Für uns fühlt es sich an, als wärt ihr erst seit einem Tag ein Paar. Bist du sicher, dass du da nichts überstürzt?«

Bobs liebevoller Blick auf den Ring und sein Lächeln, das

aus tiefstem Herzen zu kommen schien, ließen keinen Zweifel daran, dass er sich nie in seinem Leben einer Sache sicherer gewesen war.

»Ich habe schon ein paar Jahre Lebenserfahrung, Leute. Und dabei habe ich gelernt, dass einem so etwas nicht oft passiert«, erklärte er den Kindern. »Wenn ich die Gelegenheit, eure Mutter darum zu bitten, den Rest ihres Lebens mit mir zu verbringen, *nicht* nutzen würde, wäre ich der größte Trottel auf Erden.«

Bob klappte das Kästchen auf und zeigte den Zwillingen den Ring. Alex schnappte nach Luft. Es war der schönste Ring, den sie jemals gesehen hatte: silbern und so breit, dass zwei große Diamanten auf dem Metall Platz hatten – einer blau, der andere rosa. Die Geschwister hätten schwören können, dass im Hintergrund Musik erklang, während das Schmuckstück dort in Bobs Hand funkelte, doch natürlich war das Einbildung.

»Einen Monat habe ich gebraucht, um den perfekten Ring zu finden«, erzählte Bob. »Als ich diesen gesehen habe, war mir direkt klar: Der ist es. Ich stelle mir vor, dass die beiden Diamanten sie an euch zwei erinnern werden: derselbe Schliff, aber ganz unterschiedliche Farben.«

Bei diesen Worten wurden Alex' Augen sofort feucht. Conner dagegen verschränkte noch ein wenig starrsinniger die Arme.

»Etwas so Rührendes habe ich in meinem ganzen Leben noch nicht gehört«, schniefte Alex.

»Bring mich nicht dazu, dich wieder zu mögen«, grollte Conner mit grimmig heruntergezogener Stirn.

Bob drückte den Rücken durch; er war offenkundig froh, dass die Unterhaltung nun eine etwas erfreulichere Richtung nahm. »Ich versuche nicht, euren Dad zu ersetzen, und ich bitte euch auch nicht, mich als neuen Vater zu akzeptieren«, sagte er aufrichtig. »Worum ich euch aber *sehr wohl* bitte, ist eure Erlaubnis, um die Hand eurer Mutter anzuhalten. Ohne euren Segen will ich das nicht tun.«

Alex und Conner konnten es nicht fassen. Beide kamen sich vor wie Passagiere auf einem Schiff, denen man plötzlich das Steuer in die Hand gab.

»Darüber müssen wir erst mal eine Minute nachdenken«, verkündete Conner prompt.

Bevor Alex wusste, wie ihr geschah, hatte ihr Bruder sie in die Küche geschleift. Dort standen sie einige Augenblicke in vollkommener Stille und starrten einander einfach nur an.

»Was denkst du gerade?«, wollte Alex wissen.

»Ich denke, dass das eine echt unangenehme Situation ist«, antwortete Conner. »Noch unangenehmer als der Moment, in dem du mit Mom über Sport-BHs gefachsimpelt hast und ich hereingeplatzt bin.«

Alex verdrehte die Augen und linste durch den Türrahmen in den Nebenraum, um sicherzugehen, dass Bob nichts von ihrer Beratung mitbekam. »Ganz ehrlich, Conner: Ich glaube nicht, dass wir hierauf irgendeinen Einfluss haben. Es war wirklich nett von Bob, so zu tun, als wolle er uns an der Entscheidung beteiligen, aber du hast ja gehört, was er uns gerade verkündet hat, und du hast auch gehört, was Mom gestern Abend erzählt hat. Ich denke nicht, dass irgendetwas die beiden davon abhalten wird, zusammen zu sein.«

Conner seufzte und fuhr sich mit einer Hand durchs Haar.

»Du hast recht«, stimmte er ihr zu. »Trotzdem: Wer weiß, ob Mom überhaupt ja sagt? Vielleicht hat sie ja Bedenken?«

»Bedenken wogegen?«, wollte Alex wissen. »Sie liebt ihn, und er liebt sie. Wieso sollte sie da zögern?«

Conner wandte den Blick ab, er wollte nicht aussprechen,

was ihm durch den Kopf ging, auch wenn er sich sicher war, dass Alex die gleichen Gedanken hatte.

»Dad ist tot, Conner«, sagte Alex leise. »Er kommt nicht zurück, ganz gleich, wie sehr wir uns das wünschen.«

Es fiel Alex schwer, diese Tatsache so schonungslos auszusprechen. Normalerweise überließ sie es den Erwachsenen in ihrem Leben, solch unbequeme Wahrheiten zu verteilen, doch da gerade jene Erwachsenen, die sie liebte, einer nach dem anderen zu verschwinden schienen, blieb ihr nichts anderes übrig, als selbst hin und wieder ihre Rollen einzunehmen.

Conner war klar, dass die Worte seiner Schwester ebenso ihm wie ihr selbst galten. Alex hatte eine Gabe dafür, all das offen kundzutun, was er nicht einmal denken wollte.

»Ich schätze, Mom hat uns über die Jahre so viel gegeben, da ist unser Segen das mindeste, was sie nun von uns erwarten können sollte«, räumte Conner schweren Herzens ein.

»Jaaa, finde ich auch«, nickte Alex. »Das ist wieder so einer.«

»Wieder so ein was?«, fragte Conner.

»So ein großer Moment«, erklärte Alex seufzend. »Davon hatten wir einige in letzter Zeit.«

»Allerdings«, bekräftigte Conner. »Man sollte doch meinen, dass wir allmählich immun dagegen sind.«

»Immun gegen das *Leben*?«, spöttelte Alex. »Hat irgendjemand dieses Glück?«

Conner schnaubte und stemmte die Hände in die Hüften. »Schön«, beschloss er. »Er kann Mom heiraten, aber ich nenne ihn trotzdem weiterhin Dr. Bob.«

Die Zwillinge gingen zurück ins Nebenzimmer. Bob stand aus seinem Sessel auf und sah ihnen unruhig und erwartungsvoll entgegen.

»Und?«, erkundigte er sich ein wenig atemlos.

»Das Urteil ist gefallen«, verkündete Conner. »Alex und ich sind zu der Entscheidung gelangt, dass du unsere Mom fragen darfst, ob sie dich heiraten will.«

Bob klatschte freudig in die Hände, und Tränen traten ihm in die Augen. »Leute, ihr habt mich soeben zum glücklichsten Mann der Welt gemacht!«, rief er aus. »Danke! Ich verspreche, dass ich für den Rest meines Lebens für sie da sein werde!«

Buster bellte und sprang auf und ab; auch er wollte sich dem Freudentaumel anschließen.

»Wo willst du ihr den Antrag machen?«, erkundigte Alex sich.

»Wie wäre es hier, beim Abendessen zum Beispiel?«, überlegte Bob. »Ich bestelle etwas bei ihrem Lieblingsrestaurant und überrasche sie, wenn sie von der Arbeit nach Hause kommt.«

»Wann?«, hakte Conner nach.

»Je schneller, desto besser«, meinte Bob. »Nächsten Donnerstagabend habe ich frei. Würde das passen?«

»Da habe ich Nachmittagsunterricht, aber um sechs bin ich zu Hause«, erklärte Alex.

»Großartig, dann halten wir das fest!«, beschloss Bob. »Nächste Woche Donnerstag um sechs Uhr abends halte ich um ihre Hand an! Ich werde einige der anderen Krankenschwestern bitten, eure Mom gut zu beschäftigen, so dass sie nicht zu früh von der Arbeit kommt und uns die Überraschung verdirbt. Das wird fabelhaft!«

Auch die Zwillinge freuten sich darauf. Weniger auf den Antrag an sich, aber doch auf die Chance, ihre Mom wieder glücklich zu sehen.

»Hey, Bob«, fiel Conner plötzlich etwas ein, »ziehst du dann zu uns? Normalerweise leben verheiratete Paare ja gern zusammen – zumindest in den ersten Monaten.«

»Das ist eine gute Frage«, stellte Alex fest. »Wo werden wir wohnen?«

»Bei mir?«, schlug Bob mit einem Schulterzucken vor. »Bevor meine Frau gestorben ist, haben wir gemeinsam ein großes Haus nicht allzu weit von hier gekauft, weil wir vorhatten, dort eine Familie zu gründen. Es wäre schön, all die Zimmer endlich mit Leben zu füllen.«

Die Zwillinge blickten sich in ihrem kleinen gemieteten Häuschen um. Der Gedanke, es zurückzulassen, betrübte sie; ganz unerwartet war es in den vergangenen Jahren doch zu einem Zuhause geworden.

»Das wird ein komisches Gefühl sein, wieder umzuziehen«, gestand Alex. »Aber recht unkompliziert – schließlich haben wir nie komplett ausgepackt.«

»Es gibt dort einen Swimmingpool«, verriet Bob – in dem Versuch, die Kinder aufzuheitern.

Conners Augen wurden groß. »Oha!«, staunte er. »Bob, du hättest dir diesen ganzen verkrampften Nachmittag ersparen können, wenn du das Gespräch einfach mit dem Wort ›Swimmingpool‹ angefangen hättest.«

Alex verdrehte die Augen, Bob gluckste leise.

»Dann soll Mom jetzt bloß ja sagen, sonst bin *ich* so was von enttäuscht«, verkündete Conner.

In der folgenden Woche fiel es den Zwillingen schwer, sich auf irgendetwas zu konzentrieren. Je näher der schicksalhafte Donnerstag rückte, desto unruhiger wurden die beiden.

Alex und Conner konnten nicht einmal sagen, weshalb sie eigentlich derart nervös waren – schließlich waren nicht *sie* diejenigen, die jemandem einen Heiratsantrag machen würden.

Doch auf eine ganz merkwürdige Art und Weise heiratete Bob auch sie. Und so bang ihnen bei der ganzen Sache nach wie vor war, sie stellten trotz allem fest, dass sie sich allmählich ein wenig darauf freuten, Bob in ihre Familie aufzunehmen.

Besonders Conner konnte es wirklich kaum erwarten, einen weiteren Mann im Haus zu haben. Sosehr er seine Mutter und seine Schwester auch liebte, ihm fehlte jemand, mit dem er auch mal über einen derben Witz lachen konnte, wenn ihm danach war.

In dieser Woche schrieb er im Englischunterricht eine Kurzgeschichte über eine Trollfamilie, deren Mutter mit einem Oger verlobt war. Das war nun nicht gerade eine schmeichelhafte Darstellung seiner eigenen Familiensituation, Conner allerdings half es dabei, alles zu verarbeiten. In die Randspalte seines Blatts zeichnete er kleine Skizzen; die Trollkinder sahen ihm und seiner Schwester auffallend ähnlich. Das Trollmädchen, das er nach Alex' Vorbild entworfen hatte, trug vor seinen Hörnern sogar einen Haarreif.

Eines Nachmittags stieß Alex dazu, als Conner gerade an der Geschichte arbeitete. Nie zuvor hatte sie ihn bei einer Aufgabe so hingebungsvoll erlebt.

»Was ist das?«, erkundigte Alex sich.

»Ach, gar nichts«, meinte Conner ein wenig peinlich berührt. Noch immer hatte er ihr nichts von seinem Gespräch mit Mrs Peters erzählt. »Bloß eine kreative Schreibaufgabe für Englisch.«

»Wie hübsch – *Moment*, soll ich das sein?«, keuchte Alex und deutete auf die Zeichnung.

»Quatsch«, versicherte Conner ihr. »Wie kommst du denn darauf?«

»Weil darunter *Das soll Alex darstellen* steht!«, fauchte sie, ebenso verärgert wie verletzt. »Das ist so was von unverschämt, Conner. Wie alt bist du eigentlich?«

Conner sah schuldbewusst zu seiner Schwester hoch. »Es gibt da etwas, das ich dir bisher ganz zu sagen vergessen habe«, räumte er ein. »Ich habe in letzter Zeit im Englischunterricht gewissermaßen ziemlich viel über uns beide geschrieben.«

»Was soll das heißen?«, wollte Alex wissen.

»Über unsere Abenteuer in der Märchenwelt«, erklärte Conner. »Die liefern prima Stoff für Geschichten – deshalb hat Mrs Peters mich neulich zu sich ins Büro geholt. Meine Aufsätze haben ihr echt gut gefallen, und sie hat gemeint, ich solle mal darüber nachdenken, ob ich nicht Schriftsteller werden will. Ihrer Meinung nach hätte ich vielleicht das Zeug dazu – was auch immer das sein soll.« Er hielt kurz inne. »Deine Gedanken dazu?«

Alex musste zweimal blinzeln. »Ich finde, das ist eine großartige Idee!«, antwortete sie dann, und Conner seufzte vor Erleichterung. »Warum hast du mich nicht früher eingeweiht?«

»Ich hatte Sorge, du wärst nicht einverstanden damit, dass ich unsere Angelegenheiten überall herumposaune«, gestand Conner. »Irgendwie gehören unsere Erlebnisse schließlich auch dir.«

»Ganz im Gegenteil«, sagte Alex mit Nachdruck. »Ich denke, diese Geschichten *sollten* erzählt werden. Wir haben so viele Dinge gesehen und so viele Leute getroffen – da wäre es ja die reinste Verschwendung, das alles für uns zu behalten. Dad wäre unheimlich stolz auf dich.«

Conner lächelte in sich hinein. Das war ihm noch gar nicht in den Sinn gekommen.

»Wirklich?«, vergewisserte er sich. »Meinst du?«

»Absolut sicher«, bekräftigte Alex. »Er wäre so froh, dass

einer von uns das Geschichtenerzählergen geerbt hat. Ich habe schon so oft versucht, Märchen zu erzählen oder nachzuerzählen, aber du kannst das definitiv viel besser als ich. Du bist witzig, und dir hören die Leute gern zu.«

Conner zuckte mit den Schultern. »Ach, komm«, entgegnete er verlegen. »Aber widersprechen werde ich dir jetzt mal nicht.« Er zog einen Stapel seiner Aufsätze hervor, um sie Alex zu zeigen. »Der hier beschreibt Trix' Gerichtsverhandlung, und hierin geht es darum, wie Trollbella uns die Freiheit geschenkt hat, im Austausch für einen Kuss – ich wünschte, das könnte ich vergessen. Diese Geschichte war meine erste: Ich habe vom verdrehten Baum erzählt, hatte aber panische Angst, jemand könnte herausfinden, dass alles darin wahr ist, deshalb habe ich aus dem Baum eine verdrehte Giraffe gemacht. So ergibt der Text nicht wirklich Sinn, aber was soll's, ich lerne eben noch.«

»Das ist toll, Conner«, lobte Alex. »*Richtig* toll.«

Conner grinste von einem Ohr zum anderen. Seiner Schwester nahm er dieses Urteil viel leichter ab als Mrs Peters, und ihr Zuspruch war für ihn die Wertschätzung, die er brauchte, um an sich selbst zu glauben.

Alex durchblätterte die Geschichten ihres Bruders. Erinnerungen an die gemeinsamen Erlebnisse kamen wieder hoch, und sie musste beim Lesen seiner Worte schmunzeln und laut lachen.

»Ach herrje!«, rief Alex plötzlich und sah von den Blättern auf, als ihr etwas Dringendes einfiel. »*Bob.* Weihen wir ihn ein? Verraten wir ihm, wer Grandma und Dad tatsächlich sind?«

Darauf hatte Conner keine Antwort parat. Keinem der Geschwister war dieser Gedanke bisher gekommen. Wie konnten sie Bob ihr größtes Familiengeheimnis mitteilen?

»*Sollten* wir es ihm erzählen?«, fragte Conner.

»Vermutlich schon – falls Grandma eines Tages mit einem Elfen oder einer Fee vor unserer Haustür aufkreuzt«, meinte Alex.

Conner ließ den Blick grüblerisch in die Ferne schweifen. »Himmel, wer sind wir eigentlich?«, murmelte er. »Gibt es außer uns noch eine Familie mit solchen Problemen?«

»Ich nehme an, Bob wird so oder so jede Menge Fragen stellen«, grübelte Alex. Sie stieß einen langen Seufzer aus. »Aber im Grunde ist es gar nicht mehr wichtig. Vielleicht macht es überhaupt keinen Unterschied, ob wir ihm von unseren Verbindungen in eine andere Dimension erzählen, wenn wir ohnehin keinen Kontakt zum magischen Land mehr pflegen.«

»Ich schätze, das entscheiden wir am besten spontan«, schlug Conner vor. »Das Ganze könnte auch ein guter Trumpf in der Hinterhand sein, für später, wenn wir älter sind. Dann könnten wir Bob erzählen, wir wollten in die Märchenwelt, und stattdessen auf eine Party gehen.«

Alex legte den Kopf schief und warf ihrem Bruder einen verwirrten Blick zu. »Wie kämen wir dazu, jemals eine Party dem magischen Land vorzuziehen?«

Conner schüttelte den Kopf. Er wünschte, seine Schwester würde nur ein einziges Mal wie ein normaler Teenager denken. »Ich vergesse immer wieder, dass du eine Achtzigjährige bist, die in einem dreizehnjährigen Körper feststeckt«, gab er zurück. »Vergiss es einfach.«

Die Woche neigte sich langsam ihrem Ende zu, und schließlich erwachten die Zwillinge an einem herrlichen Donnerstagmorgen. Bevor sie das Haus verließen, umarmten sie ihre Mom besonders lange, so dass diese schon misstrauisch eine Augenbraue hochzog, als sie die Kinder in die Schule verabschiedete.

Alex und Conner kam es vor, als zöge der Tag sich ganz besonders unerträglich in die Länge. Alle fünf Minuten warfen sie einen Blick auf die Uhr, nur um jedes Mal enttäuscht festzustellen, dass der Zeiger nur unmerklich vom Fleck gerückt war. Kaum hatte es zum Unterrichtsschluss geläutet, sprintete Conner nach Hause, wo Bob bereits wartete, um sich gemeinsam mit ihm in die Vorbereitungen für den Abend zu stürzen. Conner hatte es so eilig, dass er eine Abkürzung über den Rasen der Nachbarn nahm und dabei vor lauter Hast und Aufregung beinahe über einen Gartenzwerg gestolpert wäre.

Alex wiederum war zu hibbelig, um ihren Collegekurs zu genießen oder auf der Rückfahrt im Zug einzudösen. Sie wollte einfach nur, dass der Abend für ihre Mom perfekt wurde. Und nach dem ersten Eindruck, der sich Alex beim Nachhausekommen bot, schienen die Chancen darauf ziemlich gut zu stehen.

Der Küchentisch war mit einer Seidentischdecke hergerichtet worden; in der Mitte standen Kerzen, dazu je eine Flasche Champagner und Apfelsaft, die nur darauf warteten, zur Feier des Tages geöffnet zu werden. Im ganzen Haus duftete es, denn Bob hatte von Charlottes Lieblingsitaliener bereits das Abendessen geholt.

Er trug einen hübschen Anzug mit Krawatte und hielt die Schatulle mit dem Ring fest in der Hand, als wage er es nicht, sie loszulassen. Selbst Conner hatte sich schick gemacht und sein bestes Hemd angezogen.

Alex versuchte, Buster eine Schleife ans Halsband zu binden, doch er ließ es nicht zu. Seit ein paar Tagen schon benahm der Hund sich merkwürdig: Er saß immerzu in der Nähe der Haustür und knurrte sie gelegentlich an. Die Kinder vermuteten, dass in der Nachbarschaft eine neue Katze eingezogen sein musste – oder dass sich ihre eigene Anspannung womöglich auf Buster übertrug.

Abgesehen von den Marotten ihres Hundes allerdings schien alles tadellos nach Plan zu laufen.

Alex rannte nach oben in ihr Zimmer, schlüpfte in einen Rock und suchte ihren schönsten Haarreif heraus. Um halb sieben erschien sie wieder im Erdgeschoss und gesellte sich zu Bob und Conner an den Esstisch.

»Mom müsste jeden Augenblick da sein!«, raunte Conner. »Beeil dich mit dem Antrag, Bob, ich bin am Verhungern!«

»Ich werde mein Bestes geben«, versicherte Bob. Immer wieder schielte er auf den Ring hinunter. So aufgeregt die Zwillinge auch waren – sie wussten, dass ihre Nervosität nichts gegen das war, was Bob empfinden musste.

Alex und Conner konnten es kaum abwarten, dass ihre Mutter durch die Tür treten und sie alle versammelt und erwartungsvoll hier vorfinden würde. Alex hoffte, Charlotte würde nicht allzu viel weinen, denn sonst konnte es gut sein, dass auch *ihr* die Tränen kamen; Conner hoffte, Alex würde nicht zu heulen anfangen, da er in diesem Fall eventuell feuchte Augen bekäme – und nun lag nicht einmal irgendwo Staub, auf den er das hätte schieben können.

Leider war die Mutter der Geschwister spät dran, weshalb die drei sich weiter gedulden mussten. Sie warteten … und warteten … und warteten noch ein wenig länger. Schließlich zeigte die Uhr an, dass Charlotte vor mehr als einer Stunde hätte zu Hause sein sollen.

»Wollen wir sie mal anrufen?«, fragte Conner.

»Nein, lieber nicht«, hielt Alex ihn zurück. »Sie soll doch nichts ahnen!«

Nach einer weiteren Stunde schlug die Vorfreude der Zwillinge in Sorge um. Bob beschloss, das Essen in die Küche zu stellen, damit sie es später wieder warm machen konnten.

»Ich schätze, Schwester Nancy kommt meiner Bitte ein wenig zu eifrig nach«, gluckste Bob. »Wahrscheinlich zieht sie alle Register, damit eure Mom nicht zu früh nach Hause kommt.«

Doch Alex und Conner war nicht nach Lachen zumute. Als sie zuletzt so lange auf ein Elternteil gewartet hatten, hatten sie es verloren.

»Ich werde Nancy mal anrufen«, meinte Bob, nachdem wiederum eine Weile vergangen war, und wählte die Nummer seiner Kollegin im Kinderkrankenhaus. »Hallo, Nancy? Hi, hier ist Bob. Ich bin zu Hause bei den Kindern – ist Charlotte schon unterwegs?«

Die Geschwister beugten sich näher zu ihm hinüber. Was Nancy am anderen Ende der Leitung antwortete, konnten die beiden kaum verstehen. Doch allem Anschein nach klang sie überrascht.

»Sie ist vor zwei Stunden gegangen?«, fragte Bob in den Hörer. »Bist du sicher? Wir haben nichts von ihr gehört.«

Alex und Conner tauschten ängstliche Blicke.

»Irgendwas stimmt nicht«, flüsterte Alex. »Das spüre ich. Irgendwas ist passiert.«

»So spät kommt Mom nie«, stimmte Conner ihr kopfschüttelnd zu.

»Okay, danke, Nancy – ich versuche mal, sie zu erwischen«, sagte Bob und legte auf.

Rasch wählte er nun Charlottes Nummer, ohne dabei den Zwillingen in die Augen zu sehen. Er wollte nicht, dass sie merkten, wie besorgt auch er war. Mehrmals probierte er, die Mutter der Kinder zu erreichen, hatte aber kein Glück.

»Sie geht nicht dran, Leute«, gestand er. »Denkt ihr, sie könnte spontan beschlossen haben, noch ein paar Besorgungen zu machen?«

Alex war inzwischen schlecht vor Angst; jetzt brach sie in Tränen aus. »Wir müssen die Polizei verständigen!«, schluchzte sie.

»Die Polizei würde nichts unternehmen, ehe sie achtundvierzig Stunden verschwunden wäre«, erklärte Bob. »Lasst uns mal noch nicht in Panik verfallen.«

Conner sprang vom Tisch auf und fing an, im Zimmer auf und ab zu tigern. »Es muss doch irgendetwas geben, das wir tun können«, beharrte er.

»Ich schnappe mir das Fahrrad und suche sie«, entschied Alex.

»Ich komme mit!«, verkündete Conner sofort.

»Niemand geht irgendwohin«, beschwichtigte Bob die Kinder mit ruhiger Stimme, auch wenn sie wussten, dass seine Nerven ebenso blank lagen wie ihre. »Wir haben schon versucht, im Krankenhaus und auf ihrem Handy anzurufen. Nun warten wir noch ein paar Minuten, falls sie sich zurückmeldet.« Alex' Tränen flossen mit jeder Minute schneller, während ihre Sorgen immer größer wurden; gegen beides konnte sie überhaupt nichts tun. Die Geschwister fürchteten, dass die Geschichte – *ihre* Geschichte – sich gerade wiederholte.

Plötzlich fing Buster wie verrückt an zu bellen. Dabei fixierte er hochkonzentriert die Haustür; er warf sich dagegen, kratzte am Holz und knurrte, so laut er nur konnte. So hatten die Zwillinge ihn noch nie erlebt.

»Buster, Junge, was ist denn los?«, rief Bob. »Ist da jemand an der –?«

Es klingelte. Alle – einschließlich des Hundes – erstarrten.

Erst nachdem die Türglocke noch zwei weitere Male geläutet hatte, kam Bewegung in sie.

»Wer kann das sein?«, grübelte Bob und ging zur Tür, um zu öffnen. Alex und Conner folgten ihm, blieben aber im Türrahmen der Küche stehen. Beinahe wünschten sie sich, Bob hätte das Klingeln ignoriert. Wer oder was auch immer vor dem Haus wartete – zu so später Stunde würde es kaum erfreulicher Besuch sein.

Buster drehte erneut auf, bellte und sprang wild umher. »Buster, runter mit dir, Junge«, befahl Bob.

Der Hund wich von der Haustür zurück und baute sich direkt vor den Zwillingen auf, als wollte er sie beschützen. Zweifellos war er bereit, sich ohne Zögern auf den ungeladenen Besuch zu stürzen, sollte dieser ihm nicht geheuer sein. Spürte er bereits etwas, von dem die anderen noch nichts wussten?

Bob warf den angespannten Geschwistern über die Schulter einen Blick zu. »Alles wird gut, Kinder«, versicherte er ihnen ruhig. »Was auch passiert, ich verspreche euch, alles wird gut.«

Langsam zog Bob die Haustür auf und linste auf die Veranda hinaus. Sie schien leer.

»Hallo?«, fragte er.

Noch immer: nichts und niemand zu entdecken.

»Hallo?«, versuchte Bob es ein zweites Mal. »Ist da draußen irgendwer –?«

»Ergreift ihn!«

Im Bruchteil einer Sekunde stürmte ein Dutzend Soldaten in silberner Rüstung ins Haus. Einer rammte Bob hart gegen die Wand. Alex schrie auf. Conner fasste sie am Arm, und zusammen wollten sie zur Hintertür rennen, doch die Soldaten schlossen einen engen Kreis um die Geschwister und Buster.

Sie hatten ihre Schwerter gezückt und trugen schwere

Schilde, auf denen ein Wappen mit kleinem gläsernem Schuh prangte. Die Zwillinge erkannten den Trupp sofort – er stammte ohne jeden Zweifel aus dem Königreich des Gläsernen Schuhs; was um alles in der Welt aber hatte die Soldaten hierhergeführt?

»Lasst mich auf der Stelle los!«, brüllte Bob und kämpfte gegen die Männer an, die ihn festhielten. »Weg von den Kindern! Wer sind Sie überhaupt?!«

»Wir haben die Kinder sicher umstellt«, rief der Soldat, der Alex am nächsten stand, in Richtung der offenen Tür. »Bringt die gute Fee herein.«

Alex und Conner warfen einander so ruckartig einen Blick zu, dass sie sich dabei beide beinahe den Nacken verrenkt hätten. *»Gute Fee?«*, fragten sie gleichzeitig.

Zwei weitere Männer in Rüstung stürzten hastig durch die Eingangstür, und ihnen voran lief niemand anders als die Großmutter der Zwillinge.

»Grandma?!«, keuchten Alex und Conner wie aus einem Mund. Sie wagten es kaum, ihren Augen zu trauen.

Ihre Großmutter sah genauso aus, wie die zwei sie in Erinnerung hatten: Sie trug ein langes, himmelblaues Gewand, das funkelte wie die Sterne am Nachthimmel, und hatte das Haar zu einer kunstvollen Frisur hochgesteckt, in die ein paar wunderschöne weiße Blumen eingearbeitet waren. Als sie nun ins Haus marschierte, hob sie herrisch ihren Kristallzauberstab; nie zuvor hatten die Zwillinge sie derart besorgt erlebt.

»Oh, Gott sei Dank«, stieß Grandma aus.

Die Soldaten gaben eine Lücke im Kreis frei, so dass sie zu den Zwillingen eilen und ihre Enkel in die Arme schließen konnte.

»Ihr macht euch keine Vorstellung davon, wie glücklich ich bin, euch zu sehen«, flüsterte Grandma und drückte Alex und

Conner so fest an sich, dass die Kinder fürchteten, gleich zerquetscht zu werden.

Ihre Umarmung allerdings erwiderten sie nicht. Noch immer konnten beide es nicht fassen, dass sie ihrer Großmutter im wahren Leben tatsächlich wieder gegenüberstanden.

»Grandma?«, erkundigte sich Alex. »Bist du es wirklich?«

»Wo warst du?«, wollte Conner wissen.

Ihre Großmutter legte den Geschwistern sanft je eine Hand an die Wange. »Es tut mir leid, dass ich so lange fort gewesen bin«, seufzte sie schwermütig. »Ich erkläre euch alles später, das verspreche ich.«

Einen Augenblick blickte sie die beiden einfach nur aus tränenverhangenen Augen an. Alex und Conner wurde klar, dass Grandma sie ebenso sehr vermisst hatte wie die Zwillinge ihre Großmutter. »Schaut euch nur an – ihr seid ja mindestens dreißig Zentimeter gewachsen, seit ich euch zuletzt gesehen habe!«, rief sie aus.

In diesem Moment schritt ein Mann durch die Haustür, der den Kindern nur zu vertraut war. Er hatte ein markantes Kinn und war mit einem leuchtend gelben Anzug bekleidet. Zu Bobs maßloser Verblüffung standen die Schultern und Haare des Mannes wahrhaftig in Flammen. Die Zwillinge erkannten ihn sofort: Vor ihnen stand Xanthous, einziges männliches Mitglied des Rates der Feen.

»Ich habe mich auf dem Gelände umgesehen«, verkündete er. »Die Luft ist rein.«

»Xanthous?!«, staunte Alex. »Was macht er denn hier?«

Bob rang noch immer unermüdlich mit dem Soldaten, der ihn an die Wand presste. *»Was ist hier los?!«*, brüllte er noch einmal. *»Wer sind diese Leute?«*

Grandma hob ihren Zauberstab gegen ihn. Xanthous streckte

ein paar Finger in Bobs Richtung aus, und mit einem Mal loderten Flammen auf seiner kompletten Hand. Beide wirkten bereit zum Kampf.

»Kennt ihr diesen Mann?«, wandte Xanthous sich an die Kinder.

»Ja, das ist Dr. Bob«, antwortete Conner. »Fackeln Sie ihn nicht ab! Er ist der Freund unserer Mutter!«

»Freund?«, wiederholte Grandma und ließ ihren Zauberstab sinken. »Tja, da bin ich wohl länger fort gewesen, als mir bewusst war!«

»Gebt ihn frei«, ordnete Xanthous an und nahm ebenfalls seine Hand herunter. Der Soldat lockerte auf der Stelle seinen Griff um Bob.

»Diese Frau ist eure Großmutter?«, erkundigte sich Bob bei Alex und Conner. »Gehört sie zum Zirkus oder so? Was sollen die ganzen Zaubertricks und Kostüme?«

»Was auf Erden ist bitte schön ein *Zirkus*?«, wollte Xanthous wissen; er wirkte unschlüssig, ob er sich gekränkt fühlen sollte.

Alex und Conner wussten gar nicht, wo sie mit ihren Erklärungen anfangen sollten.

»Bob, das ist eine lange Geschichte«, meinte Alex.

»Um es kurz auf den Punkt zu bringen: Unsere Großmutter ist Aschenputtels gute Fee aus der Märchenwelt«, platzte Conner heraus. »Ich weiß, das ist eine Menge zu verdauen, also lass dir ruhig Zeit – aber davon abgesehen hat unsere Familie keine weiteren Leichen im Keller, versprochen.«

Bobs Augen weiteten sich, und er schielte zu den Soldaten, zu Grandma und Xanthous hinüber.

»Hmm«, grummelte Bob. Überzeugt schien er nicht.

Die Großmutter der Zwillinge sah sich zutiefst beunruhigt im Wohnzimmer um. »Wo ist eure Mutter?«, erkundigte sie sich.

»Wissen wir nicht«, gestand Conner.

»Sie hätte schon vor ein paar Stunden zu Hause sein sollen«, schob Alex hinterher.

»Grandma, was ist denn los?«, drängte Conner.

Die gute Fee gab keine Antwort; sie wirkte tief in Gedanken versunken.

»Grandma, was bedeutet das alles?«, fragte Alex flehentlich. »Wir haben dich über ein Jahr lang nicht zu Gesicht bekommen – wie kommt es, dass du plötzlich aus heiterem Himmel hier auftauchst? Du musst uns sagen, was los ist. Wo ist Mom?«

Der Blick ihrer Großmutter huschte zwischen den beiden hin und her. »Kinder, was ich euch erzählen werde, wird euch große Angst machen«, warnte sie. »Aber ihr müsst stark sein und darauf vertrauen, dass viele gutgeschulte Leute sich um die Situation kümmern.«

Die Zwillinge nickten ungeduldig. Bescheid zu wissen war immer besser, als ahnungslos zu sein.

»Ich glaube, dass eure Mutter entführt worden ist«, verkündete Grandma.

Alex und Conner hatten sich getäuscht; Ahnungslosigkeit wäre so viel besser gewesen als diese Offenbarung.

Kapitel 6

Die Formierung der Gartenzwerge

Alex und Conner verschlug es den Atem, und das Herz rutschte ihnen in die Hose.

»Was?«, hauchte Alex tonlos.

»Entführt?«, keuchte Conner. »Entführt?! Von wem?«

Alex schlug sich vor Entsetzen eine Hand auf den Mund. Conner dagegen schüttelte krampfhaft in einem fort den Kopf; er wollte es einfach nicht glauben.

Wer sollte Interesse daran haben, eine Krankenschwester zu entführen, die sich um leidende Kinder kümmerte? Und wie groß war die Gefahr, in der sie schwebte? Die Lage musste ziemlich schlimm sein, wenn nun sogar Soldaten und Feen aus einer anderen Welt bei ihnen zu Hause auftauchten.

Die Großmutter der Zwillinge schloss die Augen. »Für Erklärungen haben wir jetzt keine Zeit«, sagte sie sanft.

Conner lief scharlachrot an. »Was soll das heißen?!«, brüllte er. »Du knallst uns *das* hin und erwartest dann, dass wir keinerlei Fragen stellen?«

Grandma sah streng auf die Kinder hinunter. »Ich erwarte von euch das Vertrauen darauf, dass ich alles nach bestem Wissen und Können regeln werde«, betonte sie.

»Wir sind keine kleinen Kinder mehr, Grandma! Du musst uns sagen, was hier vor sich geht!«, verlangte Conner. Noch nie zuvor in seinem Leben hatte er einen Grund gehabt, sie anzuschreien.

»Das weiß ich, und deshalb bin ich ehrlich zu euch – ihr verdient es, die Wahrheit zu erfahren. Wir werden später einiges zu bereden haben, aber jetzt im Moment ist es besser, wenn ihr möglichst wenig wisst. Verstanden?«, entgegnete Grandma.

Weder Conner noch Alex antworteten, denn sie hatten es weder verstanden, noch waren sie damit *einverstanden*. Nicht im Geringsten.

Buster bellte die gute Fee an. Seltsamerweise störte er sich anderweitig ganz und gar nicht an all den unverhofften Eindringlingen in seinem Haus.

»Grandma, bitte, wir müssen wissen, was los ist –«, brachte Alex unter Tränen hervor.

»Das muss warten. Ich muss nun zuallererst mit Sir Lampton sprechen«, verkündete ihre Großmutter.

»Was hat er denn mit all dem zu tun?«, fragte Conner. Er erinnerte sich noch gut an den netten General von Cinderellas königlicher Garde, den die Geschwister im magischen Land kennengelernt hatten.

Grandma beugte sich hinab und blickte Buster tief in die ungleichen Augen, und der Hund setzte sich kerzengerade auf. So gehorsam hatten die Zwillinge ihn noch nie erlebt.

»Sir Lampton, ist Euch in letzter Zeit irgendetwas Sonderbares oder Außergewöhnliches aufgefallen?«, erkundigte Grandma sich.

Conner schielte zu Alex hinüber. Hatte ihre Großmutter den Verstand verloren? Hatte sie vergessen, dass Hunde in der Welt der Geschwister nicht sprechen konnten? Und wieso um alles in der Welt nannte sie Buster Sir Lampton?

Buster ließ ein einziges Bellen hören und nickte, als hätte er sie bestens verstanden.

»Oh, Verzeihung«, entschuldigte Grandma sich und schwang ihren Zauberstab in seine Richtung. *»Sprecht.«*

Ein Lichtblitz schoss aus der Spitze des Stabs in das Hundemaul. Buster fing zu bellen an, doch aus dem Laut wurde langsam ein Husten – *menschliches Husten.*

»Pardon«, räusperte sich der Hund. »Meine Güte, es ist eine Weile her, seit ich mich zuletzt um anständige Aussprache bemühen musste.«

Beide Zwillinge schnappten nach Luft. Sprechende Tiere waren ihnen nicht fremd, doch ihren eigenen Hund plötzlich reden zu hören plättete sie völlig.

»Absolut nichts Außergewöhnliches«, berichtete der Hund. »Charlotte ist heute Morgen zur Arbeit gegangen und seither nicht mehr zu Hause gewesen.«

»Sir Lampton?«, piepste Alex durch ihre Hand hindurch, die sie erneut auf den Mund geschlagen hatte. *»Sind Sie das?«*

»In der Tat, Kinder«, gestand der Hund und senkte den Kopf. »Es tut mir leid, dass ich euch meine wahre Identität nicht enthüllen konnte. Eure Großmutter wollte, dass jemand ein Auge auf euch hat, war aber der Meinung, es würde euch eher beunruhigen, einen Soldaten im Haus zu haben. Daher hat sie mich in einen Hund verwandelt.«

Conner wandte sich seiner Schwester zu; sein Gesicht wurde schon wieder immer röter. »Wir können uns nicht mal einen *Hund* ins Haus holen, ohne dass eine magische Verschwörung dahintersteckt!«

»Das Hundedasein war hart und eine ziemliche Herausforderung«, räumte Sir Lampton ein. »An Dinge wie Hundefutter und Fellpflege mit der eigenen Zunge werde ich mich wohl nie gewöhnen. Und den Drang, an *ausnahmslos allem* zu schnüffeln und zu lecken, empfinde ich als ausgesprochen lästig. Aber für euch zwei würde ich bis ans Ende der Welt laufen.«

Das war eine rührende Beteuerung vom alten Freund ihres verstorbenen Vaters, doch in den Köpfen der Geschwister war im Augenblick kein Platz für Dankbarkeit.

»Hast du über all das Bescheid gewusst, Bob?«, fragte Alex.

Bob war so still gewesen, dass die Kinder ihn zwischenzeitlich beinahe vergessen hatten. Im Gesicht wirkte er mittlerweile leicht grünlich, und er hielt sich den Magen. Seine entsetzte Miene ließ keinen Zweifel daran, dass er mit den soeben enthüllten Vorgängen nicht das mindeste zu tun hatte. Er sah sich gerade dem ersten sprechenden Tier gegenüber, dem er je begegnet war.

»Ich hoffe, Sie werden mir verzeihen, dass ich Sie im Tierheim mit einem kleinen Zauber belegt habe; ich musste nun einmal sicherstellen, dass Sie sich für Sir Lampton entscheiden und ihn mit nach Hause nehmen würden«, richtete Grandma sich nun an Bob. »Ich dachte, Sie seien bloß ein guter Bekannter von Charlotte; ich hatte ja keine Ahnung, dass Sie ihr derart … *nahestehen.*«

»Ich … ich … ich …«, murmelte Bob. *»Ich glaube, ich muss mich übergeben!«*

Er sprintete in Richtung des Badezimmers am anderen Ende

des Hausflurs. Sein Tagespensum an verträglichen Überraschungen war zweifellos aufgebraucht.

»Dann haben wir also die ganze Zeit geglaubt, wir hätten einen Hund, und in Wirklichkeit hatten wir einen Babysitter?«, hakte Alex nach. Ihr schwirrte noch immer der Kopf.

»Einen Beschützer, keinen Babysitter«, verbesserte Grandma sie.

»Einen Beschützer wovor?«, bohrte Conner.

Die Großmutter der Kinder und Sir Lampton warfen einander einen Blick zu. Den Zwillingen war klar, dass beide ihnen so wenig wie möglich erzählen, sie allerdings auch nicht belügen wollten.

»Ich verspreche, dass ich euch immer alle wichtigen Neuigkeiten, die ich in Erfahrung bringen kann, mitteilen werde«, sagte Grandma schließlich. »Im magischen Land durchleben wir gerade besorgniserregende Zeiten, die mich sehr in Atem gehalten haben. Vor kurzem hat sich die Situation zugespitzt, so dass ich Sorge hatte, auch ihr könntet davon berührt werden; deshalb habe ich Vorkehrungen getroffen, um sicherzustellen, dass ihr geschützt seid. Leider scheint es ganz so, als sei eure Mutter dem Aufruhr zum Opfer gefallen.«

»Wo wir gerade von Vorkehrungen reden, gute Fee«, unterbrach Xanthous, »wir sollten die Gartenzwerge in Position bringen, solange die Nachbarn nicht da sind.«

»*Gartenzwerge?*«, zischte Conner Alex zu.

»Also schön«, willigte Grandma ein und warf einen Blick hinüber zu den übrigen Soldaten, die gemeinsam mit ihr ins Haus gekommen waren. »Ich möchte, dass Ihr die erste Schicht übernehmt und das Haus von innen bewacht. Die restlichen Mitglieder des Trupps bitte ich, mir nach draußen zu folgen, so dass ich Euch Eure Posten zuweisen kann.«

Grandma und Xanthous führten die Soldaten rasch hinaus in den Vorgarten. Die Zwillinge blieben ihnen dicht auf den Fersen, und den beiden wiederum schloss sich Sir Lampton an; zusammen mit ihm beobachteten sie das Treiben von der Veranda aus. Obwohl die Kinder wussten, dass ihre Großmutter einst Vorsitzende des Märchenrats gewesen war, fanden sie es dennoch sonderbar, zuzusehen, wie die kleine alte Frau den großen Soldaten Anweisungen gab.

»Bezieht Eure Stellungen«, befahl Grandma.

Die Soldaten nahmen rund um den vorderen Rasen der Baileys ihre Plätze ein; so glich das Haus nun einer Miniaturausgabe des Buckingham Palace. Die gute Fee schwang ihren kristallenen Zauberstab, und ein Soldat nach dem anderen verwandelte sich mit einem hellen Lichtblitz in einen Gartenzwerg. Alle trugen sie spitze rote Mützen und weiße Bärte.

»Die sehen genauso aus wie die Gartenzwerge im Hof unserer Nachbarn«, raunte Conner. »Heute Nachmittag bin ich beinahe über einen gestolpert.«

»Genau genommen war das ein Kamerad«, meldete sich Sir Lampton aus Conners Kniehöhe zu Wort. »Der steht schon seit ein paar Monaten vor dem Haus Wache.«

»Gruselig«, kommentierte Conner.

»Was geht denn hier draußen vor sich?«, wollte mit einem Mal ein verschwitzter Bob wissen, der – noch immer grün im Gesicht – aus der Tür trat. »Wo sind die ganzen Soldaten hin, und wo kommen all die Gartenzwerge her?«

»Ich fürchte, da hast du gerade deine eigene Frage beantwortet«, erklärte Alex ihm.

Bobs Augen huschten durch den Vorgarten, während ihm dämmerte, was das bedeuten musste. Er tat den Zwillingen leid; innerhalb von weniger als einer Stunde hatte er herausgefunden, dass seine Freundin entführt worden war und Verbindungen in die Märchenwelt hatte. Im Allgemeinen aber waren Alex und Conner sich einig, dass er es ziemlich gut aufzunehmen schien.

»Nachdem ich mich zum vierten Mal übergeben hatte, ist mir klargeworden, dass ich nicht träume«, gestand Bob ihnen. »Psychische Erkrankungen liegen bei mir nicht in der Familie, deshalb muss ich wohl versuchen zu glauben, was ich sehe. Ganz nach dem Motto: Sachen gibt's, die gibt's gar nicht.« Er war immer noch ganz blass um die Nase.

»Mach dir keine Sorgen, Bob, der Schock lässt mit der Zeit nach«, beschwichtigte Conner ihn. »Nehme ich zumindest an – Alex und ich wissen ja auch erst seit einem Jahr Bescheid, und wir warten noch darauf.«

Grandma kam zusammen mit Xanthous zur Veranda zurück und gab dem Feenmann unterwegs gewissenhafte Anordnungen.

»Mag sein, dass die Soldaten für die Nachbarn kein schöner Anblick sind, aber wenigstens sind sie getarnt«, befand sie. »Ich möchte, dass Ihr hierbleibt und ein Auge auf die Zwillinge habt. Niemand darf dieses Haus ohne Erlaubnis betreten oder verlassen.«

Alex und Conner bekamen nur das Ende der Unterhaltung mit, doch schon das genügte, um sie wütend zu machen.

»Was soll das bedeuten – niemand darf kommen oder gehen?«, fragte Conner. »Wir sollen in unserem eigenen Haus festsitzen?«

»Bis alles wieder sicher ist«, bestätigte Grandma.

»Aber ich muss zur Arbeit«, mischte Bob sich ein. »Ich habe Patienten und Operationen, um die ich mich kümmern muss. Es gibt Menschen, die mich brauchen.«

Darüber grübelte Grandma einige Augenblicke nach. »Sie können nach Belieben ein- und ausgehen«, beschloss sie. »Bei allem gebührenden Respekt – ich bin in erster Linie um meine Enkel besorgt.«

»Was ist mit der Schule?«, wollte Alex wissen.

»Zum Unterricht könnt ihr wieder gehen, wenn alles sich beruhigt hat und wir wissen, wo eure Mutter ist; im Moment allerdings ist es zu gefährlich«, meinte Grandma. »Je weniger Kontakt ihr zur Außenwelt habt, desto besser. Ich werde an eure Schulleitung schreiben und erläutern, dass ihr beide schwer erkrankt seid.«

»Du kannst uns hier nicht einsperren!«, brüllte Conner – laut genug, dass die ganze Straße es hören konnte.

»Wir haben nichts falsch gemacht!«, rief auch Alex. *»Wieso bestrafst du uns so –?«*

Ihre Großmutter schwang ihren Zauberstab in Richtung der beiden, und die Kinder verstummten. Kein Ton kam mehr aus ihrem Mund, obwohl sie zu sprechen versuchten; die gute Fee hatte sie auf magische Weise mit Stummheit geschlagen.

»Bitte haltet euch an meine Anweisungen«, sagte Grandma. »Selbst wenn mehrere Soldaten, Xanthous und Sir Lampton über euch wachen, werde ich ganz krank vor Sorge um euch sein.«

Grandma blickte auf Sir Lampton hinunter.

»Fürs Erste möchte ich, dass Ihr Eure Hundegestalt behaltet«, wandte sie sich an ihn. »Die Gartenzwerge werden ohnehin schon genügend ungewollte Aufmerksamkeit erregen.«

»Jawohl, Madam«, lenkte Sir Lampton widerstrebend ein – insgeheim hatte er bereits gehofft, seine Tage als Hund seien nun vorüber.

»Und nun muss ich los«, verkündete Grandma. Sie schwenkte

ihren Zauberstab durch die Luft, und Alex und Conner fanden ihre Stimmen wieder.

»Das war's dann also?«, grollte Conner. »Ein Jahr lang hören wir überhaupt nichts von dir, und jetzt auf einmal tauchst du hier auf, und es heißt: ›Hey, Kids, eure Mom ist entführt worden, und – ach ja – euch beide stelle ich unter Hausarrest‹?«

»Ich hätte nie geglaubt, dass du uns so etwas antun könntest, Grandma«, staunte Alex und sah ihre Großmutter an, als wäre diese eine Fremde.

Grandma gingen die Worte ihrer Enkel sehr nahe. Es machte ihr keine Freude, die beiden derart zu enttäuschen, doch leider hatte sie keine Wahl: Sie konnte nur tun, was sie für das Beste hielt, und darauf hoffen, dass die Zwillinge ihr eines Tages vergeben würden.

»Ich weiß, dass ihr mich gerade nicht besonders mögt«, gestand sie. »Doch ihr seid alles, was mir an Familie noch geblieben ist. Ihr bedeutet mir mehr als alles andere auf der Welt. Eines Tages, wenn ihr selbst Kinder habt, werdet ihr verstehen, dass ihr alles tun würdet, um sicherzustellen, dass sie geschützt sind – sogar wenn sie euch am Ende dafür hassen.«

Die gute Fee ließ Alex und Conner in der Obhut der Soldaten auf der Veranda zurück und ging in die Nacht davon; ganz langsam verschwand sie inmitten eines zarten, funkelnden Nebels.

»Ich liebe euch beide«, verabschiedete sie sich traurig und war eine Sekunde später nicht mehr zu erkennen.

»Wir sollten ins Haus gehen, ehe jemand uns alle hier draußen herumlungern sieht«, drängte Xanthous.

Er und Lampton führten Bob und die Zwillinge nach drinnen. Ob ihr Hausarrest Tage, Wochen, Monate oder Jahre dauern würde, war völlig ungewiss. Bis auf weiteres aber waren die Geschwister Bailey Gefangene in ihrem eigenen Zuhause.

Die ersten paar Tage in Gefangenschaft zogen sich dahin. Alex und Conner konnten weder essen noch schlafen und machten sich bloß immerzu Sorgen um ihre Mutter. Die Frage jedoch, die sie am meisten verfolgte, war, *weshalb* Charlotte entführt worden sein mochte.

Wie hatte ihre Mutter in all das hineingezogen werden können? Wieso hatte die Großmutter der Geschwister so umfangreiche Maßnahmen ergriffen, um ihre Enkelkinder in einer anderen Dimension zu schützen? Befand Alex' und Conners Mutter sich überhaupt noch in dieser Welt, oder war sie irgendwie ins magische Land gebracht worden?

Xanthous und Lampton gaben sich zu der ganzen Sache vollkommen verschlossen. Obwohl die Zwillinge sie täglich anflehten, ihnen etwas – nur *irgendetwas* – zu verraten, beharrten die beiden darauf, dass keine Neuigkeiten die besten Neuigkeiten seien.

Leider half den Kindern ihre enorme Vorstellungskraft nicht im mindesten, ihre Sorgen zu lindern. Dürstete es den Trollkönig und den Koboldherrscher nach Rache an den Zwillingen, weil diese vor einem Jahr ihre Krone gestohlen hatten? Hatte sich das große böse Wolfsrudel auf die eine oder andere Weise wieder formiert? Konnte all das womöglich sogar etwas mit der bösen Königin und ihrem magischen Spiegel zu tun haben?

Alex und Conner wussten auf keine dieser Fragen eine Antwort, und das trieb sie beinahe in den Wahnsinn.

Ebenso wie die Tatsache, dass es nun in ihrem Zuhause ziemlich voll geworden war. Schon mit drei Menschen und einem

Hund hatte sich das kleine gemietete Haus eng angefühlt, doch nun waren noch ein Dutzend erwachsener Männer dazugekommen. Das Gästezimmer war mit Feldbetten zugestellt, und der Großteil des Erdgeschosses erinnerte an ein Militärlager, mit Schwertern und Schilden und Teilen von Rüstungen, wohin man auch sah.

Xanthous führte ein strenges Regiment, solange er im Haus der Baileys das Sagen hatte. Er war sehr strikt, was die Wachzeiten der Soldaten anbelangte, und sorgte stets dafür, dass sie immer abwechselnd, für jeweils gleich lange Zeitabschnitte, als Gartenzwerge und im Haus eingeteilt waren. Die Kinder durften nur einmal täglich ins Freie, nach hinten in den Garten – und auch das nur unter Lamptons Aufsicht.

Der Feenmann nahm seine Pflichten ausgesprochen ernst. Tag für Tag klebte er geradezu am Fenster, das auf die Hofeinfahrt hinausging, und die Zwillinge erlebten kaum je, dass er einmal für länger als ein paar Sekunden stillsaß.

Bob bemühte sich sehr um die Geschwister und kam jeden Morgen auf seinem Weg zur Arbeit vorbei, um nach ihnen zu sehen. Seine Geschichten über die kranken Kinder, um die er sich im Krankenhaus kümmerte, waren Alex' und Conners einzige Verbindung zur Außenwelt, daher freuten sie sich immerzu schon beim Aufstehen darauf.

Die tiefen Ringe unter Bobs Augen waren ein deutliches Zeichen, dass er sich ebenso hilflos fühlte wie die Zwillinge. Auch er mühte sich vergeblich, Xanthous oder Lampton In formationen zu entlocken; einmal versuchte er, Lampton mit einem grellbunten Gummiball zu bestechen, im Austausch für Charlottes Aufenthaltsort – doch das kränkte den General in Hundegestalt lediglich.

Die Geschwister gaben sich Mühe, mit den Soldaten, die immerhin praktisch bei ihnen lebten, ins Gespräch zu kommen; schnell wurde allerdings klar, dass diese ebenso wenig wussten wie Alex und Conner.

»Macht es Spaß, ein Gartenzwerg zu sein?«, wollte Conner von einem Soldaten wissen.

»Allzu unangenehm ist es nicht«, meinte der Soldat schulterzuckend. »Dabei habe ich viel Zeit zum Nachdenken.«

»Das sehe ich aber ganz anders«, mischte sich ein anderer ein. »Mir hat gestern vier Stunden lang eine Taube auf dem Kopf gehockt und dort auch ein Andenken hinterlassen, wenn ihr versteht, was ich meine.«

»Igitt«, kommentierte Conner.

»Können Sie sich nicht einfach in einen Mann zurückverwandeln und den Vogel verscheuchen?«, erkundigte sich Alex.

»Schön wär's«, erklärte der Soldat. »Aber wir sind nur bei Gefahr in der Lage, wieder unsere eigentliche Gestalt anzunehmen. Sonst würden wir ja ständig Tauben verjagen und uns so selbst enttarnen.«

Alex und Conner beschlossen im Stillen, sich das zu merken.

Später am Abend – die Geschwister waren gerade mit dem Essen fertig – leuchtete mitten im Zimmer aus dem Nichts ein heller Lichtblitz auf. Die Zwillinge sahen hoch, und von der Decke schwebte ein himmelblauer Briefumschlag herab.

»Von der guten Fee«, stellte Xanthous fest und flog in die Luft, um ihn als Erster zu fassen zu bekommen; Flügel brauchte er dafür offensichtlich keine. Er blieb schwebend gut zwei Meter hoch in der Luft stehen, während er die Botschaft las, so dass Alex und Conner nichts davon zu Gesicht bekamen.

Die beiden stellten sich unter ihm auf. Xanthous' Augen wurden beim Lesen immer größer. »Verstehe«, murmelte er, als er damit fertig war. Er ließ sich zu Boden sinken und wandte sich an die Kinder.

»Eure Großmutter wünscht, dass ich eine Nachricht weitergebe«, verkündete er.

»Ja, bitte?«, drängte Alex. Sie zappelte regelrecht vor Aufregung.

»Wir glauben, dass eure Mutter sich in unserer Welt befindet«, erläuterte Xanthous. »Das ist alles.« Er legte sich den Umschlag auf die Schulter, wo die Flammen das Papier verzehrten.

»Ist das gut oder schlecht?«, wollte Conner wissen. Er war mit den spärlichen Neuigkeiten ganz und gar nicht zufrieden.

»Weder noch; es ist lediglich eine Information, die die gute Fee euch nun zukommen lassen wollte«, entgegnete Xanthous ohne jede Gefühlsregung.

Die Zwillinge stießen entnervte Seufzer aus. Dieses neue Wissen machte alles beinahe noch schlimmer.

Kurz vor dem Schlafengehen zog Alex Conner zu sich in ihr Zimmer, um unter vier Augen mit ihm zu reden. Sie drehte das Radio so laut, dass nicht einmal Lampton mit seinem Hundegehör die beiden noch belauschen konnte.

»Mom ist in der Märchenwelt«, hielt sie noch einmal fest. »Du weißt, was das bedeutet?«

»Was?«, fragte Conner.

»Es heißt, dass Grandma uns womöglich angelogen hat«, sagte Alex mit Nachdruck. »Wie sollte Mom wohl dorthin gelangt sein, ohne dass sie etwas davon mitbekommen hätte? Vielleicht ist Grandma nicht die einzige Fee, die zwischen den Welten hin und her reisen kann.«

Conner nickte.

»Ich denke nicht, dass Grandma uns angeschwindelt hat«, meinte er dennoch. »Ich fürchte, wir sind im Augenblick bloß sauer auf sie und suchen deshalb nach Gründen, ihr für alles Mögliche die Schuld zu geben.«

Alex rieb sich die müden Augen. Sie wusste, dass er damit nicht ganz unrecht hatte.

»Noch vor ein paar Tagen habe ich mir um Grandma Sorgen gemacht und war wütend auf Mom, und jetzt bin ich vor Sorge um Mom ganz krank und stocksauer auf Grandma«, stellte Alex fest. »Irre, wie schnell die Dinge sich ändern können.«

»Allerdings«, stimmte Conner ihr seufzend zu.

»Also, was meinst du dann, wie Mom dorthin gekommen ist?«, wollte Alex von ihrem Bruder wissen.

Conner grübelte einen langen Moment darüber nach. »Ich frage mich, ob es mehr als einen Weg ins magische Land gibt«, überlegte er schließlich laut.

Alex' Kopf ruckte zu ihm herum. Sie hatte so viel Zeit damit zugebracht, Bücher an sich zu drücken und zu versuchen, ein Portal wie jenes zu öffnen, durch das sie und Conner zuletzt in die Märchenwelt gelangt waren, dass ihr nie in den Sinn gekommen war, es könnte noch andere Möglichkeiten geben.

»Zum Beispiel?«, fragte sie nach.

»Keine Ahnung«, sagte Conner. »Aber wenn Grandmas Märchenbuch die Macht dazu hatte, dann bin ich mir fast sicher, dass sie im Lauf der Jahre noch andere Wege geschaffen hat, oder?«

»Das wäre nur logisch – weitere Routen hinein und hinaus zu öffnen«, sinnierte Alex. »Nicht unbedingt für sich selbst, sondern für die anderen Feen, die sie sich an die Seite geholt hat, damit sie sie dabei unterstützen, die Geschichten in aller Welt zu verbreiten – stimmt's?«

Conners Augen weiteten sich, und er schürzte die Lippen.

»Was willst du fragen?«, ermutigte Alex ihn.

»Ich hasse es, dass du immer weißt, wann ich eine Frage habe!«, grummelte Conner, erkundigte sich dann aber doch: »Bist du sicher, dass du nicht selbst ein Portal erschaffen könntest?«

Alex hätte liebend gern ebenfalls geglaubt, dass sie dazu in der Lage war, doch tief in ihrem Herzen wusste sie, dass sie sicher längst einen Weg gefunden hätte, wenn es so wäre.

»Nein, das war Grandmas Magie«, erklärte sie. »Ich habe bloß … ich habe sie bloß …«

»Aktiviert?«, half Conner nach.

»Genau«, stimmte Alex ihm zu.

»Dann könnte es doch sein, dass Grandma noch etwas anderes besitzt, das wir aktivieren könnten«, warf Conner ein.

Bei diesen Worten kam Alex noch eine neue Idee. »Und vielleicht wusste sie deshalb nicht, wo Mom war«, meinte sie und nickte gedankenverloren vor sich hin. »Vielleicht hat jemand etwas in die Hand bekommen – etwas wie das Märchenbuch – und es benutzt, um Mom zu entführen.«

Die Zwillinge sahen einander an, und beiden stahl sich ein kleines Lächeln auf die Lippen. Sie wussten, dass sie eine heiße Spur hatten – das spürten sie.

»Aber *wer*?«, überlegte Conner.

Kapitel 7

Gans locker

Am folgenden Abend saßen die Zwillinge mit Lampton im Wohnzimmer und sahen sich die Nachrichten an. Die Hundeschnauze war dabei nur Zentimeter vom Bildschirm entfernt; Lampton war vom Fernseher völlig fasziniert. Er hatte den Kopf schief gelegt und ein Ohr aufgestellt.

»Ich muss sagen, von all den Technologien in dieser Welt, die mir bislang untergekommen sind, gefällt mir diese mit Abstand am besten!«, verkündete er mit wedelndem Schwanz. »Fernsehen ist großartig!«

»Ich habe magische Spiegel viel beeindruckendere Dinge vollbringen sehen«, kommentierte Xanthous, der wie üblich am Fenster hockte und pflichtbewusst die Umgebung im Blick behielt. »Eine technische Spielerei, auf die ich allerdings definitiv verzichten könne, sind *Feuermelder*. Wenn ich noch einmal einen auslöse, dann reiße ich sie allesamt von der Wand.«

»Tja, bei allem gebührenden Respekt – in unserer Welt ist es nie von Vorteil, wenn man in Flammen steht«, bemerkte Conner.

Xanthous zog verächtlich eine Augenbraue hoch und wandte sich wieder nach draußen um. Die Flämmchen auf seiner Schulter züngelten trotzig in die Höhe.

Mit einem Mal zuckte ein greller Blitz durch den Raum. Die Zwillinge sahen hoch, und erneut trudelte ein himmelblauer Umschlag von der Decke, genau wie am Vortag. Wieder flog Xanthous ihm entgegen, fing das Papier auf und las die neue Nachricht der guten Fee in der Luft, fernab der neugierigen Kinderaugen.

Als er damit fertig war, legte er sie sich abermals auf die Schulter und ließ sie verbrennen, ehe er selbst auf den Boden zurückkehrte.

»Wir brechen auf«, verkündete Xanthous; damit war ihm auf einen Schlag die volle Aufmerksamkeit der Geschwister gewiss. »Sir Lampton und ich sind in unsere Welt zurückbeordert worden.«

»Wieso?«, erkundigte sich Alex.

Xanthous ließ sich einen Moment Zeit, um seine Antwort zu formulieren.

»Die gute Fee braucht uns dort dringender als hier«, sagte er schlicht. »Aber macht euch keine Sorgen: Sie schickt eine Vertretung, die auf euch aufpasst.«

Conner schnaubte. »Oh, großartig«, grummelte er und verdrehte dabei gehörig die Augen. »Und wer spielt jetzt den Babysitter für uns? Die Zahnfee?«

»Nein. Mutter Gans nimmt unseren Platz ein«, erwiderte Xanthous.

Alex und Conner starrten ihn völlig baff an und warfen

einander dann ratlose Blicke zu. Meinte er das ernst? Xanthous schien keinen besonders ausgeprägten Sinn für Humor zu haben.

»Was?«, fragte Xanthous ohne jede Spur von Ironie. »Das ist mein Ernst. Sie kommt heute Nacht von Europa herübergeflogen.«

»*Die* Mutter Gans?«, hakte Conner nach. »Im Sinne von: Mutter Gans, die angeblich so viele Kinderreime und Märchen geschrieben hat?«

»Ja, natürlich diese Mutter Gans«, bestätigte Xanthous und sah Conner an, als hätte der den Verstand verloren. »Gibt es denn noch eine andere Mutter Gans?«

»Was macht sie in Europa?«, erkundigte sich Alex.

»Jemand muss ja die Arbeit eurer Großmutter fortführen und unsere Geschichten verbreiten, während die gute Fee sich um die Krise zu Hause kümmert«, gab Xanthous zu bedenken. »An eurer Stelle würde ich ihr gegenüber aber nicht Hänschen klein erwähnen – es sei denn, ihr wollt euch die ganze Nacht lang ihre Verschwörungstheorien anhören. Mutter Gans war schon immer ein bisschen … nun ja … *eigen.*«

Mutter Gans war das einzige Mitglied des Märchenrats, das die Zwillinge im magischen Land nicht getroffen hatten; umso mehr freuten sie sich nun darauf, sie endlich kennenzulernen. Allerdings waren die Frau, die die Kinder sich vorstellten, und die Frau, die tatsächlich bei ihnen auftauchte, zwei völlig unterschiedliche *Gänse.*

Kurz nach Mitternacht wurden die Geschwister von Lamptons Rufen geweckt.

»Sie ist da! Sie ist da!«, schmetterte Lampton durchs Haus. »Mutter Gans im Landeanflug!«

Die Zwillinge stürzten auf den Flur hinaus, polterten zusammen die Treppe hinunter und folgten Xanthous und Lampton in den Garten. Sie spähten in den Nachthimmel hinauf, konnten aber außer Sternen und dem Mond nichts Außergewöhnliches entdecken.

»Ich sehe nichts«, murrte Conner.

»Vertraut mir«, meinte Lampton mit aufgestellten Ohren. »Ich höre sie.«

Plötzlich zog ein großer dunkler Umriss vor dem Mond vorüber. Ein gewaltiger Gegenstand rauschte auf die Kinder zu. Sie kniffen die Augen zusammen und versuchten zu erkennen, was es war. Je näher das Etwas kam, desto deutlicher zeichnete es sich ab: Auf dem Rücken einer riesigen weißen Gans saß niemand Geringeres als Mutter Gans höchstpersönlich.

»Zugegeben – als Sie gesagt haben, Mutter Gans komme heute Nacht hergeflogen, habe ich mir das anders vorgestellt«, gestand Conner.

»Langsam jetzt, Lester! Bremsen, Junge!«, rief Mutter Gans mit kratziger Stimme. Sie riss an den Zügeln ihres stattlichen Vogels.

Die beiden näherten sich dem Garten so schnell, dass die Zwillinge und Lampton unter dem Gartentisch in Deckung gingen. Xanthous blieb, wo er war, und rührte sich keinen Zentimeter; er wirkte nicht im mindesten beunruhigt – es war nicht die erste Landung von Mutter Gans, die er miterlebte.

Die Gans kam so hart auf dem Boden auf, dass der Rumms das ganze Haus im Rücken der Geschwister erschütterte. Es fühlte sich an wie ein Minierdbeben.

»*Gute Güte, Lester!* Das nennst du eine Landung?!«, tadelte Mutter Gans den Vogel, der gut und gern so groß war wie ein Pferd. »Meteoriten schlagen da ja sanfter ein, du blöder Ganter!«

Lester rollte mit den Augen; zumindest kam es den Zwillingen so vor. Seine Schwimmfüße hatten sich tief in den Rasen gegraben, und er hatte Probleme, sie wieder herauszuziehen.

Mutter Gans war eine kurzgewachsene, stämmige ältere Frau. Ihr lockiges graues Haar schaute unter einem spitzen schwarzen Pilgerhut mit silberner Schnalle hervor, und sie trug ein sackartiges grünes Kleid mit weißem Rüschenkragen, dazu klobige Stiefel und eine dicke Fliegerbrille vor den Augen.

»Sind wir hier überhaupt richtig?«, fragte Mutter Gans und blickte sich um. »Ich finde meine Karte nicht – deshalb muss ich dringend ein Navi in deinem Hinterkopf installieren.«

Ihre Brille ließ ihre Augen gigantisch wirken und beeinträchtige offenbar ihr Sehvermögen, denn sie schien Xanthous direkt vor sich gar nicht zu bemerken.

»Hallo, Mutter Gans«, grüßte Xanthous mit gerade so viel Begeisterung, wie er unter größter Mühe aufbringen konnte. Besonders viel war es nicht. »Ihr seid hier richtig. Willkommen bei den Baileys.«

»Xanny, bist du das?«, dröhnte Mutter Gans und nahm ihre Fliegerbrille ab. Vom Flug war ihr Gesicht gerötet. »Oh, Xanny, was bin ich froh, dich zu sehen! Ich hatte schon Sorge, Lester könnte uns wieder nach Tijuana gebracht haben. Er liebt Mexiko, weißt du.«

Bei seinem Spitznamen verzog Xanthous das Gesicht. »Ich hoffe, Ihr hattet einen ruhigen Flug – von der Landung einmal abgesehen.«

Mit einigen Schwierigkeiten hüpfte Mutter Gans von Lesters Rücken. »Oh, alles fein, alles fein«, versicherte sie. »Bloß über Pittsburgh ist dieses zukünftige Daunenkissen mit einer Boeing 747 zusammengestoßen. *Dummer Vogel.*«

Lester schüttelte langsam den Kopf. Zweifellos hätte er eine ganz andere Version der Geschichte erzählt.

»Diese verdammten Flugzeuge sind inzwischen so groß, dass nicht mehr viel Himmel für den Rest von uns übrig bleibt«, beschwerte sich Mutter Gans. »Ich hätte niemals die Brüder Wright ermutigen sollen – größter Fehler meines Lebens!«

Sie reckte und streckte sich in alle Richtungen, und in ihrer Wirbelsäule krachte es, als wären ein Dutzend Feuerwerkskörper losgegangen. Alex, Conner und Lampton krochen ein wenig argwöhnisch unter dem Tisch hervor und näherten sich den Neuankömmlingen.

»Mutter Gans, darf ich Euch die Zwillinge vorstellen?«, setzte Xanthous an. »Das hier sind Alex und Conner –«

»Ja, ja, ja – die Knirpse hab ich schon mal getroffen«, meinte Mutter Gans. Sie stemmte die Hände in die Hüften und musterte Alex und Conner von Kopf bis Fuß.

»Ach, wirklich?«, stutzte Conner.

»Ist schon Jahre her, da wart ihr noch Babys. Zusammen mit eurer Großmutter habe ich euch damals besucht«, erklärte Mutter Gans. »Wenn ich mich recht erinnere, hast *du* immerzu geschrien, und *du* hast mich vollgepinkelt, als ich dir die Windel gewechselt habe.« Sie deutete zuerst auf Alex, dann auf Conner, und sah die beiden durchdringend an. »Einmal lasse ich euch das durchgehen, aber seht besser zu, dass so etwas in Zukunft nicht wieder vorkommt.«

Alex und Conner schluckten beide schwer; jetzt war ihnen klar, worauf Xanthous angespielt hatte. Mutter Gans' ernste Miene verzog sich zu einem breiten Grinsen, und sie lachte laut und gackernd los.

»Entspannt euch, Kinder! Ich zause euch bloß die Federn!«,

kicherte sie, wandte sich dann zu Lester um und zerrte einen großen Korb vom Rücken des Ganters. »Sei doch so gut und trag mein Gepäck für mich ins Haus, Junge, ja?«

Sie wuchtete den schweren Korb in Conners Arme, und er ächzte unter der Last.

»Und du«, richtete Mutter Gans das Wort an Alex, »würde es dir etwas ausmachen, einen Eimer Gemüse für Lester zu besorgen? Nach einem so langen Flug muss er sich stärken. Nur bitte keinen Brokkoli, davon bekommt er Blähungen.«

Der Ganter blickte sie mit weit aufgerissenen Augen und offenem Schnabel an. Er schien erschüttert, dass sie etwas so Persönliches ausposaunt hatte.

»Guck mich nicht so an, Lester – es stimmt doch!«, entrüstete sich Mutter Gans.

»Sie wollen, dass *ich* ihn *füttere*?«, vergewisserte Alex sich nervös und machte dabei ein paar Schritte rückwärts, weg von dem überdimensionalen Vogel.

»Hab keine Angst vor Lester, Schätzchen«, beruhigte Mutter Gans sie. »Gänse, die zetern, zwicken nicht.«

Xanthous und Lampton führten Mutter Gans ins Haus. Conner schleppte den Korb hinterher; das Gepäckstück war so schwer, dass er sich dabei beinahe den Rücken verrenkte. Alex eilte derweil in die Küche und warf alles an Gemüse, was sie finden konnte, für Lester in eine große Schüssel.

Mutter Gans sah sich im Haus der Baileys um. »Nicht übel, nicht übel.«

»Ist bloß gemietet«, warf Conner ein. »Wir wohnen erst seit knapp zwei Jahren hier.«

»Ich bin mal eine Weile bei einer alten Frau untergekommen, die in einem Schuh lebte – und das war, noch bevor sie ihn renoviert hat«, ließ Mutter Gans ihn wissen. »Glaub mir, danach kommt einem alles andere wie ein Palast vor. Den Käsefußduft werde ich nie vergessen.«

»Wir fühlen uns hier in letzter Zeit ein bisschen wie im Gefängnis«, beklagte sich Conner.

»Junger Mann, ich habe viele Gefängnisse besucht und bin in vielen Gefängnissen besucht worden – das hier ist keines«, rügte ihn Mutter Gans. »Stell meinen Korb beim Kamin ab, ja?«

Conner schleifte den Korb pflichtschuldig hinüber. Mutter Gans griff hinein und zog einen wuchtigen hölzernen Schaukelstuhl daraus hervor. Conner traute seinen Augen kaum; der Stuhl war wesentlich größer als der Korb. Er fragte sich, was sie noch auf magische Weise hineingestopft haben mochte.

Mutter Gans nahm im Schaukelstuhl Platz und streifte ihre Stiefel ab. Für jemanden, der so klobige Schuhe trug, wirkten ihre Füße erstaunlich klein.

»Xanny, würdest du bitte dieses Ding da für mich entzünden?«, bat Mutter Gans und nickte zum Kamin.

Xanthous schnippte widerwillig mit der Hand in die angezeigte Richtung. Ein Feuerball schoss aus seinem Zeigefinger und landete auf dem Holzscheit im Kamin.

»Danke dir, Xanny«, flötete Mutter Gans. »Ich fürchte, ich kann wohl keinen von euch überreden, mir die Füße zu massieren?«

Conner und Xanthous starrten sie mit einem entgeisterten Gesichtsausdruck an. Mutter Gans zuckte mit den Schultern. »Einen Versuch war es wert«, befand sie.

Alex, die Lester inzwischen gefüttert hatte, gesellte sich nun wieder zu ihnen.

Noch einmal blitzte ein grelles Licht auf; diesmal erschien kein Briefumschlag, sondern eine weiße Tür in der Mitte des

Zimmers. Alex und Conner warfen einander verstohlene Blicke zu – beide wussten, dass diese Tür in die Märchenwelt führte. Es juckte sie in den Füßen, einfach darauf loszustürzen, doch sie wussten, dass Xanthous und Lampton sie aufhalten würden.

»Es wird Zeit für uns«, wandte Xanthous sich an Lampton. »Sicher, dass Ihr hier zurechtkommt, Mutter Gans? Ich habe den Soldaten strikte Anweisungen gegeben. Zwei von ihnen müssen rund um die Uhr im Haus sein, die restlichen wachen abwechselnd draußen oder ruhen sich drinnen aus –«

»Ja, ja, ja – ich weiß, wie der Hase läuft«, unterbrach ihn Mutter Gans und wiegte sich sorglos in ihrem Schaukelstuhl. »Das ist nicht mein erstes Abenteuer, Xanny. Ich mache solche Abriegelungen, seit du nicht mehr als ein kleines Streichholz warst. Ich gebe schon gut auf die Zwerge acht, keine Sorge.«

»Also schön«, grummelte Xanthous verstimmt. Seine Flammen züngelten aufgeregter denn je. »Dann los, Sir Lampton.«

Der Hund rannte zur Tür. »Auf Wiedersehen, Kinder«, rief Sir Lampton. »Bitte passt auf euch auf. Bis hoffentlich bald!«

Xanthous öffnete ihm die Tür, und der Hund sprang hindurch. Dann trat auch der Feenmann in den Rahmen, warf aber noch einen Blick zurück auf die Zwillinge, ehe er die Tür hinter sich wieder schloss. »Haltet euch an die Anweisungen eurer Großmutter«, mahnte er. Dann verschwand er.

Auch die Tür löste sich auf, und Alex und Conner fühlten sich so niedergeschlagen und mutlos wie noch nie in ihrem Leben.

Mutter Gans hatte gewartet, bis Lampton und Xanthous endgültig fort waren; nun aber machte sie sich daran, in ihrem Korb zu wühlen.

»Wo habe ich denn bloß den Schampus hin?«, murmelte sie. Ihr ganzer Arm steckte bis zur Schulter im Korb und stöberte danach. »Ach ja, hier«, verkündete sie schließlich triumphierend und zog eine große metallene Thermosflasche hervor. Sie genehmigte sich einen tiefen Schluck und stieß ein zufriedenes *Ahhh* aus.

Alex und Conner warfen sich erneut verschlagene Blicke zu, und ein leises Lächeln schlich sich beiden ins Gesicht.

»Was grinst ihr zwei so?«, wollte Mutter Gans wissen.

»Oh, tun wir gar nicht«, versicherte Alex hastig und setzte rasch eine ernste Miene auf.

»Sie sind einfach ganz anders, als wir Sie uns vorgestellt haben«, fügte Conner hinzu, und sein Grinsen wurde dabei doppelt so breit.

»Und was soll das bitte heißen?«, hakte Mutter Gans nach und hob dabei eine Augenbraue.

Conner zuckte mit den Schultern. »Irgendwie habe ich immer gedacht, Sie sind – na ja – eine riesige Gans mit Häubchen, die kleinen Kindern Reime vorliest«, gab er zu.

»Das ist ein weitverbreiteter Irrtum«, berichtete Mutter Gans und trank noch einmal aus ihrer Thermosflasche. »Lester verkleidet sich manchmal gern mit einem meiner Häubchen; damit kommt er sich schick vor, aber es vermittelt den Leuten eine völlig falsche Vorstellung von mir. *Schau mich nicht so an, Lester! Wenn du nicht willst, dass ich es erzähle, dann lass es in Zukunft bleiben!*«

Lester starrte durch das Fenster aus dem Garten zu ihnen herein. Sein Schnabel stand weit offen, und seine Augen waren zusammengekniffen. Dann machte er es sich im Gras bequem und schloss die Augen; für einen einzigen Tag hatte er genügend Peinlichkeiten erlebt.

»Er ist so empfindlich«, klagte Mutter Gans.

»Wo haben Sie denn einen so riesigen Ganter gefunden?«, erkundigte sich Alex.

»Den habe ich schon jahrelang«, antwortete Mutter Gans. »Seit ich einmal in den Zwergenwäldern mit ein paar Ogern gepokert und ein riesiges goldenes Ei gewonnen habe. Ich war so aufgeregt – dachte, ich bin jetzt reich! Da könnt ihr euch vorstellen, was für eine Enttäuschung es war, als am nächsten Tag Lester geschlüpft ist.«

»Wow«, machte Conner. Er wusste nicht, was er faszinierender fand: dass Lester aus einem goldenen Ei geschlüpft war – oder dass Mutter Gans Poker spielte.

»Nun ja«, meinte Mutter Gans und nahm noch einen Schluck aus ihrer Thermosflasche. »Über die Jahre hat er mir gute Dienste geleistet. Hauptsächlich ist er für mich Transportmittel. Ich hasse es, in normalen Flugzeugen zu fliegen; auf Schiffen werde ich seekrank, und mein Führerschein ist schon vor Jahren eingezogen worden.«

Je mehr sie trank, desto schwerer wurden ihre Augenlider, und auch ihre Halsmuskeln schienen zu erschlaffen, denn ihr Kopf taumelte zusehends hin und her. Sie prostete den Kindern zu. »Entschuldigt, wollt ihr auch was davon?«, fragte sie.

»Ich glaube nicht, dass wir das, was da drin ist, überhaupt schon trinken dürfen«, gab Alex zu bedenken.

»Wie du meinst«, entgegnete Mutter Gans.

Allmählich hatte Alex ernsthafte Vorbehalte gegen sie. Conner unterdessen strahlte Mutter Gans geradezu ehrfürchtig an – sie wurde langsam, aber sicher zu seiner liebsten Märchenfigur aller Zeiten.

Er warf einen Blick in ihren Korb. »Was ist da sonst noch drin?«, wollte er wissen. »Sind das Reisepässe?«

Flink schlug Mutter Gans den Deckel des Korbs zu und blitzte Conner an. Er ließ ein entschuldigendes Lachen hören.

»Tut mir leid«, wiegelte er ab. »Ich wollte mich nicht in Ihre privaten Angelegenheiten einmischen. Ich habe mich bloß gefragt, weshalb Sie so viele haben.«

»Passt mal auf, Kinder«, sagte sie und klang dabei ein wenig gereizt. »Wenn man so lange lebt und so viel reist wie ich, dann macht man sich unterwegs ein paar Feinde. Ich bin nicht wie eure Großmutter; ich komme nicht mit jedem zurecht. Manche Länder und Kulturen – die ich jetzt nicht namentlich nennen werde – schätzen eine Dame wie mich, mit starker eigener Meinung, nicht.«

Mutter Gans nickte selbstbewusst vor sich hin und nahm noch einen Zug aus der Flasche. Alex und Conner nickten mit; sie wagten es nicht, ihr zu widersprechen.

»Hab stets 'nen Plan B und 'nen Freund mit Kaution – dann kann nichts schiefgehen, so klappt es schon«, meinte Mutter Gans beim nächsten Schluck. »Das ist mein Lebensmotto.«

Inzwischen hörten sich ihre Worte ein wenig verwaschen an, und ihre offenbar längst bleiernen Augenlider flatterten.

»Wo in Europa waren Sie denn?«, fragte Alex, die ganz dringend das Thema wechseln wollte.

»In einem Kinderkrankenhaus in Rumänien, danach im Waisenhaus in Slowenien«, lallte Mutter Gans.

Die Geschwister sahen einander an, um sicherzugehen, dass ihr jeweiliger Zwilling es ebenfalls bemerkt hatte: Je mehr Mutter Gans trank, desto eifriger schien sie zu reimen.

»Welche Verse haben Sie ihnen vorgelesen?«, erkundigte sich Conner, um zu verhindern, dass sie endgültig einnickte. Ihm machte das Ganze so viel Spaß, dass er noch ein wenig mehr hören wollte.

»Mit ›Bruder Jakob‹ und ›Hänschen klein‹ hab ich sie beglückt – die undankbaren Gören hielten mich für verrückt.« Sie gähnte, hielt die Augen aber geöffnet; das neue Gesprächsthema schien sie zu begeistern. *»Jakob, der ratzt oft von früh bis spät – ob die Glocken auch läuten, ob der Hahn auch kräht.«*

Es ließ sich nicht leugnen: Mutter Gans gab beim Reimen jetzt alles.

»Cool«, lachte Conner. »Und was ist mit Hänschen klein? Ich habe mich immer gefragt, was er *wirklich* erlebt hat, als er in die weite Welt hinausgezogen ist.«

Alex stieß ihm den Ellenbogen in die Seite. Mutter Gans richtete sich in ihrem Schaukelstuhl auf. Conner wusste, dass sie den Geschwistern nun etwas wirklich Unerhörtes erzählen würde. Alex dagegen war sich nicht so sicher, ob sie es tatsächlich hören wollte.

»Hänschen klein, ging allein, in die weite Welt hinein, und zwar für viele Jahr'«, trug Mutter Gans vor. *»War kein Kind, das sich besinnt, von wegen hopsasa!«*

»Na so was!«, kommentierte Conner mit verschmitztem Grinsen.

Mutter Gans nickte wieder duselig vor sich hin.

»Warum ist Hänschen so lange fortgeblieben?«, hakte Alex nach.

Mutter Gans gluckste in sich hinein. *»Hans wandert froh, Hans wandert keck – die weinende Mutter schert ihn einen –«* Sie unterbrach sich selbst, ehe sie den Satz zu Ende bringen konnte; vielleicht war ihr wieder eingefallen, dass vor ihr zwei Kinder saßen. »Ich glaube, das war nun genug Blubbersekt für einen Abend. Es ist sowieso Zeit fürs Bett.«

Mutter Gans packte ihre Thermoskanne zurück in den Korb und scheuchte die Zwillinge davon. Der Kopf sank ihr auf die

Brust, ihre Augen fielen zu, und kaum eine Sekunde später schlummerte sie tief und fest in ihrem Schaukelstuhl. Dabei schnarchte sie wie ein Grizzlybär.

»Ich mag sie!«, meinte Conner breit grinsend, während er mit Alex die Treppe zu ihren Zimmern hinaufstapfte.

»Eine ziemliche Klatschtante, nicht wahr?«, urteilte Alex.

»Auf jeden Fall«, pflichtete Conner ihr bei. »Und nach ein paar Schlucken aus ihrer Flasche – was immer da drin sein mag – kommt sie so richtig in Schwung.«

Alex blieb auf halbem Weg nach oben stehen und warf einen Blick zurück auf ihre schlafende Betreuerin. »Jaaa, das kannst du laut sagen …« In ihrem Kopf nahm ein Plan Gestalt an.

Die ganze Nacht lang warf Alex sich im Bett hin und her und durchlitt den schlimmsten Albtraum ihres Lebens. Er fing genauso an wie jener Traum, den sie schon seit Monaten immer und immer wieder träumte: Zusammen mit ihrem Bruder rannte sie glücklich durch den Wald, nur um dann von ihrer Großmutter nicht in deren Hütte eingelassen zu werden. Als sie allerdings diesmal durch das Fenster ins Innere des Häuschens spähte, sah sie dort nicht Grandma, sondern ihre Mutter. Charlotte weinte und flüsterte *Hilf mir!*, ein ums andere Mal – bis Alex aufwachte.

Als sie zu sich kam, war Alex schweißgebadet, und brach in Tränen aus. Wie sollte sie sicher sein, dass es sich tatsächlich bloß um einen Traum handelte? Womöglich schwebte ihre Mutter wirklich in ernster Gefahr oder war schwer verletzt.

So konnte Alex nicht länger weitermachen. Sie musste herausfinden, was vor sich ging – um jeden Preis.

Später, als alle anderen im Haus wach waren, ging Alex nach unten und fand dort Conner, Mutter Gans und Bob beim Frühstück.

»Guten Morgen«, grüßte Bob. »Hast du gut geschlafen?«

»Überhaupt nicht«, gähnte Alex.

»Kommt mir bekannt vor«, nuschelte Conner, der ebenfalls tiefe Ringe unter den Augen hatte.

»Ich mache dir ein Müsli«, erklärte Mutter Gans. Sie eilte in die Küche und schüttete Milch in eine Schüssel, dazu Cornflakes aus einer Schachtel, auf der *Knuspergänse* stand. Die Verpackung zierte eine viel glücklicher aussehende, lächelnde Comiczeichnung von Mutter Gans.

Sie stellte die Schale vor Alex auf den Tisch.

»Knuspergänse?«, fragte Alex. »Was soll das denn sein?«

»Bitte kein vorschnelles Urteil«, mahnte Mutter Gans. »Normalerweise hasse ich die albernen Bildchen, mit denen ich in eurer Welt dargestellt werde – in aller Regel sind die absolut entwürdigend. Bei diesen Cornflakes allerdings habe ich versucht, erst einmal unbefangen zu probieren, als sie auf den Markt kamen, und seither bin ich geradezu süchtig danach.«

Alex zuckte mit den Schultern und nahm einen Löffel; es schmeckte tatsächlich gar nicht übel.

»Mutter Gans hat Bob gerade alles über das magische Land erzählt«, ließ Conner seine Schwester wissen.

»Absolut faszinierend«, meldete Bob sich zu Wort. Er wollte die unterbrochene Unterhaltung schnellstmöglich wieder aufnehmen. »Verbessern Sie mich, wenn ich falschliege, aber dann sind Sie und die anderen Feen schon seit Jahrhunderten zwischen den Welten unterwegs und erzählen Kindern in Not Geschichten?«

»Kurz, knapp und knusprig, so ist es«, bestätigte Mutter Gans.

»Dann müssen Sie Tausende von Jahren alt sein«, stellte Bob fest.

Mutter Gans warf ihm einen finsteren Blick zu. »Immer langsam mit den jungen Pferden, Cowboy«, fauchte sie. »Versteh mich nicht falsch, ich bin steinalt, aber so alt, wie du glaubst, nun auch wieder nicht. Diese Welt hat sich früher viel schneller gedreht als unsere. Ihr hattet so viele verschiedene Epochen und Zeitalter: das Mittelalter, die Renaissance, die Aufklärung, die Industrialisierung, jetzt die Moderne … bei uns gab es nur drei oder so, an die ich mich erinnere.«

»Und die waren?«, hakte Alex nach. Sie war ganz erpicht darauf, ein wenig mehr über die Vergangenheit der Märchenwelt zu erfahren.

»Lasst mich mal überlegen«, meinte Mutter Gans. »Wir hatten die Drachenära, die Epoche der Magie, und gegenwärtig befinden wir uns im Goldenen Zeitalter. Na ja, zumindest war es das Goldene Zeitalter, bevor dieses ganze Drama losgegangen ist.«

»Die Drachenära?«, wiederholte Conner begeistert. »Soll das heißen, es gab mal Drachen im magischen Land?«

»Massig«, bekräftigte Mutter Gans. »Das war ein Chaos! Katastrophen und Grillpartys, wohin man geschaut hat! Inzwischen sind die Drachen ausgestorben, so ähnlich wie bei euch die Dinosaurier.«

»Haben Sie jemals einen gesehen?«, wollte Conner wissen.

»Ich habe mich früher im Ringkampf mit ihnen gemessen, lange bevor ich mit der Magie und dem Geschichtenerzählen angefangen habe«, prahlte Mutter Gans mit stolzem Lächeln.

Conner starrte sie aus zusammengekniffenen Augen skeptisch an. »Wollen Sie mich veräppeln?«, fragte er.

Mutter Gans rollte ihren Ärmel hoch und zeigte Conner

ein großes Brandmal auf ihrem Unterarm. »*Das hier* war kein Kochunfall, Kleiner«, schnaubte sie.

Conner staunte sie mit offenem Mund an. Nie zuvor in seinem ganzen Leben war er von jemandem so beeindruckt gewesen – und Mutter Gans genoss seine Bewunderung in vollen Zügen.

»Dann haben Sie das Mittelalter und die Renaissance miterlebt?«, mischte Alex sich ein. »Sie müssen schon so viele Menschen und Orte gesehen haben!«

»Ich habe die Renaissance *ausgelöst*, Schätzchen«, behauptete Mutter Gans, als handelte es sich dabei um eine Teeparty, die sie veranstaltet hatte.

Nun kamen sich beide Zwillinge ein wenig auf den Arm genommen vor.

»Das könnt ihr sehr wohl glauben!«, beharrte Mutter Gans. »Damals waren bloß ich, eure Großmutter, Rosetta, Skylene und Violetta zusammen unterwegs, und wir haben uns in der Menschenwelt so sehr gelangweilt, dass ich eines Abends eine große Party geschmissen habe. Wir hatten mächtig Spaß. Und dann bin ich ein paar Jahre später wiedergekommen, und – hast du nicht gesehen – auf einmal hatte ganz Europa es uns nachgemacht.«

»Unsere Großmutter war dabei?«, vergewisserte sich Conner noch einmal.

»O ja«, nickte Mutter Gans. »Damals hatte sie noch richtig Humor. Nachdem dann euer Vater geboren war, ist sie so *bemutternd* geworden – ganz lieblich und mütterlich zu allem und jedem.« Alex und Conner tauschten einen Blick. So verärgert die zwei über ihre Großmutter auch waren: Je mehr die Zwillinge über sie erfuhren, desto wunderbarer erschien sie ihnen.

»Wisst ihr«, fuhr Mutter Gans fort, »Leonardo da Vinci und ich, wir hatten eine kleine Liebelei.«

Alex schnappte nach Luft. »Das glaube ich Ihnen nicht! Jetzt flunkern Sie!«

Mutter Gans verdrehte die Augen und sah Alex direkt ins Gesicht, mit todernstem Blick. »Was glaubst du wohl, wie er auf die Idee kam, eine Flugmaschine zu bauen? Er hat versucht, mit mir und Lester mitzuhalten. *Hey, Lester, erzähl diesen Kids mal, dass ich eine Affäre mit Leonardo hatte. Die glauben es mir nicht!*«

Lester tauchte draußen vor dem Küchenfenster auf. Er nickte und bestätigte den Geschwistern so Mutter Gans' Geschichte. Beide waren baff.

»Natürlich war ich damals noch nicht unter dem Namen ›Mutter Gans‹ unterwegs«, ergänzte sie. »Mein Deckname war Mona Lisa.«

»Sie sind die *Mona Lisa*?«, staunte Conner.

»Aus dem berühmten Gemälde?«, setzte Alex hinzu.

»Warum glauben Teenager immerzu, man würde sie anlügen? Ich habe keinen Grund, nicht ehrlich zu euch zu sein«, empörte sich Mutter Gans. »Leo – wie ich ihn genannt habe – hat mich zum Lachen gebracht. Aber das sieht man ja in meinem Porträt.«

Alex und Conner starrten sie noch immer mit weit offenen Mündern an. Sie wussten nicht mehr, was sie denken sollten.

»Wieso brauchten Sie einen Decknamen?«, bohrte Conner nach.

»Wie bereits erwähnt: Ich habe Feinde!«, betonte Mutter Gans. »Über die Jahre habe ich mehrere Tarnnamen benutzt … Guinevere, Mona Lisa, Lady Godiva … das war alles ich. Jetzt aber nenne ich mich einfach Mutter Gans. Das passt am besten.«

Bob war ebenso verblüfft wie die Zwillinge. Da saß er nun, ein gebildeter Mann, Wissenschaftler – und verlor allmählich den Glauben an alles, was er für sicher und bewiesen gehalten hatte.

»Dann haben also Sie und die anderen Feen die ganze Zeit über stets dieselben Märchen verbreitet?«, fragte er.

»Wir erzählen immer das, was gerade passiert«, erläuterte Mutter Gans. »Unsere jüngere Vergangenheit hat in dieser Welt den größten Eindruck hinterlassen – die Geschichten von Dornröschen, Schneewittchen, Aschenputtel, bla, bla, bla – deshalb nennen wir unsere derzeitige Epoche das Goldene Zeitalter. Leider schien diese Welt sich im Vergleich zu unserer immer schneller zu drehen, je weiter sie in ihrer Entwicklung fortschritt. Wir hatten Sorge, die Märchen könnten über die Jahre in Vergessenheit geraten, daher haben wir uns einige Leute in dieser Welt an die Seite geholt, damit sie uns unterstützen.«

»Leute wie die Brüder Grimm?«, hakte Bob nach; er begann, die Sache zu durchschauen.

»Die Brüder Grimm, Hans Christian Andersen, Walt Disney, …«, zählte Mutter Gans auf. »Inzwischen haben wir aber aufgehört, Helfer zu rekrutieren, und kümmern uns wieder überwiegend selbst um alles. Es gibt ja keine Zeitverschiebung mehr, um die wir uns Sorgen machen müssten. Und im magischen Land war nach der Einrichtung des Märchenrats solche Ruhe eingekehrt, dass wir eine Beschäftigung brauchten.«

»Märchenrat?«, fragte Bob.

»Das ist so eine Art Vereinte Nationen«, warf Alex ein. »Alle Könige und Königinnen haben einen Friedensvertrag unterzeichnet.«

»Der Märchenrat besteht aus sämtlichen Königinnen und Königen, mir, der guten Fee, und dem restlichen Rat der Feen.

Wir wachen seit jeher über die Einhaltung des Vertrags«, fügte Mutter Gans hinzu. »Er funktioniert wirklich gut; seit es ihn gibt, geht es in unserer Welt recht friedlich zu … na ja, es *ging* friedlich zu – bis jetzt.«

Mutter Gans schielte zu den Geschwistern hinüber, sie war gebeten worden, nicht auf die aktuelle Situation zu sprechen zu kommen.

Bob nickte bedächtig. »Ich glaube, allmählich blicke ich durch«, sagte er. »Bloß eines noch: Sie haben gesagt, es *gab* eine Zeitverschiebung zwischen den Welten? Heute nicht mehr? Was ist geschehen?«

Mutter Gans deutete auf die Zwillinge. »Diese beiden sind geschehen«, meinte sie mit einem Lächeln. »Sie waren die ersten Kinder beider Welten, und irgendwie haben sie die Dimensionen aneinander gebunden. Magie ist manchmal unergründlich. Das war schon immer so.«

Bob warf Alex und Conner ein beeindrucktes Grinsen zu.

»Wir sind eine ziemlich große Nummer«, brüstete sich Conner.

Bob lächelte ihn an. »Tja, da *denkt* man, man kennt jemanden … was, Kinder?«, scherzte er augenzwinkernd.

Wenig später machte Bob sich zur Arbeit auf, und für die Zwillinge begann ein weiterer langer Tag, den sie damit verbrachten, zu Hause zu hocken und Trübsal zu blasen. Außer ihren Sorgen hatten sie nichts, womit sie sich beschäftigen konnten, und beide waren es zunehmend leid, im Kopf immer dieselben Ängste zu wälzen.

In den nächsten Tagen ließ zumindest die Anspannung im Haus ein wenig nach, da Mutter Gans weniger streng war als Xanthous. Für die Kinder war das eine gewaltige Erleichterung. Immer wieder mussten Soldaten Mutter Gans aus einem Nickerchen wecken, um sie daran zu erinnern, dass ein »Zwergenschichtwechsel« anstand.

Alex freute sich daran, wie gut Conner sich mit Mutter Gans verstand. Die beiden wurden praktisch unzertrennlich. Tagsüber saßen sie nebeneinander am Fenster, blickten in den Vorgarten hinaus und spielten dem Briefträger Streiche (Mutter Gans wackelte mit einem Ohr, wodurch der Briefkasten auf magische Weise jedes Mal gerade dann ein Stück zur Seite hüpfte, wenn der Postbote ihm gerade den Rücken zugewandt hatte). Nach dem Abendessen – und wenn sie sich keinen Ringkampf im Fernsehen ansahen – spielten Conner und Mutter Gans Karten mit den Soldaten. Sie brachte ihm sogar bei, wie man unbemerkt ein Ass im Ärmel versteckte.

Alex weihte ihren Bruder nicht in den Plan ein, der seit Tagen in ihrem Kopf reifte. Sie hatte schon genügend Schuldgefühle, die Wünsche ihrer Großmutter zu missachten, und wollte Conner nicht auch noch in die Sache hineinziehen.

Eines Abends ging Conner früh zu Bett; Alex jedoch blieb wach und behielt Mutter Gans im Auge. Die saß mit ihrer Thermosflasche in der Hand am Küchentisch und schwelgte mit den Soldaten in alten Geschichten über das magische Land. Alex merkte, dass sie schon ein wenig zu viel getrunken hatte, denn ihre Augen waren glasig und ihre Worte verwaschen. Außerdem hatte sie wieder angefangen zu reimen.

»So viel Spaß hatt' ich zuletzt, da war ich noch jung – bin mit dem Bi-Ba-Butzemann durchs Haus getanzt, mit Schwung!« Mutter Gans lachte und reichte ihre Thermosflasche durch die Runde. Jeder der Soldaten nahm einen Schluck, und nach einer Weile wurden auch ihnen, einem nach dem anderen, die Lider bleiern.

»Mutter Gans, darf ich Euch etwas gestehen?«, fragte einer

der Soldaten schwermütig. »Ich war einer der Mannen des Königs, die versucht haben, Humpty Dumpty wieder zusammenzusetzen. Ich weiß, er stand Euch sehr nahe; es tut mir so leid, dass wir ihm nicht helfen konnten.«

Mutter Gans' Augen füllten sich mit Tränen, als sie sich wieder an ihren verstorbenen Freund und die Nacht seines tragischen Unfalls erinnerte.

»Ich saß mit Humpty Dumpty auf seiner Mauer, wir rissen zusammen die schönsten Kalauer«, nuschelte sie. *»Viel Bier hat er leider nicht vertragen – fiel runter und alles lag im Argen.* Ach, er fehlt mir so sehr!«

Mutter Gans vergrub ihr Gesicht in den Händen und schluchzte einige Minuten betrunken vor sich hin.

Dann kam sie wieder zu sich, nahm ihre Thermosflasche und machte es sich damit in ihrem Schaukelstuhl am Kamin bequem.

Sie schnippte mit den Fingern, und ein Feuerchen flackerte auf. Ein letztes Mal setzte sie die Flasche an, musste jedoch enttäuscht feststellen, dass sie zusammen mit den Soldaten bereits alles ausgetrunken hatte. Auf genau diesen Augenblick hatte Alex gewartet.

Sie schlich sich in die Küche und holte die Flasche Champagner, die Bob an jenem Abend mitgebracht hatte, an dem er ihrer Mutter den Heiratsantrag hatte machen wollen. Alex hoffte, dass der Schampus ihr nun gute Dienste leisten würde.

Mutter Gans war in ihrem Stuhl bereits am Eindösen, als ein lautes *Plopp* sie hochschrecken ließ. Alex hatte direkt hinter ihr den Korken der Champagnerflasche knallen lassen.

»Darf ich nachschenken?«, fragte Alex und deutete auf die leere Thermosflasche, die Mutter Gans fest umklammert hielt.

»Oh, wie lieb von dir«, meinte Mutter Gans ein wenig zerstreut. Sie hielt ihre Flasche in die Höhe, und Alex füllte sie bis zum Rand und stellte dann die Champagnerflasche zur Seite.

»Du bist nicht knausrig, Mädchen – das gefällt mir«, lobte Mutter Gans und nahm einen ersten Schluck. »Ah, ein guter Tropfen. Sicher, dass der nicht für einen besonderen Anlass gedacht war?«

»Bob hatte ihn für den Abend besorgt, an dem er meine Mom bitten wollte, ihn zu heiraten, aber das ist ja alles in die Binsen gegangen, als sie entführt worden ist«, erwiderte Alex rastlos und ließ sich neben Mutter Gans auf den Fußboden sinken.

»So liebe Kinder wie ihr zwei beiden … haben es nicht verdient, derart zu leiden«, murmelte Mutter Gans betrübt und streichelte Alex liebevoll übers Haar. Ihre Augen blickten traurig, wurden aber mit jedem Schluck aus der Flasche müder und glasiger. Alex hatte sie genau da, wo sie sie haben wollte – *beinahe.*

»Conner und ich haben zusammen so viel durchgemacht, und gemeinsam haben wir immer alles geschafft und alle Schwierigkeiten überwunden«, erklärte Alex. »Da können Sie sicher nachvollziehen, wie frustrierend es für uns ist, nun über gar nichts Bescheid zu wissen. Ganz gleich, wie schnell wir erwachsen werden mussten – wir werden noch immer wie kleine Kinder behandelt.«

Mutter Gans gab ein lautes Schnarchen von sich; sie war eingenickt. Alex tippte sie an, bis sie wieder aufwachte.

»Hmmm?«, murrte Mutter Gans und öffnete dabei ein Auge. »Was hast du gesagt, Schätzchen?«

Alex überlegte schnell: Mutter Gans befand sich gerade im Schwebezustand zwischen Wachen und Träumen, und das wollte Alex voll und ganz ausnutzen.

»Sie haben mir gerade erzählt, wie schlecht es im Moment

um die Märchenwelt steht«, behauptete Alex und nickte ein wenig zu eifrig, um ihren Worten mehr Gewicht zu verleihen.

Mutter Gans wiegte den Kopf. *»Finstere Zeiten, das kannst du wohl sagen – der Osten versinkt in Dornbuschplagen«*, lallte sie und sah sich dann benommen im Zimmer um. »Ich glaube, ich hatte ein wenig zu viel Blubbersekt, der Raum dreht sich –«

»Wie schrecklich«, unterbrach Alex sie und schenkte sofort Champagner nach. »Aber der Märchenrat kümmert sich doch sicher um die Dornbuschplagen, oder?«

Alex schob die Thermosflasche näher zu Mutter Gans. Diese nippte noch einmal daran.

»Die Ranken und Dornen sind gar nicht das Schlimmste – die dunkle Magie dahinter ist das Allergrimmste«, erläuterte Mutter Gans. *»Sie wurd' schon gesucht und hat doch zugeschlagen – da war uns das Glück wohl nicht hold, sozusagen.«* Der Kopf sank ihr auf die Brust, und wieder schlummerte sie ein. Alex rüttelte sie wach. Diesmal musste sie sich dabei mehr anstrengen.

»Tut mir leid, Liebes, dass ich immer einschlafe, während du redest«, entschuldigte sich Mutter Gans. Vor Erschöpfung schielte sie inzwischen regelrecht. »Was hast du gerade gesagt?«

Wieder ließ Alex sich rasch etwas einfallen. »Ich habe gesagt, dass ich sehr hoffe, sie wird zügig gefunden – wer auch immer die Gesuchte sein mag«, antwortete sie.

Mutter Gans nickte und legte Alex sanft eine Hand an die Wange. *»Mein Kind, du musst gewiss nicht bangen – wir werden Ezmia bald fangen«*, sagte sie.

Diesen Namen hatte Alex noch nie zuvor gehört. *»Ezmia?«*, wiederholte sie. »Wer ist Ezmia?«

Mutter Gans' Augen wurden doppelt so groß. Wäre sie nicht so betrunken gewesen, hätte sie sich sicher kerzengerade in ihrem Sessel aufgerichtet. Alex wusste, dass sie soeben etwas preisgegeben hatte, das vor ihr und ihrem Bruder geheim gehalten werden sollte.

»Ach je«, grämte sich Mutter Gans und bekam prompt einen Schluckauf. »Bitte verrate deiner Großmutter nicht, was ich ausgeplappert habe.«

»Aber nein, das schwöre ich«, beruhigte Alex sie. Mutter Gans pustete erleichtert aus. »Solange Sie mir erzählen, wer Ezmia ist«, schob Alex hinterher.

Mutter Gans setzte sich gerade auf, soweit all der Schampus in ihrem Körper das noch zuließ. »Das kann ich nicht. Ich habe eurer Großmutter versprochen, dass ich kein Wort sagen würde!«, entgegnete sie.

»Dann *sagen* Sie es eben nicht – *reimen* Sie es einfach«, schlug Alex gewitzt vor. Sie rappelte sich auf und sah Mutter Gans tief in die Augen; verzweifelter als je zuvor sehnte sie sich danach, mehr zu erfahren. »Irgendwie werde ich es sowieso herausfinden. Das ist nur eine Frage der Zeit – also erklären Sie mir doch bitte einfach, wer Ezmia ist!«

Mutter Gans spähte im Haus umher, um sicherzugehen, dass sie und Alex allein waren, und nahm dann noch einen letzten langen Zug aus ihrer Thermosflasche. Sie wandte den Blick von Alex ab und stierte in den Kamin; wenn sie schon Informationen preisgab, die sie zu hüten geschworen hatte, konnte sie Alex dabei nicht auch noch ansehen.

»Seit Jahren hielt man sie für tot – zu wissen, wo sie war, tat drum gar nicht Not. Im Schatten reift' so ihr teuflischer Plan, denn nach Rache dürstet' es sie im Wahn. Nach Jahrhunderten voller Gram und Zorn, entfesselt sie nun einmal mehr Rank' und Dorn'. Ihr Fluch sollt' einst nur eine Prinzessin vernichten – nun will sie die Welt zugrunde richten. Geht's nach ihr, findet niemand im magischen

Land mehr Glück – nach all den Jahren ist die böse Zauberin zurück …«

Mutter Gans schloss die Augen, diesmal nicht vor Müdigkeit, sondern aus Scham. Alex hatte bis zum letzten Wort an ihren Lippen gehangen.

»Die *Zauberin*?«, echote Alex, die nach und nach hinter die Bedeutung des Reims kam. »Die böse Zauberin, die versucht hat, Dornröschen umzubringen, ist zurück?«

»Ja«, bestätigte Mutter Gans. »Sie heißt Ezmia, und sie hat eure Mutter in ihrer Gewalt …«

Wieder fiel ihr das Kinn auf die Brust, und diesmal sank sie in den tiefsten Schlaf, den Alex je bei jemandem erlebt hatte. Ihr Schnarchen füllte das stille Haus komplett aus.

Alex' Augen huschten durch den Raum. Ihr Herz raste, und sie musste erst einmal wieder zu Atem kommen, nachdem ihr von dem, was sie soeben erfahren hatte, buchstäblich die Luft weggeblieben war. Dann stürmte sie die Treppe hinauf und in ihr Zimmer. Sie kippte alle Bücher und Schulunterlagen aus ihrem Rucksack und stopfte stattdessen so viele Klamotten hinein, wie nur darin Platz fanden. Schließlich zerrte sie sich ein Sweatshirt über den Kopf und schnürte ihre Laufschuhe.

So ausgerüstet raste Alex wieder ins Erdgeschoss und in die Küche. Dort suchte sie sämtliche Vorräte und Utensilien zusammen, von denen sie ahnte, sie könnten für eine lange Reise nützlich sein: Messer, Streichhölzer, Wasserflaschen und mehr. Sie gab sich nicht einmal allzu viel Mühe, leise und vorsichtig an den Soldaten vorbeizuschleichen, die noch immer bewusstlos am Küchentisch auf ihren Stühlen hingen. Selbst wenn einer von ihnen sie beim Abhauen erwischt hätte, war Alex so entschlossen, dass sie sich gewiss von nichts und niemandem hätte aufhalten lassen.

Sie rannte zur Haustür hinaus, sprang auf ihr Fahrrad und kurvte von der Veranda auf die Straße. Über die Schulter warf sie einen Blick zurück auf die Gartenzwerge, die reglos auf dem Rasen standen; die Soldaten in ihrem Innern, da war Alex sich sicher, waren gewiss alles andere als ruhig und entspannt.

»Ich weiß, ihr könnt mich nicht stoppen, weil ich nicht in Gefahr schwebe«, rief sie ihnen zu – und fügte dann leise an: »Noch nicht.«

So schnell sie konnte, radelte sie in die Nacht hinein, wohlwissend, dass es nur eine Frage der Zeit war, bis einer der Soldaten oder Mutter Gans die Verfolgung aufnehmen würde. Einen konkreten Plan hatte Alex nicht, doch sie wusste genau, wohin sie wollte; ihr Ziel war die Hütte ihrer Großmutter in den Bergen.

Als sie und Conner noch klein gewesen waren, hatte ihre Familie mit dem Auto für die Strecke immer mehrere Stunden gebraucht, wenn sie gemeinsam dort zu Besuch gewesen waren; daher war Alex klar, dass sie einen langen Weg auf dem Rad vor sich hatte. Doch wenn es einen Ort gab, an dem sie womöglich etwas finden konnte, das ihre Großmutter *präpariert* hatte, etwas, das Alex *aktivieren* und mit dessen Hilfe sie in die Märchenwelt gelangen konnte – dann gewiss diesen.

Alex wandte sich noch ein letztes Mal zu ihrem Zuhause um, bevor es aus ihrem Blickfeld verschwand. Eine leise Stimme in ihrem Kopf sagte ihr, dass viel Zeit vergehen würde, bis sie es wiedersah, doch Alex war dieses Gefühl nur recht. Ihr war ganz egal, was ihre Großmutter wollte; sie würde einen Weg ins magische Land finden und ihre Mutter retten – und wenn es das Letzte war, was sie tat.

Kapitel 8

Die Hütte

Am folgenden Nachmittag erwachte Alex auf einer Wiese am Wegrand. Sie sah sich um und ärgerte sich über sich selbst; die ganze Nacht hindurch hatte sie in die Pedale getreten und nur angehalten, um einen winzigen Augenblick neben der Straße zu verschnaufen. Aus diesem winzigen Augenblick waren eindeutig mehrere Stunden geworden.

Sie befand sich in den hügeligen Ausläufern der Berge, in denen die Hütte ihrer Großmutter stand. Ihr letzter Besuch dort zusammen mit Conner lag schon eine Weile zurück, deshalb fiel es ihr schwer, sich ganz genau an den Weg zu erinnern. Sie stieg erneut aufs Rad, und erst als die Hügel langsam steiler wurden, hielt sie an einer winzigen Tankstelle und kaufte eine Karte. Dennoch wurde es nur komplizierter, die richtige Route zu finden, da die Straßen sich bald wanden und kreuzten, je höher sie in die Berge hinaufkam. Immer wieder warf Alex Blicke auf die Karte, um sicherzugehen, dass sie nach wie vor in nordöstlicher Richtung unterwegs war. Sie wusste noch, dass ihre Eltern stets nach Nordosten gefahren waren, bis es nicht mehr weiterging.

Alex hatte ein schlechtes Gewissen, weil sie ihren Bruder zu Hause zurückgelassen hatte, doch sie hatte ihn einfach nicht in ihren überstürzten Plan hineinziehen wollen. Als es jedoch wieder dunkel wurde und sie ein Stück abseits der Straße ihr kleines Lager aufschlagen musste, wünschte sie von Herzen, Conner wäre bei ihr, um ihr Gesellschaft zu leisten.

Sie konnte kaum sagen, was wohl gefährlicher war: durch die Wälder ihrer eigenen Welt zu streifen oder jene der Märchenwelt. Obwohl sie hier in der normalen Welt kein großes böses Wolfsrudel fürchten musste, gab es doch sicher zumindest gewöhnliche Wölfe in der Gegend.

Wenn sie es allerdings noch nicht einmal mit einem einzelnen Wolf aufnehmen konnte, wie sollte sie dann eine mächtige Zauberin besiegen können – sofern sie sie fand? Alex hatte ihre Zweifel, dass die Frau, die ein gesamtes Königreich für einhundert Jahre verflucht hatte, sich von einem wild durch die Luft geschwungenen Stock würde einschüchtern lassen.

Je länger sie darüber nachdachte, desto weniger Sinn ergab alles für Alex: Was wollte diese Ezmia überhaupt mit ihrer Mutter? Wie war sie eigentlich darauf gekommen, Charlotte zu entführen – und dann hierhergelangt? Und wenn die Feen weder Ezmia noch Alex' und Conners Mutter aufspüren konnten, dann würde es Alex wohl auch nur schwer gelingen.

Alex und ihr Bruder wussten mehr über die Zauberin, als man hätte annehmen können. Bei ihrer Begegnung mit der bösen Königin hatten sie herausgefunden, dass die Zauberin diese als junges Mädchen entführt und für ihren Plan, die Herrschaft über das magische Land an sich zu reißen, missbraucht hatte.

Alex legte sich auf die Erde, nahm ihren Rucksack als Kopfkissen und ließ ihre aufgewühlten Gedanken schweifen, bis sie schließlich einschlief.

Am nächsten Morgen saß sie schon vor Sonnenaufgang wieder auf dem Rad und kurvte bis zum späten Nachmittag eine gewundene Straße nach der anderen entlang. Da holperte ihr Vorderreifen über einen spitzen Stein, aus dem Reifen entwich Luft, und Alex wäre beinahe über den Lenker gestürzt.

»Das ist ja wohl ein Witz!«, fluchte sie und warf ihr nutzloses Rad wütend an den Straßenrand. Sie würde den restlichen Weg zu Fuß auf sich nehmen müssen – so lang er noch sein mochte.

Nach etwa einer Stunde besserte sich ihre Laune jedoch wieder, als vor ihr eine hölzerne Brücke in Sicht kam: An jener Stelle hatten Alex und Conner früher immer erkannt, dass sie sich bis zur Hütte ihrer Großmutter nicht mehr allzu sehr gedulden mussten. Alex musste ihrem Ziel nun ganz nah sein.

Sie joggte voller Erleichterung auf die Brücke zu, doch je näher sie ihr kam, desto fremder schien sie ihr. Sie mutete nun winzig an im Vergleich zu den Bildern aus ihrer Erinnerung. Lag es bloß daran, dass sie selbst damals noch so viel kleiner gewesen war? Auch dass die Brücke so baufällig wirkte, entmutigte Alex. Sämtliche Holzplanken waren beschädigt und moderten vor sich hin.

Irgendetwas stimmte nicht. Alex trat noch ein bisschen näher und besah sie sich genauer. Nein, ein Auto würde niemals darauf Platz finden. Alex warf einen Blick über das Geländer. Mehrere hundert Meter unter ihr lag ein ausgetrocknetes, steiniges Flussbett. Die Brücke, über die ihre Familie früher gefahren war, hatte in nur wenigen Metern Höhe über einen Flusslauf geführt.

Alex seufzte. Sie hatte sich verlaufen.

Sie machte auf dem Absatz kehrt und wollte zurück auf die Straße klettern, als sie plötzlich ein Knacken hörte. Ehe sie ausmachen konnte, woher das Geräusch gekommen war, gab das morsche Holz unter ihren Füßen nach – und sie brach mitten durch die Brücke.

Alex schrie auf und klammerte sich an eine der Brückenplanken. Verzweifelt versuchte sie, sich wieder hinaufzuziehen, doch es war aussichtslos; sie spürte, wie das Holz unter ihrem Gewicht weiter splitterte.

»*Hilfe*«, kreischte Alex. »Hiiiiilfe!«

Alex hatte keine Ahnung, von wem sie erhört zu werden hoffte. Nach allem, was sie wusste, war sie allein in den Bergen und würde jeden Augenblick in den Tod stürzen.

»*Nein! Nein! Nein!*«, sprach sie sich selbst Mut zu. »*So kann es nicht zu Ende gehen! So kann es nicht zu Ende gehen!*«

Noch einmal mühte sie sich, wieder nach oben zu gelangen. Doch dann ertönte ein lautes Krachen, und sie rutschte weiter durch das Brückengerüst und dem felsigen Flussbett unter ihren Füßen entgegen.

Kurz bevor ihre Arme sie im Stich gelassen hätten, spürte Alex, wie zwei Hände sie packten. Als sie hinaufblickte, erkannte sie ein vertrautes Gesicht. Im ersten Moment glaubte sie, ihren Vater über sich zu sehen; dann aber wurde ihr klar, dass es Conner war – seltsam, dass ihr ausgerechnet in dieser Situation auffiel, wie erwachsen er inzwischen wirkte.

Conners Gesicht lief leuchtend rot an, während er mit aller Kraft darum kämpfte, seine Schwester vor dem Absturz zu bewahren. »*Jetzt, Lester! Zieh uns hoch, Kumpel!*«, keuchte er.

Langsam wurden Conner und Alex emporgehievt. Erst als Alex wieder auf Augenhöhe mit dem Boden der Brücke war, tauchte Lesters Schnabel in ihrem Blickfeld auf, der Conners Hose festhielt und ihn nach hinten zerrte, während Conner wiederum Alex mit sich zog. Der riesige Ganter schleifte die beiden über die Brücke, bis sie wieder sicher festen Boden unter sich hatten.

Die Zwillinge und Lester blieben an Ort und Stelle liegen, und rührten sich erst, als sie wieder zu Atem gekommen waren.

»Selten hab ich dich mehr gehasst als jetzt«, japste Conner zwischen hechelnden Atemzügen hervor.

»Komisch – ich habe dich nämlich noch nie mehr geliebt als gerade«, entgegnete Alex mit breitem Lächeln und robbte zu ihrem Bruder hinüber, um ihn fest in die Arme zu schließen. »Danke. Du hast was gut bei mir!«

»Ein Glück, dass wir so oft in Schwierigkeiten geraten – da bekommst du garantiert eine Gelegenheit, dich zu revanchieren«, meinte er.

Lester schnatterte ein wenig pikiert in ihre Richtung, als wolle er sagen: *»Macht euch um mich keine Sorgen, mir geht's blendend! Bedanken müsst ihr euch auch nicht, keine Ursache!«*

»Du hast auch was gut bei ihr, Lester, verlass dich drauf!«, kommentierte Conner fröhlich.

Die Kinder kamen auf die Füße und klopften sich die Kleider ab, die über und über mit Splittern und morschen Holzstückchen übersät waren. Lester stand ebenfalls auf und streckte Hals und Schnabel.

»Woher wusstet ihr, wo ich war?«, erkundigte Alex sich.

»Reines Glück!«, antwortete Conner. »Du kannst nicht mal abhauen wie ein normaler Teenager. Eine Nachricht dalassen! Ich habe mir gleich gedacht, dass es nur einen Ort gibt, zu dem du wollen kannst. Lester und ich waren schon den ganzen Tag in der Luft auf der Suche nach dir, als wir endlich dein Fahrrad weiter unten an der Straße entdeckt haben.«

»Weiß Mutter Gans, wo ich bin?«, fragte Alex.

»Ich habe dich gedeckt, seit mir klargeworden war, dass du verschwunden warst. Mutter Gans habe ich erzählt, du wärst krank und in deinem Zimmer und hättest dich übergeben. Dann, als sie nicht hingeschaut hat, habe ich ihre Gans entführt und mich aufgemacht, dich zu suchen«, erklärte Conner.

»Wie hast du das nur geschafft?«, staunte Alex.

»Tja, offenbar hat Lester den Eindruck, Mutter Gans betrachte seine Dienste als selbstverständlich; da dachte er, er könnte ihr eine Lektion erteilen, indem er mir hilft«, verriet Conner. »Ich spreche ja nicht Gänsisch oder so, aber ich glaube, das trifft es im Wesentlichen, oder, Junge?«

Conner wandte sich zu Lester um, und der Ganter nickte.

»Warum hast du mich nicht mitgenommen?«, wollte Conner wütend von Alex wissen. »Wie konntest du mich einfach gefangen zu Hause zurücklassen? Willst du jetzt alles im Alleingang machen, oder was? Das ist echt nicht okay, Alex.«

Alex ließ beschämt den Kopf hängen. »Ich wollte dich nicht in die ganze Sache hineinziehen, weil Grandma schon wütend genug auf mich sein wird, wenn sie merkt, dass ich abgehauen bin«, gestand sie. »Und ich habe herausgefunden, wer Mom entführt hat! Ich habe es Mutter Gans entlockt.«

»Deshalb also bist du so Hals über Kopf weggerannt?«, fragte Conner. »Und, wer ist es?! Was hast du herausbekommen?!«

Nun erkannte Alex, weshalb ihre Großmutter ihr und Conner Informationen vorenthalten hatte. Sie fühlte sich schrecklich in dem Wissen, dass sie ihren Bruder nun in ebenso schlimme Sorgen stürzen würde, wie sie selbst sie durchlitt.

»Anscheinend ist die Zauberin zurück«, offenbarte Alex ihm. »Die Zauberin, die Dornröschen verflucht hat, terrorisiert wieder die Märchenwelt, und sie hat Mom.«

»Was?«, fragte er ungläubig. »Was will denn die Zauberin mit Mom?«

»Keine Ahnung«, erwiderte Alex. »Ich versuche schon die ganze Zeit dahinterzukommen, und mir fällt einfach kein möglicher Grund ein.«

»Moment mal – ich dachte, die Zauberin sei tot«, warf Conner nun ein. »Die böse Königin hat uns erzählt, dass sie sie vergiftet hat, und angeblich ist die Zauberin dann doch geflohen und gestorben. Weißt du noch?«

»Ich fürchte, da hat die böse Königin sich getäuscht«, seufzte Alex. »Ezmia – so heißt die Zauberin – ist ziemlich lebendig.«

»Und deshalb haben wir Grandma so lange nicht zu Gesicht bekommen?«, hakte Conner nach.

»Scheint so«, bestätigte Alex.

Conner fing an, auf der Straße grübelnd auf und ab zu tigern.

»Wir müssen einen Weg ins magische Land finden«, verkündete er. »Wir müssen Mom retten.«

»Ganz meine Meinung – aber was tun wir, wenn wir erst einmal dort sind? Wie sollen wir das schaffen, wenn es nicht einmal den Feen gelingt?«, gab Alex zu bedenken.

»Vielleicht gelingt es uns nicht«, räumte Conner ein. »Aber zwei Leute mehr, die es *versuchen*, können nicht schaden. Außerdem: Besser, als herumzusitzen und auf schlechte Neuigkeiten zu warten, ist es allemal.«

Ein kleines Lächeln erschien auf Alex' Gesicht; sie hätte ihrem Bruder nicht inniger zustimmen können.

»Komm, wir versuchen, vor Sonnenuntergang Grandmas

Hütte zu erreichen«, drängte sie Conner. »Weißt du, wo wir gerade sind? Sind wir schon in der Nähe?«

Conner ließ den Blick über die Berge schweifen, die die Kinder zu allen Seiten umgaben. »Jaaa, ist nicht mehr weit!«, erklärte er und deutete dann auf einen abgeflachten Gipfel in der Ferne. »Grandmas Hütte ist gleich auf der anderen Seite dieser Bergspitze dort! Ich kann mich erinnern, dass mir die immer aufgefallen ist, als wir noch klein waren, und dass ich gehofft habe, sie gehört zu einem Vulkan!«

»Bist du sicher?«, fragte Alex skeptisch.

»Absolut«, bekräftigte Conner. »Los geht's. Lester, kannst du uns in die Nähe dieses Gipfels fliegen?«

Lester blinzelte mit schief gelegtem Kopf in die Richtung, in die Conner zeigte, stieß einen übertriebenen Seufzer aus und nickte dann.

Conner kletterte auf seinen Rücken und streckte dann Alex eine Hand entgegen. »Sitz auf«, ermutigte er sie.

Alex zögerte. »Bist du sicher, dass dabei nichts passieren kann?«, wollte sie wissen.

Lester schnatterte laut; es klang beleidigt.

»Das musst du ausprobieren, Alex«, meinte Conner begeistert. »Jetzt verstehe ich, warum O.M.G. am liebsten so reist.«

»O.M.G.?«, wiederholte Alex.

»Die Olle Mutter Gans«, gab Conner zurück. »Das ist mein Spitzname für sie; sie nennt mich C-Dog.«

Alex zuckte mit den Schultern und ergriff seine Hand. Sie schwang ein Bein über den Gänserücken und klammerte sich dann an ihrem Bruder fest.

Conner schnappte sich die Zügel, bereit zum Abflug. »Heb ab, Lester!«, rief er.

Lester spreizte seine Federn; seine Flügelspannweite war bei

Tageslicht besehen noch viel beeindruckender, als Alex sie von Mutter Gans' nächtlicher Landung in Erinnerung hatte. Der riesige Ganter watschelte ein paar Schritte zurück, preschte dann im schnellen Patschgang vorwärts und schlug dabei wild mit den Flügeln, bis sie abhoben und höher und höher in die Lüfte stiegen.

Conner hatte recht gehabt: Es war ein unvergessliches Erlebnis. Die Berge wirkten aus der Vogelperspektive so viel majestätischer. Nie zuvor im Leben hatten die Zwillinge sich derart frei gefühlt.

»Ich hoffe, niemand sieht uns«, sagte Alex und spähte ängstlich hinunter auf all die Straßen und winzigen Städte.

»Ich hoffe bloß, dass nicht gerade Gänsejagdsaison ist«, erwiderte Conner.

Lester krächzte und warf panisch einen Blick über die Schulter zu ihm.

»Das war nur ein Scherz, Lester«, beschwichtigte Conner. »Entspann dich, bevor du hier noch abschwirrst!«

Lester hielt auf die Bergspitze zu; einige Augenblicke später flogen sie bereits darüber hinweg. Conner war ein wenig enttäuscht, als er feststellen musste, dass es sich in Wirklichkeit tatsächlich nur um ein flaches Gipfelplateau handelte – von flüssiger Lava im Innern des Berges weit und breit keine Spur.

»Halt nach der Hütte Ausschau«, wies er seine Schwester an. »Die sollte jetzt jeden Moment auftauchen.«

Alex ließ die Augen über den Erdboden schweifen. Es war schwierig, außer Baumkronen und einem gelegentlichen Schornstein überhaupt etwas zu erkennen. Sie erspähte eine vertraute Brücke und folgte mit dem Blick der gewundenen Straße, die den Fluss überquerte und sich weiter durch den

Wald schlängelte. Ganz am Ende dieser Straße entdeckte sie schließlich das Dach einer Märchenhütte.

»Ich sehe sie! Ich sehe sie!«, jubelte Alex und deutete darauf. »Da ist Grandmas Hütte!«

Lester landete vor der Haustür, als die Sonne gerade unterging. Alex und Conner kletterten von dem Ganter und sahen sich am alten Zuhause ihrer Großmutter um.

»Oha«, machte Conner.

»Sie schaut eindeutig nicht mehr so aus, wie wir sie zuletzt verlassen haben«, stellte Alex fest.

Es war unverkennbar, dass schon lange niemand mehr hier lebte. Der Rasen im Vorgarten war verdorrt, die Blumenbeete waren mit Unkraut überwuchert, und manche Grashalme reichten den Zwillingen beinahe bis zum Kinn. Efeu rankte sich über die Wände der Hütte, und ein Teil des Dachs war eingebrochen.

Das blaue Auto ihrer Großmutter parkte in der Einfahrt, schien jedoch seit Jahren nicht mehr bewegt worden zu sein. Eine Schmutzschicht überzog die Karosserie, und dichte Spinnennetze spannten sich zwischen den Reifen.

Auch wenn die Hütte vor allem Kulisse gewesen war, da die Großmutter der Zwillinge hier nur gewohnt hatte, wenn Alex und Conner zu Besuch gekommen waren, so hatten die beiden hier doch einige der schönsten Momente ihrer Kindheit erlebt. Diesen Ort nun so verwahrlost zu sehen stimmte sie traurig.

Beklommen näherten Alex und Conner sich der Eingangstür.

»Lester, bon appétit«, sagte Conner und machte eine ausladende Handbewegung über den zugewucherten Vorgarten. Lester schnatterte und stürzte sich fröhlich hinein.

»Meinst du, es ist abgeschlossen?«, fragte Alex.

Conner drehte am Knauf, und die Tür öffnete sich knarzend – damit war Alex' Frage beantwortet.

Die Geschwister betraten die Hütte und blickten sich um. Im Innern schien alles genau so, wie sie es in Erinnerung hatten, bloß staubig und voller Spinnweben. Grandmas Schaukelstuhl stand noch immer neben dem Kamin, davor ausgebreitet der große Teppich, auf dem die Zwillinge immer gelegen hatten, wenn ihre Großmutter ihnen vorgelesen hatte.

»Es fühlt sich so seltsam an, das alles wiederzusehen«, sagte Alex. »Grandmas Stuhl, der Kamin, der Küchentisch – ich kann fast nicht glauben, dass all das die ganze Zeit über hier gewesen ist.«

»Weißt du noch, wie wir mit Dad unter diesem Ding Kissenburgen gebaut haben?«, schmunzelte Conner und deutete auf den Tisch.

»Wie könnte ich das vergessen?«, erwiderte Alex. »Du hast immer versucht, mich auszusperren, aber das hat Dad nicht zugelassen.«

»Eins ist aber echt komisch«, fuhr Conner fort, während er langsam umherging. »Obwohl wir jetzt wissen, dass Grandma nie wirklich hier gelebt hat, stelle ich sie mir jedes Mal, wenn ich an sie denke, an diesem Ort vor – beim Plätzchenbacken oder mit einem Buch vor dem Kamin.«

»Ich auch«, nickte Alex. »Ein großer Teil unserer Kindheit war Fassade, aber eine glückliche Fassade.«

»Glaubst du, wir finden hier drinnen etwas, das uns ins magische Land transportieren kann?«, fragte Conner.

»Müssen wir«, entgegnete Alex schlicht. Doch sie hatte ihre Zweifel. Dabei wusste sie zwar nicht genau, wonach sie eigentlich suchte, hoffte jedoch, dass sie es erkennen würde, falls sie es erspähte.

Conner betrachtete all die eingestaubten Bilderrahmen auf dem Kaminsims. Dort standen vor allem Fotos von ihm und seiner Schwester, bei Geburtstagsfeiern und im Familienurlaub. Ein Bild zeigte die Zwillinge als Dreijährige auf dem Schoß des Weihnachtsmannes. Conner war ein echter Wonneproppen und hatte ein breites Grinsen im Gesicht; Alex neben ihm weinte sich die Seele aus dem Leib.

»Guck dir mal dieses Bild von uns beim Weihnachtsmann an.« Conner lachte. »Du schaust drein, als würde er dich gleich fressen wollen.«

»Ich habe mich damals schon gewappnet – für all die anderen Märchenfiguren, die uns *tatsächlich* fressen wollten«, konterte Alex.

Conner kicherte und nahm ein anderes Foto vom Sims. »Das gibt's doch nicht! Wie jung Mom und Dad auf diesem Bild wirken! Ich glaube, da waren wir noch nicht mal auf der Welt.«

Alex eilte zu ihm hinüber und betrachtete selbst das Bild. »Conner, wir sehen genauso aus wie sie«, flüsterte sie. »Sie könnten niemals verleugnen, dass sie unsere Eltern sind.«

»Du hast recht«, erkannte Conner. »Als ich herausgefunden habe, dass wir zu einem Teil Feen sind, habe ich mir eine ganze Adoptionstheorie ausgedacht. Aber wenn ich jetzt dieses Bild betrachte, muss ich zugeben, dass sie wohl hinfällig ist.«

Alex machte sich wieder daran, nach dem vielversprechenden Gegenstand zu suchen, von dem sie nicht wusste, was er war.

»Schon was entdeckt, das portalverdächtig aussieht?«, wollte Conner wissen.

»Noch nicht«, gab Alex zurück. »Na ja, außer vielleicht … *das hier.*«

Alex starrte zu einem wunderschönen Gemälde an der Wand empor. Sie erinnerte sich noch aus Kindertagen daran, und im Gegensatz zum Rest der Hütte erschien es ihr noch ebenso lebendig und farbenfroh wie damals. Dargestellt war eine märchenhafte Landschaft mit einem Teich, in grünen und blauen Aquarelltönen.

Etwas daran kam Alex nun noch vertrauter vor, beinahe so, als hätten sie und Conner das Gemalte bereits mit eigenen Augen gesehen.

»Du meinst, das Bild könnte uns ins magische Land bringen?«, zweifelte Conner.

»In einem der Narnia-Bücher hat das funktioniert«, sagte Alex.

Sie trat näher an das Gemälde heran und legte eine Hand auf den Rahmen.

»Das ist der Hässliches-Entlein-Teich!«, rief sie aus, als sie die Landschaft nun wiedererkannte. »Das muss er sein! Das muss unser Weg in die Märchenwelt sein! Wieso sonst sollte Grandma ein Bild des Teichs in ihrer Hütte aufhängen?«

»Meinst du, du kannst es aktivieren?«, fragte Conner.

»Ich kann es versuchen«, antwortete Alex.

Sie drückte beide Hände auf den goldenen Rahmen und bündelte ihren ganzen Willen darauf, das Gemälde zum Leben zu erwecken. Nichts geschah. Alex schloss die Augen, atmete tief durch und mühte sich noch angestrengter. Noch immer tat sich nichts.

Conner klatschte laut in die Hände und riss Alex so aus ihrer Konzentration. »Klatsch mit!«, forderte er sie auf.

»Was machst du da?«, wollte Alex wissen.

»Ich überlege nur, wie wir es sonst noch einschalten könnten«, erklärte er. »Gibt es irgendwo eine Fernbedienung oder einen Knopf? Vielleicht ist das Gemälde so was wie ein Plasmabildschirm.«

Alex ging nicht auf ihn ein, sondern konzentrierte sich erneut. Sie stellte sich all die Orte und Menschen vor, die sie bei ihrem ersten Besuch im magischen Land zu Gesicht bekommen hatten: all die Schlösser und Wälder, die sie und ihr Bruder besucht hatten, und sämtliche gefährlichen Tiere und Wesen, denen sie begegnet waren. Vor allem aber rief sie sich ins Gedächtnis, wie verzweifelt sie sich wünschte, alles wiederzusehen. Alex dachte an ihre Großmutter, ihren Vater und ihre Mutter. Sie dachte an den Teich auf dem Bild, an die Seerosenblätter, die Glühwürmchen, das *Wasser*.

Vor den staunenden Augen der Zwillinge begann das Gemälde zu leuchten.

»Du hast es geschafft!«, jubelte Conner und umarmte seine Schwester. »Du hast es angestellt!«

»Wirklich?«, vergewisserte Alex sich – denn es schien ihr beinahe zu schön, um wahr zu sein. *»Ich hab's geschafft! Ich hab's geschafft!«*

Die Kinder sprangen vor Aufregung auf und ab, doch schnell schlug ihre Begeisterung in Furcht um. Immer heller und heller glomm das Bild, und die ganze Hütte fing zu wackeln an. Es fühlte sich an, als würde direkt unter ihnen ein gewaltiger Zug entlangrasen.

»Wie *genau* sind denn die Narnia-Kids durch das Gemälde gereist?«, erkundigte sich Conner und wich langsam zurück.

»Oje!«

Die Hütte hörte zu beben auf, und das Bild verblasste; nun allerdings war der gemalte Teich nicht mehr zu erkennen – die Leinwand wurde vollkommen blank.

»Huch?«, machte Alex. »Das ist ja komisch.«

»Irgendwie aber auch ein bisschen beruhigend«, meinte Conner. »Ich hatte schon kurz Sorge, dass das Wasser aus dem Rahmen schwappen –«

WUSCH! Eine Flutwelle brach durch die Fenster neben der Eingangstür. Die Zwillinge schrien auf und rannten in den hinteren Teil der Hütte. WUMM! Eine zweite Welle rauschte von hinten auf sie zu. RUMMS! Wasser stürzte nun durch sämtliche Türen und Fenster und flutete die Hütte.

»Was geht hier vor?!«, brüllte Conner. *»Haben wir einen Eisberg gerammt?!«*

Seine Beschreibung traf es perfekt. Die Kinder hatten das Gefühl, zu versinken – und zwar rasend schnell. Im Nu standen sie hüfttief im Wasser und mussten entsetzt mitansehen, wie das frühere Zuhause ihrer Großmutter zerstört wurde.

»Was haben wir nur getan?!«, schrie Alex.

»Ich wollte immer schon einen Pool haben, aber das hier ist Wahnsinn!«, rief Conner.

Immer schneller lief das Haus mit Wasser voll. Bald schon verloren sie den Boden unter den Füßen, Wasser tretend wurden sie langsam zur Decke emporgehoben.

»Wir müssen rausschwimmen, sonst ertrinken wir!«, brüllte Conner. *»Mir nach!«*

Er holte tief Luft und tauchte unter. Alex tat es ihm rasch nach. Sie schwammen durch die Hütte zur Haustür hinüber. Die Strömung durch die Tür ins Innere war extrem stark, so dass die Geschwister sich festhalten mussten, wo sie nur konnten, um dagegen anzukommen.

Sie zogen sich aus der Haustür und stellten fest, dass die Hütte nicht länger in den Bergen stand, sondern inmitten eines großen, trüben Tümpels. Das Haus sank unter ihnen hinweg und verschwand in den dunklen Tiefen des Gewässers. Alex und Conner packten einander und katapultierten sich gemeinsam und mit vereinten Kräften zur Oberfläche – *in der Hoffnung, dass es überhaupt eine gab.*

Endlich erspähten sie über sich den verzerrten Nachthimmel. *Dort lag die Oberfläche!* Die Zwillinge tauchten aus den mysteriösen Wassermassen auf und schnappten nach Luft. Eiskalte Luft traf sie ins Gesicht.

»Was war *das* denn bitte eben?«, brüllte Conner.

Alex achtete gar nicht auf ihn. Sie sah in der Ferne hohe Bäume mit gewaltigen Wurzeln, die sich tief in die Erde gruben. Glühwürmchen schwirrten durch die Luft, und auf der Wasseroberfläche rings um die Kinder trieben Seerosenblätter. Alex wusste genau, wo sie sich befanden.

»Conner!«, quietschte sie und spritze ihn übermütig an. *»Wir sind im Hässliches-Entlein-Teich! Wir sind hier! Wir sind zurück im magischen Land!«*

Kapitel 9

Eine Versammlung in den Wäldern

Alex und Conner krochen langsam aus dem Teich. Sie waren pitschnass und voller Seerosenblätter, sie zitterten in der kalten Nachtluft und sahen sich am Ufer um.

Der Hässliches-Entlein-Teich lag inmitten eines Waldes im Nördlichen Königreich. Auf ihrem ersten Ausflug ins magische Land waren die Zwillinge bereits hier vorbeigekommen, doch keiner von ihnen hatte erwartet, das Gewässer beim nächsten Besuch derart *innig* kennenzulernen.

»Ich fasse es nicht, dass wir gerade Grandmas Hütte haben absaufen lassen!«, bemerkte Conner zähneklappernd. »Dazu gehört ja schon einiges an Talent – etwas zu versenken, das sich nicht einmal in Wassernähe befindet!«

Hier und da trieben noch Holzbohlen und einzelne Gegenstände aus der Hütte ihrer Großmutter im Teich. Der Schaukelstuhl schaukelte auf den Wellen. Alex war so fasziniert, dass es sie nicht einmal kümmerte, wie schmutzig und durchgefroren sie war.

»Ich hoffe, dass Grandma eine gute Versicherung hat … Alex, hörst du mir überhaupt zu?«, fragte Conner.

Sie wandte sich zu ihm um. »Wir sind *hier* … wir sind wirklich *hier* …«, flüsterte Alex. Selbst dass ihr Kiefer vor Kälte bebte, konnte das Lächeln nicht aus ihrem Gesicht vertreiben. Die Umstände mochten sein, wie sie wollten: Zum ersten Mal seit Monaten fühlte Alex sich aus tiefstem Herzen glücklich.

»Gratuliere, du hast es geschafft, uns erfolgreich – auf gemeingefährliche Art und Weise – in die Märchenwelt zu katapultieren … *mal wieder*«, meinte Conner, der nun ebenfalls lächeln musste. »Ich muss schon sagen, da sind mir Grandmas Reisemethoden lieber als deine.«

Alex' Lächeln verblasste, als sie langsam ihre Umgebung nüchterner wahrnahm. Sie betrachtete den Wald rund um den Teich eingehender. »Irgendwas stimmt nicht«, stellte sie fest.

»Natürlich stimmt etwas nicht!«, entgegnete Conner. »Grandmas Hütte ist auf den Boden eines Teichs gesunken! Wie sollen wir ihr das je erklären?«

»Das meine ich nicht«, gab Alex zurück. »Horch mal. Hörst du das?«

Conner zog die Augenbrauen hoch und sah sich nach allen Seiten um. Der Teich und auch der Wald waren totenstill.

»Ich höre überhaupt nichts«, antwortete er.

»Ganz genau«, sagte Alex. »Wir stehen am Ufer eines Teichs, und nichts rührt sich – keine Frösche, keine Grillen, gar nichts.«

Conner nickte; jetzt verstand er. »Fast so, als wäre alles stummgeschaltet worden«, wunderte er sich.

»Oder *versteckt*«, überlegte Alex.

Mit einem Mal tauchte auf der anderen Seite des Teichs eine dunkle Gestalt aus den Bäumen auf. Die Zwillinge erschraken. Das Wesen war klein, kaum so groß wie ein Hund. Auf vier staksigen Beinen rannte es enorm schnell und zog etwas Weißes hinter sich her.

Alex und Conner gingen hinter dem nächsten Baum in Deckung. Die sonderbare Kreatur wurde langsamer und näherte sich vorsichtig dem Ufer. Sie trug einen dunklen Umhang und hatte dunkelrotes Fell, spitze Ohren und einen langen, buschigen Schwanz mit weißer Spitze.

»Ein Fuchs!«, raunte Conner Alex zu.

Der Fuchs hob ruckartig den Kopf, und seine leuchtend gelben Augen starrten zu den Geschwistern hinüber. Sein Gehör musste ausgezeichnet sein.

Nun verschwand er zwischen den Baumstämmen.

»Wir sollten ihm folgen«, drängte Conner.

»Warum?«, wollte Alex wissen.

Conner zuckte mit den Schultern. »Haben wir irgendeinen anderen Plan, der uns davon abhält?«, fragte er zurück.

»Gutes Argument«, gab Alex zu. Und in der Hoffnung, er würde sie zu jemandem oder etwas führen, der oder das ihnen helfen könnte, ihre Mutter zu finden, jagten die Geschwister dem kleinen Fuchs nach.

»Ich glaube, er führt uns in die Zwergenwälder«, flüsterte Alex beim Laufen.

»Woher willst du das wissen?«, erkundigte sich Conner.

»Die Bäume stehen immer dichter; man kann den Himmel kaum noch sehen«, erklärte Alex. »Außerdem werde ich immer nervöser – das ist das sicherste Anzeichen.«

Conner schluckte. In den Zwergenwäldern hatten die Zwillinge noch nie gute Erfahrungen gemacht. Bei ihrem letzten

Besuch in dieser Region des magischen Landes waren sie von Wölfen gejagt und von Kobolden entführt worden.

Endlich kam der Fuchs neben einem steinernen Brunnen inmitten einer Lichtung zum Stehen. Der Mond beleuchtete die Szene wie ein Scheinwerfer: Wartend stand er da und behielt die Bäume genau im Blick.

Plötzlich betraten drei verhüllte Gestalten die Lichtung. Alle sahen sie ganz unterschiedlich aus: Eine war riesig, die zweite kaum größer als die Zwillinge und die dritte so klein wie der Fuchs. Eine stattliche Krähe segelte herbei und ließ sich auf dem Brunnenrand neben dem Fuchs nieder. Sie brauchte keinen Umhang; ihre dunklen Federn waren in der Nacht Tarnung genug.

Die anderen scharten sich um den Brunnen und wandten sich allesamt erwartungsvoll dem Fuchs zu. »Freut mich, dass ihr alle kommen konntet«, verkündete er mit seinem breiten, spitzzahnigen Grinsen.

Das kleinste Wesen nahm die Kapuze ab. Zum Vorschein kam ein Gesicht mit glänzenden schwarzen Augen, weißen Streifen und einer kurzen Schnauze: ein Dachs, und zudem noch ein ziemlich ängstlicher.

»Es ist nicht ungefährlich, sich mitten in der Nacht so zu treffen«, sagte der Dachs und blickte sich nervös um.

»Entspann dich, Dachs«, beschwichtigte der Fuchs. »Wenn die Zauberin uns etwas antun wollte, wären wir längst tot.«

»Komm zur Sache, Fuchs«, krächzte die Krähe ungeduldig. »Wieso hast du uns heute Nacht herbestellt?«

Die größte der Gestalten warf nun die Kapuze zurück; darunter steckte ein gewaltiger Braunbär. »Und beeil dich, ich habe Junge zu Hause«, brummte er mit tiefer, dröhnender Stimme.

Nie zuvor hatten Alex und Conner so viele sprechende Tiere auf einem Fleck gesehen. Sie hofften, unbemerkt zu bleiben.

»Ich bin gerade aus dem Östlichen Königreich zurückgekommen!«, berichtete der Fuchs. Die ganze Gegend ist ein einziges Katastrophengebiet: über und über mit Dornen und Ranken zugewuchert, so weit das Auge reicht!«

»O weh«, jammerte der Dachs und schlug unruhig seine Pfoten zusammen. »Glaubt ihr, die Dornen breiten sich auch auf andere Reiche aus?«

»Das ist es ja«, erklärte der Fuchs. »Die Pflanzen wachsen sauber und ordentlich an der Grenze entlang; sie machen keinerlei Anstalten, ins Nördliche Königreich hinüberzukriechen. Um einen *so* genauen Fluch auszuführen, braucht es sehr mächtige Magie.«

Die Tiere tauschten besorgte Blicke. Das letzte, noch verhüllte Mitglied der Gruppe blieb stumm. Alex und Conner grübelten, was sich wohl unter dem Umhang verbergen mochte.

»Wieso sollten die Pflanzen nur in einem einzigen Königreich bleiben?«, fragte der Bär.

»Ich nehme an, die Zauberin will stilvoll ein Königreich nach dem anderen erobern«, meinte der Fuchs. »So zeigt sie der Welt, dass der Märchenrat ihr nichts entgegenzusetzen hat. Es ist nur eine Frage der Zeit, bis sie auch die Zwergenwälder in Besitz nimmt … und darauf müssen wir vorbereitet sein.«

»Aber was sollte sie denn mit den Zwergenwäldern wollen?«, warf der Dachs kopfschüttelnd ein. »Hier tummeln sich bloß Kriminelle und Ausgestoßene wie wir.«

»Genau deshalb habe ich euch heute Nacht zusammengerufen«, verkündete der Fuchs grinsend. »Wir sollten der Zauberin unsere Treue schwören – jetzt, ehe sie zuschlägt.«

Die Tiere protestierten schnaubend und grollend.

Doch der Fuchs hob mahnend eine Pfote, um für Ruhe zu sorgen.

»Denkt darüber nach: Der Grund dafür, dass wir in dieser Gegend hier leben, ist, dass keiner von uns in eine Gesellschaft nach Vorstellung des Märchenrats passt. Die Zauberin wird all das ändern. Wenn wir ihr jetzt unsere Treue zusichern, verschont sie uns vielleicht, wenn sie die Macht übernimmt – *und sie wird sie übernehmen.* Glaubt mir, sämtliche Feen der Welt werden sie diesmal nicht aufhalten können. Wenn sie es könnten, hätten sie es schon getan.«

Die Blicke der unsicheren Tiere huschten umher.

»Und wie sollten wir ihr deiner Meinung nach zeigen, dass wir auf ihrer Seite stehen?«, erkundigte sich der Bär.

»Ich habe mich umgehört und ein paar Einfälle gesammelt«, meinte der Fuchs mit leuchtenden Augen.

»Was sagst du denn eigentlich zu all dem?«, krächzte die Krähe da in Richtung der noch immer verhüllten Gestalt.

»Er sagt nie etwas«, warf der Bär ein. »Ich weiß nicht einmal, ob er sprechen kann.«

Das Wesen unter der Kapuze sah sich im Kreis seiner Gefährten um und nickte. Ein einzelnes, schlichtes Quaken drang unter dem Stoff hervor.

Alex und Conner schnappten gleichzeitig nach Luft. *Konnte das wahr sein?*

»Also lasst es euch noch einmal durch den Kopf gehen!«, schloss der Fuchs. »Ihr wisst alle, wo ihr mich findet.«

Sämtliche Tiere schlugen ihre Kapuzen wieder hoch und verschwanden in die Nacht. Der Fuchs blickte sich noch ein letztes Mal im Wald um, ehe er den anderen nachsetzte. Vielleicht hatte der Dachs ihn mit seinem Verfolgungswahn angesteckt.

Als sie sicher waren, dass die übrigen Tiere weit genug fort waren, stürmten die Geschwister durch die Bäume der geheimnisvollen vermummten Gestalt nach.

Der Wald wurde immer dunkler, je tiefer sie in ihn vordrangen. Nachdem sie einige Minuten über Geröll und Wurzeln gesprungen waren, mussten die Zwillinge sich eingestehen, dass sie sich verirrt hatten. Von dem Wesen mit Kapuze fehlte jede Spur.

»Ich verstehe es einfach nicht«, jammerte Alex. »Es war doch *gerade eben* noch hier.«

»Als hätte es sich in Luft aufge-*AHHH*!«, schrie Conner.

Alex wirbelte herum, um zu sehen, was ihren Bruder erschreckt hatte. Direkt hinter den beiden war die Gestalt im Kapuzenumhang zwischen den Bäumen hervorgetreten. Langsam kam sie auf die Geschwister zu, die sich nun verängstigt aneinanderklammerten.

»Entschuldigen Sie, dass wir Ihnen gefolgt sind!«, plapperte Conner. »Wir dachten, wir kennen Sie vielleicht.«

»Wir hatten nichts Böses im Sinn!«, fügte Alex panisch hinzu.

»Bleiben Sie uns bloß vom Leib!«, versuchte Conner es nun anders. »Meine Schwester kann zaubern! Sie hat gerade eine Hütte versenkt – *die macht Sie fertig!*«

Alex starrte ihren Bruder ungläubig an. Glaubte er allen Ernstes, ihre Lage so zu verbessern?

Das Wesen kam wenige Schritte von den Zwillingen entfernt zum Stehen.

Ein leises Glucksen ertönte unter der Kapuze.

»Was ist, wollt ihr euren alten Freund nicht begrüßen?«, fragte eine sehr vertraute, vornehme Stimme. Ihr Besitzer nahm nun bedächtig die Kapuze ab, und die Kinder seufzten vor Erleichterung.

»*Froggy!*«, riefen sie wie aus einem Mund, stürmten auf den Froschmann zu und schlossen ihn in die Arme.

»Hallo, Conner! Hallo, Alex!«, begrüßte Froggy die Geschwister und erwiderte ihre Umarmung. »Ich wünschte, ich könnte sagen, dass es mich überrascht, euch zwei hier zu sehen – aber ihr habt ja ein Händchen dafür, in Schwierigkeiten zu geraten.«

Froggy war ein imposanter, mannshoher Frosch mit großen, strahlenden Augen und einem breiten Maul. Er war immer piekfein angezogen; die Zwillinge bemerkten, dass er unter seinem Umhang auch diesmal einen dreiteiligen Anzug trug.

»Es ist so wunderbar, dich zu sehen, Froggy!«, freute sich Conner.

»Wir haben dich so vermisst«, ergänzte Alex.

»Ich euch auch«, erwiderte Froggy und beugte sich hinunter, um beiden in die Augen zu blicken. »Ihr seid ja mächtig gewachsen! Schon regelrecht *er*wachsen seid ihr!« Dann verdüsterte sich seine Miene, als ihm wieder einfiel, wo ihr Wiedersehen gerade stattfand. »Was um alles in der Welt tut ihr hier, in Zeiten wie diesen? Weiß eure Großmutter, wo ihr steckt?«

»Ähm … nein«, druckste Conner.

»Jedenfalls nicht so *genau*«, schob Alex hinterher, ohne Froggy dabei ins Gesicht zu sehen.

»Das will ich auch sehr hoffen«, empörte sich Froggy. »Die Zwergenwälder sind noch immer zu gefährlich für euch, besonders dieser Tage und vor allem zu so später Stunde.«

Alex und Conner warfen sich schiefe Blicke zu.

»Diesen Gesichtsausdruck kenne ich doch«, meinte Froggy streng. »Was verheimlicht ihr beiden mir? Und wieso seid ihr so schmutzig?«

Eine Sekunde lang waren Alex und Conner versucht, ihn anzulügen, doch sie wussten, dass sie es nicht übers Herz bringen würden.

»Unsere Großmutter weiß nicht, dass wir im magischen Land sind«, gab Alex zu.

Froggy fiel die Kinnlade herunter, und er starrte die Zwillinge völlig entgeistert an. »Wie seid ihr dann hierhergekommen?«

»Alex hat Grandmas Hütte versenkt – das war kein Scherz vorhin«, erklärte Conner. »Deshalb sind wir voller Teichschlamm. Es war absolut grauenvoll und gleichzeitig total schräg und cool.«

»Ihr habt ein Haus versenkt?«, wiederholte Froggy baff. »Normalerweise würde ich eine solche Behauptung in Zweifel ziehen, aber bei euch beiden wundert mich nichts mehr.«

»Es war ein Unfall!«, betonte Alex. »Ich habe wieder eins von Grandmas Portalen aktiviert.«

»An deiner Technik musst du noch feilen«, raunte Conner ihr aus dem Mundwinkel zu.

Froggy blickte sich im Wald um. Die Geschwister merkten, dass ihre heimliche Ankunft in der Märchenwelt ihm Unbehagen bereitete. »Kinder, ihr solltet nicht hier sein«, sagte Froggy. »Wir befinden uns gerade in *sehr* gefährlichen Zeiten. Eine böse Zauberin ist auf freiem Fuß –«

»Ezmia«, unterbrach Alex ihn. »Wir wissen alles über sie. Sie hat unsere Mom entführt.«

»Was?!«, rief Froggy aus. »Das tut mir so leid.«

»Nicht so leid wie uns«, murrte Conner. »Und unsere Großmutter hat uns quasi zu Hause eingesperrt, um uns davon abzuhalten, hierherzukommen.«

»Das hat offensichtlich großartig funktioniert«, kommentierte Froggy mit einem Augenrollen. »Besonders gut scheint sie euch ja nicht zu kennen. Ihr zwei und *stillsitzen*?«

»Tja«, strahlte Conner, der das als Kompliment verstand.

»Moment mal«, mischte Alex sich ein; ihr war gerade erst etwas aufgefallen. »Froggy … du bist wieder ein *Frosch*!«

»Ja, richtig«, meinte nun auch Conner. »Wie kommt's?«

Obwohl er am Ende ihres letzten Treffens wieder in Prinz Charlie – den lange verloren geglaubten Märchenprinzen – zurückverwandelt worden war, hatten Alex und Conner Froggy noch immer stets in Froschgestalt vor Augen gehabt, wenn sie an ihn gedacht hatten. Sie mussten sich selbst ins Gedächtnis rufen, dass er eigentlich ein Mensch war.

»Ich bin als verdeckter Ermittler unterwegs«, vertraute Froggy den Geschwistern an. »Eure Großmutter hat mich wieder in einen Frosch verzaubert, damit ich während dieser Krise über die Tiere und Schurken in den Zwergenwäldern wachen kann. Wir haben uns überlegt, dass sie mir als Amphibie sicher mehr vertrauen. Einige von ihnen erinnern sich sogar noch an mich aus der Zeit, in der ich selbst hier gelebt habe.«

»Wollen sie sich wirklich der Zauberin anschließen?«, wollte Alex wissen.

»Das bezweifle ich«, antwortete Froggy. »Das sind bloß ein Haufen Gauner, die für sich selbst einen Nutzen aus der momentanen Situation schlagen wollen. Trotzdem will der Märchenrat sie im Auge behalten – nur für den Fall, dass die Dinge sich ändern.« Froggy blickte von einem Zwilling zum anderen. »Ich bin sicher, es würde die Ratsmitglieder viel dringender interessieren, was ihr beiden vorhabt.«

»Froggy, du darfst niemandem verraten, dass wir hier sind«, flehte Conner. »Sonst werden wir zurückgeschickt.«

»Wir können doch nicht zu Hause festsitzen, während wir wissen, dass unsere Mom im magischen Land in Gefahr schwebt«, bekräftigte Alex.

Beide sahen mit großen, bittenden Augen zu Froggy empor.

»Kinder, ihr wisst, dass ich euch unheimlich gernhabe, aber –«, setzte Froggy an, wurde jedoch unterbrochen.

»WIR SIND KEINE KINDER MEHR!«, rief Conner. »Jeder bezeichnet uns so, und ich habe die Nase voll davon! Nach allem, was wir schon durchgemacht haben, sollten wir niemandem mehr etwas beweisen müssen. Wir sind schließlich nicht irgendwelche unverantwortlichen Kids, die sich klammheimlich auf eine Party schleichen – wir sind zwei *junge Erwachsene*, die versuchen, das Leben ihrer Mutter zu retten!«

»Wenn es sein muss, dann kannst du unserer Großmutter Bescheid geben«, sagte Alex. »Sie kann uns so oft zu Hause einsperren, wie sie mag – aber wir werden ganz einfach immerzu neue Wege austüfteln, hierher zurückzukommen. So lange, bis unsere Mom in Sicherheit ist.«

»Wir *müssen* sie finden, Froggy«, mühte sich Conner, es seinem großen Freund verständlich zu machen. »Wir haben schon unseren Dad verloren; wir können nicht auch noch unsere Mom verlieren.«

Froggy ließ ein wenig verzweifelt den glänzenden, glupschäugigen Blick zwischen Alex und Conner hin- und herwandern. Die Kinder hatten ihn in eine vertrackte Lage gebracht.

»Das Wichtigste zuerst«, sagte er schließlich. »Wir müssen raus aus den Zwergenwäldern, bevor euch sonst noch jemand sieht. Lasst uns ein sicheres Versteck finden, dann können wir alles Weitere besprechen.«

Alex und Conner nickten, doch ihnen war bereits klar, dass es nichts mehr zu besprechen gab. Froggys Treue zu ihnen war ungebrochen – und er war in erster Linie der Freund der Kinder, erst danach Untergebener der guten Fee.

Er warf den Zwillingen seinen Mantel über und führte sie wohlbehütet durch den Wald. Die Geschwister waren unglaublich froh, auf wundersame Weise so früh einen Verbündeten getroffen zu haben; denn sie ahnten, dass ihnen das Schlimmste noch bevorstand.

Kapitel 10

Rumpelstilzchens Schuld

Im Pinocchio-Kittchen saßen die gefährlichsten Kriminellen sämtlicher Königreiche ein. Es war in einer großen, finsteren Festung untergebracht, die hoch oben auf einer felsigen Klippe stand. An jedem Fenster befanden sich nach außen wie auch nach innen gerichteten Zacken, so dass es völlig unmöglich war, daraus zu entfliehen oder aber unbemerkt und unbefugt in das Gemäuer einzudringen. Die ganze Burg thronte majestätisch mitten auf einer langgestreckten Halbinsel, welche sich wiederum um die Bucht der Meerjungfrauen im südlichen Teil des Östlichen Königreichs krümmte.

Verzauberte hölzerne Soldaten patrouillierten entlang der schmalen Steingänge und wachten über die Gesetzesbrecher hinter den Zellengittern. Bei den meisten dieser Halunken handelte es sich um typische schafraubende Oger, um Hexen, die Kinder entführt oder Tiere, die Menschen gefressen hatten;

allesamt waren sie aufgegriffen worden, bevor ihnen die Flucht in die Zwergenwälder hatte gelingen können.

Außerdem umgab das Pinocchio-Kittchen ein großes Geheimnis: Als der hundertjährige Schlaffluch auf dem Östlichen Königreich gelegen hatte, war es der einzige Ort im gesamten Reich gewesen, der davon verschont geblieben war. Unerklärlicherweise waren alle Soldaten und Insassen wach geblieben, während sich der Rest des Landes in tiefstem Schlaf befunden hatte.

In jüngerer Vergangenheit war das Rätsel um das Gefängnis noch gewachsen, denn es war nun auch der letzte Fleck im Königreich, der nicht von den teuflischen Dornbüschen und Schlingpflanzen der Zauberin überzogen war.

Handelte es sich bei all dem um einen glücklichen Zufall oder gar um ein Wunder? Viele nahmen an, dass das Gefängnis schlicht zu weit abseits gelegen war, um von den Flüchen betroffen zu sein. Doch es gab etwas, das keiner der Soldaten und der Insassen wusste: Dass das Kittchen von den schlimmsten Plagen des Reichs verschont blieb, verdankte es einzig und allein einem Hochsicherheitsgefangenen, der im dreizehnten Stockwerk eingesperrt war.

Rumpelstilzchen verbüßte gerade das hundertsiebenundzwanzigste Jahr seiner Freiheitsstrafe. Er war ein sehr kleiner Mann mit großen Augen, unter denen dicke Tränensäcke hingen. Dazu hatte er eine Stupsnase und kurzes Haar, das seinen Kopf einrahmte wie ein Helm. Er trug ein weites Hemd mit Kragen, enge Hosen, die seine winzigen Beine betonten, und spitze, mit Glöckchen versehene rote Schuhe, die beim Gehen leise bimmelten.

Nach seinem berüchtigten Versuch, das erstgeborene Kind der früheren Königin des Östlichen Königreichs zu stehlen, war

Rumpelstilzchen untergetaucht. Doch nach ein paar Jahren auf der Flucht hatte der kleine Mann nicht länger mit der Schuld leben können, die er für das, was er beinahe getan hätte, empfand. So hatte er vor einhundertsiebenundzwanzig Jahren beschlossen, sich zu stellen. Seither lebte er im Pinocchio-Kittchen.

Rumpelstilzchen hatte eine winzige Kammer ganz für sich allein. Darin gab es zwei vergitterte Fenster: eines in der schweren Zellentür, das andere in der Mauer, die auf die Bucht der Meerjungfrauen hinausging. Beide waren zu hoch, als dass er hätte hinaussehen können, ohne dafür in die Höhe springen zu müssen; daher hatte er Tag für Tag nur die dunklen Steine seines Kammerfußbodens und der Wände vor Augen.

Im Gefängnis war sein Leben sehr viel einfacher geworden: Er schlief auf einem üppigen Heustapel in der Ecke und aß an einem zwergenhaften Tisch, der an die Wand geschoben worden war. Sein gesamter Besitz bestand aus einem einzigen Löffel und einer Schale. Obwohl Rumpelstilzchen über viele magische Fähigkeiten verfügte, hatte er beschlossen, sie aufzugeben, als er seine Haftstrafe angetreten hatte – er fürchtete, Zauberei würde ihn nur neuerlich in Schwierigkeiten bringen. Seine Unterkunft hielt er so schlicht wie möglich.

Im ersten Jahrzehnt nach seiner Festnahme hatte der kleine Mann sich unvorstellbar einsam gefühlt; dann aber war zu seinem Glück ein unerwarteter Mitbewohner bei ihm eingezogen: Eines Tages hatte ein starker Windstoß vom Meer einen Samen in seine Kammer getragen, und eine Woche später hatte in einer Fußbodenritze ein kleines Gänseblümchen zu wachsen begonnen.

Rumpelstilzchen war davon völlig fasziniert gewesen. Wie konnte etwas so Schönes an einem derart elenden Ort gedeihen? Und wieso hatte es von allen Fleckchen der Welt, an denen es hätte landen können, ausgerechnet dieses gewählt? Über diese Frage grübelte er lange Zeit nach, und er war froh, somit etwas zu haben, das ihn von seiner Einsamkeit und Scham ablenkte.

Schließlich war Rumpelstilzchen zu dem Schluss gekommen, dass die Blume wohl ebenso dringend einen Freund gebraucht hatte wie er und dass sie absichtlich in seine Zelle gekommen war. Er kümmerte sich aufopferungsvoll um das Pflänzchen und hielt es eindrucksvoll am Leben, seit nunmehr weit über einhundert Jahren. Er teilte sein Wasser mit dem Gänseblümchen, erzählte ihm Geschichten, und als es einmal kränklich ausgesehen hatte, hatte er sich auf Zehenspitzen unter das Fenster gestellt und mit seinem Löffel das Sonnenlicht so umgelenkt, dass es genau auf die Blume gefallen war – so lange, bis sie wieder zu Kräften gekommen war.

Den meisten Menschen mochte eine Blume als Gefährtin vermutlich ein wenig sonderbar erscheinen, doch für Rumpelstilzchen war sie die beste Freundin, die er je gehabt hatte.

Das Blümchen verspottete ihn nie wegen seiner Kleider, so wie es viele Leute früher getan hatten. Es verurteilte ihn auch nicht dafür, dass er mehr aus seinem Leben hatte machen wollen. Es missbrauchte ihn nie für eigene politische Zwecke. Und es *verdammte* ihn niemals für Fehler, die er Jahre zuvor gemacht hatte. Nur zu einer einzigen Sache war die kleine Blume in der Lage: Sie teilte ihre Schönheit mit Rumpelstilzchen.

In gewisser Weise war das Leben im Gefängnis das Beste, was Rumpelstilzchen je passiert war, denn es hatte ihm die bedeutsamste Beziehung seines Lebens beschert. Doch dass er sich einst selbst den Behörden gestellt hatte, war für ihn nicht nur eine Möglichkeit gewesen, sein Gewissen zu entlasten; vielmehr hatte er so auch Schutz vor früheren Verbündeten finden können. Und leider hatte seine Vergangenheit, vor der er sich seit so langer Zeit versteckt hielt, nun *ihn* eingeholt.

Kurz vor Sonnenuntergang erhob sich vor dem Gefängnis ein donnernder Lärm, ein wildes Knirschen und Krachen, das mit jeder Sekunde lauter wurde.

Das Gefängnis begann zu beben; Rumpelstilzchens Schale und Löffel schepperten auf seinem Tisch. Was auch immer dort draußen wütete – es kam näher.

Rumpelstilzchen sprang vor seinem Fenster auf und ab und versuchte zu erkennen, woher das Durcheinander rührte. Was er auf diese Weise erspähte, war das Furchterregendste, das er seit Jahren zu Gesicht bekommen hatte. Wie eine gewaltige Gestrüppwalze rollte ein Tsunami zorniger Dornbüsche und Kletterpflanzen über das Land und wuchs unaufhaltsam auf das Pinocchio-Kittchen zu.

»O nein!«, keuchte Rumpelstilzchen. Er schlug die Hände vor den Mund und blickte sich in seiner Zelle um. Es gab nur eine Person, die zu solcher Magie fähig war, und so wusste er, dass sie nach einhundertsiebenundzwanzig Jahren auf dem Weg war, ihn zu holen.

Die hölzernen Soldaten eilten in kopfloser Panik durch die Gänge.

»Dornensträucher und Schlingpflanzen im Anmarsch!«, rief einer.

»Bereit machen für den Angriff!«, brüllte ein anderer.

Rumpelstilzchen warf einen Blick hinunter auf das Gänseblümchen; es zitterte. »Na, na, kleine Blume«, flüsterte er und streichelte zärtlich eines ihrer Blätter. »Alles wird gut. Ich werde dich verstecken.«

Rasch nahm er seine Schale vom Tisch und stülpte sie über seine kleine Freundin.

Draußen prallten die Pflanzen auf das Gefängnis, und der Zusammenstoß brachte die ganze Festung ins Wanken. Die Dornbüsche und Rankengewächse krochen an den Wänden des Gemäuers empor und wanden sich darum wie eine Armee Schlangen, bis sämtliche Fenster von Grün verdeckt waren und es im Innern düster wurde.

Nach einigen Momenten der Stille pulsierte ein leises Rumpeln durch die Flure wie ein gigantischer Herzschlag. Jedes Poltern war stärker als das vorherige, und sie schienen mehrere Stockwerke unter Rumpelstilzchens Kammer ihren Ursprung zu haben. Etwas arbeitete sich langsam, aber beständig immer höher und höher hinauf.

Rumpelstilzchen hörte, wie all die Holzsoldaten aus den oberen Stockwerken hinabhasteten, um die unbekannten Eindringlinge weiter unten zurückzuschlagen. Das Klirren ihrer Waffen hallte im Gebäude wider, während sie versuchten, abzuwehren, was auch immer die Festung einzunehmen versuchte. Zweifellos kämpften die Soldaten gegen mehr als bloß Pflanzen.

Schließlich hörte Rumpelstilzchen, wie die Schlacht das dreizehnte Stockwerk erreichte. Er roch etwas Verbranntes, und Rauch begann unter seiner Zellentür hindurchzukriechen. Immer wieder schrien Soldaten, und jedem ihrer Schreie folgte ein lauter, dumpfer Aufschlag, wenn ihre hölzernen Körper einer nach dem anderen zu Boden stürzten.

Nachdem alle Soldaten gefallen waren, näherten sich leichtfüßige Schritte über den Flur und hielten vor Rumpelstilzchens Kammer inne. Er zitterte und bebte – denn er fürchtete, sein letztes Stündlein habe geschlagen.

Ein grellvioletter Lichtblitz sprengte die Zellentür in Stücke. Rumpelstilzchen wappnete sich, und die Trümmer regneten auf ihn nieder. Als der Staub der Explosion sich verzogen hatte, erkannte er endlich, wer hinter all dem Chaos und der Zerstörung steckte.

Im Türrahmen seiner Kammer stand eine großgewachsene, wunderschöne Frau. Sie hatte langes, purpurrotes Haar, das sich ihr wie träge züngelnde Flammen um den Kopf wellte. Ihre Augen waren violett wie Veilchen, und die langen, fedrigen Wimpern erinnerten an die Fühler von Motten. Bekleidet war sie mit einem langen, fliederblauen Gewand mit hohem Kragen und passenden Handschuhen. Ein gespenstischer Umhang bauschte sich um ihre Schultern und füllte den Gang wie ein dichter Dunstschleier.

»Ezmia?«, japste Rumpelstilzchen entsetzt.

Die grellroten Lippen der Zauberin verzogen sich zu einem Grinsen. »Hallo, Rumpy«, sagte sie mit luftig verspielter Stimme. »Wie sehr ich dich vermisst habe.«

Ezmia betrat Rumpelstilzchens Zelle und sah sich in der kleinen Kammer um. Kletterpflanzen und Dornensträucher folgten ihr und begannen, die Wände der Zelle zu überwuchern. Wo sie ging und stand, bedeckten die Gewächse nun auch das Innere des Gefängnisses.

»Herrlich, wie du dich hier eingerichtet hast«, kommentierte Ezmia spöttisch und schritt vorbei an dem Heustapel, den er als Bett benutzte. »Allerdings passt es nicht wirklich zu einem Mann mit so *erlesenem Geschmack* wie deinem – meinst du nicht? Ich kann mir einfach nicht erklären, was dich dazu getrieben haben könnte, mich zu verlassen und dreizehn Jahrzehnte *hier* zu verbringen.«

Rumpelstilzchen blieb ganz still und starr; er wusste, dass es unklug war, in Gegenwart gefährlicher Geschöpfe ruckartige Bewegungen zu machen.

»Bist du gekommen, um mich umzubringen?«, fragte er mit bebendem Kinn.

Die Zauberin presste ein unechtes Lachen hervor, das Rumpelstilzchen wenig beruhigend fand. »Wieso sollte ich meinen ältesten *Freund* umbringen wollen?«, entgegnete sie mit bedrohlichem Lächeln. »Außerdem: Wenn ich dich tot sehen wollte, hätte ich dich schon vor Ewigkeiten umgebracht.« Ihr Lächeln verblasste, und ihre violetten Augen funkelten ihn von oben herab an. »Was glaubst du wohl, weshalb du von all den Flüchen, die ich bisher über dieses Königreich gebracht habe, verschont worden bist?«

Rumpelstilzchen hatte sich stets gefragt, ob es etwas mit ihm zu tun hatte, dass das Gefängnis nie betroffen gewesen war.

»Wenn du mich nicht töten willst, was führt dich dann hierher?«, wollte er wissen und zitterte nun noch mehr. Er war überzeugt, dass sie ein schlimmeres Schicksal als den Tod für ihn im Sinn hatte.

»Sieh dich nur an, Rumpy – du bist so hilflos wie an jenem Tag, an dem ich dich gefunden habe«, meinte Ezmia mitleidig. »Als wir uns kennengelernt haben, warst du bloß einer von vielen elendigen Zwergen, die in den Minen gearbeitet haben. Doch ich wusste, dass wir Seelenverwandte waren, du und ich. Wir wollten beide mehr, als die Welt uns bot, und wir wurden gleichermaßen dafür geächtet.«

»Ich hatte nie die Absicht, dich zu verärgern«, murmelte Rumpelstilzchen und senkte den Kopf. »Ich musste mich stellen – ich konnte mit dem, was ich getan hatte, nicht mehr leben.«

»Oder eher mit dem, was du *eben nicht getan hast*«, höhnte Ezmia. »Aber all das ist vergeben und vergessen.«

Rumpelstilzchen kannte sie zu gut, um ihr zu glauben. Ezmia hatte noch einen Trumpf im Ärmel – so war es immer.

»Was willst du von mir?«, fragte er.

Ezmia ging zum Fenster hinüber. Die Schlingpflanzen und Dornenbüsche, die es überwuchert hatten, teilten sich und gaben den Blick auf die Bucht frei.

»Ob es dir gefällt oder nicht, wir hatten eine Abmachung«, erklärte sie. »Ich bin zurückgekommen, damit du endlich deinen Teil davon einlösen kannst. Ich habe dich vor einem tristen Leben in den Minen gerettet, dich zu meinem Lehrling gemacht und dir Magie beigebracht – und dafür nie etwas anderes erwartet als ein wenig *Unterstützung.*«

»Du hast nie gesagt, dass ich ein Kind würde entführen müssen«, warf Rumpelstilzchen ein. »Und dann auch noch eine *Prinzessin*!«

»Ich habe es dir lächerlich leicht gemacht«, fauchte Ezmia, die ihren Ärger nun nicht mehr verbergen konnte. »*Ich* habe den König verhext, so dass er überzeugt war, er brauche eine Frau, die Heu zu Gold spinnen konnte! *Ich* habe das Mädchen aus dem Dorf ausgewählt, dem er dann befohlen hat, es zu tun! *Ich* habe die ganze Verhandlung zwischen euch beiden geplant! *Du* hättest dir bloß das Kind holen müssen, das sie dir schuldig war!«

»Ich sollte deine Schmutzarbeit für dich erledigen«, piepste Rumpelstilzchen. »Du wolltest, dass *mein* guter Name ruiniert würde, falls etwas schiefginge.«

»Natürlich wollte ich das«, erwiderte sie ohne jede Reue. »Damals saß ich schließlich noch im Märchenrat. Da konnte ich mich schlecht dabei erwischen lassen, wie ich eine kleine Prinzessin entführe. Die Feen dachten ja, ich sei noch immer eine von ihnen.«

»*Ich* dachte das auch!«, ereiferte sich Rumpelstilzchen. »Ich dachte, ich würde bei einer großartigen, ehrenhaften Fee in die Lehre gegen, nicht bei einer Zauberin, die insgeheim Pläne schmiedete, die Weltherrschaft an sich zu reißen.«

Ezmia bereitete es offenkundig Vergnügen, sich an ihr Täuschungsmanöver zu erinnern. »Ja, das hat *alle* überrascht«, schmunzelte sie. »Selbstverständlich hat sich das Blatt dann gewendet, als die restlichen Feen herausgefunden haben, dass du mit mir im Bunde warst, und ich nicht zur Taufe des Kindes eingeladen wurde. Ich habe die Beherrschung verloren und einen Todesfluch über das gesamte Königreich gesprochen. Der wäre auch in Erfüllung gegangen, hätte die gute Fee ihn nicht zu einem erbärmlichen *Schlaffluch* abgemildert.«

Die Zauberin schloss die Augen und massierte sich die Schläfen. »Und seither ist Dornröschen mein ganz persönlicher Albtraum«, gestand sie. »Aber du hättest ihr Gesicht sehen sollen, als ich sie im Wald angegriffen habe. Da war sie, die Märtyrerkönigin, zitternd vor Angst … ach, einfach *unbezahlbar*!«

Ezmia lächelte in sich hinein und ließ ein Glucksen hören.

»Als sie noch ein Säugling war, sollte ich sie entführen; dann hast du sie für einhundert Jahre verflucht und nun ihr Königreich mit Dornengestrüpp und Schlingpflanzen überzogen«, stellte Rumpelstilzchen fest. »Wieso hasst du Königin Dornröschen so sehr?«

Ezmia warf ihm aus dem Augenwinkel einen Blick zu, während sie im Kopf ihre ehrliche Antwort und die, die sie ihm geben würde, hin- und herwälzte. Hinter allem, was sie sagte, stand immer noch so viel mehr, das sie *nicht* preisgab.

»Und genau da täuschen sich alle«, behauptete Ezmia schließlich. »Ich gebe zu, dass es mir große Befriedigung verschafft, das Östliche Königreich in solchem Aufruhr zu sehen. Mein Ruf hat gelitten, als mein tödlicher Fluch zu einem *ausgiebigen Nickerchen* verharmlost wurde – insofern ist Rache durchaus ein Faktor, den ich sehr genieße. Doch der Grund, aus dem ich das Östliche Königreich erneut angegriffen habe, hat nichts mit Königin Dornröschen zu tun.«

»Warum verursachst du dann dieses ganze Chaos?«, fragte Rumpelstilzchen und behielt dabei nervös die Ranken und Dornensträucher draußen im Blick.

»Alles hat seinen Sinn und Zweck«, meinte Ezmia mit stolzem, finsterem Glitzern in den Augen. »Es ist so lange her, dass ich mich zuletzt in der Öffentlichkeit gezeigt habe – die Welt dachte schon, ich sei tot. Ich musste zeigen, dass ich zurück und mächtiger als je zuvor bin. Und wie und wann hätte ich das besser anstellen können als an jenem Tag, an dem sie den Triumph über meinen letzten Fluch feierten? Ganz *köstlich* garstig von mir, nicht wahr?«

Ezmia schloss die Augen, und ein breites Lächeln zog sich über ihr Gesicht.

»Welchen Teil unserer Abmachung soll ich denn nun erfüllen?«, wollte Rumpelstilzchen wissen. »Sicherlich erwartest du nicht, dass ich *jetzt noch* Königin Dornröschen entführe?«

»Ich war nie wirklich hinter Dornröschen her«, zischte Ezmia und tigerte wütend in der Kammer auf und ab. »›Dornröschen hier … Dornröschen da …‹ Wenn ich nicht wäre, hätte sie nicht einmal diesen lächerlichen Namen!«

Das verwirrte Rumpelstilzchen nun noch mehr. »Worauf hattest du es dann abgesehen?«, fragte er.

»Ich brauchte ein *Kind*«, gestand Ezmia. »Ein Königskind, um genau zu sein; das ist eine von vielen Komponenten, die ich für ein *besonderes Projekt* benötige, an dem ich arbeite.«

»Ein besonderes Projekt?«, wiederholte Rumpelstilzchen. »Ich nehme an, du meinst die Übernahme der Weltherrschaft? Das hattest du doch immer im Sinn, oder?«

Ezmia sah ihm durchdringend in die Augen.

»So was *Ähnliches*«, gab sie zurück. »Und das ist viel komplizierter, als es scheint. Doch ich habe eine Möglichkeit ausgetüftelt, mein Ziel zu erreichen. Es handelt sich um eine Art Zauber – eine Formel, für die ich mir gewisse Dinge aneignen und besondere Voraussetzungen schaffen muss. Sobald ich alles Nötige beisammenhabe, wird nicht einmal die gute Fee höchstpersönlich mich aufhalten können.«

»Es ist mehr als einhundert Jahre her, dass wir uns zuletzt gesehen haben«, sagte Rumpelstilzchen. »Wieso hast du beschlossen, ausgerechnet jetzt zuzuschlagen?«

Ezmia machte eine schlenkernde Handbewegung, und aus dem Fußboden erhoben sich einige Steine und formten einen großen Stuhl.

»Du hast bloß nichts davon mitbekommen, Rumpy«, meinte Ezmia und nahm Platz.

»Während du hier weggesperrt warst, habe ich ein *ziemlich* turbulentes Jahrhundert durchlebt. Es ist ja nicht so, als hätte ich die ganze Zeit nur auf der faulen Haut gelegen. Ich bin betrogen und vergiftet worden – und von der Schwelle des Todes stärker und mächtiger denn je zurückgekehrt.«

»Vergiftet?«, echote Rumpelstilzchen. »Von wem?«

»Evly.« Ezmia spuckte den Namen aus, als handele es sich dabei um eine Krankheit.

»Evly?«, fragte Rumpelstilzchen. »Wer ist das?«

»Meine größte Enttäuschung«, grollte Ezmia.

Sie fuhr noch einmal mit ihrer Hand durch die Luft, und die Steinblöcke des Fußbodens setzten sich zu einem zweiten Stuhl für Rumpelstilzchen zusammen.

»Das ist eine lange Geschichte, also mach es dir bequem«, befahl Ezmia.

Rumpelstilzchen gab keine Widerworte.

»Nachdem ich das Östliche Königreich verflucht hatte, tauchte ich unter«, erläuterte Ezmia. »Selbst als mächtigste Fee der Welt hatte ich keine Chance gegen all die anderen Feen zusammen. Ich wusste, dass ich erst wieder würde angreifen können, wenn mein *Projekt* weiter fortgeschritten wäre – dann, wenn es kein Zurück mehr gäbe. Also schmiedete ich im Geheimen Pläne und behielt zugleich sämtliche Königreiche wachsam im Blick.

Ich errichtete mir eine idyllische Burg im Nordosten, wo niemand mich finden konnte, und setzte die Suche nach den Komponenten fort, die ich brauchte, um meine Arbeit voranzutreiben. Doch ich war auf so viele Dinge angewiesen, an die ich nicht herankam, und musste geduldig sein. Viele geschundene Seelen brachte ich auf die Burg, in der Hoffnung, in einer von ihnen einen würdigen Assistenten zu finden, doch alle enttäuschten sie meine Erwartungen …

Viele Jahre später – der inzwischen verstorbene König Chester war damals noch ein junger Prinz – pochte eines Nachts eine junge Frau an das Eingangsportal zum Palast im Königreich des Gläsernen Schuhs und suchte Zuflucht vor einem schrecklichen Regenschauer. Chester verliebte sich auf der Stelle in sie und erbat von König und Königin die Erlaubnis, um ihre Hand anhalten zu dürfen.

Doch Chesters Eltern bestimmten, er dürfe die junge Frau nur heiraten, wenn er beweisen könne, dass sie königliches Blut habe. So ersann der Prinz einen Plan: Er bereitete seiner Angebeteten in der Gästekammer ein Bett aus Dutzenden übereinandergestapelten Matratzen und legte unter die unterste eine einzelne Erbse; seine Eltern überzeugte der Prinz davon, dass nur eine Prinzessin in der Lage sein würde, die winzige

Unebenheit durch all die Lagen Matratzen hindurch wahrzunehmen.

Am nächsten Morgen klagte das Mädchen, sie habe schlecht geschlafen, und Chester sah das als Beweis ihrer adeligen Abstammung. Er bat sie, seine Frau zu werden, doch sie lehnte seinen Antrag ab. Das Mädchen hütete ein Geheimnis: Sie hatte sich die ganze Nacht über hin und her gewälzt, weil sie *schwanger* war – und nicht etwa, weil sie eine Prinzessin gewesen wäre. Tatsächlich war sie ein einfaches Bauernmädchen, das aus Scham darüber, ein uneheliches Kind unter dem Herzen zu tragen, von zu Hause fortgelaufen war. Sie verschwand aus dem Palast ebenso rasch, wie sie gekommen war, und Prinz Chester sah sie niemals wieder.

Natürlich wurde ich neugierig, als ich von dieser schwangeren vermeintlichen Prinzessin hörte – denn ich wusste ja, dass ich ein königliches Kind brauchte. Ich spürte sie im Wald auf, wo sie inzwischen allein in einer Höhle lebte. Zu meiner Verzückung stand sie kurz vor der Niederkunft. Ich machte ihr ein Angebot, das sie nicht ausschlagen konnte: Im Austausch für ihr Kind würde ich ihr ein Leben voller Reichtümer und Luxus schenken, und sie stimmte zu. Leider aber brach sie unsere Vereinbarung, kurz bevor das Kind zur Welt kam. Sie floh in ein nahegelegenes Dorf und starb noch in der Nacht, in der das kleine Mädchen geboren wurde, das die Dorfbewohner Evly tauften.

Mir wurde schnell klar, dass die junge Frau kein adeliges Blut gehabt hatte und Evly somit nicht das Kind sein konnte, das ich benötigte. Ich ließ sie von den Dörflern aufziehen, während ich mir einen *anderen* Plan ausdachte, wie Evly mir doch noch von Nutzen sein könnte. Ich würde sie zurechtmachen und darauf vorbereiten, Prinz Wittchen aus dem Nördlichen Königreich zu verführen, sodass die beiden heiraten und gemeinsam einen Erben zeugen würden – und ich endlich das königliche Kind bekam, das ich so dringend begehrte.

Unglücklicherweise war die junge Evly bereits Hals über Kopf in einen Jungen aus dem Dorf verliebt, einen erbärmlichen selbsternannten Dichter namens Mira. Als ich Evly in meine Burg im Nordosten brachte, weinte sie nur immerzu und jammerte, wie sehr sie den Jungen vermisse. Also holte ich ihn zu ihr und sperrte ihn in einen magischen Spiegel. Ich hielt das für eine nette Geste meinerseits, doch Evly wurde daraufhin nur noch widerspenstiger. Sie brach in die Kammer ein, in der ich meine Zaubertränke braute, und mischte ein so starkes Gift, dass alle Bäume und anderen Pflanzen im Umkreis von mehreren Meilen zugrunde gingen, als ihr nur ein paar Tropfen vor ihrem Fenster auf den Erdboden fielen.

Dann tränkte sie einen kleinen Dolch mit dem Gift und griff mich damit an. Beinahe hätte das Gift mich umgebracht; ich verkümmerte, bis ich kaum mehr als ein sterblicher Mensch war und verlor all meine Kraft, Schönheit, und jede Hoffnung, meine Zukunftspläne noch umsetzen zu können. Schließlich rannte ich davon, soweit ich vermochte.

Eine alte Hexe – Hagatha – fand mich halbtot im Wald. Sie erkannte sowohl mich als auch das Gift, und sie brachte mich in ihre kleine Hütte in den Zwergenwäldern, wo sie mich gesundpflegte. Ich ging bei ihr in die Lehre, doch sie behandelte mich grausam, nutzte aus, wer ich einst gewesen war. Sie schickte mich auf schauderhafte Botengänge und zwang mich, wie ein Tier im Freien zu schlafen.

Ausgerechnet das Gift war es aber, das mich letztlich rettete. Seit ich das Östliche Königreich verflucht hatte, war der Märchenrat auf der Suche nach mir; in meinem gebrechlichen

Zustand jedoch erkannten die Ratsmitglieder mich nicht und erklärten mich für tot.

Einige Jahrzehnte später, als Hagatha mich dazu nötigte, Dornenbüsche aus der Grube zu sammeln, die sie rund um ihre Hütte einpflanzen wollte, empfand ich plötzlich unbändige Wut. Wut darüber, dass ausgerechnet ich zur Sklavin einer Hexe geworden war. Und mit einem Mal fühlte ich mich wieder *lebendig* – nach Jahren hatte mein Körper sich endlich von den Auswirkungen des Gifts erholt, und meine Macht war zurückgekehrt. Und mehr noch: Ich war stärker als je zuvor. Meine Kräfte hatten sich verändert; früher war meine Magie stets einer glücklichen Quelle entsprungen, denn ich hatte mein Leben unter Feen verbracht – deshalb konnte jeder Fluch, den ich ersann, mit einem Kuss oder Liebesbeweis gebrochen werden. Doch diesmal kannte meine Magie keine Grenzen.

Da stieß ich Hagatha in die Grube und verfluchte die Dornenbüsche, so dass sie fortan alles festhielten, was ihnen zu nahe kam«, berichtete Ezmia.

»*Du* hast sie in die Dornengrube gestürzt?«, staunte Rumpelstilzchen. »Die ganze Zeit schon ist es *deine* Magie, die an diesem gottlosen Ort vor sich hin gärt?«

»So ist es«, prahlte die Zauberin mit einem überheblichen Schulterzucken. »Anschließend kehrte ich in die Burg im Nordosten zurück und sammelte all meinen Besitz ein; ich war bereit, zu Ende zu führen, was ich vor so langer Zeit begonnen hatte.

Allerdings durchlebten die Königreiche gerade ein Goldenes Zeitalter: Cinderella und ihr Märchenprinz hatten geheiratet; Dornröschen war kürzlich aufgewacht; Schneewittchen war zur Königin gekrönt worden ... ich wollte den richtigen Moment dafür abwarten – und nun ist er gekommen.«

Rumpelstilzchen graute davor, was ihre neugewonnene Macht für die Zukunft der Reiche bedeuten würde. »Ich verstehe bloß eines nicht«, sagte er. »Einst hat dich die ganze Welt bewundert – wieso war das nicht genug? Wann hat sich alles ins Schlechte verkehrt?«

Die Zauberin starrte mit abfälliger Miene zu Boden. »Die Menschen lieben einen nur, solange man ihnen von Nutzen ist; sobald man aber etwas sagt, das sie nicht hören wollen, verflüchtigt sich jegliche Bewunderung aus ihren Herzen.«

»Aber warum«, erkundigte sich Rumpelstilzchen so behutsam wie möglich, »glaubst du, die ganze Welt unterwerfen zu müssen, Ezmia?«

Ezmia stieß einen langen Seufzer aus. »Ich habe meine Gründe«, erwiderte sie scharf. »Und ganz offen gestanden ist es mir vollkommen gleichgültig, ob du oder irgendjemand sonst sie nachvollziehen kann.«

»Aber was hat das alles mit mir zu tun?«, fragte Rumpelstilzchen. »Wenn du nun so mächtig bist, wozu brauchst du dann mich?«

»Ganz einfach«, erklärte Ezmia. »Von all meinen Lehrlingen durch die Jahre bist du mir stets der treueste gewesen, Rumpy. Außerdem stelle ich es mir nett vor, einen Freund an meiner Seite zu haben, wenn mir erst einmal die ganze Welt zu Füßen liegt.«

Sie tauschten bedeutungsvolle Blicke; beiden war nur zu bewusst, dass das, was sie verband, von Freundschaft meilenweit entfernt war.

»Es gibt ein neues Kind, nicht wahr?«, fragte Rumpelstilzchen schweren Herzens, denn er kannte die Antwort bereits. »Du willst, dass ich wieder ein Kind entführe.«

»Exakt«, antwortete die Zauberin.

Rumpelstilzchen ließ den Kopf hängen und schloss die Augen. Er wusste, dass er diesmal keine Wahl hatte; wenn er sich weigerte, bedeutete das für ihn den Tod.

»So, genug geplaudert für heute«, verkündete Ezmia und ging frischbeschwingten Schrittes zur Tür hinüber. »Los, komm, Rumpy. Wir haben viel Arbeit vor uns. Ich habe auf all das hier beinahe zwei Jahrhunderte gewartet; du kannst dir also vorstellen, dass ich allmählich recht ungeduldig bin.«

Die Steine sanken zurück in den Fußboden, und Rumpelstilzchen fiel auf den Hintern.

»Wo gehen wir hin?«, wollte er wissen.

»Zu Hagathas alter Hütte«, erwiderte die Zauberin. »Dort habe ich die meiste Zeit verbracht, seit meine Burg vor einem Jahr zerstört wurde. Warte nur, bis du siehst, was ich aus dem Häuschen gemacht habe! Ein wenig Magie kann in den Zwergenwäldern große Wirkung haben.«

Wehmütig sah Rumpelstilzchen sich in seiner winzigen Zelle um; nie zuvor war sie ihm so sehr wie ein Zuhause vorgekommen – erst jetzt, da er gezwungen wurde, sie zu verlassen.

»Ich muss mich bloß noch verabschieden«, meinte er traurig.

Ezmia hob eine Augenbraue; sie hatte keine Ahnung, wovon in aller Welt er sprach. Vielleicht hatte seine Zeit in Gefangenschaft ihrem kleinen Freund mehr zugesetzt, als sie angenommen hatte?

Rumpelstilzchen sank zu Boden und hob die Schale von seinem Gänseblümchen. »Ich muss jetzt gehen«, flüsterte er und kämpfte dabei gegen die Tränen an. »Bitte sieh mich nicht so an. Du wirst schon gut ohne mich zurechtkommen.« Zärtlich strich er über eines der weißen Blütenblätter. »Auf Wiedersehen, kleine Blume. Bitte pass auf dich auf.«

Rumpelstilzchen erhob sich und schritt durch die Zellentür;

es war das erste Mal seit einhundertsiebenundzwanzig Jahren, dass er seine Kammer verließ, doch er begab sich damit nur in eine noch üblere Gefangenschaft.

Ezmia blieb im Türrahmen zurück und blitzte die Blume wütend an. Sie konnte es nicht fassen, dass etwas so Kleines und Schwaches jemandem so wichtig sein konnte … so viel Schutz verdienen konnte, so viel … *Liebe.* Diese Erkenntnis entfachte ein Feuer in ihr.

Die Zauberin machte eine unwirsche Handbewegung in Richtung des Blümchens, und es verdorrte und zerfiel zu Staub. Ein Lächeln trat auf Ezmias Gesicht – selbst etwas so Winziges zu zerstören verschaffte ihr Genugtuung.

Kapitel 11

Die Königin und der Frosch

Es war kurz vor Sonnenaufgang, und die Sterne begannen langsam zu verblassen, während der Himmel immer heller wurde. Froggy und die Zwillinge waren den Großteil der Nacht durch die Zwergenwälder geeilt, um möglichst schnell und leise so weit es nur ging voranzukommen.

Obwohl sie bereits so viel gemeinsam durchgestanden hatten, konnten die Kinder sich nicht erinnern, Froggy jemals derart angespannt erlebt zu haben. In einem fort behielt er den Pfad vor ihnen im Auge und warf alle paar Schritte einen Blick zurück, um sicherzugehen, dass niemand ihnen folgte.

»Du wirkst gestresst, Kumpel«, merkte Conner an und sah zu seinem grünen Freund hinauf.

»Wir leben zweifellos in besorgniserregenden Zeiten«, erwiderte Froggy. »Und was ist eigentlich ein ›Kumpel‹?«

Conner zuckte mit den Schultern. »Das sagt man bloß so in

unserer Welt«, meinte er. »Tut mir leid, ich hatte kurz vergessen, wo ich bin.«

Alex schloss beim Gehen dichter zu Froggy auf; sie wollte dringend eine ernstere Unterhaltung mit ihm führen. »Wie übel ist es wirklich?«, bedrängte sie ihn. »Wir haben nur mitbekommen, was die Tiere im Wald und Mutter Gans erzählt haben. Wie schätzt du die Situation ein?«

Froggy seufzte. »Ich kann mich ganz ehrlich an keine Zeit erinnern, die vergleichbar beunruhigend war«, gestand er. »Selbst als die böse Königin auf der Flucht war, ging das alltägliche Leben für die Menschen einfach weiter. Jetzt aber, da die Zauberin zurück ist, scheint die ganze Welt stillzustehen. Alle bleiben in ihren Häusern, weil sie zu viel Angst haben, nach draußen zu gehen, ehe der Märchenrat etwas unternimmt.«

»Und haben die Ratsmitglieder schon etwas unternommen?«, hakte Conner nach. »Haben sie schon herausbekommen, wie sie Ezmia aufhalten können?«

»Leider nicht«, erwiderte Froggy schwermütig. »Sie haben versucht, die Pflanzen, die das Östliche Königreich bedecken, zu entzaubern, doch das hat sich als völlig wirkungslos erwiesen – die Magie ist zu stark. Ezmia ist inzwischen so mächtig, wie niemand es je für möglich gehalten hätte.«

»Und abgesehen davon, dass sie das Östliche Königreich mit Dornensträuchern überzogen hat – hat die Zauberin sonst noch etwas oder jemanden angegriffen?«, erkundigte sich Alex.

»Bisher ist das alles«, antwortete Froggy. »Deshalb ist es gut möglich, dass sie jeden Moment wieder zuschlägt.«

»Wieso heißt es denn jetzt eigentlich ›Östliches Königreich‹?«, wollte Conner wissen. »Habe ich da was verpasst? Was ist aus dem Schlafenden Königreich geworden?«

»Das Königreich hatte gerade wieder zu seiner alten Pracht

aus der Zeit vor dem Schlaffluch zurückgefunden«, erläuterte Froggy. »Königin Dornröschen wollte diese Genesung feiern, indem sie dem Land seinen alten Namen zurückgab. In der Nacht, in der die Zauberin angegriffen hat, fand gerade eine riesige Feier statt. Diese armen Leute – sie sind vollkommen überrumpelt worden.«

»Ich frage mich, ob mein Gummibandtrick geholfen hat«, grübelte Conner.

»Warum hat Ezmia ausgerechnet Dornensträucher über das ganze Königreich wachsen lassen?«, fragte Alex. »Wenn der Märchenrat ihrer Magie nichts mehr entgegenzusetzen hat, wieso hat sie dann nicht wieder einen Todesfluch über Dornröschen gesprochen?«

Wie alle anderen Bewohner des magischen Landes konnte Froggy nur raten. »Ich nehme an, sie will vor allem ein Zeichen setzen – der Fluch hat Symbolkraft«, mutmaßte er und rieb sich die müden Augen. »Während das Reich unter dem Fluch geschlafen hat, war alles mit Gestrüpp und Ranken überwuchert, weil niemand sich um die Landschaftspflege kümmern konnte. Ich bin mir sicher, es bereitet Ezmia Genugtuung, all die harte Arbeit der Leute nun zunichte zu machen, wenn alles erneut zuwächst. Aus Geiseln kann sie größeren Nutzen ziehen als aus Opfern; Menschen leiden zu lassen ist grausamer, als sie zu töten, wenn ihr mich fragt.«

Die Zwillinge waren ein klein wenig erleichtert, das zu hören. Wenn die Zauberin auf Geiseln aus war, dann war vielleicht das Leben von Alex' und Conners Mutter nicht unmittelbar in Gefahr. Die beiden hofften bloß, dass Charlotte nicht leiden musste.

»Und nun halten die Pflanzen die Bewohner im Reich gefangen, genau wie sie es mit jedem tun, der in die Dornengrube gerät«, murmelte Alex vor sich hin. Sie versuchte, alle Zusammenhänge zu durchschauen.

»Ganz genau«, bestätigte Froggy. »Obwohl noch niemand sagen kann, wie die beiden Zauber zusammenhängen.«

»Was ist mit Königin Dornröschen und König Chase? Geht es ihnen gut? Sind sie in Sicherheit?«, fiel Alex plötzlich ein.

»König Chase steckt offenbar nach wie vor im Östlichen Königreich fest«, berichtete Froggy. »Königin Dornröschen hat es gerade noch hinausgeschafft. Sie ist angegriffen worden, als sie versucht hat, über die Grenze zu fliehen. All ihre Soldaten sind getötet worden, doch sie hat – dem Himmel sei Dank – überlebt. Soldaten aus dem Königreich des Gläsernen Schuhs haben sie im Wald gefunden und in den Glasschuhpalast gebracht.«

»Das ist ja schrecklich«, seufzte Alex. »Auch wenn sie unsere Mutter entführt hat, versuche ich – nach allem, was wir über die böse Königin erfahren haben – doch auszutüfteln, ob auch die Zauberin vielleicht einfach eine auf tragische Weise missverstandene Frau sein könnte. Aber das zu glauben fällt mir zunehmend schwerer.«

Conner schnaubte. »Damit brauchst du mir nicht zu kommen«, verkündete er. »Mir ist ganz egal, welche Ausrede sie hat – wenn sie Mom in irgendeiner Weise weh tut, sorge ich dafür, dass es ihre letzte Tat gewesen ist.«

Die Sonne ging nun langsam auf, so dass ihre Umgebung deutlicher zu erkennen war. In der Ferne erspähten die Geschwister zu ihrer Überraschung eine vertraute Mauer aus grauem Backstein, die sich über den gesamten Horizont erstreckte.

»Ist das nicht die Mauer um Rotkäppchens Königreich?«, wunderte sich Alex.

»Ach ja«, erinnerte sich Conner. »Moment mal – wieso sind

wir dorthin unterwegs? Ich dachte, du nimmst uns mit zu dir nach Hause, Froggy?«

»Tue ich auch«, versicherte Froggy ihm.

»Was ist aus deinem Loch im Boden geworden?«, wollte Conner wissen.

»Ich bin umgezogen«, entgegnete Froggy. »Jetzt lebe ich in der Burg … mit Königin Rotkäppchen.«

Froggy lief dunkelgrün an und verstummte. Alex und Conner warfen sich einen Blick zu; beiden stand ein ungläubiges *Hast du das auch gerade gehört?* ins Gesicht geschrieben. Froggy ging vor ihnen her und durchschritt das Westtor der berühmten Mauer um Rotkäppchens Königreich.

»Guten Morgen, Gefährten!«, grüßte er die beiden Männer, die Wache standen, mit einem Kopfnicken.

»Guten Morgen, Sir«, erwiderten sie und verbeugten sich leicht, als er vorbeikam.

Die Zwillinge rannten durch das Tor und holten Froggy auf der anderen Seite ein.

»Augenblick mal«, rief Conner lachend. »Du lebst mit Rotkäppchen zusammen? Seid ihr zwei ein Paar, oder was?«

Froggy verfärbte sich noch dunkler. »Tja, ich schätze schon«, nuschelte er und konnte den beiden vor Verlegenheit nicht in die Augen sehen.

»Das hätte ich nicht erwartet«, meinte Alex mit hochgezogenen Augenbrauen.

»Wie zum Teufel ist das denn passiert?«, fragte Conner mit verwirrtem Grinsen. »Ich meine, du bist so weltgewandt, und sie … *nicht.*«

»Conner, sei nicht so unhöflich!«, tadelte Alex und stieß ihn in die Seite.

»Nein, das ist schon in Ordnung«, beschwichtigte Froggy.

»Wie es dazu gekommen ist, kann ich ganz leicht erklären: Kurz nachdem eure Großmutter mich in einen Menschen zurückverwandelt hatte und Rotkäppchens Burg nach dem Feuer wiederaufgebaut war, hat die junge Königin mich eines Nachmittags zum Tee eingeladen. Sie wollte mir noch einmal dafür danken, dass ich ihr in der Schlacht gegen die böse Königin und das große böse Wolfsrudel das Leben gerettet hatte. Unser Treffen sollte eigentlich nur etwa eine Stunde dauern, doch am Ende haben wir uns den ganzen Tag lang unterhalten – na ja, sie hat geredet, ich habe zugehört – und uns wirklich gut verstanden. Und seither hat unsere Freundschaft allmählich romantische Züge angenommen.«

Beiden Kindern stand der Mund weit offen, was Froggy nur noch unbehaglicher zumute werden ließ.

»Und was sagt sie dazu, dass du jetzt wieder deine Froschgestalt angenommen hast?«, erkundigte sich Alex.

»Das war zuerst ein bisschen schwierig – sie hatte Angst davor, mich anzufassen, und wollte nicht, dass ich mich auf ihre Möbel setze –, aber inzwischen hat sie sich wirklich toll entwickelt und erkannt, dass es einem höheren Zweck und dem Wohl aller dient. Auch wenn unsere Beziehung deshalb fürs Erste auf Eis liegt«, gestand Froggy. »Rotkäppchen ist eine außergewöhnliche Frau, ihr müsst sie nur erst ein bisschen besser kennenlernen.«

»Trauert sie immer noch Jack nach?«, wollte Conner wissen. Alex warf ihm einen giftigen Blick zu.

Froggys Gesicht nahm wieder einen blasseren Grünton an. »Daran arbeiten wir noch«, antwortete er. »Ich glaube nicht, dass man je komplett aufhören kann, einen bestimmten Menschen zu lieben. Manchmal schlägt Liebe in Hass um, aber ich bin nicht sicher, ob es möglich ist, für diesen gewissen Jemand *gar nichts mehr* zu empfinden. Ungeachtet dessen, welche Gefühle sie nach wie vor für Jack haben mag, habe ich keinerlei Zweifel an ihrer Zuneigung zu mir.«

Froggy lächelte und nickte vor sich hin. Alex und Conner sahen einander schulterzuckend an. Beziehungen erschienen ihnen immer kompliziert, doch unter diesen Umständen fanden sie es beinahe unmöglich, in Liebesdingen überhaupt noch durchzublicken.

»Aber macht es dir etwas aus?«, erkundigte Alex sich behutsam. »Zu wissen, wie sehr sie in der Vergangenheit einen anderen geliebt hat?«

Froggy schüttelte mit Nachdruck den Kopf. »Ich schätze, wenn Rotkäppchen bereit ist, mich so anzunehmen, wie ich bin – als Frosch und mit all meinen Fehlern –, dann kann sie dasselbe von mir erwarten, ganz egal, welche Altlasten sie mitbringt«, erklärte er. »Und mit der Zeit – je länger Jack und Goldlöckchen weit fort sind und Rotkäppchen die beiden nicht zu Gesicht bekommt – wird es leichter für sie werden. Aus den Augen, aus dem Sinn.«

»Pah«, schnaubte Conner und schielte dabei aus dem Augenwinkel zu Froggy hinüber. »Was ist denn überhaupt aus den zweien geworden? Hat man etwas von ihnen gehört?«

»Ziemlich wenig, um ehrlich zu sein«, räumte Froggy ein. »Hin und wieder werden sie mal in den Randgebieten des Reichs gesichtet und ein Dörfler alarmiert dann die Palastwachen, aber insgesamt halten sie sich eher bedeckt, und mir ist das nur recht, auch um Rotkäppchens willen.«

Die Zwillinge waren von Herzen froh, zu erfahren, dass Jack und Goldlöckchen weiterhin zusammen und auf der Flucht waren. Es erleichterte sie, dass wenigstens etwas beständig geblieben war, während der Rest der Welt im Chaos versank.

Sie durchwanderten die sanften Hügel von Suses Familienfarm und erreichten bald das malerische Städtchen im Zentrum des Königreichs. Die Zwillinge waren ganz entzückt, all die hübschen Häuschen und Backsteingebäude mit ihren spitzen Strohdächern wiederzusehen. Sie lächelten beim Anblick der Guck-in-die-Luft-Bank und der Schuhpension und freuten sich, erneut auf Geschäfte wie den Backe-backe-Kuchen-Laden und Hänschen kleins Häppchen zu stoßen; hier zumindest hatte sich seit dem ersten Besuch der Geschwister nichts verändert.

Nur eines war augenfällig anders: Die Stadt, in deren Gassen sich einst Farmer und Schäfer mit ihren Herden getummelt hatten, wirkte nun vollkommen verlassen.

»Es ist so leer hier«, staunte Alex.

»Weißt du noch, wie viel hier beim letzten Mal los war?«, fragte Conner. »Wenn ich mich recht erinnere, war gefühlt der ganze Ort auf der Straße.«

Froggy stieß ein trauriges Seufzen aus. »Ich fürchte, das ist ein Zeichen der Zeit«, meinte er. »Und ein ganz ähnliches Bild in allen Dörfern sämtlicher Königreiche: Niemand geht aus dem Haus, wenn es nicht unbedingt sein muss.«

Gemeinsam durchquerten sie den Park in der Stadtmitte, wo sie zu ihrer Freude die Denkmäler für Humpty Dumpty und den Hirtenjungen, der Wolfsalarm geschlagen hatte, erspähten, ebenso wie den Bruder-Jakob-Hügel. Doch nach dem, was sie von Mutter Gans erfahren hatten, betrachteten die Zwillinge dies alles nun unwillkürlich auch ein wenig mit anderen Augen.

»Wow«, machte Conner und starrte zum anderen Ende der Grünflächen. »Schau nur, der Umbau.«

Am Rand des Parks, den Kindern zugewandt, erhob sich Rotkäppchens Burg – ihre *neue* Burg. Das Gemäuer ragte nun doppelt so hoch und zweimal so breit in den Himmel wie zuvor. Es gab mehrere Türme – einer höher als der andere – und eine große Kuppel in der Mitte, zudem eine gigantische Uhr gleich über der neuerrichteten Eingangstreppe.

Alex und Conner legten beide den Kopf in den Nacken und blinzelten an der Mauer der neuen Burg empor; etwas daran schien ihnen ziemlich merkwürdig.

»Kommt mir bekannt vor«, stellte Alex fest.

»Absolut«, stimmte Conner ihr zu. »Sieht beinahe aus wie aus sämtlichen anderen Schlössern und Palästen zusammengewürfelt, oder?«

»Wartet nur, bis ihr die Burg von innen besichtigt habt«, mischte Froggy sich ein. »Rotkäppchen hat mir meine ganz persönliche Bibliothek bauen lassen! Einfach phantastisch! Hunderte und Aberhunderte von Büchern, nur für mich.«

»Wie wunderbar!«, beglückwünschte ihn Alex, und ihr Lächeln wurde ebenso breit wie seines.

»Mach dir keine Sorgen«, versicherte Froggy ihr. »Ich habe all die Bücher, die du mir geschenkt hast, aufgehoben und ihnen eine eigene Abteilung eingerichtet.«

Er zwinkerte ihr zu, und Alex grinste. Sie erinnerte sich noch gut daran, wie Froggy und sie bei ihrem ersten Treffen ihre gemeinsame Liebe zu Büchern entdeckt und sich darüber angefreundet hatten.

Die drei Freunde stiegen die Eingangsstufen zur Burg hinauf, und zwei Wachen öffneten die eindrucksvollen roten Torflügel für sie.

»Guten Morgen, Sir«, grüßten die Wachposten Froggy, und wie schon ihre Kollegen zuvor verneigten sie sich vor ihm.

»Morgen, die Herrschaften«, entgegnete Froggy.

»Kennt dich hier jede Wache, oder was?«, raunte Conner ihm zu.

»Na ja, mich vergisst man nicht so schnell wieder«, gab Froggy zu bedenken. »So, wie ich aussehe, passe ich nicht recht hierher. Ich bin bloß froh, dass die Leute aus dem Dorf inzwischen nicht mehr in Ohnmacht fallen, wenn sie mich zu Gesicht bekommen … den meisten zumindest passiert das nicht mehr.«

Sie taten die ersten Schritte ins Innere der Burg, und den Zwillingen blieb die Luft weg. Marmorfußboden erstreckte sich unter ihren Füßen, rechts und links von ihnen wuchsen goldene Säulen empor, und eine gewaltige, edle Treppenflucht führte in die oberen Stockwerke. Was sie jedoch nicht überraschte, war, dass sämtliche Wände mit Porträts von Rotkäppchen in unterschiedlichsten glamourösen Posen geschmückt waren.

»Sie hat eindeutig keine Kosten gescheut«, bemerkte Conner und musterte alles genau. Sein Blick fiel auf kleine, korbförmige Fliesen am Boden, die die Ecken der Marmorfliesen miteinander verbanden.

»Irgendwie erinnert mich das an Cinderellas Ballsaal«, sagte Alex. »Bloß mit einer gehörigen Portion Rotkäppchen.«

Ein kurzgewachsenes, molliges Dienstmädchen kam mit einem leeren Teetablett die Stufen herunter. Ihre Wangen leuchteten rosig, und sie schnaufte vor Anstrengung. Alex und Conner versteckten sich hinter Froggy, denn sie erkannten die junge Magd von ihrer letzten Begegnung wieder – es war keine angenehme gewesen.

»Willkommen zurück, Prinz Charlie«, rief das Dienstmädchen Froggy zu. Für die Kinder war es noch immer komisch, Froggy mit seinem richtigen Namen angesprochen zu hören. »Die Königin ist in der Bibliothek; ich habe ihr gerade das Frühstück serviert.«

»Vielen Dank, ich begebe mich auf direktem Weg dorthin«, antwortete Froggy.

»Soll ich Euch einen Seerosenblättertee bringen?«

»Das wäre wunderbar, danke sehr. Drei Fliegen in meine Tasse, bitte. Möchtet ihr auch einen Tee, Alex? Conner?«

»Klar, warum nicht?«, meinte Conner. »Ohne einen Seerosenblättertee wäre es ja kein richtiger Besuch bei dir.«

Die Zwillinge folgten Froggy die Treppe hinauf, vorbei an dem Dienstmädchen, das stutzte und stehen blieb, als es die beiden sah; es schien sich nicht genau erinnern zu können, woher es Alex und Conner kannte.

Die drei Freunde erreichten den oberen Treppenabsatz, wandten sich nach rechts und folgten einem weiteren mustergültig dekorierten Gang, den wiederum Bilder von Königin Rotkäppchen zierten. Schließlich standen sie vor einer goldenen Flügeltür, über der die Worte *Bibliothek, Hort der Bücher* in die Wand gemeißelt waren.

Conner wies seine Schwester auf die Inschrift hin. »Ich verwette meinen Kopf darauf, dass das da steht, damit Rotkäppchen nicht vergisst, was sich hinter der Tür befindet!«, flüsterte er ihr kichernd ins Ohr.

»Da sind wir!«, verkündete Froggy und stieß die Tür auf.

Die Kinder traten hindurch, und erneut verschlug es ihnen die Sprache. Sie befanden sich in der elegantesten Bibliothek, die sie je zu Gesicht bekommen hatten, noch schicker sogar als jene in Schneewittchens Palast. Alex traten beinahe Tränen in die Augen; Conner nickte beeindruckt mit hochgezogenen Brauen.

»Wie wunderschön!«, hauchte Alex und presste sich eine Hand aufs Herz.

»Nicht schlecht«, kommentierte Conner.

Bis hinauf zur enorm hohen Decke erstreckten sich die Regale, und es gab Leitern und Balkone auf unterschiedlichen Ebenen. Eine Gruppe Sessel und Sofas stand in der Mitte des

Raumes, in der Nähe eines großen Kamins, vor dem ein riesiger Wolfspelzteppich (bei dem es sich um die frühere Haut des großen bösen Wolfs höchstpersönlich handelte) auf dem Boden lag. Ein majestätischer Kronleuchter hing darüber von der Decke und tauchte alles in üppiges Licht, das zum Lesen geradezu perfekt schien.

Auch hier entdeckten die Zwillinge haufenweise Porträts von Rotkäppchen, doch ein besonders großes Gemälde war über dem Kamin angebracht; darauf war die junge Königin lesend in einem der Sessel dargestellt. Alex und Conner mussten zweimal hinschauen, denn direkt unter dem Bild saß die echte Königin Rotkäppchen in einem Sessel und las ein Buch – in exakt der gleichen Haltung wie im Porträt.

Als sie die Tür aufgehen hörte, sah sie hoch. »Du bist zurück!«, rief sie, kaum dass sie Froggy erspäht hatte. Sie schleuderte das Buch – ein dünnes mit zahlreichen Bildern – beiseite und rannte zu ihrem Liebhaber hinüber. Beide prallten in einer innigen Umarmung aufeinander.

Königin Rotkäppchen war eine ausgesprochen hübsche junge Frau mit blondem Haar und leuchtend blauen Augen. Sie war stets herausgeputzt wie ein Pfau, mit rotem Kleid und Kapuzenumhang, doch den Geschwistern fiel ein Unterschied an ihr auf: Rotkäppchen trug nicht einmal annähernd so viel Make-up oder Schmuck wie früher. Vielleicht hatte ihre Beziehung mit Froggy das Bedürfnis der jungen Königin, andere zu beeindrucken, ein wenig gemildert.

Froggy versuchte, Rotkäppchen einen Kuss zu geben, doch sie wand sich aus seinen Armen. »Keine Küsse, du weißt doch?«, mahnte sie ihn. »Ich liebe dich mehr als mein Leben, Liebling, aber momentan finde ich dich einfach abstoßend. Es gibt nichts Schlimmeres als kalte, feuchte Küsse … *ihr zwei*!«

Rotkäppchens Blick fiel auf die Zwillinge, und sofort galt ihnen ihre ungeteilte Aufmerksamkeit. Sie starrte die beiden an, als hätte Froggy ihr Giftschlangen in die Burg geholt.

»Rot, kannst du dich noch an Alex und Conner erinnern?«, fragte Froggy.

»*Erinnern*? Wie könnte ich sie *vergessen*?«, erwiderte Rotkäppchen, ohne die Augen von den Kindern abzuwenden.

»Hallo, Rotkäppchen«, grüßte Alex höflich.

»Wie läuft's?«, erkundigte Conner sich gutmütig.

»Vergebt mir, ich möchte nicht unhöflich sein«, sagte Rotkäppchen zu den Geschwistern. »Es ist bloß so, dass ihr beiden mir immer nur unterkommt, wenn ich entweder unglücklich verliebt, gerade entführt worden oder obdachlos bin.«

Dem konnten Alex und Conner nicht widersprechen.

»Ach, mach dir keine Sorgen«, beschwichtigte Conner.

Rotkäppchen musterte ihn und seine Schwester eine Minute lang nervös, bevor sie weitersprach. »Tja, was führt euch diesmal in unsere Welt?«, wollte sie wissen. »Ferien? Besucht ihr eure Großmutter?«

»Nicht direkt«, druckste Alex.

»Wir hatten uns im Wald verlaufen«, antwortete Conner. »Zur Abwechslung mal.«

»Gott sei Dank sind wir dort Froggy begegnet – wer weiß, wo wir sonst am Ende gelandet wären«, ergänzte Alex.

Rotkäppchen blickte von einem zur anderen und dann zu Froggy. »Und da hast du die zwei nun *hierher* gebracht?«, zischte sie durch zu einem gezwungenen Lächeln zusammengebissene Zähne. *»Wie reizend.«*

»Sie hätten nirgendwo sonst hingekonnt«, verteidigte sich Froggy. »Ich konnte sie ja in Zeiten wie diesen nicht allein umherirren lassen.«

Noch immer besorgt sah Rotkäppchen wieder die Zwillinge an. »Nein, das stimmt wohl«, gab sie zu.

Alex und Conner versuchten, die unbehagliche Anspannung zu durchbrechen. »Deine neue Burg ist ganz fabelhaft geworden«, lobte Alex.

»Sie fühlt sich an wie ein richtiges Zuhause – wie mehr als nur *ein* Zuhause, genau genommen«, fügte Conner hinzu. »Hast du dich bei der Gestaltung von etwas Bestimmtem leiten lassen?«

»Von meiner Inspiration, hauptsächlich«, entgegnete Rotkäppchen ausdruckslos.

»Ah«, machte Conner. »Tja, sie erscheint mir auch tatsächlich sehr … *inspiriert.*«

Das Dienstmädchen klopfte an die Tür der Bibliothek und kam mit Tee für Froggy und die Kinder herein.

»Oh, wunderbar, warum plaudern wir nicht ein wenig bei einer Tasse Tee?«, schlug Rotkäppchen vor. Ihr Tonfall passte ganz und gar nicht zu den fröhlichen Worten.

Die junge Magd stellte das Teetablett auf dem Tisch neben den Sesseln ab und eilte wieder hinaus. Alex und Conner nahmen gegenüber von Froggy und Rotkäppchen Platz. Froggy hielt liebevoll Rotkäppchens Hand.

»Ist das in Ordnung für dich?«, erkundigte er sich.

»Selbstverständlich, ich trage ja Handschuhe«, merkte Rotkäppchen an.

Einige Augenblicke lang herrschte Schweigen, und nur das Klirren der Löffel gegen die Tassen hallte durch die peinliche Stille im Raum.

»Also, wie alt seid ihr beiden jetzt?«, wollte Rotkäppchen wissen. »Mir scheint, ihr seid gewachsen.«

»Wir sind dreizehn«, erwiderte Conner.

»Ach, wie nett«, meinte Rotkäppchen. »So alt war ich, als ich zur Königin gewählt worden bin. Natürlich hat mir meine Granny damals noch geholfen.«

»Wie geht es deiner Granny heute?«, fragte Alex.

»Sie hat sich inzwischen zur Ruhe gesetzt«, erklärte Rotkäppchen, »und sie lebt mittlerweile in der Schuhpension. Seither habe ich als Königin die gesamte Regierungsverantwortung übernommen.«

»Und wie klappt das so?«, hakte Conner nach. Er nippte an seinem Seerosenblättertee und spuckte ihn sofort wieder aus.

»Ein bisschen schwierig ist es«, gab Rotkäppchen zu. »Zum Königinnendasein gehört ja so viel mehr, als den Leuten bewusst ist – es geht nicht nur um Juwelen, raffinierte Kleider und Liebesbekundungen. Ich muss täglich unzählige Entscheidungen treffen – über Bauern, ihre Bedürfnisse und Nöte und tausend andere Kleinigkeiten. Zum Glück habe ich Charlie, der mir hilft.«

»Das ist schön«, meinte Alex. »Hast du in letzter Zeit irgendwelche neuen Gesetze verabschiedet, oder sonst etwas Erwähnenswertes?«

Rotkäppchen ließ den Blick zur Decke schweifen, während sie sich offenbar angestrengt zu erinnern versuchte, was ihre letzte Tat als Königin gewesen war. »Ich habe die Steuern erhöht«, verkündete sie beglückt. Dann allerdings wurde ihr Lächeln zum Flunsch. »Aber den Leuten hat das überhaupt nicht gefallen, deshalb habe ich sie schnell wieder gesenkt – mein Fehler, mir war nicht klar, dass sie das so persönlich nehmen würden. Offenbar verfügt mein Königreich ohnehin über eine starke Ökologie, also war die Erhöhung überflüssig.«

»Ökonomie, Liebes – über eine starke Wirtschaft verfügt dein Königreich!«, verbesserte Froggy sie.

»Ach ja, die Ökonomie, bitte entschuldige«, säuselte Rotkäppchen. »Wir bauen so viel Getreide, Obst und Gemüse an und produzieren so massig Wolle, dass wir mit den anderen Königreichen jede Menge Geschäfte machen können. Rotkäppchens Königreich ist der Brotkorb der Märchenwelt – und das meine ich vollkommen ernst.«

Die Zwillinge nickten ihre Worte höflich ab, waren insgeheim jedoch erschüttert, dass jemand wie Rotkäppchen nach wie vor ein Königreich führen durfte. Froggy beschloss, die Kinder aus der Unterhaltung zu erretten, und zog sie in eine Ecke des Raumes hinüber.

»Ich möchte euch etwas Besonderes zeigen«, verkündete Froggy und deutete auf ein Regalbrett, auf dem sämtliche alten Bücher von Alex standen. »Hier bewahre ich all deine Bücher auf, Alex.«

»Sie wirken glücklich da oben«, urteilte Alex mit einem Lächeln. Ihre Augen landeten auf den Titeln, die die Buchrücken in der direkt darunterliegenden Regalreihe schmückten.

»*Reise um die Erde in 80 Tagen*, *20 000 Meilen unter dem Meer*, *Frankenstein* …«, las Alex begeistert. »Froggy, das sind ja ganz viele Klassiker aus unserer Welt! Woher hast du die?«

»Tatsächlich von eurer Großmutter«, strahlte Froggy. »Sie wollte sich noch einmal dafür bedanken, dass ich euch bei eurem letzten Besuch hier geholfen habe. Ich muss schon sagen, die Menschen in eurer Welt wissen wirklich, wie man gute Geschichten erzählt!«

Dieses Lob brachte Alex zum Schmunzeln, schließlich ahnte sie, dass die Schriftsteller sich allesamt aus den Geschichten der Märchenwelt ihre Ideen und Anregungen geholt hatten.

»Ein paar davon habe ich selbst auch gelesen«, mischte Rotkäppchen sich ein; sie wollte auch weiterhin zumindest ein wenig beachtet werden. »Wie hieß noch mal der dicke Schinken, der mir so gefallen hat, Charlie? In dem die Leute so komisch reden? *Shakeybakeys gesammelte Werke*, nicht wahr?«

»*William Shakespeare – Gesammelte Werke*, Liebes«, verbesserte Froggy sanft.

»O ja, genau das!«, rief Rotkäppchen. »Eine herrliche Lektüre – eine Geschichte so lieblich, die nächste so tragisch … beinahe ein Jahr habe ich gebraucht, um komplett durchzukommen. Ich hoffe, er schreibt in eurer Welt weiterhin neue Bücher; er hat jede Menge Potential, wenn ihr mich fragt.«

Conner musste lachen, tarnte es jedoch geschickt als Niesanfall. »Keine Sorge, er ist noch gut im Geschäft«, behauptete er. Und fragte sich, was Shakespeare wohl von Rotkäppchens wohlwollender Billigung gehalten hätte.

Alex durchstöberte derweil die übrigen Regale der Bibliothek. Einige der Titel, die ihr ins Auge sprangen, waren *Königliche Liebschaften in Vergangenheit und Gegenwart*, *Geschichte des magischen Zeitalters*, *Säugetiere des Nördlichen Königreichs* und *Der Untergang der Drachen*. Sie hatte keinerlei Zweifel, dass sie mühelos einen Monat am Stück in Froggys Bibliothek hätte durchschmökern können.

»Schaut euch das hier einmal an«, bemerkte Froggy und zog ein Buch von einem hohen Regalbrett. »Ich glaube, das könnte euch gefallen.«

Er reichte es den Zwillingen, und gemeinsam lasen die beiden den Titel auf dem dunkelroten Einband. Im Innern waren zahlreiche Seiten mit Illustrationen versehen.

»*Mythen, Legenden und Sammelzauber*«, stutzte Alex. »Kommt darin der Wunschzauber vor?«

»Der und viele andere«, erläuterte Froggy. »Darin finden sich alle möglichen volkstümlichen Formeln, für die mehrere

Utensilien zusammengetragen werden müssen. Ich hatte keine Ahnung, dass es so viele gibt, aber wer weiß schon, welche tatsächlich funktionieren und welche nicht?«

Die Kinder blätterten durch die Seiten und überflogen die Kapitel mit unterschiedlichsten Legenden aus der Märchenwelt. Einige erregten dabei sofort ihre Neugier: Das Schwert des Zauberers war eine Waffe, die dem Volksglauben nach jedes Material zerschneiden konnte, allerdings seit dem Zeitalter der Drachen als verschollen galt. Der Stab des Staunens bestand aus jenen Gegenständen, die den verhasstesten Menschen der Welt am meisten am Herzen lagen, und machte den, der ihn besaß, unbesiegbar. Die Krone der Eitelkeit setzte sich aus den wertvollsten Juwelen sämtlicher Königreiche zusammen und verwandelte angeblich ihren Träger in die schönste Person der Welt.

Die Geschwister stießen auf einen Abschnitt, der den Wunschzauber beschrieb, und Alex las laut vor, während Conners Augen dem Text folgten.

Der Wunschzauber ist eine legendäre magische Formel, von der man Kindern gern erzählt, um ihren Arbeitseifer zu fördern; er erfüllt demjenigen, dem es gelingt, eine Reihe besonderer Gegenstände zusammenzuführen, genau einen Wunsch. Mehrere Leute sind bei dem Versuch, die Legende auf ihren Wahrheitsgehalt zu überprüfen, ums Leben gekommen, doch da so wenig über den Wunschzauber bekannt ist, scheint es höchst unwahrscheinlich, dass er tatsächlich existiert. Man darf davon ausgehen, dass es sich dabei lediglich um ein Kindermärchen handelt.

»Wenn ich für jedes Kindermärchen, das sich als wahr herausstellt, zehn Cent bekommen würde …«, murmelte Conner leise vor sich hin.

Es klopfte an der Tür, und wieder streckte die junge Magd ihren Kopf in die Bibliothek.

»Eine Nachricht aus dem Königreich des Gläsernen Schuhs ist gerade für Euch eingetroffen, Euer Majestät«, meldete sie.

»Ach?«, meinte Rotkäppchen. »Lass sehen.«

Das Dienstmädchen kam herein und reichte Rotkäppchen einen Brief. Er steckte in einem weißen Umschlag, auf dessen Rückseite ein goldenes Glasschuhsiegel aus Wachs prangte.

»Ich frage mich, was das zu bedeuten hat«, wunderte sich Rotkäppchen, als sie es aufbrach. »Chance und Cinderella werden in Zeiten wie diesen wohl kaum einen Ball veranstalten.« Sie las die Nachricht, und ihre Augen wurden groß. Dann schlug sie sich eine Hand auf den Mund. »Du meine Güte …«, keuchte sie.

»Was ist denn los, Liebes?«, fragte Froggy.

»Die Zauberin hat das Pinocchio-Kittchen angegriffen«, antwortete Rotkäppchen und sah von dem Papier auf. »Der Märchenrat trifft sich im Königreich des Gläsernen Schuhs zu einer Krisensitzung.«

Rotkäppchen gab Froggy den Umschlag, und auch er überflog die Zeilen, während die Zwillinge ihm über dic Schulter spähten.

Zu Händen Ihrer Majestät Königin Rotkäppchen:
Mit Bedauern müssen wir Dich davon unterrichten, dass die Zauberin am späten gestrigen Abend das Pinocchio-Kittchen angegriffen und mit ihren verzauberten Pflanzen überzogen hat. Bislang gibt es keinerlei Hinweise auf Überlebende.

Du wirst gebeten, Dich morgen Abend im Glasschuhpalast einzufinden, wo eine Sondersitzung sämtlicher Staatsoberhäupter und des Märchenrats stattfinden wird, um die jüngsten Entwicklungen zu besprechen. Sofern wir nicht anderweitig Notiz von Dir erhalten, gilt Deine Anwesenheit als gesetzt.
Hochachtungsvoll,
die Majestäten
König Chance und Königin Cinderella

Rotkäppchen nickte seufzend. »Ich werde mich sofort auf den Weg machen müssen«, wandte sie sich an das Dienstmädchen. »Bitte bereite die Kutsche für unsere Abreise vor – und einen weiteren Wagen für mein Gepäck.«

Die junge Magd nickte und hastete aus der Bibliothek, um die Anweisungen auszuführen. Alex und Conner sahen einander an; sie wussten, dass ihr jeweiliger Zwilling genau dasselbe dachte.

»Wir müssen auch zu diesem Treffen, Froggy«, drängte Alex. »Wir müssen wissen, was vor sich geht.«

»Und wieso das?«, hakte Rotkäppchen ein.

»Die Zauberin hat unsere Mutter in ihrer Gewalt«, erklärte Conner. »Wir müssen einen Weg finden, sie zu retten.«

»Und was meint eure Großmutter dazu?«, erkundigte sich Rotkäppchen.

Alex und Conner warfen einander warnende Blicke zu; sie wollten Rotkäppchen die Umstände behutsam beibringen.

»Sie weiß nicht einmal, wo wir sind«, gestand Conner.

»Sie möchte nicht, dass wir von all dem Trubel hier irgendetwas erfahren«, ergänzte Alex.

Rotkäppchen legte den Kopf schief und funkelte Froggy wütend an. »Moment mal«, fauchte sie. »Soll das etwa heißen, dass die durchgebrannten Enkel der guten Fee gerade in *meiner* Burg untergetaucht sind?!«

Froggy wurde blassgrün im Gesicht. »Wie schon gesagt … ich konnte die beiden ja nicht allein im Wald umherirren lassen«, erwiderte er mit einem entschuldigenden Lachen.

Rotkäppchens Wangen nahmen die Farbe ihres Kleids an. »Ist dir bewusst, in welch große Schwierigkeiten wir geraten könnten, wenn der Rat der Feen die zwei hier aufstöbert?!«, brüllte sie.

»Das tut gar nichts zur Sache, weil niemand ihr nämlich verraten wird, wo wir sind«, warf Conner streng ein.

»Entschuldige mal – wer ist denn bitte gestorben und hat dich zu meinem Nachfolger ernannt?«, empörte sich Rotkäppchen. »Ich sollte euch beide auf der Stelle aus der Burg werfen lassen!«

Conner zog eine Augenbraue hoch und verschränkte die Arme vor der Brust. »Wirst du aber nicht«, entgegnete er schnippisch. »Denn rate mal, was noch schlimmer ist, als die durchgebrannten Enkelkinder der guten Fee versehentlich bei sich aufzunehmen? *Sie absichtlich hinauszuwerfen!*«

Rotkäppchen gab ein paar hohe, verschnupfte Grunzlaute von sich, während ihr Blick zwischen den Zwillingen und Froggy hin- und hersprang. Sie hasste es, sich in ihrem eigenen Heim bevormunden lassen zu müssen.

»Wie wollt ihr euch denn in dieses Treffen einschleichen?«, erkundigte Froggy sich bei den Kindern. »Das ist eine geschlossene Gesellschaft – zugelassen sind nur Staatsoberhäupter. Außerdem wird eure Großmutter dort sein. Wie plant ihr, euch vor ihr zu verstecken?«

Alex seufzte, während sie darüber nachgrübelte, wie ihr und Conner dieses Kunststück gelingen könnte.

»Wir müssen uns in irgendetwas verkriechen«, überlegte sie laut. »In etwas, das so groß ist, dass wir beide hineinpassen, aber zugleich nicht zu verdächtig aussieht.«

Conners Augen blitzten auf und er sah sich suchend im Raum nach etwas um, das ihm beim Hereinkommen aufgefallen war. Zügig ging er quer durchs Zimmer, nahm Rotkäppchens Porträt von der Wand und brachte es ihr.

»Hey, Rot«, meinte Conner, »hast du dieses Kleid hier noch?«

Alex und Froggy gesellten sich ebenfalls zu den beiden, um zu sehen, wovon Conner sprach. In dem Gemälde trug Rotkäppchen ein bauschiges Ballkleid, dessen Rock über mehrere ausladende Reifen zu Boden floss.

»Ich glaube, das ist tatsächlich noch in meinem Schrank«, antwortete Rotkäppchen. »Es war eines der wenigen Kleider, die aus dem Feuer gerettet werden konnten – *Sekunde mal, du denkst gerade nicht, was ich denke, dass du denkst, oder?*«

Conner grinste frech zu Froggy und seiner Schwester empor. Die zwei brauchten nicht lange, um sich zusammenzureimen, was er vorhatte – und kaum waren sie dahintergekommen, erschien auf ihren Gesichtern ein ebenso breites Grinsen.

»Die Idee ist perfekt!«, frohlockte Alex.

»Ein sehr schlauer Einfall, das muss ich zugeben«, lobte Froggy.

Rotkäppchen war entsetzt.

»Habt ihr alle den Verstand verloren?«, keuchte sie. »Ihr erwartet von mir, dass ich mit zwei Gören unter dem Rock in eine Versammlung des Märchenrats stolziere? Auf gar keinen Fall! Ich will mit dieser ganzen Sache absolut nichts zu tun haben.«

Alex und Conner tauschten einen Blick, und ihr Grinsen verblasste. Beide drängten wortlos ihren jeweiligen Zwilling, sich etwas einfallen zu lassen, um Rotkäppchen zu überzeugen.

»Rotkäppchen«, setzte Alex schließlich an und beugte sich zu der jungen Königin. »Unsere Mom ist in Gefahr. Wir müssen wissen, was los ist, damit wir einen Weg finden können, sie zu retten.«

Conner lehnte sich auf Rotkäppchens anderer Seite hinunter und nahm den Faden seiner Schwester auf.

»Sie ist alles, was wir noch haben, Rot«, beschwor er sie. »Wenn ihr etwas zustößt, werden wir zu Waisen.«

Die flehenden Gesichter der Zwillinge rührten Rotkäppchen, auch wenn sie es nicht wollte. Ihr war klar, dass sie ihnen ihre Bitte nicht abschlagen konnte – nicht einmal *sie* war so selbstsüchtig.

»Schon gut, schon gut, schon gut!«, murrte Rotkäppchen. »Dieses eine Mal helfe ich euch, aber danach bin ich raus!«

Ein strahlendes Lächeln stahl sich beiden Kindern aufs Gesicht. Rotkäppchen massierte ihre Schläfen und fragte sich, wie um alles auf Welt sie sich so leicht in diese Angelegenheit hatte hineinziehen lassen können – bis zur Ankunft der Geschwister war es ein so ruhiger Tag gewesen.

»Danke, Rot«, sagte Alex.

»Du wirst es nicht bereuen«, versprach Conner.

Rotkäppchen sank tiefer in ihren Sessel. »Kann ich das schriftlich haben?«, fragte sie säuerlich.

Kapitel 12

Ein wenig märchenhafter Abend

Schon kurz nach Eintreffen des Briefs machten die Zwillinge sich gemeinsam mit Froggy und Rotkäppchen auf den Weg zur Versammlung des Märchenrats. Zu viert fuhren sie in einer Kutsche, während ein zweiter Wagen ihnen mit »nur dem Nötigsten« an Rotkäppchens Gepäck hinterherrumpelte. Die Pferde, die die Lastkutsche ziehen mussten, taten Alex und Conner leid – sie schienen sich mächtig abzumühen.

Ein halbes Dutzend Soldaten begleitete die Reisegesellschaft zu Pferd; gerade so viele, dass sie gut beschützt waren, jedoch nicht genug, um ungewollte Aufmerksamkeit zu erregen, versicherte Froggy.

Auf halber Strecke hielten sie an, damit Rotkäppchen sich umziehen und das ausladende Ballkleid anlegen konnte, das der Plan der Kinder erforderte. Die Kutschen bogen dazu in ein winziges Feld zwischen zwei großen Eichen ein, und Rotkäppchen funktionierte den ersten Wagen zur Umkleidekabine um. Conner und Froggy scheuchte sie hinaus; Alex musste bei ihr bleiben und ihr dabei helfen, sich in das Kleid zu zwängen.

Und das wurde tatsächlich zur Herausforderung, da das ausladende Gewand deutlich mehr Raum einnahm, als das Innere des Wagens hergab.

»Ich würde nur gern kurz darauf hinweisen, dass Königin Schneewittchen sich niemals am Straßenrand umkleiden muss«, nörgelte Rotkäppchen, während sie ihren Kampf damit hatte, die schwere Robe über ihren Kopf zu ziehen. »Ich schätze, das kommt davon, dass ich nur *gewählte Königin* bin.«

»Es ist doch sicher tröstlich, dass die Menschen dich als ihre Königin haben *wollten*«, merkte Alex an und versuchte dabei, Rotkäppchen in die Ärmel zu helfen. »Sie haben sich bewusst dafür *entschieden*, dass du ihr Königreich regieren sollst. Die Aufgabe ist dir nicht einfach so zugefallen.«

»Das stimmt so nicht ganz«, gestand Rotkäppchen. »Nach der B.U.N.G.A.L.O.W.-Revolution standen ich und das *dritte* kleine Schweinchen zur Wahl – und das wollte den Job noch nicht einmal. Totaler Eigenbrötler. Ist kaum je aus diesem Backsteinhäuschen herausgekommen, auf das es so stolz war.«

Und mit einer letzten Anstrengung schob Rotkäppchen ihren Kopf durch den Halsausschnitt des Kleids.

»Das wäre geschafft!«, meinte sie atemlos.

Conner und Froggy kletterten wieder zu den beiden in die Kutsche, und die Reisegesellschaft setzte ihren Weg zum Glasschuhpalast fort. Im Innern des Wagens war nun – neben den vier Körpern und Unmengen roten Stoffs – buchstäblich kein Zentimeter freier Platz mehr.

»O nein«, stöhnte Rotkäppchen, nachdem sie weniger als fünf Minuten unterwegs gewesen waren.

»Was ist denn?«, fragte Conner, dessen Gesicht an die Fensterscheibe gepresst war.

»Jetzt muss ich mal pieseln«, piepste Rotkäppchen. Alle in der Kutsche stöhnten auf.

Am folgenden Abend erreichte Rotkäppchens Tross den Glasschuhpalast. Die Zwillinge hatten sich unterwegs kaum vom Fenster losreißen können und begeistert all die im wahrsten Wortsinne märchenhaften Anwesen und Dörfer an ihrer Kutsche vorbeiziehen sehen.

Irgendetwas jedoch schien sich im Königreich des Gläsernen Schuhs verändert zu haben, auch wenn die Zwillinge nicht genau sagen konnten, was es war. Es lag nicht nur an den leeren Straßen und Läden, in denen keine Dörfler unterwegs waren oder Handel trieben; ganz generell hatte sich eine düstere, bedrückte Stimmung über das gesamte Königreich gelegt.

Die Kutschen hielten am Fuß der langen Treppe, die zum Eingang des Palasts hinaufführte, und die Kinder waren froh, endlich aus der engen Kabine herauszukommen – wie viel enger es bald unter Rotkäppchens Kleid werden würde, war ihnen gleichgültig.

Ein Palastdiener nahm die Reisegruppe in Empfang. Froggy sprang sofort aus dem Wagen und machte sich geschäftig daran, das Gepäck aus der zweiten Kutsche zu entladen.

Auch Alex und Conner kletterten ins Freie und duckten sich auf den Boden. Als Nächste kam Rotkäppchen und landete genau zwischen den beiden. Ihre Robe explodierte geradezu aus dem Kutschenschlag und breitete sich wie geplant über die Zwillinge. *Die Tarnung war perfekt!*

»So weit, so gut«, wisperte Alex unter Rotkäppchens Kleid.

»Hübsche Schlüpfer, Rot«, flüsterte Conner und grinste beim Anblick der knielangen Unterhosen, die sie vorausschauend angezogen hatte.

Rotkäppchen schnaubte und rammte Alex ihr Knie gegen den Kopf.

»Autsch! Das war ich, Rotkäppchen!«, beschwerte sich Alex.

»Verzeihung«, meinte Rotkäppchen und donnerte dann Conner ihre Kniescheibe an die Schläfe.

»Aua!«, rief Conner.

Als Froggy kurz darauf zu ihnen zurückkam, fand er Rotkäppchen und die Geschwister in tadelloser Position. »Bereit?«, raunte Froggy ihnen zu.

»Ich denke schon«, erwiderte Alex.

»Roger, Roger!«, versicherte Conner.

»Das beruhigt mich«, antwortete Froggy und tupfte sich mit einem Taschentuch einige Schweißperlen von der Stirn. »*Ich* nämlich bin ganz gewiss nicht bereit.«

»Mach dich mal locker, Froggy«, beschwichtigte Conner. »Merkt doch keiner, dass wir hier drunter sind.«

Der Palastdiener warf der Gruppe von der zweiten Kutsche her einen misstrauischen Blick zu; er war sich sicher, gerade Stimmen gehört zu haben, von denen er nicht wusste, wem er sie zuordnen sollte.

»Seht bloß zu, dass ihr da unten so leise wie möglich bleibt«, bläute Froggy den Kindern ein und schluckte so heftig, dass ihm ein Quaken entkam. »Dann wollen wir mal reingehen, oder?«

Rotkäppchen tat einen Schritt nach vorn, der die Zwillinge überrumpelte.

»Rot, wir sehen nichts; du wirst uns führen müssen«, flüsterte Conner zu ihr hinauf.

»Und wie soll ich das anstellen?«, wisperte Rotkäppchen nach unten.

»Sag einfach laut, was du gerade tust«, schlug Alex vor.

Rotkäppchen schloss kurz die Augen und holte tief Luft; sie musste sich geistig auf den Abend vorbereiten, der ihr bevorstand.

»Schön, ich gehe jetzt auf die Treppe zu«, ließ Rotkäppchen die Kinder wissen, und die beiden bewegten sich mit ihr. Allerdings ging sie so schnell, dass Alex und Conner kaum mithalten konnten.

»Mach Babyschritte«, bat Conner. »Wir kauern hier unten wie Schimpansen.«

Rotkäppchen gab ein weiteres Schnauben von sich. »Klar doch«, fauchte sie. »Jetzt gehe ich *gemächlich* die Stufen hinauf.«

Die ersten Stufen gerieten zum Desaster – Froggy schnappte jedes Mal vernehmlich nach Luft, wenn er einen Turnschuh der Zwillinge unter dem Reifrock hervorlugen sah. Schließlich bekamen sie allerdings doch den Bogen heraus und bezwangen ohne weitere Zwischenfälle die lange Treppe.

Unten bei den Kutschen hätte der Palastdiener schwören können, dass er aus dem Augenwinkel drei Paar Füße unter Rotkäppchens Kleid erkannt hatte. Als er aber noch einmal genau hinsah, waren die überzähligen Schuhe verschwunden.

Alex und Conner tat inzwischen der Rücken weh, nachdem sie wie Affen die Treppe hinaufgekrochen waren, doch oben angekommen wurde es nur schlimmer: Auf ebener Strecke mussten sie sich noch tiefer ducken.

»Und jetzt gehe ich auf das Eingangsportal zu – keine Stufen mehr«, verkündete Rotkäppchen laut.

Ein paar Wachposten, die an der Tür patrouillierten, musterten sie mit schiefen Blicken. Immerhin spazierte sie im Schneckentempo und führte dabei Selbstgespräche.

»Ganz recht, das tust du!«, rief Froggy und tätschelte Rotkäppchen den Rücken, um der Situation ein wenig die Peinlichkeit zu nehmen.

»Prinz Charlie – willkommen zurück, Sir«, hörten die Zwillinge eine vertraute Stimme.

»Sir Lampton«, grüßte Froggy und bestätigte die Vermutung der Kinder. »Wie schön, Euch wiederzusehen. Auch, wenn ich wünschte, es gäbe einen freudigeren Anlass für unseren Besuch.«

Alex und Conner hielten bei dem Gedanken, dass Sir Lampton nur wenige Meter von ihnen entfernt stehen musste, die Luft an, da sie fürchteten, schon ihre Atemzüge könnten sie verraten.

»Und jetzt *betrete* ich den Glasschuhpalast«, kommentierte Rotkäppchen für die Geschwister. Und als Sir Lampton sie verdattert ansah, fügte sie rasch hinzu: »... *und, ähm, ich fasse es nicht!* Es kommt mir vor, als wäre ich eben noch zu Hause gewesen – die Reise ist ja wie im Nu vergangen.«

Das rettete den Moment halbwegs, doch der Argwohn war deutlich hörbar, als Lampton die junge Königin fragte: »Fühlt Ihr Euch wohl, Euer Majestät? Ihr geht so langsam – seid Ihr krank?«

Alex und Conner warfen sich erschrockene Blicke zu und fragten sich, wie Rotkäppchen nun reagieren würde.

»Ich bin bei bester Gesundheit, Sir Lampton«, versicherte Rotkäppchen. »Ich habe lediglich die falschen Schuhe für die Reise gewählt. Meine Füße schmerzen ganz fürchterlich.«

Die Kinder seufzten stumm vor Erleichterung. Conner

drückte Rotkäppchen dankbar das Knie. Sie gab ihm durch den Stoff einen schnellen Klaps auf den Kopf, und Conner musste sich in die Faust beißen, um nicht aufzuschreien.

»Bloß eine juckende Stelle«, meinte Rotkäppchen mit gezwungenem Lächeln.

»Wie ist denn die Lage hier?«, wandte Froggy sich an Lampton, um ihn abzulenken.

»Schrecklich«, erwiderte dieser. »Habt ihr es nicht mitbekommen?«

»Ich fürchte nicht«, entschuldigte sich Froggy. »Was ist geschehen?«

Lampton stieß das sorgenschwerste Seufzen aus, das die Zwillinge je gehört hatten. »Prinzessin Hope ist vergangene Nacht entführt worden.«

Die Kinder keuchten schockiert auf, doch da auch Rotkäppchen und Froggy nach Luft schnappten, blieben Alex und Conner unbemerkt.

»Wie bitte?«, brachte Froggy fassungslos hervor, am Boden zerstört über diese Neuigkeiten zu seiner einzigen Nichte. »Was soll das heißen, entführt? Von wem?«

»Rumpelstilzchen«, erwiderte Sir Lampton düster. »Wie es scheint, arbeitet er wieder für die Zauberin, und diesmal erfolgreich.«

Stille breitete sich aus. Für alle Anwesenden schien eine Welt unterzugehen.

Einige Augenblicke später, nachdem sie den roten Teppich in der Eingangshalle des Palasts hinter sich gelassen hatten, merkten die Zwillinge, dass sie sich nun im Ballsaal befinden mussten; sie erkannten unter sich das goldene Tanzparkett. Beunruhigte Stimmen erfüllten den Raum, und ungeduldige Schritte hallten aus allen Richtungen.

»Hier, Euer Majestät, bitte setzt Euch«, vernahmen die Kinder Sir Lamptons Stimme.

»Vielen Dank«, erwiderte Rotkäppchen. »Ich *setze* mich jetzt *langsam* auf den Stuhl, der mir so großzügig angeboten wird …«

Die Zwillinge wanden sich innerlich darüber, wie plump Rotkäppchen sich mit ihren Kommentaren anstellte, doch glücklicherweise waren alle anderen im Saal zu beschäftigt, um auch nur Notiz davon zu nehmen, dass Rotkäppchen und Froggy eingetroffen waren. Die junge Königin ließ sich wie in Zeitlupe auf den Stuhl nieder, so dass die Kinder genügend Zeit hatten, sich zu koordinieren und sich unter ihrem Rock ebenfalls hinzusetzen – und endlich die gebückte Haltung aufgeben konnten.

Aus allen Ecken des Raumes drangen Gesprächsfetzen zu den Geschwistern, und sie wünschten sich, den Stimmen die passenden Gesichter zuordnen zu können.

Conner stieß Alex an und deutete auf eine lose Naht an Rotkäppchens Kleid. Vorsichtig zog er den Stoff auseinander, so dass er durch das entstandene Loch einen Blick in den Saal erhaschen konnte. Alex tat das Gleiche auf ihrer Seite.

Obwohl die Zwillinge jeden im Raum kannten, waren all die vertrauten Mienen von derart viel Herzschmerz und Hoffnungslosigkeit gezeichnet, dass Alex und Conner sie kaum wiedererkannten. Es schmerzte die beiden, die Versammelten so zu sehen: Stets hatten sie ein buchstäblich märchenhaft glückliches Leben geführt, doch nun waren sie hier versammelt – die verzweifeltste Gruppe Menschen, die Alex und Conner je erlebt hatten.

Königin Cinderella saß völlig aufgelöst auf ihrem Thron. Sie hatte die Hände vor die geschwollenen Augen geschlagen, und zwischen ihren Fingern hindurch rannen ihr Tränen über die Wangen. Königin Schneewittchen versuchte, sie zu trösten – zusammen mit Königin Rapunzel, die mit dem Ende ihres bemerkenswert langen Zopfes Aschenputtels Tränen trocknete.

Die Männer tigerten in einer Ecke des Ballsaals auf und ab. König Chance stand keine Sekunde still; er war fuchsteufelswild darüber, dass jemand ihm seine Tochter geraubt hatte. König Chandler und Rapunzels Ehemann blieben in seiner Nähe, konnten ihm jedoch nur hilflos zusehen. Froggy gesellte sich zu ihnen und bot allein mit seiner Anwesenheit ein wenig zusätzliche moralische Unterstützung.

»Gestern Nacht habe ich sie weinen gehört«, erzählte Cinderella den Frauen, die ihren Thron umringten. »Ich bin aufgestanden und in ihr Zimmer gegangen. Einige Dienstmädchen waren ebenfalls dorthin auf dem Weg, doch ich habe darauf bestanden, selbst nach ihr zu schauen. Als ich die Tür geöffnet habe, fielen mir zuerst die Vorhänge ins Auge, die sich vor dem Fenster bauschten. Das kam mir sonderbar vor – ich konnte mich nicht erinnern, es offen gelassen zu haben. Und da habe ich ihn entdeckt ... *diesen grauenhaften kleinen Mann, der meine Tochter umklammert hielt*!«

Sturzbäche aus Tränen flossen der Königin übers Gesicht. Rapunzel rieb ihr sanft den Rücken, und Schneewittchen drückte fest ihre Hand.

»Atmen, Cinderella, einfach atmen«, flüsterte Schneewittchen.

Cinderella holte tief Luft, um sich ein wenig zu fangen, und sprach dann weiter. »Dann hat er mir direkt ins Gesicht geschaut und ist aus dem Fenster gehüpft. Ich habe geschrien und bin zum Sims gestürzt, um zu sehen, wohin er verschwunden war, doch von beiden fehlte jede Spur«, berichtete sie. »Dieser

Widerling hat mein Baby verschleppt!« Schneewittchen hielt Cinderella im Arm, während die untröstliche Mutter weinte.

»Das ist alles meine Schuld«, ertönte eine leise Stimme von der anderen Seite des Raumes. Königin Dornröschen stand mit dem Rücken zum Ballsaal am Fenster und ließ ihren leeren Blick über das Land schweifen.

»Ich bin es, die sie eigentlich will; hinter mir ist sie her«, hauchte die Stimme wie betäubt. »Wieso holt sie mich nicht einfach? Wieso muss sie alle anderen leiden lassen?«

»Du kannst nichts dafür«, sagte Rapunzel entschieden.

»Du darfst dir deshalb keine Vorwürfe machen«, stimmte Schneewittchen ihr zu.

König Chance verlangsamte seine Schritte und stöhnte wütend auf. Er brauchte *sehr wohl* irgendjemanden, dem er die Schuld geben konnte. »Wo sind diese nutzlosen Feen?«, wollte er wissen. »Und wieso haben sie noch nichts in dieser Sache unternommen?!«

Ein leichter Windhauch ging durch den Ballsaal, und funkelnde Lichter in allen Farben des Regenbogens schwebten ins Zimmer. Wie aus dem Nichts tauchte langsam der Rat der Feen in der Luft auf.

Emerelda erschien als Erste. »Wir tun alles, was in unserer Macht steht«, erklärte sie. Sie war eine großgewachsene, dunkelhäutige und wunderschöne Fee. Ihre lange, smaragdgrüne Robe passte farblich zu ihren Augen und ihrem Schmuck. Emerelda strahlte stets sowohl Sanftmut als auch Autorität aus; sie war jemand, dem man vertrauen konnte, dessen Zorn man zugleich jedoch niemals auf sich ziehen wollte.

Xanthous wurde als Nächster sichtbar, und ihm folgte Skylene, die blaue Fee. Sie hatte blasse Haut und himmelblaues Haar und trug ein meerblaues Kleid. Mandarina kam wenig später; sie war die orangefarbene Fee, und um ihr Haar, das einem Bienenstock glich, summten echte Bienen. Violetta – komplett in Lila gewandet und die Ratsälteste – tauchte ganz in der Nähe von Rotkäppchen und den Zwillingen auf.

Danach zeigte sich Rosetta, eine kleine, mollige, rotwangige Fee, und zuletzt Coral, die jüngste, rosarote Fee, die von winzigen Flügeln in der Luft gehalten wurde. Das kunterbunte Eintreffen der Feen war als Schauspiel herrlich anzusehen, doch selbst das konnte die Stimmung im Raum nicht heben.

»Tja, jedenfalls reicht es nicht«, brüllte Chance Emerelda und die anderen an. »Die Zauberin ist eine von euch, oder nicht? Ihr seid zahlenmäßig überlegen – wieso bekommt ihr die Situation nicht unter Kontrolle?«

»Wir übertreffen sie an der Zahl, aber nicht an Stärke«, gab Skylene mit träumerischer Stimme zu bedenken.

»Sie hat es geschafft, mächtiger zu werden, als wir uns es je hätten vorstellen können«, gestand Xanthous. »Ich fürchte, selbst die gute Fee ist ihr nicht mehr gewachsen.«

»Wo wir gerade von der guten Fee sprechen … ist sie oder Mutter Gans schon eingetroffen?«, erkundigte sich Emerelda und blickte im Ballsaal umher. »Wir müssen anfangen.«

Eine sanfte Brise wehte durch den Raum und brachte diesmal tanzende weiße Lichtfunken mit sich, die mitten über der Tanzfläche einen Strudel formten. Einen Augenblick später erschien die Großmutter der Kinder mit erhobenem Zauberstab.

Alex und Conner sahen einander unruhig an. Nun, da ihre Großmutter hier war, befanden die beiden sich *endgültig* mit jedem, den sie meiden wollten, im selben Zimmer.

»Entschuldigt meine Verspätung«, bat die gute Fee und begrüßte höflich alle Anwesenden mit einem tröstenden Nicken. »Ein kleines Problem in der Anderswelt.«

Diese Bezeichnung für ihre Welt hatten die Geschwister noch nie gehört; es fühlte sich seltsam an, festzustellen, dass ihr Zuhause hier seinen ganz eigenen Namen hatte – wenn auch nicht völlig überraschend. Wie hatten die Feen die Heimat der Kinder wohl sonst noch genannt, in all der langen Zeit?

»Rotkäppchen, ich muss schon sagen, das ist ja ein *bemerkenswertes* Kleid, das du da trägst«, staunte die gute Fee, als sie Rotkäppchen in ihrer überdimensionierten Robe auf ihrem Stuhl wahrnahm.

Alex und Conner spürten regelrecht die Herzschläge ihres jeweiligen Zwillings; sie hatten schreckliche Angst, entdeckt zu werden.

»Nun ja«, druckste Rotkäppchen nervös herum und zerbrach sich zweifellos hastig den Kopf nach einer Erklärung. »Es ist schließlich wichtig, sich bestmöglich anzuziehen, wenn es der Welt so schlecht geht … um die Moral zu stärken.«

»Ja, das ist wohl wahr«, räumte die gute Fee ein, auch wenn sie nicht völlig überzeugt klang.

»Bei allem gebührenden Respekt – ich bin doch der Meinung, dass nun nicht der richtige Zeitpunkt ist, über Kleider und die Anderswelt zu philosophieren«, mischte sich König Chance ein, der mit jedem Augenblick, den seine Tochter länger verschwunden blieb, frustrierter wurde.

»Erwarten wir noch Mutter Gans?«, fragte Emerelda, um die Versammlung wieder auf Kurs zu bringen.

Die Großmutter der Zwillinge ließ von dem Wirbel um Rotkäppchens Kleid ab. »Nein, sie ist in der Anderswelt geblieben«, erklärte sie. »Meine Enkelkinder sind verschwunden, daher hat sie sich bereiterklärt, weiter nach den beiden zu suchen, während wir hier beratschlagen.«

»Das ist ja *furchtbar*«, keuchte Rotkäppchen und schüttelte ein wenig zu eifrig den Kopf. »Ich hoffe bloß, es geht ihnen gut – ich *liebe* diese zwei einfach so sehr.«

Alex und Conner verdrehten einmütig die Augen.

»Sind alle anderen anwesend?«, wollte die gute Fee wissen. Dabei musterte sie Rotkäppchen noch immer mit schiefem Blick.

»Alle außer den Elfen, Madam«, informierte Sir Lampton sie von der anderen Seite des Raumes. »Wir haben eine Benachrichtigung über unser Treffen in ihr Reich geschickt, doch sie haben beschlossen, nicht teilzunehmen, da sie der Ansicht sind, die gegenwärtige Situation betreffe sie nicht.«

König Chandler seufzte. »Typisch«, grummelte er. »Die Elfen bringen sich niemals ein, wenn es nicht unbedingt sein muss.«

»Vielen Dank, Sir Lampton«, erwiderte die gute Fee. »Dann lasst uns beginnen.«

König Chance rauschte auf sie zu. »Sagt uns, weshalb die Zauberin nicht aufzuhalten ist! Wieso seid ihr alle derart unfähig?«, wütete er.

Die gute Fee sah ihn mit jenem mitfühlenden Blick an, der so bezeichnend für sie war. »Chance, ich fürchte, darauf habe ich keine Antwort. Ezmia ist mir ein ebenso großes Rätsel wie allen anderen hier im Saal.«

»Dann verratet uns, was Ihr wisst«, befahl Chance. »Woher kommt diese Bestie? Worauf hat sie es diesmal abgesehen?«

Dornröschen tat ein paar Schritte in Richtung der guten Fee. »Ich bin bereit, mich ihr auszuliefern, wenn es das ist, was sie will«, verkündete sie tapfer.

»Meine Liebe, dich trifft in dieser ganzen Sache keinerlei Schuld«, versicherte ihr die gute Fee. »Ich fürchte, die Verantwortung liegt allein bei mir. Ezmia ist überhaupt nur meinetwegen zu dem geworden, was sie heute ist.«

Alle Feen senkten die Köpfe; sie wussten, dass die gute Fee die Wahrheit sprach.

»Wie meint Ihr das, gute Fee?«, erkundigte sich Cinderella. »Sicherlich könnte jemand wie Ihr doch niemals verantwortlich für ein Ungeheuer wie Ezmia sein?«

Die gute Fee schloss die Augen und atmete tief durch, während sie sich überlegte, wie sie anfangen sollte. Es gab so viel zu erzählen und dafür eigentlich zu wenig Zeit.

»Alles begann vor vielen Hunderten von Jahren, auf einem meiner ersten Besuche in der Anderswelt«, setzte die gute Fee an. »Diese befand sich damals in einem schrecklichen Zeitalter; die Pest griff um sich, und es herrschte Krieg, wohin man auch blickte. Heute wird diese Epoche *finsteres Mittelalter* genannt, und es könnte keine treffendere Beschreibung geben. Manchmal hing so viel Rauch von all der Zerstörung in der Luft, dass die Sonne tagelang verdunkelt war.

Damals entdeckte ich mitten im Wald ein einsames Mädchen, nicht älter als fünf Jahre. Es weinte und war über und über mit Asche und Staub bedeckt. Es erzählte mir, sein Name sei Ezmia, und dass es in einem Dorf ganz in der Nähe lebe. Wie viele Dörfer zu jener Zeit war auch seines von einer Gruppe barbarischer Soldaten eingenommen worden. Die Männer hatten das Dorf überfallen und jeden, der sich ihnen in den Weg gestellt hatte, getötet – auch Ezmias Familie.

Ezmia hatten die Soldaten in einer Scheune versteckt aufgestöbert. Doch als sie ihr hatten weh tun wollen, hatte Ezmia sich verteidigen können – mit *Magie*. Sie gestand mir, dass sie nur mit einer Bewegung ihrer Hände ein riesiges Feuer entfacht hatte, das ihr gesamtes Dorf und mit ihm sämtliche Soldaten verschlungen hatte. Das Mädchen führte mich zu den Überresten der Häuser, damit ich mir selbst ein Bild davon machen konnte, und der Anblick war verheerend. Nicht nur waren alle Dorfbewohner ums Leben gekommen; auch war das Land um die kleine Stadt meilenweit vollkommen verwüstet. In diesem Moment wurde mir klar, dass ich kein gewöhnliches Kind vor mir hatte.

Magie ist schon immer undurchsichtig und geheimnisvoll, doch ich bin nach wie vor sprachlos erstaunt darüber, dass ein Kind inmitten einer anderen Dimension über solche Fähigkeiten verfügte. Doch aus welchem Grund auch immer: Magie hatte dieses Mädchen gefunden und ihr Leben gerettet, und ich glaube fest, dass ich Ezmia nicht nur zufällig entdeckt habe.

Ich bezweifelte, dass sie in der Anderswelt auf sich allein gestellt überleben würde, daher nahm ich sie mit mir zurück in unsere Welt. Ich wusste, sie war etwas Besonderes – denn als wir im Feenreich ankamen, verneigten die Einhörner sich vor ihr«, schilderte die gute Fee.

Conner schielte zu seiner Schwester hinüber. Auch bei seinem und Alex' erstem Besuch im Feenreich hatten die Einhörner die Köpfe geneigt – was mochte das bedeuten?

»Ezmia wuchs dort auf«, fuhr die gute Fee fort. »Wir lehrten sie, ihre Magie zu gebrauchen, und sie wurde selbst zur Fee. Mit der Zeit wuchsen ihre Kräfte, und sie erwies sich als eine der talentiertesten Feen, die das Königreich je gesehen hatte.

Ezmia war zudem die gütigste, ehrlichste, liebevollste junge Frau, der ich je begegnet bin. Sie war so dankbar, dass ich sie in unsere Welt gebracht hatte, und es bereitete ihr solche Freude, anderen zu helfen. Ich liebte sie wie eine Tochter, und sie wurde meine Schülerin. Ich war mir sicher, die Welt würde bei ihr in guten Händen sein, wenn meine Zeit eines Tages ihrem Ende entgegenginge. Sie würde die nächste gute Fee werden – das glaubte ich fest. Gemeinsam gründeten wir den Märchenrat, in der Hoffnung, dass Ezmia ihn eines Tages leiten würde.

Doch als Ezmia älter wurde, veränderte sie sich. Ohne dass wir davon wussten, gingen einige Dinge vor sich – Dinge, die wir nicht bemerkten und die ihr Wesen vollständig veränderten. Sie wurde aggressiv und engherzig; an einem Leben als Fee – mit allen Pflichten und aller Verantwortung – hatte sie bald keinerlei Interesse mehr. Sie empfand es als Last, Menschen zu helfen, und begann, ihre Macht zu missbrauchen.

Während unseres ersten offiziellen Treffens als Märchenrat wurde mir vollends bewusst, dass Ezmia nicht mehr das kleine Mädchen war, das ich aus der Anderswelt gerettet hatte. Noch hatten wir keinen Vorsitz gewählt, daher leitete ich die Versammlung. Die Trolle und Kobolde waren gerade in ihr eigenes Revier verbannt worden, versklavten jedoch weiterhin unschuldige Bewohner anderer Königreiche – deshalb bat ich die übrigen Ratsmitglieder um ihre Meinung, was die beste Lösung für das Problem sei.

Ezmia platzte mit ihrem Vorschlag heraus: ›*Wieso ertränken wir sie nicht allesamt? Däumelinchens Bach fließt quasi direkt durch ihr Gebiet; zerstört einfach einen Damm, dann sind wir sie los. Wir können es so einrichten, dass es wie ein Unfall aussieht.*‹ Diese Vorstellung schien sie beinahe zu belustigen.

Natürlich konnten wir sie nach einem derartigen Ausfall nicht wie geplant zur Leiterin der Versammlung machen. Stattdessen wählten wir Emerelda und den Rat der Feen. Als Ezmia herausfand, dass sie übergangen worden war, wurde sie rasend vor Wut. Sie schimpfte aufs Übelste und sagte sich ganz und gar vom Märchenrat und dem Reich der Feen los. Auch ihr Aussehen veränderte sie von Grund auf; sie wollte nicht länger als

Fee betrachtet werden und bezeichnete sich fortan stattdessen als *Zauberin.*

Unser nächstes Aufeinandertreffen ergab sich bei Dornröschens Taufe. Ezmia war nicht eingeladen, doch wir wussten, sie würde dennoch kommen. Als Rumpelstilzchen versucht hatte, Dornröschen zu entführen, hatten wir herausgefunden, dass er für sie arbeitete, und deswegen stellten wir Ezmia nun zur Rede. Sie rastete völlig aus und bekam einen Wutanfall, verfluchte die Prinzessin, dass sie sterben sollte, nachdem sie sich an der Spindel eines Spinnrads in den Finger gestochen hätte.

Ich wusste jedoch, der Fluch würde sich nicht allein auf Dornröschen auswirken; Ezmias Macht war inzwischen zu stark, als dass ihr Zorn gebündelt nur ein einziges unschuldiges Kind treffen könnte. Zum Glück gelang es mir, den Fluch zu einem harmlosen Schlafzauber abzuschwächen, und als Dornröschen sich tatsächlich schließlich an der Spindel verletzte, wie Ezmia es vorausgesagt hatte, fiel – ganz, wie ich es erwartet hatte – das gesamte Königreich in tiefen Schlummer.

Ezmia tauchte nach der Taufe unter, und wir sahen sie niemals wieder; obwohl wir überall nach ihr suchten, fanden wir keine Spur. Später hörten wir, sie sei demselben Gift zum Opfer gefallen, das in den nördlichen Gebieten des Östlichen Königreichs alle Bäume hatte absterben lassen – wir gingen davon aus, dass auch sie gestorben sein musste, und stellten unsere Suche ein. Leider war das ein Fehler.

Vor einem Jahr fanden meine Enkelkinder zufällig einen Weg in diese Welt und waren hier verschollen. Auf der Suche nach ihnen machte ich eine beunruhigende Entdeckung: Kleine Unkrautpflanzen wuchsen nun im Nordosten, dort, wo zuvor Blumen und Gras das Land bedeckt hatten. Die Erde hatte sich von dem Gift erholt – doch das Gift hatte alles Gute, was einst aus dem Boden gekommen war, vernichtet, und stattdessen wucherte nur noch Unkraut.

Da war mir klar, dass es nur eine Frage der Zeit sein würde, bis auch Ezmia erneut zu Kräften käme. Ich alarmierte sofort den Rat der Feen, und wir haben das ganze vergangene Jahr über unermüdlich nach ihr gesucht, jedoch nichts gefunden, was uns in die richtige Richtung hätte lenken können. Erst seit ihrem kürzlichen Angriff auf das Östliche Königreich vermögen wir mit absoluter Gewissheit zu sagen, dass sie zurück ist.«

Nachdem die gute Fee ihre Geschichte über Ezmia zu Ende gebracht hatte, wirkte die Menge im Ballsaal noch angespannter als zuvor.

»Und wieso können wir sie nicht *jetzt* aufhalten?«, wollte König Chance wissen. »Wenn sich ihre Zauber damals abschwächen und umwandeln ließen, weshalb bekommen wir sie dann heute nicht mehr unter Kontrolle?«

»Das versuche ich ja gerade verständlich zu machen«, erwiderte die gute Fee. »Wir haben ihr alles beigebracht, was sie kann und weiß – wir haben sie gelehrt, ihre Magie aus ihrem Herzen zu speisen; wir hatten ihr beigebracht, ihre Kraft aus einer positiven Quelle zu ziehen – deshalb konnte jeder Fluch, den sie je ausgesprochen hat, verändert werden. Als sie jedoch vergiftet wurde, ist alles Gute, das noch in ihrer Seele übrig war, zugrunde gegangen. Nun entstammt Ezmias Macht einem Ort voller Dunkelheit und Wut – gegen derartige Kräfte haben wir Feen keine Chance. Und seid versichert: In Ezmia wohnt jede Menge Wut, derer sie sich bedienen kann.«

Alex und Conner konnten kaum glauben, was ihre Großmutter erzählte – wollte sie damit andeuten, dass Ezmia *unbesiegbar* war?

»Und … was sollen wir jetzt tun?«, fragte Schneewittchen.

Die gute Fee schlug die Augen nieder und starrte zu Boden, sie verabscheute die Worte, die sie nun sagen musste, ebenso sehr wie jene sie hassen würden, die sie würden hören müssen. »Ich weiß es nicht«, gestand sie leise.

Und damit war jegliche Hoffnung, die sich noch in den Herzen der Anwesenden gehalten hatte, zerschlagen. Es war, als hätte die gute Fee ihnen verkündet, das Ende der Welt stehe bevor.

Mit einem Mal flogen sämtliche Fenster auf; ein gewaltiger Sturm brauste in den Ballsaal und warf Dornröschen zu Boden. Ein riesiger Blitz krachte so heftig in die Steinplatten, dass ein Beben durch den gesamten Palast ging, und in dem blendenden Lichtstrahl erschien die Zauberin.

Einer so einschüchternden Erscheinung wie ihr hatten sich die Zwillinge noch nie gegenübergesehen. Ihr Haar und Umhang bauschten sich im Raum, und obwohl ihr Mund sich nicht verzog, lächelten ihre Augen grausam hinter langen Wimpern hervor.

»Ich hoffe, ich bin nicht zu spät dran«, säuselte Ezmia. »Ich liebe doch gute Geschichten – besonders, wenn ich selbst darin vorkomme.«

Die Kinder klammerten sich unter Rotkäppchens Rock aneinander. Alle im Saal waren vor Furcht erstarrt.

»Sagt bloß nicht, dass ihr schon wieder eine Party feiert, zu der ich nicht eingeladen bin«, höhnte Ezmia und funkelte die Könige, Königinnen und Feen ringsum zornig an. »Man sollte meinen, ihr hättet eure Lektion gelernt – vom letzten Mal, bei dem ihr mich übergangen habt.«

Ein hämisches Grinsen zog sich über ihr Gesicht. Nur Cinderella rührte sich. Sie sprang von ihrem Thron und stürzte mit erhobenen Fäusten direkt auf Ezmia zu. König Chandler und Froggy konnten sie gerade noch packen, doch Cinderella warf sich mit solcher Entschlossenheit in Richtung der Zauberin, dass Rapunzels Ehemann den beiden zu Hilfe eilen musste, um die Königin zurückzuhalten.

»Du schreckliche Hexe!«, kreischte Cinderella und kämpfte gegen ihre Schwager. »Du kannst so mächtig und magisch sein, wie du willst – wenn du meine Tochter verletzt, werde ich dich eigenhändig in Stücke reißen!«

Ezmia lachte sie nur aus.

»Was hast du mit meinem Kind angestellt, du Bestie?!«, brüllte Chance. Emerelda und Skylene drückten ihm ihre Hände auf die Schultern, um ihn daran zu hindern, ebenfalls auf sie loszustürmen.

»Deine Tochter ist am Leben … noch«, meinte Ezmia beiläufig und betrachtete ihre Fingernägel. »Ich hoffe, ihr nehmt mir diese Sache nicht übel. Wenn ich mit ihr fertig bin, bekommt ihr sie zurück … vielleicht.«

»Was willst du mit Prinzessin Hope, Ezmia?«, wollte die gute Fee wissen.

Ezmia musterte sie aus zusammengekniffenen Augen und schritt dabei in einem Kreis um ihre einstige Lehrmeisterin herum. »Na, wenn das nicht die große gute Fee höchstpersönlich ist«, gluckste sie. »Ziemlich alt schaust du aus, *Großmütterchen.* Hast du etwas auf dem Herzen? Bedrückt dich irgendetwas?«

»Sei nicht unverschämt, Ezmia, das stand dir noch nie gut zu Gesicht«, gab die gute Fee zurück.

Ezmia zog einen spöttischen Flunsch. »Du bist unschlagbar darin, so nobel zu tun, aber ich weiß es besser«, kommentierte sie. »Hast du ihnen schon erzählt, was ich dir weggenommen habe? Oder hast du diesen Teil der Geschichte ausgelassen, weil du fürchtest, sie könnten sich noch größere Sorgen machen, wenn sie wüssten, dass *du* ganz genauso panisch bist wie jeder andere hier?«

Die gute Fee schwieg und weigerte sich, Ezmias Spiel mitzumachen.

»Schön, dann sage ich es ihnen«, beschloss Ezmia und wandte sich zu den übrigen Anwesenden um. »Ich habe ihre Enkeltochter in meiner Gewalt.«

Alle im Zimmer schnappten nach Luft, einschließlich der Zwillinge. *Wovon redet sie?*, fragte sich Alex. Die gute Fee wirkte ebenso verwundert und grübelte wohl darüber nach, ob die Zauberin nun außer Charlotte auch noch Alex geschnappt hatte.

»Meine *Enkeltochter*?«, hakte die gute Fee nach.

Ezmia verdrehte die Augen. »Ach, tu nicht so überrascht«, grummelte sie. »Ich habe sie schon vor Wochen entführt – das musst du doch inzwischen gemerkt haben. Ich habe dir immerhin jede Menge Hinweise hinterlassen.«

Die gute Fee bedachte Ezmia mit dem ungerührtesten Gesichtsausdruck, zu dem sie imstande war. »Wie bist du an sie herangekommen?«, erkundigte sie sich.

»Ganz einfach – wie es die meisten Dinge für mich sind«, meinte Ezmia mit einem kleinen Schulterzucken. »Ich habe dieses Buch von dir gestohlen. Das alte, in dem all unsere Geschichten stehen – das *Portal.* Darüber habe ich einen winzigen Zauber gesprochen und konnte sie so direkt aus der Anderswelt klauben. Ich habe bloß gesagt: *›Bring mir das Bailey-Mädchen, von dem Ort, an dem die teure Familie der guten Fee lebt‹*, das war's schon. Dumme Frau, sie hat nicht einmal so zu tun versucht, als wäre sie jemand anders – gleich von Beginn an hat sie mir ganz offen erzählt, wer sie ist.«

Alex packte Conners Hand, und beide starrten einander an.

»Sie hält Mom für *mich*!«, flüsterte Alex ihrem Bruder zu.

»Und Mom lässt sie in dem Glauben!«, wisperte Conner zurück. »Aber wieso hat sie Mom statt dir erwischt?«

Alex klammerte sich an Conners Schulter, als ihr die Antwort aufging. »Conner, ich war in meinem Collegekurs, als Mom verschwunden ist. Ich war in der Nachbarstadt – und nicht an dem Ort, wo wir wohnen! Deshalb hat sie an meiner Stelle Mom bekommen!«

Die gute Fee nickte nun bedächtig mit dem Kopf; sie war zu demselben Schluss gelangt wie die Geschwister. Sie warf einen Blick hinüber zu Rotkäppchen und beäugte noch einmal deren bauschiges Kleid. Die Zwillinge hätten schwören können, dass ihre Großmutter sie direkt ansah – wusste sie, dass Alex und Conner sich unter dem Reifrock befanden? Ganz gleich, ob sie es ahnte oder nicht: Das Wissen, dass die Zauberin einem gewaltigen Irrtum aufsaß, ließ die gute Fee sich ein wenig gerader aufrichten.

»Ich gestehe, du hast nun unsere volle Aufmerksamkeit«, wandte sie sich rasch wieder Ezmia zu. »Was also willst du von uns? Wie kommt es, dass du uns heute Abend mit deiner Anwesenheit beehrst?«

Ein bedrohliches Lächeln breitete sich auf dem Gesicht der Zauberin aus; beinahe zwei Jahrhunderte hatte sie auf diesen Moment hingefiebert.

»Wie ihr vielleicht erraten habt, bin ich entschlossen, die Weltherrschaft an mich zu reißen«, erklärte sie ganz nüchtern und mit einem kleinen Gähnen. »Doch statt euch noch weiter immer aufs Neue vorzuführen, wie mächtig und zornig ich bin, habe ich beschlossen, euch ein Angebot zu machen, das uns allen das Leben erleichtern könnte. Ich möchte, dass ihre allesamt euren Thron aufgebt und mir *freiwillig* eure Königreiche vermacht.«

Empörung brach im Ballsaal los; die Männer mussten Cinderella erneut zurückhalten.

»Niemals!«, schrie Cinderella und sprach damit für alle Anwesenden.

»Selbst nachdem ich ein komplettes Königreich vereinnahmt habe und das Leben einer jungen Prinzessin auf dem Spiel steht, zögert ihr *immer noch*?«, tadelte Ezmia kopfschüttelnd. »Ich werde die Macht übernehmen – das könnt ihr nicht verhindern. Nun gebe ich euch die Möglichkeit, eure Niederlage mit Würde hinzunehmen; ihr wärt gut beraten, genau das zu tun.«

Niemand bewegte sich, niemand gab das winzigste Geräusch von sich, während Ezmia einschüchternd in die Runde starrte. Sie wandte sich zu Dornröschen um, die noch immer am Boden lag und unter dem Blick der Zauberin erzitterte.

»Wieso machst du nicht den Anfang, *Dornröschen*?«, sprach Ezmia sie an. »Zeig deinen Mitherrschern, wie leicht es ist. Dein Königreich hat doch schon genug gelitten, meinst du nicht auch? Lindere ihr Leid – tu es für dein *Volk*, für deinen *Ehegatten.* Wenn du mir dein Königreich überlässt, ziehe ich meine verzauberten Pflanzen daraus ab. Abgemacht?«

Alle schwiegen, während Dornröschen über diese unmögliche Entscheidung nachdachte. Schneewittchen und Rapunzel schüttelten die Köpfe und drängten sie damit stumm, nicht nachzugeben. Schließlich stand Dornröschen auf, ging langsam zur guten Fee hinüber und stellte sich hinter sie.

»Jeder Bund, den ich eingehe, wird einer gegen dich sein«, verkündete Dornröschen. »Und nicht weniger würde mein Volk von mir erwarten.«

Sämtliche Feen und Monarchen sahen einander an, ermutigt

von Dornröschens Tapferkeit. Einer nach dem anderen machten auch sie sich auf den Weg durch den Saal und reihten sich hinter der guten Fee auf, um der Zauberin zu zeigen, wem sie die Treue halten würden.

Ezmia war außer sich vor Wut. Die Zwillinge glaubten sicher, kleine Flammen aus ihren Augen züngeln zu sehen. »Ihr alle begeht gerade den größten Fehler eurer Herrschaftszeit«, zischte sie. »Aber keine Sorge – die endet ohnehin bald.«

Die gute Fee trat ein paar beherzte Schritte auf Ezmia zu. »Mag sein, dass niemand in diesem Zimmer in der Lage ist, dich aufzuhalten, Ezmia«, sagte sie und schielte dann kurz in Richtung der Kinder. »Doch ich bin felsenfest davon überzeugt, dass andere, *die uns im Augenblick noch verborgen sind*, einen Weg finden werden.«

Alex und Conner starrten einander an. Die Worte der guten Fee waren so umsichtig gewählt – ahnte sie, wo ihre Enkelkinder steckten?

Ezmias Ärger verwandelte sich in Belustigung, und sie stieß ein lautes Lachen aus. »Verstehe«, meinte sie. »Ihr glaubt euch alle in Sicherheit, wie ihr da so hinter eurer hochgeschätzten guten Fee steht. Tja, falls ihr euch einbildet, ihre verheißungsvollen Worte allein könnten euch retten … erlaubt mir, das kurz richtigzustellen!«

Ezmia streckte eine geöffnete Hand nach der guten Fee aus, und ein gigantischer Lichtblitz schoss daraus hervor. Er traf die gute Fee, und sie verschwand; an ihrer Stelle erschien ein türkisfarbenes Einmachglas in der Hand der Zauberin. Darin wiederum waren – stark verkleinert – die schemenhaften Umrisse der guten Fee zu erkennen.

»Was habt ihr anderen jetzt vor – jetzt, da ich die *Seele* der guten Fee in meiner Gewalt habe?«, fragte Ezmia in die Runde.

Alex und Conner rangen unter Rotkäppchens Robe wie verrückt miteinander. Alex musste ihren Bruder zurückhalten, da Conner sich – wie zuvor Cinderella – am liebsten auf die Zauberin gestürzt hätte.

»Sie hat *Grandma*!«, flüsterte er und flehte, dass seine Schwester ihn loslassen würde. »Sie hat Grandma!«

»Sie darf nicht herausfinden, dass wir hier sind, Conner!«, wisperte Alex zurück.

»Betrachtet das als meine letzte Warnung«, verkündete Ezmia der Menge. »Ich werde meine Angriffe auf eure Reiche fortsetzen, bis ihr euch mir unterwerft. Mal sehen, wie standhaft ihr bleibt, wenn euer gesamtes Volk euch anbettelt, seinem Leiden ein Ende zu setzen. Die Tage eures Märchenglücks sind vorüber.«

Noch einmal schlug ein gewaltiger Lichtblitz in den Palast ein und nahm die Zauberin und die gute Fee mit sich fort.

Alle Zurückgebliebenen im Saal waren so blass wie Schneewittchen. Die Zwillinge kauerten mit gebrochenen Herzen wie erstarrt unter Rotkäppchens Rock. Niemand wusste ein noch aus. Sämtliche Königinnen, Könige und Feen suchten in den Augen ihrer Gefährten nach einem Zeichen der Hoffnung, doch keiner von ihnen wurde fündig.

Zum ersten Mal in der Geschichte der Märchenwelt waren ihre Anführer ganz und gar hilflos.

Kapitel 13

Seelengläser

Tief im Herzen der Zwergenwälder, wo Bäume und Gestrüpp am dichtesten wuchsen, befand sich, versteckt vor aller Augen, eine kleine Hütte. Vor vielen Jahren hatte eine Hexe namens Hagatha dort gelebt und ihr Heim so geschickt mit Dornbüschen umpflanzt, dass es beinahe unmöglich zu finden war. Und obwohl die Hexe bereits lange tot war, tummelten sich in ihrem einstigen Zuhause im Augenblick mehr Bewohner als je zuvor.

Nachdem sie ihre Kräfte zurückgewonnen hatte, hatte die Zauberin die Hütte zu ihrem neuen Wohnsitz erkoren. Von außen sah das kleine Haus noch genauso aus wie vormals, mit nur zwei Fenstern und einem Strohdach, doch Ezmia hatte es so verzaubert, dass es zum geräumigen Herrenhaus wurde, sobald man durch die Tür trat.

Innen gab es große Zimmer mit hohen Decken und schwarzen Steinwänden. In einem breiten Kamin aus violettem Quarzgestein verbrannten lila Flammen eine Sammlung von Totenköpfen, als handelte es sich dabei um Feuerholz. Die Möbel waren mit exotischem Stachelschweinleder und Salamanderhaut bezogen, und von der Decke hing ein Kronleuchter, der aus den Zähnen verschiedenster Tiere bestand, jedoch kein Licht spendete.

Für gewöhnlich war es ruhig im Haus; heute allerdings hallte das durchdringende Geschrei eines Kindes durch die Flure.

»Bitte sei still, kleine Prinzessin«, flehte Rumpelstilzchen. Prinzessin Hope war mehr als halb so groß wie er, aber er gab sich die größte Mühe, sie dennoch zu beruhigen, und wiegte sie hin und her.

»Mama«, weinte die Prinzessin, *»Mama!«*

»Deine Mama kann jetzt leider nicht kommen«, erklärte Rumpelstilzchen der Kleinen, und sie brüllte nur noch heftiger los.

»Sie schreit nun seit mehr als einem ganzen Tag«, merkte Charlotte Bailey aus einer Ecke des Raumes an. »Würden Sie mir die Kleine bitte einfach geben?« Die Mutter der Zwillinge war in einem großen Vogelkäfig eingeschlossen, der gut einen Meter über dem Boden schwang.

»Wie kommen Sie darauf, dass Sie dem Theater ein Ende machen könnten?«, wollte Rumpelstilzchen wissen. Nach den vergangenen Stunden der Kinderbetreuung war er völlig erschöpft.

»Ich bin Krankenschwester – so etwas mache ich tagtäglich«, erklärte Charlotte.

Sie trug noch immer ihre Schwesternuniform; denn sie hatte sich gerade auf dem Weg vom Krankenhaus nach Hause befunden, als eine merkwürdige Decke aus Licht sie umschlungen und in die Märchenwelt transportiert hatte. Charlotte hatte nicht lange gebraucht, um sich darüber klarzuwerden, dass die Zauberin, die sie dorthin beschworen hatte, hinter ihrer Tochter her war – und so hatte sie sich für Alex ausgegeben, um diese zu schützen.

Es schien ganz und gar nicht so, als würde Prinzessin Hope sich in absehbarer Zeit beruhigen. Auch wenn Rumpelstilzchen wusste, dass es die Zauberin verärgern würde, reichte er die junge Prinzessin durch die Gitterstäbe des Käfigs zu Charlotte hinein. Es war ihm gleichgültig, wie wütend Ezmia werden würde, wenn sie das Kind in den Armen ihrer anderen Gefangenen fand; er wollte einfach nur, dass das Geschrei aufhörte. Mit Kindern hatte Rumpelstilzchen noch nie viel anfangen können.

»Na, na, meine Kleine«, flüsterte Charlotte und streichelte Hopes kastanienbraune Locken. »Alles wird gut, alles wird wieder gut.«

Langsam, aber sicher kam Hope in Charlottes mütterlicher Umarmung zur Ruhe und schlummerte zum ersten Mal seit ihrer Entführung ein. Alles, was der jungen Prinzessin gefehlt hatte, war die Zuwendung einer Mutter gewesen.

Rumpelstilzchen war unendlich erleichtert, als Stille einkehrte; er hätte mühelos drei Tage durchschlafen können, wenn er gedurft hätte. Charlotte betrachtete den kleinen Mann eingehend. Nichts an ihm wirkte bösartig; er schien so ganz anders als seine Herrin, geradezu sanft und liebenswürdig.

»Sie sind also Rumpelstilzchen?«, wandte sie sich an ihn.

»Ja«, gab er mit reumütigem Schulterzucken zu, beschämt über den Ruf, der seinem Namen vorauseilte.

»Haben Sie wirklich für die junge Müllerstochter Heu zu Gold gesponnen, wie es im Märchen erzählt wird?«, erkundigte sich Charlotte.

»Das habe ich«, bestätigte Rumpelstilzchen.

»Und Sie haben ihr auch tatsächlich ihr erstgeborenes Kind abgenommen?«, hakte Charlotte nach. Es erschien ihr beinahe unglaublich.

Rumpelstilzchen stieß ein schweres Seufzen aus. »*Ezmia* wollte, dass ich das tue«, gestand er. »Aber ich habe es nicht übers Herz gebracht. Ich habe dem Mädchen – nun ja, inzwischen war sie Königin – angeboten, dass ich ihr die Schuld erlassen würde, wenn sie meinen Namen erraten könne.«

»Und das ist ihr gelungen, wenn ich mich recht erinnere«, sagte Charlotte. Es war bereits eine Weile her, dass sie die Geschichte gelesen hatte.

»Ich habe dafür gesorgt, dass es ihr gelingt«, beichtete Rumpelstilzchen. »Ich hatte bemerkt, wie einer ihrer Soldaten mir gefolgt war; also habe ich um ein Feuer herumgetanzt und meinen Namen in den Wald hinausposaunt, so laut ich nur konnte.«

»Also haben Sie es ihr absichtlich leichtgemacht«, stellte die Mutter der Zwillinge fest. »Das war sehr nett von Ihnen.«

Ein winziges Lächeln zuckte um Rumpelstilzchens Mundwinkel, erstarb jedoch rasch wieder. »Das dachte ich auch«, meinte er. »Leider allerdings wird davon niemand je erfahren.«

»Die Leute fällen oft vorschnell ein Urteil«, räumte Charlotte ein. »Da bin ich keine Ausnahme. Ich habe nie hinterfragt, weshalb Sie all diese Dinge getan haben; ich bin einfach davon ausgegangen, Sie seien ein … ein –«

»Schurke?«, vervollständigte Rumpelstilzchen matt. Als solcher wurde er von aller Welt schon beinahe sein ganzes Leben lang angesehen.

»Ja … ein *Schurke*«, bestätigte Charlotte entschuldigend.

Rumpelstilzchen taute im Gespräch mit Charlotte immer mehr auf – beinahe zu sehr. Wäre er nicht so müde gewesen, hätte er womöglich nicht so freimütig geplaudert, doch er konnte nicht leugnen, dass Charlotte etwas Vertrauenswürdiges an sich hatte. Sie war, ebenso wie er selbst, eine gute Seele, die in schlechten Umständen feststeckte.

»Wie kommt es, dass jemand wie Sie sich mit jemandem wie *ihr* einlässt?«, wollte Charlotte kopfschüttelnd wissen.

»Weil ich das Pech hatte, als Träumer geboren worden zu sein«, antwortete Rumpelstilzchen niedergeschlagen. »Wenn ein Zwerg zur Welt kommt, hat er genau eine Perspektive: in den Minen zu arbeiten. Ich wollte niemals mein Leben in dunklen Tunneln unter der Erde verbringen. Schon immer habe ich es geliebt, im Freien zu sein, umgeben von Tieren und Pflanzen; ich habe davon geträumt, Hirte zu werden oder Farmer. Tag und Nacht haben meine Brüder mich dafür ausgeschimpft. Sie haben behauptet, es sei eine Ehre, in den Minen zu arbeiten, und dass ich mich glücklich schätzen könne. Dann ist eines Tages Ezmia auf mich zugekommen und hat mir angeboten, bei ihr in die Lehre zu gehen.«

Rumpelstilzchen rieb sich die Augen und nahm auf dem Sessel aus Stachelschweinleder Platz; er war so müde, dass ihn nicht einmal die piksenden Nadeln störten.

»Schon komisch«, murmelte er. »Damals habe ich nicht zweimal überlegt, ob ich wirklich zusagen sollte, aber seither bereue ich meine Entscheidung jeden Tag aufs Neue.«

Charlotte konnte nicht anders, als Mitleid für ihn zu empfinden. Ihr wurde klar, dass unter dem Dach der Hütte eigentlich *drei* Gefangene festgehalten wurden.

»Jeder in Ihrer Lage hätte eingewilligt«, tröstete sie ihn.

»In diesem Moment vielleicht«, stimmte Rumpelstilzchen zu. »Aber *heute* würde das niemand mehr zugeben.«

Eine heftige Windbö fuhr durch den Raum. »Wieso ist das

Kind bei *ihr*?«, dröhnte eine Stimme, die Charlotte und Rumpelstilzchen zusammenzucken ließ. Aus dem Nichts war Ezmia aufgetaucht.

Die Zauberin wirkte erschöpft. Sie hielt sich nicht ganz so aufrecht wie sonst, und ihr Haar wallte weniger prachtvoll als zuvor. Über lange Zeit hatte Ezmia diese Nacht geplant, und sie war nicht so verlaufen, wie sie es sich gewünscht hatte.

Rumpelstilzchen sprang sofort aus dem Sessel. »Prinzessin Hope hat einfach nicht zu weinen aufgehört«, erläuterte er eilig. »Und ich wollte, dass es schön ruhig ist, wenn du nach Hause kommst.«

Ezmia funkelte Charlotte grimmig an, und die Mutter der Zwillinge drückte das kleine Mädchen noch fester an sich. Die Zauberin kam zum Käfig herüber und spähte durch die Gitterstäbe zu den beiden hinein wie ein Habicht, der seine Beute beäugt.

»Du hast ja ein wunderbares Händchen für Kinder, was?«, lobte Ezmia scheinheilig.

»Ich habe Ihnen bereits gesagt, dass ich Krankenschwester bin – das ist mein Beruf«, wiederholte Charlotte und wand sich unbehaglich unter dem Blick der Zauberin. »Ich kümmere mich in einem Krankenhaus um leidende kleine Patienten.«

Ezmia zog eine Augenbraue hoch. »Interessant«, sagte sie. »Ich hatte mir die Enkeltochter der guten Fee nie so *alt* vorgestellt.«

»Tja, wir verfügen nicht alle über Magie, die uns jung hält«, konterte Charlotte.

»Schlagfertig bist du, das muss ich dir lassen«, meinte Ezmia. »Vielleicht wird *das* dich ein wenig von deinem hohen Ross holen.«

Ezmia stellte das Einmachglas, das sie im Arm gehalten hatte, auf einem kleinen Tisch neben Charlottes Käfig ab. Charlotte war entsetzt, als sie darin die winzigen, schemenhaften Umrisse der guten Fee erkannte.

»Das ist meine … meine … *Großmutter*«, keuchte sie und hätte dabei beinahe vergessen, dass sie noch immer vorgab, ihre eigene Tochter zu sein. »Was haben Sie ihr angetan?«

Ein Lächeln erschien auf Ezmias Gesicht, passend zur Genugtuung, die in ihren Augen glomm. »Ich habe ihre Seele eingefangen«, verkündete sie.

Übelkeit überfiel Charlotte. Sie hatte keine Ahnung, wie so etwas möglich war, selbst in der Märchenwelt.

»Was wollen Sie mit ihrer Seele?«, bohrte sie weiter.

»Ach, das ist gewissermaßen so eine Art Hobby von mir«, meinte Ezmia leichthin und ging hinüber zum Kamin. Auf dem Sims reihten sich stolz fünf weitere türkisblaue Einmachgläser, und in jedem schwebte ein geisterhaftes Etwas.

»Sie *sammeln Seelen?*«, fragte Charlotte. »Um Ihre eigene Seelenlosigkeit aufzuwiegen?«

»Was für ein cleveres Wortspiel«, spottete Ezmia. »Kennst du die Redensart *vergeben und vergessen*? Tja, so habe ich es noch nie gehalten – genau genommen finde ich es völlig unmöglich, zu vergeben. Mir haben andere Böses angetan und es dann *vergessen*, als wäre es nicht sonderlich wichtig – weil *ich* ihnen nicht wichtig war. Wie sollte ich da solchen Menschen *vergeben*?«

»Also haben Sie ihre Seelen eingefangen, anstatt ihnen zu vergeben?«, schloss Charlotte.

»Exakt«, bekräftigte Ezmia. »Mir schien es viel befriedigender, ihnen ihre Lebenskraft zu nehmen, als schlicht zu *verzeihen*. Würde ich ihnen verzeihen, käme das schließlich einem Freibrief für sie gleich, ihr Leben einfach weiterzuleben, ohne Konsequenzen. Indem ich ihnen aber ihre Seelen und damit alles zukünftige Glück raube, können meine eigenen Wunden heilen, und ich kann Frieden finden, habe ich festgestellt.«

Charlotte konnte kaum glauben, was sie zu hören bekam.

»Bilden Sie sich ernsthaft ein, dass irgendjemand das nachvollziehen und für Ihr Tun Verständnis haben wird?«, fragte sie.

Ezmia starrte ins Feuer, das um die Totenköpfe im Kamin züngelte, und schien beinahe wie in Trance. »Ich lege gar keinen Wert darauf, dass die Welt mich *versteht*; ich will, dass *sie mir zu Füßen kriecht*«, grollte sie.

Dieses Geständnis ließ Charlottes Herz noch schwerer werden. Sie fragte sich, ob sie je den Fängen einer Frau entkommen konnte, die so dachte. Doch der Gedanke an ihre Kinder, an Bob und an das Leben, aus dem sie geraubt worden war, gab Charlotte die Kraft, ihre Gefangenschaft bei der Zauberin durchzustehen.

»Es scheint mir schwer vorstellbar, dass die gute Fee, die für ihre Großherzigkeit bekannt ist, Ihnen in irgendeiner Form geschadet haben könnte«, wandte Charlotte ein.

»Helfen kann manchmal ebenso zerstörerisch sein wie Hindern«, entgegnete Ezmia. »Aber ich kann mir lebhaft ausmalen, dass jemand, der sich die *Hilfsbereitschaft* zum Beruf gemacht hat, so etwas nicht begreift.«

»Dann machen Sie es mir begreiflich«, meinte Charlotte herausfordernd.

Die Zauberin hob die Augenbrauen. »Die gute Fee fand mich in der Anderswelt, als ich noch ein kleines Mädchen war«, fing sie an. »Ich war allein, verwaist und am Verhungern. Sie nahm mich mit hierher, und ich wuchs bei den Feen in ihrem Reich auf. Sie gaben mir ein Zuhause und lehrten mich, meine Magie auf positive Art und Weise einzusetzen, und bald war ich auf dem besten Weg, eine der größten Feen des Reiches zu werden.«

Charlotte schüttelte den Kopf, als hätte sie Ezmia nicht richtig verstanden. »Das klingt nicht so, als müsste man deshalb einen Groll hegen«, stellte sie fest.

»Erfolg kann ebenso tiefe Narben hinterlassen wie Versagen«, widersprach Ezmia. »Je mehr ich die anderen Feen mit meinem Talent übertraf, desto stärker verabscheuten sie mich. Feen sind unglaublich neidvolle Wesen, auch wenn das niemand jemals laut ausspricht, weil es ihrem guten Ruf schaden würde.

Als die gute Fee mich offiziell zu ihrer Nachfolgerin auserkor, distanzierten sich alle anderen Feen von mir. Ich hatte nie um die Aufmerksamkeit gebeten, die mir durch meine Rolle zuteilwurde, doch nun wurde ich zur Zielscheibe all ihres Frusts, als hätte ich selbst etwas getan, um sie absichtlich zu verletzen. Jeder Zauber, den ich aussprach, und jede magische Handlung, die ich vollzog, wurden zu Unrecht aufs Schärfste kritisiert.

Obwohl ich in einem fort Unglaubliches vollbrachte, wurden meine Errungenschaften ignoriert – und das nur aufgrund der Sonderbehandlung, die ich bekam. Ich begann, mich für mein Talent zu schämen, und wollte fortan nur noch mittelmäßig sein – in derselben Liga wie die anderen spielen. Dass ich meine eigenen Ansprüche senkte, erzürnte sie jedoch nur noch mehr, und als ich in die Pubertät kam, war ich abermals allein und erneut am Verhungern – diesmal, weil es mir an *Liebe* fehlte.«

Die Zauberin deutete mit einer Handbewegung auf die Einmachgläser über ihrem Kamin.

»Womit wir wieder bei diesen da wären«, sagte sie. »Nun, du musst wissen, dass sich in den Gläsern auf meinem Kaminsims die Seelen von fünf Männern befinden, die unklugerweise mein Herz gebrochen haben. Einer von ihnen hat mich nie geliebt, einer konnte mich nicht lieben, ein Mann hat mich zu sehr geliebt, einer nur im Geheimen, und einer dieser Männer hat mich nicht genug geliebt …«

Ezmia nahm das Einmachglas am linken Ende der Reihe in die Hand und starrte hinein. Die Schemen im Innern verdichteten sich zur Gestalt eines jungen Mannes, der eine Schürze trug.

»Der Bäcker war meine erste Liebe«, flüsterte die Zauberin. »Er lebte in einem kleinen Dorf im Königreich des Gläsernen Schuhs und arbeitete in der Bäckerei seiner Familie. Abgesehen von der guten Fee war er der Erste, der mich jemals nach meinem Befinden fragte. Damals war ich noch so jung und verletzlich – mehr als ein einmütiges Lächeln brauchte es nicht, dass ich mich Hals über Kopf in ihn verliebte. Wir wurden sehr vertraut miteinander, und ich beichtete ihm meine innigsten Wünsche und Geheimnisse. Ich war mir sicher, dass unsere Liebe für immer halten würde.

Zu meinem Unglück musste ich feststellen, dass er alles andere als hehre Absichten hegte. Ich war einem üblen Streich zum Opfer gefallen: Der Bäcker hatte nur vorgeschützt, Gefühle für mich zu haben, um dann alles, was ich ihm beichtete, prompt den anderen Jugendlichen des Dorfes verraten zu können. Die gesamte Zeit über hatte er mit meinem Herzen nur ein Spiel getrieben.

Ich kehrte in Tränen aufgelöst ins Reich der Feen zurück. Ich erhoffte mir Mitgefühl von den anderen Feen, in welcher Form auch immer, oder ein gewisses Verständnis – doch stattdessen lachten sie mich bloß aus. Es freute sie, mich von meinem Podest gestoßen zu sehen, auf das ich tatsächlich ja nie hatte gehoben werden wollen. Es war nämlich so, dass ich ein ungeschriebenes Gesetz gebrochen hatte: Offenbar darf sich jemand, der eine Sonderstellung einnimmt, niemals beklagen, ganz gleich worüber.

Da ich niemanden hatte, dem ich mich hätte anvertrauen oder an dessen Schulter ich hätte weinen können, floh ich in den Wald und brach vor einem Baum zusammen. Ich klammerte mich an seinen Stamm und ließ meinen Tränen freien Lauf. Dieser Baum war das einzige Lebewesen, das mich je in meinem Schmerz tröstete … und im Laufe der Jahre besuchte ich ihn ziemlich häufig.

Mit der Zeit versuchte ich, dem Bäcker zu vergeben, wurde dabei jedoch nur immer wütender. Ich kehrte in seine Bäckerei zurück und verlangte eine Entschuldigung. Er verweigerte sie mir und behauptete, es sei doch alles nur ein kindischer Scherz gewesen. Also verzauberte ich einen der Lebkuchenmänner, die er gerade buk. Der Teigkerl sprang von seinem Blech und rannte dem Bäcker davon. Das wuchs sich zu einer wirklich großen Sache aus; das ganze Dorf jagte ihm schließlich nach, ohne Erfolg.

Der Bäcker und seine Familie wurden zur Lachnummer der kleinen Gemeinde und verloren ihren Laden … aber *ich* fühlte mich *so viel besser*. Danach war mir klar, dass eine edle Gesinnung und der Versuch, über den Dingen zu stehen, nie dieselbe Genugtuung bieten können wie Rache.«

Die Zauberin stellte das Glas des Bäckers an seinen Platz zurück und wandte sich dem nächsten zu. Ein Mann mit einem Hammer und einer schweren Eisenkette über der Schulter tauchte darin auf.

»Der *Schmied* war ein Mann mit vielen Problemen«, meinte Ezmia kopfschüttelnd. »Wie es sich für seinen Beruf gehört, hielt er seinen Besitz gern hinter Schloss und Riegel, und ich bildete da keine Ausnahme. In ihn verliebte ich mich vor allem aus Bequemlichkeit; ich brauchte jemanden, um den Schaden zu beheben, den mein Herz durch den Bäcker genommen hatte. Der Schmied war ein so schweigsamer Mann, dass er kaum je ein Wort mit mir sprach. Er sah mir nie in die Augen, und wenn er mich berührte … dann selten aus Zuneigung oder mit Zärtlichkeit.

Zweifellos hinterließ er seine Spuren an mir – und zwar immer wieder. Und wie ein Dummkopf blieb ich bei ihm, in dem Glauben, dass seine Form der Liebe die einzige sei, die ich je wieder erfahren sollte. Als ich ihm eines Tages doch erklärte, ich wolle ihn verlassen, zuckte er nicht einmal mit der Wimper. Er wurde schon von so vielen Dämonen verfolgt, dass ich kein Bedürfnis verspürte, ihm noch größere Qualen zu bereiten, als ich ging. Ich war wütender auf mich selbst als auf ihn – denn ich hatte es *zugelassen*, dass er mir weh tat. Seine Seele bewahrte ich als Mahnung auf, damit ich nie wieder so erbärmlich tief sinken würde.«

Charlotte und Rumpelstilzchen schielten aus dem Augenwinkel zum jeweils anderen hinüber. Sie konnten es kaum fassen, dass die Zauberin ihnen derart viel offenbarte; Ezmia jedoch war völlig versunken in einem Gedankenstrom, der sie durch die schmerzhaftesten Erinnerungen ihres Lebens trug.

Dieses Schwelgen in ihrer eigenen Vergangenheit kam allerdings nicht nur den beiden Gefangenen zugute – während sie ihnen die Geschichten ihrer verflossenen Liebschaften erzählte, schien Ezmia sich Stück für Stück von der langen Nacht zu erholen, die sie hinter sich hatte. Sie richtete sich gerader auf, und ihr Haar wallte wieder kraftvoller um ihren Kopf. Sogar die violetten Flammen im Kamin loderten höher, je länger die Zauberin sich in Erinnerungen erging. Es ließ sich nicht leugnen: Ezmia zog Kraft aus dem Schmerz ihrer Vergangenheit.

Bald griff sie das dritte – das mittlere – Einmachglas vom Sims. Ein Flötenspieler nahm darin Gestalt an.

»Der Musiker war jener Liebhaber, auf den ich glaubte gewartet zu haben«, gestand Ezmia. »Sein Charme zog mich sofort in seinen Bann. Immerzu trug er mir Lieder und Gedichte vor. Er war so erpicht darauf, der ganzen Welt unsere Liebe zu verkünden – zu erpicht. Bald wurde mir klar, dass nicht ich es war, in die er verliebt war; vielmehr liebte er seine Vorstellung von mir. Er wollte alle Welt wissen lassen, dass er mit der *künftigen guten Fee* verbunden war, nicht mit *Ezmia.* Er benutzte mich wie eine Karriereleiter.

Dennoch blieb ich bei ihm, auch nachdem ich seine wahren Absichten durchschaut hatte, denn ich fürchtete mich vor Einsamkeit. Ich überschüttete ihn mit Geschenken; ein besonderes Geschenk war die berüchtigte Pfeife, mit der er eine ganze Stadt auf magische Weise von einer Rattenplage befreite. Ich hatte das Instrument eigenhändig verzaubert und gehofft, dass es uns einander ebenbürtig machen würde. Mein Gedanke war, dass er lernen könnte, mich um meiner selbst willen und nicht wegen meines Titels zu lieben, wenn ich ihm etwas gab, mit dem er sich gleichermaßen wichtig fühlen durfte wie ich.

Leider wuchs infolge seines Triumphs lediglich seine Selbstverliebtheit, und er wurde mir mit derselben Leichtigkeit untreu, mit der er zuvor die Ratten in den Fluss geführt hatte. So verwandelte ich seine neue Geliebte in ein Instrument, damit er mit ihr bis in alle Ewigkeit ebenso spielen konnte, wie er mit mir gespielt hatte.«

Die Zauberin nahm das vierte Glas vom Kamin und betrachtete die Seele im Innern – einen Mann, der von Kopf bis Fuß in eine schwere Rüstung gekleidet war.

»Der Soldat war ein sehr zurückhaltender, vorsichtiger Mann«, fuhr Ezmia fort. »Er hielt unsere Beziehung absolut geheim. Nach dem, was ich mit dem Musiker erlebt hatte, war es wohltuend, mit jemandem zusammen zu sein, der so viel Wert auf Privatsphäre legte. Später aber bemerkte ich, dass seine Heimlichtuerei nicht meinem Schutz, sondern seinem eigenen diente. Der Soldat *schämte* sich für unsere Beziehung. Er glaubte, er würde seiner Karriere schaden und nie zum General befördert werden, sollte herauskommen, dass er einer Fee den Hof machte.

Ich belegte ihn mit einem Fluch, der ihm Plattfüße und steife Gelenke bescherte. Den Rest seiner Tage brachte er daraufhin damit zu, einen Kücheneingang zu bewachen, und eine Beförderung erhielt er überhaupt niemals.«

Nun war nur noch ein Einmachglas auf dem Sims übrig. Ein gutaussehender junger Mann mit Umhang und Krone erschien darin. Ihn sah Ezmia anders an als alle Seelen zuvor – ohne Zweifel fiel es ihr in seinem Fall am schwersten, die Erinnerung noch einmal zu durchleben.

»Der König hat mich schlimmer verletzt als je irgendjemand vor ihm«, bekannte die Zauberin. »Im Gegensatz zu allen Übrigen brachte er mir jene Gefühle entgegen, die seine Vorgänger mir versagt hatten. Er war mein bester Freund und der einzige Mensch, von dem ich mich zurückgeliebt fühlte. Vielleicht war es diese Seelenverwandtschaft, die dazu führte, dass ich mich in ihn stärker verliebte als in sämtliche anderen, und womöglich ist sie auch der Grund, dass mich der Gedanke an ihn bis heute schmerzt. Doch er liebte mich nie so sehr wie ich ihn. Das Einzige, was er von mir wollte, war Freundschaft.

Tag für Tag besuchte ich ihn und hoffte darauf, dass er es sich anders überlegen würde. Eines Tages ertappte er mich bei dem Versuch, ihm einen Liebestrank unterzuschieben. Nie zuvor hatte ich ihn derart wütend erlebt; er brüllte so laut, dass es in der gesamten Burg zu hören war: Nie würde er mich auf dieselbe Art und Weise lieben, auf die ich ihn liebte, nicht mit allen Liebestränken dieser Welt.

Ich verlor die Beherrschung und verfluchte den König zu einem Leben als abscheuliches Biest, verwandelte ihn in das Monster, für das ich ihn in diesem Moment hielt. Schließlich aber fand er ein Mädchen, das ihn trotz seines bestialischen Äußeren lieben konnte, und der Fluch wurde gebrochen. Im Laufe der Jahre ist die Geschichte der Schönen und des Biests ausgeschmückt und übertrieben worden, doch der König hat nie einer Seele verraten, dass ich es war, die ihn verflucht hatte – selbst nach allem, was ich ihm angetan hatte, erwies er sich noch immer als Freund.

Seine Ablehnung war der letzte Riss, der mein Herz endgültig zum Zerspringen brachte. Ich war überzeugt, dass niemand mich je würde lieben können, wenn es selbst dem *König* nicht gelang. Die gute Fee sagt, ich habe mich in dieser Zeit verändert, und damit hat sie recht. Ich verkörperte quasi selbst ein wahrgewordenes Märchen, konnte aber mein eigenes glückliches Ende nicht finden. Wohin ich auch ging, überall wurde von mir erwartet, Probleme zu lösen – und doch fand ich keine Lösung für meine eigenen. Ich begann, die Welt, für die ich stand, zu hassen: Ich hasste die Feen; ich hasste die erbärmlichen Menschen, denen sie halfen, und ich hasste mich selbst dafür, dass ich eine von ihnen war.

Irgendwann gab ich es auf, so zu tun, als gehörte ich zu ihnen. Zum ersten Mal in meinem Leben sagte und tat ich, was *ich* wollte, statt mich stets nach dem zu richten, was *von mir erwartet* wurde. Wenn die anderen Feen mich ohnehin für meine Taten verdammten, ganz gleich, was ich vollbrachte, dann – so mein Gedanke – konnte ich ihnen ebenso gut handfeste Gründe liefern, mich zu verurteilen.

Als sie mich aus dem Märchenrat verbannten und Emerelda meinen Platz gaben, überraschte mich das, offen gestanden, nicht. Ich war wütend und verletzt, wusste aber, dass die Feen insgeheim nur auf eine Gelegenheit gewartet hatten, mir etwas zu nehmen. Emerelda war nie so begabt gewesen wie ich, doch schon immer wurde sie von allen, denen sie begegnete, innig *geliebt* – daher wussten die Feen, dass ihre Ernennung mir am meisten weh tun würde.

Ich rannte in den Wald zu meinem treuen Baum, um zu weinen. Tagelang schluchzte ich in seinen Stamm; es fühlte sich an, als wäre meine Seele endgültig zermalmt worden. Als wäre mein gesamtes bisheriges Leben ein grausames Experiment gewesen, um herauszufinden, wie oft mein Herz brechen konnte, bevor ich gänzlich zerstört war.

Als ich schließlich meine Tränen getrocknet hatte, blickte ich hinauf in die Krone meines Baumes – er war deutlich höher als all die Bäume ringsum im Wald. All die Tränen, die ich im Laufe der Jahre über seinen Wurzeln vergossen hatte, hatten ihn über seine Gefährten hinauswachsen lassen. Ich schämte mich in diesem Augenblick so sehr; es schien mir unfassbar, was ich mir von der Welt hatte antun lassen. Ich belegte den Baum mit einem Fluch, der dafür sorgte, dass sein Stamm sich wand und verdrehte wie eine Ranke, bis er nur noch so groß war wie die umstehenden Bäume und das Zeugnis meines Herzschmerzes nicht mehr bereits aus der Ferne zu erkennen war.

In jenem Moment starb die zarte Fee mit gebrochenem Herzen in meinem Innern – und die Zauberin wurde geboren. Damals beschloss ich, dass die Welt künftig meinen Namen nur noch furchtsam flüstern statt neidisch verspotten sollte. Wenn die Welt mir jegliche Freude nahm, dann würde ich ihr das Gleiche antun.«

Beinahe hatte Ezmia vergessen, dass sie nicht allein im Raum war. All der Schmerz, den sie erlitten hatte, hatte sie zu der Person gemacht, die sie heute war; daher fiel es ihr schwer, ihn loszulassen, im Hier und Jetzt anzukommen und nach vorn zu blicken.

»Herzschmerz durchlebt doch jeder«, meldete Charlotte sich zu Wort. »Ich selbst musste einen schlimmen Verlust verwinden, doch ich habe es geschafft. Und niemals skrupellose Rachepläne geschmiedet oder die Welt dafür verantwortlich gemacht.«

Ruckartig drehte Ezmia sich zu ihr herum. *»Ach wirklich?«*, zischte sie zornig. »Hast *du* je eine Verlassenheit verspürt, die so heftig war, dass sie deine Seele mit jedem Herzschlag weiter ausgehöhlt hat? Hast *du* jemals die Sonne dafür gehasst, dass sie aufgegangen ist und dir einen weiteren Tag der Einsamkeit aufgezwungen hat?«

»Vermutlich nicht«, gab Charlotte zu. »Ich glaube nicht, dass es jemals jemandem schwergefallen ist, *mich* zu lieben.«

Charlottes kühne, selbstbewusste Aussage ließ Rumpelstilzchen aufkeuchen. Ezmia war von der Furchtlosigkeit ihrer Gefangenen beinahe beeindruckt.

»Vorsicht«, warnte die Zauberin. »Zwischen Mut und Dummheit ist es nur ein schmaler Grat.«

Charlotte wandte sich ab; sie konnte Ezmia nicht länger ansehen. Die Zauberin stellte das Einmachglas mit der Seele des Königs zurück auf das Kaminsims. »Ich sollte mich für die

Nacht zurückziehen«, verkündete sie. »Ich weiß, es wirkt mühelos bei mir, doch die Weltherrschaft ist eine anstrengende Angelegenheit. Bevor ich mit meinen Angriffen auf sämtliche Königreiche weitermache, werde ich mich daher ein wenig ausruhen. Schließlich will ich in Bestform sein, wenn ich der Welt ihren schlimmsten Albtraum beschere.«

Ezmia tat einige Schritte in Richtung ihrer Gemächer, doch Rumpelstilzchen hielt sie auf, bevor sie das Zimmer verlassen konnte.

»Ezmia?«, fragte er vorsichtig und gab sich die größte Mühe, seinen Ton wertfrei zu halten. »Bist du sicher, dass dir die Herrschaft über unsere Welt deinen Frieden wiedergeben wird?«

Charlotte drehte sich wieder um, denn auch sie interessierte die Antwort. Ein arglistiges Lächeln erschien auf dem Gesicht der Zauberin.

»Rumpy, du Dummchen«, lachte sie. »Wer behauptet denn, dass ich es nur auf *diese* Welt abgesehen habe?«

Kapitel 14

Der Stab des Staunens

Die Kutschfahrt zurück in Rotkäppchens Königreich war eine schwere Reise. Mitansehen zu müssen, wie die Zauberin die Seele ihrer Großmutter gefangen genommen hatte, erwies sich als das bisher niederschmetterndste Erlebnis im Leben der Zwillinge.

Die meiste Zeit der Rückfahrt zu Rotkäppchens Burg verbrachte Alex damit, in die Schulter ihres Bruders zu weinen.

»Sie hat *Mom*, sie hat *Grandma*, und bald wird sie *die ganze Märchenwelt* in ihrer Gewalt haben!«, schluchzte Alex. »Sie hat uns alles genommen!«

»Nicht alles, Alex«, tröstete Conner sie. Seine Stimme war die einzig beschwichtigende im Wagen. »Wir haben einander – und wir lassen uns etwas einfallen, wie wir Mom und Grandma zurückbekommen.«

Auch wenn sie ihm seinen Optimismus hoch anrechneten,

konnten Froggy und Rotkäppchen ihre Zweifel nicht ganz ablegen. Die ganze Welt hatte auf die gute Fee gezählt und sich von ihr eine Lösung erhofft, und nun, da sie verschwunden war, schien nichts mächtig genug, um die Zauberin aufzuhalten.

»Ich bin mir nicht sicher, ob wir diese Schlacht schlagen können, Conner«, schniefte Alex, während ihr noch immer wie aus einem undichten Wasserhahn Tränen über die Wangen rannen. »Ich glaube fast, in dieser Geschichte gewinnt zum ersten Mal die Böse.«

Mit jeder Meile, die sie zurücklegten, machte sich größere Verzweiflung in der Kutsche breit. Die Zwillinge, Froggy und Rotkäppchen zermarterten sich die Köpfe nach einem Ausweg, doch ihnen fiel einfach nichts ein. Nach eineinhalb sorgenvollen Tagen unterwegs konnten sie es allesamt kaum erwarten, Rotkäppchens Burg zu erreichen.

»Das ist doch seltsam«, grübelte Rotkäppchen mit einem Blick aus dem Fenster. »Sollten wir nicht längst innerhalb der Mauer sein?«

Auch Froggy und die Zwillinge sahen nun hinaus. Es überraschte sie, dass in der Ferne noch immer kein Anzeichen des Walls zu erahnen war, der Rotkäppchens Königreich umschloss. Tatsächlich schien die Reise dorthin länger als gewöhnlich zu dauern.

»Moment mal …«, meinte Conner und kniff die Augen zusammen, um ein Stück weit entfernt etwas erkennen zu können. »Steht da, was ich denke, dass da steht?«

Die anderen spähten ebenfalls in die Richtung, in die er wies. Langsam rumpelte der Wagen an einem Schild vorüber, das ihnen ganz flau im Magen werden ließ.

SUSES FAMILIENFARM

»Wie kann das sein?«, hauchte Rotkäppchen, und ihre Augen wurden doppelt so groß. »Suses Familienfarm liegt innerhalb meines Königreichs. Wo ist die Mauer?«

Froggy und die Kinder starrten in den ländlichen Hügeln umher, die sie umgaben, und fragten sich dasselbe. Wenige Augenblicke später bemerkten sie am Straßenrand eine Gruppe von Rotkäppchens Soldaten. Die Männer kratzten sich am Kopf und blickten sich fassungslos um; sie wirkten ebenso verwirrt wie die kleine Reisegruppe in der Kutsche.

Froggy öffnete die Tür und streckte im Vorbeifahren seinen Kopf aus dem Wagen. »Entschuldigt, werte Herren. Was geht hier vor sich? Wo ist die Mauer?«

»Es gibt keine Mauer, Sir«, erwiderte einer der Soldaten ungläubig.

»Wie meint Ihr das, es gibt *keine Mauer*?«, wiederholte Froggy.

»Ich meine, es gibt keine Mauer *mehr*, Sir«, verbesserte sich der Soldat. »Das komplette Bauwerk ist heute Morgen verschwunden.«

»Was?«, keuchte Rotkäppchen.

»Wir haben den südlichen Eingang bewacht, als aus dem Nichts ein greller Blitz erschienen ist«, erklärte ein anderer Soldat. »Ehe wir es uns versahen, war die Mauer weg!«

Alex und Conner wandten sich einander zu; sie dachten beide exakt dasselbe.

»Die Zauberin«, flüsterte Alex. *»Sie hat wieder zugeschlagen!«*

Rotkäppchen presste sich eine Hand gegen die Brust und versuchte, ihr unkontrolliert rasendes Herz zu beruhigen. Selbst nachdem sie die Warnungen der Zauberin aus deren eigenem Mund gehört hatte, hatte sie nie geglaubt, dass *ihr* Zuhause angegriffen werden könnte.

»Gab es Verletzte?«, wollte Froggy von den Soldaten wissen.

»Nein, Sir«, entgegnete einer. »Nur jede Menge Verwirrung.«

Froggy schloss den Wagenschlag und sackte auf seinem Platz gegenüber den Zwillingen in sich zusammen. »Nun geht es also los«, murmelte er betrübt vor sich hin.

Als die Kutsche sich Rotkäppchens Burg näherte, dämmerte es bereits. Ohne die Mauer fühlten Alex, Conner und ihre Gefährten sich unsagbar ausgeliefert. Und ein Blick ringsum in der kleinen Stadt ließ keinen Zweifel daran, dass es den Bürgern ganz ähnlich erging. Wohin sie auch sahen, überall waren die Türen und Fenster der Häuser und Läden mit Holzbrettern verbarrikadiert worden, als bereiteten sich die Anwohner auf einen Sturm vor.

»So furchtsam habe ich die Menschen nicht mehr erlebt, seit der große böse Wolf hier sein Unwesen getrieben hat«, stellte Rotkäppchen fest. »Das erinnert mich an die Tage vor der B.U.N.G.A.L.O.W.-Revolution.«

Froggy nahm Rotkäppchens Hand, sie war zu sehr in ihre Sorgen und Gedanken vertieft, um seine kalte, schleimige Haut zu bemerken. »Ezmia hätte viel Schlimmeres anrichten können«, tröstete Froggy. »Zum Glück hat es nur die Mauer getroffen.«

Seine Worte bewirkten genau das Gegenteil dessen, was er im Sinn gehabt hatte. Rotkäppchen entzog ihm ihre Hand, und ihre Augen wurden feucht.

»Das war nicht *nur* eine Mauer«, schrie sie. »Diese Mauer hat uns vom Rest der Welt abgeschieden! Sie verkörpert unsere Sicherheit und den Sieg nach jahrelangem Kampf! Mag sein, dass der große böse Wolf tot und das Rudel seiner Nachkommen vertrieben ist, doch für mein Volk ist die Mauer stets ein Symbol des Friedens gewesen.«

Rotkäppchen wischte sich die wenigen Tränen, die ihren Augen entkommen waren, von den Wangen; ihr Gefühlsausbruch war ihr peinlich. »Sobald wir in meiner Burg ankommen, werde ich sofort veranlassen, dass eine Reihe Soldaten die Stadt umstellt«, verkündete sie und nickte dazu. »Wir haben vielleicht keine Mauer mehr, aber wir *werden* geschützt sein.«

Froggy und die Geschwister schlossen sich ihrem Nicken an. Den Kindern gefiel es, dass Rotkäppchen als Königin einen offiziellen, selbstlosen Befehl gab. Womöglich hatte Froggy doch richtiggelegen und in Rotkäppchen steckte mehr, als Alex und Conner sich je hatten träumen lassen.

Schließlich erreichten sie die Burg, und kaum hatte Rotkäppchen ihren Soldaten die Befehle erteilt, machten die vier Freunde sich auf den Weg in die Bibliothek, um dort einen ruhigen, erholsamen Abend zu verbringen. Sie alle hatten ihn bitter nötig. Doch als sie den Raum betraten, wurden sie von einem Überraschungsgast überrumpelt, der sie bereits erwartete.

»Jack!«, kreischte Rotkäppchen.

Der berüchtigte Bohnenranken-Jack saß lässig in einem der Sessel. Er war großgewachsen und attraktiv, mit breiten Schultern – genau so, wie Alex und Conner ihn in Erinnerung hatten. Er trug Hosenträger, und seine treue Axt baumelte ihm vom Gürtel.

»Hallo, Rot!«, erwiderte Jack und stand auf, um die Gruppe zu begrüßen.

Rotkäppchen wurde blass und steif wie eine Statue. »*Was* … *was* … *was* machst du hier?«, brachte sie endlich heraus.

»Dich besuchen, natürlich«, antwortete Jack lächelnd.

Der jungen Königin entwichen nur ein paar hohe Quietschlaute, während sie versuchte, eine weitere Frage zu formulieren. Froggys Blick sprang zwischen Rotkäppchen und Jack hin und her – er war sich noch nicht sicher, ob Jacks Auftauchen eine gute oder schlechte Überraschung war.

»Tja, das kommt … *unerwartet*«, meinte Froggy und rang sich ein Lächeln ab.

Jacks Miene hellte sich auf, als er die Zwillinge bemerkte. »An euch beide erinnere ich mich«, erklärte er.

»Hi, Jack«, grüßte Alex.

»Hey, Kumpel«, schloss Conner sich ihr an.

Trotz all ihrer Sorgen freuten die Kinder sich, ihn zu sehen. Rotkäppchen wurde unterdessen schon wieder argwöhnisch und spähte in der Bibliothek umher.

»Augenblick mal, Jack. Wenn *du* hier bist, dann heißt das –«

RUMMS! Die Bibliothekstüren fielen schwungvoll ins Schloss. Alle wandten sich um und sahen Goldlöckchen dahinterstehen.

»DU!«, rief Rotkäppchen, deutete auf ihre alte Erzfeindin und wich rasch ein paar Schritte zurück.

»Hallo, Rot!«, flötete Goldlöckchen mit aufgesetztem Lächeln. Sie trug hohe Lederstiefel und einen langen, kastanienbraunen Strickpullover. Ein silbernes Schwert schwang von ihrer Hüfte. Mit ihren goldenen Locken war sie noch immer ebenso wunderhübsch wie bei ihrer letzten Begegnung mit den Zwillingen.

Ein Unterschied an Goldlöckchen und Jack fiel den Geschwistern allerdings auf: Beide schienen viel *glücklicher*, nun da sie gemeinsam auf der Flucht waren.

»Goldlöckchen!«, rief Alex, und sie und ihr Bruder rannten hinüber, um die junge Frau zu umarmen.

»Was für eine wundervolle Überraschung«, antwortete Goldlöckchen, und ein stolzes Grinsen trat auf ihr Gesicht. »Ich würde ja sagen, dass es schön ist, euch wiederzusehen, Kinder – aber *Kinder* seid ihr ja wohl kaum noch.«

Conner nickte. »Danke!«, entgegnete er. »Das versuchen wir schon die ganze Zeit allen klarzumachen!«

Goldlöckchen nahm ihn zum Spaß in den Schwitzkasten. »Als ich in deinem Alter war, hatte ich längst mindestens vier Haftbefehle auf meinen Namen vorzuweisen«, meinte sie, ließ ihn los und zwinkerte dann Jack zu.

Jack lächelte sie an. »Ich selbst bin als Bandit ja ein Spätzünder, aber ich hole auf«, schmunzelte er und zwinkerte zurück. Verliebt himmelten die beiden einander an, als wären sie allein im Zimmer.

»DU!«, fauchte Rotkäppchen noch einmal, den Finger weiterhin anklagend auf Goldlöckchen gerichtet. Sie sah aus wie ein Teekessel, dem jemand den Ausguss verkorkt hatte.

»Ach, entspann dich, Rot«, sagte Goldlöckchen. »Wir sind nicht hier, um Ärger zu provozieren. Ich werde dir nicht weh tun.«

Rotkäppchen schnaubte. »Darauf kannst du deinen wankelmütigen, hafergrützigen Hintern verwetten, dass du mir nicht weh tun wirst! Das hier ist meine Burg!«, zischte sie. »Ihr seid beide gesuchte Verbrecher! Wie seid ihr hereingekommen?«

»Durch die Eingangstür«, entgegnete Jack trocken. »Die Wachen haben uns ohne Probleme eingelassen. Mit den meisten von ihnen bin ich zusammen aufgewachsen, weißt du noch?«

Rotkäppchen blickte zwischen Jack und Goldlöckchen hin und her; sie wollte nicht glauben, dass Jack die Wahrheit sprach. So viel mangelnder Respekt in ihrem eigenen Zuhause war zutiefst frustrierend.

»Sagt einem von euch der Begriff *Königin* etwas?!«, brüllte

Rotkäppchen. »Sollte in *meiner* Burg nicht *meine Sicherheit* an *erster Stelle* stehen?«

Froggy beschloss, die Situation ein wenig zu entspannen. »Verzeiht – wir hatten nicht mit Gesellschaft gerechnet. Hinter uns liegen ein paar anstrengende Tage«, erklärte er, selbst noch ein wenig gereizt. »Wie wäre es, wenn wir uns einfach ein wenig zusammensetzen und einander auf den neuesten Stand bringen?«

Niemand widersprach. Alle nahmen rund um den Vorleger, der einst der große böse Wolf gewesen war, auf dem Boden Platz. Rotkäppchen brauchte eine Minute, um sich zu sammeln und zusammenzureißen, ehe sie sich zu den anderen gesellen konnte. Sie setzte sich neben Froggy, ließ zwischen sich und ihm jedoch merklich Abstand. Ihnen gegenüber hingen Jack und Goldlöckchen so dicht aneinander, dass man hätte meinen können, die beiden seien an der Hüfte zusammengewachsen. Alex und Conner teilten sich einen Sessel ganz in der Nähe.

»Ich nehme an, ihr seid gerade von der Versammlung des Märchenrats zurückgekommen?«, eröffnete Goldlöckchen die Runde.

»In der Tat«, bestätigte Rotkäppchen mit leicht gerecktem Kinn. »So halten es nämlich *gesetzestreue Herrscher*: Wir treffen uns *öffentlich* und diskutieren Dinge, die *dem Allgemeinwohl dienen*.«

Ihre Worte rührten Goldlöckchen nicht im mindesten. »Wo bleibt denn da der Spaß?«, kommentierte sie; es bereitete ihr sichtlich Vergnügen, Rotkäppchen zuzusetzen.

»Wie ist das Treffen gelaufen?«, wollte Jack wissen.

»Es war schrecklich«, mischte sich Conner ein. »Die Zauberin ist aufgetaucht und hat unsere Großmutter entführt! Unsere Mom hatte sie längst in ihrer Gewalt!«

Jack und Goldlöckchen warfen einander ähnlich verwirrte Blicke zu. »Was um alles in der Welt will sie denn mit eurer Mutter und Großmutter?«, wandte Goldlöckchen sich an die Zwillinge.

Alex und Conner hatten ganz vergessen, dass Jack und Goldlöckchen bereits durchgebrannt waren, lange bevor die Geschwister entdeckt hatten, wer ihre Großmutter in Wirklichkeit war.

»Unsere Großmutter ist die gute Fee«, offenbarte Alex mit einem Schulterzucken.

Jack und Goldlöckchen wirkten ziemlich beeindruckt. »Na, da schau einer an! Wie kommt das?«, hakte Jack nach.

Die Kinder erzählten ihnen nun alles: dass sie aus einer anderen Welt stammten und wie ihre Großmutter seit Jahrhunderten zwischen den Dimensionen hin und her reiste, um die Geschichten der Märchenwelt in ihrer eigenen Welt zu verbreiten. Nachdem Jack und Goldlöckchen die Neuigkeiten erst einmal verdaut hatten, erläuterten die Zwillinge weiter, wie ihr Vater einst den Wunschzauber benutzt hatte, um in der Anderswelt wieder mit ihrer Mutter zusammenzukommen, und wie sie selbst das magische Land entdeckt hatten, indem sie durch das alte Märchenbuch ihrer Großmutter gestürzt waren.

»Ja, ja, ja – unheimlich rührend«, giftete Rotkäppchen und wedelte mit den Händen. »Die Kinder haben erfahren, dass die gute Fee ihre Großmutter ist, und dann sind alle drei zusammen durch eine Tür verschwunden, die in eine andere Welt führte, bla, bla, bla – *ihr zwei habt mir noch immer nicht gesagt, was ihr in meiner Burg zu suchen habt*!«

Alex und Conner spürten, dass Jack und Goldlöckchen gern noch mehr von der Geschichte der Kinder gehört hätten, doch ihnen war klar, dass es klüger wäre, zunächst Rotkäppchen zu besänftigen, ehe der jungen Königin der Kopf platzte.

»Wir wollten in Erfahrung bringen, ob es irgendwelche Fortschritte im Hinblick auf den Kampf gegen die Zauberin gibt«, erklärte Jack.

»Nein, gibt es nicht, tut mir leid – somit könnt ihr jetzt also gehen«, gab Rotkäppchen blitzschnell zurück.

Froggy legte ihr eine Hand aufs Knie. »Liebling, sei nicht unhöflich«, flüsterte er. »Mag sein, dass sie flüchtige Verbrecher und emotional anstrengend sind, aber zugleich sind sie nichtsdestotrotz auch unsere Gäste.«

Die Zwillinge brannten darauf, Jack und Goldlöckchen von der Versammlung am Vorabend zu berichten, und so warteten sie nicht, bis Froggy oder Rotkäppchen zur Sache kamen. Stattdessen erzählten sie den beiden Neuankömmlingen alles über Prinzessin Hopes Entführung, und davon, wie die Zauberin ihre Großmutter gefangen genommen hatte und nun damit anfing, sämtliche Königreiche zu attackieren.

»Und es gibt nichts, wodurch man sie aufhalten könnte?«, forschte Jack noch einmal nach und schüttelte dabei den Kopf – ebenso fassungslos, wie die Zwillinge sich seit Tagen fühlten.

»Leider nicht«, räumte Froggy ein.

»Ich wüsste nicht, wieso das euch beide kümmern sollte«, meinte Rotkäppchen spitz und verschränkte die Arme vor der Brust.

»Uns betrifft es ebenso sehr wie alle anderen«, beharrte Goldlöckchen. »Wir wollen genauso wenig in einer Welt leben, in der sie an der Macht ist. Und wir dachten, wir könnten vielleicht helfen.«

»Helfen?«, echote Rotkäppchen und lachte bei dieser Vorstellung. »Und wie stellst du dir das vor, Goldlöckchen? Willst du

ihre Juwelen stehlen? Oder Schlösser bei ihr knacken? Sämtliche ihrer Matratzen probeliegen, bis du die *perfekt passende* findest?«

Goldlöckchen kam auf die Füße und starrte wütend auf Rotkäppchen hinunter. Die junge Königin wand sich unter ihrem Blick. Sie schielte zu den Umsitzenden und hoffte, jemand würde ihr beispringen, doch niemand erbarmte sich.

»Gibt es irgendwas, das du mir ins Gesicht sagen möchtest, *Großmutterschätzchen*?«, zischte Goldlöckchen.

»Nein, ich sage es viel lieber hinter deinem Rücken«, konterte Rotkäppchen.

»Ich dachte, du hättest dich verändert, nachdem du mir immerhin geholfen hast, zu entkommen«, gestand Goldlöckchen. »Aber offensichtlich lag ich da falsch.«

»Tja, ich dachte, ich würde mich besser fühlen, nachdem ich dir geholfen hatte – aber ich fürchte, da habe ich mich gleichermaßen getäuscht«, gab Rotkäppchen freimütig zu und warf dabei einen verlegenen Blick hinüber zu Jack.

Froggy hob einen grünen Zeigefinger. »Zurück zu wichtigeren Dingen«, mahnte er. »Die Feen und Herrscher sind ratlos, wie wir gegen die Zauberin ankommen sollen. Bisher konnte die gute Fee stets schlicht ihren Zauberstab schwingen und alles wurde besser, doch leider funktioniert es so diesmal nicht. Deshalb warten wir nun alle darauf, dass sich auf magische Weise eine Lösung auftut … falls es eine gibt.«

Alex und Conner nickten. Goldlöckchen nahm wieder neben Jack Platz und legte ihre Hand in seine. Die Hoffnungslosigkeit, die Rotkäppchen, Froggy und die Kinder in der Kutsche hatten zurücklassen wollen, verband die kleine Gruppe in der Bibliothek nun aufs Neue.

Mit einem Mal legte Conner den Kopf schief wie ein Welpe.

»Froggy, was hast du da gerade gesagt?«, erkundigte er sich und zeigte dabei auf seinen amphiben Freund.

»Ich habe festgestellt, dass niemand Rat weiß«, wiederholte Froggy; noch deutlicher, fand er, ließ sich das nicht ausdrücken.

»Nein, vorher«, hakte Conner noch einmal nach. »Was hast du über die gute Fee gesagt?«

Froggy musterte ihn mit verdutzter Miene und konnte sich zweifellos nicht erklären, weshalb Conner die schrecklichen Neuigkeiten unbedingt wiederholt haben wollte. »Ich habe nur erwähnt, dass die gute Fee für gewöhnlich einfach ihren Zauberstab schwingt und alles besser macht«, seufzte er.

»Bingo!«, jubelte Conner, sprang sofort aus dem Sessel und rannte zu den Bücherregalen hinüber.

»Conner, was ist denn in dich gefahren?«, fragte Alex.

»Hey, Froggy«, rief Conner über die Schulter; er schien ganz in seiner eigenen Welt gefangen. »Wo ist dieses Buch, das wir uns neulich angesehen haben? Das mit dem Kapitel über den Wunschzauber darin?«

Froggy brauchte einen Augenblick, um sich zu erinnern. *»Mythen, Legenden und Sammelzauber?«*, fragte er. »Das sollte, vom Brett mit den Büchern deiner Schwester aus betrachtet, zwei Regalreihen weiter links und eine tiefer stehen. Bei meinen Büchern halte ich immer sehr penibel Ordnung.«

Conner überflog die Titel im Regal, bis er den Band entdeckt hatte. »Hab ich dich«, frohlockte er mit einem kleinen triumphierenden Hüpfer. Er nahm wieder neben seiner Schwester Platz und blätterte hastig durch die Seiten. »Ich glaube, die Antwort, die wir suchen, befindet sich in diesem Buch!«

»Meinst du, wir sollten wieder den Wunschzauber verwenden?«, erkundigte sich Froggy.

»Könnten wir ihn gegen die Zauberin einsetzen?«, wollte Jack wissen.

»Vertraut mir, jemanden fortzuwünschen funktioniert nie«, grummelte Rotkäppchen und zog zu Goldlöckchen gewandt eine Augenbraue hoch. Goldlöckchen legte warnend eine Hand an ihr Schwert.

»Selbst wenn wir wollten, könnten wir den Wunschzauber nicht mehr nutzen«, stellte Alex klar. »Er lässt sich nur zweimal gebrauchen, und die Zweite, die ihn aktiviert hat, war die böse Königin.«

»Ich rede nicht vom Wunschzauber«, schaltete sich nun Conner erneut ein. Seine Augen klebten immer noch auf den Buchseiten, die er überflog. »Ich habe etwas noch Größeres und Besseres im Sinn – *ha, hier!*«

Conner drehte das Buch um und deutete auf den Abschnitt, nach dem er gefahndet hatte.

»›Der Stab des Staunens‹?«, buchstabierten alle im Raum gemeinsam. Conner nickte eifrig und wartete darauf, dass die anderen sich seiner Begeisterung anschließen würden. Leider tauschten sie lediglich mitleidige Blicke.

»Wieso schaut ihr mich alle an, als hätte ich vorgeschlagen, mit meinem Plüschdino Gassi zu gehen?«, fragte er. »In diesem Buch steht, dass derjenige, der den Stab des Staunens in Händen hält, *unbesiegbar* ist. Wer ihn in die Hände bekommt, *könnte also womöglich imstande sein, die Zauberin aufzuhalten*!«

Froggy bedachte Conner mit einem bedauernden Gesichtsausdruck. »Das ist nicht echt, Conner«, sagte Froggy leise. »Bloß eine kindische Legende, wie all die anderen Erzählungen in diesem Buch.«

»Okay – sagt der *riesige sprechende Frosch*!«, gab Conner augenrollend zurück. »In diesem Buch geht es auch um den

Wunschzauber, und dass *der* nicht nur ein Mythos war, haben wir gerade erst bewiesen. Ich wette, der Rest darin ist größtenteils ebenso wahr.«

»›Der Stab des Staunens‹«, las er laut vor. »›Viele glauben, dass der Besitz des Stabs demjenigen, der ihn führt, die Gabe der Unbesiegbarkeit vermacht. Es heißt, der Stab entstehe, wenn man jene sechs Gegenstände, die den sechs meistgehassten Wesen der Welt am innigsten am Herzen liegen, zusammenbringt. Auch wenn diese Vorstellung Anlass zum Zweifel gibt, mag sehr wohl ein Funken Wahrheit in der Legende stecken, zumal es sich bei den benötigten Utensilien höchstwahrscheinlich um solche magischer Natur handelt. Im Gegensatz zu den meisten Listen ist es gut vorstellbar, dass sich die konkreten Zutaten für den Stab im Laufe der Zeit verändern.‹«

Conner holte Luft und sah zu den anderen hoch, die noch immer unschlüssig wirkten.

»Ach, kommt schon«, wandte er sich an die sturköpfige Gruppe. »Ihr müsst doch zugeben, dass es gar nicht mal allzu weit hergeholt klingt.«

Alle schienen hin- und hergerissen. Es frustrierte Conner, dass niemand so überzeugt war wie er selbst.

»Meine Schwester und ich stammen aus einer *anderen Dimension*«, betonte er und deutete dann auf Froggy. »*Dieser Kerl* ist *schon zweimal* auf magische Weise in eine riesige Amphibie verwandelt worden! Was genau hindert euch, an den Stab des Staunens zu glauben?«

Conner hatte absolut recht: Wieso fiel es ihnen derart schwer, an den Stab zu glauben – nach allem, was sie bereits erlebt hatten? Zumindest bot er eine Möglichkeit, und eine Möglichkeit brachte Hoffnung mit sich. Alex starrte stumm, aber mit wachsendem Eifer auf die Buchseite hinunter.

»Rein aus Neugier«, meinte sie zögerlich, »wer sind die sechs meistgehassten Wesen dieser Welt?«

Rotkäppchen schielte zu Goldlöckchen hinauf und öffnete schon den Mund, um zu antworten.

»Meistgehasst von der *Welt*, Rot, nicht von dir persönlich«, stellte Alex klar, und Rotkäppchens Mund klappte wieder zu.

»Ich würde sagen, die böse Königin zählt gewiss dazu«, sagte Froggy, und die anderen nickten einvernehmlich.

»Der Riese«, steuerte Jack bei. »Und das ist nicht nur meine Einschätzung – alle Menschen hatten panische Angst vor ihm.«

»Die Schneekönigin«, fiel Goldlöckchen ein. »Wenn von ihrer geschichtsträchtigen Herrschaft über das Nördliche Königreich die Rede ist, läuft es allen immer noch kalt den Rücken hinunter.«

Conner lauschte gebannt und legte im Kopf eine Liste mit sämtlichen Vorschlägen an. »Wer noch?«, fragte er.

»Wisst ihr, mir persönlich war die kleine Dickmadam immer herzlich schnuppe«, flüsterte Rotkäppchen, als würde sie gerade ein schreckliches Geheimnis preisgeben. »So was Egoistisches, sie steht da und lacht, während die anderen Eisenbahnpassagiere sehen können, wo sie bleiben.«

Das brachte Rotkäppchen eine Runde schiefer Blicke ein; dann stürzten die anderen sich einfach wieder in ihre Grübeleien.

»Was ist mit der Meerhexe, mit der die kleine Meerjungfrau den tragischen Handel eingegangen ist?«, schlug Alex vor. »Vor der hatte ich als Kind immer Angst.«

»O ja! Ich wette, alle Fische fürchten sich wie verrückt vor ihr!«, pflichtete Conner seiner Schwester bei.

Froggy setzte sich mit einem Mal gerade auf; ihm war ebenfalls noch jemand in den Sinn gekommen. »Cinderellas *böse*

Stiefmutter!«, rief er aus. »Das ganze Königreich des Gläsernen Schuhs verabscheut sie.«

»Großartig«, frohlockte Conner. »Bisher haben wir also die böse Königin, den Riesen, die Schneekönigin, die Meerhexe und die böse Stiefmutter. Fehlt nur noch ein Bösewicht.«

Sie alle verstummten und blickten im Raum umher.

»Na, ist das nicht vollkommen eindeutig?«, trumpfte Rotkäppchen auf. »Natürlich die *Zauberin.*«

Das bescherte jedem Einzelnen einen Kloß im Hals; Rotkäppchen hatte recht.

»Nun ja – der Stab des Staunens war ein guter *Gedanke*«, meldete sich Goldlöckchen als Erste wieder zu Wort und klang dabei ganz so, als wäre die Möglichkeit nun ohnehin vom Tisch. Alle sackten in sich zusammen, doch Conner wollte sich noch nicht geschlagen geben.

»Was ist denn los mit euch, Leute?!«, empörte er sich. »Wir dürften uns davon, dass wir vielleicht auch einen Gegenstand von Ezmia brauchen, nicht entmutigen lassen. Das könnte unsere einzige Chance sein, sie aufzuhalten!«

Verzweifelt ließ er den Blick über die Gruppe seiner Verbündeten schweifen und hoffte darauf, dass jemand ihm zustimmen würde, doch alle blieben stumm. Conner sprang auf die Füße; er würde Taten sprechen lassen müssen, wenn er zu den anderen durchdringen wollte. So eilte er durch die Bibliothek und sammelte wahllos Bücher aus den Regalen zusammen.

»Was tust du da?«, erkundigte sich Alex.

Conner gab keine Antwort. Er nahm ein Porträt von Rotkäppchen von der Wand und ergänzte seinen Stapel noch um ein paar Kerzenhalter. Dann marschierte er zum Kamin hinüber und warf prompt alles in die Flammen.

»Conner!«, schrie Alex auf.

»Das gehört mir!«, japste Rotkäppchen.

»Bist du verrückt geworden?«, keuchte Froggy.

Conner positionierte sich mit in die Hüften gestemmten Händen vor dem Kamin. Hinter ihm verschlang das Feuer langsam aber sicher den Haufen, den er zugefüttert hatte.

»Das braucht ihr alles nicht mehr«, meinte Conner. »Kapiert ihr es nicht? Wenn wir nur hier herumsitzen und warten, übernimmt die Zauberin die Macht! *Alles*, was wir lieben, wird ihr zum Opfer fallen!«

Alex hätte gern den Tatendrang ihres Bruders geteilt, doch sie konnte all die Hindernisse und Gefahren nicht einfach ausblenden. »Conner, es ist einfach zu riskant. Für diesen Plan müssten wir praktisch lebensmüde sein«, warf sie ein.

Ihr Mangel an Zutrauen ließ Conner beinahe aus der Haut fahren. »*Nichts zu tun* ist lebensmüde!«, ereiferte er sich. »Wenn wir uns eine Chance erarbeiten können, die Welt zu retten, indem wir diesen Stab des Staunens fabrizieren, dann wären wir Idioten, es nicht zu versuchen!«

Inzwischen hatten ihm die Bemühungen, seine Gefährten zu überzeugen, fast Tränen in die Augen getrieben. Sämtliche Blicke wanderten nun zwischen Conner und den Gegenständen im Kamin hin und her. Es musste eine Entscheidung fallen. Eines jedoch war sicher: Was sie auch taten – es bestand immer das Risiko, alles zu verlieren.

Froggy stand ruckartig auf. »Ich schließe mich Conner an«, verkündete er mit erhobenem Kinn. »Wir wissen, was passiert, wenn man untätig bleibt – daher ziehe ich es vor, im Kampf zu sterben.«

Auf Froggys Worte hin fassten sich endlich auch die Übrigen ein Herz.

»Im Herumsitzen war ich ohnehin noch nie gut«, erklärte Goldlöckchen und stellte sich neben Froggy. »Außerdem werdet ihr da draußen jemanden brauchen, der geschickt mit dem Schwert umgehen kann.«

Jack trat an Goldlöckchens Seite. »Wenn die Zauberin glaubt, sie könne die Welt widerstandslos unterwerfen, dann täuscht sie sich«, erklärte er.

Die plötzliche Entschlossenheit ihrer Freunde ließ Alex' Herzschlag für eine Sekunde aussetzen.

»Das ist eine *richtig* große Entscheidung, die wir hier treffen«, sagte sie. »Wenn wir uns einmal festgelegt haben, gibt es kein Zurück mehr; dann können wir nicht einfach aufgeben, wenn es zu gefährlich wird. Und nur, wenn wir uns dessen bewusst sind, kann es uns gelingen. Ganz gleich, was passiert: Wir dürfen nicht aufgeben.«

Froggy sah Jack an, Jack blickte zu Goldlöckchen und Goldlöckchen zu Conner. Auf allen vier Gesichtern breitete sich das gleiche entschlossene Lächeln aus.

»Ich bin bereit«, bekräftigte Conner und suchte dabei Alex' Augen.

Alex nickte und kam nun gleichermaßen auf die Füße. »Dann bin ich dabei«, beschloss sie und lächelte ebenfalls.

»Ich auch!«, rief Rotkäppchen und stand als Letzte auf. »Dem Gesagten habe ich nichts hinzuzufügen, unterstütze diese Unternehmung jedoch von ganzem Herzen! Niemand klaut mir meine Mauer und kommt ungeschoren davon!«

Conner eilte zu einem Schreibtisch in der Ecke der Bibliothek hinüber und griff sich rasch ein Stück Pergament und eine Schreibfeder.

»Kommt, wir legen eine Liste der Dinge an, die wir für den Stab des Staunens brauchen werden!«, drängte er. »Die sechs meistgehassten Wesen der Welt haben wir schon – also dann: Welcher Besitz liegt ihnen jeweils am meisten am Herzen?«

Alle nahmen erneut Platz und machten sich daran, ihre Expedition zu planen.

»Jeder weiß, dass die Schneekönigin ihr Zepter über alles liebt«, fing Goldlöckchen an. »Daraus zieht sie ihre Magie.«

»Schneekönigin – magisches Zepter«, notierte Conner.

»Ich könnte mir vorstellen, dass der wertvollste Besitz der bösen Stiefmutter irgendwie mit ihrer Familie zusammenhängt. Ein Erbstück für ihre grässlichen Töchter vielleicht«, schlug Froggy vor. »An sie kommen wir leicht heran; sie lebt immer noch im selben Haus, in dem auch Königin Cinderella aufgewachsen ist.«

»Böse Stiefmutter – Familienerbstück«, wiederholte Conner und schrieb es auf.

»Den Lieblingsgegenstand des Riesen bekommen wir auch problemlos heraus«, meldete sich Jack zu Wort. »Als kleiner Junge war ich schließlich in seiner Burg, und damals gab es dort nicht viel an Einrichtung – es muss ziemlich schwierig sein, Gegenstände in Riesengröße zu finden.«

»Riese – lassen wir noch offen«, kritzelte Conner.

»Für die böse Königin wird es sicherlich der magische Spiegel sein«, mutmaßte Rotkäppchen. »Überlegt nur mal, was sie alles auf sich genommen hat, um diesen gruseligen kahlen Kerl daraus zu befreien.«

»Böse Königin – magischer Spiegel«, stimmte Conner zu und seufzte ein wenig. »Und gerade, als ich dachte, unser Abenteuer mit ihr hätten wir endgültig hinter uns.«

»Der Spiegel liegt zerbrochen in den Ruinen der Burg im Östlichen Königreich; trotzdem sollte es nicht allzu schwierig sein, an ihn heranzukommen«, versuchte Alex ihn zu trösten.

»Was ist mit der Meerhexe?«, trieb Rotkäppchen die Besprechung voran. »Ohne was könnte sie wohl nicht leben?«

»Ihre Juwelen!«, antwortete Goldlöckchen, ohne zu zögern. »Damit lässt sie sich ihre Gefälligkeiten bezahlen. Es sei denn, jemand hat ihr etwas Wertvolleres zu bieten.«

»Meerhexe – liebt ihr Glitzerzeug«, nickte Conner und krakelte es auf das Pergament.

»Dann bleibt nur noch die Zauberin«, stellte Alex fest, und alle im Raum atmeten gleichzeitig einmal tief durch. »Welcher Besitz liegt Ezmia besonders am Herzen?«

Ratlosigkeit machte sich breit. Jeder wusste, dass die Zauberin machthungrig war, doch welcher Gegenstand mochte das verkörpern?

»Darauf müssen wir wohl später noch einmal zurückkommen. Fürs Erste setze ich ein Fragezeichen hinter ihren Namen«, beschloss Conner.

Goldlöckchen warf einen Blick über seine Schulter auf die Liste, die er aufgestellt hatte. »Diese Menschen und Wesen leben weit über alle Königreiche verteilt«, fiel ihr auf. »Wie sollen wir dort überall hingelangen?«

Auch Jack überflog die Auflistung. »Nicht zu vergessen: Eine Reisegruppe wie unsere würde in Zeiten wie diesen schrecklich verdächtig wirken«, gab er zu bedenken.

»Und wir müssen schnell sein«, mahnte Alex. »Die Zauberin hat selbst gesagt, dass ihre Geduld am Ende ist.«

Ein tiefes, leises Surren erfüllte den Raum, während Froggy über alles nachgrübelte. »Wir brauchen etwas, worin wir uns zügig und unauffällig fortbewegen können«, fasste er zusammen und rieb sich dabei das Kinn. »Mein Vorschlag: Vergessen wir den Gedanken, über Land zu reisen – und nehmen wir lieber den Luftweg!«

Froggy hüpfte zur anderen Seite der Bibliothek hinüber und kehrte mit einem Buch zurück. Alex erkannte den Titel wieder, und sofort war ihr klar, worauf Froggy hinauswollte.

»Wir fahren mit einem *Heißluftballon*!«, verkündete Froggy aufgeregt. »Genau wie bei *Reise um die Erde in 80 Tagen*! Ich muss gestehen, ich warte, schon seit ich das Buch gelesen habe, sehnsüchtig auf eine Gelegenheit, so etwas zu bauen.«

»Froggy, das klingt enorm … ehrgeizig«, warf Alex vorsichtig ein.

»Aber es könnte funktionieren!«, jubelte Conner. »Verfolger im Himmel wird die Zauberin nicht erwarten! Diese Welt hier ist noch Jahrhunderte von einem Zeitalter der Luftfahrt entfernt!«

»Ganz genau!«, pflichtete Froggy ihm bei und blätterte durch die Seiten des Romans. Flink schnappte er Conner die Schreibfeder aus der Hand und machte sich daran, auf der Rückseite der Liste etwas zu skizzieren. »Also: In der Geschichte kamen nur drei Reisende vor, daher brauchten sie nicht mehr als einen großen Korb, um darin abzuheben. Ich schlage jedoch vor, dass wir noch einen Schritt weiter gehen – wir benötigen etwas, mit dem wir durch die Lüfte *und* über das Meer segeln können. Lasst uns deshalb ein *Schiff* bauen!«

Froggy vollendete seine Zeichnung und zeigte sie herum. Seine Idee war ein schlichtes, bootsförmiges Gefährt mit Segeln und einem großen Heißluftballon, der darüber befestigt war.

»Schaffen wir es, etwas so Ausgefallenes innerhalb kürzester Zeit fertigzustellen?«, zweifelte Goldlöckchen.

Jack nahm die Skizze an sich und begutachtete sie eingehend, während er sich die Schläfen rieb. »Mir bereitet nicht die Konstruktion Sorge, sondern die Menge an Materialien, die wir dafür benötigen«, grummelte er. Den Zwillingen fiel wieder ein, dass er ein sehr talentierter Handwerker war – entsprechend nahmen sie sich seine Worte zu Herzen.

Auch Rotkäppchen beugte sich nun dichter über das Blatt. »Und welche Materialien brauchten wir genau?«, fragte sie mit hochgezogener Augenbraue.

Froggy besah sich noch einmal die Zeichnung. »Bauholz, sehr widerstandsfähigen Stoff und jede Menge Lampenöl«, zählte er auf.

Rotkäppchen kniff die Augen zusammen und nickte vor sich hin, während sie alles nacheinander im Kopf abhakte. »Jep, habe ich samt und sonders hier in der Burg«, verkündete sie mit breitem Lächeln.

Das ließ alle überrascht aufhorchen. »Wo?«, fragte Conner.

»Flechten können wir das Schiff aus dem Holz meiner kompletten Korbsammlung«, erklärte Rotkäppchen. »Ich nehme an, dass meine Garderobe aus Sommerkleidern ausreichend Stoff für den Ballon und die Segel liefern wird – die Kleider sind zudem aus den edelsten Stoffen des Königreichs gefertigt. Was das Lampenöl anbelangt: Davon werden unzählige Fässer in der Burg aufbewahrt, nur um jedes Mal mein Badewasser zu wärmen. Und ich nehme *sehr häufig* ein Bad.«

»Hast du nicht all deine Körbe in dem Feuer verloren?«, fragte Alex.

»Die meisten«, stimmte Rotkäppchen zu. »Aber seither gab es ja viele Geburtstage und Feiertage zu feiern. Meine Sammlung ist wieder beinahe so umfangreich wie zuvor.«

Den Zwillingen fiel somit nichts mehr ein, was gegen Rotkäppchens Vorschlag gesprochen hätte. Nach dem Kleid zu urteilen, das sie zur Versammlung des Märchenrats getragen hatte, litt die junge Königin zweifellos keinerlei Mangel.

»Das klingt machbar«, befand Jack. »Bis morgen früh schaffe

ich es, einige genauere Pläne zu entwerfen. Rot, kannst du nach den besten Handwerkern des Königreichs schicken? Wir brauchen so viele, wie wir bekommen können.«

»Selbstverständlich«, versicherte Rotkäppchen. »Das dritte kleine Schweinchen ist rein zufällig einer der besten Baumeister im Land, und genau genommen schuldet es mir einen Gefallen – es hat versehentlich sein Backsteinhäuschen auf Suses Farmland gesetzt, und ich habe da ein Auge zugedrückt.«

»Wie lange wird es dauern, das Schiff zu bauen?«, wollte Goldlöckchen von Jack wissen.

»Vier oder fünf Tage, wenn wir fleißig sind«, schätzte Jack. »Drei Tage, wenn wir rund um die Uhr schuften.«

»Phantastisch«, jubelte Froggy.

»Eine wirklich grandiose Idee von dir, Froggy«, lobte Conner.

Froggy lächelte. »Das finde ich auch«, gab er freimütig zu. »So wird unsere Reise viel einfacher, wenn wir uns nicht durch die Nördlichen Berge bis hinauf zur Schneekönigin kämpfen müssen – oder eine Bohnenranke emporkraxeln, um zur Burg des Riesen zu gelangen.«

Jack räusperte sich. »Leider werden wir sehr wohl am Ende die Bohnenstange erklimmen müssen«, widersprach er.

»Wieso?«, stutzte Alex.

»Erst die Bohnenranke beschwört das Heim des Riesen überhaupt herauf«, erklärte Jack. »Es erscheint erst, sobald die Ranke eine gewisse Höhe erreicht hat.«

Conner runzelte die Stirn. »Wohin ist eigentlich die Bohnenranke verschwunden? Ich kann mich nicht erinnern, sie gesehen zu haben, seit wir diesmal hier angekommen sind«, grübelte er.

Rotkäppchen wurde mit einem Mal sehr still und starrte zu Boden.

»Rot, hast du irgendetwas mit Jacks Bohnenranke angestellt?«, fragte Goldlöckchen scharf; die allzu auffällige Verlegenheit ihrer ehemaligen Erzfeindin war ihr nicht entgangen.

Rotkäppchen blickte mit schuldbewussten Augen im Zimmer umher. »Könnte sein, dass ich verlangt habe, sie zu entfernen«, beichtete sie.

»Entfernen?!«, schrie Jack auf. »Wieso um alles in der Welt denn das?!«

»Weil sie ein Schandfleck war!«, gab Rotkäppchen patzig zurück. »Außerdem war es eine Qual für mich, Tag für Tag aufzuwachen und dieses Ding vor Augen zu haben, nach – du weißt schon – allem, was passiert ist.« Mit einer Armbewegung deutete sie zwischen sich selbst, Jack und Goldlöckchen hin und her.

»Na großartig«, befand Goldlöckchen. »Und was machen wir jetzt?«

Jack seufzte. »Ich werde wohl noch einmal den Fliegenden Händler suchen müssen«, meinte er. »Hoffentlich hat er ein paar magische Bohnen übrig oder weiß, woher ich welche bekommen kann. Ich mache mich auf den Weg, sobald ich morgen die Handwerker eingewiesen habe.«

»Das wäre also geklärt«, stellte Froggy fest und klatschte in die Hände. »Wir fünf brechen auf, sobald das Schiff bereit ist.«

Rot sah ihn schief von der Seite an. »Wie meinst du das, ihr *fünf*?«, fragte sie.

Goldlöckchen klappte der Mund auf. »Erzähl mir nicht, dass du vorhattest, mitzukommen?«, warnte sie.

»Natürlich komme ich mit«, verkündete Rotkäppchen. »Immerhin stelle ich alle Hilfsmittel und sämtliches Reisezubehör zur Verfügung, oder etwa nicht?«

»Bei allem gebührenden Respekt, Rot«, warf Conner ein, »ich fürchte, diese Reise könnte womöglich nicht den Ansprüchen einer Königin genügen.«

»Verzeihung?«, fauchte Rotkäppchen zutiefst beleidigt. »Wenn meine Erinnerung mich nicht trügt, habe ich bei unserem letzten gemeinsamen Abenteuer zwei Entführungen überlebt, bin in eine Grube voller teuflischer Pflanzen geworfen und beinahe von Wölfen zerfleischt worden – alles am selben Tag! Willst du mir etwa sagen, dass ich nur dann ein Recht darauf habe, in Lebensgefahr zu geraten, wenn es *euch* gerade in den Kram passt?«

Rotkäppchen verschränkte die Arme noch enger vor der Brust und wandte entschieden den Kopf ab. Sie würde sich von nichts und niemandem umstimmen lassen.

»Liebling?«, sprach Froggy sie zaghaft an. »Glaubst du wirklich, dass das die beste Idee ist? Wenn du bedenkst, wer alles mitreist, und welche Vergangenheit diese Reisegefährten mitbringen?«

»Ich komme mit!«, beharrte Rotkäppchen. »Ich habe nicht vor, hier herumzusitzen und euch fünf ganz allein allen Ruhm dafür einheimsen zu lassen, dass ihr ohne mich die Welt rettet. Ich sollte sofort zu packen anfangen! Ich habe noch nie für ein Abenteuer gepackt!«

Plötzlich ganz ausgelassen sprang Rotkäppchen auf die Füße und rannte aus der Bibliothek. Die anderen warfen Froggy grimmige Blicke zu.

»Ich werde mit ihr reden und ihr die Lage ein bisschen besser verständlich machen«, murmelte er und folgte rasch der überdrehten jungen Königin aus dem Raum.

Jack ging zum Schreibtisch hinüber und machte sich daran, bessere Baupläne für das Schiff anzufertigen. Goldlöckchen blieb bei den Zwillingen am Feuer. Ein stolzes Lächeln trat auf ihr Gesicht, als sie die beiden musterte.

»Was ist denn?«, wollte Alex wissen.

»Nichts«, tat Goldlöckchen ihre Frage schulterzuckend ab. »Mir kam nur gerade wieder in den Sinn, wie ich euch beiden einmal Mut zugesprochen habe – und seht mal an, wer hier nun wen ermutigt.«

Alex und Conner lächelten einander zu. Sie waren seit ihrer letzten Reise ins magische Land in der Tat um einiges erwachsener geworden.

»Ich sollte besser Hafergrütze füttern gehen«, bemerkte Goldlöckchen. »Ich musste sie im Burgstall unterbringen, und mit anderen Pferden ist sie noch nie gut zurechtgekommen.«

Goldlöckchen eilte aus dem Zimmer und klopfte im Vorbeigehen den Geschwistern sachte auf die Schultern. Als sie fort war, wurde es sehr still in der Bibliothek; außer den flackernden Flammen im Kamin und Jacks Federstrichen auf dem Pergament, während er an den Entwürfen für das Schiff arbeitete, war nichts zu hören.

»Ich hätte beinahe aufgegeben«, gestand Alex ihrem Bruder. »Alles schien mir so hoffnungslos – danke, dass du mich wieder aufgerichtet hast.«

»Jederzeit«, erwiderte Conner. »Danke, dass du mir in der sechsten Klasse bei der Klassenarbeit geholfen hast.«

»Woher weißt du das?«, fragte sie überrascht.

Conner sah ihr in die Augen. »Die einzige Zeile in meinen Arbeiten, in der am Ende nichts rot markiert ist, ist normalerweise die mit Namen und Datum«, sagte er trocken.

Zum ersten Mal seit zwei Tagen lachte Alex von Herzen auf. Sie vermisste jene Zeiten, in denen die größte Sorge der Zwillinge eine verpatzte Klassenarbeit gewesen war.

»Bist du sicher, dass du hierfür bereit bist?«, wollte sie von ihrem Bruder wissen.

Conner dachte einen Augenblick nach. »Du meinst, für ein weiteres gefährliches Abenteuer im magischen Land, bei dem wir verschiedene Gegenstände zusammensuchen und dabei womöglich unser Leben riskieren müssen?«, fragte er mit verschlagenem Grinsen zurück.

Alex kicherte. »Genau das meine ich.«

Conner grübelte noch einen Moment länger, dann nickte er entschlossen. »Von mir aus kann's losgehen!«

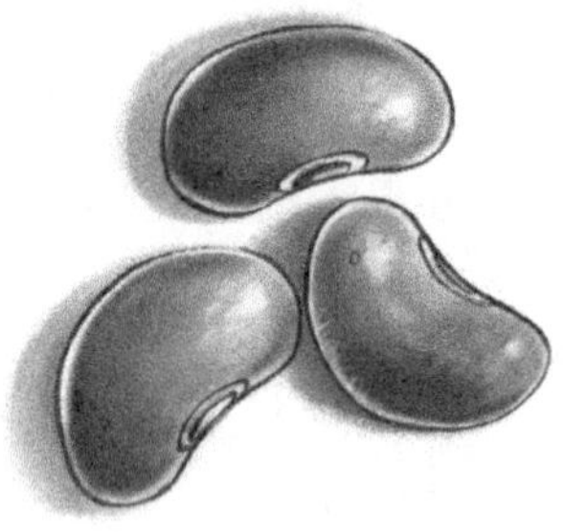

Kapitel 15

Ein Wiedersehen mit einem alten Bekannten

Die Balkontüren flogen auf, und Königin Rotkäppchen trat energisch ins Freie. Sie trug ihr bestes Kleid und war über und über mit edelstem Schmuck behangen. So hielt sie es immer, wenn sie zu ihrem Volk sprach.

»Werte Mitkäppchen«, wandte sie sich mit erhobenen Armen an die Bürger. »Habt Dank, dass ihr heute gekommen seid, um mir zu lauschen!«

Sie warf einen Blick hinunter auf ihr Publikum und stellte enttäuscht fest, wie klein es war. Obwohl sie das gesamte Königreich vorgeladen hatte, um eine Ansprache der Königin zu verfolgen, hatte sich vor der Burg nur eine Menge von knapp zwei Dutzend Einwohnern versammelt – einschließlich zweier Schafe und einer Ziege.

Rotkäppchen schluckte und fuhr mit ihrer Ankündigung fort.

»Ich nehme an, viele Leute sind zu verängstigt, um ihr Haus zu verlassen – besonders nach dem Verschwinden unserer geliebten Mauer. Daher gebt diese Nachricht bitte weiter«, mahnte sie. »Auch wenn wir gerade beispiellos schwierige Zeiten durchmachen, habe ich euch doch zusammengerufen, um euch Mut und Stärke zuzusprechen – wir haben uns schon in der Vergangenheit großen Bedrohungen gegenübergesehen und sie stets gemeinsam als Königreich gemeistert! Und wenn ich reihum in eure Gesichter schaue, dann erkenne ich Tapferkeit in euren Augen! Mag sein, dass die Zauberin uns unsere Mauer genommen hat; aber unseren Geist wird sie niemals brechen!«

Rotkäppchen warf sich in Pose und wartete auf Applaus, doch es kam keiner.

»Außerdem«, fuhr sie daher fort, »gibt es eines, was die Bewohner meines Königreichs – mit Ausnahme des Hirtenjungen, der sich mit seiner Wolfswarnung einen Scherz erlaubt hat – ganz gewiss können: überleben!«

Rotkäppchen hielt kurz inne. Sie hatte den Rest ihrer Rede vergessen.

»*Was wollte ich noch erwähnen, Liebling?*«, raunte die junge Königin aus dem Mundwinkel Froggy zu. Zu ihrem Glück stand er gleich auf der anderen Seite der Balkontüren im Innern der Burg.

»*Wir werden die Mauer wiederaufbauen!*«, flüsterte Froggy ihr zu.

»*O ja, das war's! Vielen Dank!*«, wisperte Rotkäppchen zurück und wandte sich dann wieder ihrem Volk zu. »Wir werden unsere Mauer wiederaufbauen!«

Wieder nahm Rotkäppchen eine herrschaftliche Pose ein. Diesmal verharrte sie darin so lange, bis von unten aus der Menge Klatschen zu ihr empordrang.

»Bevor wir aber damit anfangen, würde ich gern für heute Nachmittag sämtliche Zimmerleute meines Königreichs auf meine Burg einladen, um an einem anderen Projekt zu arbeiten – mir ist bewusst, dass das sehr kurzfristig ist, aber es würde mir unheimlich viel bedeuten, wenn ihr zahlreich erscheint«, fuhr sie fort. »Danke, dass ihr mir heute gelauscht habt, werte Käppchen! Ich wünsche euch allen Frieden und Notstand!«

»Wohlstand, mein Liebes! Wohlstand!«, verbesserte Froggy sie.

»Frieden und Wohlstand, meine ich!«, erklärte Rotkäppchen rasch und zog sich dann hastig nach drinnen zurück. Kaum hatten sich die Türen hinter ihr geschlossen, machte sie sich daran, ihren Schmuck abzunehmen und ihrem Dienstmädchen zu reichen.

»Ein anstrengendes Publikum«, seufzte Rotkäppchen. »Wenigstens habe ich alle Königinnenwörter untergebracht.«

Die Zwillinge hatten gemeinsam mit Froggy Rotkäppchens Rede verfolgt.

»Königinnenwörter?«, wiederholte Alex fragend.

»Ja – *Stärke, Mut, Tapferkeit, Geist.* Vier Wörter, die für eine gute königliche Rede unverzichtbar sind«, erläuterte Rotkäppchen und wechselte dann geschwind das Thema. »Sind schon sämtliche Körbe und Kleider hinunter in den Burghof gebracht worden?«

»Jawohl, Euer Majestät«, versicherte das Dienstmädchen.

Als Alex und Conner am Morgen aufgewacht waren, hatten sie begeistert festgestellt, dass der Innenhof der Burg in eine Freiluftwerkstatt umgewandelt worden war. In einer Ecke hatten Rotkäppchens Bedienstete Tausende und Abertausende Körbe aus ihrer Sammlung aufgetürmt, in einer anderen lagen Hunderte ihrer Sommerkleider zu Stapeln geschichtet.

Jack hatte die gesamte vorangegangene Nacht damit zugebracht, detailgenaue Pläne für ihr fliegendes Schiff zu zeichnen. Blaupausen der Entwürfe hingen nun an einer gewaltigen Anschlagtafel in der Mitte des Hofes, wo sie für alle gut zu sehen waren.

»Das sollte genügen«, befand Jack mit einem herzhaften Gähnen. »Wann dürfen wir mit den Zimmerleuten rechnen?«

»Ein paar sind bereits eingetroffen, und die restlichen sollten bis heute Mittag hier sein«, schätzte Froggy.

Goldlöckchen ließ den Blick über den Hof wandern. »Ich fürchte, wir haben ein Problem«, stellte sie fest und gestikulierte zu dem Kleiderhaufen hinüber. »Wer soll denn bitte die Segel und den Ballon für das Schiff nähen?«

Alex und Conner sahen einander an und hofften beide, ihr jeweiliger Zwilling wisse die Antwort.

»Schau mich nicht so an«, grummelte Conner. »Ich war in Hauswirtschaftslehre immer unterirdisch. Einmal habe ich beinahe die Schule in Brand gesteckt, als ich bloß Cornflakes ausschütten wollte, weißt du noch?«

»Und ich kann auch nicht sonderlich gut mit Nadel und Faden umgehen«, beichtete Alex. »Kennt irgendjemand eine begabte Schneiderin hier im Königreich?«

»Ich habe längst Granny gefragt«, verkündete Rotkäppchen und kam fröhlich auf den Hof gestürmt.

Zuerst sagte niemand ein Wort, doch alle dachten dasselbe.

»Bist du sicher, dass deine Großmutter imstande ist, einen Ballon und Segel für ein fliegendes Schiff zusammenzunähen, Liebling?«, erkundigte sich Froggy schließlich beherzt.

»Aber selbstverständlich!«, versicherte Rotkäppchen ohne den Hauch eines Zweifels. »Sie macht sich nachher von der Schuhpension aus auf den Weg. Sie war ganz entzückt, als ich sie darum gebeten habe. Granny hat schon Kleider für mich genäht, als ich noch ein kleines Mädchen war. Vertraut mir – wenn das überhaupt jemand schafft, dann sie.«

Kaum eine Stunde später traf Rotkäppchens Großmutter ein. Sie hatte ihr graues Haar zu einem festen hohen Dutt gebunden, trug eine Lesebrille auf der Nasenspitze und hatte eine große Handtasche voller Garn und Faden bei sich.

»Vielen, vielen Dank, dass du gekommen bist, Granny!«, trällerte Rotkäppchen und umarmte ihre Großmutter.

»Überhaupt kein Problem, mein Herzchen«, erwiderte Granny. Sie hatte eine sanfte, langsame, beruhigende Stimme. »Ich finde es ganz schön, im Ruhestand einmal ein wenig Abwechslung zu erleben. Immerzu nur Karten zu spielen oder dem Gras beim Wachsen zuzusehen wird irgendwann ja auch langweilig.«

Froggy, Goldlöckchen, Jack und die Geschwister sahen sich zweifelnd an. Konnte man eine derart wichtige und verantwortungsvolle Aufgabe tatsächlich in die Hände dieser älteren Dame legen?

»*Das hier* versuchen wir zu bauen«, erklärte Rotkäppchen und zeigte auf die ans Brett gehefteten Konstruktionspläne. »Glaubst du, das bekommst du hin?«

»Mal sehen«, murmelte Granny und schob ihre Brille auf der Nase nach oben, um die Zeichnung besser erkennen zu können. »Schaut aus wie eine Art Ballon und irgendwelche Segel, hmm? Plant ihr Kinder ein Abenteuer?«

»In der Tat, das tun wir!«, bekräftigte Rotkäppchen mit hocherhobenem Haupt. »Wir werden ausziehen und die Welt retten!«

»Schön, schön, Herzchen«, meinte Granny und tätschelte ihrer Enkelin den Rücken. Sie schien nicht allzu viel auf Rotkäppchens Worte zu geben – ganz so, als hätte ein kleines Mädchen ihr erzählt, es wolle zum Mond fliegen. »Habt ihr den Stoff dafür hier, oder soll ich noch mal schnell zum Laden laufen?«

»Wir sollten alles Nötige vorrätig haben«, prahlte Rotkäppchen mit einer ausladenden Handbewegung hin zu dem Kleiderberg in der Ecke.

»Na, sieh mal einer an, wie findig von dir«, lobte Granny. Sie warf noch einen letzten Blick auf die Tafel und den Stoffhaufen und nickte dann. »Ja, ich denke, damit komme ich gut aus.«

Rotkäppchen hüpfte auf der Stelle und klatschte dabei in die Hände. Die anderen wirkten skeptischer als je zuvor.

»Sind Sie sicher, dass Sie es schaffen?«, vergewisserte sich Jack. Statt ihm zu antworten, nahm die alte Frau auf einem Hocker in der Nähe der Kleiderecke Platz und fing an, die ersten Säume aufzutrennen.

»Ach, das wird ein Kinderspiel«, tönte Rotkäppchens Großmutter. »Erinnerst du dich noch an den Sommer, in dem *du* aufgegangen bist wie ein Ballon, Rot? Armes Ding – du hast so viel zugenommen, dass ich dir jede Woche eine neue Garderobe schneidern musste.«

Die Zwillinge mussten sich in die Fäuste beißen, um nicht laut loszuprusten. Goldlöckchen machte sich nicht einmal die Mühe, ihr Kichern zu unterdrücken.

»Ach, so war das, tatsächlich?«, säuselte sie mit verschlagenem Grinsen.

Rotkäppchen lief so tiefdunkelrot an, dass sie ihrem Namen alle Ehre machte. »Granny, ich glaube nicht, dass jetzt der richtige Zeitpunkt ist, um –«

»Deshalb habe ich ihr den roten Mantel genäht, für den sie so berühmt ist«, plauderte Granny weiter, ohne sich der Verlegenheit ihrer Enkelin bewusst zu sein. »Der war das einzige Kleidungsstück, das ihr länger als eine Woche gepasst hat!

Jedes Mal, wenn ich krank war, ist sie mit einem leeren Korb bei mir aufgetaucht. Ich habe nie verstanden, weshalb ihre Mutter mir Körbe schickt – bis mir klargeworden ist, dass Rot unterwegs den ganzen Kuchen futterte, der ursprünglich darin war.«

Nun konnte niemand im Hof mehr sein Lachen verbergen. Selbst Froggy entkam ein Glucksen.

»Ich war früher Stress-Esserin!«, verteidigte sich Rotkäppchen. »Damals hatte ich jede Menge Sorgen und Probleme.« Unwillkürlich schielte sie zu Jack hinüber. »Glücklicherweise bin ich dieser Phase ebenso entwachsen wie all meinen Klamotten.«

»Ja, Herzchen«, beschwichtigte Granny. »Dafür sind wir alle dankbar – mit Ausnahme des Stoffladens, versteht sich.«

Während sie redeten, riss Granny beachtliche Längen an Nähten auf; bei diesem Geräusch wand sich Rotkäppchen noch ein wenig mehr. Obwohl es ihre eigene Idee gewesen war, ertrug sie es kaum, zuzusehen, wie ihre Kleider zerstört wurden – und ebenso wenig wollte sie noch länger dabeistehen und das Risiko eingehen, dass ihre Großmutter weitere peinliche Erinnerungen ausposaunte.

»Wenn ihr mich jetzt bitte entschuldigt«, verkündete Rotkäppchen und schritt zügig über den Innenhof davon. »Ich denke, ich werde mich eine Weile hinlegen. Mein Leben erscheint mir mit einem Mal geradezu wie ein Theaterstück von Shakeybakey.«

Rotkäppchens Aufruf musste im gesamten Königreich Gehör gefunden haben, denn bis zur Mittagszeit hatte sich der Burghof mit Dutzenden Handwerkern und Bauarbeitern gefüllt, die alle eifrig erpicht darauf waren, ihrer jungen Herrscherin zu helfen. Das dritte kleine Schweinchen traf ganz zum Schluss ein und zog einen Werkzeugkasten hinter sich her, der halb so groß war wie es selbst.

»Ich habe gehustet und geprustet und dieses Ding den kompletten Weg von zu Hause hierher geschleift«, klagte es. »Und alles nur, weil ich Königin Rotkäppchen noch einen Gefallen schulde.«

Jack kletterte auf einen der größeren Körbe, um sich bei allen Anwesenden Gehör zu verschaffen. »Willkommen und danke, dass ihr so zahlreich erschienen seid! Leider muss ich euch sagen, dass wir eine große Aufgabe vor uns haben, für die wenig Zeit bleibt; verzeiht daher, wenn ich meine Ansprache knapp und eilig halte. Die Königin hat eine kleine Mission zusammengestellt, in der Hoffnung, so retten zu können, was der Zauberin seit ihrer Rückkehr noch nicht zum Opfer gefallen ist. Teil dieser Mission ist auch ein besonderes Schiff, das statt über das Meer über Wolken segeln soll und nun in Rekordzeit fertiggestellt werden muss.«

Jack sprang vom Korb und schritt forsch zu der Anschlagtafel hinüber.

»Bitte versammelt euch alle einmal um mich, und werft einen Blick auf die Pläne«, wies er die Menge an. »Unsere Mittel sind begrenzt, doch ich bin überzeugt, dass wir innerhalb weniger Tage alles bauen können, solange wir uns genau an diese Entwürfe halten. Mit den Gründen dafür, dass dieses Projekt strengster Geheimhaltung unterliegt, will ich euch gar nicht langweilen; ich wiederhole lediglich noch einmal: Es kann gut sein, dass ihr drauf und dran seid, dazu beizutragen, die Welt ein für alle Mal aus den Fängen der Zauberin zu befreien. Wenn ihr also alle so gut wärt, uns eure Arbeitskraft, Stärke und Treue zur Verfügung zu stellen, dann können wir sofort anfangen und diesem Wahnsinn ein für alle Mal ein Ende setzen.«

Keiner der Zimmerleute hatte dagegen etwas einzuwenden – Jacks Worte hatten sie so ermutigt und mitgerissen, dass niemand das Gesagte in Frage stellte. Die eine Hälfte begann, die Körbe zu brauchbaren Stücken auseinanderzunehmen, während die Übrigen diese dann aufreihten und begannen, sie zur Form eines Schiffrumpfs zusammenzufügen.

Jack strahlte in die Runde. Zum ersten Mal seit langem hatte er bei einem wichtigen, nutzbringenden Projekt das Kommando übernommen – und er erwies sich als großartiger Anführer.

»Das macht er wirklich toll«, flüsterte Alex Goldlöckchen zu.

»Ziemlich toll, ja«, entgegnete Goldlöckchen mit einem schmerzlichen Lächeln. »Inzwischen bekommt er nicht mehr allzu häufig Gelegenheit dazu, ein Held zu sein.«

In ihren Augen spiegelte sich Stolz, doch je länger sie Jack dabei zusah, wie er die Handwerker anwies, desto mehr wurde der Stolz von Schuldgefühlen überlagert. Einst war Jack ein so angesehener und geschätzter Mann in der Gesellschaft von Rotkäppchens Königreich gewesen – und all das hatte er in den Wind geschossen, indem er sich dafür entschieden hatte, gemeinsam mit ihr zu fliehen. Auch wenn Goldlöckchen wusste, dass er diesen Weg aus eigenem, freiem Willen gewählt hatte, fühlte sie sich doch unwillkürlich ein wenig verantwortlich.

»Autsch!«, bellte Conner. Er hatte sich den Zimmerleuten angeschlossen und zog sich beim Auseinandernehmen der Körbe immer wieder Splitter zu. »Wie schafft ihr das nur so mühelos?«

Das dritte kleine Schweinchen streckte ihm einfach bloß wortlos seine Hufe hin.

»Kapiert«, murrte Conner. »Ich fand ja schon immer, dass Daumen völlig überbewertet werden.«

Der Tag verflog im Nu, und die ganze Zeit über arbeiteten die Handwerker unermüdlich an dem Schiff. Jack wurde immer unruhiger, da er wusste, dass er nach wie vor irgendwie den fliegenden Händler ausfindig machen musste. So übertrug er Froggy und dem dritten kleinen Schweinchen die Verantwortung für die Bauarbeiten, nachdem er die Blaupausen gründlich Zentimeter für Zentimeter mit ihnen durchgesprochen hatte.

»Das wird noch viel besser, als ich es mir vorgestellt hatte!«, freute sich Froggy und machte einen glücklichen Hopser. »Wie nennt man dieses raffinierte Gerät?«

Das dritte kleine Schweinchen verdrehte die Augen. »Das ist ein Hammer«, grummelte es.

»*Das* also ist ein Hammer! Interessant«, sinnierte Froggy und besah sich das Werkzeug eingehend. Trotz allem, was er durchlebt hatte, war er im Herzen eben noch immer ein Prinz.

»Wenn ich es mir recht überlege, sollte ich vielleicht doch besser hierbleiben«, murmelte Jack.

»Die beiden bekommen das schon hin«, beruhigte ihn Goldlöckchen und schickte sich an, ihn von den Handwerkern fortzuziehen. »Du hast sie ja hervorragend eingewiesen.«

Bevor Goldlöckchen und Jack den Burghof verlassen konnten, wurden sie aufgehalten.

»Hey, ihr zwei!«, rief Rotkäppchen aus einem offenen Fenster hinunter. In der Hand hielt sie einen gerade geöffneten weißen Briefumschlag. »Nehmt die Zwillinge mit! Ich habe gerade eine Nachricht bekommen, dass Feen auf dem Weg hierher sind, um im Fall unserer verschwundenen Mauer zu ermitteln, und da möchte ich nicht, dass *diese* beiden irgendwo herumlungern und erwischt werden!«

»Ach, Mensch«, nörgelte Conner. »Ich wollte eigentlich beim Schiffsbau helfen!«

»Umso mehr ein Grund, dass du verschwindest«, stellte das

dritte kleine Schweinchen mit Nachdruck fest und riss Conner ein Stück Korbgeflecht aus den Händen.

»Also schön«, mischte Goldlöckchen sich ein. »Die Kinder können uns dabei helfen, den fliegenden Händler zu finden.«

Alex und Conner mussten zugeben, dass sie diese Vorstellung doch ein wenig aufregend fanden.

»Und was soll ich den Feen erzählen, wenn sie sehen, wie fleißig hier gewerkelt wird?«, wollte Rotkäppchen wissen.

Alex hatte im Nu eine Antwort parat. »Sag ihnen, dass du beschlossen hast, all deine Körbe zu einem einzigen Riesenkorb zusammenflechten zu lassen«, schlug sie vor.

Rotkäppchen runzelte die Stirn. »Würde irgendjemand glauben, dass mir so etwas Absurdes in den Sinn käme?«

»Ja«, schallte es wie aus einem Mund von der Menge im Hof zurück. Selbst die Zimmerleute und Granny hatten daran keinerlei Zweifel.

Rotkäppchen schnaubte. »Meinetwegen«, fauchte sie und knallte prompt das Fenster zu.

»Wenn die Zwillinge mit uns reisen, benötigen wir noch ein zweites Pferd«, gab Goldlöckchen zu bedenken.

»Keine Sorge«, sagte Froggy. »In den Ställen haben wir jede Menge Pferde. Ihr könnt euch einfach eines aussuchen.«

Voller Eifer rannten Alex und Conner hinauf in ihre Zimmer, um alles zusammenzusuchen, von dem sie glaubten, sie würden es auf ihrer Suche nach dem fliegenden Händler gebrauchen können. Dann stießen sie in den Stallungen wieder zu Jack und Goldlöckchen, die dort emsig damit beschäftigt waren, Goldlöckchens berüchtigtes cremeweißes Pferd Hafergrütze mit Vorräten zu beladen.

Hafergrütze warf all den anderen Pferden unbehagliche Blicke zu. Goldlöckchen hatte nicht übertrieben: Ihre Stute kam offenbar wirklich nicht gut mit Artgenossen zurecht. Und als die Kinder sich ebenfalls umsahen und all die tadellos gestriegelten Ponys in Augenschein nahmen, wunderte sie das kaum. Während Hafergrütze dort draußen durch die Welt gestürmt und mit ihrer Herrin vor dem Gesetz geflohen war, hatten all diese Pferde ihre Tage in ihren gemütlichen Boxen verbracht – kein Wunder, dass sie da nicht miteinander auskamen.

»Welches Pferd sollen wir nehmen?«, überlegte Alex laut.

»Hmm … *das da*«, beschloss Conner und deutete auf einen stattlichen braunen Hengst im allerhintersten Verschlag.

»Wieso das?«, hakte Alex nach.

»Weil es als einziges Tier keine Schleifchen in der Mähne hat«, erklärte Conner.

»Das ist Inferno«, informierte ein Stallbursche die Zwillinge. »Seid ihr sicher, dass ihr ihn wollt? Er kann ein bisschen aggressiv sein.«

Conner drehte noch eine Runde durch den Stall, um sich seiner Entscheidung zu vergewissern. »Jep«, bekräftigte er. »Die anderen sehen alle aus, als gehörten sie in den Gang mit den Puppen im Spielzeugladen.«

»Wie ihr meint«, brummte der Stallbursche. »Aber sagt bloß nachher nicht, ich hätte euch nicht gewarnt.« Er warf dem Hengst einen Sattel über den Rücken, an dem die edelsten, naturgetreusten gestickten Flammen emporzüngelten, die die Geschwister je gesehen hatten.

»Heißt er deshalb Inferno?«, erkundigte sich Alex.

»Teilweise«, murmelte der Stallbursche. »Ihr werdet schon sehen.«

Einige Minuten später machten sich Jack, Goldlöckchen und die Zwillinge auf den Weg. Jack und Goldlöckchen ritten auf Hafergrütze voran, Alex und Conner folgten ihnen mit ein paar

Metern Abstand auf Inferno. Nur allzu bald wurde ihnen klar, wie das Pferd zu seinem Namen gekommen war – alle paar Schritte buckelte es hitzig und wieherte dabei laut. Die züngelnden Flammen am Sattel unterstrichen eindeutig sein feuriges Temperament.

»*Wie schaltet man das Ding denn ab?!*«, brüllte Conner und umklammerte die Zügel, so fest er konnte.

»Ich glaube, mir wird übel!«, stöhnte Alex. Sie hatte die Arme krampfhaft um Conners Oberkörper geschlungen und war drauf und dran, ihn zu zerquetschen.

Goldlöckchen lenkte Hafergrütze in Infernos Richtung.

»Hafergrütze, sag dem Angeber, dass er aufhören soll«, wies sie ihre Stute an. Hafergrütze wieherte dem Hengst missbilligend zu, und sofort ließ er das Buckeln bleiben.

Hafergrütze verdrehte die Augen. Inferno schnaubte kokett in ihre Richtung, beinahe so, als wolle er mit ihr flirten. Die Zwillinge fühlten sich dabei ein wenig unbehaglich; zweifellos hatten die beiden Pferde eine gemeinsame Vorgeschichte, und weder Alex noch Conner waren allzu versessen darauf, mehr darüber zu erfahren.

Auf Infernos Rücken folgten sie Hafergrütze aus Rotkäppchens Königreich hinaus, dann hinein in die Wälder entlang der Grenzen zum Königreich des Gläsernen Schuhs und zum Reich der Feen. Jack und Goldlöckchen waren noch wachsamer als sonst – die Zauberin hatte die ganze Welt zu einem so gefährlichen Ort wie die Zwergenwälder gemacht.

Ehe sie es sich versahen, setzte die Dämmerung ein, und die Reisegefährten schlugen am Rand des Weges ihr kleines Lager auf. Alex und Conner breiteten einige Decken zum Schlafen auf dem Boden aus.

»Unbequem, aber doch irgendwie vertraut und tröstlich«,

stellte Conner fest, während er sich auf dem harten Untergrund ausstreckte. »Irgendwie habe ich es tatsächlich etwas vermisst, in mysteriösen Wäldern zu übernachten.«

»Jetzt kannst du dich gleich daran gewöhnen«, meinte Alex. »Uns stehen jede Menge Abenteuer bevor.«

»Wohl wahr«, pflichtete Conner ihr bei. »Aber zumindest haben wir diesmal Freunde an unserer Seite.«

Im Gegensatz zu ihrem Bruder fand Alex keinen Schlaf. Nachdem sie sich eine ganze Weile hin und her geworfen hatte, stand sie auf und setzte sich zu Goldlöckchen, die neben einem winzigen Lagerfeuer ihr Schwert schärfte. Sie hielt Wache, während die anderen ruhten.

»Du bist anders als alle Frauen, die ich bisher kennengelernt habe«, befand Alex.

»Inwiefern?«, fragte Goldlöckchen.

»Na ja – du bist einfach so selbstbewusst und unabhängig«, erklärte Alex. »So viele Mädchen – besonders in meiner Welt – sind unsicher und neidisch. Obwohl wir uns so brauchen, sind wir gleichzeitig unheimlich gemein zueinander. Da wäre es gut, wenn wir mehr Frauen wie dich hätten, zu denen wir aufschauen und die wir uns zum Vorbild nehmen könnten.«

Das zu hören stimmte Goldlöckchen traurig. »Früher war ich ganz genauso«, gestand sie. »Doch seit ich auf der Flucht bin, habe ich gelernt, dass ein Leben, in dem man sich immerzu nur Feinde macht, nicht lebenswert ist. Verbündete zu haben – das ist das Beste, was einem passieren kann. Und Neid spiegelt nur den Frust wider, den man gegen sich selbst hegt. Wer hat schon die Zeit, sich bloß darauf zu konzentrieren?«

Alex lächelte. »Starke Worte«, murmelte sie. »Ich wünschte, die Mädchen in meiner Schule könnten das hören.«

»Du musst bloß ein Schwert mit in den Unterricht nehmen«,

sagte Goldlöckchen. »Vertrau mir: Dann werden diese Mädchen dich in Zukunft in Ruhe lassen.«

»Oh, das könnte ich niemals tun«, erschrak Alex. »Gewalt wird in meiner Welt gar nicht gern gesehen. Dort geht es anders zu als hier; man kommt auch ohne sie aus.«

Diese Vorstellung nun gefiel Goldlöckchen gut. »Dann finde heraus, was *dein* Schwert sein kann – finde deine ganz persönliche *Stärke*, und trag sie stolz zur Schau. Schlag diese Mädchen mit ihren eigenen Waffen, indem du ihnen zeigst, wie durch und durch zufrieden du mit deinem Leben bist«, sagte sie. »Allerdings bin ich eine gesuchte Verbrecherin und damit vielleicht nicht die beste Ratgeberin.«

Alex lachte. Einen besseren Ratschlag hatte sie kaum je bekommen; da machte es überhaupt nichts, dass er von einer Gaunerin kam.

Am nächsten Morgen waren alle bei Sonnenaufgang bereits auf den Beinen. Um sich auf der Suche nach dem fliegenden Händler die Zeit zu vertreiben, erzählten Jack und Goldlöckchen den Kindern alles, was sie in ihrem letzten gemeinsamen Jahr auf der Flucht erlebt hatten.

»Ich wusste ja, dass Goldie kämpfen kann, aber ich hatte keine Ahnung, was für eine großartige Kriegerin sie ist«, schmunzelte Jack. »Einmal fand ich mich im Königreich an der Ecke von zwanzig Soldaten umzingelt. Ich war gerade dabei erwischt worden, wie ich einen Laib Brot aus einer Bäckerei gestohlen hatte, und hatte weder meine Axt noch mein Schwert noch sonst irgendetwas bei mir! Ich war hilflos! Da sind Goldie und Hafergrütze wie Kanonenkugeln durch die Türen gedonnert, und Goldie hat im Alleingang sämtliche Soldaten überwältigt!«

»Das gibt's doch gar nicht!«, staunte Conner.

»Er übertreibt; es war nur ein Dutzend Soldaten«, dämpfte Goldlöckchen mit bescheidenem Schulterzucken.

»Wo hast du gelernt, so zu kämpfen, Goldlöckchen?«, fragte Conner. »Und könntest du es mir beibringen? Ich wollte schon immer ein guter Schwertkämpfer sein.«

»Mir ist bereits in jungen Jahren klargeworden, dass niemand meine Schlachten für mich schlagen wird, also habe ich mir ein Schwert geschnappt und mir selbst beigebracht, damit umzugehen«, erwiderte Goldlöckchen. »Wenn du möchtest, kann ich dir ein paar Tricks und Kniffe zeigen.«

»Genial!«, freute sich Conner. »Meine Augen-Hand-Koordination ist echt gut! Beim Pac-Man in unserer Spielhalle ist mein Highscore der zweitbeste überhaupt.«

Jack und Goldlöckchen wussten damit beim besten Willen nichts anzufangen.

»Weißt du, Jack ist auch gar nicht so übel«, prahlte Goldlöckchen stattdessen. »Einmal hat er mich vor drei Ogern gerettet! Ich hing gefesselt über einem großen Kessel, in dem schon das Wasser kochte – wäre Jack nicht rechtzeitig aufgetaucht, hätten die Unholde Suppe aus mir gemacht!«

Jack stieß ein unbeeindrucktes Lachen aus. »Ach, ich habe sie bloß so lange abgelenkt, bis du die Knoten selbst lösen konntest«, brummte er und wandte sich dann wieder an die Geschwister. »Als sie erst einmal frei war, hat sie sich allein um die Kerle gekümmert.«

»Aber es ist doch der Gedanke, der zählt«, widersprach Goldlöckchen und umarmte Jack kurz.

Jeden Pfad, auf den die Freunde stießen, trotteten sie hinauf und hinunter und hielten dabei stets die Augen nach einem Zeichen des Händlers offen.

»Er sollte irgendwo in dieser Gegend sein«, sagte Jack. »Hier habe ich ihn als Junge getroffen. Zwar wird er fliegender Händler genannt, aber wirklich weit reist er tatsächlich nie.«

»Sekunde mal«, unterbrach ihn Goldlöckchen plötzlich. Sie sprang von Hafergrützes Rücken und nahm den ausgetretenen Waldweg genauer in Augenschein. Zwei identische Vogelspuren zogen sich ein gutes Stück vor und hinter ihnen am Boden entlang.

»Welche Vogelart ist denn so lange zu Fuß unterwegs?«, wunderte sich Goldlöckchen.

Jacks Augen leuchteten auf. Die Zwillinge hatten keine Ahnung, was den beiden gerade aufgegangen war, doch sie merkten, dass sie offenbar eine heiße Fährte entdeckt hatten. Goldlöckchen schwang sich wieder auf ihre Stute, und die Freunde galoppierten den Pfad entlang, so schnell die Pferde sie trugen, und folgten den Vogelspuren tiefer hinein in den Wald.

So gelangten sie schließlich zu einem alten Planwagen, der am Wegesrand abgestellt war. Aus dem Dach des Wagens ragte ein kleiner Schornstein hervor. Das Maultier, das ihn wohl gezogen hatte, ruhte sich gerade aus; es war an einem nahen Baum angebunden.

»Schaut euch nur die Spuren an!«, rief Alex und deutete zu Boden. Die Vogeltritte führten direkt an die Hinterachse des Gefährts. In das Profil der Räder waren Muster eingekerbt, die dafür sorgten, dass der Wagen im weichen Untergrund des Pfads Vogelkrallenabdrücke hinterließ! Eine ungeheuer clevere Finte, um seine Spuren zu verwischen.

»Händler?«, rief Jack laut. »Seid Ihr das dort drin?«

Zunächst blieb alles still. Dann war von innen ein eiliges Scharren zu vernehmen, und der Wagen ruckelte heftig hin und her. Die obere Hälfte der Tür wurde aufgestoßen, und der fliegende Händler spähte hinaus.

»Freund oder Feind?«, wollte er wissen. Er war ein älterer Mann mit langem grauem Bart, zerschlissenen Kleidern und einem schielenden Auge. Seit die Zwillinge ihn zuletzt gesehen hatten, schien er ein wenig gealtert, wirkte jedoch noch genauso verschroben wie eh und je.

»Freunde!«, krähte Conner glücklich. »Alte Freunde, genau genommen! Erinnern Sie sich an uns?«

Der Händler musterte die beiden Kinder.

»Mein Junge, ich erinnere mich an jeden Handel, den ich je abgeschlossen habe«, erwiderte der Händler. »Im Alter aber ist mein Geist träge geworden, und Gesichter kann ich mir nicht mehr gut behalten.«

Jack, Goldlöckchen und die Zwillinge kletterten von ihren Pferden und gingen näher an den Wagen heran, damit der Alte sie besser betrachten konnte.

»Sie haben uns vor einem Jahr geholfen, aus dem Revier der Trolle und Kobolde zu entkommen«, erklärte Alex. »Wir haben Sie im Kerker getroffen, und Sie haben Ihre Freiheit für unsere gegeben. Nachdem Sie uns zuvor vom Wunschzauber erzählt hatten.«

Der fliegende Händler strich sich über den Bart und bürstete ein paar Krümel auf den Boden. Sie mussten ihn gerade beim Essen gestört haben.

»Ah ja«, meinte er schließlich und kniff dabei ein Auge zusammen. »Da kommt mir der Hauch einer Ahnung. Ich wünschte, an *dich* könnte ich mich erinnern«, wandte er sich an Goldlöckchen. »Aber *du* – *du* kommst mir bekannt vor, glaube ich«, sagte er schließlich zu Jack.

»Es ist lange her, dass wir uns zuletzt begegnet sind«, gab Jack zu. »Vielleicht entsinnt Ihr Euch noch eines Jungen, mit dem Ihr einst magische Bohnen gegen eine Kuh getauscht habt?«

Mund und Augen des fliegenden Händlers wurden groß vor Entzücken. »Na, da brat mir doch einer eine dreibeinige Ziege«, frohlockte er und klatschte in die Hände. »Wenn das nicht Jack ist – mein Lieblingskunde!«

Jack nickte ihm beglückt zu. »Ich bin es, alter Mann!«, bekräftigte er. »Schön, Euch wiederzusehen!«

»Nur herein, mein Junge, nur herein!« Der Händler stieß nun auch die untere Hälfte der Tür auf. »Gerade habe ich einen Fasanenpudding zubereitet!«

Er verschwand ins Wageninnere, und die anderen nahmen das als Wink, ihm zu folgen.

Drinnen war es ausgesprochen beengt. Ein Bett hatte der Händler ganz an die hintere Wand gerückt, in der Mitte befand sich ein winziger Tisch, und die Seiten des Wagens waren mit Schränken, Regalen und Käfigen zugestellt. Feldflaschen, Besen, Eimer, Dolche und andere Gegenstände lagen in und auf den Schränken und Regalbrettern. Alex und Conner nahmen an, dass sie wohl über irgendwelche mutmaßlichen magischen Fähigkeiten verfügten und darauf warteten, eingetauscht zu werden. Gänse, Enten und Schweine saßen in den Käfigen – zweifellos die Ausbeute der letzten Geschäfte des Händlers.

»Nehmt Platz, nehmt Platz«, ermunterte der alte Mann seine unverhofften Gäste. Jack, Goldlöckchen und die Kinder quetschten sich um den Tisch. Der Händler reichte jedem von ihnen einen Teller seines Fasanenpuddings (der sich als fragwürdige Bratenbrühe entpuppte, in der Stückchen eines ungerupften Vogels umherschwammen) und einen Laib muffigen alten Brots. Die Zwillinge mussten sich die Nasen zuhalten, um keinen Brechreiz zu verspüren.

»Also dann, was führt euch in meine Ecke des Waldes, mein

Junge?«, erkundigte der Händler sich bei Jack und klopfte ihm auf den Rücken.

»Wir waren auf der Suche nach Euch«, gestand Jack.

»Und wie komme ich zu der Ehre, Zielobjekt eines solchen Unterfangens zu sein?«, bohrte der Alte weiter.

Conner musste seinen Satz im Kopf noch einmal durchspielen, um zu begreifen, was der Händler eigentlich wissen wollte. Jack schielte zögerlich zu seinen Gefährten, bevor er mit der Wahrheit herausrückte.

»Ich habe mich gefragt, ob Ihr noch ein paar magische Bohnen besitzt?«, beichtete er. »Solche wie die, die Ihr mir als Kind gegeben habt.«

Das gesunde Auge des Händlers huschte im Wageninnern umher. Die Bitte schien ihn ernstlich zu überraschen.

»Wozu um alles in der Welt brauchst du denn noch *mehr* magische Bohnen?«, wunderte er sich. »Ich nehme doch an, dass dir die erste Ladung, die du von mir bekommen hast, genügend Abenteuer für ein ganzes Leben beschert hat.«

»Das allemal, in der Tat«, bestätigte Jack. »Diesmal sind wir nicht auf ein Abenteuer aus, sondern suchen einen Weg zurück zur Burg des Riesen. Die Bohnenranke ist ausgerissen worden, und wir hoffen, eine neue pflanzen zu können.«

Der Händler ließ sein gutes Auge reihum auf den Gesichtern seiner Gäste ruhen. »Aber wieso wollt ihr in Zeiten wie diesen noch einmal in die Burg des Riesen?«, fragte er fassungslos.

Alex, Conner und ihre beiden erwachsenen Gefährten warfen sich über den Tisch hinweg vorsichtige Blicke zu. Schließlich fasste Alex sich ein Herz und entschied, dass sie keine Zeit hatten, um den heißen Brei herumzureden. So brachte sie es direkt auf den Punkt: »Haben Sie jemals vom Stab des Staunens gehört?«

»Stab des Staunens?«, echote der fliegende Händler.

Conner stürzte sich in die Erklärung: »Das ist ein Zauberstab, den man aus jenen sechs Gegenständen zusammenbaut, die den sechs meistgehassten Wesen dieser Welt am liebsten und teuersten sind.«

Der Händler hob eine Hand, um ihn zum Verstummen zu bringen. »Junger Mann, ich weiß schon länger über den Stab des Staunens Bescheid, als du am Leben bist«, verkündete er. »Es fällt mir lediglich schwer, zu verstehen, weshalb ausgerechnet *das* eure oberste Priorität ist – angesichts der momentanen Lage.«

»Aber genau das ist es ja, Mr Händler – wenn ich Sie so nennen darf«, warf Alex ein. »Wir versuchen, ihn zu bauen, damit wir die momentane Lage wieder in Ordnung bringen können. Wir wollen die Zauberin aufhalten, und der Stab ist die einzige Möglichkeit, die uns einfällt.«

Im Wagen wurde es auf einen Schlag still. Alle saßen angespannt auf ihren Stühlen und fragten sich, ob es eine gute Idee gewesen war, die Wahrheit auszuposaunen. Würde Alex' Offenherzigkeit sie den magischen Bohnen, die sie so dringend brauchten, tatsächlich näherbringen?

Der Händler lehnte sich zurück, strich sich wieder über den Bart und blickte dabei zwischen Alex und Conner hin und her. »Jetzt fällt es mir ein«, murmelte er leise. »Die genauen Umstände habe ich nicht mehr im Kopf, aber an die Gesichter von zwei Jungspunden auf einer ganz besonderen Suche erinnere ich mich. Die beiden hatten so ehrgeizig ihr Ziel im Blick, waren in ihren Absichten aber vollkommen selbstlos – nicht um Ruhm ging es ihnen, sondern vielmehr um Frieden. Ich beschloss, ihnen zu helfen, weil ich ahnte, dass unsere Wege sich eines Tages erneut kreuzen würden.«

Darauf wussten die Zwillinge nichts zu erwidern. Sie empfanden nach wie vor große Demut, dass er sie damals so gütig und aufopferungsvoll gerettet hatte.

»Ich schätze, da hatten Sie recht mit Ihrer Ahnung«, nuschelte Conner. »Bloß versuchen wir diesmal, die Welt zu retten.«

Der Händler musterte sie noch einen Augenblick länger. Dann stand er auf und ging zu einem der Schränke hinüber. Eine Weile wühlte er darin herum und kramte sonderbar geformte Teller, Kelche und Gerätschaften hervor, ehe er schließlich mit einem kleinen braunen Beutel zu seinen Gästen zurückkehrte.

Der alte Mann kippte den Inhalt des Säckchens auf die Tischplatte, und die Zwillinge starrten auf die drei Bohnen hinunter, die zum Vorschein kamen. Sie waren rund und prall wie Limabohnen, dabei allerdings schwarz, und sie hüpften munter über das Holz.

»Magische Bohnen!«, rief Jack begeistert. »Ihr habt noch welche!«

»Es sind die letzten in meinem Besitz«, warnte der Händler. »Und leicht kommt man auch nicht an Nachschub heran. Magische Bohnen müssen von einer Pflanze gepflückt werden, die in mit Einhornmist gedüngtem Boden wächst und mit den Tränen einer Hexe gegossen worden ist. Aber ich schenke sie euch.«

Alle richteten sich gerader auf. »Seid Ihr sicher?«, fragte Goldlöckchen ehrfürchtig. »Wir hatten vor, Euch dafür zu bezahlen.«

Sie zog eine Handvoll Diamanten aus ihrem Stiefel.

»Goldie, wo hast du die denn her?«, keuchte Jack.

»Von Rotkäppchen gestohlen, als sie gerade nicht hingeschaut hat – sie wird die Klunker schon nicht vermissen«, meinte Goldlöckchen. »Ich bin davon ausgegangen, dass wir irgendeinen Handel würden eingehen müssen.«

Der fliegende Händler schob die Bohnen zusammen, legte sie wieder in den Beutel und reichte ihn Jack.

»Betrachtet sie als meinen kleinen Beitrag – meine Spende für jene, die mutig genug sind, es mit der bösen Zauberin aufzunehmen«, bat der Händler.

»Das war ein Kinderspiel«, befand Conner. Er konnte kaum fassen, wie viel Glück sie bisher gehabt hatten. »Vielleicht wird es doch nicht so schwierig, an diesen Stab zu kommen.«

»Ich fürchte, euch stehen noch viele Gefahren bevor«, wandte der Händler ein. »Besonders, wenn ihr es auf den Stab des Staunens abgesehen habt. Und ich muss es wissen: Als junger Mann habe ich selbst versucht, ihn herzustellen.«

»Tatsächlich?«, staunte Alex – außerstande ihre Überraschung zu verbergen. »Dann bedeutet das also, er ist mehr als bloß eine Legende?«

»O ja, er ist real, das kann ich dir versichern«, bekräftigte der alte Mann. »Ähnlich wie der Wunschzauber, hinter dem ihr zuletzt her wart, haben viele Dummköpfe vor euch versucht, den Stab eigenhändig zu fertigen, und sind bei dem Versuch ums Leben gekommen. Während ich selbst danach gestrebt habe, bin ich zu dem Händler geworden, den ihr heute vor euch seht. Denn mir ist klargeworden, dass es einträglicher ist, interessanten Tand und Plunder zu verkaufen, als danach zu suchen.«

»Können Sie uns denn sagen, was auf uns zukommt?«, wollte Conner wissen.

»Ich kann nur mutmaßen«, gestand der fliegende Händler. »Behaltet eines immer im Hinterkopf: Selbst die scheinbar harmlosesten Orte und Dinge können in ihren Schatten unliebsame Überraschungen bereithalten – und mit diesen Bohnen ist es nicht anders! Mag sein, dass der Riese tot ist, doch in seiner Burg erwarten euch noch immer ernste Gefahren.«

Conner schluckte hörbar. »Könnten Sie das ein bisschen eindeutiger beschreiben?«, hakte er nach.

»Junger Mann, wenn Eindeutigkeit meine Stärke wäre, dann würde ich nicht allzeit in zwei Richtungen zugleich blicken«, gab der Händler zurück und fixierte Conner mit seinem gesunden Auge.

»Nun, in jedem Fall können wir Euch gar nicht genug danken«, mischte Jack sich ein. »Güte und Freundlichkeit sind in diesen Wäldern schwer zu finden.«

»Dabei bin eher ich es, der zu danken hat«, widersprach der fliegende Händler. »Nachdem ich dir damals diese Bohnen gegeben hatte, sind meine Umsätze durch die Decke gegangen! Du hast mir eine glorreiche Karriere beschert, alter Junge! Für mich wirst du stets wie ein Sohn sein, Jack.«

Conner räusperte sich. »Wie ein Sohn, den Sie bei einem Handel übers Ohr hauen, der ein lebensgefährliches Abenteuer nach sich zieht?«, erkundigte er sich spitz.

Der Händler überdachte kurz seine Wortwahl. »Dann wohl eher wie ein Neffe«, verbesserte er sich und betrachtete durch die offene Wagentür den dunkler werdenden Abendhimmel. »Wo ist nur die Zeit geblieben? Ihr müsst mich nun entschuldigen; vor Sonnenuntergang muss ich aufbrechen. Ich bleibe nie länger als einen Tag am selben Ort – der Geschäfte wegen, des Namens wegen.« Er zwinkerte mit seinem guten Auge, obwohl keiner der Besucher genau sagen konnte, für wen der Wink bestimmt war. »Viel Glück und gutes Gelingen, meine Freunde.«

Jack, Goldlöckchen und die Kinder verließen den Wagen und kehrten zu ihren Pferden zurück. Der Händler spannte sein

Maultier ein und ritt in den Wald davon, als die Sonne gerade zu sinken begann. Alex und Conner fragten sich, welche besonderen Umstände sich würden ergeben müssen, damit sie dem alten Mann noch einmal über den Weg liefen.

»Was, glaubt ihr, hat er wohl gemeint mit den anderen Gefahren, die uns angeblich in der Burg des Riesen erwarten?«, grübelte Conner. »Der Riese hat nicht etwa eine verrückte Witwe hinterlassen oder so, hmm?«

»Mein Besuch dort liegt schon derart lange zurück«, seufzte Jack und schwang sich auf Hafergrütze. »Ich kann mich nur erinnern, dass der Riese das Einzige war, was mir in der Burg Angst gemacht hat. Er – und natürlich der schreckliche Gesang der goldenen Harfe.«

Auch Goldlöckchen und die Geschwister kletterten wieder in den Sattel, und sie machten sich in Gegenrichtung zur Route des Händlers zurück in Rotkäppchens Königreich auf den Weg. Sie ritten die gesamte Nacht hindurch und trafen am folgenden Nachmittag im Burghof ein, wo die Handwerker mit dem fliegenden Schiff in der Zwischenzeit beachtlich vorangekommen waren.

Rotkäppchen, Froggy und das dritte kleine Schweinchen drängten sich um die Baupläne.

»Habt ihr den Händler gefunden?«, platzte Froggy heraus, kaum dass er die kleine Reisegruppe erspäht hatte.

Conner hielt den Beutel mit den magischen Bohnen in die Höhe. »Unser erster von hoffentlich vielen Triumphen«, verkündete er. »Übrigens, Froggy: Nachdem ich gesehen habe, was dieser Kerl so isst, werde ich dich nie wieder wegen deines Seerosenblättertees aufziehen!«

»Das sieht unglaublich aus!«, staunte Alex. Das Schiff schien mehr als zur Hälfte fertig zu sein.

»Übermorgen sollten die Arbeiten abgeschlossen sein«, schätzte das dritte kleine Schweinchen.

Jack hielt sich mit Lob noch zurück. »Es kommt mir deutlich *größer* vor, als meine Pläne es vorgesehen hatten«, wandte er ein.

»Ja, was das angeht …« Froggy lachte entschuldigend.

»Königin Rotkäppchen hat an den Entwürfen einige Änderungen vorgenommen«, ließ das dritte kleine Schweinchen Jack wissen.

»Änderungen?«, wiederholte Jack und sah zu Rotkäppchen hinüber.

»Tja, ich habe mir gedacht, dass ich meine eigenen Gemächer brauchen werde, wenn ich mit euch reise«, erklärte sie sachlich. »Also habe ich die Pläne um ein Unterdeck für mich und meine Sachen ergänzt – aber keine Sorge, euch anderen bleibt auf dem Oberdeck noch mehr als genug Platz.«

Jack seufzte und rieb sich die Augen. Goldlöckchen sah aus, als würde sie am liebsten jemanden strangulieren, so dass die Zwillinge es für klüger hielten, sich zurückzuziehen, bevor sie diesen Wunsch in die Tat umsetzte. Den ganzen Weg die Treppe hinauf in ihre Zimmer konnten die beiden Goldlöckchen und Rotkäppchen unten im Hof streiten hören.

Ein weiterer Tag neigte sich dem Ende zu, und kaum hatten die Geschwister sich auf ihren Matratzen ausgestreckt, da waren sie auch schon eingeschlafen. Beiden war bewusst, dass schwierige Tage vor ihnen lagen, doch endlich konnten sie sicher sein, mit dem Stab des Staunens ein handfestes Werkzeug in Aussicht zu haben, um die Zauberin zu stürzen. Von dieser Hoffnung getragen, ließen sie sich ins Reich der Träume wiegen.

Etwa eine Stunde nach Mitternacht wurde Conner von einer unguten Ahnung geweckt. Er konnte den Eindruck nicht abschütteln, dass jemand ihn beim Schlafen beobachtet hatte. Seine Augenlider flatterten auf, und als sein Blick sich langsam scharfstellte, rutschte ihm das Herz in die Kniekehlen: Am Fuß seines Bettes stand eine fremde Frau und starrte ihn unentwegt an.

Sie war wunderschön und durchscheinend. Ihr langes, weiches Haar hatte sie mit einer einzelnen Rose hinter dem Ohr festgesteckt. Dazu trug sie ein langes Nachthemd unter einer Robe, die mit einem Gürtel zusammengehalten wurde. Obwohl Conner sich sicher war, sie nie zuvor gesehen zu haben, kam sie ihm merkwürdig bekannt vor.

»W-w-w-wer sind Sie?«, stotterte er.

Die Dame antwortete nicht. Sie glitt hinüber zum Fenster und deutete in die Ferne. Dann fanden ihre Augen wieder Conner, und darin lag ein ernster Ausdruck.

»W-w-w-was wollen Sie?«, stammelte er.

Noch immer sagte die Frau kein Wort. Sie hielt Conners Blick mit betrübter Miene und begann dann, allmählich zu verblassen.

Conner fiel die Kinnlade herunter. Es gab keinen Zweifel – er hatte gerade ein *Gespenst* gesehen.

Kapitel 16

Die *Granny* hebt ab

Alex konnte ihren Bruder nirgends finden.

»Hast du Conner gesehen?«, fragte sie Froggy. »Er hat sich heute Morgen nicht beim Frühstück blicken lassen, und im Hof ist er jetzt auch nicht.«

»Ich habe ihn schon seit gestern nicht mehr zu Gesicht bekommen«, fiel Froggy auf. »Hast du in seinem Zimmer nachgeschaut? Vielleicht ist er krank geworden?«

Alex hoffte inständig, dass dem nicht so war. Eilig stieg sie die Treppen zu seiner Kammer hinauf, um nach ihm zu sehen, und betete dabei, dass es ihm gutging.

»Conner?«, rief sie und klopfte. »Bist du da drin?«

Als sie keine Antwort bekam, drehte sie den Knauf und drückte die Tür unaufgefordert auf. Conner saß kerzengerade im Bett. Er starrte gedankenverloren in die Ferne, einen Speichelfaden im Mundwinkel.

»Alles in Ordnung mit dir?«, wollte Alex wissen.

»Was?«, japste Conner erschrocken. Er hatte gar nicht bemerkt, dass sie ins Zimmer gekommen war.

»Du siehst übel aus«, befand Alex. »Bist du krank?«

Darüber musste Conner kurz nachdenken. »Nein«, entschied er. »Glaube ich zumindest nicht.« Wieder wanderte sein Blick zum Fenster hinaus.

»Was ist denn dann los mit dir?«, hakte Alex nach. »Du wirkst, als hättest du gerade ein Gesp–«

Conners Kopf schnellte zu ihr herum. Er schien vollkommen entsetzt und gab nicht das kleinste Geräusch von sich. Alex schien rein zufällig den Nagel genau auf den Kopf getroffen zu haben.

»Sekunde mal«, keuchte Alex. »Hast du wirklich ein Gespenst gesehen?«

Conners Augen huschten durch den Raum. Er wusste nicht, wie er seiner Schwester den Vorfall erklären sollte.

»Letzte Nacht ist es passiert – ich bin aufgewacht, und da stand es und hat mich einfach bloß angeglotzt!«, beschrieb Conner mit dramatischen Gesten.

»Was hat dich angestarrt?«, fragte Alex.

»Ein Gespenst!«, rief er. »Eine durchscheinende Frau! Sie stand da, und dann hat sie sich in Luft aufgelöst!«

»Bist du sicher, dass du nicht geträumt hast?«, meinte Alex skeptisch.

»Aus einem Traum wacht man wieder auf«, erwiderte Conner. »Und ich bin hellwach, seit es passiert ist! Vor lauter Angst habe ich mich nicht einmal getraut, mich zu rühren!«

Alex zermarterte sich das Hirn nach einer logischen Erklärung, doch ihr fiel keine ein. Dass Conner so aufgelöst wirkte, machte es ihr zudem schwer, seine Geschichte anzuzweifeln.

»Vielleicht spukt es in dieser Burg?«, überlegte sie laut.

»Wer sollte denn hier spuken? Die Burg ist doch ganz neu!«, widersprach Conner. »Es war so was von seltsam: Die Frau schien darauf *zu warten*, dass ich sie bemerke. Und dann ist sie zum Fenster hinübergeglitten und hat in die Ferne gezeigt. So etwas Gruseliges habe ich noch überhaupt nie erlebt.«

»Und du hast keine Idee, wer sie gewesen sein könnte?«, bohrte Alex.

»Keinen Schimmer«, antwortete Conner kopfschüttelnd. »Am sonderbarsten aber ist, dass sie mir bekannt vorkam. Ich könnte schwören, sie schon mal irgendwo gesehen zu haben.«

Alex ließ sich auf Conners Bett nieder. Die beiden hatten bereits mehr als genügend Rätsel und Geheimnisse am Hals; das Letzte, was sie gebrauchen konnten, war eine Gespenstersichtung. Einen Augenblick später klopfte Rotkäppchens Dienstmagd an die offene Tür und streckte den Kopf ins Zimmer.

»Da seid ihr ja, ihr zwei«, rief sie aus. »Ihre Majestät sucht euch. Ihr sollt euch in ihre Gemächer begeben.«

Kaum hatte sie ihre Nachricht überbracht, eilte die junge Frau davon.

»An deiner Stelle würde ich niemandem von dem Geist erzählen«, raunte Alex Conner zu. »Ich denke, im Moment haben alle schon genug um die Ohren.«

Conner hätte ihr nicht inniger zustimmen können. »Glaub mir: Ich will ganz bestimmt niemanden wissen lassen, dass ich tote Leute sehe«, erklärte er.

Alex blieb bei ihrem Bruder sitzen, bis er genügend Mut zusammengekratzt hatte, sein Bett zu verlassen. Er zog sich an, und gemeinsam machten sich die Zwillinge auf den Weg durch die Burg zu Rotkäppchens Zimmern.

Allein die neue Schlafkammer von Königin Rotkäppchen

war doppelt so groß wie das gesamte Haus, in dem die Zwillinge lebten. Von der Decke hing ein diamantener Kronleuchter; überall standen große, bunte Polstermöbel herum, und auf einem eigens dafür errichteten Podest am hinteren Ende des Raumes thronte das gigantischste Himmelbett, das die Kinder je zu Gesicht bekommen hatten – gewaltig genug, um bequem zehn Leuten ein gemütliches Nachtlager zu bieten.

»Huhu, hier drin sind wir!«, drang Rotkäppchens Stimme durch einen Türrahmen in der Seitenwand.

Die Zwillinge folgten ihrem Ruf und traten in einen langgestreckten Spiegelsaal, der wiederum beinahe so ausladend war wie das Schlafzimmer. Licht flutete hindurch, und es gab mehrere Kronleuchter und einen hölzernen Fußboden, dazu gemalte Trauerweiden an den Wänden.

»Wie wunderschön, Rot!«, staunte Alex. »Ist das dein Ballsaal?«

»Ballsaal?«, lachte Rotkäppchen. »Du liebe Güte, nein. Das ist mein Kleiderschrank.«

Die Zwillinge mussten noch einmal genauer hinsehen und erkannten nun zahlreiche riesige Kommoden, die – immer jeweils eine zwischen zwei Spiegeln – in das Mauerwerk eingelassen waren. Zudem reihte sich eine Sammlung goldener Truhen am anderen Ende des Raumes. Tausende und Abertausende von Kleidern und Accessoires mussten darin verstaut sein.

Rotkäppchen stand auf einem Hocker vor einem langen Spiegel und hatte einen grauen Pelzmantel über die Schultern geworfen. Ihr Dienstmädchen nahm Maß und steckte den Stoff entlang einer Seite mit Nadeln ab, so dass er sich perfekt an die schlanke Gestalt der Königin anschmiegte.

»Hübscher Mantel«, kommentierte Conner.

»Danke!«, freute sich Rotkäppchen. »Der ist für unsere Reise.

Ich könnte mir vorstellen, dass es ein bisschen frisch wird, wenn wir so durch den Himmel düsen, besonders in den Nördlichen Bergen, wo die Schneekönigin lebt. Habt ihr beiden denn anständige Jacken dabei?«

Alex und Conner schüttelten die Köpfe.

»Ein Glück, dass ich immer vorausdenke«, lobte Rotkäppchen sich selbst. »Aus dem überschüssigen Material habe ich zwei Mäntel für euch fertigen lassen.«

Das Dienstmädchen warf den Zwillingen die Kleidungsstücke zu, und Alex und Conner probierten sie an. Zwar waren die Stoffe nicht ganz so modisch geschnitten wie der Mantel, für den Rotkäppchen gerade Modell stand, doch ihren Zweck würden sie allemal erfüllen. Zudem ließ sich nicht leugnen, dass es eine sehr nette Geste von Rotkäppchen gewesen war, sich darum zu kümmern – die junge Königin war tatsächlich immer wieder für eine Überraschung gut.

»Danke, Rot«, sagte Alex.

Conner beäugte den Mantel argwöhnisch. »Was ist das?«, wollte er wissen. »Oder sollte ich besser fragen: Was *war* das?«

»Das war früher mal der Kaminvorleger in der Bibliothek«, gab Rotkäppchen freimütig zu.

Sofort wurde es Alex und Conner unbehaglich zumute.

»Willst du mir erzählen, dass wir hier den *großen bösen Wolf* umhängen haben?«, japste Conner.

»Jep«, bestätigte Rotkäppchen ohne ein Fitzelchen Reue. »Schön weich, was?«

Die Zwillinge versteiften sich – ganz so, als hätten sie etwas noch immer Lebendiges um die Schultern liegen.

»Ich weiß nicht, was ich sagen soll – danke, dass du an uns gedacht hast«, presste Alex gezwungen hervor.

»Ach, gar nicht der Rede wert«, meinte Rotkäppchen fröhlich und stieg von ihrem Hocker. »Nun hoch mit euch beiden, damit wir die Mäntel richtig anpassen können. Eine Weltrettungsmission ist noch lange keine Ausrede für schlechtsitzende Kleider.«

Alex kletterte als Erste auf den Schemel und ließ sich ihren Umhang von dem Dienstmädchen abstecken.

»Wo wir gerade schon von Wesen sprechen, die früher mal am Leben waren …«, setzte Conner an. »Ich habe mich gefragt, ob hier in der Burg irgendwann mal jemand gestorben ist.«

Alex warf ihm einen schneidenden Blick zu. Conner vermied es, ihr in die Augen zu sehen.

»Nein, dem Himmel sei Dank!«, rief Rotkäppchen aus. »Wie kommst du denn auf so etwas?«

Conner zuckte arglos mit den Schultern. »Nur so«, meinte er. »Falls aber doch – wüsstest du das überhaupt?«

Rotkäppchen musterte ihn mit zusammengekniffenen Augen. »Hast du vor, der Erste zu sein?«, zischte sie.

»Natürlich nicht«, erwiderte Conner. »Ich war bloß neugierig. Vergiss, dass ich es erwähnt habe.«

Das Dienstmädchen schob die letzte Nadel in Alex' Mantel, und Conner war an der Reihe. Wenige Augenblicke später trat Goldlöckchen ins Ankleidezimmer. An die Helligkeit musste sie sich erst gewöhnen.

»Wo bin ich?«, fragte sie und schirmte ihr Gesicht gegen die funkelnden Kronleuchter ab.

»In meinem Kleiderschrank«, antwortete Rotkäppchen und verdrehte die Augen. »Das arme Ding hat so lange wie ein wildes Tier gelebt, dass sie so etwas Gesittetes gar nicht mehr erkennt«, raunte sie den Zwillingen zu.

»Einen Moment lang dachte ich, ich wäre auf der Sonne gelandet«, spöttelte Goldlöckchen. »Das Schiff ist beinahe fertig, und wir fangen bald mit dem Beladen an. Wir brauchen eine Kiste. Froggy hat gemeint, hier könnte ich eine finden.«

»Ach ja?«, erkundigte sich Rotkäppchen, die sich ein wenig darüber ärgerte, dass Froggy Goldlöckchen in ihre Gemächer geschickt hatte. »Ich fürchte, da irrt er sich. Alle Kisten hier drin sind voll.«

Goldlöckchen ging gar nicht darauf ein. Sie hatte die Reihe Truhen am anderen Ende des Zimmers entdeckt und schritt zielstrebig darauf zu. »Perfekt!«, frohlockte sie, öffnete eine davon und kippte einen Haufen hochhackiger Schuhe einfach aus.

»Entschuldige mal?! Die brauche ich!«, empörte sich Rotkäppchen.

»Tja, jetzt brauchen *wir* sie«, konterte Goldlöckchen und machte sich daran, die leere Kiste aus dem Raum zu ziehen.

»Wofür?«, verlangte Rotkäppchen.

»Für unsere Ausrüstung«, erklärte Goldlöckchen. »Waffen, Laternen, Seile – Dinge, die *tatsächlich* für unsere Reise notwendig sind. Solange werden deine Schuhe wohl einfach einmal obdachlos sein müssen.«

Goldlöckchen verschwand mit der Kiste aus dem Blickfeld der Kinder und der Königin. Rotkäppchen starrte ihr eine Sekunde lang mit verdutzter Miene hinterher. »Manchmal, wenn ich mir ihr rede, kommt es mir vor, als hätte ich keine andere Frau, sondern eine vollkommen andere Spezies vor mir«, murrte sie.

Am Nachmittag beschlossen die Kinder, Jack zu begleiten, der die magischen Bohnen einpflanzen wollte. Er nahm an, dass es am besten sei, sie in denselben Boden auszusäen, in dem auch die vorherige Bohnenranke gekeimt hatte; daher gingen die drei Gefährten durch das Dorf und hinaus zu Jacks früherem Zuhause, das knapp außerhalb lag. Jack trug einen Spaten über der Schulter und hielt den Beutel mit den magischen Bohnen fest in der Hand.

»Mit dem Schiff geht es wunderbar voran«, erzählte Jack den Geschwistern. »Die Männer legen an einigen Stellen noch letzte Hand an, aber bis zum Sonnenuntergang wird es fertig sein.«

»Wann brechen wir auf?«, wollte Conner wissen.

»Heute um Mitternacht«, erwiderte Jack.

Als sie das hörten, mischten sich bei den Zwillingen Vorfreude und Nervosität.

»Wir haben fünf Stationen auf unserer Reise – sechs, wenn wir jenen Ort dazuzählen, an dem die Zauberin ihren meistgeliebten Gegenstand aufbewahrt«, listete Alex auf. »Wohin geht es zuerst?«

»Wichtig ist, dass unsere Route nicht durchschaubar ist«, gab Jack zu bedenken. »Ich nehme an, die Zauberin wird von unserem kleinen Abenteuer Wind bekommen, sobald wir erst einmal zwei oder drei Etappen hinter uns gebracht haben – deshalb müssen wir dafür sorgen, dass sie sich nie im Voraus ausrechnen kann, wohin wir als Nächstes auf dem Weg sind. Wir sollten mit der Schneekönigin beginnen, gleich zu Anfang einen Paukenschlag setzen. Dann reisen wir nach Süden, zum Anwesen der bösen Stiefmutter. In der Zwischenzeit sollte die Bohnenranke gut gewachsen sein, daher können wir anschließend hierher zurückkehren, um die Burg des Riesen zu besuchen. Danach geht es weiter nach Nordosten, um die Bruchstücke des Spiegels der bösen Königin einzusammeln, und schließlich wieder in südliche Richtung, da wir auch noch die Juwelen der Meerhexe brauchen.«

»Na, wenn's weiter nichts ist«, sagte Conner sarkastisch.

»Hoffentlich schaffen wir es, herauszufinden, was Ezmia am meisten am Herzen liegt, ehe wir die Meerhexe erreichen«, sorgte sich Alex.

»Jaaa, hoffentlich«, echote Conner.

Sie gingen noch eine Weile schweigend nebeneinander her, und bald kam Jacks altes Haus in der Ferne in Sicht – beide Häuser, genauer gesagt: Eine hölzerne Blockhütte, in der Jack mit seiner Mutter gelebt hatte, als die beiden noch arm gewesen waren, duckte sich vor einem großen, eleganten Herrenhaus, das Mutter und Sohn gebaut hatten, nachdem sie durch Jacks Begegnung mit dem Riesen zu Reichtum gekommen waren.

Als er sein altes Zuhause wiedersah, blieb Jack abrupt stehen.

»Was ist denn los?«, stutzte Alex und warf über die Schulter einen Blick zurück zu ihm.

»Nichts«, entgegnete er leise. »Ich bin bloß sehr, sehr lange nicht mehr hier gewesen.«

»Wir wissen, wie sich das anfühlt«, murmelte Conner. »Früher sind Alex und ich auf dem Heimweg von der Schule immer an unserem alten Haus vorbeigekommen. Das hat uns jedes Mal unheimlich traurig gemacht –«

»Genau das ist es ja«, unterbrach ihn Jack, und ein kleines Grinsen stahl sich auf sein selbstversunkenes Gesicht. »Ich hatte erwartet, dass ich es als bedrückend empfinden würde, doch in Wirklichkeit fühle ich viel eher das exakte Gegenteil. In jeder Minute hier, an die ich mich erinnere, habe ich Goldlöckchen vermisst oder mich um sie gesorgt. Ich schätze, kein Ort ohne sie könnte für mich je ein Zuhause sein.«

Beschwingt schritt er wieder voran und klopfte den Kindern

fröhlich auf die Schultern, als er sie überholte. Alex schmunzelte in sich hinein; sie wusste, wie glücklich es Goldlöckchen machen würde, das zu hören.

Jack eilte bis zum Rand eines großen Lochs im Boden, aus dem die vorherige Bohnenranke gesprossen war.

»Ich werde die Samen hier einpflanzen«, erklärte er, hob sogleich eine kleine Mulde aus und bettete die magischen Bohnen hinein. »Die letzte Ranke hat weniger als einen Tag gebraucht, um zu keimen.«

»Sollte nicht besser jemand ein Auge darauf haben, während wir weg sind? Um sicherzugehen, dass nichts ihr Wachstum stört?«, überlegte Alex.

Jack dachte einen Augenblick über den Hinweis nach. »Da weiß ich genau die Richtige für diese Aufgabe«, verkündete er und machte sich auf den Weg zum Herrenhaus.

Noch bevor er das große Anwesen erreicht hatte, wurden zwei Fenster in der Vorderfront schwungvoll aufgestoßen. Dahinter stand die wunderschöne, goldene magische Harfe. Sie sang im Sopran, und die Saiten auf ihrem Rücken begleiteten ihre Stimme.

O endlich, ein neuer Tag wird nun kommen,
was einst Heute war, ist gänzlich zerronnen,
während ich nun die Sonn' untergeh'n sehe,
ich, die ich hier viel zu lange schon stehe – Jack!

»Hallo, Harper!«, begrüßte Jack seine alte Freundin freudig.

»Ach du liebe Güte!«, juchzte die Harfe völlig überwältigt. »Bist du es wirklich, oder spielen meine Augen mir einen Streich?!«

»Ich bin es, ich bin hier, Harper«, antwortete Jack verlegen.

»Es tut mir so leid, dass ich dir nicht geschrieben oder dich besucht habe. Ich konnte es nicht riskieren, entdeckt zu werden.«

Sofort stimmte die Harfe ein Triumphlied an.

O Jack, mein Jack, ist wieder da,
ich krieg' 'nen Herzinfarkt, beinah.
Nun gräm' ich mich nicht mehr, welch Glück,
denn Jack, mein Jack, er ist zurück.

Die Zwillinge brachen unwillkürlich in jubelnden Applaus aus – die Harfe war wirklich eine grandiose Alleinunterhalterin.

»An euch zwei erinnere ich mich!«, verkündete die Harfe. »Auch, wenn es Ewigkeiten her ist, dass ich euch zuletzt gesehen habe!«

»Gerade mal ein Jahr!«, relativierte Conner.

»Ein Jahr nur?«, staunte die Harfe. »Ich hätte schwören können, dass es Jahrzehnte waren! Die Zeit vergeht so viel langsamer, wenn man nichts anderes zu tun hat, als das Gras und einen alten Schuppen zu betrachten, und keine andere Gesellschaft als ein paar Eichhörnchen.«

Eines der Augen der Harfe fing zu zucken an. Sie hatte Alex und Conner bereits leidgetan, als Jack noch mit ihr in dem Haus gewohnt hatte – da mochten sie sich kaum ausmalen, wie schrecklich die gänzliche Abgeschiedenheit und Einsamkeit für sie gewesen sein mochten.

Die Saiten der Harfe klimperten die Eingangsmelodie einer traurigen Ballade.

Ach, einsam, einsam ist mein Leben,
einsam wie die grünen Reben,
die einsam in den Himmel streben,
wem könnt' ich's zu verstehen geben?

Erneut klatschten Alex und Conner ihr zu, wenn auch etwas weniger begeistert.

»Aber du schaust großartig aus!«, lobte Conner in dem Versuch, die trübsinnige Stimmung aufzulockern.

»Es tut mir leid, dass du so einsam warst, Harper. Ehrlich. Wenn es gefahrlos möglich gewesen wäre, hätte ich dir ganz sicher den ein oder anderen Besuch abgestattet, ganz gewiss«, tröstete Jack sie.

»Alles vergeben und vergessen, mein Lieber«, flötete die Harfe. »Heute ist ein froher Tag! Endlich bist du wieder da! Leider muss ich dir gestehen, dass im Haus ein heilloses Durcheinander herrscht. Ich hätte ja aufgeräumt, wenn ich gewusst hätte, dass du heute zurückkommst – und wenn ich Beine hätte.«

»Ich bin nicht wirklich zurückgekommen, fürchte ich«, beichtete Jack. »Wir sind nur auf der Durchreise.«

»Oh, verstehe«, seufzte die Harfe. Ihre Saiten zupften eine kurze, traurige Tonfolge, während ihre Stimmung sich aufs Neue trübte.

»Allerdings haben wir uns gefragt, ob du uns einen Gefallen tun könntest«, schob Jack rasch hinterher.

Mit neuer Hoffnung beschleunigte sich auch das Tempo der Harfenmelodie erneut.

»Einen Gefallen?«, wiederholte die Harfe und ließ ihre Wimpern flattern. »Was kann ich für dich tun, mein Junge? Findet irgendwo eine Party statt, auf der ich auftreten soll? Eine Feierlichkeit, die ich musikalisch begleiten darf? Eine Beerdigung, zu der ich eine Abschiedsarie beisteuern kann?«

»Nicht ganz«, bremste Jack sie kleinlaut. »Ich habe lediglich ein paar magische Bohnensamen gepflanzt. Würde es dir etwas ausmachen, ein Auge auf die Bohnenranke zu haben, die daraus wachsen wird, solange wir für ein paar Tage fort sind?«

Das hoffnungsvolle Klingen der Harfe verstummte abrupt.

»Wie bitte?«, schnaufte sie, und ihr Auge fing nun noch stärker zu zucken an.

»Es wäre nett, wenn du die Bohnenranke im Auge behalten könntest«, wiederholte Conner.

Die Nasenlöcher der Harfe weiteten sich, und ihre Augenbrauen wanderten so weit nach oben, dass sie beinahe ihren Haaransatz berührten.

»Ich bin vor Königen und Königinnen und Aristokraten aufgetreten!«, entrüstete sich die Harfe zutiefst gekränkt. »Und ihr bittet mit, für euch *einer Pflanze beim Wachsen zuzusehen*?!«

Die drei Besucher wichen ein paar Schritte vor ihr zurück.

»Hast du etwas Besseres zu tun?«, erkundigte sich Conner. Es war eine wenig hilfreiche Frage, denn prompt begannen die Saiten der Harfe auf ihrem Rücken ein schnelles, wütendes Konzert.

»Harper, ist dir eigentlich bewusst, was gerade in der Welt geschieht?«, mischte Jack sich ein.

»Sofern es nicht direkt vor diesem Haus passiert, habe ich nichts davon mitbekommen«, gab die Harfe patzig zurück und verschränkte die Arme.

Jack seufzte und rieb sich den Nacken; er wusste nicht recht, wo er ansetzen sollte.

»Tja, ich will dich ja nicht beunruhigen, aber die Welt steckt gerade ein wenig in der Klemme«, offenbarte er. »Wir brechen bald zu einer Reise auf, die hoffentlich alles wieder in Ordnung bringt. Deshalb wären wir dir unheimlich dankbar und wüssten es aufrichtig zu schätzen, wenn du in der Zwischenzeit die Bohnenranke bewachen könntest.«

Die Harfe schnaubte und wandte sich von ihnen ab. »Ich nehme an, so sieht nun wohl mein Leben aus«, klagte sie theatralisch. »Die einst angesehene Unterhaltungskünstlerin der Reichen und Adeligen wird nun zur *Pflanzensitterin.* Meine Güte, welch tiefer Fall.«

Ein gerissenes Lächeln erschien auf Jacks Gesicht, als ihm ein Gedanke kam. »Im Gegenzug«, bot er ihr an, »werde ich dafür sorgen, dass du in Königin Rotkäppchens Burg umziehen kannst. Dort könntest du den lieben langen Tag für die Königin und all ihre Bediensteten auftreten.«

Conner lachte sich ins Fäustchen und konnte den Laut nur mit Mühe als Husten tarnen. Die Harfe gab ihr Bestes, nicht allzu interessiert zu wirken, doch es war offensichtlich, dass sie schon seit Jahrzehnten kein derart verlockendes Angebot mehr bekommen hatte. Ihre Saiten stimmten unwillkürlich eine überschwängliche Melodie an.

»Das muss ich mir überlegen«, meinte die Harfe, doch in ihren Mundwinkeln zuckte bereits ein Lächeln, und allen war klar, wie ihre Antwort ausfallen würde. »Ich werde euch bei eurer Rückkehr wissen lassen, ob ich mich dazu entschlossen habe, in Königin Rotkäppchens Burg umzusiedeln; für den Augenblick aber werde ich ein Auge auf eure Bohnenranke haben. *Und nun entschuldigt mich bitte, ich muss meine Tonleitern üben!*«

Die Harfe schlug eilig das Fenster zu und begann ihre Stimmübungen.

»Gut gemacht«, lobte Conner und klopfte Jack auf den Rücken.

»Abgesehen von jenem Tag, an dem du sie vor dem Riesen gerettet hast, hast du ihr gerade vermutlich den großartigsten Moment ihres Jahrhunderts beschert!«, schmunzelte Alex.

Jack gluckste in sich hinein. »Ich bin mir gar nicht sicher, wer mir mehr leidtut«, gestand er. »Harper, weil ich sie so lange allein gelassen habe – oder Rotkäppchen … dafür, dass ich ihr nun Harper als Hausgenossin schicke.«

Die Zwillinge lachten, und zu dritt machten die Freunde sich auf den Rückweg zur Burg.

Mit gepackten Sachen stießen Alex und Conner um Mitternacht im Burghof zu den anderen. Conner gruselte sich noch immer so sehr, dass er seine Schwester keine Sekunde aus den Augen ließ. Er hatte Angst, das Gespenst könnte ihm einen weiteren Besuch abstatten, sobald er sich nicht mehr in Gesellschaft befand.

Das fliegende Schiff hatte es inzwischen weit gebracht – von Jacks ersten Skizzen zu einem gigantischen Gefährt, das den gesamten Innenhof einnahm und gänzlich aus geflochtenen Holzstücken gefertigt war. Es sah aus wie ein riesiger, schiffförmiger Korb. Die Zimmerleute hatten es auf die Seite gelegt und befestigten gerade Ballon und Segel auf dem Oberdeck.

»Oh, Granny! Der Ballon und die Segel sehen phantastisch aus!«, schwärmte Rotkäppchen. Sie hatte recht: Obwohl er noch nicht mit Luft gefüllt war, konnten die Geschwister mühelos erkennen, dass Granny einen bemerkenswert strapazierfähigen Ballon zusammengefügt hatte. Tatsächlich wirkte er robuster als das eigentliche Schiff.

»Ach, danke dir, mein Herzchen!«, freute sich Granny. »Es war eine solche Ehre, Teil dieser Unternehmung zu sein!«

Als die Handwerker Ballon und Segel schließlich angebracht hatten, entzündeten sie in der Mitte des Decks einen großen Gegenstand, der an eine Öllampe erinnerte. Vorsichtig ließen sie damit unter Jacks Anleitung heiße Luft in den Ballon und blähten die Segel, so dass das Schiff sich aufrichtete.

Goldlöckchen wuchtete die Truhe, die sie mit Ausrüstung beladen hatte, an Bord. Dort angekommen, musste sie zu ihrer Verblüffung feststellen, dass das gesamte Deck bereits mit Dutzenden anderer Kisten und Truhen vollgestellt war.

»Was ist das denn alles?«, rief sie über die Reling hinunter.

»Das ist Rotkäppchens Reiseausstattung«, antwortete das dritte kleine Schweinchen.

»Ausstattung?«, wiederholte Goldlöckchen und funkelte die junge Königin gereizt an.

»Oh, entspann dich, Goldie«, flötete Rotkäppchen zu ihr hinauf. »Ich war mir nicht sicher, wie lange wir unterwegs sein würden, daher habe ich vorsorglich jede Menge Kleider eingepackt, um für jeden Anlass bestens gewappnet zu sein.«

Goldlöckchen musste merklich ihren Frust zurückhalten und kümmerte sich stattdessen darum, dass vor dem Start alles ordentlich verzurrt und gesichert war. Froggy nahm außer einem hohen Stapel seiner liebsten Bücher aus der Bibliothek nichts mit aufs Schiff.

»Bloß ein kleiner Zeitvertreib«, meinte er bescheiden. »Und jeder, der mag, darf sich gern daran bedienen.«

Es wurde immer später, und die Anspannung und Vorfreude wuchsen. Alex, Conner und Jack gesellten sich zu Froggy und Goldlöckchen an Bord.

»Wo ist Rot?«, wollte Jack wissen, nachdem er sie alle durchgezählt hatte.

»Eine Sekunde, nur eine Sekunde noch«, japste Rotkäppchen. Sie war rasch zurück in ihre Gemächer gerannt, um sich zum dritten Mal in dieser Nacht umzuziehen – sie wollte zur Jungfernfahrt unbedingt das richtige Outfit tragen. Ein Korb schlenkerte ihr wie eine Handtasche um den Arm, und daraus hervor zog sie nun eine schicke Flasche Champagner.

Rotkäppchen räusperte sich. »Ich würde gern eine Ansprache halten«, verkündete sie. *»Dürfte ich bitte mal?«*

Ohne auch nur die Antwort des dritten kleinen Schweinchens abzuwarten, kletterte Rotkäppchen auf seine Schultern, um all die Handwerker im Hof besser im Blick zu haben.

»Beeil dich, Rot – wir müssen bis zum Sonnenaufgang so weit wie nur möglich gekommen sein«, rief Goldlöckchen ihr zu. Rotkäppchen tat diesen Einwurf mit einer Handbewegung ab, als würde sie ein lästiges Insekt verscheuchen.

»Ich wollte euch allen – Männern, Frauen und Schweinen gleichermaßen – dafür danken, dass ihr so unermüdlich rund um die Uhr geschuftet habt, um dieses Schiff fertigzustellen. Ihr habt euer Königreich und eure Königin sehr stolz gemacht. Es ist mir eine Ehre, inmitten von Untertanen mit eurem *Mut*, eurer *Stärke*, eurer *Tapferkeit* und eurem *Geist* zu stehen!«, deklamierte Rotkäppchen, und der gesamte Innenhof brach in Beifall aus.

»Ohne eine anständige Schiffstaufe wäre es kein anständiger Jungfernflug«, fuhr Rotkäppchen fort und hob die Flasche in die Höhe. »Ich würde dieses Schiff gern mit dem Namen meiner Großmutter beehren. Möge es für alle Zeit als die *Granny* bekannt sein.«

Sie knallte die Flasche gegen den Schiffsrumpf, und das Glas zersprang in einer sprudeligen Explosion. Rotkäppchens Großmutter lächelte gerührt.

Rotkäppchen wischte ihre Hand am dritten kleinen Schweinchen ab. »Und jetzt muss das hier bitte jemand aufputzen«, ordnete sie an und kam endlich an Bord.

»Alle klarmachen zum Abflug!«, rief Jack. Er zog an einem Hebel nahe der Flamme, und das Feuer loderte viermal so hoch in den Ballon. Goldlöckchen und die Zwillinge umklammerten die Reling. Froggy griff nach dem großen Steuerrad. Er schluckte, und seine dünnen Froschschenkel zitterten, doch er war bereit.

Die *Granny* erhob sich sanft Meter um Meter über den Burghof. Von unten jubelten die Zimmerleute. Alex und Conner hielten den Atem an und hofften inständig, dass beim ersten Aufstieg nichts schiefgehen würde. Es dauerte nur wenige Augenblicke, dann schwebten sie auch schon über die Spitze des höchsten Burgturms hinweg und in den weiten Nachthimmel davon.

»Wir haben's geschafft!«, jubelten die Zwillinge. »Wir fliegen!«

Es war so ruhig und friedlich in der Luft. Eine kühle Brise wehte, während unter ihnen Rotkäppchens Königreich immer kleiner und kleiner wurde.

Froggy kurbelte behutsam am Steuerrad, und die Segel drehten das Schiff in nördliche Richtung. Ein stolzes Lächeln trat den Kindern ebenso unwillkürlich aufs Gesicht wie allen anderen. Ihre Vision war Wirklichkeit geworden, und die Reise hatte nun offiziell begonnen.

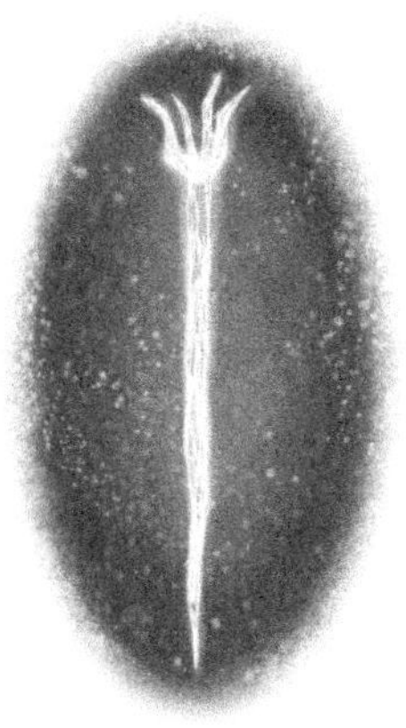

Kapitel 17

Die Schneekönigin

Die *Granny* segelte stetig durch den Nachthimmel. Bereits seit Stunden waren die Freunde unterwegs, und die anfängliche Begeisterung hatte der nervösen Erwartung dessen Platz gemacht, was ihnen auf ihrer Reise bevorstehen mochte. Inzwischen schwebten sie irgendwo über dem Nördlichen Königreich, und am Horizont tauchten langsam die schneebedeckten Nördlichen Berge auf.

Je weiter ihr Schiff sie nach Norden trug, desto kälter wurde es. Die Zwillinge waren unheimlich dankbar für die Pelzmäntel, die sie von Rotkäppchen bekommen hatten – obwohl sie nun wussten, wem das Fell zuvor gehört hatte.

Froggy umklammerte noch immer das Steuerrad. Er wirkte so aufgekratzt wie ein kleiner Junge. Rotkäppchen lehnte an der Reling, die nach Westen ging. Immer wieder warf sie einen Blick über die Schulter, als wolle sie eine Frage stellen.

»Ist alles in Ordnung, Liebes?«, erkundigte sich Froggy.

»Ja, Schatz, ich komme schon klar«, seufzte Rotkäppchen. »Mir fallen ständig Dinge ein, die meine Dienstmagd für mich tun könnte, und immer wieder vergesse ich, dass sie nicht hier ist. Ich wusste gar nicht mehr, wie es ist, ohne Bedienstete zurechtkommen zu müssen.«

Jack und Goldlöckchen saßen in der Nähe des Bugs zusammen. Goldlöckchen schärfte ihr Schwert und Jack schliff seine Axt, als die Zwillinge zu den beiden traten.

»Was könnt ihr uns denn über die Schneekönigin erzählen?«, wollte Conner wissen. »Auf einer Skala von Kätzchen bis Tiger, von welcher Gefahr sprechen wir?«

»Schwer zu sagen«, überlegte Jack. »Die Schneekönigin hat sich schon so lange aus der Öffentlichkeit zurückgezogen – seit Jahrzehnten hat niemand sie mehr gesehen.«

»Wirklich?«, bohrte Alex, die immer erpicht darauf war, eine gute Geschichte zu hören. »Mit ihr kenne ich mich nicht besonders gut aus.«

Jack stürzte sich direkt ins Erzählen und gab den Kindern eine dramatische Einführung in die Ereignisse, die die Schneekönigin weithin bekannt gemacht hatten.

»Vor vielen Jahren war die Schneekönigin lediglich eine Wetterhexe, die tief in den Bergen lebte. Sie freundete sich mit dem König des Nördlichen Königreichs an, indem sie ihm mehrere Wünsche gewährte, und sagte ihm die Zukunft seines Reiches voraus, um sein Vertrauen zu gewinnen. Der König machte sie zu seiner persönlichen Beraterin, doch sie war böse und schmiedete insgeheim Pläne, die Macht an sich zu reißen. Schließlich unterwarf sie das Königreich und hielt es komplett in einem ewigen Winter gefangen. Sämtliche Bäume und anderen Pflanzen, die meisten Tiere und einige Menschen starben; sie konnten in der Kälte einfach nicht überleben«, berichtete Jack.

»Und was ist dann passiert?«, drängte Conner.

»Der weise Prinz Wittchen, Schneewittchens Großvater, stellte eine Armee zusammen, um die Schneekönigin zu stürzen«, erklärte Jack. »Gemeinsam mit seinen Soldaten eroberte er das Königreich zurück und verbannte die Schneekönigin tief in die Nördlichen Berge, wo sie den Rest ihrer Tage zubringen sollte.«

»Was ist aus ihr geworden?«, fragte Alex.

»Einige Leute behaupten, sie habe sich ein Heer aus Schneemännern gebaut und warte nur auf den rechten Augenblick, sie auszuschicken. Andere sagen, sie sei nach dem Verlust des Königreichs derart verstört gewesen, dass sie so lange geweint hat, bis ihre Augen erst zugefroren und schließlich fortgeschmolzen sind. Sicher ist nichts, weil niemand die Schneekönigin je wieder zu Gesicht bekommen hat, doch ihr eisiger Zorn jagt den Menschen noch immer einen Schauder über den Rücken, wann immer ihr Name fällt«, schloss Jack seine Geschichte.

»Woher wollen die Leute denn dann wissen, ob sie überhaupt noch am Leben ist?«, wunderte sich Alex.

»Oh, das ist sie, glaubt mir«, warf Goldlöckchen ein. »Jedes Mal, wenn sie besonders zornig ist, schickt die Schneekönigin rachsüchtige Eisstürme über das Königreich – einfach, um den Menschen in Erinnerung zu rufen, dass es sie noch gibt.«

Alex und Conner schluckten genau gleichzeitig.

»Und dieses Zepter von ihr, das wir brauchen«, sagte Conner langsam, »das müssen wir wohl stehlen, nehme ich an? Sie wird es uns kaum freiwillig überlassen, oder?«

Zur Antwort schärften Jack und Goldlöckchen nur weiter ihre Waffen.

»Wo wir gerade von Kälte reden«, meinte Goldlöckchen nach einer Weile und deutete hinüber zu Rotkäppchen, die seit einiger Zeit zu den vieren herüberstarrte. Jetzt wandte sie sich rasch ab – peinlich berührt, dass sie dabei ertappt worden war.

Noch eine Woche zuvor war Rotkäppchen überzeugt gewesen, dass sie Froggy liebte. Doch kaum war nun Jack wieder in ihr Leben getreten, meldeten sich nach und nach auch all ihre alten Gefühle für ihn zurück. Sie versuchte, dagegen anzukämpfen und sich einzureden, ihr Kopf mache ihrem Herzen bloß etwas vor, doch während sie in dieser Nacht Jack dabei beobachtete, wie er den Kindern von der Schneekönigin erzählte, konnte sie nicht länger leugnen, dass jene Gefühle wiedererwacht waren.

Froggy – ungeachtet seines derzeitigen Aussehens – war perfekt für sie, und jeder, den sie kannte, stimmte dieser Einschätzung zu. Rotkäppchen liebte ihn von ganzem Herzen – doch ging es ihr nicht mit Jack genauso? Konnte es sein, dass sie gleichzeitig in zwei Männer verliebt war? Oder schlimmer noch: War sie womöglich nur in einen verliebt und belog sich selbst im Hinblick auf ihre Empfindungen gegenüber dem anderen?

Doch welcher wäre im zweiten Fall welcher? Wie konnte sie sich sicher sein? Vom vielen Denken bekam Rotkäppchen Kopfschmerzen.

»Sieht ganz so aus, als kämen da ein paar Probleme auf uns zu«, sprach Froggy sie plötzlich an.

»Wie bitte?«, keuchte Rotkäppchen – sie war schockiert, dass er offenbar ihre Gedanken lesen konnte.

Froggy räusperte sich, um auch Jacks und Goldlöckchens

Aufmerksamkeit auf sich zu ziehen: »Ich will ja die Stimmung nicht dämpfen, aber ich fürchte, wenn wir nicht etwas unternehmen, steuern wir auf den sicheren Tod zu.«

Alle wandten sich ruckartig zum Bug des Schiffes um. Die *Granny* schwebte direkt auf die gezackten, schneebedeckten Gipfel der Nördlichen Berge zu, und sofern das Schiff nicht bald an Höhe gewann, würde es sie rammen.

Rotkäppchen seufzte leise in sich hinein, erleichtert, dass Froggy mit seiner Bemerkung nicht ihre Gedanken gemeint hatte; dann allerdings verwandelte ihre Erleichterung sich in eine Reihe spitzer Schreie, als ihr klarwurde, was gerade geschah.

Jack sprang auf und riss an dem Hebel der Flamme. Das Feuer loderte auf, und die *Granny* stieg in die Höhe – allerdings nicht schnell genug. Die Bergspitzen kamen immer näher und drohten, jeden Moment ein Loch in den Rumpf zu reißen. Jack zerrte mit aller Kraft an dem Hebel, doch die Flamme hatte bereits ihre maximale Kraft erreicht. Höher würde die *Granny* nicht kommen.

»O nein!«, schrie Alex.

»Was sollen wir tun?«, japste Conner.

Goldlöckchen sah sich an Deck um. Sie sprintete hinüber zu den Truhen und Kisten, die Rotkäppchen unbedingt hatte mit an Bord nehmen müssen, und durchtrennte die Halteseile mit ihrem Schwert. Dann machte sie sich daran, eine nach der anderen über die Reling zu befördern.

»Was tust du da? Bist du wahnsinnig?«, kreischte Rotkäppchen. Sie rannte zu ihren geliebten Besitztümern und warf sich schützend darüber.

»Führ mich nicht in Versuchung, dich ebenfalls über Bord zu schleudern!«, rief Goldlöckchen.

»Das sind meine Sachen! Die kannst du nicht einfach wegschmeißen! Die brauche ich!«, bellte Rotkäppchen. Beide packten eine Truhe an den Haltegriffen und lieferten sich damit ein erbittertes Tauziehen. Goldlöckchen gelang es, die Kiste über Bord zu schieben, doch Rotkäppchen weigerte sich, loszulassen.

»Rot, du musst mir zuhören«, versuchte Goldlöckchen es mit Vernunft und sah der jungen Königin direkt in die Augen. »Du hast viel zu viel Ballast! Du musst dich davon trennen, du musst jetzt loslassen, sonst stürzen wir ab!«

Rotkäppchen erstarrte. Hatte Goldlöckchen etwa zuvor ihre Gedanken gelesen? Hatte sie selbst ihre Überlegungen laut ausgesprochen, ohne es zu merken?

»Rot, wir kommen mit all dieser zusätzlichen Last nicht weiter! Verstehst du mich?«, flehte Goldlöckchen sie an.

»Ich muss loslassen?«, murmelte Rotkäppchen vor sich hin. »Ich muss loslassen ...« Sie blickte zu Jack hinüber, dann hinunter auf die Truhe, erneut zu Jack – und löste zuletzt langsam ihren Griff, bis die Kiste ins Schlittern kam und schließlich hinunter in die Tiefe plumpste. Rotkäppchen sah ihr hinterher, bis sie nicht mehr zu erkennen war.

Goldlöckchen verlor keine Zeit. Eifrig (beinahe übereifrig) fing sie an, sämtliche von Rotkäppchens Truhen und Kisten über die Reling des Schiffes zu wuchten. Jack und die Zwillinge gingen ihr zur Hand. Je mehr sie über Bord warfen, desto höher stieg die *Granny*.

»Fast geschafft ... fast ...«, bangte Froggy. Seine grünen Hände waren inzwischen beinahe weiß, so krampfhaft umklammerte er das Steuerrad. Er gab sein Bestes, die *Granny* um die scharfzackigen Gipfel herumzulenken, doch eine Bergspitze lag noch immer vor ihnen – und sie war ganz besonders hoch und tückisch.

Derweil befand sich nur noch eine Kiste auf dem Deck. Jack, Goldlöckchen und die Kinder mussten mit vereinten Kräften schieben, um sie über die Seite des Schiffs zu befördern. Es gelang ihnen in letzter Sekunde, und so glitt die *Granny* über den Gipfel hinweg und verfehlte nur um Zentimeter die scharfen Zacken des Bergkamms.

Die vier Freunde ließen sich erschöpft auf die Bohlen fallen; ihre Herzen rasten noch immer, und sie atmeten schwer. Rotkäppchen lehnte an der Reling, die Augen fest auf die Erde tief unten geheftet, und versuchte zu erspähen, wo ihre Habseligkeiten gelandet waren – doch von so hoch oben war das gänzlich unmöglich.

»Ich muss loslassen …«, schniefte sie fast tonlos vor sich hin. *»Ich muss loslassen.«*

Nach einigen Augenblicken waren die anderen wieder zu Atem gekommen und standen auf. Rotkäppchen war am Boden zerstört und tupfte hastig kleine Tränchen weg, die sich in ihren Augenwinkeln gesammelt hatten.

»Es tut mir so leid, dass wir all deine Kleider über Bord werfen mussten«, entschuldigte sich Alex bei ihr.

»Kleider?«, wiederholte Rotkäppchen. »O nein, das waren nicht meine Kleider – bloß meine Mäntel, Hüte und mein Schmuck. Meine richtige Garderobe ist in den Truhen im Schiffsbauch verstaut.«

Alle funkelten sie an, als wäre sie für alles Übel der Welt verantwortlich.

»Hat dieses Schiff eine Planke, über die wir sie schicken können?!«, fauchte Goldlöckchen. Sie sprang auf Rotkäppchen zu – Jack und die Zwillinge mussten sie zurückhalten.

»Meine Liebe, zu deiner eigenen Sicherheit halte ich es für das Beste, wenn du zu Bett gehst«, legte Froggy Rotkäppchen nahe. Sie widersprach nicht und eilte die Treppe zum Unterdeck hinab.

Die *Granny* schwebte elegant über die zerklüfteten Nördlichen Berge. Zwar war schon Stunden zuvor die Sonne aufgegangen, doch durch die dicken Wolken ließ sich das kaum mehr als erahnen. Der Erdboden tief unten wirkte bedrohlich: Es gab keinerlei Bäume oder Dörfer, bloß Schnee. Alex und Conner konnten sich nichts und niemanden vorstellen, der so hoch oben im Norden überleben könnte – außer einer Schneekönigin.

Mit einem Mal frischte der Wind auf, das Schiff taumelte stärker als auf der ganzen bisherigen Reise. Die Kälte war inzwischen beinahe unerträglich, und die Kinder schlangen ihre Mäntel enger um sich.

»Nicht mehr weit!«, stellte Jack fest. »Schaut nur!«

Er deutete in die Ferne, wo am dunklen Himmel ein Strudel aus Nordlichtern über einer Ansammlung besonders schartiger Berggipfel wirbelte.

»Wir haben sie gefunden! Sie sollte direkt unter diesen Lichtern hausen«, rief Goldlöckchen.

»Charlie, lass uns mit der *Granny* vorsichtig dort drüben runtergehen«, beschloss Jack und zeigte auf eine weite Schneefläche, der sich das Schiff gerade näherte. Froggy nickte und steuerte in die ausgewiesene Richtung. Jack drehte die Flamme herunter, und das Gefährt senkte sich und setzte sanft auf dem schneebedeckten Boden auf.

Vom Unterdeck streckte Rotkäppchen ihren Kopf hinauf. »Sind wir da?«, fragte sie und gähnte herzhaft; sie war gerade erst aus einem Nickerchen erwacht.

»Den restlichen Weg legen wir zu Fuß zurück«, verkündete

Jack. »Ein großes Schiff, das über ihrem Versteck schwebt, könnte eventuell ein wenig Aufmerksamkeit auf sich ziehen.«

Goldlöckchen öffnete die Truhe, die sie mit an Bord gebracht hatte. Gemeinsam mit Jack rüstete sie sich daraus mit so vielen Waffen wie möglich aus: Die beiden schoben sich Dolche in die Stiefel, Messer in die Gürtel, banden je ein Seil um ihre Hüften. Zudem griff sich jeder von ihnen eine Laterne und reichte je eine weitere an die Zwillinge.

»Seid ihr beiden sicher, dass ihr mitkommen wollt?«, vergewisserte sich Jack. Er fragte es ganz sachlich und nüchtern, doch die Kinder spürten ein wenig väterliche Sorge in seiner Stimme.

Alex und Conner holten tief Luft und nickten. »Wir sind bereit«, antworteten sie wie aus einem Munde.

»Ich glaube, ich habe gar keine *schneetauglichen Absatzschuhe* eingepackt; da muss ich diese Expedition wohl leider hier aussitzen«, klagte Rotkäppchen.

»Großartig«, erwiderte Jack. Es war die beste Nachricht, die ihm an diesem Tag zu Ohren gekommen war. »Charlie, du solltest auch auf dem Schiff bleiben. Wenn wir in vierundzwanzig Stunden nicht zurück sind, kommt uns suchen.«

»Jawohl, Sir«, salutierte Froggy.

Jack blickte zu Goldlöckchen und den Geschwistern. »Also dann«, erklärte er. »Folgt mir.«

Sie kletterten von Bord und machten sich in Richtung der Nordlichter auf den Weg. Alex und Conner fiel es nicht leicht, mit Jack und Goldlöckchen Schritt zu halten – einerseits, weil es schwierig war, im Schnee voranzukommen, und andererseits, weil die Kinder es im Gegensatz zu den beiden Erwachsenen nicht gewohnt waren, sich durch die Wildnis zu schlagen.

Je weiter sie nach Norden vordrangen, desto stärker und

stürmischer blies der Wind. Die Böen rissen sie beinahe von den Beinen und das schrille, durchdringende Heulen glich einem Schreien – dem Schreien der Schneekönigin. Vielleicht war es jene Art zorniger Schneesturm, vor dem die Zwillinge von ihren Gefährten zuvor gewarnt worden waren.

Nach einem langen Fußmarsch sahen Alex und Conner hoch und stellten fest, dass die Nordlichter nun direkt über ihren Köpfen am Himmel kreisten. Jack führte die kleine Gruppe in eine schmale Kluft zwischen zwei gewaltigen Gletschern, deren Seiten nun die rauen Winde abhielten. Es fühlte sich an, als gingen sie durch einen engen Flur ohne Decke.

»Ich denke, wir müssen hier entlang«, wandte Jack sich an seine kleine Mannschaft.

Zwischen den Eismassen der Gletscher drangen sie tiefer in jene Berge vor, in denen sich das Versteck der Schneekönigin befinden musste. Der Riss verlief im Zickzack, wie ein eisiges Labyrinth, und machte alle paar Meter einen Knick. Alex und Conner konnten längst nicht mehr sagen, in welche Richtung sie unterwegs waren. Sie fürchteten, sich zu verirren, bemerkten jedoch, dass Goldlöckchen mit ihrem Dolch beim Gehen das Eis des Gletschers ritzte und so den Rückweg markierte.

Schließlich hörten sie den Widerhall von Stimmen durch das Gletscherlabyrinth. Jack bedeutete ihnen, beim Weitergehen so leise wie möglich zu sein.

In der Mitte der Bergkette gelangte die Gruppe in einen ausladenden Krater. Ein zugefrorener Fluss sammelte sich im Kessel wie ein verschneiter Fußboden, und ein vereister Wasserfall ergoss sich aus der darüber aufragenden Bergflanke in die Senke. Der Fluss wiederum war von mehreren Eissäulen umstanden.

Alles glitzerte so blendend weiß, dass es zunächst schwierig war, einzelne Umrisse zu unterscheiden. Als sich ihre Augen jedoch an das Licht gewöhnt hatten, musste Alex einen Aufschrei unterdrücken. Am Fuß des gefrorenen Wasserfalls formte das Eis einen gigantischen Thron, auf dem die Schneekönigin höchstpersönlich saß. Die Gefährten standen am Rand ihres eisigen Thronsaals.

Bei ihrem Anblick hechteten Jack und Goldlöckchen hinter eine der Eissäulen, und die Zwillinge stürzten hinter eine andere.

Die Schneekönigin erwies sich als hochgewachsene Frau mit langem weißem Pelzmantel und einer schneeflockenbesetzten Krone, und sie trug eine Augenbinde. Ihre Haut war so blass und erfroren, dass sie regelrecht bläulich schimmerte. In ihrem außergewöhnlich starken, vorspringenden Kiefer saßen winzige, scharfzackige Zähne, und während sie mit einer Hand ein langes Eiszapfenzepter umklammert hielt, wurde die andere von einem kolossalen, flauschigen Wesen gestreichelt, das vor ihr zu knien schien … *einem Eisbären.* Er fügte sich so nahtlos in seine Umgebung ein, dass er den Zwillingen bis zu dieser Sekunde kaum aufgefallen war.

»*Bär!*«, keuchte Goldlöckchen. Zum allerersten Mal, seit die Geschwister sie kannten, schien sie sich vor etwas zu fürchten.

»Du hast Angst vor Bären?«, flüsterte Alex ihr zu.

Goldlöckchen nickte, ohne das Tier dabei auch nur für einen Wimpernschlag aus den Augen zu lassen. »Schon seit ich als kleines Mädchen versehentlich ins Haus der drei Bären gestolpert bin«, gestand sie.

Der Eisbär liebkoste sanft die Hand der Schneekönigin – wie ein treuer und gehorsamer Diener.

»Wie viele Leute sind dort draußen?«, wollte die Schneekönigin mit heiserer Stimme von ihm wissen. Eines der Gerüchte über sie, von denen Jack den Zwillingen erzählt hatte, stimmte demnach: Sie war tatsächlich eindeutig blind.

»Tausende und Abertausende sind heute gekommen, Euer Majestät«, antwortete der Eisbär mit tiefem Brummen.

»Weshalb sind sie hier?«, erkundigte sich die Schneekönigin.

»Um sich vor Euch zu verneigen, Euch zu Füßen zu kriechen und Eure Schönheit zu bewundern«, erwiderte der Eisbär.

Ein höhnisches Lächeln stahl sich auf das Gesicht der Schneekönigin, und aus ihrer Kehle drang ein schleppendes, rasselndes Lachen, das seinen Ursprung tief in ihrer Brust zu haben schien.

»Beherrsche ich noch immer all die Nachbarreiche?«, verlangte sie zu wissen.

»Ausnahmslos, Euer Majestät«, bekräftigte der Bär. »Die ganze Welt habt Ihr mit Eurem eisigen Zorn überzogen – und er hält sie nach wie vor im Klammergriff.«

Das Lächeln der Schneekönigin wurde breiter. »Welche Geschenke bringt meine Armee mir heute?«, fragte sie.

»Ich werde nach den Soldaten schicken, Majestät«, bot sich der Bär an.

Sogleich stieß er ein donnerndes Grollen aus. Einige Augenblicke später erschien ein zweiter Eisbär, der zwei lange Pfähle bei sich trug, an die jeweils mehrere Stiefelpaare geknotet waren. Beim Laufen hob und senkte er die Stangen, so dass es für die Schneekönigin klingen musste, als würden Dutzende Männer in den Krater marschieren.

»Meine getreue Armee ist zu mir zurückgekehrt«, befand die Schneekönigin zufrieden. »Was habt ihr mir diesmal mitgebracht, Legionäre?«

»Juwelen, meine Königin«, behauptete der zweite Eisbär. Er legte die Pfähle beiseite und ließ behutsam eine Handvoll gewöhnlicher Steine in ihre Hände gleiten. »Rubine, Diamanten und Saphire – all jene Edelsteine, die Euer Majestät am meisten schätzen.«

Die Schneekönigin schnappte nach Luft. »Das sind die größten Juwelen, die ich je in Händen gehalten habe!«, staunte sie. »Ihr habt eure Königin sehr stolz gemacht.«

Die Eisbären tauschten einen Blick, erleichtert, wieder einmal mit ihrem Schwindel durchgekommen zu sein. Der zweite Eisbär nahm die Stangen wieder auf und verschwand damit hinter den Wasserfall, wobei er erneut die Stiefel über den Schnee stapfen ließ.

»Alles, woran sie glaubt, ist eine Lüge!«, wisperte Conner seiner Schwester zu.

»Ich frage mich, wie lange diese Eisbären sie schon hinters Licht führen«, flüsterte Alex zurück.

»Psssst«, raunte Jack, um die Aufmerksamkeit der Kinder auf sich zu ziehen. »Ich werde den Bären ablenken. Ihr drei schnappt euch das Zepter.«

Alle nickten.

Jack suchte sich einen Eisklumpen und schleuderte ihn zur anderen Seite des Kraterrands hinüber. Der Kopf des Bären ruckte bei dem Geräusch herum. Er runzelte die Stirn und wartete darauf, dass es noch einmal ertönen würde; als nichts kam, sah er zurück zur Schneekönigin.

Jack warf einen noch größeren Eisklotz in dieselbe Richtung wie zuvor – der Eisbär schaute auf und hob witternd die Schnauze. Er ließ ein tiefes Knurren ertönen und fletschte die Zähne; ihm war klar, dass er und seine Herrin Gesellschaft hatten.

»Was gibt es?«, wollte die Schneekönigin wissen.

»Nichts, Euer Majestät«, beschwichtigte der Eisbär. »Bitte

entschuldigt mich für einen Augenblick.« Der Eisbär tappte davon, um dem Geräusch nachzuspüren, und entfernte sich hinter die Säulen an der gegenüberliegenden Kraterkante aus dem Blickfeld der Zwillinge und ihrer Gefährten.

»Ich werde ihn auf Trab halten«, bedeutete Jack Goldlöckchen und den Geschwistern tonlos und schlich dann dem Bären hinterher.

Die Schneekönigin war nun ganz allein. Jetzt bestand die Chance, ihr das Zepter zu entwenden.

»Ich schlage vor, wir gehen einfach da rüber und greifen gemeinsam an«, meinte Conner.

»Nein, ich versuche zuerst, es allein zu stehlen«, widersprach Goldlöckchen. »Ihr beiden bleibt hier und haltet Ausschau – und pfeift, wenn euch irgendetwas ins Auge fällt.«

Vorsichtig betrat Goldlöckchen die gefrorene Wasserfläche und machte sich auf den Weg zum Thron der Schneekönigin. Wie man es von einer Meisterdiebin wohl erwarten konnte, bewegte sie sich flink und nahezu lautlos.

Bald hatte sie die Strecke bereits zur Hälfte zurückgelegt; die Zwillinge fieberten so eifrig mit ihr mit und beobachteten sie so konzentriert, dass sie darüber vergaßen, den restlichen Krater im Blick zu behalten. Als Goldlöckchen nur noch wenige Meter von der Schneekönigin entfernt war, knirschte ein kleiner Eissplitter zu laut unter ihrem Fuß.

»Wer ist da?«, rief die Schneekönigin und riss ihr Zepter in die Höhe.

Mit einem Mal tauchte der Eisbär wieder hinter den Säulen auf und stürmte auf Goldlöckchen los. Mit einem einzigen Tatzenhieb warf er sie zu Boden, und sie schlitterte bis zur Mitte des gefrorenen Sees.

»Goldlöckchen!«, schrie Jack und sprang nun selbst hinter

einem der Eispfeiler hervor. Mit hocherhobener Axt sprintete er in Richtung des Eisbären.

Die Schneekönigin hörte es und richtete ihr Zepter genau auf ihn. Eine gleißende, eisige Explosion brach aus der Spitze hervor und traf Jack. Er wurde quer durch die Senke geschleudert und krachte gegen eine Säule. Zwar kam er direkt wieder auf die Füße, doch ein weiterer Eisstoß der Schneekönigin erwischte ihn – und diesmal nagelte eine dicke Eisschicht seinen Oberkörper und beide Arme an den Pfeiler. Jack kämpfte mit aller Kraft dagegen an, doch er hing fest.

Sie mochte blind sein, doch offenbar hatte die Schneekönigin ein ausgezeichnetes Gehör.

»Wer wagt es, in meinen *Palast* einzudringen?!«, donnerte sie.

Am Boden fing Goldlöckchen gerade zu hyperventilieren an – der Bär vor ihrer Nase versetzte sie in panische Angst. Die Schneekönigin glitt auf sie zu.

»Lasst sie in Frieden!«, brüllte Jack von der anderen Seite der Senke, wo er noch immer verzweifelt freizukommen versuchte.

Die Schneekönigin hob ihr Zepter in Goldlöckchens Richtung. Genau in diesem Moment allerdings kam aus dem Nichts ein riesiger Schneeball angesegelt und traf sie mitten ins Gesicht.

»Hey, abscheuliche Schneefrau! Hier drüben!«, schrie Conner sie an.

Die Schneekönigin stieß ein zorniges Stöhnen aus, und die Zwillinge konnten ihren Atem in der kalten Luft stehen sehen. Der Eisbär röhrte und sprang auf die Kinder zu, doch die Schneekönigin gebot ihm Einhalt.

»*Nein*, du bleibst hier«, befahl sie. »Ich will sie eigenhändig töten!«

Alex und Conner verschwendeten keine Sekunde und rasten los. Die Schneekönigin eilte ihnen hinterher, immer dem Geräusch ihrer Schritte nach. Die Geschwister rannten hinter den gefrorenen Wasserfall und fanden sich in einer ausladenden Höhle wieder.

Unterdessen näherte sich der Eisbär langsam Goldlöckchen. Er hatte die scharfen Zähne gefletscht, und Speichel troff ihm aus dem hungrigen Maul. »Niemand stört die Schneekönigin und erlebt danach noch einen neuen Morgen!«, grollte der Eisbär.

»Goldie, steh auf!«, schrie Jack. »Du musst aufstehen!«

»I-i-ich kann nicht!«, wimmerte sie und rutschte auf allen vieren so schnell wie nur möglich von dem immer näher kommenden Bären weg.

»Was ist denn los?«, höhnte der Eisbär. »Rücke ich dir zu dicht auf den Pelz?«

»Genau genommen«, konterte Goldlöckchen mit einem Mal eiskalt, *»bist du exakt da, wo ich dich haben will!«*

Sie zog ihr Schwert und ließ es mit aller Kraft auf die gefrorene Wasseroberfläche hinabsausen. Ein breiter Riss schoss durch den See direkt auf den Bären zu. Das Eis unter seinen Tatzen gab nach, und der Eisbär stürzte geradewegs hindurch in das eiskalte Wasser.

»Woohoo, das ist mein Mädchen!«, johlte Jack voller Stolz.

Goldlöckchen sprang auf die Füße und brauchte einen kurzen Moment, um wieder zu Atem zu kommen. Es kam nur ausgesprochen selten vor, dass ihr Herz derart raste. Sie warf einen argwöhnischen Blick auf das Loch im Eis und wartete darauf, dass der Eisbär wieder auftauchte, doch ehe es ihm gelang, überfror das Wasser aufs Neue.

Goldlöckchen sprintete zu Jack hinüber. Kaum hatte sie ihn

erreicht, griff sie in ihren Stiefel, zog einige Streichhölzer hervor und entfachte sie an ihrer Gürtelschnalle. Die kleinen Flammen brachte sie dicht an das Eis, das ihn gefangen hielt.

»Wir müssen uns beeilen!«, drängte Goldlöckchen. »Die Zwillinge sind in Schwierigkeiten!«

Alex und Conner rannten durch die Höhle, dicht verfolgt von der Schneekönigin. Es gelang ihnen nur mit Mühe und Not, den Eisblitzen aus ihrem Zepter auszuweichen.

»Kommt hierher zurück!«, forderte sie.

Aus der Decke und vom Boden der Höhle wuchsen gigantische Eiszapfen – die Zwillinge hatten beinahe das Gefühl, durch ein riesiges Bergmaul mit spitzen Zähnen zu laufen. Es gab nur wenig Licht, doch das viele Eis wirkte wie unzählige Spiegel: Wohin die Kinder auch sahen, überall strahlten und funkelten ihnen ihre eigenen Gesichter entgegen.

Als wäre ihre Lage nicht bereits übel genug gewesen, prallten die beiden prompt in den zweiten Eisbären hinein. Er stand an einem langen Tisch aus Eis und sortierte gerade eine Sammlung unterschiedlichster Gegenstände: Töpfe und Pfannen, Glocken und Pfeifen, Metallstücke und Holzscheite – all jene Hilfsmittel, die die Bären benötigten, um ihr Schauspiel für die Schneekönigin glaubhaft zu machen.

Der Eisbär grinste spöttisch auf die Zwillinge hinunter, und sie flüchteten in die entgegengesetzte Richtung.

»Wie könnt ihr es wagen, in meinen Palast einzudringen!«, kreischte die Schneekönigin noch einmal und sprengte rechts und links der Geschwister Eiszapfen in Stücke.

»Sie sind in keinem Palast! Die Eisbären lügen Sie an!«, schrie Alex zurück.

»Sie leben in den Bergen! Und erobert haben Sie überhaupt nichts!«, schloss Conner sich ihr an.

»Das sind Lügner, meine Königin!«, mischte der Eisbär sich ein. »So etwas würden wir Euch niemals antun – *Vorsicht, links von Euch, meine Königin!*«

Die Schneekönigin riss ihr Zepter nach links, und ein eisiger Blitz traf einen Eiszapfen unmittelbar zur Linken der Zwillinge. Zum Glück hatte der Eisbär ihr Spiegelbild mit den echten Kindern verwechselt.

»Zu Eurer Rechten, meine Königin!«, versuchte der Bär es noch einmal und lieh ihr so seine Augen.

Nun sprengte die Schneekönigin den Eiszapfen gleich rechts der Geschwister und verpasste die beiden nur um Zentimeter.

»Conner, ich hasse es, das vorschlagen zu müssen, aber ich glaube, es wäre vielleicht schlauer, wenn wir –«

»Uns aufteilen?«, brachte Conner den Satz seiner Schwester zu Ende.

Sie trennten sich und rannten in unterschiedliche Richtungen. In der Höhle klang es so, als wären mit einem Mal Dutzende Kinder unterwegs.

»Vor Euch, meine Königin!«, röhrte der Eisbär.

Die Schneekönigin folgte seinen Anweisungen und feuerte ihre frostigen Explosionen, wohin er sie dirigierte.

»Rechts von Euch! Hinter Euch! Links! Direkt vor Euch! Wieder in Eurem Rücken! Seitlich!«, kommandierte der Eisbär. Alex und Conner hetzten im Kreis um die beiden herum. Wenn die Schneekönigin nicht achtgab, würde sie die gesamte Höhle kurz und klein sprengen.

»Jetzt auf Eurer anderen Seite! Dreht Euch um! Einer ist unmittelbar hinter Euch! Er entkommt! Schnell, zu Eurer Rechten!«, brüllte der Eisbär.

Die Schneekönigin schickte einen starken Eisstoß nach links, und mit einem Mal wurde es still in der Höhle.

»Na, was?«, schnaufte die Schneekönigin. »Wo sind sie?!«

Alex und Conner warfen einen Blick über die Schulter zurück – der Eisbär war in einem Block aus Eis eingeschlossen. Bei ihrem Versuch, die Kinder zu treffen, hatte die Schneekönigin stattdessen ihn erwischt.

Ihr Unmut wuchs, und sie tobte so laut, dass die komplette Höhle zu beben begann. Es rumpelte tief im Innern des Berges, und als die Zwillinge hochsahen, erspähten sie eine riesige Lawine, die genau auf sie zuwalzte.

Conner rettete sich mit einem Hechtsprung hinter einen Eisstalagmiten. Alex tauchte unter den Tisch aus Eis. Die Lawine rauschte durch die Höhle und umfing die Schneekönigin. Die blinde Frau schrie auf, als sie von den Schneemassen mitgerissen wurde. Dann kam die weiße Welle zum Erliegen, und in der Höhle herrschte Totenstille.

Alex streckte ihren Kopf unter dem Tisch hervor. Die Schneekönigin war zu Boden geschleudert worden und von einem Schneehügel bedeckt. Ihre Krone hatte sie verloren, und ihr Zepter lag neben ihr.

Vorsichtig schlich Alex zu ihr hinüber. War sie tot? Konnte sie hören, dass jemand sich ihr näherte?

Alex beugte sich hinab und nahm das Zepter an sich. Gerade, als ihre Hand sich darum schloss, packte die Schneekönigin Alex' Unterarm und riss sie zu sich heran. Die Binde rutschte von ihrem Gesicht, und statt in Augen starrte Alex in zwei gleißend helle Lichter.

»Vier gingen auf die Reise, nur drei kehren zurück …«, krächzte die Schneekönigin. Dann verblassten die Lichter und hinterließen nichts als leere Augenhöhlen. Die Hand der blinden Frau

wurde schlaff um Alex' Arm, und die Schneekönigin verlor das Bewusstsein.

Alex verstand nicht, was soeben geschehen war. Hatte die Schneekönigin gerade eine Prophezeiung ausgesprochen?

»Du hast es!«, jubelte Conner und sprintete auf seine Schwester zu. Er war voller Schnee, hüpfte jedoch vor Freude wie ein Gummiball.

»Jaaa, ich habe es«, murmelte Alex langsam. Sie war noch immer nicht sicher, was sie von den Worten der Schneekönigin halten sollte.

In diesem Moment kamen auch Jack und Goldlöckchen in die Höhle gestürmt. Beide waren unendlich erleichtert, die Geschwister zu sehen. Ihr Blick fiel auf den eingefrorenen Eisbären und die unter Schneemassen gefangene Schneekönigin, und sie lachten.

Jack knuffte Goldlöckchen spielerisch in die Seite. »Und *du* hast dir Sorgen gemacht, die zwei könnten in Schwierigkeiten sein«, neckte er sie.

»Jack, pass auf!«, brüllte Conner. Jack duckte sich in letzter Sekunde, so dass ihn der Schlag einer krallenbewehrten Klaue knapp verfehlte. Der andere Eisbär hatte es geschafft, aus dem zugefrorenen See zu entkommen, und war hinter Jack und Goldlöckchen aufgetaucht – tropfnass und außer sich vor Wut. Er sprang auf die beiden Erwachsenen zu, bereit, sie in Stücke zu reißen.

Alex richtete das Zepter auf den Eisbären, und ein eisiger Blitz traf das Tier in die Brust. Es erstarrte mitten in der Luft und fiel, nun ebenfalls gefangen in einem Eisblock, zu Boden.

»Na, für heute habe ich genügend Schneeabenteuer erlebt«, kommentierte Conner.

»Lasst uns von hier verschwinden, bevor die Bären wieder auftauen«, drängte Goldlöckchen.

Die Gruppe fand erneut den Riss im Gletscher, durch den sie gekommen war, und folgte den Markierungen, die Goldlöckchen auf dem Hinweg hinterlassen hatte. Umtost von rauen Winden marschierten die vier nach Süden, bis sie schließlich genau dort, wo sie sie zurückgelassen hatten, auf die *Granny* stießen.

»Ihr seid wieder da! Ihr seid wieder da!«, juchzte Froggy und hüpfte buchstäblich vor Freude, als die Gefährten an Bord des Schiffes kletterten. »Und, wie ist es gelaufen? Habt ihr das Zepter?«

Alex zeigte es ihm. »Mannomann, wir können dir eine Geschichte erzählen!«, verkündete sie.

Doch ehe Alex auch nur ansetzen konnte, tauchte Rotkäppchen vom Unterdeck auf. »Oh, gut, ihr seid zurück! Ihr werdet gar nicht glauben, was mir zugestoßen ist, während ihr weg wart!«, erklärte sie.

»*Wir* werden nicht glauben, was *dir* passiert ist?«, wiederholte Conner fassungslos. Er konnte sich nicht vorstellen, was einen Sieg über zwei Eisbären und eine Schneekönigin toppen sollte.

Rotkäppchen wiegte etwas in ihren Armen, als hielte sie ein Baby. Als sie näher kam, konnten die anderen sehen, dass das kleine Etwas Fell und vier Pfoten hatte.

»Ich habe einen Welpen!«, enthüllte Rotkäppchen und zeigte ihnen glücklich den winzigen Hund, der an ihrer Brust schlummerte.

»Wo um alles in der Welt hast du einen Welpen her?«, staunte Alex.

»Mir ist beim Warten auf eure Rückkehr ein wenig langweilig geworden – *oh, ich sehe, ihr habt das Zepter! Gut gemacht!* Jedenfalls bin ich zum Zeitvertreib spazieren gegangen und dabei über diesen kleinen Kerl gestolpert, der ganz allein im Schnee umhergetapst ist! Er war hilflos, halbverhungert und so niedlich, dass ich beschlossen habe, ihn zu adoptieren!«, erläuterte Rotkäppchen.

Darauf wusste niemand etwas zu erwidern. Alles, was sie nun über ihren Einsatz, um das Zepter an sich zu bringen, hätten berichten können, hätte Rotkäppchen nicht einmal annähernd so sehr interessiert wie der Welpe in ihren Armen.

»Hast du ihm schon einen Namen gegeben?«, wollte Conner wissen.

»Ich habe ihn Claudius getauft«, ließ Rotkäppchen ihn wissen. »Nach einer Figur aus meinem Lieblingsstück von Shakeybakey – *Omelett.*«

Froggy schlug sich die flache Hand gegen die Stirn. »*Hamlet*, meine Liebe«, verbesserte er sie.

»Ja, genau das«, meinte Rotkäppchen leichthin. »Ich werde den Namen allerdings mit *w* und *f* schreiben. Ist das nicht göttlich? Claudiwuff, mit *w* und zwei *f*! Kapiert?«

Alle nickten höflich, ganz so, wie man es bei einem dreijährigen Kind tun würde – mit Ausnahme von Goldlöckchen. Sie blitzte Rotkäppchen zornig an.

»Du verstehst es wohl nicht, hmm?«, mutmaßte Rotkäppchen und machte sich eifrig daran, den Namen noch eingehender zu erläutern. »Wenn ich die letzte Silbe austausche, dann steckt ein *Wuff* in seinem Namen – das Geräusch, das er beim Bellen machen wird. Kannst du mir jetzt folgen? Komm, wir sagen es mal zusammen, Goldie – *Claudiwuff.*«

Goldlöckchen warf noch einen Blick hinunter auf den kleinen Welpen und sah dann mit einem Lächeln wieder zu Rotkäppchen auf. »Er ist wirklich süß. Gratuliere.«

Die anderen stutzten. Nie zuvor hatten sie erlebt, dass Goldlöckchen ihr Temperament so mühelos wieder gezügelt hatte.

»Vielen Dank«, entgegnete Rotkäppchen. Sie stiefelte erneut die Treppe zum Unterdeck hinab und wiegte dabei ihr neues Haustier sanft hin und her. »Ei, was hast du für süße kleine Pfötchen, Claudiwuff! Ei, ei, was hast du für goldige kleine Äuglein. Ei, ei, ei, was hast du für spitze Öhrchen …«

Goldlöckchen legte glucksend all ihre Waffen ab.

»Das war eine ganz große Geste von dir«, lobte Conner sie.

»Was ist denn so komisch?«, wollte Jack wissen.

»Rotkäppchen wird bald ihr blaues Wunder erleben«, grinste Goldlöckchen.

»O weh«, bangte Froggy. »Und wieso das?«

Ein verschlagenes Lächeln stahl sich auf Goldlöckchens Gesicht. »So einen Welpen würde ich überall wiedererkennen. Das ist kein *Hund* – das ist ein *Wolf*.«

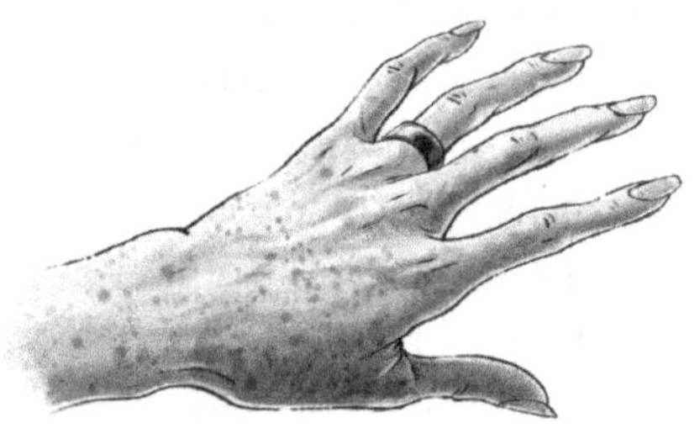

Kapitel 18

Die böse Stiefmutter

Rotkäppchen zeigte sich unerträglich unzertrennlich von ihrem neuen Haustier. Während die anderen sich nach ihrer Begegnung mit der Schneekönigin auf dem Unterdeck ausruhten, konnten sie die junge Königin mit Claudiwuff Stöckchen spielen hören – an Schlaf war somit nicht zu denken.

»Hol's, Claudiwuff!«, ermunterte Rotkäppchen ihren Welpen mit lauter, schriller Stimme. »Na los, Junge! Hol das Stöckchen! Bring's zurück zu Mami!«

Da die Freunde zu dem Schluss gekommen waren, dass es am sichersten war, die *Granny* nur im Schutz der Dunkelheit durch die Luft zu steuern, kämpften sie allesamt noch damit, sich an den veränderten Tag-Nacht-Rhythmus ihrer Reise zu gewöhnen, und lechzten danach, wann immer möglich ein wenig die Augen schließen zu können. Rotkäppchens Allüren waren da wenig hilfreich.

Vom oberen Deck ertönte ein lautes Klirren, das alle zusammenfahren ließ.

»Jetzt reicht's!«, befand Goldlöckchen und sprang aus ihrer Koje. Sie hastete die Stufen zum Oberdeck hinauf und war entsetzt von dem Anblick, der sich ihr dort bot – *Rotkäppchen benutzte das Eiszepter, um mit Claudiwuff Stöckchen zu spielen.*

»Spinnst du jetzt vollkommen?!«, herrschte Goldlöckchen sie an und riss dem Welpen das Zepter aus dem Maul.

»Was denn? Er mag es«, gab Rotkäppchen patzig zurück.

»Du linderst nicht gerade meinen Drang, dich und diese Töle von Bord zu werfen!«, fauchte Goldlöckchen.

Rotkäppchen ging überhaupt nicht auf sie ein. Sie summte eine kleine Melodie vor sich hin und nahm auf der anderen Seite des Decks Platz. Claudiwuff rollte sich in ihrem Schoß zusammen und schlief ein, während sie ihm über das buschige graue Fell strich.

»Verantwortung hat mich schon immer aufblühen lassen, und mütterliche Verantwortung bildet da keine Ausnahme«, erklärte Rotkäppchen. »Ist es nicht ganz wunderbar, wie schnell wir eine so enge Bindung zueinander aufgebaut haben? Was für ein riesiger Zufall, dass dort draußen in der Wildnis ein armer kleiner Hund umhergeirrt ist und eine famose Königin in der Nähe war, um ihn zu retten. Ich komme mir vor wie in einem Märchen!«

Goldlöckchen hatte die Nase gestrichen voll. Es war an der Zeit, Rotkäppchens Illusion zum Platzen zu bringen.

»Er behandelt dich wie seine Mutter, weil er dich *tatsächlich* für seine Mutter hält«, tobte Goldlöckchen. »Er fühlt sich zu deinem Mantel hingezogen, Rot, nicht zu dir! Claudiwuff ist ein Wolf!«

»Was?«, lachte Rotkäppchen, als hätte sie etwas derart Lächerliches noch nie im Leben gehört. »Das ist absurd! Auf gar keinen Fall ist Claudiwuff ein …« Ihre Stimme verlor sich. Sie sah hinunter in ihren Schoß und bemerkte, wie Claudiwuff an einem der Knöpfe ihres Mantels nuckelte – offensichtlich enttäuscht, dass keine Milch austrat.

Schlagartig wurde Rotkäppchen bewusst, wie vertraut ihr seine Zähne, seine Ohren, seine Schnauze und sein Fell vorkamen – all diese Züge hatte sie schon einmal gesehen, bloß in größerer Ausprägung.

Ein gellender Schrei brach aus ihr hervor. *»WOLF!«* Sie sprang auf die Füße und stieß Claudiwuff zu Boden. *»Schaff ihn weg von mir! Schaff ihn weg von mir!«*

Jack, Froggy und die Kinder eilten die Treppe hinauf, als sie ihr Kreischen hörten. Sie fürchteten, Goldlöckchen könnte womöglich endgültig die Geduld verloren und versucht haben, Rotkäppchen umzubringen, doch Goldlöckchen stand gegen die Reling gelehnt da und sah mit breitem Grinsen zu, wie Claudiwuff Rotkäppchen über das Deck jagte.

»Lungert nicht einfach da herum! Helft mir!«, japste Rotkäppchen Jack und den Kindern zu. Sie rannte immerzu im Kreis, mit Claudiwuff auf den Fersen, der sie übermütig anbellte und zweifellos der Überzeugung war, sie spielten ein neues lustiges Spiel.

»Liebling, bitte beruhige dich!«, wandte Froggy sich an Rotkäppchen. »Er ist bloß ein winzig kleiner –«

»Er ist ein blutrünstiger Killer!«, kreischte Rotkäppchen. *»Schau ihn dir doch nur an! Wahrscheinlich schmiedet er schon Pläne, mich im Schlaf in Stücke zu reißen, seit er an Bord gekommen ist!«*

»Da ist er nicht der Einzige!«, murmelte Goldlöckchen.

»Weg von mir, du wilde Bestie!«, schrie Rotkäppchen über die

Schulter den Babywolf an. Den Zwillingen erschien ihre Wortwahl ein wenig übertrieben. Der Wolfswelpe wirkte nicht im mindesten bedrohlich – besonders nun, da Claudiwuff angefangen hatte, seinem eigenen Schwanz nachzujagen.

»Vielleicht kannst du ihn so aufziehen, dass er *zahm* bleibt, meine Liebste?«, schlug Froggy vor.

»Nenn mir einen beispielhaften Fall, in dem *so was* funktioniert hat!«, polterte Rotkäppchen. Da musste Froggy passen. »Siehst du, das kommt daher, dass man den Wolf aus der *Wildnis* treiben, ihm aber niemals die Wildnis *austreiben* kann!«

Rotkäppchen stand nun auf der Reling, und Claudiwuff sprang daran empor, zweifellos in dem Wunsch, ihr dort oben Gesellschaft zu leisten. Als er es müde wurde, sich einen Wolf zu hopsen, um Rotkäppchens Zuneigung zu gewinnen, setzte er sich einfach mit seinen übergroßen Pranken zu ihren Füßen auf die Schiffsbohlen.

»Schau mich nicht so an«, zischte Rotkäppchen. »Ich kann nicht deine Mutter sein, wenn ich mir in einem fort Sorgen machen muss, dass du mich zerfleischst – oder wie stellst du dir das vor?«

Ein einzelnes trauriges Kläffen entkam dem Maul des Welpen, und er legte den Kopf schief und schielte mit großen Augen zu ihr hoch.

»Mit Wölfen habe ich schon so einiges erlebt, weißt du«, erklärte ihm Rotkäppchen. »Einer hat mich und meine Großmutter beinahe aufgefressen, als ich ein kleines Mädchen war! Um mein Königreich habe ich eine Mauer ziehen lassen, um deinesgleichen fernzuhalten. Da verstehst du doch sicher, wie ungünstig das mit uns beiden ist?«

Claudiwuff wimmerte, denn irgendwie verstand er sehr wohl, was sie ihm mitteilen wollte. Mit hängendem Kopf tapste er zu

Froggy hinüber und fühlte sich dabei zweifellos so, als sei er gerade zum zweiten Mal verlassen worden.

»Na, na, altes Haus!«, tröstete Froggy und nahm den kleinen Welpen auf den Arm. »Wir finden ein nettes Zuhause für dich, keine Angst.«

Rotkäppchen blieb beinahe den ganzen restlichen Tag auf dem Geländer und wagte es kaum, sich zu bewegen.

Nachdem am Abend die Sonne untergegangen war, befeuerte Jack den Ballon, und Froggy lenkte das Schiff nach Süden. Es segelte durch die Wolken des Nördlichen Königreichs seinem nächsten Ziel entgegen – dem Anwesen von Cinderellas böser Stiefmutter.

Jack und Froggy wechselten sich die Nacht hindurch mit der Steuerung der *Granny* schichtweise ab. Die Zwillinge versuchten derweil, ein wenig zu schlafen, doch das war schwierig – einerseits, weil das Schiff durch den mitternächtlichen Himmel schlingerte, und andererseits, weil Rotkäppchen im Schlaf redete.

»Ei, was hast du für weiches Fell, kleiner Claudiwuff«, brabbelte Rotkäppchen und streichelte einen imaginären Hund auf ihrer Bettdecke. »Ei, ei, was hast du für kleine harmlose Zähnchen … ei, ei, und was für starke, klein bleibende Knochen … ei, ei, ei, wie schön du immer bloß Obst und Gemüse frisst …«

Goldlöckchen hatte sich erfolgreich ein Kissen um den Kopf geschlungen, um ihre Tirade nicht hören zu müssen. Alex gelang es weniger gut, den Wortschwall der jungen Königin auszublenden. Ihr ging im Kopf herum, was die Schneekönigin ihr in der Höhle prophezeit hatte.

Nur drei kehren zurück. Was sollte das bedeuten? Bezog sie sich damit auf die Kinder, Jack und Goldlöckchen? Hatte sie Alex sagen wollen, dass einer von ihnen sterben würde? Handelte es sich bei ihren Worten tatsächlich um eine echte Prophezeiung, oder war die Schneekönigin nur darauf aus gewesen, Alex übel zuzusetzen und sie zu zermürben?

Alex grübelte, ob sich wohl schon jemals jemand buchstäblich zu Tode gesorgt hatte – denn falls nicht, würde sie vermutlich die Erste sein. Ihre Gedanken erdrückten sie beinahe, und schließlich gab sie es auf, Schlaf finden zu wollen. Sie kletterte aus ihrer Koje – nur um festzustellen, dass ihr Bruder das Gleiche getan hatte. Alex fand ihn auf dem Oberdeck, wo er gegen die Reling gelehnt nach Osten spähte. In der Hand hielt er eine Schreibfeder, und vor ihm ausgebreitet lag ein Stapel Pergamentblätter.

Draußen an Bord herrschte friedliche Stille. Nur die Geräusche der im Wind flatternden Segel der *Granny* und das Flackern der Flamme unter dem Ballon waren zu hören.

»Konntest du auch nicht schlafen?«, fragte Alex.

»Ich glaube, nicht einmal ein Komapatient könnte bei diesem Lärm schlafen«, erwiderte Conner.

»Was tust du hier oben?«, wollte Alex wissen und deutete dabei auf seine Feder und das Pergament. »Keine Hausaufgaben, hoffe ich. Ich nehme an, dass du unter den gegebenen Umständen getrost ein paar Aufsätze verspätet einreichen darfst.«

»Nein, ich schreibe bloß«, erläuterte Conner. »Ich mache mir Notizen zu all den Dingen, die wir gesehen haben, und all jenen Orten, an denen wir schon gewesen sind. Ich will nichts vergessen und das Ganze später zu ein paar Kurzgeschichten verarbeiten. Die Eisbärendiener der Schneekönigin, Rotkäppchens Wolfswelpe, *Fasanenpudding* … das ist alles gutes Material.«

»Klingt großartig«, befand Alex. »Ich drücke die Daumen, dass du dazu kommst, alles umzusetzen –«

Die Formulierung rutschte Alex heraus, ehe sie nachgedacht hatte. Conner hielt im Schreiben inne und holte tief Luft.

»Alex, wir werden Mom retten«, sagte er mit Nachdruck.

Darauf wusste Alex nichts zu entgegnen. »Ich hoffe es …«

»Nein, du musst es mir nachsprechen. Wir schaffen es nur, wenn wir beide daran glauben.«

Zu ihrer Überraschung stellte Alex fest, dass sie die Zuversicht in den Augen ihres Bruders ansteckend fand. »Wir werden Mom retten«, wiederholte sie, und diesmal war sie tatsächlich vollends davon überzeugt.

Conner lächelte. »Gut«, meinte er. »Danke dir.«

»Wie schaffst du es, so optimistisch zu bleiben? Normalerweise bin ich doch diejenige, die aufmunternde Reden schwingt – aber schon seit wir diesmal im magischen Land angekommen sind, munterst immer wieder du mich auf und gibst mir neuen Mut.«

»Was bleibt uns denn anderes übrig? Wenn ich die Wahl habe, zu zweifeln oder zu hoffen, dann bin ich doch lieber hoffnungsvoll. Positiv zu denken ist weniger anstrengend.«

Nun lächelte auch Alex. »Das ist eine schöne Haltung.«

»Und, weißt du«, fügte Conner hinzu, »wenn wir Mom erst einmal das Leben gerettet haben, wird sie uns nie wieder einen Wunsch ausschlagen können!«

Alex lachte und legte sich dann schnell eine Hand über den Mund, um keinen der anderen auf dem Schiff zu wecken. »Okay, *jetzt* bist du aber wirklich viel zu optimistisch!«

Die Zwillinge genossen es, in dieser zuversichtlichen Vorstellung zu schwelgen. Conner hatte recht: Es war viel einfacher, als sich von Zweifeln das Hirn zermartern zu lassen.

Mit einem Mal strich eine kühle Brise über Deck und jagte den Geschwistern einen kalten Schauder den Rücken hinunter.

»Spürst du das?«, fragte Alex.

»Ja – was ist das nur?«

Alex warf einen Blick über die Schulter und keuchte auf. *»Conner, schau nur!«* Sie drehte ihren Bruder um, so dass er in dieselbe Richtung sah wie sie.

Das Gespenst, das Conner auf Rotkäppchens Burg besucht hatte, glitt behäbig auf die beiden zu. Die durchscheinende Dame hatte etwas ebenso Majestätisches wie Furchterregendes an sich.

»Das ist der Geist!«, flüsterte Conner. »Das ist die tote Frau, von der ich dir erzählt habe!«

Der Gesichtsausdruck des Gespensts wurde ernster, je näher es den Kindern kam.

»Sag etwas zu ihr!«, knuffte Alex Conner in die Seite.

»Was soll ich denn sagen? Ich spreche kein Gespenstisch!«

Der Geist der Frau hielt inne und blieb einige Meter vor den Zwillingen schweben. Die Dame blinzelte kein einziges Mal und ließ die zwei nicht aus den Augen. Wer auch immer sie sein mochte, sie wirkte ausgesprochen ernst.

»Wer sind Sie?«, piepste Alex.

Das Gespenst blieb so stumm wie eh und je.

»Was wollen Sie von uns?«, quiekte Conner.

Die durchscheinende Dame hob einen Arm und deutete wortlos in die Ferne. Und als die *Granny* aus einer Federwolke herausbrach und ein Dunstschleier an ihnen vorbeizog, verschwand auch die Geisterfrau.

Die Herzen der Kinder rasten. »Wer war das?«, japste Alex.

»Das wüsste ich auch gern«, hauchte Conner. »Wieso folgt sie mir?«

Alex grübelte darüber nach. Die durchsichtige Dame war ihr so vertraut erschienen, doch auch sie kam – ebenso wie zuvor schon ihr Bruder – einfach nicht darauf, weshalb. »Sie will uns ganz gewiss etwas mitteilen.«

Kurz vor Sonnenaufgang landete die *Granny* in einem Feld im Königreich des Gläsernen Schuhs. Zum Glück wurden nur einige grasende Kühe Zeuge, wie sich das gewaltige Schiff aus dem Himmel absenkte – und die Tiere interessierte das Spektakel nicht im Geringsten.

Alex und Conner behielten das zweite Auftauchen des Gespensts für sich, da sie ihre Gefährten nicht zusätzlich beunruhigen wollten.

»Also, wie sieht unser weiterer Plan aus?«, fragte Conner in die Runde. »Wie sollen wir herausfinden, was der Stiefmutter am meisten am Herzen liegt, und es dann stehlen?«

Goldlöckchen und Jack sahen einander an und zuckten ratlos mit den Schultern. Froggy tat einen Schritt nach vorn und räusperte sich mit einem kleinen Quaken.

»Wenn ihr einverstanden seid, dann glaube ich, ich könnte mich in der Organisation dieses Abschnitts unserer Reise als ziemlich hilfreich erweisen – immerhin *stamme* ich aus dem Königreich des Gläsernen Schuhs«, gab Froggy zu bedenken.

»Bitte, nur zu«, freute sich Alex und bedeutete Froggy weiterzureden.

»Die Stiefmutter«, erklärte Froggy mit erhobenem Zeigefinder, als wollte er ihnen einen Geschichtsvortrag halten, »ist schon seit jeher ganz versessen auf Titel und gesellschaftliches Ansehen – wisst ihr noch, wie verzweifelt sie sich darum bemüht hat, ihre Töchter mit meinem Bruder zu verkuppeln? Wenn wir in ihr Heim eindringen und ihren teuersten Besitz ergründen wollen, werden wir sehr förmlich vorgehen müssen. Und ich denke, ich weiß genau, wie wir das am besten anstellen.«

Froggy wandte sich an Rotkäppchen. »Ich?«, stutzte sie. »Was habe ich denn damit zu tun?«

»Du bist eine Königin, meine Liebe«, rief Froggy ihr in Erinnerung. »Die Stiefmutter könnte nie der Versuchung widerstehen, eine Adelige bei sich zu empfangen.«

Rotkäppchen verdrehte die Augen und kreuzte die Arme vor der Brust. »Ach, *jetzt* bin ich auf einmal eine Königin? *Plötzlich* respektiert ihr alle meinen Rang?«

»Exakt«, bestätigte Froggy. »Du wirst bei ihr vorstellig werden und sie um eine Unterredung bitten. Sieh dich bei ihr zu Hause um, und lass alles mitgehen, von dem du den Eindruck hast, dass es ihr besonders am Herzen liegt.«

»Aus welchem Grund soll ich sie denn um eine Unterredung bitten?«, wollte Rotkäppchen wissen. »Worüber um alles in der Welt könnte ich mit ihr sprechen müssen?«

Conner fiel im Handumdrehen eine Antwort ein. »Erzähl ihr, du wärst gerade dabei, dir ein Landhaus einzurichten, und Cinderella hätte dir geraten, dir ihr altes Zuhause als Inspiration anzusehen«, riet er.

Alex klopfte ihm auf die Schulter. »Gute Idee«, lobte sie.

Rotkäppchens Augen huschten von einer Seite zur anderen. Alle konnten sehen, wie sie den Vorschlag im Kopf hin und her wälzte. »Ja, das ist ein ziemlich guter Gedanke … eine ganz großartige Idee, um genau zu sein! Ein Landhaus wollte ich schon immer, wenn ich es mir recht überlege. Somit wäre das vielleicht nicht einmal eine richtige Lüge«, befand sie und klatschte beglückt in die Hände. »Soll ich ganz allein gehen?«

Froggy musterte seine Freunde. »Ich fürchte, jeder von uns

hier würde ein wenig verdächtigt erscheinen, wenn er oder sie dich begleiten würde«, räumte er ein.

»Wir können mit dir kommen, Rot«, widersprach Alex. »Wir tun einfach so, als wärst du unsere Cousine.«

Rotkäppchen bedachte die Zwillinge mit einem prüfenden Blick und rümpfte dann missbilligend die Nase. »Aber höchstens eine Cousine zweiten Grades, ja? Wir haben eine so unterschiedliche Statur, das würde uns sonst bestimmt niemand abnehmen.«

Ein Dolch flog durch die Luft und bohrte sich wenige Zentimeter neben Rotkäppchens Kopf in die Wand. Sie schrie auf und warf sich zu Boden. Alle wirbelten zu Goldlöckchen herum – ihre Hand war noch ausgestreckt vom Wurf.

»Tut mir leid, ist mir aus der Hand gerutscht«, meinte sie schulterzuckend.

Nachdem Rotkäppchen sich von Goldlöckchens »Versehen« erholt hatte, warf sie sich für ihre Mission in Schale, mit rotem Hütchen und außergewöhnlich rüschigem rotem Kleid. Offenbar hatte sie sich dieses Outfit für einen besonderen Anlass im Verlauf der Reise aufgespart und nahm an, dass nun der beste Zeitpunkt gekommen war, es zur Schau zu tragen.

Jack und Goldlöckchen blieben an Bord, um ein Auge auf das Schiff zu haben. Froggy geleitete Rotkäppchen und die Zwillinge durch die ländliche Idylle des Königreichs des Gläsernen Schuhs. Er hatte sich einen von Rotkäppchens Schals um den Kopf geschlungen, um seine Amphibienhaut zu verbergen. Während des gesamten Fußmarschs klagte Rotkäppchen über ihre Schuhe, doch Alex und Conner waren bereits so an ihr Jammern gewöhnt, dass es ihnen nichts mehr ausmachte.

Große, märchenhafte Anwesen tauchten bald hier und da zu

beiden Seiten des Weges auf, je tiefer sie in das Reich vordrangen. Einige waren aus Backstein erbaut, andere von Efeu überwuchert, und viele besaßen spitze Strohdächer, genau wie die Hütte von Alex' und Conners Großmutter. Weit in der Ferne erspähten die Kinder zudem die Spitzen der Türme von Cinderellas Palast. Die Gegend, durch die sie nun spazierten, war die schönste, in die es die Geschwister im magischen Land je verschlagen hatte.

»Ach, bei all dem bekomme ich richtig Lust darauf, mein Landhaus zu planen!«, frohlockte Rotkäppchen.

Die Zwillinge verdrehten die Augen. Wenigstens konnte Rotkäppchen sich nicht verplappern und sie verraten, wenn ihre Rolle gar keine echte Finte war.

»Was ist denn das dort drüben?«, fragte Conner.

Am Rand des Pfads befand sich ein großes abgezäuntes Stück Land. Sie näherten sich dem Tor im Zaun und spähten hinein. Auf dem Boden moderte ein sehr alter Kürbis vor sich hin – ganz ähnlich einer ausgehöhlten Laterne, die jemand nach Halloween zu lange im Freien hatte stehen lassen.

»Lest nur!«, rief Alex und zeigte auf ein Schild, das daneben steckte.

Die Überreste des königlichen Kürbisses

Hier ruhen die Überreste der Kutsche,
die Königin Cinderella in jener Nacht,
in der sie ihren Märchenprinzen getroffen hat,
zu dem berühmten Ball brachte.
Der Kürbis war von der guten Fee auf magische
Weise in eine Kutsche verwandelt worden,
nahm jedoch, nachdem der Zauber um
Mitternacht gebrochen war, wieder seine

ursprüngliche Gestalt an. Seit Cinderellas legendärer Flucht befindet er sich hier.

»*Typisch*, dass unsere Großmutter hinter der bekanntesten Sperrstunde der Geschichte steckt, was?«, kicherte Conner.

Rotkäppchen musterte den verrottenden Kürbis aus zusammengekniffenen Augen. »Sie hat Fußböden aufgewischt, ist in einem Kürbis gereist und war mit Mäusen befreundet … und doch legt Cinderella irgendwie immer die Messlatte für alle anderen Königinnen«, murrte sie vor sich hin. »Das werde ich nie verstehen.«

»Nun ist es nicht mehr weit«, mischte Froggy sich ein. »Das Anwesen der Stiefmutter sollte bloß noch ein Stück den Weg hinunter liegen. Ich warte besser hier auf euch. Viel Glück!«

Rotkäppchen warf ihm eine Kusshand zu, und sie und die Zwillinge machten sich gemeinsam auf das letzte Stück ihres Marsches. Einige Minuten später erreichten sie tatsächlich das Grundstück der Stiefmutter – und es brach mit all ihren Erwartungen.

Hätten Alex und Conner es nicht besser gewusst, hätten sie es für verlassen gehalten. Das Haus stand hoch oben auf einem großen Hügel und war in einem erbärmlichen Zustand. Es handelte sich um ein düsteres Herrenhaus mit hohen Fenstern, einem Turm und spitzen Giebeln. Sämtliche Fenster hätten dringend geputzt werden müssen, und die meisten Scheiben waren zudem zerbrochen. Die Treppe, die zur Haustür hinaufführte, war zur Hälfte eingestürzt.

Alles auf dem vor ihnen liegenden Stück Land war entweder tot oder überwuchert. Das gesamte Anwesen umgab ein hoher Eisenzaun, und vor dem einzigen Eingang an der Frontseite des Hauses patrouillierten zwei Wachen.

»Oha«, machte Conner. »Das könnte kniffliger werden, als wir gedacht haben.«

Die drei näherten sich den beiden Wachposten betont freundlich und diebesuntypisch.

»Entschuldigen Sie«, sprach Alex einen von ihnen an. »Lebt hier Cinderellas Stiefmutter?«

Der Wachposten sah mit gereizter Miene zu seinem Kollegen hinüber. »Dies hier ist der Wohnsitz von *Lady Iris* und ihren Töchtern«, sagte er. »Und ja, sie ist die Stiefmutter der Königin.«

»Wieso wird ihr Anwesen so gesichert?«, erkundigte sich Conner.

Die andere Wache verzog das Gesicht. »Ihr seid nicht aus der Gegend, was?«, meinte sie abfällig. »Lady Iris wird in diesen Breiten nicht geschätzt. Der Zaun dient dazu, sie vor Leuten zu schützen, die andernfalls ihr Heim zerstören würden. Inzwischen hat Lady Iris es sogar aufgegeben, Reparaturen durchzuführen – es hätte schlicht keinen Zweck.«

Alex wurde das Herz schwer, als sie erneut zu dem Haus hinüberblickte. Selbst in dem Wissen, wie übel die Stiefmutter Cinderella behandelt hatte, konnte sie nicht anders, als Mitleid mit der Frau zu empfinden. Eines der Fenster im oberen Stockwerk stand offen, und im Innern konnte Alex flatternde weiße Gardinen erkennen – jemand beobachtete die Neuankömmlinge am Zaun.

»Können wir sie sprechen?«, bat Alex.

»Wie bitte? *Lady Iris sprechen?*«, wiederholte der Wachposten mit ungehobeltem Lachen. »Nein, ich fürchte, nicht. Lady Iris empfängt niemals Besucher.«

»Husch, husch – fort mit euch, woher auch immer ihr gekommen seid«, spöttelte die zweite Wache.

Conner stieß Rotkäppchen an – nun war ihr Einsatz gefragt. Die junge Königin räusperte sich und strahlte die beiden Wachposten mit großen Augen an.

»Werte Herren, ich weiß, ohne anständigen Mantel um meine Schultern bin ich schwer zu erkennen, doch eine Chance gebe ich Euch noch, ehe meine Geduld zu Ende ist«, verkündete sie mit überheblichem Lächeln.

Die Wachen blieben stumm. Sie hatten nicht die geringste Ahnung, wer vor ihnen stand. Rotkäppchen wurmte das so sehr, dass ihre Wangen rot anliefen.

»Ich bin Königin Rotkäppchen aus dem Nachbarkönigreich«, donnerte sie.

Eine der Wachen hob eine Augenbraue und musterte sie argwöhnisch von der Seite. »Wenn Ihr Rotkäppchen seid, wo sind dann Euer Stab und Eure Schafe?«, wollte er glucksend wissen.

»Die mit dem Stab und den Schafen ist die strohraschelnde Suse von der Familienfarm!«, brüllte Rotkäppchen und stampfte mit dem Fuß auf. Auch die Zwillinge wurden immer frustrierter. Eine solche Schlappe hatten sie nicht einkalkuliert.

»Lasst sie ein«, rief eine brüchige Stimme aus dem hohen Fenster des Hauses.

Dieser Befehl überraschte die Wachen; zweifellos hatten sie eine derartige Anweisung noch nie zuvor erhalten.

»Na schön, die Lady sagt, ihr könnt reingehen«, grunzte der Wachposten. Er öffnete das kreischende Tor in seinem Rücken, und Rotkäppchen und die Kinder eilten hindurch. Vorsichtig nahmen sie die Stufen zur Eingangstür, und Conner ließ den gewaltigen, lindenblattförmigen Klopfer gegen das Holz fallen. Im Innern waren erregtes Flüstern und hastige Schritte zu hören. Es dauerte einen Moment, bis jemand an die Tür kam.

Die breiten Türflügel schwangen auf, und zwei plumpe Frauen beäugten die Besucher argwöhnisch.

»Hallo?«, grüßte Alex verlegen. »Dürfen wir eintreten?«

Die beiden Frauen schienen zu dem Schluss zu kommen, dass von Rotkäppchen und den Geschwistern keine Gefahr ausging, und gaben den Eingang frei. Beide waren mollig und unscheinbar (eine dabei etwas kleiner und kräftiger als die andere). Sie hatten gleichermaßen braunes, lockiges Haar und schmale Lippen – Frauen, die hätten hübsch sein können, sich über die Jahre jedoch gehen gelassen hatten.

Nun zupften sie an ihren Rüschenkleidern, ganz so, als hätten sie sich gerade überstürzt zurechtgemacht, um zur Tür zu kommen. Alex stieß Conner unauffällig an; den Zwillingen war ohne jeden Zweifel klar, dass sie Cinderellas hässliche Stiefschwestern vor sich hatten.

»Bitte, kommt herein«, tönte die Größere der beiden mit dramatischer Geste.

Die Zwillinge und Rotkäppchen taten einen Schritt über die Schwelle und fanden sich in einem langen Flur wieder. Eine breite Treppe wand sich ins nächste Stockwerk hinauf. Im ganzen Haus herrschte ein heilloses Durcheinander. Die Böden waren schmutzig, die Fenster eingestaubt, und ein muffiger Geruch hing in der Luft. Alex und Conner fragten sich, ob Cinderella die Letzte gewesen war, die hier jemals geputzt hatte.

»Entschuldigt die Unordnung«, merkte die kleinere Schwester an. »Wir hatten keinen Besuch erwartet.«

»Schockierend«, murmelte Rotkäppchen leise vor sich hin.

»Das macht gar nichts«, beteuerte Alex. »Es wirkt einfach sehr – *bewohnt.*«

Von oben ertönte ein lautes Knarzen. »Mädchen, Mädchen, seid nicht so unhöflich«, tadelte eine Stimme. »Stellt euch vor.«

Rotkäppchen und die Kinder sahen hoch und erspähten am oberen Treppenabsatz die berüchtigte böse Stiefmutter höchstpersönlich. Sie war sehr dünn und hatte das ergrauende Haar zu einem bemerkenswert hohen Dutt zurückgebunden. Ihre Schminke wirkte fleckig und verschmiert, als hätte sie sich gerade ganz eilig frisch gemacht. Als sie nun die Stufen hinunterwankte, stütze sie sich auf einen Stock.

»Willkommen in unserem Heim! Ich bin Lady Iris, und das sind meine Töchter, Petunia und Rosemary«, stellte sie vor, und die Schwestern knicksten – zuerst die größere, dann die kleine. Unter den Schritten der Stiefmutter knarrte die Treppe so laut, dass ihre Worte schwer zu verstehen waren.

»Hallo, Lady Iris«, entgegnete Rotkäppchen. »Ich bin Königin Rotkäppchen, und diese beiden hier sind mein Cousin und meine Cousine zweiten Grades, Hamlet und Ophelia.«

Die Zwillinge wanden sich, als sie ihre Decknamen hörten. »Sehr erfreut«, brachte Conner hervor und warf Rotkäppchen zugleich einen finsteren Blick zu.

Die Stiefmutter nickte wohlwollend, doch in ihren Augen lagen viele Fragen. »Ja, ich erkenne Euch von Prinzessin Hopes erster Geburtstagsfeier im Palast wieder«, meinte sie zu Rotkäppchen.

»O ja, natürlich!«, fiel es Rotkäppchen überrascht ein. »Jetzt kommt es mir auch wieder in den Sinn: Dort haben wir uns schon einmal getroffen!«

»Wir sind damals nicht sehr lange geblieben«, erklärte Lady Iris. »Es ist jedes Mal eine Überwindung, das eigene Haus zu verlassen, wenn die Leute buhen und einen auspfeifen, wohin man auch geht.« Sie lachte, auch wenn niemand das komisch fand. »Wollt Ihr uns nicht bitte in den Salon folgen, Euer Majestät?«

Rotkäppchen und die Kinder betraten hinter der Stiefmutter und ihren Töchtern das angrenzende Zimmer. Im Gehen versuchten die Schwestern, hier und da ein wenig aufzuräumen, doch es lag so viel Gerümpel herum, dass Alex und Conner sich fragten, weshalb die beiden sich überhaupt die Mühe machten.

Blaue Wände und weiße Sessel empfingen die Gäste im Salon. Zusammen hätte das wie ein strahlender Sommerhimmel wirken können, wäre nicht alles von einer dicken Dreckschicht überzogen gewesen; so glich es eher einem wolkenverhangenen Tag. Alle suchten sich einen Sitzplatz und wirbelten dabei Staub auf. Conner gelang es nur mit Mühe, einen Hustenanfall zu unterdrücken.

»Ihr müsst den Zustand des Hauses verzeihen«, bat Lady Iris entschuldigend. »Meine Mädchen und ich haben einfach kein Talent für Hausarbeit, und mit unserer Vorgeschichte ist es unfassbar schwierig, Personal zu finden.«

»Das kann ich mir vorstellen«, murmelte Conner.

»Was also führt Euch in unser bescheidenes Heim, Euer Majestät?«, erkundigte sich Lady Iris.

Rotkäppchen hatte keinen blassen Schimmer, womit sie anfangen sollte. Zu behaupten, sie wolle sich ein Landhaus bauen lassen, das jenem gleichen sollte, in dem sie sich gerade befand, wäre eine allzu offenkundige Lüge gewesen.

»Na ja, ich … ich … ich …«, stotterte Rotkäppchen. »Ophelia? Wieso erklärst du es nicht?«

Rotkäppchen und Conner blickten Alex an, die unter dem plötzlichen Druck einen hochroten Kopf bekam. Sie sah zur Stiefmutter auf, und in ihr nahm eine Idee Gestalt an, doch mehrere Tiergemälde an den Wänden lenkten sie davon ab.

»Was für wunderschöne Bilder!«, rief Alex aus und wechselte so geschickt das Thema. »Wer hat sie gemalt?«

Petunia klappte der Mund auf; Komplimente war sie nicht gewohnt. »*Ich* habe sie gemalt«, gestand sie mit großen, leuchtenden Augen.

»Petunia ist eine ziemlich begabte Künstlerin«, prahlte Lady Iris. »Sie fertigt zwar auch Tierporträts an, hat sich aber in erster Linie der Landschaftsmalerei verschrieben.« Die Stimme der Stiefmutter klang nun weich und verträumt, ganz so, als wollte sie die Werke ihrer Tochter zum Kauf anpreisen.

»Ich mag Tiere«, beteuerte Petunia eifrig; sie schien überglücklich über die Gelegenheit, von sich selbst zu erzählen. »Normalerweise male ich die, die ich von meinem Fenster aus sehe – manchmal furchtbar niedliche Dinger, manchmal echte Plagegeister. Und Tiere mögen mich auch schon seit eh und je; das muss wohl daran liegen, dass ich einfach etwas Vertrauenserweckendes an mir habe. Jedenfalls ist die Malerei ein netter Zeitvertreib.«

Rotkäppchen und die Zwillinge nickten höflich.

»Tja, und genau *deswegen* bin ich hier!«, behauptete Rotkäppchen. »Ich habe kürzlich einen *Wol–*, Verzeihung, einen Hund bei mir aufgenommen und hatte gehofft, dass du ein Porträt von ihm malen könntest.«

Alex und Conner waren einerseits erleichtert, andererseits entsetzt über Rotkäppchens plötzlichen Geistesblitz. Petunias Unterlippe begann zu zittern. »Wirklich?«, hakte sie nach. »Liebend gern!«

»ICH KANN UNHEIMLICH GUT BACKEN!«, brüllte Rosemary – die selbst ganz verzweifelt auf Aufmerksamkeit aus war. Ihr Ausbruch ließ die anderen zusammenzucken. »Tut mir leid, ich wollte nicht schreien! Ich mag es bloß so, zu kochen, und ich würde zu gern am Herd etwas für euch alle zaubern, wenn ich darf …«

»Rosemary ist ein Ausnahmetalent in der Küche«, rühmte Lady Iris. »Sie bereitet all unsere Mahlzeiten zu.«

»Na, irgendjemand muss es ja tun – sonst würden wir schließlich verhungern«, tat Rosemary bescheiden und lachte, obwohl auch das keineswegs witzig war. Die Neigung, Elend wegzulachen, musste in der Familie liegen.

Beide Stiefschwestern waren derart erpicht darauf, ihre Talente zur Schau zu stellen, dass sie kaum still sitzen konnten. Lady Iris dagegen musterte ihre drei Gäste argwöhnisch.

»Und was backst du normalerweise so?«, wandte sich Conner an Rosemary.

»Rosemary, warum machst du dich nicht daran, ein Blech deiner Pilzkekse für unsere Besucher zuzubereiten? Und Petunia, wie wäre es, wenn du in dein Zimmer läufst und andere Gemälde als Anschauungsbeispiele für Ihre Majestät zusammensuchst?«, mischte die Stiefmutter sich ein.

Ihre Töchter sprangen auf die Füße und stießen miteinander zusammen, ehe sie in entgegengesetzte Richtungen davonstürmten. Die Zwillinge hörten das Knarzen der Treppenstufen, als Petunia hinauf in ihr Zimmer rannte. Rosemary verschwand hinter der Schwingtür, die in die Küche führte; für den Bruchteil einer Sekunde erhaschten Alex und Conner einen Blick auf Türme schmutzigen Geschirrs, die sich dort stapelten.

Kaum waren die beiden jungen Frauen aus dem Raum, gab Lady Iris ihre herzliche Fassade auf und nagelte Rotkäppchen und die Geschwister mit durchdringendem, misstrauischem Blick fest.

»Ganz liebreizende Töchter habt Ihr da«, meinte Rotkäppchen mit gezwungenem Lächeln.

»Spart Euch die Heuchelei«, schnitt die Stiefmutter ihr scharf das Wort ab. »Seit Jahren lebe ich mit meinen Mädchen allein in diesem Haus – ich weiß, dass Petunia eine lausige Malerin und Rosemary eine noch miserablere Köchin ist. Wieso seid ihr heute *wirklich* gekommen?«

Keiner antwortete ihr. Rotkäppchen und die Zwillinge brauchten einander gar nicht anzusehen, um zu wissen, dass sie es alle mit demselben rehäugigen, unschuldigen Augenaufschlag versuchten.

»Verstehe«, zischte Lady Iris bitter, als ihre Gäste stumm blieben. »Ihr seid also hier, um eine alte Frau und ihre Töchter zu verhöhnen, nicht wahr? Ihr seid gekommen, um die schwarzen Schafe des Königreichs auszulachen, was? Wie könnt ihr es wagen – besonders in Zeiten wie diesen.«

Lady Iris kam mühsam auf die Beine, zweifellos in der Absicht, ihren Besuch zur Tür zu bringen. »Hier geht's nach draußen«, forderte sie Rotkäppchen und die Zwillinge barsch auf.

»Wieso haben Sie es getan?«, brach es mit einem Mal aus Alex hervor.

Lady Iris drehte sich wieder zu ihr um. »Wie bitte?«, fragte sie.

»Ich habe immer wieder darüber nachgegrübelt: Weshalb waren Sie so grausam zu Cinderella?«, erklärte sich Alex. »Wieso haben Sie sie derart verabscheut?«

»Alex, inwiefern bringt uns das weiter?«, raunte Conner ihr zu, doch sie tat seinen Einwand mit einer unwirschen Handbewegung ab. Lady Iris starrte Alex durchdringend an, als versuche sie, arglistige Absichten hinter deren Frage aufzudecken, doch Alex schien völlig aufrichtig. Schließlich ging Cinderellas Stiefmutter zu einem kleinen Kamin auf der gegenüberliegenden Seite des Raumes hinüber. Ein sehr staubiges Porträt hing darüber an der Wand. Lady Iris holte tief Luft und pustete den Schmutz fort. Zum Vorschein kam ein ausgesprochen attraktiver und eleganter Mann mit kastanienbraunem Haar und einem Vollbart.

»Wer ist das?«, erkundigte sich Alex.

»Mein verstorbener Ehemann«, antwortete Lady Iris. Mit den Zwillingen zugewandtem Rücken betrachtete sie das Bild. »Kommt er euch nicht bekannt vor?«

Die Ähnlichkeit war so augenfällig, dass die beiden keine Sekunde überlegen mussten; Cinderella war ihrem Vater wie aus dem Gesicht geschnitten.

»Ella sah schon immer exakt so aus wie ihr Vater«, murmelte Lady Iris. »Ihr Vater gab ihr als kleines Mädchen den Spitznamen ›Aschenputtel‹, weil sie so gern im Kamin spielte – und sich dabei stets so sehr mit Asche und Ruß beschmierte, dass sie kaum wiederzuerkennen war. Als er verstarb, wurde es mir unerträglich, ihr ins Gesicht zu blicken. Ich zwang sie, unzählige schmutzige Arbeiten rund um das Haus zu verrichten, die dazu führten, dass ihr wahres Antlitz immerzu so besudelt war, dass es mich nicht in einem fort an das erinnerte, was ich verloren hatte. Und heute ist das Gesicht, das ich so viele Jahre lang zu verstecken versucht habe, eines der bekanntesten der Welt.«

Zärtlich liebkoste die Stiefmutter den Ehering, den sie noch immer an ihrer linken Hand trug. Rotkäppchen schielte aus dem Augenwinkel zu den Geschwistern hinüber. Alle drei Besucher dachten dasselbe: *Das musste er sein, Lady Iris' wertvollster Besitz.*

»Dann *verabscheuen* Sie Cinderella also nicht«, schlussfolgerte Alex laut. »Sie haben sie nicht aus Eifersucht schlecht behandelt, sondern wegen Ihres gebrochenen Herzens.«

Lady Iris senkte den Kopf. »Ich bin als Witwe doppelt so treu, wie man es mir zutrauen mag, und zugleich kein halb so guter Mensch wie Cinderella«, beichtete sie. »Als der Rest des

Königreichs erfahren hatte, wie ich mit ihr umgegangen war, und meine Töchter und ich bald im ganzen Land verhasst waren, ließ Cinderella den Zaun bauen und Wachen rund um das Anwesen postieren – zu unserem Schutz. Sie kam zu Besuch und entschuldigte sich *bei uns.* Könnt ihr euch das vorstellen? Nach allem, was wir ihr angetan hatten, fühlte sie sich schuldig für das, was *wir* nach ihrer Hochzeit mit Prinz Chance erleiden mussten.«

»Zu Ihrer Verteidigung: Wenn das so ist, dann scheint mir die ganze Geschichte rückblickend doch ein bisschen aufgebauscht«, sagte Conner. »Ihre Töchter sind zum Beispiel nicht *hässlich*; sie sehen bloß recht gewöhnlich aus.«

Die Stiefmutter nahm erneut ihren Gästen gegenüber Platz. »In der Tat«, nickte sie. »Das ganze Königreich hat von Beginn an Gefallen daran gefunden, uns zu Sündenböcken zu machen. Ich habe ein Gerücht gehört, dem zufolge meine Töchter nach dem Ball – als der Prinz durchs Land gezogen ist, um die geheimnisvolle, unbekannte Schönheit wiederzufinden – versucht hätten, ihre eigenen Fersen abzuschneiden, damit ihre Füße in den gläsernen Schuh passten. *So ein Unsinn!*«

Lady Iris bedachte die kleine Gruppe mit leerem Blick – mehr hatte sie nicht zu erzählen.

»Nun, war das alles, wofür ihr gekommen seid? Das nutzlose Geständnis einer alten Frau?«, wollte sie wissen.

»Ich will ja kein Salz in die Wunde streuen, aber genau dieser Hass führt uns tatsächlich hierher«, gab Conner zu. »Das wird jetzt sicher verrückt klingen, aber wir sind auf einer Art Suche –«

»Conner, stopp –«, fing Alex an.

»Wieso? Wir sind doch längst an einem Punkt, an dem wir nichts mehr zu verlieren haben«, sagte Conner und fuhr dann mit seiner Erläuterung fort. »Wir glauben, wir haben einen Weg gefunden, die Zauberin zu besiegen. Dafür müssen wir gewissermaßen eine Schatzsuche bewältigen. Ihr Ring ist einer der Gegenstände, die wir brauchen.«

»*Wie bitte?*«, keuchte die Stiefmutter, der dieses Anliegen regelrecht die Sprache verschlug.

»Das Leben Ihrer Enkeltochter ist in Gefahr«, drängte Alex. »Möchten Sie ihr nicht helfen?«

Lady Iris wandte den Blick ab, um die Scham in ihren Augen zu verbergen. Offenbar war die kleine Hope ein schmerzliches Thema für sie. »*Großmutter* ist kein Titel, dessen ich mich würdig fühle«, flüsterte sie. »Eine *Großmutter* ist die Mutter der Mutter des Kindes – und ich bin Cinderella nie eine Mutter gewesen.«

Im Zimmer wurde es still. Von diesem emotionalen Geständnis musste sich die Stiefmutter erst einmal erholen.

»Tja, noch ist es nicht zu spät«, ergriff Rotkäppchen das Wort. »Wenn Ihr uns Euren Ring gebt, wäre das eine ziemlich noble Tat. Genau genommen sogar das *Märchenhafteste*, was Ihr tun könntet. Und vielleicht ändert die Gesellschaft ja ihre Meinung über Euch, sobald die Leute herausfinden, dass Ihr uns geholfen habt.«

Auf diese Worte hin bemerkten die Zwillinge, wie ein Funken in Lady Iris' Augen aufflackerte. Die beiden ahnten, dass sie Cinderellas Stiefmutter würden überzeugen können, wenn sie nur noch ein kleines Weilchen länger mit ihr redeten. Unglücklicherweise schwang in diesem Moment die Küchentür auf, und Rosemary brachte ein Tablett mit ihren Pilzkeksen ins Zimmer – was der Unterhaltung ein abruptes Ende setzte.

»Wer will Pilzkekse?!«, trällerte Rosemary fröhlich. Seit sie zuvor den Raum verlassen hatte, war die Stimmung komplett umgeschlagen, wofür die junge Frau keine Erklärung fand.

Lady Iris erhob sich abermals. »Die wirst du einpacken müssen, Rosemary«, befand sie kühl. »Unsere Gäste wollen gerade aufbrechen.«

»Aufbrechen?«, wiederholte Petunia, die soeben mit mehreren eingerollten Porträts unter dem Arm im Salon auftauchte. »Aber ich habe hier all meine besten Gemälde zusammengesucht.«

Rotkäppchen und die Zwillinge standen nun ebenfalls auf.

»Nein, deine Mutter hat recht. Wir sollten uns besser verabschieden«, meinte Rotkäppchen. »Nach reiflicher Überlegung bin ich zu dem Schluss gekommen, dass ich meinen Hund vielleicht lieber abgebe ... Ich habe so einen Verdacht, er könnte in Wirklichkeit ein Wolf sein – lange Geschichte. Wegen des Porträts melde ich mich, falls ich jemals ein anderes Haustier adoptiere.«

Die Mienen der Stiefschwestern trübten sich vor Enttäuschung. Petunia pfefferte ihre Bilder zu Boden. Rosemary stampfte zurück in die Küche und stopfte ihre Kekse in einen braunen Beutel.

»Da«, schmollte sie mit tief zerfurchter Stirn, als sie diesen Conner an die Brust drückte. »Ihr müsst sie zügig aufessen; nach einer Stunde werden sie schlecht.«

Lady Iris begleitete Rotkäppchen und die Kinder durch die Eingangshalle zurück zur Haustür. Alex und Conner warfen sich ein ums andere Mal verstohlene Blicke zu und warteten darauf, dass dem jeweils anderen etwas einfiel. Alex glaubte bereits beinahe, dass Conners bevorzugte Taktik, sich einfach zu greifen, was sie brauchten, womöglich diesmal die einzige Chance war.

Lady Iris öffnete ihren Besuchern die Tür, trat ihnen dann jedoch in den Weg. »Moment noch«, hielt sie die Kinder auf, als diese sich an ihr vorbeischieben wollten. Sie streifte sich den Ehering vom Finger und legte ihn in Alex' Hand. »Versprecht mir, Cinderella zu erzählen, dass ich ihn euch gegeben habe.«

Rotkäppchen und die Zwillinge trauten ihren Augen kaum, doch innerlich jubelten sie.

»Das machen wir!«, beteuerte Alex.

»Danke!«, strahlte Conner.

»Ich werde persönlich eine Verlautbarung aufsetzen, um die Leute wissen zu lassen, dass Ihr nicht die fiese alte Schrulle seid, für die jeder Euch hält!«, gelobte Rotkäppchen und fiel der Stiefmutter um den Hals.

Lady Iris zwang sich zu einem Lächeln. »Leider ist es mit Sünden ja so, dass manche vergeben und andere nie vergessen werden«, sagte sie. »Ich fürchte, der einzige Ort, an dem wir frei von den Vorurteilen unserer Mitmenschen leben könnten, wäre eine vollkommen andere Welt. Allerdings hoffe ich, dass Cinderella eines Tages – wenn ich schon lange nicht mehr da bin – ihrer Tochter erzählen können wird, dass ich einst etwas getan habe, um der Kleinen zu helfen.«

»Das wird sie ganz sicher«, bekräftigte Alex. »Vielen, vielen Dank.«

Die Stiefmutter deutete eine Verbeugung an; sie schien nicht vollends überzeugt, eine gute Entscheidung getroffen zu haben. Als sie die Tür hinter ihren ungebetenen Gästen schloss, sprangen die Geschwister vor Freude in die Luft. Gemeinsam mit Rotkäppchen eilten sie ein zweites Mal an den Wachen vorbei, die nicht verstanden, weshalb die drei so glücklich aussahen, nachdem sie den Nachmittag in *jenem* Haus verbracht hatten.

Rotkäppchen und die Zwillinge hasteten den Pfad hinauf und

stießen an der Einzäunung um die Reste des königlichen Kürbisses wieder auf Froggy.

»Und?«, drängte er. »Wie ist es gelaufen?«

Alex öffnete ihre Hand und zeigte ihm den Ring.

»Wir haben ihn! Wir haben ihn! Wir haben ihn!«, johlte Conner. »Wir haben den Ring!«

Ein breites Lächeln erhellte Froggys Gesicht. Er hob beide Geschwister in die Luft und wirbelte sie im Kreis herum. »Gut gemacht, Kinder!«, lobte er – und fing sich dafür einen vielsagenden Blick von Conner ein. »Verzeihung – *junge Erwachsene*, versteht sich.«

Rotkäppchen wartete still darauf, ebenfalls gepriesen zu werden – doch vergeblich. »Ich war auch nicht schlecht!«, grummelte sie trotzig.

»Aber selbstverständlich, mein Liebling«, beschwichtigte Froggy sie und gab ihr einen Kuss auf die Wange. »Jetzt lasst uns schnell zur *Granny* zurückkehren und unseren Triumph mit den anderen teilen.«

Froggy führte die kleine Gruppe durch die Felder zurück zu ihrem fliegenden Schiff. Goldlöckchen war begeistert, als sie die Erfolgsgeschichte hörte; Jack dagegen konnten die Kinder nirgends entdecken.

»Er ist in die Stadt gegangen, um ein paar Vorräte zu besorgen«, meinte Goldlöckchen. »Bestimmt ist er bald wieder da. In der Zwischenzeit aber: Lasst uns mal testen, ob der Stab des Staunens tatsächlich hält, was er verspricht.«

Die Freunde platzierten das Zepter der Schneekönigin in der Mitte des Unterdecks auf den Bohlen. Den Ring der Stiefmutter hielt Alex nach wie vor so fest umklammert, dass er ihr in die Handfläche schnitt.

»Also, wie soll das Ganze funktionieren?«, hakte Alex nach.

»So ähnlich wie der Wunschzauber? Brauchen wir alle Gegenstände, ehe sich etwas tut?«

Conner zuckte mit den Schultern. »Probieren wir's aus«, schlug er vor.

Alex legte den Ring behutsam neben das Zepter auf den Boden. Dann warteten die fünf ungeduldig darauf, dass etwas – irgendetwas – geschah. Selbst Claudiwuff schien neugierig und gespannt aus der Ecke herüberzuschielen, in der er sich zusammengerollt hatte.

»Und?«, fragte Rotkäppchen.

»Psst!«, herrschte Goldlöckchen sie an.

Der Ring fing zu zittern an. Auch das Zepter begann sich zu regen. Mit einem Mal heftete sich der Ring auf magische Weise an die Spitze des Zepters, als hätte diese ihn magnetisch angezogen.

Alle Umstehenden brachen in Jubel aus. Alex und Conner fielen einander in die Arme. Claudiwuff bellte beglückt zu ihnen hoch, auch wenn er sich nicht ganz sicher war, worüber sie sich derart freuten. Viel war noch nicht geschehen – und doch hatten die Gefährten soeben den bedeutungsvollsten Augenblick ihrer bisherigen Reise erlebt. Ihre Mühen waren nicht umsonst gewesen: *Sie würden den Stab erschaffen können!*

Eine Sekunde später tauchte Jack auf der Treppe zum Unterdeck auf. Er war gerade von seinem Ausflug in die Stadt zurückgekehrt und trug eine Tasche voll Gemüse und Brot bei sich.

»Jack! Der Zauber funktioniert!«, begrüßte Conner ihn euphorisch. »Moment – was ist denn los?«

Die kleine Gruppe auf dem Schiff war so von ihrer eigenen Hochstimmung mitgerissen worden, dass sie erst jetzt bemerkte, welch langes Gesicht Jack zog.

»Jack, was ist passiert?«, drängte nun auch Goldlöckchen.

»Ich habe in der Stadt beunruhigende Neuigkeiten in Erfahrung gebracht«, sagte Jack. An Deck wurde es sehr still.

»Was ist los?«, erkundigte sich Froggy.

»Die Zauberin hat das Königreich an der Ecke angegriffen«, berichtete Jack. »Und Rapunzels Turm zu Fall gebracht.«

Alex und Rotkäppchen schnappten nach Luft. Froggys großes Froschmaul klappte auf. Conner wartete noch immer ab, begierig darauf, mehr zu erfahren.

»Und?«, hakte er nach. »Es ist doch bloß ein Turm – was soll daran so schrecklich sein?«

Er warf einen Blick hinüber zu seiner Schwester und musste feststellen, dass ihr Tränen über die Wangen liefen.

»Entgeht mir hier gerade etwas?«, fragte Conner. »Es hätte so viel schlimmer kommen können. Zum Glück ist niemand gestorben.«

Froggy räusperte sich; auch er war von Gefühlen überwältigt. »Genau wie die Mauer für die Menschen in Rotkäppchens Königreich ist auch der Turm den Bewohnern des Königreichs an der Ecke regelrecht heilig«, erklärte er. »Er ist das Wahrzeichen ihrer Königin und markiert den Ursprung ihres Landes. Der Turm steht für die Geschichte und den Geist des Volkes.«

Alex trocknete ihre Tränen und überlegte: Weshalb entschied sich Ezmia – bei all den grauenvollen Taten, die sie hätte begehen können – stets aufs Neue dafür, etwas von symbolischem Wert für die Königreiche zu zerstören, anstelle von wirklich kostbaren Objekten?

»Mir fällt gerade etwas auf«, sprach Alex ihre Überlegungen schließlich aus. »Mit all ihren bisherigen Taten – dem Turm, der Mauer, den Pflanzen, den Entführungen – hat Ezmia es immerzu nur auf die Herzen der Menschen abgesehen gehabt. Die Zauberin ist nicht auf Tote aus – sie will *Seelen.*

Kapitel 19

Die Burg im Himmel

Die *Granny* segelte durch den Nachthimmel über dem Königreich des Gläsernen Schuhs, entschlossen, es vor Sonnenaufgang in Rotkäppchens Königreich zu schaffen. Nachdem sie die Neuigkeiten über Rapunzels Turm erfahren hatten, waren alle an Bord in gedrückter Stimmung – doch dass ihnen die ersten Schritte auf dem Weg zur Erschaffung des Stabs des Staunens gelungen waren, spornte sie zugleich weiter an.

Jack und Froggy rollten ein Ölfass über Deck und befestigten es unter der Flamme des Ballons. Goldlöckchen stand am Steuerrad und lenkte die *Granny* konzentriert zwischen den Wolken hindurch. Rotkäppchen gab sich derweil die größte Mühe, Claudiwuff aus dem Weg zu gehen.

Die Zwillinge lehnten an der Reling am Bug und sahen zu, wie der Erdboden unter ihnen dahinzog. Sie fragten sich, ob sie bereits den Ort überflogen hatten, an dem ihre Mutter festgehalten wurde.

»Unglaublich, wie anders die Welt von hier oben ausschaut«, meinte Jack bemüht fröhlich und trat hinter die Kinder. »Ich weiß noch, dass ich das auch gedacht habe, als ich die Bohnenranke emporgeklettert bin. Sehr wenige Menschen bekommen die Gelegenheit, die Welt aus einem derart fremden Blickwinkel zu betrachten.«

Rotkäppchen, die gelauscht hatte, mischte sich nun in die Unterhaltung ein. »Ich weiß genau, was du meinst«, sagte sie. »Wenn man sich erst einmal daran gewöhnt hat, auf seine Mitmenschen herabzusehen, ist es schwierig, sie wieder aus einer anderen Perspektive zu betrachten.«

Die Geschwister und Jack verdrehten die Augen. Im bisherigen Verlauf ihrer Reise hatte Rotkäppchen vielversprechende Ansätze gezeigt, ein wenig Realitätssinn zurückzugewinnen, doch vor ihr lag zweifellos noch ein langer Weg.

»Nein, Rot«, erklärte Jack. »Ich meinte, dass es die Sicht auf die Dinge buchstäblich ins richtige Verhältnis rückt. Wenn sich vorher das eigene Leben vielleicht nur in zwei Straßen abspielt, dann wird einem auf einmal klar, dass diese beiden Straßen nur winzige Adern des großen Weltkörpers sind. Mit dieser Erkenntnis fühlt man sich sehr klein.«

Rotkäppchen lauschte ihm mit eifrig nickendem Kopf. Eine Sekunde lang glaubten Alex und Conner tatsächlich, sie habe verstanden, was er ihr zu vermitteln versuchte.

»Ach je«, befand Rotkäppchen dann und ging ins Kopfschütteln über. »Ich glaube, nichts könnte bewirken, dass ich mich jemals *so* fühle.«

Jack und die Kinder gaben sich längst keine Mühe mehr, ihre Ungehaltenheit mit der jungen Königin zu verbergen, und ließen sie einfach stehen. Rotkäppchen stützte sich nun ihrerseits auf die Reling und stieß einen Seufzer aus; sie begriff nicht, weshalb es ihr so schwerfiel, sich in die anderen hineinzuversetzen.

Froggy gesellte sich zu ihr, da er nicht wollte, dass sie sich nach dem unglücklichen Wortwechsel allein fühlte. Während die anderen sich in einem fort über Rotkäppchens eitles Gerede und ihren Mangel an Mitgefühl aufregten, liebte er sie dafür nur umso mehr. Jahrelang hatte er im Verborgenen gelebt, weil er sich vor der Welt gefürchtet hatte und davor, wie sie mit einem zum Frosch verwandelten Prinzen umgehen würde; Rotkäppchen dagegen gehörte zu jenen Menschen, die nie ihr Selbstvertrauen verlieren würden, ganz gleich, was irgendjemand zu ihr sagte. Diesen Wesenszug bewunderte er an ihr am meisten.

»Alles in Ordnung mit dir, meine Liebe?«, erkundigte sich Froggy.

»Ja, vielen Dank«, gab Rotkäppchen zurück und betrachtete matt das Land unter ihnen.

Auch wenn er es besser wusste, nahm Froggy ihre Distanziertheit persönlich. »Ist *zwischen uns* alles in Ordnung, Liebling?«, bohrte er nach. »Ich weiß, dass es dir Stress bereitet, Jack und Goldlöckchen um dich zu haben; wenn es aber außer der Gesellschaft der beiden sonst noch etwas gäbe, das dich bedrückt, dann würdest du es mir verraten, nicht wahr?«

Rotkäppchen war sich selbst noch immer gar nicht recht darüber im Klaren, was sie eigentlich quälte. Doch es nagte bereits an ihr, seit die Gruppe aufgebrochen war.

»Ja, natürlich, Liebling«, antwortete sie schlicht, obwohl keiner der beiden es glaubte.

Froggy lächelte mit den Lippen, doch seine Augen blieben ausdruckslos. »Dann ist es gut«, meinte er und gab es auf, sie zu bedrängen.

Wenngleich sie nachdrücklich behauptet hatte, mit der Situation gut zurechtzukommen, hatte Froggy von Beginn an geahnt, dass Jacks Gegenwart Rotkäppchen sehr zusetzen würde. Die junge Königin war nicht allzu schwer zu durchschauen – und die langen Blicke, die sie Jack quer über das ganze Schiff hinweg zuwarf, entgingen Froggy ebenso wenig wie die tiefen Seufzer, wenn gerade niemand auf sie achtete, und ihre zunehmende Zurückhaltung ihm gegenüber, je länger die Reise andauerte. Man musste kein Genie sein, um zu erkennen, was Rotkäppchen solch innere Zerrissenheit bescherte.

Zu Froggys Unglück hatte er sein menschliches Amphibienherz gänzlich an Rotkäppchen verloren, und er hoffte, dass auch ihres tief unter all ihrem Unbehagen noch immer für ihn schlug. Solange sie ihm nicht das Gegenteil ins Gesicht sagte, würde er treu an seiner Liebe zu ihr festhalten.

»Guckt nur, da vorn!«, rief Rotkäppchen ihren Gefährten zu. »Das ist mein Königreich! Oh, seht doch, wie lieblich es von hier oben ausschaut! Schade bloß, dass das Wetter so trüb ist.«

»Ich bezweifle, dass wir es lediglich mit trübem Wetter zu tun haben«, entgegnete Goldlöckchen vom Steuerrad. Dicke Wolken umwirbelten Rotkäppchens Königreich, als läge es in der Mitte eines Strudels. Als die *Granny* sich näherte, ließ sich inmitten des Wirbels eine hochgeschossene Bohnenranke ausmachen.

Einen solchen Anblick hatte keiner der Reisenden je zu Gesicht bekommen … mit Ausnahme von Jack.

»Was hat es damit auf sich?«, erkundigte sich Froggy.

»Es bedeutet, dass die Bohnenranke bereit ist«, erläuterte Jack mit begeistertem Lächeln.

Conner legte seiner Schwester eine Hand auf die Schulter. *Auch sie waren bereit.*

Die Crew machte sich daran, die *Granny* zur Bohnenranke hin abzusenken. Allmählich ging die Sonne auf, und bald waren am Boden beide Häuser von Jack zu erkennen. Eines allerdings passte überhaupt nicht: *Das Schiff war viel zu schnell unterwegs.*

»Ganz ruhig …«, wies Jack Goldlöckchen an. »Charlie, hol alle Segel ein! Ihr anderen: Macht euch bereit! Das wird eine holprige Landung!«

Froggy riss an den Seilen des Schiffs und faltete zuverlässig die Segel zusammen. Alex und Conner umklammerten Claudiwuff und die Reling, Jack und Goldlöckchen das Steuerrad, und Rotkäppchen hielt sich an Froggy fest.

»Alle in die Knie gehen!«, kommandierte Jack, und jeder folgte seiner Anweisung. Die *Granny* sauste abwärts, mit direktem Kurs auf Jacks Anwesen. Die Fenster in der Vorderfront des Gebäudes wurden aufgestoßen, und die Zwillinge erspähten die magische Harfe, die sich glückselig bereitmachte, den neuen Tag zu begrüßen – ohne das fliegende Schiff zu bemerken, das unmittelbar auf sie zurauschte.

Oh, der Tag ist gekommen, und ich bin bereit,
die Vögel, sie fliegen, und bald ist es Zeit,
bald ziehe ich fort, hinaus in die Welt,
auf Rotkäppchens Burg hat man mich –
AAAAAAH!

Die *Granny* krachte zu Boden und rumpelte über das Gras. Erdbrocken wurden in die Luft geschleudert, und der Schiffsrumpf zog eine breite Schneise in die Landschaft, bis er im letzten Moment *nur Zentimeter vor der Hauswand* zum Liegen kam.

Mund und Augen der Harfe standen weit offen, und obwohl

sie aus massivem Gold bestand, hätten die Zwillinge schwören können, dass sie ganz blass geworden war.

»Guten Morgen, Harper!«, rief Jack mit entschuldigendem Lachen zu ihr herunter.

Die Harfe war so baff, dass eine der Saiten auf ihrem Rücken riss. Alex und Conner konnten es ihr kaum zum Vorwurf machen: Nachdem sie jahrelang nichts Spannendes erlebt hatte, war sie gerade Zeugin geworden, wie ein fliegendes Schiff in ihrem Vorgarten eine Bruchlandung hingelegt hatte.

»Was im Namen von Mutter Gans geht hier vor?«, kreischte die Harfe schrill.

»Wir waren auf Reisen, genau so, wie ich es dir erklärt hatte«, erwiderte Jack und kletterte von Bord. »Hatte ich nicht erwähnt, dass wir dafür ein *fliegendes Schiff* nehmen würden?«

»Dieses winzige Detail hast du wohl vergessen«, japste die Harfe, der allmählich die Taubheit wieder aus den goldenen Gliedern wich.

»Danke, dass du derweil auf die Bohnenranke achtgegeben hast. Sie sieht großartig aus!«, lobte Jack.

»Gern geschehen«, antwortete Harper. »Es wird dich freuen zu hören, dass ich mir Gedanken gemacht habe und zu dem Schluss gekommen bin, dein Angebot, in Rotkäppchens Burg zu ziehen, anzunehmen. Allerdings hoffe ich, du gibst mir noch ein paar Tage Zeit, damit meine Saiten sich von dem Schrecken erholen können, den du ihnen gerade eingejagt hast. Ich möchte nicht, dass meine erste Ballade in der Burg schief klingt.«

»Was? Was hast du gesagt?«, meldete sich Rotkäppchen vom Schiff zu Wort. »Habe ich das richtig verstanden – irgendetwas von wegen, du würdest in meine Burg ziehen?«

Alex und Conner warfen einander verstohlene Blicke zu – nun würde es interessant werden.

»Aber ja! Jack hat versprochen, mich in die Burg umzusiedeln, wenn ich zuvor für ihn die Bohnenranke im Auge behalte«, bestätigte die Harfe.

»Ach, hat er das?!«, zischte Rotkäppchen giftig. »Diese Reise wird immer besser, nicht wahr?«

»O ja, und ich übe seit Tagen! Es ist derart lange her, dass ich vor einem richtigen Publikum auftreten durfte!«, frohlockte Harper. »Nach mehr als einem Jahrhundert in der Gewalt des schrecklichen Riesen wird es so herrlich sein, Lieder zu singen, in denen es nicht darum geht, dass jemand Schafe frisst oder Städte zertrampelt.«

Nun verließen auch die anderen das Schiff und gesellten sich zu Jack, der noch immer vor dem Haus stand.

»Hey, Harper«, begrüßte Conner sie. »Als du da oben warst, hast du da jemals bemerkt, ob der Riese einen Lieblingsgegenstand hatte?«

»Nicht, dass ich mich erinnern könnte«, grübelte die Harfe. »Und es ist mir ein Rätsel, weshalb ihr an diesen furchtbaren Ort zurückkehren wollt.«

Jack nahm die Bohnenranke unter die Lupe. Er schritt um den Stängel herum, besah ihn sich von allen Seiten und trat hier und dort dagegen.

»Die Ranke ist bereit!«, informierte er seine Gefährten. »Ich klettere jetzt hoch und bin so schnell wie möglich wieder da.«

»Wie bitte?«, fragte Goldlöckchen mit hochgezogener Augenbraue. »Glaubst du allen Ernstes, ich lasse dich allein gehen?«

»Das könnte ihm so passen, dass wir allein hierbleiben«, raunte Conner Alex zu.

Jack hatte niemanden vor den Kopf stoßen wollen. »Entschuldigt, ich war mir nicht sicher, ob sonst noch jemand mitkommen möchte«, sagte er.

»Eine Burg in den Wolken kriegt man nicht jeden Tag zu Gesicht«, befand Froggy. »Ich bin auch dabei.«

»Alles klar«, beschloss Jack. »Ich klettere voran. Es ist allerdings wichtig, dass ihr mir ganz genau folgt und eure Hände und Füße exakt dort platziert, wo ich es tue. Der Aufstieg ist schwieriger, als es den Anschein hat.«

Goldlöckchen holte ein langes Seil und band es zuerst Jack, dann sich selbst und schließlich Froggy und den Zwillingen um die Taille. Als sie sich anschickte, auch Rotkäppchen festzuknoten, hielt die junge Königin sie nervös davon ab.

»Was glaubst du eigentlich, was du da tust?«, fragte sie.

»Das ist nur zur Sicherheit«, entgegnete Goldlöckchen. »Falls jemand von uns abstürzt.«

»Abstürzt? Von da oben?«, hakte Rotkäppchen nach und deutete hinauf zur Spitze der Bohnenranke. »Ist das wahrscheinlich?«

»Nicht mehr und nicht weniger wahrscheinlich als bei jeder anderen Klettertour, schätze ich«, antwortete Goldlöckchen. »Außerdem wird das Seil mich davon abhalten, dich zwischendurch in die Tiefe zu schubsen.«

Rotkäppchen ließ ihre großen, angstvollen Augen am Stängel auf und ab wandern. »Wisst ihr, ich glaube, auf dieses Abenteuer verzichte ich«, beschloss sie. »Nach meiner Unterredung mit der Stiefmutter bin ich erschöpft und möchte meine Kräfte für unseren nächsten Halt aufsparen.«

»Ganz wie du willst«, bestimmte Goldlöckchen und schnitt prompt das Seil ab, nachdem sie es Alex geschickt um die Mitte befestigt hatte.

»Bist du sicher, Rot? Der Riese ist schon vor langer Zeit gestorben«, gab Jack zu bedenken. »Es gibt dort oben nichts, wovor du dich fürchten müsstest.«

»Was ist mit der Warnung des fliegenden Händlers?«, wandte Alex ein. »Er meinte, andere Gefahren würden uns in der Burg des Riesen erwarten.«

»Der Mann hat *Fasanenpudding* gegessen«, spottete Conner. »Und da willst du ihn wirklich beim Wort nehmen?«

»Guter Einwand«, gab Alex zu.

Rotkäppchen tat, als würde sie ihre Entscheidung noch einmal überdenken, doch in Wirklichkeit stand ihr Entschluss längst fest. »Ich glaube immer noch, dass ich mich am besten nützlich machen kann, indem ich auf dem Schiff bleibe«, beharrte sie.

»Für mich in Ordnung«, kommentierte Jack. »Also dann, wenn wir anderen alle bereit sind: *Auf geht's!*«

Er legte seine Hände an den Stängel direkt über dem untersten Blatt und zog sich hoch. *Der Aufstieg hatte begonnen*, und Jack genoss ihn mehr, als er zugeben wollte. Er leitete die anderen gutgelaunt an, während sie gemeinsam an der Bohnenranke himmelwärts kraxelten.

Jack und Goldlöckchen legten abermals ein Tempo vor, dem Froggy und die Zwillinge nur mit Mühe folgen konnten – obwohl Froggy den Stängel eher hinaufhüpfte, als zu klettern. Alex und Conner waren froh, dass sie auf ihrem Rankenkreuzzug die Nachhut bildeten; so würde ihnen die geringste Verantwortung zufallen, sollte jemand abstürzen.

»Beschreibt mir dann genau, wie die Burg aussieht – falls ich in Zukunft irgendwelche Renovierungen bei mir zu Hause durchführen muss!«, rief Rotkäppchen zu ihnen hinauf.

Jack behielt recht: Es gestaltete sich knifflig, die Bohnenranke zu erklimmen. Stabile Äste wie bei einem Baum gab es nicht, so dass die Stiele der Blätter alles waren, woran die Freunde sich festhalten und worauf sie ihre Füße stellen konnten. Nach einiger Zeit waren die Geschwister ausgesprochen froh darüber, dass Rotkäppchen sich entschlossen hatte, am Boden zu bleiben – schon ohne sie war das Vorhaben kompliziert genug.

Trotzdem kamen sie bemerkenswert zügig voran, und Jack warf einen Blick zurück, um seine Mannschaft zu beglückwünschen. »Ihr macht das großartig«, lobte er. »Aber egal, was ihr tut, schaut bloß nicht –«

»*AHHHHHH!*«, kam ein gellender Schrei von Froggy.

»Nach unten«, brachte Jack seinen Satz zu Ende.

»Tut mir leid, diesen Fehler mache ich kein zweites Mal!«, versicherte ihm Froggy und wirkte beim Weiterhüpfen ein wenig zittrig. Die Zwillinge wussten gar nicht genau, wie hoch oben sie sich bereits befanden, und sie wollten es auch nicht wissen – Ahnungslosigkeit war in dieser Situation ein Segen.

Nach nur einigen kurzen Verschnaufpausen dann und wann hatte die Gruppe gegen Mittag die Spitze der Bohnenranke erreicht. Alex und Conner taten sämtliche Muskeln weh, und sie hofften einfach nur, dass der Abstieg leichter würde.

»Diese Kletterei wird von Meter zu Meter schwieriger«, klagte Conner.

»Dass die Luft immer dünner wird, ist auch nicht gerade hilfreich«, stellte Alex fest.

»Wir sollten anfangen, hautenge Jeans zu tragen«, schlug Conner scherzhaft vor. »Nach diesem Work-out würden wir darin beide garantiert super aussehen.«

Oben angekommen, fanden die Kletterer das Ende der Bohnenranke in Nebel gehüllt. Sie spürten die kühle Feuchtigkeit der Wolken auf ihrer Haut, bevor sie diese schließlich durchbrachen. Es war, als wären sie in einer völlig anderen Welt aufgetaucht: Meilenweit im Umkreis waren sie nun von einem Meer flauschiger Schäfchenwolken umgeben. Die Zwillinge hatten den Eindruck, der Sonne viel näher zu sein, denn ihre Strahlen leuchteten diese neue Welt perfekt aus.

»Wie wunderschön«, staunte Goldlöckchen. Alex und Conner hatten sie nie zuvor so bewegt erlebt.

»Außergewöhnlich«, hauchte auch Froggy atemlos. »Ich habe so viele Beschreibungen solcher Phänomene gelesen, aber das ist niemals so eindrucksvoll, wie es mit eigenen Augen zu sehen.«

Die Spitze der Bohnenranke kräuselte sich über ihnen in den endlosen Himmel hinein. Alle warteten auf neue Anweisungen von Jack.

»Oha«, machte Conner plötzlich und deutete in die Ferne. »Guckt euch das mal an!«

Eine gigantische, mittelalterlich wirkende Burg erhob sich am wolkigen Horizont. Sie bestand aus riesigen Steinblöcken, besaß mehrere niedrige Türme und ein imposantes hölzernes Eingangsportal.

»Ist das das Zuhause des Riesen?«, wollte Alex wissen.

»Ich nehme es an«, erwiderte Conner. »Es sei denn, Mary Poppins ist hierher umgezogen.«

»Wer?«, erkundigte sich Froggy.

»Ach, vergiss es«, winkte Conner ab.

Jack stellte prüfend einen Fuß auf die Wolkenoberfläche. Sein Stiefel sank ein, jedoch nur ein Stück weit. Jack machte einen wackeligen Schritt auf die Wolke, und die anderen schnappten nach Luft.

»O mein Gott!«, kreischte Alex und schlug sich dann die Hand auf den Mund.

»Das gibt's doch gar nicht!«, brüllte Conner.

Jack war ganz aus dem Häuschen vor Freude darüber, wieder auf einer Wolke zu stehen, doch er setzte eine ernste Miene auf, ehe er sich zu seinen Gefährten umwandte.

»Tretet vorsichtig von der Bohnenranke auf die Wolke, aber verlagert erst dann euer ganzes Gewicht, wenn euer Fuß nicht weiter einsinkt«, wies er sie an. »Geht es ganz behutsam an. Wenn ihr euch zu hastig bewegt, fallt ihr geradewegs hindurch.«

Goldlöckchen fasste sich als Erste ein Herz, gefolgt von Froggy und zu guter Letzt den Kindern – ihnen allen kam es vor, als wandelten sie durch flauschigen Treibsand. Bei jedem Schritt warteten Alex und Conner, bis ihr jeweiliger Fuß zu sinken aufhörte, und waren sich doch ein ums andere Mal nicht sicher, an welchem Punkt das der Fall sein würde – oder ob überhaupt. Manchmal sackten ihre Beine bis zum Knöchel ein; dann wieder reichte ihnen die Wolke bis zum Knie.

»Das ist das Schrägste, was wir je getan haben!«, bemerkte Conner. »Oder zumindest auf der Liste ganz weit vorn.«

Die Wolkenkreuzritter stapften quer durch den Himmel zur Burg des Riesen hinüber. Zu ihrer Erleichterung kam bald ein steingepflasterter Weg in Sicht, der sich durch die Wolken bis zum Eingangsportal wand. Alle waren dankbar, beim Gehen wieder festen Boden unter den Füßen zu haben, und nahmen nun das Seil ab, über das sie zuvor verbunden gewesen waren.

»Hin und wieder würde ich wirklich gern mein Gehirn abschalten können«, seufzte Alex. »Ich zermartere mir die ganze Zeit den Kopf nach einer wissenschaftlichen Theorie, die erklärt, wie es möglich sein kann, dass wir auf einer Straße durch den Himmel spazieren, aber mir fällt einfach keine logische Erklärung ein.«

Conner räusperte sich. »Um mit den Worten eines Mädchens zu sprechen, das ich kenne: ›Nach gewissenhaftesten Untersuchungen gemäß höchster wissenschaftlicher und technischer Standards bin ich zu dem Schluss gekommen, dass es sich um Magie handeln muss‹«, zitierte er grinsend.

Alex lachte. »Wie kannst du dich bloß daran noch erinnern?«, fragte sie.

»Das war bisher mein absoluter Lieblingsspruch von dir«, gestand Conner.

Sie brauchten viel länger als erwartet, um zur Burg zu gelangen. Ganz gleich, wie ausdauernd sie darauf zuhielten, das Gemäuer schien keinen Meter näher zu kommen.

»Bewegt sich die Burg von uns weg?«, wunderte sich Conner.

»Nein«, versicherte ihm Jack. »So wirkt es nur, weil sie derart gigantisch ist.«

Nach einem gefühlt meilenweiten Marsch auf der steinigen Straße stand die Gruppe schlussendlich doch vor dem Heim des Riesen. Schon allein durch seine Bauweise war das Gebäude eindrucksvoll, aber dank seiner gigantischen Dimensionen fühlten sich Jack, Goldlöckchen, Froggy und die Zwillinge beim Anblick der hölzernen Eingangstüren klein wie Mäuse.

»Die Größe der Burg ist ja ganz nett, aber das ist doch nichts gegen die *Lage*!«, witzelte Conner und gluckste in sich hinein. Niemand lachte mit ihm – seine Freunde waren von den Dimensionen, die sich ihnen darboten, noch immer zu überwältigt.

»Weißt du noch, als du vorhin davon gesprochen hast, wie klein man sich fühlen kann, Jack?«, flüsterte Alex. »Ich glaube, wenn Rotkäppchen das hier zu Gesicht bekäme, würde sie verstehen, was du gemeint hast.«

»Ein Glück, dass sie nicht hier ist«, merkte Froggy an. »Sonst käme ihr vielleicht in den Sinn, so etwas irgendwie nachbauen zu wollen.«

Noch eine volle Minute lang standen sie alle einfach nur da und starrten an der Fassade des gewaltigen Bauwerks hinauf.

»Tja, wir können nicht den ganzen Tag hier draußen herumtrödeln. Lasst uns reingehen«, trieb Goldlöckchen die anderen schließlich an.

»Wie kommen wir hinein?«, wollte Alex wissen.

»Gibt es eine Klingel, zu der Froggy hinaufhüpfen könnte?«, fragte Conner.

»Wir werden kriechen müssen – *mir nach*«, erklärte Jack. Er ließ sich auf alle viere nieder und quetschte sich in den Spalt zwischen Tür und Boden, in den er gerade so hineinpasste. »Das war leichter, als ich noch ein Junge war.«

Die Freunde drückten sich einer nach dem anderen durch den unangenehm engen Zwischenraum und folgten ihm unter der Tür hindurch. Auf der anderen Seite kamen sie wieder auf die Füße und fanden sich in einer Eingangshalle von der Größe eines Fußballfeldes wieder. Jede der steinernen Bodenplatten hatte etwa die Maße eines Swimmingpools. Vor ihnen erhob sich eine Treppe, die einem Dutzend aneinandergefügter Wolkenkratzer glich, einer höher als der vorherige.

»Was ist denn das für ein furchtbarer Gestank?«, keuchte Alex und zog sich ihr T-Shirt über die Nase.

Goldlöckchen hörte ein lautes Krachen unter ihrem Stiefel und sah zu Boden. Überall in der Eingangshalle lagen Hunderte und Aberhunderte Vogelskelette verstreut. Sie stammten von normal großen Vögeln, wenn auch von stattlichen Exemplaren – die Zwillinge vermuteten, dass es sich um die Überreste von Habichten und Adlern handeln musste. Womöglich waren sie der Burg im Flug zu nahe gekommen und von etwas oder jemandem aus der Luft gepflückt worden.

»Mochte der Riese Vögel?«, erkundigte sich Conner bei Jack.

»Nicht, dass ich mich daran erinnern könnte«, grübelte Jack. »Los, gehen wir weiter. Haltet die Augen offen nach etwas, das dem Riesen mehr am Herzen gelegen haben könnte als alles andere.«

Jack führte die Gruppe nach rechts, und die Gefährten betraten ein gigantisches Speisezimmer. Ein Teppich, der ein Dutzend gewöhnlicher Wohnhäuser hätte auskleiden können, erstreckte sich unter einem imposanten Tisch und ebenso mächtigen Stühlen. An der Wand prangte ein riesiges Porträt, das alle überraschte – es war ein Gemälde *der magischen Harfe.*

»Scheint so, als hätte der Riese eine Menge von Harper gehalten«, schmunzelte Froggy.

»O ja, *das* kannst du laut sagen«, fügte Goldlöckchen hinzu und nahm das Zimmer im Ganzen in Augenschein. Das Bild war nur eines von vielen Kunstwerken, die von der magischen Harfe inspiriert waren. Es gab Statuen und Skulpturen von ihr in sämtlichen Ecken, und Ölgemälde und Fingerfarbenschmierereien mit ihrem Konterfei schmückten alle Wände. Selbst in die Stuhlrücken war die Silhouette der Harfe eingeschnitzt.

»Denkt noch jemand, was ich denke?«, fragte Conner.

»War *Harper* der wertvollste Besitz des Riesen?«, staunte Alex.

Niemand wollte so recht glauben, dass sie den ganzen Weg hier herauf umsonst bewältigt hatten, doch je länger sie sich im Speiseraum umblickten und dabei immer mehr Kunst mit Harfenbezug entdeckten, desto schwerer fiel es ihnen, zu einem anderen Schluss zu kommen.

»Ich weiß, dass er sie sehr geliebt hat – ich wünschte bloß, ich hätte mich an all das hier erinnern können«, grämte sich Jack. »Ich habe noch genau vor Augen, wie ich damals durch ebendiesen Raum ging und ein *Psst* hörte. Ich schaute hoch und erspähte die Harfe oben auf dem Tisch. Sie sah zu mir herunter und sagte: ›*Hey, Kleiner, hol mich hier raus, ja? Mir fällt hier noch die Decke auf den Kopf.*‹ Ich nahm sie mit, und als der Riese bemerkte, dass sie verschwunden war, setzte er mir nach.«

»Zumindest wissen wir jetzt, wie wir Rot davon überzeugen können, Harper zu sich in die Burg ziehen zu lassen«, meinte Conner. »Wir erzählen ihr, dass die Harfe als Raumdekoration aus Riesensicht der letzte Schrei war. Wer hätte gedacht, dass sie sich als Inbegriff des *Fie-Fei-Foh-Fengshui* entpuppt!«

Die Zwillinge brachen in Gekicher aus, doch ihr Lachen wurde jäh von einem Klingeln unterbrochen, das mit einem Mal durch den Raum hallte.

»Was war das?«, stutzte Goldlöckchen.

Wieder ertönte das Geklingel, diesmal jedoch deutlich lauter.

»Jack, hattest du uns nicht versichert, der Riese sei tot?«, hakte Froggy nach und rückte nervös seine Krawatte zurecht.

»Das ist er«, bekräftigte Jack. »Und nennenswert Familie hatte er auch nicht.«

Conner wandte sich in die Richtung, aus der die Freunde gerade das Zimmer betreten hatten – und erstarrte.

»*Hey – hey – hey, Jack?*«, piepste er. »Hatte der Riese stattdessen vielleicht *Haustiere*?«

Alle fuhren herum und standen auf einmal da wie versteinert. Ihnen genau gegenüber hatte sich eine Katze aufgebaut, die groß war wie ein Haus.

»*Miau*«, quäkte das Tier so dröhnend, dass die Gefährten sich allesamt die Ohren zuhalten mussten. Die Katze des Riesen war fett, hatte graues Fell mit schwarzen Streifen und weiße Tatzen. Sie blinzelte langsam mit ihren riesigen grünen Augen und starrte mit tödlich kokettem Blick auf ihre Besucher hinunter. Um den Hals trug sie ein rotes Band, an dem eine Glocke von der Größe eines Menschenkopfes schwang.

»Ich schätze, das erklärt, woher die Vogelskelette stammen«, hauchte Alex kaum hörbar.

Ein tiefes Rumpeln begann durch den Raum zu wabern, als die Katze zu schnurren anfing. Sie leckte sich die Lippen, ihre Augen wurden größer und die schmalen Pupillen verengten sich weiter. Goldlöckchen zog ihr Schwert, und Jack langte nach seiner Axt.

»Keiner bewegt sich«, befahl Jack. »Bei drei sprinten wir alle unter den Tisch und in verschiedene Richtungen, um sie zu verwirren. Bereit? Eins … zwei … *drei!*«

Die fünf Freunde rasten unter den Tisch und schlugen dann unterschiedliche Richtungen ein. Die Katze sprang ihnen nach und versuchte, so viele Opfer zu erwischen wie möglich. Alex, Conner und ihre Gefährten schlängelten sich zwischen den Tisch- und Stuhlbeinen hindurch und wichen den Klauenhieben aus, die von allen Seiten auf sie einprasselten.

»Genau deshalb mag ich Hunde viel lieber!«, schrie Conner.

Die Katze war derart in Hochstimmung, dass sie sich gar nicht entscheiden konnte, mit wem sie anfangen sollte. Schließlich erschien ihr Froggy am faszinierendsten – wohl, weil er von allen aus der Gruppe einem riesigen Katzenspielzeug am meisten ähnelte. Froggy hüpfte umher wie ein Verrückter und entkam doch nur um Haaresbreite den Tatzen und schnappenden Reißzähnen der Katze.

»Hilfe! Bitte helft mir!«, schrie Froggy.

Jack packte den Katzenschwanz; den Kindern erschloss sich nicht, was er damit zu bewirken hoffte, denn sofort wurde er in die Luft gerissen und umhergeschleudert, so dass er sich nun selbst in Todesangst festklammern musste. Der dicke Bauch der

Katze schwang beinahe gefährlicher hin und her als die fliegenden Klauen und warf beide Geschwister um, als das Tier an ihnen vorbeiwalzte.

Goldlöckchen bemerkte ein großes Messer, das weit oben über die Kante des Tischs hinausragte. Sie hangelte sich an einem Stuhlbein empor, sprang dann von der Sitzfläche ab und bekam die Tischplatte zu fassen. Es gelang ihr, sich hinaufzuhieven, und sie stürzte sich auf das Messer – doch es war so schwer, dass sie es nicht hochheben konnte.

Die Katze zuckte derweil heftig mit dem Schwanz hin und her, und Jack verlor den Halt und wurde quer durch den Raum katapultiert. Froggy kreischte, wie Alex und Conner ihn noch nie hatten kreischen hören. Noch war er nicht verletzt, doch seine Kleider hatten die Katzenkrallen bereits vollkommen zerfetzt. Das gigantische Tier hatte ihn inzwischen in die Enge getrieben und duckte sich, bereit zum tödlichen Sprung.

»Nicht den Frosch! Nicht den Frosch!«, versuchte Froggy ihr gut zuzureden und sie so von ihrem Vorhaben abzubringen. *»Ich schmecke überhaupt nicht gut, glaub mir!«*

Goldlöckchen stieß von der Tischplatte einen schrillen Pfiff aus. »Hier, Katzi, Katzi«, rief sie hinunter. Sie hatte es geschafft, das Messer auf die Seite zu wuchten und so zu drehen, dass die Klinge nun Licht auf die gegenüberliegende Zimmerwand reflektierte. Die Katze ließ von Froggy ab, setzte den Lichtpunkten nach und begann, sie durch den Raum zu jagen.

Alex und Conner halfen einander auf die Beine.

»Alles in Ordnung mit dir?«, erkundigte Conner sich bei seiner Schwester.

»Ja, schon okay«, schnaufte sie.

»Alex! Conner! Charlie! Ich habe einen Plan und könnte mal eure Hilfe gebrauchen«, meldete sich Jack, der vor einem

Schrank des Riesen stand. »Lasst uns den hier öffnen und dann die Katze darin einsperren!«

Die Zwillinge rannten zu ihm und halfen ihm dabei, die sperrigen Schranktüren aufzuziehen.

»Was soll ich tun?«, keuchte Froggy, der noch immer völlig außer Atem war.

»Stell dich davor«, wies Jack ihn an. »Wenn die Katze zum todbringenden Sprung ansetzt – hüpfst du aus dem Weg!«

»Oh, dem Himmel sei Dank«, tat Froggy erleichtert. »Eine Sekunde lang habe ich doch wirklich geglaubt, ich müsste mich in *Gefahr* begeben!«

Die Katze wurde es bald überdrüssig, den Lichtreflexen nachzujagen. Sie sah hoch und erspähte Goldlöckchen auf dem Tisch – die sofort zur *neuen* Beute auserkoren wurde.

»O nein«, murmelte Goldlöckchen leise vor sich hin. Die Katze hechtete auf sie zu und sprang mit einem Satz auf die Tischplatte. Goldlöckchen tauchte unter den Läufer und wand sich darunter hin und her wie ein Käfer, was die Katze schier in den Wahnsinn trieb.

»Miau«, maunzte das Tier erneut und schlug mit seinen Tatzen nach dem Stoff. *»Miau.«*

»Hey, Schnurrbart!«, rief Froggy. »Appetit auf ein Paar Froschschenkel?« Er legte einen peinlichen kleinen Tanz hin, um die Aufmerksamkeit des Riesenviehs auf sich zu ziehen.

»Miau?« Die Katze schien zu überlegen. *»Miau«*, beschloss sie schließlich und ließ sich wieder vom Tisch fallen, um sich auf den Frosch zu stürzen.

»Jetzt, Charlie!«, brüllte Jack. Alex und Conner verfolgten die Szene voller Entsetzen, als liefe sie in Zeitlupe vor ihnen ab. Die Katze raste auf Froggy zu, bereit, ihre Zähne und Klauen in ihn zu schlagen. Froggy hüpfte in allerletzter Sekunde aus dem

Weg und entging nur knapp den ausgefahrenen Krallen. Die Katze krachte in den Schrank, und Jack und die Kinder donnerten die Türen hinter ihr zu. Froggy eilte ihnen zu Hilfe, und gemeinsam kämpften sie gegen das Tier an, das von innen versuchte, wieder hinauszugelangen.

Ein schweres Ächzen schallte vom Tisch herüber. Goldlöckchen schob einen überdimensionalen Löffel über die Kante, der klirrend auf dem Boden aufschlug. Sie selbst rutschte an einem Tischbein hinab, als handele es sich dabei um die Notrutsche in einer Feuerwache. Die Geschwister spurteten zu ihr hinüber und halfen ihr, den Löffel zum Schrank zu schleppen. Gemeinsam klemmten sie ihn zwischen die beiden Griffe der Türen, und die Katze war gefangen – *für den Moment.*

»Raaaaaar!«, kam aus dem Schrankinnern ein wütendes Fauchen. *»Raaaaaar!«*

»Schnell weg hier!«, kommandierte Jack. »Der Löffel wird ihr nicht ewig standhalten!«

Die fünf wetzten Hals über Kopf durch den Speiseraum zurück in die Eingangshalle. Die Katze warf sich derweil mit aller Macht von innen gegen die Schranktüren und verbog den Löffel mit jedem Stoß ein wenig mehr.

Jack und Goldlöckchen stürzten in ungezügeltem Sprint auf das Burgportal zu. Sie warfen sich mit genau dem richtigen Schwung auf den Boden und schlitterten unter den Holztüren hindurch. Conner versuchte, es ihnen nachzutun, stolperte jedoch nur über seine eigenen Füße und musste ebenso wie Froggy und seine Schwester langsam und umsichtig unter der Tür hindurchkrabbeln.

Kaum hatten sie es allesamt nach draußen geschafft, pesten sie den steinernen Pfad entlang, so schnell ihre Beine es hergaben.

»Diese Katze wird uns doch nicht hier raus folgen, oder?«, schnaufte Conner im Rennen.

Die Freunde warfen gleichzeitig einen Blick über die Schulter zurück und beteten dabei, keine Katze aus der Burg stürmen zu sehen. Was ihnen zuvor jedoch nicht ausgefallen war, nun aber ins Auge stach, war die gewaltige Katzenklappe im Tor, durch die sich in diesem Moment ein zorniger Katzenkopf reckte.

»Das darf ja wohl nicht wahr sein!«, brüllte Conner außer sich.

Wie ein fetter, pelziger Torpedo schoss die Katze ihnen hinterher. Glücklicherweise bremste ihr eigenes Körpergewicht sie aus, so dass sie eine Weile brauchte, um ihre Beute einzuholen.

Der steinerne Weg kam zu seinem Ende, und die Gruppe machte sich vorsichtig daran, in zermürbend langsamem Tempo durch die Wolken zu stiefeln. Die Katze zögerte argwöhnisch, ihre Pfoten ebenfalls in das wabernde Weiß zu setzen, war jedoch zu entschlossen, die Fliehenden noch zu erwischen, um sich davon letztlich aufhalten zu lassen. Zum Glück hatte sie beim Laufen ebenso große Probleme wie die Zwillinge und ihre Gefährten, schlug aber dennoch mit den Tatzen jeweils nach demjenigen aus, der ihr am nächsten war.

»Wir müssen uns ducken!«, rief Goldlöckchen. *»Los, runter auf alle viere – wir kriechen den restlichen Weg bis zur Bohnenranke!«*

Alle ließen sich auf die Knie fallen und wurden so beinahe vollständig von den Wolken verschluckt. Sie erkannten nicht mehr, wohin sie krabbelten, wurden zumindest aber auch von der Katze nicht mehr gesehen. Das Biest gab sich alle Mühe, sie aus dem Flausch zu buddeln, und hieb große Fetzen aus dem Weiß, wurde für ihre Bemühungen jedoch nie belohnt.

Einer nach dem anderen erreichten Jack, Goldlöckchen, Froggy und die Kinder die Bohnenranke und machten sich an den Abstieg. Mit dem Seil hielten sie sich diesmal überhaupt nicht auf – vielmehr stürzten sie sich geradezu den Stängel hinab. Blatt für Blatt kamen sie dem Erdboden näher.

»Die Katze wird uns doch sicher nicht die Bohne hinunter folgen, oder?«, vergewisserte sich Conner – im selben Moment, in dem sich über ihm ein riesiger Katzenkopf durch die Wolkendecke streckte.

»Miau!«, quäkte die Katze – hocherfreut, ihre Beute wiedergefunden zu haben.

»GOTT, ICH HASSE DIESES VERDAMMTE VIEH!«, tobte Conner.

Nun fing auch die Katze zu klettern an. Sie glich dabei einem Elefanten auf dem Hochseil. Offenbar hatte sie zudem Höhenangst, denn sie bewegte sich in trägem, umsichtigem Tempo und hatte ihren Verfolgungsplan zweifellos nicht vollständig durchdacht.

Goldlöckchen ging dazu über, die Blätter, die sie und die anderen bereits hinter sich gelassen hatten, abzuhacken, um der Katze die Verfolgung zu erschweren.

»Was in aller Welt –?«, schwebte eine Stimme zu ihnen empor. Rotkäppchen starrte den Stängel hinauf und beobachtete fassungslos, wie ihre fünf Freunde von einer monströsen Katze gejagt wurden. *»Kann ich meinen Augen tatsächlich trauen, oder habe ich mir bei unserer ruppigen Landung mit dem Schiff eine Gehirnerschütterung zugezogen?«*

»Du kannst deinen Augen trauen, mein Liebling!«, schrie Froggy zu ihr hinunter.

Auch Claudiwuff war komplett aus dem Häuschen. Er bellte die Riesenkatze im Himmel an und zerrte an seiner Leine. Der winzige Wolf machte die gigantische Katze enorm unruhig, und sie hielt inne und klammerte sich nun an den oberen Teil der Bohnenranke.

»Rot! Du musst die Ranke fällen!«, drängte Jack sie aus der Höhe.

»Wie bitte?«, rief Rotkäppchen hinauf.

»Du musst sie umhauen, bevor die Katze den Boden erreicht!«, brüllte er noch lauter. *»In meiner Hütte sollte eine Axt sein – hol sie, und fang zu hacken an!«*

Rotkäppchen sah sich nach jemand anderem um, der die Aufgabe für sie übernehmen konnte, musste jedoch feststellen, dass weit und breit niemand verfügbar war.

»Rot, wir brauchen dich!«, flehte Alex.

Rotkäppchen kratzte all ihre Entschlossenheit zusammen. *»Ich tu's!«*, schrie sie. Sie rannte schnurstracks in den Schuppen – und kam schon eine Sekunde später wieder heraus. *»Moment – wie sieht die Axt noch mal aus?«*

Goldlöckchen schlug sich die flache Hand gegen die Stirn.

»So wie die hier!«, erwiderte Jack und hob seine eigene.

»Alles klar!«, antwortete Rotkäppchen und verschwand wieder in der Hütte. Wenig später schleppte sie eine große Axt ins Freie, die sie hinter sich herzog, als wöge das Werkzeug mehr als sie selbst.

»Jetzt schlag den Stängel um!«, wies Jack sie an.

Rotkäppchen nickte. Sie hievte die Axt in die Höhe, was ihr alles abzuverlangen schien, und schwang sie in Richtung der Bohnenranke. Ihr Schlag allerdings ging einige Handbreit an der Pflanze vorbei und die Wucht riss sie von den Beinen.

»Komm schon, Rot! Du schaffst das!«, feuerte Alex die junge Königin an.

»Wir glauben an dich, Liebling!«, schloss Froggy sich der Ermutigung an.

Rotkäppchen betrachtete ihr Spiegelbild im Blatt der Axt und steckte eine Haarsträhne fest, die sich aus ihrer Frisur gelöst hatte. Sie wagte einen neuerlichen Versuch, und diesmal traf sie tatsächlich, fügte der Pflanze jedoch nur eine winzige Kerbe zu.

»Getroffen! Getroffen!«, jubelte Rotkäppchen und sprang vor Freude und Stolz auf und ab.

»Du musst ungefähr tausendmal fester zuschlagen!«, brüllte Goldlöckchen.

Die Katze wurde unterdessen wieder munter, als ihr klarwurde, dass ihre Beute dem rettenden Boden immer näher kam. Das monströse Biest machte sich ebenfalls aufs Neue an den Abstieg, schneller als je zuvor und die leuchtend grünen Augen fest auf die Gefährten geheftet. Rotkäppchen hackte noch einmal nach der Bohnenranke und brachte ihr kaum auch nur eine Delle bei.

»Ich schaffe es nicht!«, schniefte sie.

»Doch, du schaffst das, Rot! Tu es für dein Land! Tu es für deine Granny! Tu es für mich!«, trieb Froggy sie an.

»STELL DIR VOR, DER STÄNGEL WÄRE GOLDLÖCKCHEN!«, rief Conner ihr zu.

Die Gruppe auf der Bohnenranke erstarrte, und alle blickten Conner mit großen Augen an. Rotkäppchen dagegen starrte entschlossener denn je auf die Axt hinunter. Mit einem einzigen beherzten Schlag von geradezu übermenschlicher Kraft durchtrennte Rotkäppchen die gesamte Basis der Pflanze – Conners Worte hatten ihren Zweck erfüllt.

Alle waren schockiert, doch am meisten überrascht schien Rotkäppchen selbst. Sogar die Katze wirkte baff.

Die Bohnenranke fing zu wanken an. *»Alle auf eine Seite!«*, drängte Jack seine Gefährten, und jeder der fünf schwang sich herum, so dass sie nicht zermalmt würden, wenn die Pflanze zu Boden krachte.

Ganz langsam begann der Stängel sich zu neigen … dann schneller und schneller und schneller … Die Katze allerdings war noch nicht bereit, ihre Jagd aufzugeben. Sie schlug eine Vorderpranke in die Pflanze und eine Hintertatze in die Wolke darüber und hielt die Bohnenranke so aufrecht.

»*Und was jetzt?!*«, schrie Alex.

Claudiwuff riss sich von seiner Leine los, mit der er an Bord der *Granny* angebunden gewesen war, und wetzte zur Basis des Stängels hinunter. Von dort aus kläffte er die im Himmel hängende Riesenkatze an.

»*Raaaaaar!*«, jaulte die Katze verschreckt. Mit einem gewaltigen Satz ließ sie von der Ranke ab und katapultierte sich wieder in die darüberschwebende Wolkenwelt.

»*Baum fällt!*«, warnte Jack.

Die Bohnenranke schnellte wie eine überdimensionale Peitsche auf den Erdboden zu. Sie krachte auf das Herrenhaus und teilte es wie ein Messer, das eine Geburtstagstorte durchschneidet.

Jack, Goldlöckchen, Froggy und die Kinder sahen einander an – gleichermaßen verblüfft, dass sie ihr Abenteuer überlebt hatten. Einen Augenblick herrschte vollkommene Stille, ehe ein ohrenbetäubender Schrei aus dem Haus gellte. Alle drehten sich zu dem zerstörten Gebäude um; die Bohnenranke hatte die goldene Harfe nur um Zentimeter verfehlt.

»*Das ist heute schon das zweite Mal, dass ich beinahe gestorben bin, und es dämmert noch nicht einmal!*«, empörte sich Harper.

Die Freunde kletterten von der umgestürzten Ranke und klopften sich die Kleider ab. Froggy schloss Rotkäppchen fest in die Arme.

»Du hast uns allen das Leben gerettet!«, jauchzte er und wirbelte sie im Kreis herum.

Goldlöckchen vermied es, Rotkäppchen in die Augen zu sehen. »Gut gemacht«, murmelte sie widerwillig und schritt dann eilig davon.

Die Zwillinge legten sich ins Gras, um wieder zu Atem zu kommen. Nun, da die Bohnenranke nicht mehr in den Himmel ragte, verzogen sich die Wolken und gaben den Blick auf einen herrlich klaren, blauen Tag frei.

»So was will ich *nie* wieder erleben«, stellte Conner mit Nachdruck fest.

»Niemals«, pflichtete Alex ihm bei.

Jack ging zu dem frisch zertrümmerten Haus hinüber.

»Hey, Harper«, wandte er sich mit entschuldigendem Zögern in der Stimme an die Harfe. »Ich habe gute und schlechte Neuigkeiten. Die *gute* Neuigkeit: Du wirst auf alle Fälle umziehen! Die *schlechte*: Du kommst mit uns mit.«

Kapitel 20

Das Spiegelbild

Nur, damit ich das richtig verstanden habe«, wiederholte die magische Harfe. »Ihr seid auf der *Suche* nach den *wertvollsten Besitztümern* der *meistgehassten Wesen* dieser Welt, um daraus einen mächtigen *Zauberstab* zu erschaffen, von dem ihr euch erhofft, dass er die *Zauberin* besiegen kann? Und *ich* soll angeblich eines dieser Objekte sein?«

Conner zuckte mit den Schultern. »Stimmt genau«, antwortete er. »Obwohl es lahm klingt, wenn du es so sagst.«

Jack, Froggy und Conner mussten mit vereinten Kräften zupacken, um die Harfe – die immerhin aus purem Gold bestand – auf das Unterdeck der *Granny* zu schleppen. Nachdem sie sie dort untergebracht hatten, stellten sich alle Gefährten um sie auf und weihten sie in die Mission und jene neuentdeckte Rolle ein, die sie selbst darin spielte.

»Das verstehe ich nicht. Wie soll ich denn zu einem Teil

dieses Stabs werden?«, grübelte die Harfe und nickte zu dem Eiszepter hinüber, das Goldlöckchen ihr wenige Augenblicke zuvor gezeigt hatte.

Froggy musste ihr zustimmen. »Mir erschließt sich auch nicht, wie du ins Gesamtbild passt«, gestand er. »Als Komponente eines Zauberstabs wärst du furchtbar unförmig.«

»Wie bitte?«, fauchte die Harfe.

»Verzeihung«, beschwichtigte Froggy sie eilig. »Ich meinte bloß, dass wir bisher lediglich eher kleine Gegenstände gesammelt haben. Nichts davon gleicht auch nur annähernd deiner – na ja – Gestalt.«

»Meiner Gestalt?«, giftete Harper. »Das sagt genau der Richtige – ein *riesiger Froschmann*!«

Froggy tat einen Schritt zurück und klinkte sich gänzlich aus der Unterhaltung aus.

»Was, wenn wir ihr einen Finger abschneiden oder so?«, schlug Conner vor.

»*Was?*«, kreischte die Harfe.

»Conner, das ist dermaßen barbarisch!«, herrschte Alex ihn an und boxte ihn in die Schulter. »Wie kommst du überhaupt dazu, so etwas auszusprechen?«

»War doch bloß eine Idee«, grummelte Conner.

»Aber was würde passieren, wenn sie mit dem Stab in Berührung käme?«, überlegte Goldlöckchen. »Würde sie schrumpfen? Oder irgendwie mit dem Zauberstab verschmelzen? *Würde sie sterben?*«

Die Harfe verlor jede Beherrschung und versuchte verzweifelt, von Deck zu springen, doch sie war zu schwer, um allein vom Boden loszukommen.

»Harper, beruhige dich«, redete Jack auf das panische Instrument ein. »Niemand will dir weh tun.«

»Trotzdem bin ich jetzt eure Gefangene, oder nicht?«, japste die Harfe. Die Saiten auf ihrem Rücken klimperten die Eingangsmelodie einer dramatischen Ballade.

Gelockt hat sie mich mit Versprechen,
doch nun wird die Welt sie all' brechen.
Tot ist meine Hoffnung auf Freiheit,
mir blüht keine funkelnde Glanzzeit.
Als Sklavin bin ich geboren,
zur ew'gen Dienerin auserkoren –

»Das reicht, Harper«, schnitt Goldlöckchen ihr das Wort ab. »Du bist nicht unsere Gefangene. Wir behalten dich bloß eine Weile bei uns, bis wir wissen, was wir tun müssen – danach steht es dir wieder völlig frei, in dein spannendes Leben zurückzukehren, dem Gras beim Wachsen zuzusehen und Leute gegen ihren Willen zu unterhalten.«

Die Harfe funkelte Goldlöckchen aus zusammengekniffenen Augen an und hob eine goldene Augenbraue. »Dann bist *du* also das Mädchen, mit dem Jack durchgebrannt ist, hmm?«, schlussfolgerte sie. »Kein Wunder, dass er sich mit dir nicht in der Öffentlichkeit blicken lassen kann – ich würde auch nicht mit dir in Verbindung gebracht werden wollen.«

Beiden Kindern entfuhr ein *Oh.* Jack und Froggy mussten Goldlöckchen zurückhalten. Ein schrilles Lachen dagegen kam aus Rotkäppchens Mund, und sie klopfte sich auf die Schenkel.

»Wisst ihr, ich könnte mir vorstellen, dass es doch gar nicht so übel wäre, Harper bei mir zu Hause aufzunehmen«, sagte sie.

An jenem Abend entzündeten die Gefährten bei Sonnenuntergang die Flamme der *Granny* und steuerten das Schiff nach Nordosten. Zu ihrem nächsten Halt hatten sie die Ruinen der alten verlassenen Burg bestimmt, in der noch die Bruchstücke des magischen Spiegels der bösen Königin ruhten. Alex und Conner verschliefen den Großteil der Reise – die Kletterei die Bohnenranke hinauf und hinunter hatte sie erschöpft, und sie waren so müde, dass sie sich nicht einmal von Rotkäppchens Gerede im Schlaf oder den selbstmitleidigen Gesängen der Harfe stören ließen.

Erst kurz vor Sonnenaufgang am folgenden Tag wurden die Geschwister wach und begaben sich auf das Oberdeck. Als sie ins Freie traten, war Rotkäppchen bereits dort und hielt abermals Claudiwuff auf dem Schoß, wo der junge Wolf selig in ihrer Umarmung schlummerte.

»Wieder vereint?«, fragte Conner, und Rotkäppchen nickte glücklich.

»Ich bin lange und gründlich in mich gegangen«, erklärte Rotkäppchen. »Wäre Claudiwuff nicht gewesen, würde gerade jetzt, in diesem Moment, eine riesige, menschenfressende Katze über mein Königreich herfallen. Er ist doch kein Killer! Ganz im Gegenteil – er ist ein Retter!«

»Dann stört es dich also nicht mehr, dass er ein Wolf ist?«, hakte Alex nach. Sie wurde nach wie vor nicht immer ganz schlau aus Rotkäppchen.

»Nicht im mindesten«, versicherte Rotkäppchen. »Was wäre ich denn für eine Mutter, wenn ich zulassen würde, dass unserer Liebe etwas so Banales wie seine *Spezies* im Weg steht? Immerhin bin ich mit einem riesigen Frosch zusammen! Ich werde Claudiwuff einfach zu einem liebevollen, mitfühlenden Wesen erziehen. Wenn kein Wolf vor ihm je diese Qualitäten besessen hat, dann wird er eben der erste sein. Falls er aber noch einmal versucht, mich zu fressen, muss Mama sich wohl einen neuen Mantel zulegen.«

Die Zwillinge pflichteten ihr mit aufgesetzt wohlwollendem Lächeln bei, ließen die junge Königin mit ihrem Haustier allein und machten sich stattdessen auf den Weg zum Bug des Schiffes. Von dort aus spähten sie über die Reling zu Boden – und waren entsetzt über den Anblick, der sich ihnen bot. Das gesamte Östliche Königreich war von Dornengestrüpp und Ranken eingenommen. Die Pflanzen hatten sich um jedes Gebäude geschlungen. Obwohl Alex und Conner schon etliche Berichte darüber gehört hatten, hätten sie sich das, was sie nun zu Gesicht bekamen, niemals vorstellen können.

»Es ist genau so, wie es der Fuchs in den Zwergenwäldern beschrieben hat«, staunte Alex. »Das ganze Königreich ist bedeckt!«

»Ich glaube, bis gerade eben war mir überhaupt nicht klar, wie unfassbar mächtig die Zauberin tatsächlich ist«, gestand Conner und musste schlucken. »Wenn man das sieht, wird einem erst so richtig bewusst, was auf dem Spiel steht, nicht wahr?«

Je weiter nordöstlich die *Granny* vordrang, desto dünner wurde der Bewuchs mit Dornbüschen und Schlingpflanzen. Das überwachsene Gelände wich jener trockenen, verlassenen Landschaft, für die die Region bekannt war, und bald tauchten die Überreste der einsamen alten Burg in der Ferne auf.

Von dem einst imposanten Gemäuer war kaum mehr als ein gewaltiger Haufen aus Steinblöcken und Holzbalken geblieben.

Jack, Goldlöckchen, Froggy und Rotkäppchen gesellten sich zu den Kindern an den Bug und erschauderten. Es fühlte sich an, als betrachteten sie die Überreste eines großen Untiers, das sie einst erlegt hatten – doch anstelle eines Kadavers schien es eher, als ruhe ein schlafender Leib auf dem Boden. Die Burgruine hatte noch immer etwas sehr Lebendiges an sich.

Sanft setzte die *Granny* neben dem Wassergraben auf.

»Wie viele Teile des Spiegels brauchen wir?«, erkundigte sich Conner bei den anderen. »Reicht ein einziges Stück, oder müssen wir das ganze Ding wieder zusammenpfriemeln?«

»In diesem Fall würde es sicher eine Weile dauern, bis wir alles beisammen haben«, gab Alex zu bedenken.

Goldlöckchen zog den Stab hervor, den sie während der Reise sicher unter ihrer Koje aufbewahrt hatte. »Wir nehmen einfach die Komponenten, die wir bislang haben, mit«, beschloss sie.

Die sechs Abenteurer stiegen von der *Granny* und machten sich auf den Weg zu der zerstörten Burg.

»Hier hat die Zauberin einst gelebt«, rief Alex ihren Freunden in Erinnerung. »Ihr meint doch wohl nicht, dass sich ihre Seele noch hier herumtreibt, oder?«

Conner ließ den Blick über das tote Land ringsum schweifen. »Ich glaube nicht, dass es hier in der Gegend überhaupt noch in irgendeiner Form Leben gibt«, bemerkte er. »Uns geht bloß allen noch nach, was wir vor einem Jahr hier erlebt haben. In diesem Geröllhaufen lauert nichts weiter als ein Haufen kaputter Burgkrempel.«

Einem nach dem anderen half Froggy über den Burggraben. Als sie schließlich allesamt auf der richtigen Seite standen, hielten sie inne und bestaunten voller Betroffenheit den Schuttberg.

»Wie sollen wir da hindurchkommen?«, fragte Conner.

Niemand wusste eine Antwort. Es schien unmöglich, ins ehemalige Innere der Festung zu gelangen. Einige Minuten liefen sie suchend entlang des Trümmerfelds auf und ab.

»Hier drüben!«, ertönte mit einem Mal Rotkäppchens Stimme. »Ich habe einen Zugang gefunden.« Die übrigen Gefährten rannten zu ihr hinüber, und sie deutete auf eine kleine

Öffnung zwischen zwei Steinquadern, die tiefer in die Ruine hineinführte.

Froggy schickte sich an, hindurchzukriechen. »Da passen wir nicht durch«, stellte er fest. »Es ist zu eng.«

»Nicht für die Zwillinge«, widersprach Goldlöckchen.

»Ihr wollt, dass wir da allein reingehen?« Alex war fassungslos.

»Das scheint die einzige Möglichkeit zu sein«, stimmte Jack Goldlöckchen zu, während er immer noch die Augen wandern ließ. »Ich sehe zumindest keine andere.«

Alex und Conner warfen sich ängstliche Blicke zu. Goldlöckchen legte jedem von ihnen eine Hand auf die Schulter.

»Ohne euch zwei wären wir überhaupt nicht hier«, sprach sie ihnen Mut zu. »Ihr habt es selbst gesagt: Es gibt nichts, wovor man sich fürchten müsste. Geht rein und versucht, so viele Überbleibsel des magischen Spiegels herauszuholen, wie ihr nur finden könnt. Wir warten direkt hier. Und nehmt das mit.«

Sie reichte Conner den Zauberstab. Er hakte ihn sich in eine Gürtelschlaufe seiner Jeans ein.

»Wir alle zählen auf euch«, meldete sich Rotkäppchen zu Wort – und erntete dafür prompt giftige Blicke von Jack, Goldlöckchen und selbst Froggy. »Ich meine … *ihr schafft das schon*!«

»Seid vorsichtig, Kinder«, mahnte Froggy. »Achtet darauf, möglichst nirgends anzustoßen, während ihr dort drinnen seid. Die Steine scheinen zwar nicht allzu wacklig, aber ihr wollt ja nicht verschüttet werden.«

Froggy wirkte derart besorgt, dass Alex und Conner sich nicht einmal darüber empören konnten, als Kinder bezeichnet worden zu sein. Gemeinsam traten sie an die Öffnung und quetschten sich behutsam zwischen die Steine, wobei sie sich an den Wänden des schmalen Durchgangs die Haut aufschürften. Im Innern glich die Ruine einem Hindernisparcours aus Schutt und Geröll. Die Geschwister kletterten umsichtig über und unter und zwischen den Überresten der Festung umher, von denen einige unschöne Erinnerungen an ihren letzten Besuch weckten: ein Holzbalken, eine Zellentür, ein Treppengeländer und hier und da ein zerbrochener Stuhl oder Tisch.

Sie drangen weiter durch die endlosen Trümmer vor und erreichten schließlich eine große Freifläche, von der sie annahmen, dass es sich um den ehemaligen großen Saal der Burg handeln musste – jenen Ort, an dem sie den magischen Spiegel hatten zu Bruch gehen sehen.

»Alex, hier ist *alles* mit Glas übersät«, bemerkte Conner. »Woher sollen wir wissen, welche Stücke woher stammen?«

Wohin sie auch sahen: Überall lagen Scherben. Sie hatten sich über den gesamten Fußboden und sämtliche Geröllhaufen verteilt. Einige Bruchstücke waren größer als andere – so groß, dass die Zwillinge ihr Spiegelbild darin erkennen konnten. Dennoch blieb es unmöglich, festzustellen, welche davon einst zum magischen Spiegel gehört hatten und welche Teil der Fenster oder anderer gläserner Flächen gewesen waren.

»Schau nur!«, rief Alex aus und griff nach einer kleinen Scherbe. »Hier ist ein Stück des Spiegels der Wahrheit.« Glücklich betrachtete sie es, und das Bild, das das Glas zurückwarf, veränderte sich vor ihren Augen – die Alex darin trug plötzlich ein langes goldenes Kleid, und aus ihrem Rücken wuchs ein Paar gigantischer schimmernder Flügel.

»Lass mich mal gucken«, bat Conner und wagte seinerseits einen Blick in die Scherbe, die seine Schwester ihm hinhielt. Auch sein Spiegelbild wandelte sich – bis der Conner im Glas einen goldenen Anzug trug und ebenfalls schillernde Flügel über seine Schultern lugten.

Conner streckte dem goldenen Jungen die Zunge heraus. »Widerlich. Tu das Ding weg!«, grummelte er.

Alex schob die Scherbe sicher in ihre Tasche. Sie dachte sich, dass sie eines Tages womöglich etwas würde gebrauchen können, das ihr in Erinnerung rief, wer sie wirklich war.

»Wie sollen wir all das bloß auseinandersortieren?«, grämte sie sich und zeigte auf das Meer aus Glasbruchstücken.

Conner zog den Zauberstab aus seiner Gürtelschlaufe. Er hielt ihn in die Luft, und mit einem Mal waren von ringsum aus den Trümmern schrammende, klirrende Laute zu hören. Eins ums andere hüpften und schlitterten Glasstückchen näher zu Conner hin, als ziehe der Stab sie auf magische Weise an.

»Ich glaube, ich habe eine Idee«, verkündete Conner. Er legte den Zauberstab mitten im Raum auf den Fußboden und drängte Alex rasch hinter einen großen Holzbalken. Dort beobachteten sie aus sicherer Entfernung, wie winzige Glassplitter von allen Seiten durch den Schutt flogen und sich an den Stab hefteten, bis er aussah wie von Silberstaub überzogen.

»Wahnsinn!«, hauchte Conner und ging zielstrebig wieder darauf zu, um den Zauberstab aufzuheben. »Sieht irgendwie beinahe futuristisch aus, oder?«

Plötzlich überkam beide Kinder ein mulmiges Gefühl. Sie verspürten es genau gleichzeitig und wandten sich einander zu, um sich zu vergewissern, dass ihr jeweiliger Zwilling es ebenfalls bemerkt hatte.

»Conner, fühlst du das?«, flüsterte Alex.

»Jaah – was ist hier los?«, antwortete er.

»Mir kommt es so vor, als würde uns jemand beobachten«, wisperte Alex.

Conner ließ den Blick über die Geröllhaufen schweifen. »Wie könnte hier drin noch jemand oder etwas außer uns sein?«, fragte er.

Im selben Moment nahmen sie aus den Augenwinkeln eine Bewegung zwischen den Schuttbergen wahr. Beide Kinder wirbelten herum, konnten den Verursacher jedoch nie ganz erfassen; stets verschwand er, ehe Alex und Conner ihn richtig zu Gesicht bekamen.

»*Conner!* Sieh nur, im Spiegel!«, keuchte Alex plötzlich.

In den größeren Glasscherben, die noch im Schutt verstreut lagen, spiegelte sich das Bild einer jungen anmutigen Frau. Sie war wunderhübsch, mit rabenschwarzem Haar, und trug ein langes weißes Gewand. Spielerisch glitt sie über die Scherben und kicherte dabei vor sich hin. Alex und Conner kamen sich vor wie in einem verkehrten Aquarium, in dem *sie* es waren, die zur Schau gestellt wurden.

»Hallo«, grüßte das Spiegelbild und lächelte. Die Stimme der Frau war sanft und einladend, und sie hallte aus jeder Scherbe, durch die ihre Besitzerin sich bewegte. »Wer seid ihr?«

Etwas an der Dame fühlte sich unheimlich vertraut an; die Zwillinge waren sich sicher, sie schon einmal gesehen zu haben.

»Ich bin Alex, und das ist mein Bruder, Conner«, gab Alex zur Antwort und trat dabei einen Schritt näher an die Erscheinung heran. Das Spiegelbild schoss davon und tauchte in einem Glasstück hinter den Kindern wieder auf.

»Solch sonderbare Namen«, meinte die Frau. »Habt ihr *Mira* gesehen?«

Conner packte Alex an Arm. *»O mein Gott! Alex, das ist –«*

»Immerzu versteckt er sich vor mir!«, klagte die Spiegelung und drehte sich in der Scherbe um die eigene Achse. »Mira? Oh, *Miiiiiira*?! Wo bist du?«

Schließlich ließ sich die Frau in einem großen Glasstück nieder, und Alex versuchte noch einmal vorsichtig, sich ihr zu nähern. *»Evly? Sind Sie das?«*, erkundigte sie sich zaghaft. Beim Klang des Namens sah das Spiegelbild sofort auf.

»Woher weißt du, wie ich heiße?«, wollte Evly mit breitem, neugierigem Lächeln wissen. »Haben wir uns schon einmal getroffen?« Kaum hatte sie die Frage zu Ende formuliert, verblasste ihre fröhliche Miene, als ihre Erinnerung an die Zwillinge zurückkehrte.

»Ja, haben wir«, bestätigte Conner. »Letztes Jahr, genau hier in dieser Burg.«

Alex blickte sich in den Ruinen um, und ihr kam ein schrecklicher Gedanke. »Sie sind die ganze Zeit über in diesem Spiegel eingesperrt gewesen, nicht wahr?«, fragte sie.

»Habt ihr Mira gesehen?«, wiederholte Evly erneut. Sie schien Alex überhaupt nicht gehört zu haben. »Ich kann ihn nirgendwo finden.«

Alex wurde das Herz mit einem Mal tonnenschwer. »Sie ist gefangen, und das setzt ihr allmählich ebenso zu wie Mira«, flüsterte sie Conner zu.

»*Miiiiira?* Wo bist du?«, flötete Evly aufs Neue und schwebte wieder durch eine Scherbe zur nächsten.

»Mira ist tot, Evly«, offenbarte Alex ihr. »Wissen Sie nicht mehr? Sie haben versucht, ihn mit Hilfe des Wunschzaubers zu befreien, doch es war zu spät.«

Evly fasste Alex ins Auge und starrte sie wortlos an, als hadere sie mit sich, ob sie ihr glauben sollte oder nicht. Dann setzte sie ihren Streifzug durch die Glasstücke hektischer fort denn je.

»Mira? Das ist jetzt nicht mehr lustig – bitte zeig dich«, flehte Evly, und die Verzweiflung in ihrer Stimme wuchs von Sekunde zu Sekunde. »Wo bist du?«

Den Kindern tat es weh, ihr zuzusehen. Evly machte sich nicht einfach nur selbst etwas vor; sie war *verflucht.*

»Evly, erinnern Sie sich noch an irgendetwas, das Ihnen zugestoßen ist?«, versuchte Alex es aufs Neue. »Erinnern Sie sich an den magischen Spiegel? Oder an Schneewittchen? Wissen Sie noch, dass die Leute Sie *die böse Königin* genannt haben?«

Evlys Pupillen weiteten sich und sie schnappte nach Luft, als sie ihren alten Schmähnamen hörte. *»Ich – ich –«*, stotterte sie. Ihr Spiegelbild alterte vor den Augen der Kinder und verwandelte sich in das der bösen Königin, wie die Zwillinge sie kennengelernt hatten, während die Erinnerungen daran, wer sie gewesen war und was sie getan hatte, aus den Tiefen ihres Gedächtnisses aufstiegen.

»Ich entsinne mich …«, hauchte die böse Königin, und Tränen verschleierten ihren Blick. »Ich erinnere mich an alles … o nein, was habe ich getan? Wie bin ich hierher geraten?«

»Wir haben versucht, Sie zu warnen, aber Sie wollten nicht auf uns hören«, erklärte Conner. »Der Spiegel ist auf Sie gestürzt, und Sie sind verschwunden. Wir konnten nichts tun.«

Nun liefen der bösen Königin Tränen über die Wangen, denn immer mehr Szenen ihrer herzlosen Vergangenheit drangen in ihrem Geist empor.

»Ich war solch ein Ungeheuer«, schluchzte sie und sackte, von Gram geschüttelt, in sich zusammen. Ihr Spiegelbild zersplitterte in mehrere Scherben auf dem Boden. »Ich habe meine eigene Tochter vergiftet … ich habe unschuldige Menschen verletzt … ich habe Kinder entführt.«

Alex kniete neben ihr nieder. Sie wünschte sich, eine Hand durch das Glas strecken und die verzweifelte Frau trösten zu können. »Aber das war nicht Ihre Schuld«, sagte sie leise. »Sie haben sich das Herz aus der Brust geschnitten und in Stein verwandelt, wissen Sie noch? Daher wussten Sie später gar nicht, was Sie anrichteten.«

Die böse Königin nickte. »Ich durchlitt solche Qualen – ich wusste mir nicht anders zu helfen«, gestand sie. »Schmerz kann einen Menschen in den Wahnsinn treiben, wenn das Leid nur groß genug ist; dann wird man zu jemandem, der man eigentlich gar nicht ist. Man wird *böse.*«

»Das wissen wir«, versicherte Alex ihr. »Aber all das ist nun Vergangenheit.«

»Ihr müsst mir vergeben, Kinder«, flehte die böse Königin. »Wir alle brauchen Vergebung, um die Vergangenheit hinter uns lassen zu können – selbst wenn wir keine Vergebung verdienen.«

Nun war es an Alex und Conner, zu nicken. Beide wollten gern tun, was sie nur konnten, um ihr ein wenig Trost zu spenden.

»Natürlich«, beschwichtigte Alex sie. »Wir vergeben Ihnen.«

Die böse Königin lächelte den Zwillingen mit Tränen der Scham in den Augen zu. »Danke«, brachte sie hervor. »Ich fürchte allerdings, ich werde mir selbst nie verzeihen können. Mein ganzes Leben habe ich dem Versuch gewidmet, ihn aus diesem Gefängnis zu befreien, und nun bin ich dazu verdammt, meinerseits hier drin ein ewiges Dasein ohne ihn zu fristen. Eine schlimmere Strafe fällt mir nicht ein.«

»Wir könnten probieren, Sie da herauszuholen, wenn Sie wollen«, schlug Conner vor. »Wir erschaffen gerade einen Zauberstab – einen richtig mächtigen. Vielleicht kann er etwas für Sie ausrichten.«

Die böse Königin trocknete ihre Tränen und schüttelte den Kopf. »Nein, lasst mich nur«, tat sie den Vorschlag ab. »Ich verdiene dieses Schicksal … ich verdiene es, hier festzustecken …«

Sie neigte den Kopf und musterte die Geschwister, als flüstere ihr gerade jemand etwas über die beiden ins Ohr. »Auf einer Mission seid ihr also, was?«, fragte sie.

»Ja – woher wissen Sie das?«, stutzte Alex.

»Aus dem Spiegelinnern heraus sehe ich viele Dinge«, erklärte die böse Königin. »Ich habe einen Blick auf die Welt, wie ich ihn nie zuvor besessen habe. Ich sehe ein großes Schiff, das außerhalb dieser Ruinen auf euch wartet … ich sehe ein Königreich im Würgegriff von Ranken und Dornen … ich sehe eine ganze Welt in Angst … ich sehe – *ich sehe Ezmia!*«

Beim Gedanken an ihre ehemalige Herrin erschauderte die böse Königin.

»Aber wie ist das möglich? Ich dachte, sie sei tot.«

»Sie haben sich getäuscht; Sie haben es nicht geschafft, Ezmia umzubringen«, beichtete Alex, der es leidtat, der bösen Königin diese Nachricht überbringen zu müssen.

»Und jetzt ist Ezmia zurück und erobert gerade die Welt«, schob Conner hinterher.

Die böse Königin schlug sich eine Hand auf den Mund. »O nein. Ich habe das Gift so stark wie irgend möglich gemischt – es hat meilenweit im Umkreis der Burg alles Leben vernichtet. Doch selbst das hat offenbar nicht gereicht.«

Conner ließ sich neben seiner Schwester auf die Knie nieder. »Wir tun unser Bestes, sie aufzuhalten. Dafür müssen wir in Erfahrung bringen, welcher Besitz ihr am meisten am Herzen liegt. Haben Sie zufällig eine Idee, was das sein könnte?«

Das Spiegelbild grübelte einen Augenblick über seine Frage nach. »Am innigsten geliebt hat Ezmia stets *sich selbst*, und um das zu wissen, braucht es nicht einmal magische Einsicht.«

»Oje«, murmelte Conner. »Da heranzukommen dürfte schwierig werden.«

Mit einem Mal traf die böse Königin eine weitere beunruhigende Erkenntnis, und sie wurde ganz still. »Ihr werdet verfolgt …«

»Hier drin?«, wunderte sich Conner.

»Nein, auf eurer Reise durch das magische Land.«

»Von wem? Der Zauberin?«, hakte Alex nach.

Der Blick der bösen Königin schien in die Ferne zu wandern, als mühe sie sich, etwas zu erkennen, das noch weit weg war. »Nein, weder von einem Menschen noch von einem Tier – von einem körperlosen Wesen.«

»Dem Gespenst!«, rief Conner. »Wir haben uns schon gefragt, was es damit auf sich hat! Können Sie uns sagen, wer die geisterhafte Frau ist?«

»Man nennt sie die Dame des Ostens.«

Alex und Conner waren baff. Sie zermarterten sich die Köpfe, doch keiner von ihnen hatte je zuvor von solch einer Dame gehört.

»Osten!«, fiel es Conner jedoch ein. »Jedes Mal, wenn sie mir erschienen ist, hat sie nach Osten gedeutet! Damals, als sie mir durch das Fenster in Rotkäppchens Burg etwas zeigen wollte! Und auch, als wir auf dem Schiff waren und sie gesehen haben.«

»Ihr müsst jetzt gehen«, drängte die böse Königin die Geschwister. »Während wir hier reden, gewinnt die Zauberin an Kraft und Stärke – und schon bald will sie wieder angreifen. Ihr müsst euch beeilen, wenn ihr sie besiegen wollt, ehe es zu spät ist!«

»Aber –«, setzte Alex an, doch die Spiegelung der bösen Königin wandte sich von den Zwillingen ab.

»Ich fürchte, mehr kann ich euch nicht helfen, Kinder«, bedauerte die böse Königin. »Ich spüre, wie ich immer mehr verblasse, mit jeder Sekunde, die vergeht …«

»Warten Sie! Bitte, Sie müssen uns noch mehr erzählen! Wer ist die Dame des Ostens, und wieso folgt sie uns?«, beschwor Alex sie.

»Wo will Ezmia als Nächstes angreifen?«, flehte Conner, doch die böse Königin ignorierte beide. »Hallo? Können Sie uns hören?«

Nun wandte das Spiegelbild sich ihnen wieder zu, doch die Frau im Glas hatte sich abermals in eine lächelnde, glückliche, jüngere Evly verwandelt.

»Hat einer von euch Mira gesehen?«, fragte Evly mit einem Lachen. »Ich kann ihn nirgends finden!«

Alex und Conner seufzten entmutigt. Sie ahnten, dass sie alles an Informationen bekommen hatten, was die Spiegelung ihnen geben konnte. Keiner der beiden fühlte sich gut dabei, Evly zurückzulassen, doch ihnen war klar, dass es nicht mehr lange dauern würde, bis der Fluch des magischen Spiegels sich ihrer Seele vollständig bemächtigte – genauso, wie es bei Mira geschehen war.

»Auf Wiedersehen, Evly«, wisperte Alex traurig. Gemeinsam mit ihrem Bruder machte sie sich auf den Weg ins Freie, während Evly die ewige vergebliche Suche nach ihrer verlorenen Liebe fortsetzte.

»Mira? *Oh, Miiiiiira?!* Wohin bist du nur verschwunden?«

Kapitel 21

Die Meerhexe

Die anderen waren begeistert, als die Zwillinge so erfolgreich von ihrem Ausflug in die Ruine zurückkehrten.

»Gut gemacht«, lobte Froggy und klopfte ihnen mit erleichtertem Lächeln auf den Rücken.

»Wir wussten, ihr schafft es«, meinte Goldlöckchen und zwinkerte ihnen zu.

Rotkäppchen nahm den Stab von Conner entgegen – sie wirkte völlig fasziniert. »Er glitzert so wundervoll!«, schwärmte sie, und Alex und Conner vermochten nicht mit Gewissheit zu sagen, ob die junge Königin tatsächlich beeindruckt war, dass sie es geschafft hatten, eine weitere Komponente hinzuzufügen, – oder ob ihre Begeisterung eher der Tatsache galt, dass die Kinder etwas Weiteres besorgt hatten, worin sie sich selbst bewundern konnte.

»War dort drinnen alles in Ordnung?«, erkundigte sich Jack.

Die Geschwister sahen einander an und wurden beide ganz still.

»Nicht so richtig«, gestand Conner. »Wir haben die böse Königin getroffen.«

»Seit sie den Wunschzauber benutzt hat, ist sie im magischen Spiegel gefangen«, erklärte Alex.

Alle waren ebenso schockiert wie die Kinder, als sie das hörten. »Wie schrecklich«, murmelte Goldlöckchen leise vor sich hin.

»Ich nehme an, es besteht inzwischen keine Hoffnung mehr, sie daraus zu befreien, oder?«, erkundigte sich Jack.

Conner schüttelte den Kopf. »Sie will gar nicht gerettet werden. Sie glaubt, dass sie es verdient, dort eingeschlossen zu sein. Und ohnehin ist ihr Geist inzwischen so zerrüttet, dass kaum noch etwas von ihrer wahren Persönlichkeit übrig ist.«

»Nun ja – als eines der Opfer, die sie entführt und beinahe den Wölfen zum Fraß vorgeworfen hat, bin ich nicht so sicher, ob sie mir tatsächlich leidtut«, merkte Rotkäppchen an.

»Es gibt noch mehr schlechte Neuigkeiten«, ergänzte Alex. »Wir haben sie zu der Zauberin befragt, da sie sie vermutlich besser kannte als irgendjemand sonst.«

»Was hat sie gesagt?«, wollte Froggy wissen, und alle beugten sich vor, damit ihnen die Antwort nicht entging.

»Sie meinte, Ezmia liege nichts so sehr am Herzen wie *sie selbst*«, wiederholte Alex die Einschätzung der bösen Königin.

Jack, Goldlöckchen und Froggy warfen einander gleichermaßen aufgewühlte, verzweifelte Blicke zu.

»Das ergibt keinen Sinn«, sprach Froggy ihre Gedanken aus. »Wie kann ein lebendiges Wesen Teil des Stabs sein? Mir erschließt sich ja noch, dass die Harfe zum begehrten und geliebten Gegenstand werden konnte, aber nicht die Zauberin selbst.«

Rotkäppchen verzog den Mund und fing zu summen an, während sie darüber nachdachte. »Ich denke, die böse Königin irrt sich. Selbstverliebtheit ist mir ja nicht fremd, aber solche Bewunderung der eigenen Person hat ja irgendeinen *Ursprung*. Wenn man mir zum Beispiel meine Schönheit nehmen würde, oder mein außergewöhnliches Talent, zu jedem Kleid das passende Diadem zu finden, würde ich nicht halb so große Stücke auf mich selbst halten, wie ich es derzeit tue.«

Die anderen wussten nicht recht, was sie von diesem offenbarenden Gefühlsausbruch halten sollten. Rotkäppchen schien immerzu den Nagel entweder genau auf den Kopf zu treffen – oder meilenweit danebenzuhauen; ein Zwischending gab es bei ihr nicht.

»Was willst du damit ausdrücken, Rot?«, hakte Goldlöckchen nach.

»Dass wir uns meiner Ansicht nach nicht darauf konzentrieren sollten, der *Frau* habhaft zu werden«, erläuterte Rotkäppchen. »Wir müssen herausfinden, *was* an sich selbst die Zauberin am meisten schätzt – und ihr genau das rauben.«

Jeder der Freunde grübelte kurz über ihre Worte nach, und schließlich ging ein einvernehmliches Nicken durch die Runde. Zum ersten Mal seit Beginn der Reise waren sie einhellig froh darüber, dass Rotkäppchen darauf bestanden hatte, mit an Bord genommen zu werden.

»Das ist wirklich aufschlussreich, Rot!«, lobte Conner. »*Oberflächlich*, aber aufschlussreich!«

»Und wie machen wir uns das für den Stab zunutze?«, wollte Jack wissen.

Darauf wiederum fiel niemandem direkt eine Antwort ein.

Welche persönliche Eigenschaft mochte Ezmia wichtiger sein als alle anderen? Es gab so vieles, was sie zweifellos an sich schätzte. Ihre *Schönheit*? Ihre *Macht*? Ihre *Skrupellosigkeit*? Oder vielleicht eine Kombination all dieser Wesenszüge? Und, was es auch war: Wie sollten sie es ihr abnehmen?

»Tja, wir wussten ja, dass unsere Mission schwierig werden würde«, stellte Goldlöckchen fest und stieß einen langen Seufzer aus.

Zu sechst überquerten sie erneut den Burggraben und machten sich auf den Rückweg zur *Granny*. Dort wurden sie von einer fuchsteufelswilden Harfe erwartet, deren Saiten eine wütende Melodie zupften, während Harper schmollte.

»Harper? Was ist denn los?«, sprach Jack sie an.

»Dieses *Vieh* hat mich angepinkelt!«, rief die Harfe aus und zeigte auf Claudiwuff, der mit betretener Miene in einer Ecke des Unterdecks kauerte.

»Das ist meine Schuld; ich habe vergessen, ihn rauszulassen, ehe wir aufgebrochen sind!«, gab Rotkäppchen zu. »Ich bitte um Verzeihung – *Anfängerfehler einer jungen Mutter.*« Sie schnappte sich den Welpen und trug ihn vom Schiff.

Die Crew wartete bis zum Einbruch der Nacht, bevor Jack den Ballon befeuerte und die *Granny* nach Süden lenkte.

»Nächster Halt: Bucht der Meerjungfrauen!«, verkündete er.

»Wohnt die Meerhexe auch in der Bucht?«, warf Conner ein.

»Nach allem, was ich gelesen habe, lebt sie in den offenen Gewässern gleich außerhalb«, wusste Froggy.

»Und wie sollen wir sie finden?«, fragte Goldlöckchen.

»Ich bin ein ziemlich guter Schwimmer, ob ihr es glaubt oder nicht«, brüstete sich Froggy. »Ich kann mich am Meeresgrund umsehen und euch Bericht erstatten. Sobald wir erst einmal dort sind, müssen wir sehr vorsichtig sein – es ist allgemein bekannt, dass die Meerhexe extrem gewieft ist in ihren Tauschgeschäften.«

»Dann werden wir sie austricksen müssen«, sagte Alex. »Wenn die Juwelen ihr wertvollster Besitz sind, brauchen wir etwas, das wir ihr im Austausch dafür anbieten können.«

»Was ist denn das Wertvollste in *unserem* Besitz?«, erkundigte sich Conner. »Was haben wir denn, womit wir handeln könnten?«

»Die Harfe?«, schlug Rotkäppchen ein wenig hoffnungsvoll vor.

»Nein; Harper müssen wir bei uns behalten, bis wir herausgefunden haben, wie sie sich in den Stab einfügen lässt«, stellte Jack klar.

Goldlöckchens Gesicht erstrahlte mit einem Mal, als wäre tatsächlich eine Glühbirne über ihrem Kopf erschienen. »Ich glaube, wir vergessen gerade alle etwas noch viel Wertvolleres, das wir dabeihaben«, frohlockte sie.

»Und was?«, bohrte Alex. Alle starrten Goldlöckchen völlig ratlos an.

»Rot«, verkündete Goldlöckchen. »Wir haben eine waschechte *Königin* an Bord.«

Sofort wandten sich sämtliche Köpfe zu Rotkäppchen um. Wie erwartet, war die junge Königin von der Idee entsetzt.

»Ihr wollt *mich* der Meerhexe zum Tausch anbieten – wie irgend so ein Nutztier?«, keuchte sie. »Auf gar keinen Fall! Das steht vollkommen außer Frage!«

»Es scheint mir eine gute *Option*!«, verteidigte Jack Goldlöckchens Vorschlag.

Rotkäppchen schnaubte, und ihre Nasenflügel bebten. »Jetzt hört mir mal zu, ihr *Riesenjäger*«, zischte sie und stieß einem nach dem anderen ihren Finger vor die Brust. »Bisher habe ich uns ein Schiff gebaut, die Hälfte meiner Garderobe geopfert, ein blutrünstiges Raubtier adoptiert, mich auf das Anwesen der bösen Stiefmutter geschlichen und für euch alle als Augenschmaus auf dieser Reise hergehalten. Wenn ihr mich fragt, geht das weit über den Einsatz einer *normalen Königin* hinaus! Oder seht ihr etwa Cinderella eine Meile über dem Erdboden dahinfliegen? Nein! Riskiert Schneewittchen gerade ihr Leben für das übergeordnete Allgemeinwohl? Nein! Ist Rapunzel emsig damit beschäftigt, ihr Haar zu flechten, um so Frieden und Ordnung im magischen Land wiederherzustellen? Nein!«

Alle ließen die Schultern hängen. Sie konnten Rotkäppchen nicht widersprechen, doch zugleich fiel ihnen keine gute Alternative zu Goldlöckchens Idee ein.

»Dann tue *ich* es«, fasste Goldlöckchen sich ein Herz.

»Was?«, japste Jack.

»Ich gebe mich als Rotkäppchen aus«, erklärte Goldlöckchen schlicht. »Ihr könnt mich gegen die Juwelen eintauschen, und die Meerhexe wird nie dahinterkommen.«

»Das werden wir ganz gewiss nicht tun!«, protestierte Jack, ganz außer sich über die bloße Vorstellung.

»Es ist unsere beste Chance«, hielt Goldlöckchen dagegen. »Sobald ihr die Juwelen an euch gebracht habt, bleibt nur noch ein Gegenstand, um den Stabzauber zu vervollständigen. Habt ihr dann erst einmal die Zauberin besiegt, könnt ihr zurückkommen, um mich zu retten – und bis dahin erhalte ich die Täuschung aufrecht und mache die Meerhexe glücklich.«

Jack schüttelte in einem fort den Kopf. Er konnte und wollte sich nicht einmal ausmalen, die Frau, die er mehr als alles auf der Welt liebte, in den Fängen eines so grässlichen Wesens zurückzulassen.

»Oh, Jack«, lächelte Goldlöckchen. Es rührte sie, wie sehr er für sie eintrat. »Du weißt doch, dass ich mit einer kleinen alten Meerhexe locker fertigwerde. Ich habe schon Schlimmeres überstanden.«

Jack schloss sie fest in die Arme und sah ihr tief in die Augen. »Was, wenn wir – aus welchem Grund auch immer – nicht zu dir zurückkommen können?«, fragte er.

Goldlöckchen schlug die Augen nieder; sie wusste, was er damit andeuten wollte. »Wenn es mir zu bunt wird, finde ich ganz bestimmt einen Ausweg«, versicherte sie ihm und erwiderte seinen liebevollen Blick. »Du musst mir vertrauen.«

Es war ein unvorstellbares Opfer, auf das sie sich einließ, doch niemand vermochte es ihr auszureden.

»Rot, ich hätte nie gedacht, dass ich das einmal sagen würde – aber du wirst mir ein Kleid von dir borgen müssen«, verkündete Goldlöckchen.

»Ich bezweifle, dass dir eines von mir passt«, gab Rotkäppchen zurück.

Froggy räusperte sich. »Liebling, sei nicht taktlos«, mahnte er.

»Ich wollte sagen – ich bin sicher, das kriegen wir hin«, gab Rotkäppchen nach. Sie packte Goldlöckchen bei der Hand und zog sie mit sich zur Anprobe.

Jack eilte zurück ans Steuerrad und spähte zum Horizont, doch seine Gedanken galten keineswegs der *Granny* und ihrem Kurs. Froggy spielte mit Claudiwuff Tauziehen, während Alex und Conner sich nahe des Bugs auf die Schiffsplanken niederließen.

Alex stützte den Kopf in die Hände und starrte in die Ferne; sie hatte ihre eigenen Bedenken, was den Plan anbelangte.

»Worüber grübelst du?«, wollte Conner wissen. »Du wirkst besorgt.«

Alex seufzte. »Es beunruhigt mich bloß ein bisschen, wenn ich mir vorstelle, dass Goldlöckchen bei der Meerhexe zurückbleiben soll«, gestand sie.

»Ich weiß – aber was sollen wir sonst tun? Die Idee ist großartig«, gab Conner zu bedenken.

»Ja, wahrscheinlich hast du recht«, räumte Alex ein. Ihr ging noch etwas anderes nicht aus dem Sinn, und nun schien ihr der richtige Zeitpunkt gekommen, um ihren Bruder einzuweihen – ehe ihr davon der Kopf platzte. »Conner, als wir oben in den Nördlichen Bergen waren, hat die Schneekönigin etwas zu mir gesagt; damals habe ich mir nicht viel dabei gedacht, aber allmählich mache ich mir wirklich Sorgen.«

»Was hat sie denn gesagt?«, wollte Conner wissen.

»Sie meinte: ›*Vier gingen auf die Reise, nur drei kehren zurück*‹«, wiederholte Alex die genauen Worte. »Anfangs habe ich das für Unsinn gehalten – ich meine, die Frau war gerade von einer Lawine verschüttet worden. Aber jetzt frage ich mich, ob es womöglich eine Prophezeiung war. Ich habe Angst, dass sie sich auf *Goldlöckchen* bezogen hat.«

»Aber wir sind zu sechst unterwegs«, wandte Conner ein. »Zu siebt, wenn du den Köter einrechnest, und mit der Harfe zu acht.«

»Ich weiß, es ergibt keinen Sinn«, gab Alex zu und rieb sich die müden Augen. »Trotzdem sorge ich mich, dass etwas Wahres daran sein könnte. Bisher hatten wir wirklich Glück – doch was, wenn einer von uns diese Reise nicht überlebt?«

Conners Reaktion überraschte Alex – er schloss sich ihrer Furcht nicht an, sondern setzte dem bangen Gefühl eine Ruhe und Ausgeglichenheit entgegen, die Alex an ihren Dad erinnerte.

»Alex, wir wussten alle, worauf wir uns einlassen«, beschwichtigte er sie. »Bloß weil wir zwei diese Mission anführen, bedeutet das nicht, dass es unsere Schuld ist, falls etwas schiefgeht. Wir alle hier tun unser Bestes, die Welt zu retten, und so schlimm das nun klingen mag: Wenn dabei einer von uns draufgeht … dann kann ich mir keine bessere Art zu sterben vorstellen als den Heldentod.«

Alex stieß einen langen, erschöpften Atemzug aus; sie hatte die Luft angehalten, ohne es zu merken. »Ich schätze, es gibt tatsächlich schlimmere Schicksale«, murmelte sie. »Trotzdem fände ich es grauenvoll, grundlos jemanden zu verlieren – ich weiß nicht, ob ich mir selbst dann noch in die Augen schauen könnte.«

»Dann müssen wir einfach dafür sorgen, dass wir Erfolg haben«, beschloss Conner.

Kaum eine Stunde später erschien Rotkäppchen mit stolzem Lächeln im Gesicht wieder auf der Treppe, die vom Unterdeck heraufführte. Sie räusperte sich, um die Aufmerksamkeit ihrer Gefährten auf sich zu ziehen. »Meine Dame, mein Wolf und meine Herren – ich möchte Euch meine jüngste Kreation vorstellen: Bei Tag mag sie eine rüpelige, Hafergrütze spachtelnde Verbrecherin auf der Flucht sein, doch heute Abend präsentiere ich Euch die neue, aufpolierte *Goldlöckchen*!«

Goldlöckchen kam hinter der jungen Königin die Stufen hinauf. Sie trug eines von Rotkäppchens Korsetts, darüber ein langes rotes Kleid, einen Kapuzenumhang und passende Handschuhe. Rotkäppchen hatte ihr sogar die Haare zu einer ganz ähnlichen Frisur hochgesteckt, wie sie selbst sie trug, und Goldlöckchen zudem ein wenig Rouge auf die Wangen getupft. Kein Zweifel – Goldlöckchen sah umwerfend aus.

»Goldie …« Jack fehlten beinahe die Worte. »Du schaust … du schaust … *wunderhübsch* aus.« Er wirkte wie ein verliebter Teenager.

»Danke«, erwiderte Goldlöckchen und errötete. Sie bekam nicht allzu oft Gelegenheit dazu, sich für ihn schönzumachen.

»Gern geschehen«, antwortete Rotkäppchen und wiegte sich glücklich hin und her. »Das Korsett ist ihr ein wenig zu eng. Die Arme hat ja keine gar so gertenschlanke Taille wie ich.«

»Das liegt daran, dass ich drei Dolche unter dem Mieder trage«, konterte Goldlöckchen. Sie hatte ihre liebe Not, in Rotkäppchens hohen Schuhen nicht das Gleichgewicht zu verlieren. »Ich weiß wirklich nicht, wie du hierin laufen kannst – diese Treter sind so was von unpraktisch.«

»Mir ist es auch schleierhaft, wie du es schaffst, darin nicht umzufallen; immerhin sind sie für Füße gemacht, die halb so groß sind wie deine – *das sollte ein Witz sein, Goldie, steck das Messer weg!*«, kreischte Rotkäppchen und floh zur anderen Seite des Decks.

Auf dem Unterdeck fing die Harfe unterdessen an, sich zu langweilen, und stimmte nur für sich eine leise Melodie an, die dennoch bis zu den anderen hinaufdrang. Jack packte Goldlöckchen um die Hüfte.

»Möchtest du tanzen?«, fragte er.

»Oh, Jack«, lachte Goldlöckchen.

»Na komm, wann hatten wir zuletzt die Möglichkeit, zu tanzen?«, beharrte Jack.

»Ich glaube, unser letzter Tanz hatte etwas mit einer Hexe zu tun, die glühende Felsbrocken nach uns geschleudert hat«, erinnerte sich Goldlöckchen schmunzelnd.

Jack gluckste, als er daran dachte, und wirbelte sie im Kreis herum. Unter dem weiten Sternenhimmel tanzten die beiden zu den Klängen der Harfe und blickten einander dabei tief in die Augen.

»Erweist du mir die Ehre?«, erkundigte sich Froggy bei Rotkäppchen und bot ihr mit einer allzu tiefen Verbeugung seine Hand an.

»Nur zu gern!«, freute sich Rotkäppchen. Ihre Bewegungen wirkten nicht ganz so geschmeidig wie bei Jack und Goldlöckchen – immer wieder trat Rotkäppchen Froggy auf die großen, schwimmhäutigen Füße –, doch beide Paare genossen ihre gemeinsamen Momente von ganzem Herzen. Die Zwillinge sahen ihnen lächelnd zu; sie wussten, dass dieser Anblick sich ihnen für immer ins Gedächtnis einprägen würde.

Wenige Minuten vor Sonnenaufgang war die *Granny* noch immer ein gutes Stück von der Bucht der Meerjungfrauen entfernt.

»Wir schaffen es nicht bis zur Lagune, ehe es hell wird«, stellte Jack von seiner Position hinter dem Steuerrad fest. »Wir müssen landen, bevor wir erwischt werden.«

»Den restlichen Weg können wir zu Wasser zurücklegen«, schlug Goldlöckchen vor. »Wir setzen das Schiff auf dem Schläfrigen Fluss auf und segeln ihn dann entlang zur Bucht.«

»Eine großartige Lösung!«, lobte Froggy.

»Also schön«, stimmte Jack zu. »Macht euch alle bereit, wir wassern!«

Goldlöckchen übernahm das Steuer. Froggy griff nach den Seilen der Segel und klappte die Leintücher an den Ballon. Jack zog am Hebel unter der Flamme und stellte sie kleiner. Die *Granny* ging in den Sinkflug über, und Goldlöckchen richtete den Rumpf des Schiffes auf den breiten Fluss hin aus, der am Boden unter ihnen entlangströmte. Alex und Conner wussten nicht recht, was sie nun zu erwarten hatten. Würde eine Landung auf dem Wasser sanfter oder ruppiger sein als auf festem Untergrund?

Einige Augenblicke später erhielten sie die Antwort: Das Schiff tauchte ins Nass, wurde schmerzlich abrupt ausgebremst und von der Wucht des Aufpralls beinahe komplett unter die Oberfläche gedrückt. Wasser schwappte über das gesamte Deck – einschließlich der Crew.

Conner spuckte einen Mundvoll davon aus. »Gott sei Dank, das war ja ein Klacks«, kommentierte er sarkastisch.

»Ich liege auf der Seite und komme allein nicht mehr hoch!«, jammerte die Harfe vom Unterdeck. »Der Wolf leckt mir über das Gesicht! Kann mir bitte jemand helfen, ehe er noch auf ganz andere Ideen kommt?«

Froggy hüpfte die Stufen hinunter, um sich ihrer anzunehmen. Rotkäppchen wrang ihr nasses Kleid über der Reling aus; in diesem Augenblick fand sie ihr Leben wieder einmal höchst bemitleidenswert.

Das Schiff segelte friedlich den Fluss hinunter, während die Sonne am Himmel höher stieg. Es dauerte nicht lange, da kam die Bucht der Meerjungfrauen vor dem Bug in Sicht. Als die *Granny* jedoch beinahe die Mündung des Stroms in die Lagune erreicht hatte, stockte sie abermals ruckartig, so dass alles an Deck zu Boden geschleudert wurde.

Jack sprang rasch wieder auf die Füße und rannte zur vorderen Reling, um über Bord zu spähen. »Wir stecken im Mündungsdelta fest!«, teilte er seiner Mannschaft mit. Die Kinder gesellten sich zu ihm, um sich selbst einen Überblick zu verschaffen. Die *Granny* war nur Meter von der Öffnung zur Bucht entfernt, hing nun jedoch unbeweglich in einem sehr engen Kanal.

»Na großartig!«, stöhnte Conner. »Und was jetzt?«

Gerade als die anderen in Panik verfallen wollten, bemerkte Alex aus dem Augenwinkel einen knallig bunten Farbtupfer. »Schaut mal!«, rief sie und deutete aufgeregt auf die Wasseroberfläche hinunter. Das farbenfrohe Etwas schwamm unter den Bug und verschwand aus ihrem Blickfeld.

»Wo ist es hin?«, fragte Jack.

»Alex! Conner! Jack!«, brüllte Froggy vom Heck aus. »Seht euch das mal an!«

Sie rannten zu ihm nach hinten und staunten von dort auf den Fluss hinab. Durch die Kräuselungen auf dem Wasser war es schwierig, etwas unter den Wellen zu erkennen, doch Alex und Conner wussten sofort, was sie vor sich hatten: Dutzende Meerjungfrauen hatten sich hinter der *Granny* geschart und schoben das Schiff nun Meter für Meter durch den Kanal.

Sie hatten blasse Haut und lange, bunte Fischschwänze, die farblich zu ihrem ebenso langen, wunderschönen Haar passten – genau so, wie die Zwillinge es in Erinnerung hatten.

Stück um Stück bewegte die *Granny* sich nun dank der Anstrengungen der Meerjungfrauen wieder vorwärts.

»Na, da brat mir doch einer einen Storch«, staunte Froggy, der das Schauspiel, das sich ihm gerade bot, noch gar nicht fassen konnte.

Das Schiff ruckelte langsam voran, quetschte sich schließlich durch die Mündung und platschte in die Bucht.

»Das war unheimlich nett von ihnen«, freute sich Alex.

»Wieso haben sie uns geholfen?«, fragte Conner argwöhnisch.

Goldlöckchen stieß von ihrer Position hinter dem Steuerrad

einen Pfiff aus. »Wo wir gerade von Rätseln sprechen – was ist denn *das*?« Sie nickte zu etwas ein Stück weit vor ihnen hin.

In der Ferne schwebte eine große Wolke aus Meeresschaum majestätisch in der dunstigen Luft über den Wellen. Die Schaumbläschen bildeten die Umrisse einer Meerjungfrau und schimmerten im Sonnenlicht, zerplatzten dabei in einem fort und formten sich sogleich neu.

Alex umklammerte Conners Arm. »Die Göttin des Meeresschaums!«, hauchte sie.

»Wie bitte?«, wollte Froggy wissen.

»Das ist die kleine Meerjungfrau«, erklärte Conner den anderen. »Oder zumindest war sie es früher einmal. Was macht sie bloß hier?«

»Glaubst du, sie ahnt, dass wir zur Meerhexe wollen?«, überlegte Alex.

Die *Granny* segelte der Schaumwolke entgegen, bis diese direkt vor dem Schiffsbug waberte. »Hallo, Alex. Hallo, Conner«, ertönte die Stimme der Göttin. Den Gefährten der Zwillinge verschlug es vor Schreck die Sprache.

Rotkäppchen rieb sich die Augen – sie konnte kaum glauben, was sie sah. »Seid ihr mit diesem Bläschenknäuel befreundet?«, wandte sie sich an die Kinder, als würde dieser Umstand die beiden in ihrer Achtung sinken lassen.

»Was tun Sie hier?«, erkundigte Alex sich bei der Göttin des Meeresschaums.

»Ich bin gekommen, um mit euch zu reden«, entgegnete die Göttin.

»Sie wollen uns ausreden, die Meerhexe aufzusuchen, stimmt's?«, vermutete Conner.

»Ganz im Gegenteil – ich möchte euch darauf vorbereiten«, widersprach ihm die Göttin. »Zwar bin ich in dieser Angelegenheit wohl das eindrucksvollste abschreckende Beispiel, aber meine Hilfe würde ich euch dennoch gern anbieten. Ich habe von eurer Suche gehört – wir *alle* wissen davon.«

Mit einer ausladenden Handbewegung schloss die Göttin all die Meerjungfrauen, die sich unter der Wasseroberfläche gesammelt hatten, mit ein. Die Bucht glich inzwischen einem bunten Koiteich.

»Wer hat Ihnen von unserer Mission erzählt?«, wollte Alex wissen.

»Niemand hat es mir erzählt; ich habe euren Gedanken gelauscht«, gestand die Göttin des Meeresschaums.

»War es nicht so, dass Sie Gedanken nur dann hören und fühlen können, wenn sich derjenige, der sie im Kopf hat, im oder am Wasser befindet?«, stutzte Conner, der sich noch an die Erklärung erinnerte, die die Göttin ihm bei ihrem letzten Treffen gegeben hatte.

»Wenn der Schnee auf den Bergen schmilzt und sich in die Flüsse ergießt, die ins Meer münden, bringt er die Überlegungen, Vorhaben und Grübeleien all jener mit sich, die ihn zuvor überquert haben.«

Conner jaulte auf. »So viel zum Thema Privatsphäre«, nörgelte er.

»Wie können Sie uns helfen?«, ergriff Alex wieder das Wort. »Können Sie uns zur Meerhexe führen?«

»Ich kann die Bucht nicht verlassen«, bedauerte die Göttin des Meeresschaums. »Allerdings habe ich eine alte Freundin gebeten, euch in die Tiefen des Ozeans zu begleiten, wo die Meerhexe haust.«

»Das wäre phantastisch! Danke!«, freute sich nun auch Conner. »Und wer ist diese Freundin? Hat *sie* zumindest eine feste Gestalt?«

»Das ganz gewiss«, bestätigte die Göttin mit einem Schmunzeln.

Mit einem Mal brach eine gewaltige Fontäne aus dem Wasser der Bucht hervor, und aus den Wellen tauchte eine gigantische Meeresschildkröte auf. Sie war groß wie ein Schiff. Die gesamte Crew war vollkommen baff und staunte mit tennisballrunden Augen.

Conner lehnte sich zu Froggy. »Ich hätte nie gedacht, dass ich mal ein Reptil sehen würde, das riesiger ist als du«, flüsterte er.

»Die große Meeresschildkröte ist sehr alt«, erläuterte die Göttin. »Eine alte Dame, genau genommen – aber sie wird euch zur Meerhexe führen.«

»Wie weit ist es bis zu ihrem Versteck?«, erkundigte sich Jack.

»Eine Tagesreise zum Meeresgrund«, erwiderte die Göttin des Meeresschaums. »Die große Meeresschildkröte aber kann euch in einem Viertel der Zeit dorthin bringen.«

»Und wie sollen wir unterwegs atmen?«, fragte Goldlöckchen.

Die Göttin breitete beide Arme aus, und in ihren Händen erschienen sechs weiße Muschelschalen. Da durch jede ein Band aus Seetang gefädelt war, sahen sie aus wie ein Mundschutz. Die Göttin reichte ihren Gästen jeweils eine davon.

»Diese Muscheln werden euch mit Sauerstoff versorgen, solange ihr unter Wasser seid«, erklärte sie.

»Gibt es die auch in Pink?«, wollte Rotkäppchen wissen.

Froggy reichte seine Muschelschale weiter. »Ich brauche keine«, meinte er. »Es hat auch Vorteile, ein Frosch zu sein, wisst ihr.« Zur Demonstration holte er lange und tief Luft, und unter seinem Kinn wölbte sich eine beeindruckende Luftblase auf.

»Krass.« Conner gluckste und pikte einen Finger hinein.

Die Göttin nickte der großen Meeresschildkröte zu. »Es wird Zeit«, bestimmte sie.

Die Schildkröte paddelte zum Schiff und legte eine Vorderflosse sanft an den Bug, so dass sie eine Art Brücke bildete. Jack und Froggy bewaffneten sich mit Dolchen und Seilen und führten dann die anderen über die Flosse auf den Panzer des alten Reptils. Dort sammelten sie sich am höchsten Punkt und umklammerten fest die äußeren Schildplatten.

»Viel Glück. Mögen euch alle guten Meeresgeister begleiten«, verabschiedete sie die Göttin des Meeresschaums – und verschwand.

Die Schildkröte ließ sich von der *Granny* forttreiben und sank dann langsam unter die Oberfläche. Das Wasser war kälter, als die Freunde erwartet hatten, so dass sie allesamt beim Untertauchen leicht aufkeuchten.

Durch die Muscheln zu atmen fühlte sich sonderbar an. Luftholen konnten sie wie gewohnt, doch jedes Mal, wenn sie die Luft wieder ausstießen, blubberte ein dünner Bläschenstrom über ihre Köpfe nach oben – ganz so, als befänden sie sich auf einem magischen Schnorchelausflug. Und wie üblich beim Schnorcheln gab es jede Menge zu sehen.

Der ganze Meeresgrund in der Bucht war von leuchtend bunten Korallen und Wasserpflanzen überzogen. Meerjungfrauen und Fische in allen Farben und Größen schwammen dazwischen hindurch wie durch eine weit ausgedehnte Unterwasserstadt, und ihre Körper schimmerten im Sonnenlicht, das durch die Oberfläche fiel. Fasziniert genossen Alex und Conner jede Sekunde dieses atemberaubenden Anblicks.

Bald hatten sie die Lagune hinter sich gelassen, und die Meeresschildkröte trug sie tiefer hinab in den endlosen Ozean, der sich dahinter öffnete. Der Meeresboden war hier nun nicht mehr annähernd so farbenfroh wie am Grund der Bucht. Stattdessen erstreckte sich unter den Freunden eine kahle Landschaft mit nichts als Geröll und gelegentlich ein wenig Seegras.

Vor ihnen lag nun eine enorme unterseeische Schlucht, und das Reptil tauchte zwischen die Felsen hinab. An den zerklüfteten Felswänden standen scharfkantige Steine hervor, und tief unten verstreut konnten die Kinder gespenstisch leere Muscheln erkennen – sie erinnerten an einen Unterwasserfriedhof. Alex und Conner ahnten, dass ihr Ziel nicht mehr weit sein konnte.

Die Schildkröte schwebte geradezu durch die Schlucht, und schließlich erspähten die Zwillinge vor sich den breiten Eingang zu einer Höhle. Rundum glommen einladend kleine Lichter. Beim Näherkommen jedoch wurde den Gefährten klar, dass es sich dabei um die Leuchtköder eines Schwarms von Anglerfischen handelte, der sich rund um die Öffnung scharte. Mit ihren vorstehenden Unterkiefern, aus denen spitze Zähne ragten, und den stachelbewehrten Rücken wirkten sie absolut furchteinflößend – wie leibhaftige Unterwassermonster.

Die Anglerfische funkelten die Besucher unheilvoll an, als die Schildkröte in die Höhle schwamm. Zu Alex' und Conners Unbehagen tummelten sich im Innern noch mehr der gruselig aussehenden Fische. Sie lugten hinter Stalaktiten und Stalagmiten hervor, und die Leuchtkörper am Ende ihrer Antennen spendeten das einzige Licht in der Grotte.

In Netzen und steinernen Käfigen waren weitere Meereswesen gefangen: Schwertfische, Seepferdchen, Kraken, Seekühe und Wale folgten ihnen allesamt mit beklommenem Blick, als die Schildkröte mit ihren Reitern vorüberzog, und schienen ihnen zu wünschen, dass sie nicht das gleiche Schicksal ereilen würde. Die Anglerfische bewachten diese Tiere wie Gefängniswärter.

Schließlich erreichten die Zwillinge und ihre Gefährten den Durchlass zu einem langen Tunnel. Als hätten sie nicht bereits genügend Albtraumhaftes zu Gesicht bekommen, um davon jahrelang schlaflose Nächte zu erleben, sahen sie sich nun einem Schwarm weißer Haie gegenüber, die den Durchgang umkreisten. Sie hielten in ihren Runden inne, blieben gespenstisch im Wasser stehen und starrten die Schildkröte und ihre Passagiere finster an.

Das große Reptil stieß einen jammervollen, stöhnenden Laut in Richtung der Raubfische aus. Nichts passierte. Nach einem zweiten Stöhnen teilte sich die Wand aus Haien gemächlich und gab den Eingang in den Tunnel frei. Als die Schildkröte sie passierte, folgten die Haie jeder ihrer Bewegungen mit den Augen, und den Zwillingen lief es eiskalt den Rücken hinunter; nur eine falsche Regung schien sie davon zu trennen, als Haifutter zu enden. Zusammen mit Froggy, Rotkäppchen, Goldlöckchen und Jack würden sie ein Festmahl für eine ganze Woche abgeben.

Eine kurze Weile nur folgten sie dem Tunnel und tauchten dann in einer zweiten Höhle im Innern der ersten auf. Zur allgemeinen Verblüffung der Gefährten war der Raum mit Luft gefüllt.

»Hier können wir atmen!«, staunte Alex, und alle nahmen ihre Muschelmasken ab.

»Die Meerhexe muss sich ja auch auf ihre menschliche Kundschaft einstellen«, bemerkte Froggy, und der Kehlsack an seinem Hals schrumpfte wieder in sich zusammen.

Die Gefährten kletterten vom Rücken der Schildkröte und durchquerten hintereinander den hohen Hohlraum. Sie zitterten allesamt; nach dem Ritt durch das Wasser schienen ihre

Körper nun verwirrt, an welche Temperatur sie sich anpassen sollten.

»Brave Schildkröte – bleib!«, wandte sich Conner an das riesige Reptil. Die Schildkröte musterte ihn aus zusammengekniffenen Augen und spuckte ihm dann einen Wasserstrahl ins Gesicht. »Entschuldige, das sollte nicht abschätzig klingen.«

»Ach du meine Güte!«, entfuhr es Rotkäppchen, und Tränen traten ihr in die Augen. »Schaut nur, da oben!«

Sie deutete in die Höhe, wo sich den Zwillingen einer der grausigsten Anblicke ihres gesamten bisherigen Lebens bot: Dutzende Meerjungfrauen waren dort unter der kuppelförmigen Decke kopfüber an ihren Schwänzen aufgehängt, schwach und gebrechlich; einige atmeten schwer, andere überhaupt nicht mehr. Von manchen war lediglich das Skelett übrig, und viele schienen auf dem besten Weg, bald ebenfalls als Gerippe zu enden.

»Was tun sie da oben?«, hauchte Alex und schlug sich vor Entsetzen eine Hand über den Mund. Am liebsten hätte sie alle Nixen gerettet, doch sie wusste, dass das unmöglich war – zumindest an diesem Tag.

»Ich nehme an, das sind jene Kundinnen der Meerhexe, die ihren Teil des Handels nicht erfüllen konnten«, mutmaßte Froggy.

Jack war blass geworden und hatte die Augen weit aufgerissen; er hatte panische Angst, Goldlöckchen womöglich einem ähnlichen Schicksal zu überlassen. Sie beschwor ihn, trotz des schrecklichen Spektakels bei ihrem ursprünglichen Plan zu bleiben – auch wenn den Geschwistern nicht entging, dass auch ihr ein wenig mulmig zumute schien.

Die Gruppe drang weiter in die Höhle vor. Der ausgeweidete Brustkorb eines Wals diente als imposante Treppe, die zu einer *dritten*, diesmal kleineren Grotte hinaufführte. Quallenkadaver hingen wie ein Vorhang vor dem Eingang, und ein breiter Felsvorsprung am oberen Absatz der Rippenstufen diente offenbar als kleine Bühne; ohne Zweifel genoss es die Meerhexe, auf ihre Kundschaft herabzusehen.

»Bist du bereit?«, flüsterte Conner Goldlöckchen zu.

Sie nickte und nahm all ihren Mut zusammen. Jack küsste sie, als fürchte er, nie wieder Gelegenheit dazu zu bekommen. Für gewöhnlich hätten sich die Zwillinge bei einer solch leidenschaftlichen Liebesbekundung ganz rasch abgewandt, doch nun konnten sie Jacks Widerstreben, sich von der Liebe seines Lebens zu verabschieden, nur zu gut nachempfinden.

»Ich liebe dich«, flüsterte er ihr ins Ohr.

»Geht mir genauso«, gab Goldlöckchen zurück und zwinkerte ihm zu.

Die Gefährten drängten sich dicht zusammen und sprachen noch einmal ihr geplantes Vorgehen durch.

»Alles klar, also: *Wir* sind skrupellose Piraten, die Königin Rot entführt haben«, fasste Froggy zusammen und zeigte dabei auf sich und die Kinder. »Ich bin dazu verflucht worden, den Rest meines Lebens als Frosch zu fristen, und ihr seid verdammt, niemals erwachsen zu werden.«

Alex und Conner nickten. »Aye-Aye, Captain«, salutierte Conner.

»Das wird ein Spaß! Wie ein kleines Theaterstück!«, jubilierte Rotkäppchen und klatschte begeistert in die Hände. »Und wer soll ich sein?«

»Du versteckst dich, zusammen mit mir«, erklärte ihr Jack. »Wir sind Nachhut und Rettungsmannschaft für den Fall, dass die anderen in Schwierigkeiten geraten. Komm, hier hinter diesen Felsen«, entschied er und zog die junge Königin mit sich zu einem großen Geröllbrocken. »Es kann nie schaden, heimliche Verstärkung in petto zu haben.«

»So, dann wollen wir mal dafür sorgen, dass das Ganze ein wenig glaubhafter wirkt«, befand Froggy, nahm ein Seil von der Schulter und wickelte es locker um Goldlöckchen. Nun sah sie tatsächlich wie eine waschechte Gefangene aus. »Können wir loslegen?«

Zu viert stiegen er, Goldlöckchen, Alex und Conner zu der steinernen Plattform empor; Jack und Rotkäppchen gingen derweil hinter dem Felsen in Deckung.

»Hallo?«, rief Froggy die Walrippen hinauf. *»Meerhexe? Wir sind hier, um Geschäfte zu machen!«*

Die Zeit schlich quälend langsam dahin, während sie darauf warteten, dass die Meerhexe erschien. Gerade, als ihnen schon Zweifel kamen, ob sie sich überhaupt zeigen würde, drangen schreckliche, schabende Geräusche durch den Quallenvorhang. Eine Reihe schwerer Schritte – *Schritte mehrerer Fußpaare* – hallte durch die Höhle, als näherte sich eine gigantische Spinne.

Dann schob sich die Meerhexe durch die baumelnden toten Medusen. Sie hatte blasstürkisfarbene, geschuppte Haut, und lange, scharfkantige Seegrashalme wuchsen ihr wie Haare aus dem Kopf. Ihr Gesicht war breit, mit wulstigen, grünblauen Lippen und runden, pechschwarzen Käferaugen. Sie trug ein Gewand aus dunklen Muschelschalen, auf dem etliche Weichtiere und Meerespolypen wuchsen. Dazu bewegte sie sich auf sechs Klauenbeinen, und ein zusätzliches Paar Scheren ragte aus ihrem Kleid hervor, als sei sie zumindest teilweise ein Krustentier.

In den Armen wiegte sie einen plumpen Tintenfisch, der eine Art kleines, schleimiges Haustier zu sein schien – so zumindest wirkte es, da sie ihn hingebungsvoll streichelte.

»Kundschaft«, zischte die Meerhexe mit einer Stimme, die der

einer Schlange glich. »Willkommen, werte Wirbeltiere, in meiner Unterwasserunterwelt.«

Alex und Conner zitterten noch immer vor Kälte; sie hofften, der Meerhexe würde so zumindest entgegen, dass ihnen inzwischen auch die Furcht einen Schauder über den ganzen Leib jagte.

»Bringt mich hier weg!«, keifte Goldlöckchen, die ganz in ihrer Rolle als gefangene Rotkäppchen aufging. *»Es riecht so fürchterlich! Ich will nach Hause! Ich will zurück in meine Burg!«*

»Und wen haben wir denn *da*?«, erkundigte sich die Meerhexe, die Goldlöckchens kleine Darbietung sofort neugierig gemacht hatte.

»Wir haben Euch eine Königin gebracht –«, setzte Froggy an, doch Goldlöckchen fiel ihm ins Wort.

»Ich kann mich selbst vorstellen, vielen Dank auch!«, verkündete sie und gab dabei als Rotkäppchen eine wirklich beeindruckend gute Figur ab. »Ich bin Königin Rotkäppchen! Und wenn ihr mich nicht augenblicklich freigebt, werde ich meinen Soldaten befehlen, hier herabzutauchen und euch alle zu Tinte zu verarbeiten!«

Die Augen der Meerhexe weiteten sich. Sie ging dem Schwindel nicht nur auf den Leim, sondern witterte auch sofort einen lohnenden Handel.

»Eine gefangene Königin, sagt ihr?«, hakte sie nach. »Und wogegen wollt ihr sie eintauschen?«

»Wir sind Eurer Juwelen wegen hier«, erklärte Froggy.

Die Meerhexe stieß ein langes, zischendes Lachen aus, das klang, als käme es aus dem Rachen einer sterbenden Katze. »Euer Angebot ist eine Beleidigung«, entgegnete sie. »Ich schlage euch einen anderen Handel vor: Ihr gebt mir die Königin, und ich gebe euch im Gegenzug eine meiner Perlen.«

Sanft legte sie eine Hand über die Perlenkette, die um ihren Hals geschlungen war. Sämtliche der Perlen waren schwarz, und doch wiesen sie alle ganz unterschiedliche Größen und Farbnuancen auf.

»*Also bitte!*«, schnaubte Conner. »Wir haben hier eine lebendige, quietschfidele *Königin*! Wenn überhaupt jemand einen höheren Preis verlangen sollte, dann ja wohl wir!«

Die Meerhexe beäugte ihn – sie konnte es nicht ausstehen, mit ihren eigenen Waffen geschlagen zu werden. »Ihr seid bloß ein großer Frosch und zwei Kinder. Erzählt mir, wie ihr eine *Königin* in eure Gewalt gebracht habt«, fauchte sie.

Conner lachte ein wenig zu herzhaft. »Wir sehen bloß aus wie ein Frosch und Kinder, weil auf uns ein Fluch liegt, der uns zwingt, bis an unser Lebensende so herumzulaufen!« Er zeigte auf seine Schwester. »Dieses *Mädchen* war mal ein Zwei-Meter-Mann mit der haarigsten Brust im ganzen magischen Land!«

Alex schloss die Augen und sammelte sich, um die hanebüchene Geschichte ihres Bruders nicht auffliegen zu lassen. »*Arrr, ich vermisse meinen Männerkörper*«, tönte sie und gab sich dabei die größte Mühe, wie ein rauflustiger Pirat zu klingen.

Die Meerhexe bedachte ihre drei Gäste von oben herab mit einem schiefen Blick; bis zu diesem Augenblick hatte sie ihnen bei jedem Wort an den Lippen gehangen.

»Ich war auf meinem königlichen Schiff unterwegs, als sie mich geraubt und hierhergebracht haben!«, jammerte Goldlöckchen in dem Versuch, Conners Ammenmärchen mehr Glaubwürdigkeit zu verleihen.

»Kommen wir ins Geschäft, Meerhexe?«, rief Froggy zu der Plattform hinauf. »Oder sollen wir Ihre Majestät wieder mit an Land nehmen und den Ogern zum Kauf anbieten?«

Die Meerhexe überlegte und streichelte dabei weiter ihren

Tintenfisch. »Nun gut«, beschloss sie. »Ich denke, wir finden eine Übereinkunft.«

Sie machte sich daran, über die Walrippen zu den Zwillingen und Froggy herabzusteigen. Dabei erhaschten die drei erstmals einen besseren Blick auf ihre schwarze Perlenkette, und mit Herzflattern kam ihnen die Gewissheit, dass es sich dabei um ebenjenen Gegenstand handelte, den sie brauchten. Dann aber landeten die Augen der Kinder auf einem vertrauten Ring, der an einem der türkisblauen Finger steckte. Er bestand aus Silber und war mit zwei Diamanten besetzt, einem blauen und einem rosafarbenen.

Alex und Conner sahen erst den Ring, danach einander und schließlich erneut den Ring an. Konnte es ein Zufall sein, oder hatten sich ihre beiden Welten stärker ineinander verzahnt, als ihnen bislang bewusst gewesen war?

»Dieser Ring!«, keuchte Alex. »Woher stammt der?«

Die Meerhexe schielte auf ihren Fingerschmuck hinunter und dann misstrauisch zu Alex.

»Vom selben Ort, wo ich all meinen Schmuck herbekomme«, zischte sie. »Von Leuten wie *dir* und Wesen wie *denen.*« Ihr Kopf ruckte zur Decke, wo die vielen Meerjungfrauen hingen. »Wollt ihr nun handeln oder nicht?«

»Ja!«, bekräftigte Froggy, um nicht von der eigentlichen Sache abzuschweifen.

Ein verschlagenes Grinsen spannte sich über das Gesicht der Meerhexe. »Dann zuallererst her mit der Königin; danach gebe ich euch die Juwelen«, verlangte sie.

»Netter Versuch«, konterte Conner. »Geben Sie uns erst einmal die Juwelen – dann kriegen Sie die Königin.«

Mit einem Mal lag eine beinahe greifbare Spannung in der Luft.

»Wie ihr wünscht«, meinte die Meerhexe stirnrunzelnd. Sie hob die Arme, und zwei Krabben krochen unter ihrem Kleid hervor. Sie stakten um ihren Körper und sammelten sämtliche Klunker ein, die sie trug. Dann kletterten die Krustentiere vom Felsvorsprung und bauten sich vor den Zwillingen auf.

Froggy löste Goldlöckchens Fesseln und schob sie vor sich her zur Plattform der Meerhexe hinauf. Eine lange, schwarzweiß gebänderte Seekobra schlängelte sich aus der Robe der Meerhexe und glitt auf die beiden zu.

»Bei drei erfolgt die Übergabe«, ordnete die Meerhexe an. »Eins … zwei … *drei.*«

Alex und Conner nahmen die Juwelen von den Krabben entgegen, und die Schlange wand sich wie ein lebendiges Seil um Goldlöckchens Leib. Die Geschwister verstauten rasch Perlen und Schmuck; sie waren froh, dass der Handel gelungen war, fühlten sich jedoch ganz furchtbar bei dem Gedanken daran, Goldlöckchen nun zurückzulassen.

»Das hat ja hervorragend funktioniert!«, befand Froggy mit einem geschäftsmäßigen Nicken und wich bedächtig von dem Vorsprung zurück. »Es war mir eine Freude, mit Euch Geschäfte zu –«

»Nicht so schnell!«, fauchte die Meerhexe. Die Krabben sprangen an Froggy und den Zwillingen vorbei und blockierten ihren Rückweg. »Habt ihr etwa geglaubt, ich würde euch verschwinden lassen, ohne mich zu vergewissern, dass wir einen ehrlichen Handel vollzogen haben?«

Die Meerhexe langte in ihr Gewand und zog einen getrockneten Kugelfisch hervor. Sie brach einen seiner Stacheln ab und pikte Goldlöckchen damit in den Finger. Dann hob sie ihren Tintenfisch an die Wunde, und dieser kostete saugend von dem Blut.

Froggy und den Kindern pochten die Herzen vor Angst so laut, dass sie sicher waren, die jeweils anderen müssten es hören. *Damit* hatten sie nicht gerechnet. Der Tintenfisch lief leuchtend blau an. Die Meerhexe runzelte zornig die Stirn und schlug Goldlöckchen mit einer ihrer Scheren zu Boden.

»*Lügner!* Mein Tintentisch hat sich blau verfärbt! Das bedeutet, er hat kein königliches Blut geschmeckt!«, kreischte sie.

»Oh«, machte Alex.

Die Krabben klammerten sich mit einem Satz an die Geschwister. Die Meerhexe schleuderte ihren Tintenfisch auf Froggy, und der Kopffüßer heftete sich auf sein Gesicht. Alle drei Freunde setzten sich wild und verzweifelt gegen die Meereswesen zur Wehr, doch sie waren chancenlos.

Die Krabben zwickten und stachen die Zwillinge und kratzten ihre Haut auf, bis beide bluteten. Jack rannte aus seinem Versteck an ihre Seite, und mit zwei flinken Schlägen seiner Axt hatte er beiden Krebstieren den Panzer gespalten.

»*Mmmmmm! Mmmmmm!*«, drang Froggys Stimme unter dem Tintenfisch hervor.

Rotkäppchen eilte ihm zu Hilfe. Sie besah sich den Tintenfisch gründlich, schlüpfte dann – da sie ihn um keinen Preis berühren wollte – aus ihrem Schuh und fing an, auf ihn einzuprügeln.

»Das bringt nichts, Liebling«, murmelte Froggy, dessen Gesicht sich noch immer im festen Griff der Fangarme befand. Sein Kopf nämlich war es, der den Großteil von Rotkäppchens Schlägen abbekam.

Auf der anderen Seite der Höhle gelang es Goldlöckchen unterdessen, einen Arm zu befreien, und sie packte die Seeschlange, mit der sie rang, am Kopf und riss sie mit einem kräftigen Zug von sich herunter. Die Meerhexe war rasend vor Wut darüber, dass Goldlöckchen sich so gut zu verteidigen wusste; sie streckte ihre Klauenbeine und wuchs auf die doppelte Größe an. Dann stürzte sie auf Goldlöckchen zu und ließ ihre Scheren dabei laut wie Gewehrschüsse auf- und zuschnappen.

»Goldlöckchen! Hinter dir!«, brüllte Jack.

Goldlöckchen schwang die Schlange herum wie eine Peitsche und stellte sich der Meerhexe entgegen, als wollte sie einen Löwen bändigen. Sie hopste und duckte sich, rollte sich am Boden ab und entging nur um ein Haar den todbringenden Scherenangriffen. Alex und Conner mussten sich die Augen zuhalten, und sie fürchteten, die Prophezeiung der Schneekönigin könnte sich jeden Moment erfüllen.

Rotkäppchen verpasste dem Tintenfisch einen letzten Klaps mit ihrem Schuh, und das Tentakelwesen klatschte zu Boden. Jack sprintete hinüber und trat danach, so dass es quer durch die Grotte flog, mitten auf dem Gesicht der Meerhexe landete und sich nun ihr fest um den Kopf schlang. Die Gefährten hörten einen lauten, jedoch gedämpften Schrei, als sie versuchte, sich zu befreien – nun als Gefangene ihres eigenen Haustiers.

»Raus hier, schnell!«, schrie Jack.

Goldlöckchen sprang von der Plattform, schlug in der Luft einen Salto und kam neben den anderen auf dem Boden auf. Gemeinsam rannten sie durch die Höhle und zurück zu jener Stelle, an der sie die große Meeresschildkröte zurückgelassen hatten. Nachdem sie sich hastig wieder ihre Muschelschalen über Mund und Nase gestülpt und befestigt hatten, drängten sie sich auf deren Panzer und umklammerten die Randplatten.

»Los, Schildkröte, los!«, trieb Conner das Tier an. Zwar war er sich gar nicht sicher, ob sie ihn hören konnte, doch die panischen Mienen ihrer Reiter sagten der Schildkröte ohne jeden Zweifel, dass sie eilig das Weite suchen mussten.

Das ehrwürdige Tier tauchte ins Wasser und schwamm mit kräftigen Flossenschlägen den Tunnel entlang. Es schoss an dem Pulk Haie am Eingang vorbei, ehe diese überhaupt bemerken konnten, dass etwas nicht stimmte, und ließ die Anglerfische hinter sich, die die Zwillinge und ihre Gefährten bereits auf dem Hinweg gesehen hatten. Die gruseligen Biester wurden unruhig, blieben jedoch an ihrer Position und warteten offenbar auf Anweisungen, bevor sie sich in das fragwürdige Geschehen einmischten.

Die Schildkröte schoss so flink durch die Schlucht, wie die Kinder nie zuvor eine Schildkröte hatten schwimmen sehen. Einen Augenblick lang überspülte Erleichterung Alex und Conner – einmal mehr waren sie haarscharf dem Tod entkommen. Dann aber dröhnte ein hoher, schneidender Laut durch den Ozean, dessen Schallwellen das Wasser um sie herum zusätzlich in Bewegung versetzten. Das Geräusch klang wie ein Schrei; *die Meerhexe musste es geschafft haben, den Tintenfisch abzuschütteln.*

Conner warf einen Blick zurück zur Schlucht und blinzelte erschrocken. Die Armee aus Anglerfischen und Haien, die die Meerhexe befehligte, brach zwischen den Felswänden hervor und jagte auf die Gefährten zu wie ein Schwarm Unterwasserwespen. Es dauerte nicht lange, bis die Untiere sie eingeholt hatten.

Einige der Haie schlossen die Schildkröte ein. Jack verpasste einem von ihnen einen schnellen Schlag auf die Schnauze, als der Raubfisch versuchte, ihr in die Flosse zu beißen. Froggy trat nach einem anderen, der so wiederum mit einem Artgenossen zusammenstieß. Dennoch war es den Dienern der Meerhexe schon einen Augenblick später gelungen, die Schildkröte vollständig einzukreisen. Jetzt konnte ihnen nur noch ein Wunder helfen. Mit einem Mal rauschte eine Reihe bunter Blitze an der Schildkröte vorüber und riss die Haie und Anglerfische mit sich. Alex und Conner spähten zu ihrem jeweiligen Zwilling, um sich zu vergewissern, dass sie beide dasselbe gesehen hatten. Noch mehr Farbblitze rasten einer nach dem anderen vorbei und erledigten die Kreaturen, die der Schildkröte Leid zufügen wollten: *Die Meerjungfrauen waren zu ihrer Rettung gekommen.*

Als befänden sie sich inmitten eines farbenfrohen Meteoritenschauers, beobachteten die Geschwister, wie Hunderte Nixen durch den Ozean pflügten und es mit den bösartigen Seewesen aufnahmen. Einige trugen Speere und Schilde, andere zogen Netze hinter sich her. Alex und Conner wurden Zeugen einer epischen Unterwasserschlacht.

Schließlich erreichten die Gefährten auf ihrem Meerestaxi wohlbehalten wieder die Bucht. Über sich an der Oberfläche erkannten sie die Unterseite des Rumpfs der *Granny*, die auf dem Wasser dümpelte. Die große Meeresschildkröte tauchte neben dem Schiff auf, und Froggy führte zügig alle von ihrem Panzer an Deck.

»Vielen Dank!«, wandte Alex sich an die Schildkröte. Das eindrucksvolle Reptil neigte leicht den Kopf und sank dann zurück in die Tiefe.

Die Kinder stürmten die Stufen zum Unterdeck hinab.

»Wo brennt's denn?«, wollte die Harfe wissen, doch keiner der beiden ging auf sie ein.

Alex und Conner holten eilig den Stab des Staunens aus seinem Versteck unter Goldlöckchens Koje. Sie legten ihn auf die Planken und schütteten sämtliche Juwelen der Meerhexe daneben aus. Die schwarzen Perlen wickelten sich sofort um das Zepter und bildeten so eine Art Griffstück.

»Es funktioniert! Wir haben es geschafft!«, jubelte Conner, doch

seine Schwester schloss sich dem Freudentaumel nicht an. »Alex, was ist denn los? Stimmt etwas nicht?«

Alex starrte zu Boden auf das einzige Schmuckstück, das sich nicht mit dem Stab verbunden hatte. Sie nahm den Ring mit den blauen und rosafarbenen Diamanten an sich, den die Geschwister zuletzt am Finger der Meerhexe gesehen hatten.

»Das ist der Ring!«, flüsterte sie. *»Der Ring, den Bob Mom schenken wollte!«*

»Woher willst du wissen, dass es derselbe und nicht bloß ein ganz ähnlicher ist?«, wandte Conner ein.

»Ich bin ein dreizehnjähriges Mädchen – ich erkenne einen vertrauten Ring wieder, wenn ich ihn vor mir habe!«, sagte Alex.

»Bedeutet das dann, dass *Bob* sich im magischen Land befindet?!«, fragte Conner baff.

Ein Paar Füße polterte die Treppe vom Oberdeck herab – zweifellos Jack.

»Hey, ihr zwei!«, mahnte er fröhlich. »Wir könnten da oben ein wenig Unterstützung gebrauchen!«

Die Zwillinge verstauten den Zauberstab und gesellten sich zu ihren Freunden.

Gerade als sie sich in Sicherheit gewähnt hatten, waren plötzlich Anglerfische aus dem Wasser gesprungen und platschten nun auf die Bohlen. Mit ihren gigantischen Kiefern schnappten sie nach sämtlichen Knöcheln, die ihnen vor die Mäuler kamen. Alex und Conner taten es Rotkäppchen nach, die eifrig dabei war, einen scheußlichen Fisch nach dem anderen über die Reling zu kicken. Goldlöckchen griff nach ihrem Schwert und stürzte sich in eine grausige Partie Baseball gegen jene Fische, die aus dem Wasser in Richtung Deck segelten.

Jack und Froggy versuchten unterdessen, das Schiff in Bewegung zu setzen; sie ließen die Segel los und stellten die Flamme unter dem Ballon so groß es nur ging.

»Wir müssen schnellstmöglich raus aus dem Wasser!«, brüllte Jack.

Die *Granny* erhob sich höher und höher über die Lagune.

»Wir kommen davon!«, jubilierte Rotkäppchen, die noch immer die ungebetenen Besucher von den Bohlen trat.

Das Schiff gewann stetig an Höhe. Doch gerade als alle schon aufatmen wollten, katapultierte sich ein Anglerfisch, den Rotkäppchen und die Kinder übersehen hatten, vom Deck aus in die Luft und riss mit seinen monströsen Zähnen ein Loch in den Ballon und die Segel der *Granny*.

Das Gefährt taumelte unkontrolliert abwärts; die zerfetzten Segel wirkten nun eher wie ein schlaffer Fallschirm. Niemand vermochte noch zu sagen, wohin sie stürzten – sie befanden sich nicht mehr über der Bucht, sondern konnten tief unter sich bereits festen Boden erahnen.

Alle schrien und klammerten sich in größter Not an irgendetwas oder irgendjemanden, um nicht über die Reling geschleudert zu werden. Inmitten des Chaos fanden Alex und Conner die Hand ihres jeweiligen Zwillings und hielten sie fest – überzeugt, dass ihr letztes Stündlein geschlagen hatte.

Mit einem gewaltigen Rumms krachte die *Granny* auf die Erde. Dann verschwamm alles vor den Augen der Kinder … sie hörten Claudiwuffs Gebell … das Kreischen der Harfe vom Unterdeck … Rotkäppchens und Froggys Stöhnen … sie erspähten Jack und Goldlöckchen, die sich aufzurichten versuchten …

Vage nahmen die Geschwister auch die Landschaft ringsum wahr und erkannten am Horizont eine Reihe Felsblöcke. Zwei Gestalten bewegten sich rasch auf die Schiffbrüchigen zu – eine klein und gedrungen, die andere groß und schlaksig. Beide hatten riesige Ohren und hässliche Fratzen und beugten sich schon kurz darauf über die Zwillinge, um sie genauer in Augenschein zu nehmen.

»Na … na … na«, ertönte eine barsche Stimme. »Wen haben wir denn hier?«

Eine schreckliche Erkenntnis holte Alex und Conner ein, ehe sie gänzlich das Bewusstsein verloren: Sie waren im Revier der Trolle und Kobolde gelandet.

Kapitel 22

Trollbella, Königin der Trobolde

Ein sanftes Ruckeln weckte die Zwillinge aus ihrer Ohnmacht. Sie öffneten die Augen und fanden sich in einem umgitterten Karren wieder, der – gezogen von einem Esel – einen langen, finsteren Tunnel abwärtsrumpelte. Auf der Steuerpritsche saß ein kleingeratener, fetter Troll mit großen Fledermausohren.

»Wird auch Zeit, dass ihr zwei aufwacht!«, ertönte die Stimme der Harfe. Sie lag auf demselben Wagen wie die Kinder.

»Was ist passiert?«, erkundigte sich Conner und rieb sich den Schädel. Ihm tat ebenso wie Alex der ganze Körper weh; beide waren mit blauen Flecken übersät und hatten von ihrer Bruchlandung etliche Schnittwunden davongetragen.

»Unser Schiff ist abgestürzt, und wir sind von Trollen und Kobolden entführt worden!«, ließ die Harfe sie wissen. »Mit anderen Worten: *Nicht gerade ein guter Tag für uns!*«

»Von Trollen entführt?!«, keuchte Alex. »Nein! Das darf doch nicht wahr sein! Nicht schon wieder!«

»Wo sind die anderen?«, wollte Conner wissen.

»Auf dem Karren hinter uns«, entgegnete die Harfe. »Niemand ist ernsthaft verletzt, dem Himmel sei Dank. Goldlöckchen hat sich die Schulter ausgekugelt, sie aber schon selbst wieder eingerenkt. Rotkäppchen jammert seit Stunden über einen Kratzer auf ihrer Wange.«

Die Geschwister wandten sich um. Hinter ihrem Karren ratterte ein zweiter, von einem Kobold gelenkter Käfigwagen daher, auf dem Jack, Goldlöckchen, Froggy und Rotkäppchen zusammengepfercht waren. Goldlöckchen umklammerte ihr Handgelenk und testete gerade die Reflexe ihrer Finger. Rotkäppchen weinte in Froggys Schulter; knapp unter ihrem linken Auge zog sich eine kleine Schramme entlang.

»Es wird Wochen dauern, bis das verheilt ist!«, schluchzte sie. *»Ich werde aussehen wie eine Farmerin!«*

»Wo ist der Stab?«, flüsterte Alex der Harfe zu.

»Der Troll hat sämtliche Wertgegenstände an sich genommen und *da* hineingestopft«, erklärte die Harfe und deutete auf einen Leinensack, den der Unhold über der Schulter trug. Die Zwillinge erkannten Jacks Axt, Goldlöckchens Schwert und die Spitze des Zauberstabs, die allesamt daraus hervorragten.

»Werden wir jetzt versklavt?«, fragte Conner in lautem, frustriertem Tonfall, so dass der Troll ihn hören musste.

Vom Bock aus ließ dieser ein rumpelndes Glucksen vernehmen. »Schön wär's«, grollte er. »Sklaven halten wir keine mehr. Euch Gesindel blüht etwas viel Schlimmeres.«

Kurz darauf rollten die Karren unter einem Torbogen hindurch, den Alex und Conner noch von ihrem letzten Besuch in dem unterirdischen Königreich in Erinnerung hatten. Der Bogen wurde von zwei Statuen flankiert – die eine ein Troll, die andere ein Kobold – und trug eine in den Stein gemeißelte Inschrift. Früher hatte dort gestanden:

SEI EIN TROLL,
SEI EIN KOBOLD ODER
SEI AUF DER HUT!

Nun war zu lesen:

WILLKOMMEN, FREUNDE!

Alex und Conner rieben sich die Augen, überzeugt, dass diese ihnen einen Streich spielten.

»Huch?«, machte Conner. »Liest du, was ich lese, oder leide ich an einer Gehirnerschütterung?«

Die Karren passierten den Torbogen und rumpelten einen weiteren langen Felstunnel hinab. Die Zwillinge erwarteten, dass er sie in den großen, lärmigen Gemeinschaftsraum bringen würde, den sie bereits kennengelernt hatten, doch wieder war alles gänzlich anders: Anstatt der Hunderte von Trollen und Kobolden, die sich von menschlichen Sklaven mit Essen und Getränken bewirten ließen, empfing die Neuankömmlinge vollkommene Stille. Sämtliche steinernen Tische und Stühle waren fortgebracht worden, und Trolle wie Kobolde standen in Reih und Glied Spalier.

»Das ist ja seltsam«, murmelte Conner. »Als wären sie in einem Erziehungslager oder so.«

Den Trollen und Kobolden gegenüber erhob sich ein leerer Felsenthron, und alle schienen sie auf die Ankunft ihres

Herrschers zu warten. Zudem wirkten sie auf die Kinder nicht gar so hässlich wie zuletzt, und auch der Gestank – Zeichen mangelnder Körperpflege – kam Alex und Conner erträglicher vor. Hatten die Scheusale endlich gelernt, was Hygiene bedeutete?

Die Wagen bogen um eine Ecke und setzten ihre Fahrt in einem neuen Gang fort, der in Richtung des Kerkers führte, sofern die Geschwister es recht im Gedächtnis hatten. Beide waren schockiert, als sie erkannten, dass sich dort ebenfalls alles verändert hatte. Es gab keine Einzelzellen mehr, sondern nur noch einen einzigen großen Raum, der von Fackeln beleuchtet wurde und möbliert war. Die Gefangenen dort glichen nicht im Geringsten den gebrechlichen, überarbeiteten Sklaven, die Alex und Conner bei ihrer letzten Entführung zu Gesicht bekommen hatten, sondern wirkten vielmehr wie eine gelangweilte, rastlose Gruppe, die gähnte und Däumchen drehte.

Der Troll und der Kobold zerrten die Zwillinge und ihre Gefährten aus den Karren und stießen sie zu den Übrigen in das steinerne Zimmer. Dann fuhren sie davon – mit der Harfe und dem Beutesack, in dem sich der Stab des Staunens befand.

»Lasst nicht zu, dass sie mich mitnehmen!«, schrie Harper. *»Sie werden mich einschmelzen und zu Nasenringen verarbeiten!«*

Leider aber waren die Freunde machtlos. Ein robustes Tor schloss sich hinter den davonrollenden Gefährten, die die Unholde samt Harfe transportierten. Jack, Goldlöckchen, Rotkäppchen, Froggy und die Kinder waren mit ihren Leidensgenossen gefangen.

»Wir müssen Harper und den Stab zurückholen«, verkündete Jack sofort. Er legte beide Hände an die Gitterstangen des Tors und rüttelte daran, so fest er konnte – doch es gab keinen Zentimeter nach.

Alex und Conner wirkten nicht ansatzweise so beunruhigt wie die anderen.

»Macht euch keine Sorgen; wir sind einmal von hier entkommen, da schaffen wir es auch ein zweites Mal«, tönte Conner, dem wieder einmal nichts die Zuversicht nehmen konnte.

»Hier scheint alles jetzt so viel zivilisierter«, staunte Alex. Sie ging zu einer Frau hinüber und tippte ihr höflich auf die Schulter. »Entschuldigen Sie? Mein Name ist Alex Bailey. Können Sie mir sagen, was wir hier tun?«

»Ich weiß nicht, was *ihr* hier tut, aber *ich* bin entführt worden, als ich mich versehentlich ins Revier der Trolle und Kobolde verirrt habe«, gab sie zur Antwort.

»Wie lange sind Sie schon versklavt?«, erkundigte sich Conner.

»Versklavt?«, keuchte Rotkäppchen, und auf der Stelle traten ihr neue Tränen in die Augen – bis wenige Sekunden zuvor war sie so von dem Kratzer auf ihrer Wange eingenommen gewesen, dass sie sich ihrer gegenwärtigen Situation noch gar nicht richtig bewusst geworden war. *»Königinnen können keine Sklavinnen sein! Wieso lebe ich hier eigentlich eine ins Gegenteil verkehrte Aschenputtelgeschichte?!«*

Die Frau schien daraufhin nur noch mehr von dem Gespräch genervt. »Ich bin keine Sklavin«, entgegnete sie und empfand die bloße Unterstellung augenscheinlich als Beleidigung. »Wir müssen lediglich für die Königin tanzen, als Strafe dafür, dass wir unbefugt ihr Territorium betreten haben.«

»Ihr werdet zum Tanzen gezwungen?«, wunderte sich Alex. Sie war sich nicht sicher, ob sie die Frau richtig verstanden hatte.

»Die Trollkönigin liebt es, Menschen beim Tanzen zuzuschauen«, erläuterte die Frau. »Deshalb befiehlt sie jeden Abend nach dem Essen ihren Gefangenen und Untertanen, miteinander das Tanzbein zu schwingen.«

»Wie bitte? Haben Sie gerade ›*Trollkönigin*‹ gesagt?«, mischte Conner sich erneut ein. »Was ist denn aus den beiden Königen geworden?«

»Keine Ahnung. Ich bin erst seit einer Woche hier«, schnappte die Frau und stolzierte davon; sie hatte offenkundig keine Lust mehr, mit weiteren Fragen belästigt zu werden.

Die Zwillinge ließen ihren Blick über die übrigen Gefangenen im Raum schweifen.

»Alex? Conner?«, erklang plötzlich eine ungläubige Stimme ganz in der Nähe. Am Boden sitzend im hinteren Teil des Kerkers erspähten die Kinder eine vertraute Gestalt mit freundlichem Gesicht, die sie an einem Ort wie diesem niemals erwartet hätten.

»Dr. Bob!« Alex schnappte nach Luft.

Sie und ihr Bruder verfielen regelrecht in Schockstarre und standen da wie festgefroren. Bob kam auf die Füße und rannte zu ihnen herüber, um sie in eine lange Umarmung zu schließen, bei der ihm die Augen feucht wurden.

»Ich dachte schon, ich sehe Gespenster!«, murmelte Bob gerührt. »Aber ihr seid es – ihr seid es tatsächlich!«

In den Köpfen der Geschwister drängten sich mit einem Mal so viele Fragen, dass sie alle Mühe hatten, sich zunächst auf die wichtigsten zu beschränken.

»Bob, was machst du hier?«, wollte Conner wissen.

»Wie bist du in die Märchenwelt geraten?«, bohrte Alex.

Bob stieß einen schweren Seufzer aus. »Das war ein ziemliches Abenteuer«, gab er zu. »Ich war zu Hause, als Mutter Gans und den Soldaten klargeworden ist, dass ihr verschwunden wart. Aus dem Nichts ist mitten im Wohnzimmer eine

Tür erschienen, und auf einmal stand eure Großmutter im Raum. Während Mutter Gans noch erklärt hat, was passiert war, habe ich mich hindurchgeschlichen – und seither bin ich hier.«

»Und wie lange ist das schon?«, hakte Alex nach.

»Eine Woche oder so, glaube ich. Möglicherweise auch ein bis zwei Tage länger«, sagte Bob.

Conners Augenbrauen schossen in die Höhe, bis sie beinahe seinen Haaransatz berührten. »Seit *einer Woche* sitzt du hier in diesem Kerker?!«, wiederholte er.

»O nein – ich bin im ganzen magischen Land herumgekommen«, erzählte Bob. »Im Revier der Trolle und Kobolde befinde ich mich erst seit einem Tag oder zweien.«

Alex klatschte glücklich in die Hände. »Dann war es also *wirklich* dein Ring, den die Meerhexe getragen hat!«, frohlockte sie.

»Was hat dich denn zur Meerhexe geführt, Bob?«, erkundigte sich Conner.

Bobs Blick huschte zwischen den Zwillingen hin und her; allein der Klang des Namens schien ihn erschaudern zu lassen. »Was hat *euch* denn dorthin geführt?«, fragte er zurück.

»Wir versuchen im Moment quasi, die Welt zu retten … lange Geschichte. Aber wie kommt man aus einem gemieteten Haus auf den Grund eines magischen Ozeans?!«, ließ Conner nicht locker.

»Als ich in der Märchenwelt gelandet war, machte ich mich unverzüglich auf die Suche nach euch und eurer Mutter«, schilderte Bob. »Jeden Dorfbewohner, jeden Farmer und jedes Wesen, das mir begegnete, sprach ich an, doch niemand wusste, von wem ich redete. Am Ende verlief ich mich im Wald – es war eiskalt und der Boden mit Schnee bedeckt.«

»Klingt ganz nach dem Nördlichen Königreich«, urteilte Alex. »Erzähl weiter.«

»Wie gesagt, es herrschte eine Eiseskälte, und die Dunkelheit brach herein«, fuhr Bob fort. »Eine riesige Schwarzbärenfamilie umzingelte mich – ich dachte schon, ich würde bei lebendigem Leib gefressen! Dann aber geschah etwas absolut Unglaubliches und Wunderbares! Eine Ladung Kisten und Truhen regnete aus dem Himmel herab, genau auf die Köpfe der Bären!«

Alex und Conner schielten aus dem Augenwinkel zu Goldlöckchen und Rotkäppchen hinüber. Beiden stand die Verblüffung ins Gesicht geschrieben.

»Ich habe keine Ahnung, woher sie stammten, doch zu meinem Glück waren sie vollgestopft mit eleganten Mänteln, Schals und Schmuck«, redete Bob weiter. »Ich packte mich warm ein und konnte so die frostige Nacht überstehen!«

»Wie unglaublich wunderbar!«, zischte Rotkäppchen durch zusammengebissene Zähne; dass sie sich von ihrem Besitz hatte trennen müssen, stieß ihr trotzdem nach wie vor bitter auf.

Bob setzte seinen lebhaften Reisebericht für die Kinder begeistert fort: »Einige Tage länger noch zog ich vergeblich suchend über Land und erreichte schließlich ein Dorf an der Küste, in dem ich die Juwelen und Kleider bei einem Seemann gegen ein kleines Boot eintauschen konnte. Ich hoffte, dass ich zu Wasser mehr Glück haben würde und schipperte daher von Hafen zu Hafen. Trotzdem fand ich nirgends eine Spur von euch beiden oder eurer Mutter.

Ich durchsegelte einen gewaltigen Sturm auf hoher See und wurde von Bord gespült. Beinahe wäre ich ertrunken, doch im letzten Augenblick retteten mich die grausigen Anglerfische der Meerhexe – oder zumindest glaubte ich, dass sie mich retteten. In jedem Fall nahmen sie mich mit in ihre Höhle und brachten mich bei den anderen Meerestieren unter, die sie als Futter für die Haie der Meerhexe hielten. Ich bemerkte, dass die Meerhexe eine Schwäche für Juwelen hatte, und mir fiel ein, dass ich noch den Ring eurer Mutter in der Tasche bei mir trug. Ich gab ihn ihr und erhielt im Gegenzug meine Freiheit zurück!

So wurde ich wieder an Land gespült und irrte mehrere Tage ziellos durch die Gegend, ehe die Trolle mich aufgriffen«, schloss Bob. »Und nun bin ich hier und stehe wie durch ein Wunder euch beiden gegenüber!«

Die Geschwister waren baff. Sie staunten ihn mit riesengroßen Augen und weit offenen Mündern an.

»Das ist eine unfassbare Geschichte, Bob«, hauchte Alex geradezu.

»All das hast du für Mom auf dich genommen?«, wisperte Conner.

»Natürlich«, versicherte Bob. »Bis ans Ende der Welt würde ich für sie gehen, wenn ich müsste – bis ans Ende *jeder* Welt. Aber nicht nur für eure Mom, sondern genauso für euch zwei.«

Alex und Conner waren gerührt; bis zu diesem Moment hatten sie gar nicht recht begriffen gehabt, dass Bob sie so liebte, und erst jetzt wurde ihnen allmählich bewusst, dass es ihnen mit Bob ebenso ging.

»Und wer mag dieser tapfere Mann wohl sein?«, meldete sich Froggy an die Zwillinge gewandt zu Wort.

»Das ist Dr. Bob«, stellte Conner vor. »Er ist unser … tja, unser *Stiefvater.*«

Bei diesen Worten breitete sich auf Bobs Gesicht ein Lächeln von einem Ohr zum anderen aus – endlich hatte er seine Familie gefunden.

»Ein Arzt! Dem Himmel sei Dank!«, unterbrach Rotkäppchen den bewegenden Augenblick. Sie zeigte ihm den Kratzer auf ihrer Wange. »Auf einer Skala von vorübergehend gezeichnet bis dauerhaft entstellt – wie schlimm ist das, Doktor? Werde ich es in meine offiziellen Porträts einarbeiten lassen müssen?« Sie wappnete sich für das Schlimmste.

Bob war sich unsicher, wie er darauf antworten sollte. »Ich würde sagen, in einem Tag oder so ist es verheilt«, meinte er schließlich und musterte dann nacheinander die vier Erwachsenen, die sich um Alex und Conner geschart hatten. »Wer sind denn eure Begleiter, Leute?«

»Oh, entschuldige, Bob«, beeilte sich Alex. »Das hier sind Jack, Goldlöckchen, Froggy und Rot.«

»Königin Rotkäppchen, Herrscherin über Rotkäppchens Königreich«, ergänzte Rotkäppchen.

Bob nickte allen freundlich zu. »Sehr erfreut«, grüßte er in die Runde und drehte sich dann wieder zu Alex und Conner: »Hat einer von euch bereits eure Mutter ausfindig machen können?«

Die Zwillinge schüttelten die Köpfe. »Sie ist von einer Zauberin entführt worden«, berichtete Alex niedergeschlagen. »Aber wo die sie hingebracht hat, wissen wir noch immer nicht.«

»Von *der* Zauberin?«, hakte Bob nach. »Derjenigen, von der derzeit alle reden?«

Conner ließ den Kopf hängen. »Leider ja«, bestätigte er.

Bob begann, im Kerker auf und ab zu tigern. Er wirkte ebenso besorgt wie die Kinder, als sie erstmals vom Schicksal ihrer Mutter erfahren hatten. »Wir müssen einen Weg finden, sie zu retten«, verkündete er.

»Mach dir keine Sorgen, daran arbeiten wir schon die ganze Zeit«, konnte Conner nun auftrumpfen. »Wir sind auf einer Art Mission – auch wenn uns dieser Abstecher hierher nun gewissermaßen fürs Erste ausbremst.«

Das Tor öffnete sich kreischend, und ein mit einer Peitsche bewaffneter Troll schob sich in den Raum voller Gefangener.

»Er wird uns doch gewiss nicht auspeitschen, oder?«, erschrak Rotkäppchen und versteckte sich hinter Froggy.

»Nicht, wenn er weiß, was gut für ihn ist«, grollte Goldlöckchen.

Der Troll räusperte sich lautstark und wandte sich dann an die Gefangenen. »Die Königin hat ihr Nachtmahl beinahe beendet«, grummelte er. »Sie erwartet uns zur Tanzstunde.«

Gegen ihren Willen trotteten die Zelleninsassen einer nach dem anderen durch den Kerkereingang und den Tunnel hinauf in Richtung des Gemeinschaftssaals. Bob, die Zwillinge und die anderen blieben so dicht beieinander wie nur möglich. Als sie in dem großen Raum angelangt waren, wurden alle Menschen an die Mauer entlang einer Wandseite gescheucht.

Ein sehr dünner Kobold mit metallenem Gürtel, Umhang und Stab schritt zur Kopfseite des Gewölbes.

»Das ist Takelwurm«, raunte Bob den Geschwistern zu, »der persönliche Berater der Königin.«

»Verneigt euch, Trobolde«, quiekte Takelwurm und donnerte seinen Stab auf den Boden. »Die große kaiserliche und königliche Majestät, *Königin Trollbella*, naht!«

Alex' und Conners Köpfe zuckten herum, und sie starrten einander ungläubig an.

»Königin Trollbella?!«, wiederholte Alex fassungslos.

»Das ist ja wohl ein Scherz«, sagte Conner.

Einen Wimpernschlag später verbeugte sich der gesamte Saal, als Königin Trollbella eintrat. Sie war kaum älter als die Zwillinge und sah exakt so aus, wie die beiden sie in Erinnerung hatten – kurzgewachsen, mit rundem Gesicht und niedlicher Schnauze. Ihren königlichen Titel jedoch schien Trollbella sehr wichtig zu nehmen: Ein gigantischer Kopfschmuck in Form zweier Hörner thronte auf ihrem Haupt. Zwischen den Hornspitzen spannten sich an mehreren Schnüren aufgereihte Zähne (deren Herkunft niemand genau zu deuten wusste). Um ihren Hals lag ein runder Rüschenkragen, auf den Elisabeth die I. neidisch gewesen wäre. Dazu trug die junge Königin ein langes, rostrotes Spitzenkleid und goldene Pantoffeln an den riesigen Plattfüßen.

Trollbella bahnte sich einen Weg durch die Menge der Trolle und Kobolde und ließ dabei ihren Kopf majestätisch auf und ab wippen, während sie an ihren Untertanen vorüberflanierte. Auf dem steinernen Thron ganz vorn nahm sie schließlich Platz. Sämtliche Trolle und Kobolde schienen aufrichtig eingeschüchtert von ihr; selbst Takelwurm wirkte furchtsam, wie er dort neben ihr stand. Dass Trollbella tatsächlich bedrohlich anmutete, mussten auch Alex und Conner zugeben.

»Wie kann es sein, dass eine Trollkönigin mehr respektiert wird als ich?«, grämte sich Rotkäppchen laut, und Goldlöckchen knuffte sie in die Seite, um sie zum Schweigen zu bringen.

»Ich danke euch, Trobolde!«, rief in diesem Moment Trollbella. »Soeben habe ich ein vorzügliches Abendessen zu mir genommen – Wildschweinlebersuppe mit Eicheleinlage. Und nun bin ich bereit, ein wenig unterhalten zu werden. *Los, tanzt für mich!*«

Takelwurm rammte abermals seinen Stab auf den Boden. Eine kleine Gruppe Trolle und Kobolde rollte Instrumente in den Raum und stimmte eine musikalische Nummer an. Sie hämmerten auf Steinklaviere ein, stießen in Hörner, die aus echtem Horn bestanden, und spielten auf Geigen und Celli, die aus Knochen und Spinnweben gefertigt waren.

Die Trolle und Kobolde in der Mitte des Saals fingen an, sich im Takt umeinander zu bewegen, in einer Schrittfolge, auf die sie sich offenkundig angestrengt konzentrieren mussten – es war augenfällig, dass sie den Tanz zuvor einstudiert und geprobt hatten. Takelwurm behielt sie genau im Auge und zählte stumm die Schläge mit. Die Kinder nahmen an, dass er es war, der sich die Choreographie ausgedacht hatte.

Trollbella lächelte und nickte im Rhythmus der Musik mit. *»Tanzt, Trobolde, tanzt!«*, forderte sie noch einmal und applaudierte begeistert.

Nach einiger Zeit begannen die Trolle und Kobolde, den einen oder anderen Gefangenen mit auf die Tanzfläche zu ziehen und wie einstudiert hochzuheben und herumzuwirbeln. Froggy wurde von einem Paar hässlicher Trollfrauen in Beschlag genommen – die beiden erröteten und kicherten, während sie mit ihm tanzten.

Rotkäppchen lief ebenfalls immer röter an, je länger sie zusehen musste, wie ihr Schatz von den Trollinnen umherbugsiert wurde. Ein Kobold versuchte, Goldlöckchen an der Hand zu fassen, doch sie warf ihm einen so garstigen Blick zu, dass er das Weite suchte.

Der Troll, der zuvor die Zwillinge gefangen genommen hatte, trug nun die magische Harfe in den Saal und stellte sie zu den Musikern. Alex und Conner erkannten, dass er noch immer jenen Sack über der Schulter trug, in dem sich der Stab des Staunens befand.

»Was ist *das* denn?!«, wollte Trollbella wissen und trommelte aufgeregt wie ein kleines Kind mit ihren Fersen gegen den Thron.

»Ein Geschenk für Euch, meine Königin«, schmeichelte der Troll und machte einen Diener. »Wir haben es heute Nachmittag beschafft.«

»Mit ›beschafft‹ meint er *›entführt‹*!«, empörte sich die Harfe schrill.

»Jemand soll auf der Glitzerfrau spielen!«, verlangte Trollbella. »Ich will Harfenklänge hören!«

Einer der Kobolde, der Teil der Band war, warf seine Geige zur Seite und griff in die Saiten der Harfe. Harper brach in lautes Gekicher aus – er kitzelte sie.

»Oooo-hoo-hoo, aufhören!«, giggelte sie. *»Das kitzelt! Oooo-hoo! Bitte nur sanft zupfen; auf mir hat schon lange niemand mehr geklimpert!«*

Die Trolle und Kobolde in der Saalmitte hielten einen Moment lang inne und verfolgten, wie die Harfe gegen ihren Willen gespielt wurde.

Trollbella blitzte sie aus zusammengekniffenen Augen an. »Habe ich euch etwa *erlaubt*, mit dem Tanzen aufzuhören?«, brüllte sie von ihrem Thron aus.

Takelwurm rammte seinen Stab auf den Boden, und sofort stürzten die Trolle und Kobolde sich wieder ins Tanzgemenge.

Der Pulk der Gefangenen an der Wand wurde stetig kleiner, da immer mehr von ihnen auf die Tanzfläche genötigt wurden. Conner duckte sich hinter diejenigen, die übrig waren. Er wollte nicht tanzen; noch viel weniger aber wollte er von Trollbella entdeckt werden.

Schließlich fanden sich, einer nach dem anderen, auch Jack, Goldlöckchen, Froggy, Rotkäppchen, Alex und Bob allesamt inmitten der Tänzer wieder. Conner drückte sich nun als Einziger an der Seite herum. Als Trollbella ihren Blick durch den Raum schweifen ließ, ganz beglückt von der Darbietung ihrer Untertanen, landeten ihre Augen zuletzt auf Conner. Die Trollkönigin kreischte auf. Die Kinnlade fiel ihr herunter, und ihre Augen weiteten sich, bis sie doppelt so groß schienen.

»Schluss mit der Musik!«, befahl sie, und die Band verstummte innerhalb von Sekundenbruchteilen. Trollbella presste sich beide Hände auf ihre Brust, in der ihr Herz rasend wummerte. *»Mein Butterbub ist zurückgekehrt!«*, keuchte sie.

Conner wand sich. »Hi, Trollbella!«, murmelte er und winkte ihr linkisch zu.

Trollbella war außer sich vor Entzücken. »Ich wusste, du würdest eines Tages zu mir zurückkommen, Butterbub«, säuselte sie beinahe wie in Trance. »So, so lange habe ich sehnsüchtig auf diesen Moment gewartet.«

»Ähm, tja, *hier bin ich*«, meinte Conner und blinzelte unbehaglich träge.

Obwohl die Musik verklungen war, schien in Trollbellas Kopf ein mannigfaches Orchester einen Tusch zu blasen. *»Bringt mir meine Butterbubenbüste!«*, ordnete sie an.

Einige Trolle rollten einen sehr schweren Karren in die Mitte des Gemeinschaftsraums. Eine riesige steinerne Plastik von Conners Kopf, perfekt skulptiert, stand auf der Ladefläche.

»Soll *ich* das sein?!«, fragte Conner und starrte abgrundtief entsetzt auf sein kolossales Ebenbild.

Trollbella hüpfte von ihrem Thron und legte der Büste eine Hand an die Wange. »Ich habe sie selbst gestaltet. Und an jedem Tag, den wir nicht zusammen sein können, betrachte ich sie«, schwärmte sie verträumt. »Aber du schaust inzwischen so anders aus, Butterbub. Größer bist du geworden, und hübscher – jetzt bist du mein Butter*mann*!«

Trollbella näherte sich dem echten Conner wie eine Löwin ihrem Männchen. Ihr Herz flatterte ihr geradezu aus der Brust. Sie warf die Arme um Conner und presste ihn mit aller Kraft an sich.

Conner warf Alex einen flehenden Blick zu. *Hilf mir!*, formte er mit den Lippen. Alex zuckte bloß mit den Schultern. Was konnte sie schon tun?

»Ich brauche langsame Musik, damit ich mit meinem Butterbuben tanzen kann!«, befahl Trollbella. *»Sofort, Trobolde, auf der Stelle!«*

Die Band stimmte eine langsame, romantische Melodie an. Trollbella wiegte sich mit Conner zu den Klängen – oder schob ihn eher durch den Raum, während er sich machtlos in sein Schicksal fügte.

»Trollbella, was ist ein Trobold?«, fragte Conner sie.

»So habe ich mein Volk umgetauft, als ich Königin geworden bin«, erklärte Trollbella und legte Conner beim Schunkeln ihren Kopf auf die Brust. Ihre eigentümliche Krone stach ihm beinahe ein Auge aus. »Der Koboldherrscher hatte keinen Erben, daher sind mir beide Throne zugefallen, und ich habe sie miteinander vereint.«

»Was ist denn aus dem Trollkönig und dem Koboldherrscher geworden?«, erkundigte sich Conner.

»Denen sind Steine auf den Kopf gefallen, da sind sie gestorben«, meinte Trollbella schlicht. »Sehr tragisch, sehr blutig – aber ein Risiko, mit dem man leben muss, wenn man sein Königreich unter der Erde hat.«

»Tut mir leid, das zu hören«, bot Conner an, auch wenn er nicht ganz sicher war, ob Trollbella den Vorfall tatsächlich bedauerte.

Trollbella zuckte unbekümmert mit den Schultern. »Zumindest bin jetzt ich Königin«, befand sie. »Und was für eine großartige! So lange schon leiden wir Trobolde unter unserem schlechten Ruf. Ich versuche, uns wieder Klasse und Ehrbarkeit zu verschaffen, indem ich meine Untertanen dazu bringe, sich zu waschen und zu tanzen.«

»Offenbar mit Erfolg – tolle Ergebnisse bisher«, lobte Conner.

»Aber trotzdem fühle ich mich hier unten manchmal sehr einsam«, gestand Trollbella und sah ihm tief in die Augen. »Ich sehne mich danach, zu heiraten und eines Tages meine eigene Familie zu gründen. Oh, Butterbub, möchtest du nicht mein *Butterkönig* werden?!«

Der ganze Saal verstummte ob dieses plötzlichen und unerwarteten Antrags. Alex schlug die Hände vors Gesicht.

»König?«, rief Conner aus. »Ich? Herrscher über die Trolle und Kobolde?«

Trollbella legte ihm ihren Zeigefinger auf die Lippen. »Schhh, Butterbub«, beschwichtigte sie ihn. »Ich weiß, unser Wiedersehen dauert gerade erst drei Minuten, doch ich bin mir nie zuvor im Leben einer Sache so gewiss gewesen. Es ist eine ungeheure Ehre, mein Ehemann sein zu dürfen, das ist mir bewusst – aber lass die Vorstellung erst einmal richtig sacken, und gewöhn dich daran. Nimm sie an. *Liebe sie.*«

Nun, da Trollbella so viel mächtiger war als zuvor, grauste es Conner davor, was sie ihm oder seinen Freunden antun könnte, wenn er ablehnte.

»Trollbella, ich … ich … ich …«, brachte er mit Mühe hervor.

»Ich glaube, das Wort, nach dem du suchst, lautet *ja*«, säuselte Trollbella.

Ein grellvioletter Blitz zuckte mit einem Mal durch den Raum und rettete Conner aus seiner Zwickmühle. Mitten auf der Tanzfläche erschien ein gewaltiges, von Ranken und Dornen umsponnenes Stundenglas, dessen lila Sand rasch nach unten rieselte – welche Zeit auch immer hier gerade gemessen wurde, sie würde in Sekunden abgelaufen sein.

»Was ist das?«, staunte Conner.

Trollbella verdrehte die Augen in Richtung der Sanduhr. »Ach, mach dir darüber keine Sorgen, Butterbub«, wiegelte sie ab. »Die stammt bloß von der Zauberin.«

»Von der Zauberin?!«, brüllte Conner. »Wieso schickt die Zauberin dir ein Stundenglas?«

Trollbella wedelte mit einer Hand, als handele es sich um eine völlig unwichtige Nebensächlichkeit. »Sie hat mich gestern besucht«, erzählte die Königin der Trobolde leichthin. »Wollte, dass ich ihr mein Königreich überlasse. Anscheinend versucht sie, die ganze Welt zu erobern oder so. Ich habe ihr nicht allzu aufmerksam zugehört – wir hatten gerade Tanzstunde.«

»Was hat sie sonst noch gesagt?«, drängte Conner.

»Sie hat gemeint, das Reich der Elfen habe sich ihr bereits ergeben«, erinnerte sich Trollbella. »Die Elfen sind ja immer noch wütend darüber, dass sie keinen Sitz im allerersten Märchenrat bekommen haben. Da hatte sich die Zauberin wohl gedacht, wir würden uns auch willig unterwerfen, zumal die Trolle und Kobolde noch überhaupt nie am Märchenrat teilhaben durften.«

»Habt ihr euch gefügt?«, fragte Conner bang.

»Natürlich nicht«, empörte sich Trollbella. »Wir hatten gerade Tanzstunde! *Niemand* hat das Recht, meine Tanzstunde zu unterbrechen.«

»Hat sie euch mit irgendwas gedroht?«, bohrte Conner weiter. Diese Trollin ließ sich wirklich jedes Informationsfitzelchen einzeln aus der Schnauze ziehen.

Trollbella überlegte. »Oh, sie hat mir einen Tag Bedenkzeit gegeben und mich gewarnt, dass sie in meinem Königreich fürchterliche Zerstörung anrichten würde, sollte ich mich nicht beugen«, wiederholte sie schließlich ausdruckslos.

»Na ja … und beunruhigt dich das nicht?«, wollte Conner wissen.

»Ich lebe in einem riesigen Loch mit jeder Menge anderer Trolle und Kobolde«, sagte Trollbella. »Was könnte schlimmer sein als das?«

Alex kam zu der kleinen Königin herübergerannt. »Trollbella! Wir müssen alle hier herausbringen, so schnell wie möglich!«

Erst jetzt wurde Trollbella klar, dass sich auch Alex im Raum befand. Zwar war ihr inzwischen entfallen, weshalb sie sie nicht mochte, doch ihre Abneigung war so stark wie eh und je.

»Du?«, kreischte Trollbella und warf dann Conner einen giftigen Blick zu. »Gibst du dich immer noch mit *der* ab, Butterbub?!«

»Das ist meine *Schwester*!«, brüllte Conner zurück. Trollbella war das nach wie vor vollkommen schnuppe; wenn es um ihren Butterbuben ging, betrachtete sie jedes andere Mädchen als bedrohliche Konkurrenz.

Der violette Sand rauschte immer schneller in den unteren Teil des Stundenglases. »Wir müssen hier raus, ehe die Zauberin angreift!«, verkündete Alex verzweifelt den Versammelten im Saal.

»Was, fürchtest du, hat die Zauberin vor?!«, erkundigte sich Froggy.

»Ich bin mir nicht sicher, aber ich habe eine Ahnung«, erwiderte Alex. »Und hoffe inständig, dass ich falschliege.«

Das letzte Körnchen des lila Sandes im Glas fiel zu Boden: *Die Frist war um.* Ein donnerndes Rumpeln ließ den gesamten Gemeinschaftsraum erbeben. Etwas Monströses näherte sich.

»Was geht hier vor sich?«, schrie Rotkäppchen.

Sie wandte sich zum steinernen Eingangstunnel um, und alle taten es ihr nach. Eine gewaltige Flutwelle raste auf den Saal zu.

»Ich hatte recht«, flüsterte Alex kaum hörbar. *»Ezmia flutet das Königreich!«*

Die Trolle, Kobolde und Menschen brachen beim Anblick des Wassers in panisches Geschrei aus. Sie hatten keine Zeit zu verlieren; wenn sie nicht prompt etwas unternahmen, würde das Wasser alles überschwemmen und das gesamte Reich ertränken.

Alex sprintete zu jenem Troll, der den Leinensack über der Schulter trug, und entriss ihm seine Beute. Dann hastete sie auf die heranrollende Welle zu und wühlte beim Laufen in dem Beutel. Sie fand den Stab und streifte alle anderen Gegenstände von ihm ab, bis nur noch das Eiszepter in ihrer Hand lag.

Alex richtete das Zepter auf die rauschende Flut. Ein eisiger Blitz brach aus der Spitze hervor und schoss direkt in die Welle. Nur wenige Meter vor Alex erstarrte das Wasser zu einer beeindruckenden eisigen Wand.

Die Trolle und Kobolde jubelten. »Das Wabbelmädchen hat uns alle gerettet«, hauchte Trollbella mit großen Augen.

»Du bist ein Genie!«, rief Conner seiner Schwester stolz zu. Sie fing über die Schulter seinen Blick auf, und beide teilten ein leises Lächeln – doch die Gefahr war noch nicht gebannt.

Der Wall aus Eis begann zu knacken und zu splittern, als immer mehr Wasser von hinten nachdrückte.

»Wir müssen hier raus!«, schrie Alex noch einmal. *»Die Wand kann die Welle nicht ewig aufhalten!«*

Takelwurm rammte aufs Neue seinen Stab auf die Steinplatten des Fußbodens. »Alle mir nach, zurück in die Tunnel!«, ordnete er an, und die Trobolde trampelten hinter ihm aus dem Saal.

Die Band ließ ihre Instrumente – einschließlich der magischen Harfe – fallen und rannte den anderen hinterher.

»Vergesst mich nicht!«, kreischte Harper.

Jack und Froggy wuchteten sie sich auf die Schultern und

folgten der flüchtenden Meute, Rotkäppchen heftete sich an ihre Fersen.

»Verzeiht mir, Euer Majestät«, warnte Goldlöckchen und klemmte sich Trollbella wie eine Babypuppe unter den Arm.

»Ich liebe dich, Butterbub!«, rief die junge Trollkönigin Conner noch zu, als sie fortgeschleppt wurde.

Die Zwillinge blieben zurück; Alex schoss weiterhin Blitze aus dem Zepter ab, um die Eismauer zu verstärken, die sich unter dem Druck des nachströmenden Wassers zunehmend bog.

»Alex! Conner!«, drängte Bob. »Wir müssen verschwinden, ehe es zu spät ist!«

»Sie brauchen mehr Zeit, um fliehen zu können!«, widersprach Alex. »Ich muss die Wand aufrechterhalten, damit sie überhaupt eine Chance haben! Geht! Rettet euch!«

Alex schwang das Zepter wie einen Flammenwerfer und verwandelte in einem fort das neu einlaufende Wasser zu Eis. Sie umklammerte ihre Waffe fester und entlockte ihr so einen noch kräftigeren Blitz. Conner musste nun ebenfalls mit anpacken, damit der Rückstoß Alex nicht umwarf. *Jede Sekunde zählte.*

Schließlich aber vermochte das Zepter dem Wasserdruck nichts mehr entgegenzusetzen, und die Flut rauschte ungebremst heran. Bob zog die Kinder zu jenem Tunnel, den die Fliehenden genommen hatten, und zu dritt rannten sie um ihr Leben.

Sie stürzten den anderen nach, den Gang hinauf, die Welle dicht hinter sich. Glücklicherweise glich das Revier der Trolle und Kobolde einer gigantischen Ameisenkolonie: Es gab unzählige Tunnel, in die das Wasser sich zusätzlich verlief. Dennoch füllte sich das unterirdische Reich rasch, und wilde Strudel wirbelten den Geschwistern schon bald um die Füße. Sie hasteten vorwärts, so schnell ihre Beine sie trugen; trotzdem waren sie zu langsam und wurden bald von der Woge mitgerissen.

Als hätten sie im Blasloch eines Wals festgesteckt, katapultierte der Druck des Wassers Bob und die Zwillinge aus einer Öffnung im Boden. Sie kamen hart auf einem dünn mit Gras bewachsenen Flecken Erde irgendwo außerhalb der felsigen Einfassung des Reviers der Trolle und Kobolde auf. Allesamt waren sie völlig durchnässt und husteten verschlucktes Wasser aus.

Alex, Conner und Bob rappelten sich auf und nahmen ihre Umgebung in Augenschein. Sie befanden sich auf einem Feld am Rand eines Waldes. Rund um sie her lagen und standen sämtliche Trolle und Kobolde aus Trollbellas Volk, und zwischen ihnen verstreut entdeckten die Geschwister auch Jack, Goldlöckchen, Rotkäppchen, Froggy und die Harfe. Jeder der Überlebenden ächzte und stöhnte, und alle klammerten sich an ihre Lieben, die sie beinahe verloren hätten.

Die Szene glich einem Nachrichtenbild aus dem Fernsehen nach einer Naturkatastrophe.

»Wo sind wir?«, wollte Alex wissen.

»Ist das wichtig?«, fragte Conner zurück. »Wir sind am Leben.«

Die Zwillinge und ihre Freunde versammelten sich in der Mitte des Feldes.

»Was du dort drinnen getan hast, war sehr mutig von dir«, lobte Jack und legte Alex dankbar eine Hand auf die Schulter.

»Du hast uns alle gerettet, Alex«, stellte Goldlöckchen fest.

Trollbella schlurfte nun ebenfalls auf Alex zu. Ihre Krone hatte sie verloren, so dass jetzt ihre blonden Zöpfchen zu sehen waren. »Du hast mich und die Trobolde vor dem Untergang bewahrt, Wabbelmädchen«, schnaufte sie. »Dafür werden wir dir bis in alle Ewigkeit dankbar sein.«

Alex schaffte es gerade so, zu nicken, derart überwältigt war sie von der Anerkennung, die ihr entgegenbrandete. Sie kippte den Inhalt des Leinenbeutels vor sich auf die Erde, und aller Besitz der Gefährten, den die Trolle kurzzeitig gestohlen hatten, purzelte zu Boden. Jack nahm seine Axt wieder an sich, Goldlöckchen ihr Schwert. Alex beobachtete, wie der Stab des Staunens sich selbst aufs Neue zusammenfügte: Einmal mehr vereinigten sich das Zepter, der Ring der bösen Stiefmutter und die Perlen der Meerhexe.

»Ein ganzes Königreich liegt in Trümmern, doch ich glaube, zumindest etwas können wir retten«, verkündete Alex. Sie hob den silbernen Verlobungsring ihrer Mutter auf und reichte ihn Bob.

Das Schmuckstück schien wie ein Symbol der Hoffnung, dass noch nicht alles verloren war.

Jack führte eine Gruppe männlicher Trolle und Kobolde in den Wald, und kurz darauf kamen sie mit trockenem Holz und Reisig zurück und schichteten eine ganze Reihe Lagerfeuer für die Nacht auf. Bob wuselte durch die Menge und begutachtete jeden, der auf der Flucht verletzt worden war, auch wenn ihn die Anatomie der Trolle und Kobolde hin und wieder verblüffte – an einigen Füßen mit nur vier Zehen schien tatsächlich überhaupt nichts zu fehlen.

In jener Nacht schliefen alle auf dem Boden, und am folgenden Tag entdeckten die Freunde gar nicht weit von ihrem Lager die Absturzstelle der *Granny*. Das Schiff war irreparabel beschädigt, also nahmen sie es auseinander und nutzten die geflochtenen Holzstücke und bestickten Stoffbahnen, um daraus Zelte für die obdachlosen Trolle und Kobolde zu fertigen.

Als Jack Trollbellas Untertanen dabei zur Hand ging, das Gefährt in seine Einzelteile zu zerlegen, fand er inmitten all der

Zerstörung Claudiwuff und trug den Wolfswelpen unverzüglich zurück ins Lager, um ihn Rotkäppchen zu übergeben.

»Oh, Claudiwuff! Da bist du ja!«, freute sie sich. »Ich war schon ganz krank vor Sorge! Ich hatte Angst, du könntest gefressen worden sein, von einem … einem … na ja, einem Verwandten oder so!«

Mit vereinten Kräften errichteten die acht Abenteurer (neun, wenn man Claudiwuff dazuzählte) ein Gemeinschaftszelt für sich. Trollbella bestand darauf, ihr eigenes Zelt so dicht wie möglich an jenes zu stellen, in dem Conner schlafen würde. Sie plapperte freimütig über ihre baldige Hochzeit, obwohl er ihr eine Antwort auf den Antrag nach wie vor schuldig war.

»Trollbella, du und deine Trobolde, ihr habt gerade euer Königreich verloren«, sagte er. »Ich denke, es gibt im Augenblick wichtigere Dinge, um die du dir Gedanken machen solltest.«

»Du bist so weise, Butterbub«, flötete Trollbella. »Und eines Tages wirst du einen wundervollen Butterkönig abgeben.«

Trollbella mochte obdachlos sein; hoffnungslos allerdings war sie keineswegs.

An jenem Abend scharten sich Jack, Goldlöckchen, Rotkäppchen, Froggy, Bob und die Kinder um ein Feuer. Nachdem sie Zeugen des jüngsten Versuchs der Zauberin geworden waren, ein gesamtes Königreich auszulöschen, fühlten sie sich allesamt ziemlich trübsinnig.

»Wohin machen wir uns als Nächstes auf den Weg?«, erkundigte sich Goldlöckchen. »Wir haben alles eingesammelt, bis auf den einen Gegenstand, den wir von der Zauberin brauchen.«

»Und es weiß wirklich niemand, wo sie sich versteckt hält?«, vergewisserte sich Bob.

»Nein«, bekräftigte Jack. »Aber sobald wir es ausgetüftelt haben, wird dieser Ort unser neues Ziel.«

Conner hatte es allmählich satt, sich immer wieder dieselben sinnlosen Fragen anhören zu müssen.

»Ich gehe ein Stück spazieren«, erklärte er. »Ich muss ein wenig den Kopf freikriegen.«

»Ich komme mit«, schloss Alex sich an. »Ein bisschen Bewegung wird uns guttun.«

Zusammen stapften sie zu den Bäumen am Rand des Lagers hinüber. Es war nett, allein und ohne die anderen etwas Zeit miteinander zu verbringen und Gelegenheit zu haben, ihren Gefühlen Luft zu machen.

»Sie ist so ein Ungeheuer«, flüsterte Alex. »Ich kann mich nicht erinnern, jemals jemanden derart von ganzem Herzen gehasst zu haben wie die Zauberin.«

»Nie hätte ich mir vorstellen können, dass eine einzige Person so großen Schaden anrichten kann«, meinte Conner. »Wann haben wir endlich alle Antworten beisammen, die wir brauchen, um dieser Schnepfe endgültig das Handwerk zu legen? Ich bin es so leid, dass immer bloß neue Fragen auftauchen!«

Zwischen den Bäumen in der Ferne regte sich plötzlich etwas. Die Geschwister spähten hinüber und erkannten eine vertraute geisterhafte Frau, die auf sie zuschwebte.

»Das ist die Dame des Ostens!«, raunte Alex.

Das Gespenst blieb vor den beiden in der Luft stehen. Conner tat einen wütenden Schritt auf es zu. Inzwischen fürchtete er sich nicht mehr vor dem Wesen; vielmehr frustrierte der Anblick der durchscheinenden Frau ihn zutiefst.

»Was wollen Sie von uns?«, schrie er sie an.

Die Dame gab keine Antwort. Sie starrte die Zwillinge lediglich ebenso stumm an wie zuvor.

»¿Habla inglés?«, versuchte Conner es mit fürchterlichem Akzent.

»Conner, ich bezweifle, dass sie Spanisch spricht«, tadelte Alex ihren Bruder.

»WAS. WOLLEN. SIE?«, brüllte Conner noch lauter.

Der Geist hob eine Hand und deutete nach Osten.

»Ja, schon kapiert, Sie kommen aus dem Osten!«, fauchte Conner. »Passen Sie mal auf, Geistermadam, wir haben gerade schon mehr als genug um die Ohren. Wenn Sie uns nicht helfen können, dann belästigen Sie doch bitte jemand anders.«

Die Augen der gespenstischen Frau huschten zwischen den Kindern hin und her, und sie nickte. Dann wandte sie sich um und schwebte durch eine Baumlücke, hielt jedoch inne und warf einen Blick über die Schulter zurück. So viel bewegt hatte sie sich in Gegenwart der Kinder bisher nie.

»Ich glaube, sie möchte, dass wir ihr folgen«, mutmaßte Alex. »Ich denke, sie will uns helfen.«

Das Gespenst nickte abermals und glitt davon.

»Wieso sind Geister so passiv-aggressiv?«, murrte Conner.

»Komm, ihr nach«, beschloss Alex schulterzuckend. »Was haben wir denn zu verlieren?«

Conner beäugte die durchsichtige Dame nervös. »Ich hoffe bloß, Sie führen uns nicht an der Nase herum. Für so was habe ich im Moment wirklich keinen *Geist*!«

Die Zwillinge liefen dem Wesen durch die Bäume hinterher nach Osten. Sie hatten nicht die leiseste Vorstellung, wohin es sie leiten wollte oder wie lange sie unterwegs sein würden, doch beide hofften, dass sie an ihrem Zielort ebenjene Antworten bekommen würden, die sie so dringend benötigten.

Die Sonne war bereits einige Stunden zuvor untergegangen, und die magische Harfe hatte das Zelt ganz für sich allein. Alex und Conner waren zu einem Spaziergang aufgebrochen, und die Übrigen hatten sich um das Lagerfeuer versammelt und unterhielten sich ruhig.

Harper spähte durch einen Riss im Zeltstoff hinüber zu den Trollen und Kobolden, die sich ringsum eingerichtet hatten. Auch wenn diese Unholde sie entführt und gezwungen hatten zu musizieren, taten sie ihr doch unwillkürlich leid. Kein Geschöpf verdiente es, dass sein Heim auf derart erbarmungslose Weise zerstört wurde. Die Harfe wünschte, sie könnte den Kindern in irgendeiner Form dabei behilflich sein, die Zauberin aufzuhalten – außer auf jene Art, die offenkundig schien.

Der Stab des Staunens ruhte auf einem Baumstumpf am Boden, direkt vor Harper. Wann immer sie ihn sah, verspürte sie eine sonderbare Anziehungskraft. Die Harfe wusste, dass sie dazu bestimmt war, ein Teil des Stabs zu werden; sie fragte sich bloß voller Sorge, welchen Preis sie für diese Eingliederung würde zahlen müssen.

»Wie tragisch«, ertönte plötzlich eine luftige Stimme im Zelt. »Ich habe die Trollkönigin gebührend gewarnt. Somit liegt alle Schuld allein bei ihr.«

Harper fuhr herum und hatte mit einem Mal ein Gesicht vor sich, in das sie zuletzt mehr als einhundert Jahre zuvor geblickt hatte.

»Ezmia«, keuchte die Harfe.

»Hallo, Gloria«, grüßte die Zauberin. »Wir haben uns ja seit Ewigkeiten nicht mehr getroffen. Du schaust wunderbar aus – um keinen Tag gealtert! Tja, ich schätze, das ist wohl einer der Vorteile, wenn man aus Gold besteht.«

Harper war weder befangen, noch fürchtete sie sich. Ohne dass die anderen es ahnten, hatten sie und die Zauberin eine gemeinsame Geschichte.

»Du musst es ja wissen«, gab Harper verärgert zurück. »Oder ist dein Gedächtnis inzwischen ebenso verdorben wie deine Seele? Schließlich warst du diejenige, die mich in dieses Instrument verwandelt hat.«

»*Ich* war das?«, tat Ezmia verwundert.

»Der Musiker hat sich in mich verliebt und dich verlassen. Daraufhin hast du mich in einen Gegenstand verzaubert und seine Seele gefangen genommen, damit ich zu einem unsterblichen Leben ohne ihn verdammt bin.«

»Wie grausam«, bedauerte Ezmia scheinheilig. »Klingt aber ganz nach etwas, das ich tun würde.«

Hätte die Harfe Tränendrüsen gehabt, hätten Ezmias Worte ihr nun Tränen über die goldenen Wangen kullern lassen. »Was suchst du hier, Ezmia?«, fragte Harper. »Willst du nachzählen, wie viele Leben du ruiniert hast?«

Die Zauberin lächelte boshaft. »Nein, ich bin gekommen, um mich an genau diesem Ausdruck auf deinem Gesicht zu ergötzen. Über einhundert Jahre habe ich darauf gewartet, verfolgen zu können, wie sich deine Augen mit jener Trostlosigkeit füllen, die von der Erkenntnis rührt, dass deine ganze Welt zusammenstürzt«, beschrieb Ezmia genüsslich. »Denn einst hast du dafür gesorgt, dass ich denselben Blick in meinen Augen hatte.«

»Gibst du noch immer mir die Schuld für den Fehler des *Musikers*?« Harper war fassungslos.

»Oh, ich bitte dich, ihr hattet beide gleichermaßen Schuld«, entgegnete Ezmia. »Du hast sein Werben um dich zugelassen, obwohl du wusstest, dass es mir das Herz bricht. Und du hast geglaubt, es werde keine Folgen nach sich ziehen, wenn du mich verletzt – weil du, ebenso wie der Rest der Welt, überzeugt warst, dass ich zwar mächtig im Hinblick auf meine Fähigkeiten sei, aber einen schwachen Geist besitze.«

»Bist du dann jetzt endlich zufrieden?«, fauchte Harper. »Jetzt, da du der Welt gezeigt hast, zu welchen Schandtaten du in der Lage bist – hast du nun deinen inneren Frieden gefunden?«

»Zufrieden bin ich vielleicht noch nicht ganz – aber bald«, verkündete Ezmia. »Ich habe große Pläne für diese Welt.«

Die Harfe schüttelte den Kopf; die Zauberin tat ihr beinahe leid. »Nein, Ezmia, du wirst niemals zufrieden sein«, stellte sie fest. »Du glaubst, dass du dein eigenes Glück finden wirst, indem du anderen ihres raubst, aber so funktioniert es nicht. Dein ganzes Leben lang wirst du nach Seelenheil suchen, es jedoch nie erlangen, denn ein Gefühl wie Zufriedenheit könntest du nicht einmal erkennen, wenn es dir ins Gesicht spränge.«

Die Augen der Zauberin weiteten sich vor Wut. Ihr Haar umtanzte ihren Kopf wie eine zornige Flamme. Zugleich verspürte sie Entzückung darüber, dass die Harfe sie derart in Rage versetzt hatte. Ezmia lächelte, als ihr Geist die Empfindung aufsog und ihr Körper Kraft daraus zog.

»Ich danke dir«, zischte Ezmia. »Morgen habe ich einen wichtigen Tag vor mir, und genau diesen zusätzlichen Energieschub habe ich gebraucht. Nur eines noch, ehe ich gehe: Sollte ich wirklich bis in alle Ewigkeit mein Seelenheil suchen, dann freut es mich sehr, dass du mir bis zuletzt Gesellschaft leisten und dabei zusehen wirst.«

Die Zauberin verschwand aus dem Zelt, als wäre sie nie dort gewesen. Ihr Abschiedskommentar bohrte sich wie ein Messer ins Herz der Harfe. Die Vorstellung, bis ans Ende der Zeit mitzubekommen, wie Ezmias Zorn sich weiter Bahn brach, erschien ihr unerträglich.

Harpers Blick fiel erneut auf den Stab des Staunens, und sie streckte sich danach – bereit, jedes nötige Opfer zu bringen, um sicherzustellen, dass Ezmia nicht siegen würde.

Kapitel 23

Der achte Zwerg

Ein fürchterlicher Sturm toste durch die Zwergenwälder. Regen prasselte in Strömen nieder, die Bäume bogen sich unter brutalen Windböen, und brüllender Donner röhrte über das Land. Es schien beinahe, als wollte Mutter Natur persönlich ihre Verzweiflung kundtun.

Die sieben Zwerge hatten es sich in ihrer warmen Hütte gemütlich gemacht. Sie spielten eine Runde Karten und genossen am Tisch heißen Kakao, während sie das Gewitter aussaßen. Es war beinahe Mitternacht, als ein unerwartetes Klopfen an der Tür sie hochschrecken ließ.

Die Zwerge waren ausgesprochen verdutzt und wunderten sich, wer wohl so spät in der Nacht und inmitten eines so heftigen Sturmes zu Besuch kommen mochte. Tatsächlich war die letzte Person, die an ihre Tür gepocht hatte, Königin Schneewittchen höchstpersönlich gewesen – damals, als sie sich als junge Prinzessin vor der bösen Königin hatte verstecken wollen.

Der älteste Zwerg stand vom Tisch auf und öffnete. Als er sah, wer davor wartete, stutze er: Auf der Schwelle kauerte – in einen dunklen Mantel gehüllt und bis auf die Knochen durchweicht – der jüngste Bruder der sieben Zwerge.

»Hallo«, murmelte Rumpelstilzchen.

»Na, da brat mir doch einer einen Elfen«, staunte der älteste Zwerg. Einhundertsiebenundzwanzig Jahre war es her, dass die Zwerge den jüngsten Familienspross zuletzt zu Gesicht bekommen hatten.

»Rumpelstilzchen, bist du das?«, fragte der kleinste Zwerg und rappelte sich ebenfalls von seinem Platz auf.

»Ich bin es, Brüder«, bestätigte Rumpelstilzchen. »Darf ich hereinkommen?«

Der Älteste zögerte zuerst, doch angesichts des schrecklichen Wetters schien es ihm grausam, seinen Bruder nicht einzulassen. Rumpelstilzchen tat einen Schritt in sein altes Zuhause, und der Älteste schlug rasch die Tür hinter ihm zu.

»Ganz bestialisch da draußen«, schauderte es Rumpelstilzchen. Alle sieben seiner Brüder blickten ihm finster entgegen; über seine Heimkehr freute sich eindeutig niemand. »Ach, am Spielen seid ihr, mit den alten Spielkarten. Das habe ich immer geliebt, wenn wir bei Gewitter hier drin saßen und Karten gespielt haben.«

Die Zwerge starrten auf die Karten, die sie in den Händen hielten, obwohl niemandem mehr nach Spielen zumute war.

»Ich habe Rauch aus dem Kamin aufsteigen sehen«, erklärte Rumpelstilzchen. »So habe ich durch den Sturm hierhergefunden. Dem Himmel sei Dank – sonst würde ich immer noch dort draußen durch den Regen irren.«

»Was willst du hier?«, wollte der größte Zwerg wissen.

Rumpelstilzchen blickte auf seine Hände hinunter und suchte nach den richtigen Worten. »Ich habe mich davongeschlichen, als die Zauberin gerade nicht da war. Gewiss habt ihr schon gehört, dass sie dabei ist, die Weltherrschaft zu übernehmen«, erläuterte er.

Der älteste Zwerg pfiff leise und abfällig durch die Zähne und ließ sich wieder auf seinen Stuhl plumpsen. Rumpelstilzchen entging nicht, dass die Missbilligung ihm galt.

»Darüber, was sie mit den Zwergenwäldern vorhat, hält sie sich noch bedeckt, zumal es hier ja keinen Herrscher gibt, den sie stürzen könnte – aber ich nehme an, dass sie plant, das ganze Land einfach plattzumachen«, gestand er. »Ich stehe ihr ziemlich nahe, so nahe wie niemand sonst, und würde sie gern bitten, euch bei ihrer Machtergreifung zu verschonen – sofern ihr damit einverstanden seid.«

»Und wie kämst du dazu, das zu tun?«, hakte der dünnste Zwerg nach.

Rumpelstilzchen verletzte die Frage. »Weil wir eine *Familie* sind«, antwortete er schlicht.

Der älteste Zwerg warf zornig seine Karten auf die Tischplatte. »Wir *waren* eine Familie«, verbesserte er. »Du hast dieser Familie vor langer Zeit den Rücken gekehrt, als du beschlossen hast, dass wir dir nicht gut genug sind. Und wofür hast du uns verlassen? Um für böse Feen kleine Kinder zu entführen? Um dein Leben im Gefängnis zu fristen? Wie kannst du es wagen, dich noch Zwerg zu nennen oder unter diesem Dach von *Familie* zu sprechen! Mutter und Vater würden sich für dich schämen, wenn sie noch lebten.«

Rumpelstilzchen senkte den Kopf. »Ich war so unglücklich«, beichtete er. »Mir war gar nicht klar, was ich eigentlich wollte;

ich wusste bloß, dass es nicht eine Zukunft als Arbeiter in den Minen war.«

»Und, hast du deine Bestimmung nun wenigstens gefunden?«, giftete der kleinste Zwerg. »Ist es die Erfüllung all deiner Träume, für die böse Zauberin die Drecksarbeit zu erledigen?«

Rumpelstilzchen schloss die Augen; er hatte gehofft, dass sie dieses Thema würden umgehen können.

»Es tut mir leid, dass ich diese Familie so beschämt habe«, sagte er leise. »Und glaubt mir, es vergeht kein einziger Tag, an dem ich mir nicht wünsche, ich könnte die Vergangenheit ungeschehen machen. Am liebsten würde ich meine Verbindung zu ihr kappen, doch ich fürchte, das ist unmöglich – alles nur wegen eines einzigen Fehlers, den ich vor Jahren begangen habe.«

Der älteste Zwerg schob seine Spielkarten umher. »Tja, es war *dein* Fehler, nicht unserer«, betonte er. »Wir wollen nichts damit zu tun haben. Du kannst der Zauberin ausrichten, dass wir lieber sterben würden, als in einer Welt zu leben, über die sie herrscht.«

Rumpelstilzchen musterte seine Brüder reihum, doch alle schienen sich einig zu sein.

»Verstehe«, meinte er. »Nun ja, zumindest habe ich es versucht.«

Er schlurfte wieder zur Tür hinüber und zog sie auf. Sofort fuhren brausende Windböen von draußen in die Hütte. Rumpelstilzchen wandte sich noch einmal zu seinen Brüdern um, ehe er ging; eine letzte Botschaft hatte er noch für sie.

»Es tut mir leid, dass ich es nie geschafft habe, der Bruder zu sein, den ihr euch gewünscht hättet«, ließ er sie wissen. »Aber eines Tages werde ich die Dinge zwischen uns in Ordnung bringen. Eines Tages werde ich ein Bruder sein, auf den ihr stolz sein könnt.«

Rumpelstilzchen trat hinaus in den Sturm und schloss die Tür zur Hütte hinter sich – wohlwissend, dass es womöglich die letzten Worte gewesen waren, die er je mit seiner Familie wechseln würde.

Kapitel 24

Die Dame des Ostens

Stundenlang folgten die Zwillinge dem Geist; sie durchquerten eine Reihe von Wäldern, wateten durch Bäche und erklommen grasbewachsene Hügel, während die durchscheinende Dame sie weiter und weiter nach Osten führte. Hin und wieder warf das Gespenst einen Blick zurück, um sich zu vergewissern, dass Alex und Conner immer noch mithielten, und ab und an wartete es einen Moment, so dass die beiden zu ihm aufschließen konnten, ehe es erneut davonschwebte.

Schließlich erreichten sie einen breiten Fluss, der die Grenze zum Östlichen Königreich bildete. Das zumindest nahmen die Kinder an, denn am gegenüberliegenden Ufer war alles von Dornen und Ranken überwuchert.

»Sie spinnt, wenn sie glaubt, dass wir da hinübergehen«, raunte Conner seiner Schwester zu.

Die Dame des Ostens glitt stromaufwärts zu einem gewaltigen Ahornbaum. Über seinen Wurzeln blieb sie in der Luft stehen und wartete auf die Zwillinge. Als Alex und Conner sie eingeholt hatten, deutete sie zu Boden, und die Geschwister erspähten halb verborgen in der Erde eine unscheinbare, kreisrunde Tür. Conner zog sie auf und entdeckte eine Leiter, die hinunter in einen engen Tunnel reichte.

»Ein Geheimgang!«, rief Alex aus.

»Sollen wir da rein?«, wandte Conner sich an das Gespenst.

Die Dame des Ostens nickte bedächtig. Sie schrumpfte zu einer kleinen, geisterhaften Kugel zusammen und flog hinab. Alex und Conner kletterten ihr hinterher und schoben sich nacheinander vorsichtig die Leitersprossen nach unten. Der Tunnel war dunkel und schmutzig. Das einzige Licht stammte von der Kugel, die Zwillinge orientierten sich an ihr wie am Polarstern und ließen sich unterirdisch weiter nach Osten leiten.

Der Lehm, der sie umgab, wurde feucht und matschig, als sie unter dem Fluss entlangliefen.

»Sie scheint zu wissen, wo sie hinwill«, bemerkte Conner.

»Das muss ein geheimer Zugang zum Östlichen Königreich sein«, vermutete Alex. »Ich habe das ziemlich sichere Gefühl, dass wir seit sehr langer Zeit die Ersten hier unten sind.«

Es gab weder Fußspuren noch das winzigste Insekt oder Nagetier. Alex und Conner hasteten Meile um Meile durch den Tunnel; ihre Füße wurden müde und schmerzten mit jedem Schritt ein wenig mehr.

»Sind wir bald da?«, jammerte Conner, bekam jedoch von der gespenstischen Kugel keine Antwort.

Endlich endete der Gang an einer weiteren Leiter. Alex und Conner kraxelten hinauf und spähten durch die abermals kreisrunde Falltür darüber. Sie drückten sie vollständig auf und stiegen aus dem Tunnel.

Ein Blick umher offenbarte, dass sie sich in einem quadratischen Raum mit heubedecktem Boden und geräumigen hölzernen Boxen entlang der Wände befanden.

»Sieht aus wie ein Stall«, meinte Conner.

»Und wo sind dann all die Pferde?«, wollte Alex wissen.

Die Kugel dehnte sich wieder aus und wurde erneut zu der Dame des Ostens. Sie glitt durch den Stall und entschwebte aus einem offenen, zweiflügeligen Holztor. Alex und Conner folgten ihr aufs Neue, warfen jedoch erst einen verstohlenen Blick durch den Eingang, ehe sie weiterliefen. Nun sahen sie vor sich eine gewundene steinerne Treppe, die spiralförmig hoch über ihre Köpfe führte.

»Conner, ich glaube, wir sind in Dornröschens Schloss«, flüsterte Alex.

Die Dame des Ostens blitzte die beiden von den Stufen aus an.

»Wir kommen schon, wir kommen ja schon«, beschwichtigte Conner sie.

Die Kinder erklommen hinter ihr den Aufgang und stiegen höher und höher in dem Gemäuer empor. Beinahe am Ende der Steintreppe, in einem der obersten Stockwerke, flog die durchsichtige Dame einen Flur mit Buntglasfenstern hinunter. Durch die farbenprächtigen Bilder allerdings fiel kein Licht; etwas bedeckte sie von außen.

Als Alex und Conner an einem Fenster vorüberkamen, das ihnen einen freien Blick hinaus bot, konnten sie den Rest des Schlossgeländes und das gesamte umliegende Reich erfassen. Alex kreischte auf und packte Conners Arm.

»Ach, du meine Güte!«, keuchte sie und schlug sich eine Hand über den Mund.

»Oha!«, machte Conner atemlos.

Das Schloss war so lückenlos von den Pflanzen der Zauberin überzogen, dass es selbst wie ein einziges gigantisches Gewächs wirkte. Die Dornenbüsche und Ranken hielten es im Klammergriff und ließen keinen Stein unbedeckt. Überall auf dem Gelände erspähten die Zwillinge Bedienstete und gewöhnliche Bürger, um die sich die Schlingpflanzen gewunden hatten wie Würgeschlangen um ihre Beute. Einige Opfer wurden zu Boden gedrückt, andere hingen Dutzende Meter über dem Schloss in der Luft – wie Schmuck an einem monströsen Weihnachtsbaum.

»So etwas sieht man auch nicht jeden Tag«, kommentierte Conner leise.

Die Geschwister drehten sich zur Dame des Ostens um. Sie setzte ihren Weg den Flur entlang fort und entschwand durch eine geschlossene Tür. Alex und Conner drehten den Knauf und betraten das dahinterliegende Zimmer, doch der Geist war nirgends zu sehen. Die beiden ließen den Blick durch den Raum wandern, und ein riesiges, prunkvolles Himmelbett an einer Wand fiel ihnen ins Auge – sie befanden sich in den königlichen Gemächern.

»Wer seid ihr?«, ertönte eine tiefe Stimme. König Chase saß in der Nähe des Kamins, um sich warmzuhalten. Die Kinder erschraken, als ihnen bewusst wurde, dass sie nicht allein waren.

»Verzeihung, wir wollten Sie nicht stören!«, versicherte Alex hastig. »Uns war gar nicht klar, dass wir in Ihre Privatzimmer spazieren.«

Der König musterte die beiden interessiert. »Wie seid ihr ins Schloss gekommen?«, wollte er wissen.

»Wir sind jemandem gefolgt«, erwiderte Alex vage.

»Und wem?«, bohrte der König.

Darauf konnte keines der Kinder eine Antwort geben. »Na

ja, wir sind uns nicht ganz sicher, wer sie genau ist«, druckste Alex herum.

»Eine aufdringliche Geistermadam, das ist sie«, murrte Conner kaum hörbar. »Sie hat uns durch einen geheimen Tunnel hierhergeführt.«

Die Zwillinge hatten erwartet, dass der König sie für verrückt halten würde, doch das genaue Gegenteil war der Fall. »Ein Geist?«, wiederholte König Chase. »Handelt es sich bei dieser Geistermadam vielleicht rein zufällig um eine durchscheinende Dame mit einer Blume im Haar?«

»Ja!«, rief Alex aus. »Wissen Sie, wer sie ist?«

König Chase nickte. »Ihr müsst dem Geist der alten Königin Röschen gefolgt sein. Sie spukt schon seit Jahren in diesem Schloss.«

»Königin Röschen? Sie meinen *Dorn*röschen?«, fragte Conner verwirrt. »Aber Ihre Ehefrau haben wir gerade erst letzte Woche zu Gesicht bekommen – sie ist am Leben.«

König Chase ließ den Kopf gegen die Lehne seines Sessels sinken und stieß einen langen Seufzer der Erleichterung aus. »Wie schön, das zu hören«, murmelte er. »Seit sie aus dem Schloss geflohen ist, habe ich nichts mehr von ihr gesehen oder gehört – seither lassen die aggressiven Pflanzen niemanden mehr in das Königreich hinein oder aus ihm heraus.«

»Dann gibt es also zwei Königinnen mit Namen Röschen?«, vergewisserte sich Conner.

König Chase erhob sich und schritt zu einem Porträt an der Wand hinüber. Es zeigte eine wunderhübsche Frau – zweifellos die Dame des Ostens zu ihren Lebzeiten.

»Der Geist ist die Seele der verstorbenen Großmutter meiner Frau – Königin Röschen der Ersten«, erklärte König Chase. »Geschichtlich betrachtet trägt meine Gattin den Titel ›Königin Röschen die Zweite‹; die Welt aber kennt sie lediglich als Königin Dornröschen.«

»Deshalb kam das Gespenst mir so bekannt vor«, bemerkte Conner. »Dornröschen sieht ihrer Großmutter ungeheuer ähnlich!«

»Der Geist zeigt sich nur Menschen, denen er glaubt in Zeiten der Not helfen zu können«, fuhr König Chase fort und musterte die Zwillinge eingehend. »Ich muss es wissen: Niemals wäre es mir gelungen, Dornröschen zu küssen und den Schlaffluch zu brechen, wenn die alte Königin Röschen mir nicht erschienen und mich zu diesem Schloss geleitet hätte.«

»Wie spannend«, staunte Alex und betrachtete das Gemälde eingehender.

Neben dem Bild hing ein zweites, das Königin Röschen stehend zeigte, mit einer Art großem Tier an ihrer Seite. Es hatte einen dichten Pelz, lange Krallen und eine Mähne wie ein Löwe. Im Hintergrund war auf einem Tischchen eine Rose unter einer gläsernen Haube zu erkennen.

»Moment mal – *Röschen!*«, rief Alex plötzlich. »Ist die alte Königin Röschen etwa die Schöne aus *Die Schöne und das Biest*?«

»In der Tat«, erklang eine Frauenstimme. Die Kinder und König Chase wirbelten herum, gerade als der Geist der alten Königin Röschen auf sie zugeschwebt kam. »Als sehr junges Mädchen bin ich in dieses Schloss gekommen. Ursprünglich wollte ich lediglich die Schuld meines Vaters gegenüber einem König begleichen, der dazu verflucht worden war, sein Leben als abscheuliches Untier zu fristen. Als ich mich aber in das Biest verliebt habe, ist der Fluch aufgehoben und der König wieder zum Menschen geworden.«

Die Zwillinge erstarrten. »Sie können sprechen?«, empörte sich Conner. »Wäre ja nett gewesen, wenn Sie uns einen Teil dieser Erklärung hätten geben können, als sie uns *das erste Mal* beinahe zu Tode erschreckt haben!«

»Verzeiht, dass ich euch auf diese Art und Weise herbringen musste«, bat Röschen. »Sprechen kann ich nur, wenn ich mich innerhalb der Mauern meines früheren Zuhauses befinde.«

Alex war noch immer von den verwandtschaftlichen Zusammenhängen und Verbindungen fasziniert und wälzte sie stumm im Kopf hin und her, während sie versuchte, alles zu durchschauen.

»Dann gab es also zwei Flüche auf diesem Schloss, die beide durch eine Tat reiner Liebe gebrochen worden sind«, stellte sie fest. »So ein Zufall.«

»Leider ganz und gar kein Zufall«, widersprach Röschen. »Beide Flüche hat dieselbe Person ausgesprochen: *Ezmia.*«

Die Geschwister schüttelten ungläubig den Kopf. Mit dieser Wendung der Geschichte hatten sie nicht gerechnet.

»Sekunde«, bremste Conner. »*Ezmia* hat Ihren Ehemann in das Biest verzaubert?«

Die durchsichtige Dame nickte düster. »Ja«, bestätigte sie. »Es war nämlich so: Lange bevor ich meinen Ehemann kennengelernt habe, hat Ezmia sich in ihn verliebt. Als er ihre Liebe nicht erwiderte, verfluchte sie ihn – in dem Glauben, dass niemand jemals ein Biest würde lieben können.«

»Und dann haben Sie den Zauber gebrochen, woraufhin Ezmia Jahre später Ihre Enkeltochter mit einem neuen Fluch belegt hat«, schlussfolgerte Alex.

»Ich schätze mal, sie hat etwas gegen den Namen *Röschen*«, meinte Conner schulterzuckend.

»Die Zauberin hat jede Generation meiner Familie verflucht«, offenbarte Röschen. »Meinen Sohn hat sie durch einen Zauber dazu verdammt, sich eine Ehefrau zu wünschen, die

Stroh zu Gold spinnen konnte. Tatsächlich hat er eines Tages ein Mädchen gefunden, das behauptet hat, dazu in der Lage zu sein – allerdings nur, weil sie einen Handel mit Rumpelstilzchen eingegangen war, der ihr zugesichert hatte, das Wunder für sie zu vollbringen.«

»Und Rumpelstilzchen stand in Ezmias Diensten«, setzte Conner die Puzzleteile zusammen. »Er hat das Heu zu Gold gesponnen und dafür verlangt, dass das Mädchen ihm ihr erstgeborenes Kind überlässt.«

»Augenblick mal – ein Motiv taucht ja immer wieder auf, wenn es um Ezmias Angriffe auf Ihre Familie geht: ein Spinnrad«, bemerkte Alex. »Bloß warum?«

»Ehe ich in dieses Schloss kam, um mit dem Biest hier zu leben, hatten meine Schwestern und ich in einem nahen Dorf Garn gesponnen«, erzählte Röschen. »Ezmia ertrug es nicht, dass mein Ehemann seine Liebe einer *Spinnerin* statt einer großartigen Fee wie ihr geschenkt hat. Seither hat sie das Spinnrad zum Symbol ihres Hasses gegen meine Familie erkoren.«

»Da betreibt sie ja einen ganz ordentlichen Aufwand«, urteilte Conner. »Wieso verwendet sie solche Energie darauf, immer und immer wieder Ihre Familie zu verfluchen – wegen einer Sache, die schon so lange zurückliegt?«

Die Zwillinge erahnten beinahe ein kleines Lächeln um die Mundwinkel des Gespenstes – der durchscheinenden Dame war nicht entgangen, dass Alex und Conner ihrer Geschichte mit tadelloser Aufmerksamkeit folgten.

»Weil der Zauberin ihr *Stolz* mehr bedeutet als alles andere«, erklärte Röschen. »Und meine Familie erinnert sie stets aufs Neue an ihren größten Verlust und ihre schlimmste Erniedrigung.«

Die Geschwister spürten beide, wie ihr Herz einen Schlag aussetzte.

»Ihr *Stolz*!«, hauchte Alex. »Das ist es! Das ist der wertvollste Besitz der Zauberin!«

»Deshalb haben Sie uns hierhergeführt, nicht wahr?«, vergewisserte sich Conner bei Röschen. »Sie wussten, was wir brauchen!«

Der Geist der alten Königin Röschen nickte erneut. König Chase hatte ebenso wie die Kinder bis zu diesem Moment an ihren Lippen gehangen – auch er lernte im Hinblick auf die Familie, in die er eingeheiratet hatte, noch immer dazu.

»Ich habe eine Frage«, meldete König Chase sich nun zu Wort. »Spukt Ihr aus diesem Grund nach wie vor in unserem Schloss umher? Weil Ihr Eure Familie vor der Zauberin zu beschützen versucht?«

Die durchsichtige Dame senkte betrübt den Kopf. »Im Zuge ihres Plans, die Weltherrschaft zu übernehmen, hat die Zauberin die Seele meines Mannes ebenso gefangen genommen wie jene eurer Großmutter«, wandte sie sich an die Zwillinge. »Ich wandele auf dieser Erde, während ich darauf warte, dass seine Seele ihre Freiheit zurückerlangt, damit wir im Jenseits wieder miteinander vereint sein können.«

»Was will sie denn überhaupt mit den ganzen Seelen?«, wunderte sich Conner. »Kann sie keine Briefmarken oder Antiquitäten sammeln wie ein normaler Mensch?«

»Ich fürchte, diese Frage kann ich dir nicht beantworten«, bedauerte Röschen. »Es gibt da allerdings jemanden, der es kann und den ich gebeten habe, sich zu uns zu gesellen.«

Der Geist der alten Königin Röschen gestikulierte zum Kamin hinüber. Ein weiteres Gespenst schwebte aus dem Rauch der winzigen Flammen – die Gestalt einer kleingewachsenen, alten Frau im Kapuzenumhang, die gebückt an einem Stock ging. Ihr Gesicht war derart von Falten zerfurcht, dass es einem alten Baumstamm glich. Sie hatte eine unfassbar kleine Nase und direkt daneben ein gigantisches Muttermal.

Ohne dass Röschen die Besucherin hätte vorstellen müssen, war den Zwillingen augenblicklich klar, wen sie vor sich hatten. In dem Tagebuch, an dessen Anweisungen sie sich auf ihrer Reise im vorigen Jahr orientiert hatten, hatte ihr Vater sie bemerkenswert treffsicher beschrieben.

»Hagatha?«, erkundigte sich Alex. »Sind *Sie* das?«

»Aye«, versicherte Hagatha und humpelte langsam auf die Versammelten zu.

»Wissen Sie, weshalb die Zauberin Seelen sammelt?«, fragte Conner zurückhaltend.

»Aye«, sagte Hagatha noch einmal. »Die Seelen benötigt sie, um ein Portal zur Anderswelt zu erschaffen.«

»Was?!«, keuchte Alex. »Wie meinen Sie das, ›zur Anderswelt‹?«

»Die Zauberin hatte es niemals allein auf *diese* Welt hier abgesehen; schon immer war ihr Plan, auch die Anderswelt zu unterwerfen«, führte Hagatha aus. »Dort ist sie schließlich geboren – die Anderswelt ist ihre Heimat. Und zudem der Ort, an dem ihre Familie ermordet wurde.«

Die Zwillinge trauten ihren Ohren kaum. Als hätte nicht zuvor schon mehr als genug auf dem Spiel gestanden! Bei dem Gedanken daran, dass die Zauberin auch ihre eigene Welt erobern wollte, wurde beiden buchstäblich schlecht. Mit einem Mal standen sie vor der Aufgabe, gleich zwei Welten zu retten.

Das Unheil, das Ezmia in der Anderswelt anrichten könnte, wäre selbst im Vergleich zu dem Chaos, das sie hier bereits verursacht hatte, absolut katastrophal.

»Aber unsere Großmutter ist die Einzige, die zwischen den Welten hin und her reisen kann«, beharrte Alex.

Hagatha und Röschen tauschten reuevolle Blicke. »Es gibt noch einen anderen Weg«, gestand Hagatha. »Als junge Hexe habe ich davon erfahren: Es existiert ein Zauber, der so drastisch ist, dass ich mir nie hatte träumen lassen, irgendjemand könnte je so verrückt sein, ihn anzuwenden – bis ich Ezmia kennenlernte.«

»Und Sie haben ihn ihr verraten?« Alex war sprachlos.

»Bei unserer ersten Begegnung war sie noch eine Fee mit gutem Ruf«, verteidigte sich Hagatha. »Einige Male war ihr bereits das Herz gebrochen worden, und sie fragte mich, ob ich wisse, wie sie ein Portal erschaffen könne, um nach Hause in die Anderswelt zurückzukehren. Und ohne mir viel dabei zu denken, beging ich den größten Fehler meines Lebens – *indem ich es ihr verriet.*«

»Und wie funktioniert es?«, hakte Conner nach.

Hagatha stieß einen langen Seufzer aus. »Um in die Anderswelt zu gelangen, muss man zuvor die sieben Todsünden dieser Welt meistern und ihre Vergangenheit, Gegenwart und Zukunft bezwingen«, zählte sie auf.

Von einem dergestalt anspruchsvollen Sammelzauber hatten die Geschwister noch nie zuvor gehört. »Sie muss die sieben Todsünden meistern?«, hakte Alex nach.

»Und die Vergangenheit, Gegenwart und Zukunft dieser Welt bezwingen?«, wiederholte Conner. »Wie schafft man das?«

»Ezmia hat viel Zeit darauf verwandt, das auszutüfteln, und leider scheint es ihr nun nahezu geglückt zu sein«, sagte Hagatha.

»Was sind noch mal die sieben Todsünden?«, wandte Conner sich an seine Schwester.

Darüber musste Alex kurz nachgrübeln. »Wollust, Zorn, Habgier, Neid, Maßlosigkeit, Stolz und Trägheit, wenn ich mich richtig entsinne«, zählte sie auf.

Conner schluckte. »Klingt tatsächlich ganz nach der Zauberin«, befand er. »Und Sie meinen, bald könnte Ezmia sich all das zu eigen gemacht haben, Hagatha?«

Der Geist der alten Hexe nickte. »Ezmia hat die Seelen ihrer verflossenen Liebhaber eingesperrt – diese Tat steht für ihre *Wollust*. Sie raubt anderen ihr Glück, was Ausdruck ihres *Neids* ist. Dass sie Rumpelstilzchen für sich arbeiten lässt, symbolisiert ihre *Trägheit*. Und während sie auf einem von *Habgier* und *Maßlosigkeit* gekennzeichneten Eroberungsfeldzug das magische Land unterjocht, leiden wir alle unter ihrem *Stolz*«, erläuterte Hagatha.

»Wie aber will sie die Vergangenheit, Gegenwart und Zukunft dieser Welt bezwingen?«, bohrte Alex weiter.

»Die *Vergangenheit* ringt die Zauberin nieder, indem sie die historischen Denkmäler und Wahrzeichen jedes einzelnen Königreichs zerstört«, setzte Hagatha ihre Erklärung fort. »Wann immer es ihr gelingt, die Herrscher dazu zu zwingen, ihr freiwillig den Thron zu überlassen, demonstriert Ezmia unbestreitbar Macht über die *Gegenwart*. Und durch die Entführung der jeweiligen Erben eines menschlichen und eines magischen Reiches deckt sie auch den Aspekt der *Zukunft* ab.«

Alex und Conner folgten den Ausführungen mit verständigem Nicken. Sie schielten zu König Chase hinüber, doch ihm schien es noch schwerer zu fallen, alle Zusammenhänge zu erfassen. Von Beginn an war jeder Zug Ezmias offenkundig mit höchster Sorgfalt geplant gewesen.

»Prinzessin Hope ist die Erbin eines Menschenreichs«, fasste Conner zusammen. »Deshalb hat Ezmia sie entführt – und aus dem gleichen Grund hat sie vor vielen Jahren bereits versucht, Dornröschen zu entführen, als die selbst noch ein Baby war!«

»Aber wer ist Thronfolger des magischen Reichs?«, überlegte Alex.

»*Da* hat die Zauberin ihren größten Fehler begangen«, frohlockte Hagatha, der es sichtlich Genugtuung bereitete, den Kindern immerhin einen Punkt nennen zu können, in dem sie Ezmia überlegen waren. »Denn sie hat die falsche Person entführt.«

Im ersten Moment verstanden Alex und Conner nicht, was der Geist der Alten ihnen mitteilen wollte. Conner spähte aus dem Augenwinkel zu seiner Schwester hinüber, als ihm langsam ein Licht aufging. Alex bemerkte zunächst nur, dass alle im Raum sie anstarrten.

»Ich?«, japste Alex und deutete auf sich selbst. »Darum wollte die Zauberin mich rauben? Sie glaubt, ich sei eine Art *magische* Erbin?«

»Genau genommen bist du die Einzige, die für die Nachfolge der guten Fee in Frage kommt«, stellte Conner fest.

»Du bist genauso ihr Enkel«, rief Alex ihm ins Gedächtnis. »Sollte dich das nicht ebenso qualifizieren wie mich?«

Conner schüttelte den Kopf. »Komm schon, Alex«, meinte er. »Du weißt, dass ich nie Fee sein wollte. Das war schon immer *deine* Schiene.«

Nun war es an Alex, den Kopf zu schütteln und ungläubig den Blick zu senken. »Nein, in dieser Logik muss irgendein Fehler stecken«, beharrte sie. »Natürlich wäre ich zu gern eine Fee, das wünscht sich ja wohl jedes Mädchen – aber ich könnte niemals *die nächste gute Fee* werden.«

»Haben sich die Einhörner etwa nicht vor dir verneigt, als

du zum ersten Mal ins magische Land gekommen bist?«, hakte Röschen nach.

»Na ja, schon – aber was hat das denn damit zu tun?«, stutzte Alex.

»Die Einhörner verbeugen sich nur vor jemandem, dem mächtige Magie durch die Adern fließt«, erklärte Hagatha. »Ezmia war bewusst, dass es – wenn überhaupt – nur eine Person geben könnte, die in der Lage wäre, sie aufzuhalten: eine Frau beider Welten, mit Zauberkraft im Blut.«

»Und deshalb hat Grandma so einen Aufwand betrieben, um uns zu beschützen«, erkannte Conner. »Sie wusste, dass Ezmia hinter dir her sein würde! Ich wette, ihr war klar, dass du eines Tages in ihre Fußstapfen treten würdest, seit du ihr Märchenbuch aktiviert hast.«

Alex wollte es nicht wahrhaben, doch alles, was die Übrigen anführten, ergab Sinn. Es schien ihr eine so gewaltige Zukunftsaussicht, der sie sich nun würde stellen müssen – und eine noch größere Bürde. Unter anderen Umständen wäre die Neuigkeit das Schönste gewesen, was ihr jemals jemand hätte mitteilen können, doch nun klang es so, als liege es somit allein in ihrer Verantwortung, die Zauberin zu besiegen.

»Ihr müsst zu euren Gefährten zurückkehren«, ertönte plötzlich eine weitere fremde Stimme im Zimmer. Alle drehten sich um und bemerkten einen dritten Geist: eine junge, hübsche Frau, doch sie wirkte schüchtern und blieb auf Distanz. Etwas an ihr und ihrer Stimme schien den Zwillingen ungeheuer vertraut, doch beiden gingen in jenem Augenblick so viele Dinge durch den Kopf, dass sie nicht darauf kamen, an wen die Dame sie erinnerte.

»Hier drinnen wird es auch jede Minute voller«, merkte Conner an. »Wer sind *Sie* denn nun?«

Das neue Gespenst ließ sich mit seiner Antwort einen Augenblick Zeit, ganz so, als wolle es lieber anonym bleiben. »Als ich noch am Leben war, hat man mich Gloria gerufen«, sagte es schließlich, wechselte dann aber rasch das Thema. »Ihr zwei seid nun seit Stunden verschwunden, und eure Freunde machen sich allmählich Sorgen. Die Zauberin plant bald einen neuerlichen Angriff – ihr müsst zu den anderen zurückeilen und den Stab des Staunens vollenden.«

»Moment mal – woher wissen Sie von dem Stab?«, warf Conner ein.

Die geisterhafte Frau namens Gloria wurde sehr still. »Ich weiß, dass ihr eurem Ziel viel näher seid, als ihr ahnt«, räumte sie leise ein und schien darüber beinahe betrübt. »Ihr müsst euch jetzt sputen – Ezmia wird in Kürze erneut zuschlagen.«

»Sie hat recht«, bekräftigte Röschen und schwebte ihrerseits an den Geschwistern vorbei zur Tür. »Es ist an der Zeit, den Rückweg ins Lager der Trolle und Kobolde anzutreten.«

Die Zwillinge nickten; sie wollten Bob und den anderen nicht noch größere Ängste und mehr Kummer bereiten, als diese ohnehin bereits durchgestanden hatten.

»Kinder«, hielt König Chase sie kurz zurück, als sie gerade gehen wollten, »falls ihr meiner Frau begegnet, würdet ihr ihr ausrichten, dass ich sie liebe?«

»Nein«, gab Conner zurück. »Sagen Sie es ihr besser selbst – wenn Sie sie das nächste Mal sehen.«

Er und König Chase teilten ein hoffnungsvolles Lächeln.

»Alles Glück der Welten euch beiden«, wünschte der König.

Die Geschwister folgten dem Geist der alten Königin Röschen aus dem Zimmer. Das Gespenst führte sie die Wendeltreppe hinunter, durch die Stallungen und zurück in den geheimen Gang. Alex und Conner rannten den Tunnel entlang, so schnell ihre Füße sie trugen, und erreichten die zweite Leiter in der Hälfte der Zeit, die sie für den Hinweg gebraucht hatten.

Rasch ließen sie die Bäume, Bäche und Hügel hinter sich und kamen schließlich am Waldrand nahe des Lagers an, als die Sonne gerade über den Horizont kroch. Noch einmal wandten beide sich zu Röschens Geist um.

»Vielen Dank«, sagte Alex von Herzen. »Sie haben uns so sehr geholfen.«

Die durchscheinende Dame nickte stumm, ehe sie verschwand. Beide Kinder ahnten, dass sie ihnen gegenüber ebenso große Dankbarkeit verspürte.

Gemeinsam liefen die Zwillinge zwischen den Zelten hindurch und fanden endlich Bob und Froggy am Lagerfeuer vor ihrer Unterkunft.

»Das war der längste Spaziergang, von dem ich je gehört habe!«, rief Bob aus, als er die zwei entdeckte. »Wo seid ihr gewesen?«

»Wir haben uns solche Sorgen gemacht!«, meinte Froggy leicht vorwurfsvoll und sprang auf die Füße.

»Wir waren im Königreich des Ostens«, japste Conner. »Und wir haben euch wahnsinnig viel zu erzählen!«

Alex sah sich um. »Wo sind denn die anderen überhaupt?«, wollte sie wissen.

Froggy und Bob warfen einander betrübte Blicke zu. Sofort war den Geschwistern klar, dass etwas Schlimmes geschehen sein musste, während sie fort gewesen waren.

»Was ist los?«, fragte Conner.

Froggy wusste nicht recht, wie er es erklären sollte. »Kommt, und seht selbst«, forderte er die beiden auf.

Er begleitete sie ins Innere des Zelts. Dort erspähten die Kinder Jack, der bekümmert am Boden kniete; an seiner Seite stand

Goldlöckchen und strich ihm sanft über den Rücken. Rotkäppchen saß neben Jack und hielt Claudiwuff fest umschlungen.

»Was ist geschehen?«, erkundigte sich nun auch Alex.

»Die Harfe«, erwiderte Goldlöckchen. »Sie ist weg.«

»Wie meinst du das – weg?«, hakte Conner nach.

»Sie ist jetzt ein Teil des Stabs«, erklärte Jack. »Als wir ins Zelt gegangen sind, haben wir *das hier* vorgefunden.«

Jack umklammerte den Stab des Staunens. Er glomm nun golden – in exakt jenem Farbton, in dem Harper zuvor erstrahlt war.

Rotkäppchen benutzte eine Ecke von Goldlöckchens Umhang als Taschentuch und schnäuzte sich die Nase. »Armes Ding«, schniefte sie. »Ich schätze, damit hat die Künstlerin wohl ihre letzte Vorstellung gegeben.«

»Ich hätte nie geglaubt, dass wir sie ganz und gar an den Stab verlieren würden«, gestand Jack, dem es nur mit Mühe gelang, die Gefühle zurückzuhalten, die ihn mit einem Mal überschwemmten. »Ich wünschte, uns wäre mehr Zeit geblieben, eine bessere Lösung zu finden.«

Alex und Conner sahen einander an und wussten beide haargenau, was ihr jeweiliger Zwilling in diesem Moment dachte.

»Gloria«, flüsterte Conner seiner Schwester zu. *»Die Harfe hieß Gloria.«*

Alex betrachtete ihre traurigen Freunde und tat einen Schritt auf sie zu; sie hatte beschlossen, dass nun der beste Zeitpunkt war, ihnen zu offenbaren, was die Geister in Dornröschens Schloss ihnen enthüllt hatten.

»Der Verlust der Harfe wird nicht vergebens gewesen sein«, setzte sie an. »Wir haben endlich in Erfahrung gebracht, was wir brauchen, um die Zauberin zu besiegen.«

Kapitel 25

Wurzel, Wut und Wackerstein

Die goldenen Bogen und Säulen des Feenpalasts konnten nicht darüber hinwegtäuschen, dass in seinem Innern die Ängste und Sorgen stetig wuchsen. Die sieben farbenprächtigen Feen des Rates der Feen rauschten im großen Saal vor ihren jeweiligen Podien auf und ab und versuchten verzweifelt, sich eine längst überfällige Lösung für die Krise einfallen zu lassen, mit der sie konfrontiert waren.

»Ein ganzes Territorium ist zerstört worden!«, ereiferte sich Xanthous. Die Flammen auf seinem Kopf und seinen Schultern flackerten wild. »Wir müssen sie finden!«

»Alle Winkel sämtlicher Königreiche sind zweimal durchsucht worden, und noch immer fehlt jede Spur von ihr«, sagte Emerelda.

»Und was würden wir überhaupt tun, wenn wir sie tatsächlich fänden?«, fragte Skylene. »Wir sind der Zauberin in keiner Hinsicht gewachsen.«

»Unsere Magie ist nutzlos gegen sie«, ergänzte Rosetta. »Und von Tag zu Tag wird Ezmia stärker.«

»Aber etwas müssen wir doch tun – *irgendetwas*!«, verlangte Xanthous. »Die Welt zählt auf uns!«

Mandarina hatte sein Gejammer satt; selbst ihre Bienen summten ärgerlich und umschwirrten ihren Stock mit ausgefahrenen Stacheln. »Wieso lässt du dir dann nicht etwas Schlaues einfallen?«, giftete sie. »Wir hocken alle seit Tagen hier drinnen zusammen und versuchen, einen verantwortbaren Ausweg aufzutun – es ist ja nicht so, dass wir dir etwas verschweigen.«

»Wenn wir zu keiner verantwortbaren Lösung kommen, dann schlage ich vor, wir versuchen es mit einer *unverantwortbaren Lösung*«, riet Xanthous halbherzig. »Lasst sie uns mit ihren eigenen Waffen schlagen. Wer schert sich denn im Augenblick noch um Ehre und Feenwerte?«

Die Flammen auf Xanthous' Schultern züngelten immer schneller, während er diesem Gedanken nachhing.

»Seit jeher erwartet die Welt von uns, dass wir ihre Probleme friedlich und umsichtig handhaben. Diese moralischen Prinzipien dürfen wir jetzt nicht über Bord werfen – genau das *will* die Zauberin schließlich«, mahnte Emerelda. »Ein Brand lässt sich nicht löschen, indem man neuen Zunder nachlegt. Gerade du solltest das wissen, Xanthous.«

»Wenn wir also unsere eigenen Zauberkräfte nicht nutzen können, um sie aufzuhalten, dann sollten wir alle Hexen und Zauberer aus den Zwergenwäldern und dem Pinocchio-Kittchen zusammenziehen und *die* gegen sie kämpfen lassen!«, brachte Xanthous vor.

Emerelda massierte sich die Schläfen. »Du willst sämtliche

Hexen und Zauberer freilassen, die *wir* eingekerkert haben?«, wiederholte sie.

Xanthous' Feuerzungen schrumpften, und auch er selbst sackte in sich zusammen. Emerelda musste ihren Einwand gar nicht weiter ausführen; ihm war längst klar, wie schlecht seine Idee gewesen war.

»Noch irgendwelche cleveren Einfälle?«, stichelte Mandarina.

Xanthous wandte sich zu ihr um, hatte jedoch keine Antwort parat. Die Lage war völlig festgefahren.

»Was, wenn wir keinen Weg finden?«, wagte Coral mit winzigem Stimmchen zu fragen und knuddelte ihren laufenden Fisch fester. »Werden wir alle sterben, wenn wir sie nicht stoppen können?«

Inzwischen hatte sich die Situation derart ausgewachsen, dass die Feen ein Scheitern – und dessen Folgen – in Betracht ziehen mussten. Emerelda musterte ihre Gefährten; deren plötzliche Mutlosigkeit erzürnte sie.

»Schämt euch, alle miteinander«, zischte sie und schritt das Zimmer ab. Jeder einzelnen Fee, an der sie vorbeikam, starrte sie unverwandt in die Augen. »Wir sind der *Rat der Feen* – wenn wir die Zuversicht aufgeben, bleibt dem Rest der Welt nahezu keine Hoffnung mehr. Nicht eine Sekunde dürfen wir uns dem Gedanken an ein mögliches Versagen hingeben. Solange nur irgendjemand mit noblem Herzen unbeugsam bleibt, wird es *immer* eine Chance auf einen Sieg des Guten über das Böse geben.«

Die anderen Feen tauschten Blicke, bestärkt durch Emereldas Worte. In Augenblicken wie diesem stellte sie unter Beweis, weshalb sie zu Recht den Ratsvorsitz innehatte.

Eine kleine, purpurne Flamme sprang mit einem Mal in der Mitte des Fußbodens in die Höhe. Sie war aus dem Nichts erschienen und schien auch nichts zu verbrennen außer der Luft ringsum. Emerelda beäugte sie und trat vorsichtig einen Schritt zurück. »Macht euch bereit«, raunte sie in die Runde. »Wir bekommen Gesellschaft.«

Ein gewaltiger Windstoß fuhr durch den Raum, und die rötliche Flamme wuchs im Nu zu einem tosenden lila Feuer heran, das beinahe das gesamte Zimmer überzog. Die Feen schrien auf und tauchten in Deckung. Nur Sekundenbruchteile später verschwand die Feuersbrunst – und an ihrer Stelle erschien die Zauberin.

Die Ratsmitglieder erstarrten vor Angst. Ezmia hatte es schon immer verstanden, einen eindrucksvollen Auftritt hinzulegen.

»Wie herrlich, wieder zu Hause zu sein!«, lachte Ezmia. Sie ließ den Blick durch den Raum schweifen und auf den verschreckten Gesichtern ihrer ehemaligen Vertrauten ruhen. »Dafür, dass ihr mich für tot gehalten habt, freut ihr euch ja herzlich wenig, mich wiederzusehen.«

Emerelda wagte es als Einzige, der Zauberin gegenüberzutreten. »Warum bist du hierhergekommen, Ezmia?«

Die Zauberin überging ihre Frage. »Ach, sieh an«, krähte sie fröhlich und schritt zu einem beinahe vergessenen goldenen Stuhl hinüber, der an eine Wand des Zimmers geschoben worden war. »Mein alter Platz aus der Zeit, als ich noch Teil des Rates der Feen war. Erinnert ihr euch noch?«

»Seither hast du dein wahres Gesicht zur Genüge gezeigt«, konterte Emerelda.

»Ihr tut alle so unschuldig«, höhnte Ezmia. »Diese erbärmliche Fassade eurer perfekten, liebevollen Familie durchschaue ich sofort. Ich weiß, wie boshaft ihr sein könnt, wenn gerade niemand hinsieht. Stunden habe ich jeden Tag in diesem Raum verbracht und mich ebenso darum bemüht, die Welt zu einem besseren Ort zu machen, wie ihr es getan habt – aber weshalb bin ich zur Zielscheibe eurer Grausamkeiten geworden? Warum wurde ich derart miserabel behandelt, ausgerechnet von einem angeblich so tadellosen, vorbildlichen, unbefleckten Volk?«

»Weil du rachgierig geworden warst«, antwortete Emerelda.

»Nein«, widersprach Ezmia und schüttelte den Kopf. »Ich war *besser* geworden, das ist es. Ich war mächtiger, begabter und beliebter, als ihr Übrigen es je hättet werden können. Als die gute Fee mich zu ihrer Nachfolgerin bestimmt hat, habt ihr euch aufgeführt, als hätte ich euch allen etwas Schreckliches angetan. Sie hat mich auf ein Podest gehoben, und ihr alle habt mich dort geächtet und alleingelassen.«

»Mit deinen Fähigkeiten ist vor allem dein Stolz gewachsen«, entgegnete Emerelda. »Du hast geglaubt, über uns zu stehen – und sogar dein Feenwesen verleugnet.«

»*Ihr* seid diejenigen, die mich verleugnet haben, lange bevor ich es getan habe«, erwiderte Ezmia zornfunkelnd. »Ihr habt mich ignoriert, ausgeschlossen und gehasst, von dem Moment an, da ich hier angekommen war. Die Welt mag euch vielleicht abnehmen, dass ihr nichts mit meinem *Sinneswandel* zu tun hattet, doch ich werde immer die Wahrheit kennen. Ihr habt es mir unmöglich gemacht, etwas anderes als Verachtung zu erfahren.«

Die Zauberin fuhr mit einem Finger über die Lehne ihres alten Stuhls, und all die schmerzlichen Erinnerungen an ihre Zeit als Fee wallten in ihr auf.

»Die größte Grausamkeit, die man jemandem zufügen kann, ist, ihn in seinem *Schmerz* im Stich zu lassen – und ebendas ist mir von eurer Seite mehrfach widerfahren«, sagte Ezmia. »Jedes Mal, wenn ich mit gebrochenem Herzen in der Hoffnung auf ein wenig Mitgefühl zu euch kam, habt ihr euch von eurer Eifersucht überwältigen lassen und mir nicht die geringste Anteilnahme entgegengebracht. Ihr habt es vielmehr genossen, mich leiden zu sehen, und es ausgekostet, dass *irgendetwas* mich gepeinigt hat.«

Emereldas Reaktion auf diese Anschuldigung überraschte die Zauberin ebenso wie die übrigen Ratsmitglieder – *sie leugnete nichts.*

»Ich gestehe ein, dass auch wir uns schuldig gemacht haben und zeitweise alles andere als perfekt waren«, erwiderte Emerelda stattdessen. »Doch während wir an unseren Fehlern gewachsen sind, sind in deinem Fall lediglich die Fehler gewachsen.«

Ezmia schnaubte und klatschte Emerelda träge spöttischen Beifall. »Glückwunsch«, höhnte sie. »Du hast es geschafft, im selben Atemzug eigenes Fehlverhalten einzuräumen *und* mir neue Vorhaltungen zu machen. Deine Führungsqualitäten sind wirklich beachtlich, Em. Kein Wunder, dass du es warst, durch die ich ersetzt worden bin.«

»Ich war kein Ersatz«, betonte Emerelda. »Du warst nie die Richtige für diesen Rat.«

»Nein, ich war nie die *Gewünschte* für diesen Rat«, entgegnete Ezmia scharf. »Er hat dich gewählt, Emerelda, weil du *hübscher* warst, und die Welt hört stets williger auf ein bezauberndes als auf ein unscheinbares Gesicht. Und selbst nachdem ich mein Äußeres verändert und über die Jahre an Schönheit gewonnen hatte, fiel die Wahl dennoch auf dich, weil du leichter zu kontrollieren warst. Du warst für die gute Fee jene Marionette, die ich nie hätte sein können.«

Emerelda erwiderte den verachtungsvollen Blick der Zauberin. »Lieber bin ich Marionette als Tyrannin, Ezmia«, stellte sie klar. »Aber ich nehme an, du wirst kaum hierhergekommen sein, um in Erinnerungen an alte Zeiten zu schwelgen – was also führt dich in unser Königreich?«

Ein feines Lächeln erschien auf dem Gesicht der Zauberin. Es bereitete ihr tiefste Genugtuung, die Ratsvorsitzende zu provozieren.

»Die Wahrheit ist, dass es mich allmählich langweilt, darauf zu warten, dass ihr und die anderen Herrscher mir einer nach dem anderen eure Reiche überlasst«, verkündete Ezmia und nahm auf ihrem ehemaligen Stuhl Platz. »Daher habe ich beschlossen, euch alle in das neue Heim einzuladen, das ich mir selbst gerade errichte, und endlich Nägel mit Köpfen zu machen. Mir ist ebenso wie euch daran gelegen, dass wir diese ganze Sache schnell über die Bühne bringen.«

»Niemand von uns wird dir irgendwohin folgen«, erklärte Xanthous, und seine Flammen züngelten abermals in die Höhe.

Ein verschlagenes Grinsen breitete sich über Ezmias Wangen aus. »O doch, das werdet ihr«, versicherte sie. »Ich gebe euch nämlich keine Wahl.«

Die Zauberin schnippte mit den Fingern, und die Erde begann zu poltern und zu rumoren wie von einem Dutzend Erdbeben zugleich. Die Feen tauschten allesamt furchtsame Blicke und erwarteten in Schockstarre, was auch immer nun auf sie zuzurollen schien. Büschel von Ranken brachen aus dem Fußboden hervor und schlangen sich um jede einzelne Fee.

Verzweifelt versuchten die Ratsmitglieder, sich zu befreien – mit all ihrer Macht und Magie wehrten sie sich gegen die Pflanzen und waren doch chancenlos. Der Griff der Gewächse erwies sich als zu stark; es gab kein Entkommen. Ezmia lachte dröhnend, während sie zusah, wie die grünen Fesseln sich um sämtliche ihrer früheren Gefährten wanden und die Feen durch die Löcher im Boden zogen.

Emerelda grub ihre Hände in die Erde, um den Zug der Ranke aufzuhalten. *»Du wirst nicht triumphieren, Ezmia«*, prophezeite sie.

»Oh, aber sicher werde ich siegen«, widersprach die Zauberin und blinzelte amüsiert zu ihr herunter. »Weißt du, nun endlich baue ich mir mein *eigenes* Podest. Diesmal aber werde ich es nicht auf Bewunderung, sondern auf Wurzeln, Wackersteinen und *Wut* errichten.«

Im Glasschuhpalast war die Stimmung so düster und trist wie bereits seit Wochen. Nach der Versammlung des Märchenrats hatten sich sämtliche anderen Herrscher verabschiedet und den Heimweg angetreten – abgesehen von Dornröschen, der keine andere Option blieb, als auszuharren. Gemeinsam mit Cinderella saß sie nun in deren Gemächern und bemühte sich still, die verzweifelte Mutter zu trösten.

»Beinahe zwei Wochen ist es her, dass diese schreckliche Frau mir meine Tochter geraubt hat«, klagte Cinderella. »Niemals hätte ich geglaubt, dass ich mich einmal so fühlen würde. Niemals hätte ich mir ausmalen können, wie elend, erbärmlich und unglücklich man sein kann.«

Dornröschen tupfte die Tränen weg, die ihrer Freundin aus den müden Augen rannen.

»Du musst stark bleiben, Cinderella«, beschwor sie die junge Mutter. »Wir alle müssen Stärke zeigen, für unser Volk.«

Cinderella schnäuzte sich in ein Taschentuch. »Aber wer ist in Zeiten wie diesen für uns stark?«, wollte sie wissen. »Wenn der Rest der Welt von uns erwartet, dass wir tapfer voranschreiten, an wen sollen wir uns dann wenden, um selbst Rückhalt zu finden?«

Dornröschen nahm sanft Cinderellas Hand in ihre eigene. »Wir müssen einander Inspiration und Trostquelle sein.«

Cinderella tätschelte die Hand ihrer Freundin und legte ihren Kopf auf Dornröschens Schulter. Da ertönte ein Klopfen an der Tür.

»Herein«, rief Cinderella.

Sir Lampton betrat das Zimmer der Königin. Er machte ein so langes Gesicht, dass den beiden Herrscherinnen im Nu klar war, er werde keine guten Neuigkeiten bringen.

»Was gibt es, Sir Lampton?«, erkundigte sich Cinderella und wappnete sich innerlich bereits für das, was nun kommen würde.

»Noch mehr schlechte Kunde, fürchte ich, Euer Majestät«, gestand Sir Lampton. »Gerade habe ich einen Brief von Sir Grant aus dem Nördlichen Königreich erhalten. Offenbar hat die Zauberin in der vergangenen Nacht dort einen Angriff verübt, nachdem sie zuvor das Revier der Trolle und Kobolde überfallen hatte. Sir Grant und seine Landsleute sind heute Morgen erwacht, um festzustellen, dass ihre gesamte Ernte vergiftet wurde.«

»Um Himmels willen«, hauchte Dornröschen und presste sich eine Hand auf die Brust. »Hat die Zauberin denn überhaupt keine Seele?«

»Königin Schneewittchen bittet um jede Unterstützung, die wir schicken können«, fuhr Lampton fort.

»Ja, selbstverständlich«, stimmte Cinderella sofort zu. »Tragt so viel Nahrung zusammen, wie unser Königreich entbehren kann –«

Die Erde unter dem Palast fing zu beben an. Cinderellas Gemächer wurden durchgerüttelt, als etwas sich durch den Palast auf die dort Versammelten zuzubewegen schien.

»Was um alles in der Welt …?«, keuchte Lampton und starrte auf den Fußboden, der in diesem Moment unter seinen Füßen aufzureißen begann. Er zog sein Schwert, auch wenn es nutzlos gegen das sein würde, was sich näherte.

Ranken schossen durch den Fußboden und schlängelten sich auf Cinderella und Dornröschen zu. Sie wanden sich um die beiden Frauen und schleiften ihre Opfer zurück zu den Löchern im geborstenen Fußboden. Sir Lampton versuchte, die Königinnen zu retten, doch alles geschah zu schnell, als dass er etwas hätte unternehmen können.

Schon Sekunden später blieb ihm nur, durch die Löcher im Boden den Schlingpflanzen hinterherzustarren, die die schreienden Königinnen durch mehrere Stockwerke des Palasts zerrten und schließlich durch eine weitere Öffnung in der Erde gänzlich mit ihnen verschwanden.

Wieder erhob sich ein Rumpeln, doch diesmal rührte es nicht von etwas direkt unterhalb des Gemäuers her, sondern schien seinen Ursprung in viel weiterer Ferne zu haben. Lampton sprang mit großen Sätzen über die Risse in den Steinplatten zu einem Fenster hinüber, um nach der Ursache des Lärms zu spähen.

Meilenweit entfernt, im nördlichen Teil des Königreichs des Gläsernen Schuhs, war eine gigantische Säule aus Geröll, Wurzeln und Dreck aus der Erde in die Höhe geschossen. Um sie herum war der Boden aufgerissen, und noch immer wuchs der Pfeiler weiter. Er stockte schließlich erst, als er die Wolken erreicht hatte.

Obenauf thronte ein gewaltiges Amphitheater, errichtet aus wuchtigen, zerklüfteten Felsbrocken, die wie Speerspitzen geformt waren. Ranken und Dornbüsche schossen an der Säule hinauf, im Schlepptau all die Herrscher, die sie aus der gesamten Märchenwelt zusammengetragen hatten.

In der Mitte des Theaters saß die Zauberin auf ihrem alten Stuhl aus dem Ratsgebäude der Feen wie auf einem Kaiserthron. Als die Pflanzen sie erreicht hatten, nagelten sie die unfreiwilligen Gäste entlang der Wände in unterschiedlicher Höhe und verschiedenen Winkeln um sie her fest. Die entführten Könige, Königinnen und Feen waren nun Gefangene in Ezmias rachsüchtigem, erdigem Netz.

Die Zauberin hatte Wort gehalten und sich selbst aus den ursprünglichsten Elementen der Erde ein Podest erschaffen, mit der Kraft des tiefsten Zorns ihrer Seele.

Kapitel 26

Der wertvollste Besitz der Zauberin

Der Boden unter dem Zeltplatz begann zu zittern und zu beben.

»Was geht hier vor?«, schrie Conner.

»Die Zauberin!«, kreischte Alex. »Sie setzt zu ihrem letzten und größten Angriff an!«

Überall rund um das Lager explodierten winzige Büschel teuflischer Ranken aus der Erde und bahnten sich schlängelnd ihren Weg, warfen dabei Zelte und Menschen um – und wirkten ganz so, als *suchten* sie nach etwas.

Jack und Goldlöckchen zogen sofort ihre Waffen und machten sich daran, die dämonischen Pflanzen entzweizuhacken, doch es waren schlicht zu viele, als dass sie alle hätten abwehren können.

»Hilfe!«, vernahmen die Zwillinge hinter sich einen hohen,

spitzen Aufschrei. Sie wirbelten herum und sahen, dass die Schlingpflanzen Rotkäppchen geschnappt hatten und versuchten, sie mit sich ins Erdreich hinabzureißen. *»Hilfe, helft mir doch!«*

Jack und Froggy rannten beide zu ihr hinüber, warfen sich zu Boden und streckten die Hände nach der jungen Königin aus. Rotkäppchen befand sich schon beinahe gänzlich unter der Erdoberfläche … nur eine ihrer Hände konnte sie noch frei bewegen. Sie blickte zuerst zu Jack, dann zu Froggy. Sollten dies die letzten Momente ihres Lebens sein, dann musste sie in dieser Sekunde die Entscheidung treffen, mit wem sie ihr Ende verbringen wollte …

Rotkäppchen packte Froggys Hand. Er wirkte geradezu schockiert darüber.

»Du hast *mich* gewählt …«, flüsterte er und starrte ihr tief in die Augen. Beiden wurde im selben Augenblick die Bedeutsamkeit dieser Wahl bewusst.

»Ja, ich *wähle* dich«, bekräftigte Rotkäppchen, und ein kleines Lächeln stahl sich auf ihr Gesicht. Sie reckte sich ihm ein Stück weit entgegen und küsste seine schleimigen grünen Lippen. Wie er aussah, sich anfühlte oder dergleichen, schien sie nicht mehr im mindesten abzustoßen.

Die Schlinggewächse rankten sich an Rotkäppchen entlang und krochen bald auch über Froggys Körper. Jack griff nach einem seiner Beine, Goldlöckchen nach dem anderen. Ihre Kräfte genügten nicht, um Froggy und Rotkäppchen ganz und gar von dem Grünzeug zu befreien, doch Jack und Goldlöckchen waren entschlossen, nicht aufzugeben. Im Nu war die gesamte Gruppe von Ranken umschlossen und wurde zu einem Loch im Boden gezerrt.

Alex und Conner waren bereits auf dem Weg, ihnen zu Hilfe zu kommen, als sie einen weiteren Schrei hörten.

»Butterbub!«, brüllte Trollbella von der anderen Seite des Lagers. Die Kletterpflanzen hatten auch sie erwischt und drohten, sie unter die Erde zu reißen.

Conner schnaubte und schaute sich um. »Kann nicht jemand anders Trollbella retten?«, rief er, doch sämtliche übrigen Trolle und Kobolde fürchteten die Schlinggewächse zu sehr, um sich ihnen auch nur freiwillig zu nähern.

»Rette mich, Butterbub!«, kreischte Trollbella.

»Okay, na schön! Ich komme!«, brüllte Conner zurück. Er und Alex schlugen einen Haken und stürzten nun in Richtung der jungen Trollkönigin.

Conner packte Trollbellas Hände, Alex schnappte sich Conners Füße. Gemeinsam gaben die Zwillinge alles, um sie den Pflanzen zu entwinden, waren jedoch nicht stark genug.

»Das wäre so unglaublich romantisch, wenn dieses besessene Grünzeug nicht gerade versuchen würden, uns zu trennen, Butterbub«, flüsterte Trollbella Conner verträumt ins Ohr.

Schon waren die Ranken über ihren Kopf gewuchert und hefteten sich nun an Conner, um ihn ebenfalls davonzuziehen.

»Alex, du musst mich loslassen!«, forderte Conner über die Schulter hinweg seine Schwester auf. »Du darfst nicht zulassen, dass dieses Gemüse dich ebenfalls kriegt.«

»Ich lasse dich nicht im Stich, Conner!«, gab Alex keuchend zurück.

»Du musst die Märchenwelt retten, Alex!«, beschwor Conner sie. »Und die Anderswelt und Mom noch dazu!«

Alex umklammerte die Fußgelenke ihres Bruders lediglich fester. »Ohne dich kann ich überhaupt nichts retten«, beharrte sie.

»Doch«, entgegnete Conner. »Es war immer deine Bestimmung! Du bist diejenige, die uns hierhergebracht hat, und du wirst es auch schaffen, uns wieder von hier fortzubringen! Du hast die Geister gehört – eine magische Erbin, das bist du! Du musst die Zauberin besiegen, damit diese Welt weiterbestehen kann!«

Die Pflanzen hatten Conner inzwischen beinahe vollends eingewickelt. Alex schüttelte nach wie vor heftig den Kopf.

»Allein schaffe ich es nicht!«, jammerte sie, voller Panik, ihn zu verlieren.

»Doch, das kannst du sehr wohl«, widersprach Conner. »Und das hier tut mir jetzt ganz schrecklich leid!«

Er trat seine Schwester von sich weg, und die Ranken vereinnahmten ihn vollends. Zusammen mit Trollbella wurde er hinab in die Erde geschleift und verschwand.

»Conner!«, schrie Alex ihm hinterher, doch es war zwecklos. Er war fort.

Alex fuhr herum und erspähte gerade eben noch, wie auf der anderen Seite des Lagers mit einem letzten kraftvollen Ruck auch Rotkäppchen, Froggy, Jack und Goldlöckchen von den Schlinggewächsen mitgerissen wurden. Kaum hatten sie Trollbella, Rotkäppchen und all jene, die sich an ihnen festgeklammert hatten, weggeschafft, verzogen sich auch die restlichen grünen Triebe unter die Erde. *Sie waren ausschließlich der Königinnen wegen gekommen.*

Alex rappelte sich hoch und blickte sich schockiert um. Innerhalb von Minuten waren ihr sämtliche Freunde und der eigene Bruder geraubt worden. Ihr blieb nichts anderes übrig, als ihre Mission allein zu Ende zu bringen – *nun hing alles an ihr.*

Bob rannte auf sie zu. »Wo bringen die Pflanzen sie alle hin?«

Alex hatte sich bereits dasselbe gefragt. Sie spähte hinunter auf die breiten Risse, die die Rankengewächse im Erdreich hinterlassen hatten. Die Spalten verliefen nicht nur kreuz und quer über den Zeltplatz, sondern reichten weit in die Ferne, als hätten die Pflanzen den Weg zu ihrem Ausgangs- und Zielort markiert.

»Ich muss los«, keuchte Alex. Sie sprintete zu ihrem Zelt hinüber und schnappte sich den Stab des Staunens, stopfte ihn in den Leinensack des Trolls und warf sich diesen über die Schulter. Dann hastete sie davon, immer den klaffenden Löchern im Boden nach, als folge sie einer Spur.

»Wo willst du hin?«, fragte Bob, der ihr nacheilte, doch Alex gab keine Antwort. *»Alex?!«* Er mühte sich redlich, mit ihr mitzuhalten, war jedoch dreimal so alt wie sie – und Alex dafür dreimal so schnell.

Alex jagte ohne Pause voran. Ihre Füße trommelten im Rhythmus ihres rasenden Herzens auf die Erde. Adrenalin trieb sie an, vor allem aber Furcht. Sie hätte schwören können, dass sie Rotkäppchens Schreie und Conners Rufe, als diese in den Grund unter ihr gezerrt worden waren, noch im Ohr hatte.

Alex betete, dass sie die Zauberin erreichen würde, ehe diese ihrem Bruder oder den anderen etwas antun konnte, und sie wünschte sich mit aller Macht, dass ihr – wenn sie erst einmal dort wäre – ein Plan einfallen würde, um Ezmia ihren wertvollsten Besitz zu nehmen.

Alex musste sich etwas einfallen lassen, um der Zauberin ihren Stolz zu rauben – nicht nur für den Augenblick, sondern für den Rest ihres Lebens. Was sollte sie sagen oder tun, um wirklich zu Ezmia durchzudringen? Es musste etwas sein, das Ezmia nicht einfach würde beiseitewischen können – etwas, das ihr so tiefe emotionale Narben zufügen würde, dass ihr Stolz sich niemals ganz davon erholen könnte.

Bestand überhaupt die Möglichkeit, dass eine niederträchtige Zauberin sich irgendetwas zu Herzen nahm, was ein dreizehnjähriges Mädchen ihr an den Kopf warf? Ezmia hatte Jahrhunderte damit zugebracht, die Seelen von Königen, Soldaten und Feen in Einmachgläser zu sperren – würde jemand wie Alex auf jemanden wie sie Eindruck machen können?

Und dann traf Alex eine Erkenntnis zum allerersten Mal, wie ein Blitzschlag: Was sie für einen Nachteil gehalten hatte, kam ihr in Wirklichkeit zugute. Gerade *weil* sie eine Dreizehnjährige war, hatte sie eine größere Chance, den Stolz der Zauberin zu verletzen. Wenn nur Alex den Mut finden konnte, Ezmia etwas ins Gesicht zu schleudern, das ihr nie zuvor ein König oder eine Fee zu sagen gewagt hatte, dann würde die Wirkung womöglich umso größer sein.

Ihre Worte würde Alex allerdings mit Bedacht wählen müssen. Sie mussten treffsicher und schlagkräftig sein; lange würde die Zauberin ihr kaum zuhören.

Es musste funktionieren, denn Alex hatte weder andere Ideen zur Auswahl noch Zeit übrig. Stundenlang folgte sie den Rissen im Boden; dann aber sah sie sich voller Entsetzen dem neuen Zuhause der Zauberin im Königreich des Gläsernen Schuhs gegenüber.

Die Schlingpflanzen zerrten Königin Rotkäppchen und Königin Trollbella und all jene, die sich an den beiden festhielten, Meile um Meile durch den Untergrund. Schließlich erreichten sie das Königreich des Gläsernen Schuhs, und die Gefangenen wurden an den Seiten einer gewaltigen Säule aus Erde und Geröll in die Höhe gehievt und in einem bedrohlich wirkenden Amphitheater auf deren Kapitell abgeladen, wo die Ranken sie sofort gegen die Wände drückten, um jegliche Fluchtversuche zu verhindern.

Froggy hing bald kopfüber neben Rotkäppchen. Jack und Goldlöckchen wurden aneinandergebunden, dabei jedem von ihnen die Waffenführhand auf den Rücken gedreht. Conner ließ den Blick durch das Amphitheater schweifen und musste zu seinem Bedauern feststellen, dass er und seine Freunde nicht die einzigen unfreiwilligen Gäste waren.

An der gesamten Fläche der gegenüberliegenden Wand waren Königin Schneewittchen und König Chandler, Königin Cinderella und König Chance, Königin Dornröschen und König Chase, Königin Rapunzel sowie der komplette Rat der Feen aufgereiht. Und nun, da auch Rotkäppchen und Trollbella dazugestoßen waren, hatte die Zauberin nahezu den vollständigen Märchenrat in ihrer Gewalt.

»Ach, wunderbar, jetzt sind wir alle hier«, kommentierte Ezmia die Ankunft der letzten beiden Königinnen.

Sie thronte herrschaftlich auf ihrem goldenen Stuhl, und ihr Haar und Umhang bauschten sich forscher denn je um ihre Schultern. Hinter ihrem Stuhl linste Rumpelstilzchen hervor, der die gefesselten Herrscher ringsum voller Bedauern musterte.

In einer beachtlichen Vertiefung in der Mitte des Fußbodens verbrannte ein kleines, purpurrotes Feuer einen Haufen Totenköpfe, als wären es Holzscheite. Vor der Zauberin waren sechs türkisfarbene Einmachgläser aufgereiht – Conner wusste, dass in einem davon seine Großmutter gefangen war. Und als er sich noch einmal im Raum umschaute, stellte er mit Entsetzen fest, dass sie nicht das einzige Familienmitglied war, das sich außer ihm im Amphitheater befand.

In einem gigantischen Vogelkäfig, der Conner gegenüber an der Wand befestigt war, kauerte seine Mutter. Sie wiegte Prinzessin Hope in den Armen; die Schreie des Babys hallten durch das gesamte Bauwerk. Das kleine Mädchen hatte seine von Ranken umschlungene Mutter neben sich entdeckt und streckte die kurzen Ärmchen verzweifelt durch die Gitterstäbe nach ihr aus.

»Mama!«, weinte Prinzessin Hope.

»Alles wird gut, mein Liebling«, versicherte ihr Cinderella und hoffte dabei im Stillen, dass ihre Worte keine Lüge waren.

Als sie ihren Sohn entdeckte, fiel Charlotte die Kinnlade herunter, und auch der letzte Rest Farbe wich aus ihrem Gesicht.

»Conner?« Sie sprach seinen Namen beinahe lautlos aus; an einem solch schrecklichen Ort auf ihn zu treffen, erfüllte sie mit ebenso viel Wiedersehensfreude wie Bestürzung.

»Mom!«, hauchte Conner zurück.

»Wo ist deine Schwester?«, fragte sie flüsternd.

Conner zögerte – unsicher, wie er am besten antworten sollte. »In Sicherheit«, raunte er schließlich.

Ezmia erhob sich von ihrem Sitz. »Wollen wir anfangen?«, rief sie in die Runde. Dann legte sie einen Zeigefinger fest an die Lippen und nahm das Amphitheater ringsum in Augenschein, wie ein kleines Mädchen, das die Auslage in einem Süßigkeitenladen bestaunt.

»Beginnen wir mit dem Königreich des Gläsernen Schuhs«, schlug Ezmia vor.

Die Ranken erwachten erneut zum Leben, lösten raschelnd Cinderella und König Chance von der Wand und zwangen beide in eine kniende Haltung am Boden, am Rande des Kraters.

»Du seelenloses Monster!«, schrie Cinderella zu der Zauberin hinauf.

»Lass unsere Tochter frei!«, forderte König Chance.

»Wenn ihr euer Kind zurück möchtet, dann verzichtet auf

euren Thron und vermacht mir euer Königreich«, sagte Ezmia, als handele es sich dabei um eine ganz simple Entscheidung.

»Niemals sollst du mein Königreich bekommen!«, brüllte König Chance.

Die Zauberin funkelte ihn unter ihren langen Wimpern hindurch zornig an. »Schön«, befand sie – und bedeutete ihren Schlingpflanzen mit einem Fingerschnippen, Prinzessin Hope aus Charlottes Armen zu reißen. Das Baby kreischte, und Tränen und Schnodder rannen ihm über das panische Gesichtchen. Die Ranken ließen die kleine Prinzessin über den Flammen des Feuers baumeln.

»Nein!«, flehte Cinderella. *»Tu es, Chance, tu's einfach!«*, bat sie ihren Ehemann inständig.

König Chances Blick zuckte zu all den anderen Königen und Königinnen im Raum, doch niemand widersprach seiner Frau. Die Welt, die sie alle mit Ehre und Redlichkeit zu schützen versucht hatten, war längst vergangen.

»Nun gut«, wandte König Chance sich an die Zauberin. »Ich gebe meinen Thron auf und vermache dir mein Königreich, Ezmia.«

Noch während er die Worte sprach, warf die Zauberin ihren Kopf zurück, und ihr triumphierendes Gelächter erfüllte das Amphitheater. Die Flammen in der Senke loderten höher, und eine dicke schwarze Rauchsäule stieg in den Himmel empor.

»Na, das war doch gar nicht so schwer, was?«, spöttelte Ezmia mit breitem Grinsen. Sie schnippte erneut mit den Fingern, und die Pflanzen ließen Prinzessin Hope in die Arme ihrer Mutter fallen. Allerdings dauerte die Familienzusammenführung nur einen Moment, ehe alle drei erneut gefesselt und zurück an die Wand geschleudert wurden.

»Machen wir mit dem Königreich der Feen weiter«, schlug Ezmia mit strahlendem Lächeln vor.

Nun waren es die sieben Feen, die von ihrem Platz an der Seite des Raumes zum Rand der Vertiefung bugsiert wurden.

»Emerelda, du kennst die Worte, die ich hören will«, meinte Ezmia beiläufig und begutachtete dabei beinahe gelangweilt ihre Fingernägel. »Beeil dich, damit wir mit diesem ganzen Prozedere zu nicht allzu später Stunde fertig werden – oder muss ich auch bei dir noch weitere Überzeugungsarbeit leisten?«

Die grünen Seile schlangen sich um das Einmachglas, in dem die Seele der guten Fee gefangen war, und schwenkten es über den Flammen. Sämtliche Feen schrien auf und baten um Gnade.

»Wenn dein grausamer Zorn so schneller sein Ende findet, *schön*. Ich überlasse dir das Königreich der Feen«, verkündete Emerelda widerstrebend.

Das Feuer in der Kuhle flackerte abermals in die Höhe – noch steiler als zuvor – und entließ zusätzlichen dichten Rauch in den Himmel. Ezmia schloss die Augen und kostete den Moment bis in Letzte aus. Ihr ganzer Körper prickelte vor Siegesgenuss. Jahrhunderte hatte sie auf all das gewartet, und jetzt endlich geschah es.

Eine nach der anderen holte Ezmia die verbliebenen Herrscherinnen nach vorn und zwang jede einzelne, sich von ihrem jeweiligen Reich loszusagen. Schneewittchen, Dornröschen, Rapunzel und Trollbella gaben allesamt mit Tränen in den Augen und schweren Herzens ihren Thron auf. Und mit jeder Kapitulation röhrten die violetten Flammen höher und höher hinauf, und der Qualm verdichtete sich zusehends.

»Nur eines möchte ich noch klarstellen, ehe Ihr mich wieder zurück an die Wand heftet«, meldete sich Trollbella zu Wort und starrte Ezmia finster aus durchdringenden Augen an. »Ihr habt meine Tanzstunde unterbrochen, und das werde ich Euch *niemals* verzeihen.«

Die Zauberin beäugte die kleine Trollkönigin ebenso befremdet wie alle anderen im Amphitheater; niemand wusste mit ihrer Verkündung so recht etwas anzufangen. Schließlich blieb bloß eine Königin übrig, die ihren Anspruch auf den Thron noch aufgeben musste.

»Zu guter Letzt rufe ich Königin Rotkäppchen auf vorzutreten.«

Beim Klang ihres Namens gab Rotkäppchen ein kleines Quietschen von sich. Die Ranken hoben sie in die Luft und setzten sie an der Kante der Vertiefung ab. Froggy kämpfte derweil verzweifelt gegen die grünen Schnüre an, die ihn weiterhin kopfüber baumeln ließen, während sie seine Geliebte fortzogen.

»Königin Rotkäppchen, überlässt du mir willentlich dein Königreich?«, wollte Ezmia wissen und schien dabei längst von Rotkäppchens Unterwürfigkeit auszugehen.

Rotkäppchen sah zu Froggy hinauf und dann zu Jack und Goldlöckchen, suchte in den Blicken ihrer Freunde nach Rückhalt und Bestärkung. Ihr war bewusst, dass mit ihrem Verzicht die Zauberin endgültig die gesamte Welt erfolgreich unterworfen haben würde.

»Na ja«, piepste Rotkäppchen. »Ich bin mir nicht sicher, ob es tatsächlich in meiner Macht steht, das zu tun.«

Alle Selbstgefälligkeit wich aus Ezmias Gesicht. Als wäre die Stimmung im Theater nicht bereits angespannt genug gewesen, verschärfte sie sich noch einmal.

»Wie bitte?«, zischte Ezmia mit furchteinflößender Miene.

Rotkäppchen erbleichte.

»Das ist ganz leicht erklärt«, plapperte sie eilig. Beim Sprechen zitterten ihr die Hände. »Im Gegensatz zu allen Übrigen hier bin ich eine *gewählte* Königin. Deshalb gehört mein Reich nicht zwingend mir; es gehört vielmehr allen Käppchen zusammen.«

Conner, Jack, Froggy und Goldlöckchen strahlten Rotkäppchen stolz an. Selbst wenn sie ihnen so lediglich eine einzige zusätzliche Minute Zeit verschafft hatte, war es doch eine Minute, über die noch nicht die Zauberin gebot.

Ezmia hielt ihren beängstigenden Blick weiterhin unverwandt auf die junge Königin geheftet, während sie ihren nächsten Zug überdachte. »Nun gut«, entgegnete sie dann. »Da muss ich eben jeden einzelnen deiner Untertanen umbringen, bis bloß du übrig bist.«

»Nein!«, schrie Rotkäppchen. *»Ich habe gelogen! Nur ich bin es, die die alleinige Autorität hat! Schließlich heißt es Rotkäppchens Königreich, nicht Republik der Käppchen!«*

Das boshafte Grinsen erglomm wieder auf dem Gesicht der Zauberin. »Dann schlage ich vor, du fährst jetzt mit deiner Abdankung fort«, verlangte sie.

Rotkäppchens Augen füllten sich mit Tränen; nie hätte sie erwartet, im Verlauf der Reise ihren eigenen wertvollsten Besitz einzubüßen – ihr *Königreich.*

»Ich, Königin Rotkäppchen …«, setzte sie ein, doch ihre Stimme verlor sich.

»Ja, los, bring es hinter dich«, drängte Ezmia.

»Ich … ich … ich …«, fuhr Rotkäppchen mühsam fort. »Ich überlasse willentlich mein Königreich der –«

»HEY, EZMIA!«, ertönte in dieser Sekunde ein Ruf in ihrem Rücken. Alle wandten sich um und erspähten Alex am Eingang des Amphitheaters. Sie war verschwitzt und atmete schwer, nachdem sie soeben die Säule *emporgeklettert* war.

»Alex!«, keuchte Charlotte.

Die Zauberin war außer sich vor Wut über die Unterbrechung, gerade als sie ihrem Ziel bereits so nahe gewesen schien. »Wer ist *das*?!«, herrschte sie Rumpelstilzchen an.

»Keine Ahnung«, gab Rumpelstilzchen zurück. »Ich habe sie nie zuvor gesehen.«

Alex eilte durch das Amphitheater. Sie war noch immer außer Puste und so müde von ihrer Klettertour, dass sie sich kaum auf den Beinen halten konnte.

»Kleines Mädchen, ich an deiner Stelle würde mich jetzt umdrehen und auf den Boden werfen«, donnerte Ezmia. »Vertrau mir, das wäre viel weniger schmerzhaft als die Alternative, wenn ich erst –«

»ICH HABE KEINE ANGST VOR IHNEN!«, brüllte Alex.

In dem großen Rund wurde es totenstill; selbst das Feuer schien leiser zu brennen.

»Was sagst du da?«, fragte die Zauberin baff.

Alex wusste, dass ihr Augenblick gekommen war, und auch, dass ihr nicht viel Zeit blieb, ihn zu nutzen. »Ich habe gesagt, dass ich mich nicht vor Ihnen fürchte«, wiederholte sie. »Mit Gegnerinnen wie Ihnen schlage ich mich schon mein ganzes Leben lang herum – mit Leuten, die *alles* wollen, weil *nichts* sie je wird zufriedenstellen können! Sie sind keine allmächtige und einschüchternde *Zauberin*, Ezmia – sondern nichts weiter als eine *Rotzgöre*! Und es ist vollkommen gleichgültig, wen Sie umbringen oder was Sie erobern: Aus ebendiesem Grund werden die Menschen Sie immer bedauern und auslachen!«

Das gesamte Gemäuer hielt den Atem an. Ezmia wahrte ihre ausdruckslose Miene, doch niemandem entging, dass sie unvorstellbar wütend war, denn ihr Haar tanzte zornig um ihren Kopf, und kleine Flammen stoben direkt aus ihren Augen.

Die Zauberin verließ ihren Thron und schritt gemessen zu Alex hinüber. Alex schob eine Hand in ihren Leinenbeutel – sie spürte, wie der Stab des Staunens zwischen ihren Fingern zum Leben erwachte. Es war ihr gelungen, Ezmia ihren Stolz zu rauben.

»Tja, ich hoffe, deine kleine Einlage hat sich in deinen Augen gelohnt«, höhnte Ezmia. »Sie wird nämlich das Letzte bleiben, was du jemals tun wirst.« Die Zauberin deutete auf Alex' Brust, und ein grellvioletter Blitz fuhr aus ihrem Finger und schleuderte Alex aus dem Amphitheater und in den Himmel hinaus.

»ALLLEEEXXX!«, schrie Conner von der Wand aus.

Alles passierte so schnell, dass Alex später nicht einmal mit Gewissheit hätte bezeugen können, was tatsächlich geschehen war. Das Letzte, was sie hörte, war der Schrei ihres Bruders; das Letzte, was sie sah, war ein leuchtender Blitz. Dann wurde das Theater mit einem Mal kleiner und kleiner, als sie in die Luft katapultiert wurde und sich weiter und weiter davon entfernte.

Alles um sie her wurde schwarz, und ihr schwanden sämtliche Sinne. Beinahe so, als wäre Alex in einen sehr, sehr tiefen Schlaf gefallen …

Kapitel 27

Der Traum

Träge öffnete Alex die Augen – erst eines, dann das andere. Sie lag auf dem Boden und starrte zu einer dunklen Decke hinauf. Wo sie sich befand, konnte sie nicht sagen, und auch nicht, wie sie dorthin gekommen war; dennoch rappelte sie sich auf und sah sich um.

Alex stand in einer düsteren Höhle. Neben sich am Boden entdeckte sie eine Laterne. Sie hob die Lampe auf und drang tiefer in die Grotte vor. Der Ort hatte etwas ungeheuer Beruhigendes an sich, so dass sich Alex bei aller Finsternis und trotz der rätselhaften Umstände in Sicherheit wusste.

Vor sich erkannte sie nun ein Licht. Sie ging darauf zu, und bald tauchte ein Paar imposanter Felsblöcke in ihrem Blickfeld auf, darauf zwei kleine Mädchen, daneben zwei weitere. Als Alex sich näherte, konnte sie sie deutlicher erkennen.

Das erste Mädchen trug einen Pullover und einen Rock und

hatte einen Haarreif auf dem Kopf, genau wie Alex. Das zweite war barfuß und hatte ein langes Nachthemd an, das dritte Mädchen ein bauschiges Kleid mit einer Schürze darüber. Dem vierten Kind schließlich standen geflochtene Zöpfe vom Kopf ab, und seine Füße steckten in silbernen Schuhen.

Alle vier Mädchen starrten Alex unverhohlen entgegen, als warteten sie darauf, dass Alex etwas sagte.

»Wer seid ihr?«, erkundigte Alex sich mit einem Lächeln.

»Du weißt, wer wir sind«, sagte die Kleine im Nachthemd.

Alex hob die Laterne ein wenig höher und musterte die Kinder noch einmal genauer. »Ach ja?«, stutzte sie. »Und woher kennen wir uns?«

»Du kennst uns, aber wir kennen dich nicht«, antwortete diesmal die Kleine mit den Silberschuhen. In ihrer Stimme lag ein niedliches Näseln.

»Ich fürchte, das tue ich nicht«, gestand Alex.

»Du kommst schon noch darauf, wenn du nur lange genug darüber nachdenkst«, versicherte ihr das Mädchen im Pullover mit entzückendem britischem Akzent.

»Ihr erscheint mir alle unheimlich vertraut«, gab Alex zu. »Beinahe so, als wäre ich euch schon einmal begegnet – im Kino oder in einem Buch …« Alex keuchte auf. »Sekunde mal – *seid ihr, wer ich glaube, dass ihr seid?*«

Ein feines, belustigtes Lächeln erschien auf allen vier kleinen Gesichtern.

»Ich bin Lucy Pevensie«, stellte das Mädchen im Pullover sich mit einem höflichen Knicks vor.

»Ich bin Alice«, schob das Kind mit der Schürze hinterher.

»Dorothy Gale«, grüßte die Kleine mit den Zöpfen.

»Und ich heiße Wendy Darling, Süße«, zwinkerte das Mädchen im Nachthemd Alex zu.

Alex wagte es kaum, ihren Augen zu trauen. »Aber ihr seid genau die Mädchen, deren Geschichten ich als Kind gelesen habe«, stammelte sie. »Damals habe ich mir immer vorgestellt, wie es wäre, in eurer Haut zu stecken. Mein ganzes Leben lang wollte ich stets eine von euch sein und in meine eigene magische Welt entfliehen …«

»Hört sich ganz so an, als hättest du bekommen, was du dir gewünscht hast«, kommentierte Alice.

Alex senkte den Kopf und blinzelte zu Boden. Alice hatte recht, doch inzwischen konnte Alex sich darüber unmöglich noch freuen.

»Was ist denn los?«, erkundigte sich Wendy fürsorglich.

Alex seufzte. »Früher habe ich das magische Land für eine Art Paradies gehalten – für meinen ganz persönlichen sicheren Hafen«, beichtete sie den Kindern. »Jetzt allerdings hat eine böse Zauberin sämtliche Königreiche eingenommen.«

»O weh«, meinte Lucy betreten. »Das klingt nach der weißen Hexe!«

»Schlimmer«, beharrte Alex und bemühte sich, die Situation so zu erklären, dass die Mädchen ihr folgen konnten. »Sie ist gierig wie die weiße Hexe aus Narnia, zornig wie die böse Hexe des Westens im Land Winkie, hat das Temperament der Herzkönigin aus dem Wunderland und steht in ihren Rachegelüsten Captain Hook aus Nimmerland in nichts nach.«

Die kleine Gruppe vor Alex schüttelte entsetzt die Köpfe und bekundete ihr Mitgefühl.

»Das ist ja schrecklich«, rief Wendy.

»Gier und Zorn und ein hitziges Temperament, oje!«, urteilte auch Dorothy. »Kannst du sie zum Schmelzen bringen?«

»Das wäre schön«, lachte Alex.

»Könnte ich Aslan auf sie hetzen?«, fragte Lucy.

»Leider nein«, bedauerte Alex.

»Kannst du sie einem Krokodil zum Fraß vorwerfen?«, schlug Wendy vor.

»Ich glaube nicht«, seufzte Alex.

»Aber wie willst du sie dann besiegen?«, grübelte Alice.

»Meine Freunde und ich bauen einen mächtigen Zauberstab«, erzählte Alex und griff eifrig nach ihrem Leinenbeutel, um ihn den Mädchen zu zeigen. Doch die Tasche hing nicht mehr über ihrer Schulter. »O nein, wo ist mein Stab? Vor einer Sekunde hatte ich ihn noch.«

Sie schwenkte die Laterne und suchte den Boden der Höhle ab, in der Hoffnung, ihn irgendwo zu entdecken. Die Kinder beobachteten sie kichernd. Alex sah zu ihnen hoch, und langsam dämmerte ihr, weshalb die vier sich derart über ihre vergeblichen Mühen amüsierten.

»Ist das hier ein Traum, oder bin ich tot?«, wollte sie wissen.

»Natürlich ist es ein Traum«, giggelte Lucy.

»Was glaubst du wohl, wie wir sonst hier sein könnten?«, fragte Alice zurück.

»Ich hoffe doch sehr, du hast dir den Himmel nicht wie eine große Höhle vorgestellt«, meinte Dorothy.

Alex war ungeheuer erleichtert. »Das Letzte, woran ich mich erinnere, ist, dass ich aus dem Amphitheater hinaus in die Luft geschleudert worden bin«, überlegte sie. »Aber wie habe ich den Sturz überlebt?«

»Vielleicht hat dein Zauberstab dich gerettet?«, schlug Lucy vor.

»Natürlich!«, rief Alex aus. »Der Stab macht jeden, der ihn bei sich trägt, unbesiegbar! Ich hatte ihn die ganze Zeit über in der Hand! Also hat die Zauberin mich doch nicht getötet!«

Die Mädchen jubelten, doch dann verstummte Dorothy mit einem Mal.

»Und wirst du jetzt die Zauberin mit dem Stab *umbringen?*«, erkundigte sie sich.

Darüber hatte Alex sich noch gar keine rechten Gedanken gemacht. Sie war so darauf konzentriert gewesen, den Zauberstab zu vervollständigen, dass sie nie einen Plan gefasst hatte, was sie tun würde, wenn er schließlich *fertig* wäre. Wie sollte sie es anstellen, die Zauberin damit zu besiegen? Würde sie Ezmia mit dem Stab *töten* müssen? Wäre Alex dazu überhaupt in der Lage? Insgeheim hatte sie sich immer vorgestellt, dass Jack oder Goldlöckchen das erledigen würden, sollte es nötig werden.

»Ich schätze, mir bleibt keine Wahl«, gestand Alex.

»Ich würde dir raten, einen anderen Weg zu finden, falls es einen gibt«, wandte Dorothy mit betrübter Miene ein. »Auch wenn ich die Hexe nur versehentlich geschmolzen habe, fühle ich mich seither schrecklich deswegen.«

Dorothys Worte bewegten Alex mehr, als sie sich anmerken lassen wollte. Die Vorstellung, jemanden zu verletzten, gefiel ihr ganz und gar nicht – doch wie könnte sie Ezmia aufhalten, ohne ihr das Leben zu nehmen? Oder würde die Zauberin ohnehin bloß erneut einen Weg finden, dem Tod ein Schnippchen zu schlagen, wie damals, als Evly sie vergiftet hatte?

»Zwingend *töten* muss ich Ezmia nicht«, sprach Alex ihre Überlegungen laut aus. »Ich muss ihr nur ihre *Kräfte* nehmen … und ihre Kräfte zieht sie aus *Hass* und *Wut* … wenn ich also die Gründe beseitige, aus denen sie sich zu ihrem Zorn *berechtigt* sieht … dann müsste sie *machtlos* werden!«

Alex hüpfte begeistert auf und ab; sie war so unfassbar glücklich, eine Alternative gefunden zu haben. Die Mädchen applaudierten.

»Gewalt ist nie die richtige Lösung«, bekräftigte Wendy. »Das versuchte ich John und Michael jedes Mal aufs Neue begreiflich zu machen, wenn sie zusammen im Kinderzimmer spielen, aber die beiden hören mir nie zu.«

»Wenn du herausbekommen hast, wie du den Hass und Ärger der Zauberin ausmerzen kannst, würdest du es mir dann verraten?«, bat Alice. »Ich wüsste es gern, für den Fall, dass ich noch einmal auf die Herzkönigin treffe.«

Alex wurde ganz still, während die Rädchen in ihrem Kopf weiterratterten. »Ich glaube, ich weiß, was ich tun muss«, stellte sie schließlich fest, und ihre Augen huschten unruhig in der Höhle umher. »Und womöglich brauche ich dafür den Stab des Staunens überhaupt nicht …«

»Dann hast du also eine gigantische Reise unternommen, nur um am Ende festzustellen, dass du das, was du gesucht hast, eigentlich schon die ganze Zeit über bei dir hattest?«, staunte Dorothy. *»Na, das kenne ich.«*

Alex grübelte noch einmal darüber nach. Der Stab mochte zwar nicht die *Lösung* sein, doch nützlich war er allemal – immerhin hatte er ihr das Leben gerettet. Und außerdem sämtlichen Gefährten *Hoffnung* gegeben; ohne diese Zuversicht wären sie gewiss verloren gewesen.

Alex musterte nacheinander die Mädchen und ließ den Blick dann durch das Innere der Höhle schweifen. »Jetzt verstehe ich, was dieser Traum zu bedeuten hat«, sagte sie. »Tief in meinem Herzen war mir klar, dass ich die Zauberin nie würde töten können. Deshalb habe ich nach einem anderen Weg gesucht. Die Höhle steht für dieses Infragestellen, und ihr seid Sinnbild für meine Antwort – denn schon seit ich ein kleines Mädchen war, habe ich stets an euch gedacht, wenn ich ein Problem hatte.«

»Wieso das?«, wollte Alice wissen.

»Wahrscheinlich, weil ich derart viel von euch gelernt habe«, mutmaßte Alex. »Immerzu wollte ich so liebevoll sein wie Wendy oder so neugierig wie Alice oder so mutig wie Lucy oder so abenteuerlustig wie Dorothy … beim Lesen eurer Geschichten habe ich mich jedes Mal ein wenig in euch gespiegelt gesehen.«

Alle vier Mädchen lächelten sie an. »Wie schön, dass wir dir behilflich sein konnten«, fasste Lucy für alle zusammen.

»Und wir werden immer hier sein, wenn du uns brauchst«, versicherte Wendy.

Alex nickte ihnen dankbar zu.

»Hast du noch etwas auf dem Herzen, womit wir dir helfen könnten?«, bot Dorothy an. »Da wir dir unterbewusst offenbar nach wie vor im Kopf herumschwirren?«

»Jetzt, da ihr es erwähnt, gibt es genau genommen tatsächlich etwas, das ich euch seit eh und je fragen wollte, falls ich je die Gelegenheit dazu bekäme«, räumte Alex ein. Sie hatte keine Ahnung, weshalb sich in ihr der Glaube festgesetzt hatte, es könnte sich jemals eine Möglichkeit für sie auftun, ihren liebsten Buchfiguren eine Frage zu stellen – doch nun, da es soweit war, wollte sie die Chance in jedem Fall nutzen. »Nachdem ihr so phantastische magische Orte wie Nimmerland, Oz, Narnia und das Wunderland entdeckt hattet – wieso wolltet ihr da letztlich doch wieder nach Hause?«

Die Mädchen tauschten Blicke miteinander; nie zuvor waren sie danach gefragt worden.

»Weil es doch so ist: Ganz gleich, wo man hingeht oder was man zu sehen bekommt – am Ende möchte man immer dort sein, wo man hingehört«, gab Lucy zurück.

»Und das eigene Zuhause ist da, wo man sich am wohlsten und vor allem geliebt fühlt«, ergänzte Wendy.

»Es ist ein Teil von einem selbst«, fügte auch Alice hinzu. »Der Ort, an dem man mit seiner Familie vereint ist.«

»Zu Hause ist es einfach am schönsten«, sagte Dorothy, als sei ihr das gerade erst eingefallen – wenngleich Alex den Satz aus Dorothys Geschichte längst kannte.

Alex war dankbar für all ihre Worte, allerdings ein wenig unsicher, ob sie ihnen voll und ganz zustimmte. »Ich frage mich aber doch, ob *Zuhause* nicht manchmal am ehesten jener Ort ist, von dem man *stammt*«, warf sie ein.

Die Mädchen schauten Alex an, als habe sie sich damit bereits selbst die Antwort gegeben. Und Alex grübelte, ob es nicht eigentlich *ebendas* gewesen war, was ihr in Wirklichkeit stets unterschwellig keine Ruhe gelassen hatte.

»Alex? Alex?«, meldete sich eine vertraute Stimme. Alex blickte suchend in der Höhle umher, vermochte jedoch nicht festzustellen, woher die Rufe kamen.

»Was ist los?«, wandte sie sich an die Mädchen – doch alle vier waren verschwunden.

»Alex! Bist du verletzt? Bitte, wach auf!«, flehte die Stimme, und je eindringlicher das Bitten wurde, desto stärker verblasste die Höhle um Alex.

Als Alex zu sich kam, lag sie abermals auf dem Boden, diesmal jedoch im Freien. Über sich erkannte sie den Himmel samt einiger Baumkronen, und dazu das besorgte Gesicht eines zur Glatze neigenden Mannes, der auf sie heruntersah.

»Bob?«, fragte Alex und setzte sich auf.

»Du lebst!«, hauchte Bob mit feuchten Augen und schloss sie in die Arme. *»Du bist gerade aus dem Himmel herabgestürzt!* Gut möglich, dass du unter Schock stehst – lass mich deinen Puls fühlen!«

Er schnappte sich Alex' Handgelenk und kontrollierte ihren

Herzschlag. »Ob es irgendwo in diesem Königreich wohl eine Notaufnahme gibt?«, überlegte er laut.

»Bob, es geht mir gut – *sieh doch*«, sagte Alex. Sie hielt noch immer den Zauberstab in der Hand. »Der Stab des Staunens hat mich gerettet! Ich hatte ihn die ganze Zeit in der Hand, deshalb ist mir nichts passiert!«

Bob starrte sie an, als spräche sie eine ihm fremde und unverständliche Sprache. »Warum wundere ich mich eigentlich noch über irgendetwas hier?«

Alex sprang auf die Füße. In der Ferne konnte sie die Säule der Zauberin ausmachen. Im Himmel darüber ballte sich der Rauch des schwarzen Feuers dichter und dichter zusammen.

»Ich muss wieder zurück«, sagte Alex.

»*Dorthin* zurück?«, wiederholte Bob fassungslos. »Sekunde mal – willst du etwa behaupten, von *da oben* bist du abgestürzt?«

»Ja, und jetzt muss ich wieder hinauf«, beharrte Alex. »Bloß habe ich nicht genügend Zeit, um noch mal zu klettern.«

»Wie stellst du es dir denn dann vor?«, stutzte Bob.

Alex' Augen wanderten zu dem Stab, ehe sie erneut Bob ansah. »Ich glaube, ich habe eine Idee«, erklärte sie, und ein verschmitztes Lächeln trat auf ihr Gesicht.

Bob tat ein paar Schritte zurück. »Mir gefällt überhaupt nicht, in welche Richtung sich diese Unterhaltung gerade entwickelt«, stellte er fest.

Kapitel 28

Die mächtigste Magie überhaupt

Vor ihrem Thron tigerte die Zauberin fieberhaft auf und ab. Ihr Haar wogte ihr unruhig um den Kopf. *»Sag es noch einmal!«*, befahl sie.

»Aber das habe ich doch schon zehnmal«, grummelte Rotkäppchen, die noch immer vor dem Feuer kniete.

»Und wenn ich es verlange, dann sagst du es *einhundert Mal*!«, brüllte Ezmia.

Rotkäppchen tat wie geheißen. »Ich, Königin Rotkäppchen, überlasse Euch mein Königreich«, erklärte sie.

Ezmia stierte in die Flammen und wartete, dass sich etwas verändern würde, doch alles blieb gleich – das Feuer loderte ebenso hoch und stark wie zuvor. Die Zauberin ließ ihre Hände ungehalten auf die Stuhllehnen niedersausen.

»Was ist denn los, Ezmia?«, fragte Rumpelstilzchen.

»Es funktioniert nicht!«, kreischte sie. »Das begreife ich nicht. Jahrhundertelang habe ich daran getüftelt! Ich hatte *alles* Nötige zusammen.«

In ihrem Vogelkäfig schluchzte Charlotte herzzerreißend. *»Sie sind eine schreckliche … schreckliche … schreckliche Kreatur«*, schrie sie. *»Wie konnten Sie einem Mädchen so etwas antun?«*

»Du sollst den Mund halten, Weib!«, tobte Ezmia. Es gelang ihr kaum noch, einen klaren Gedanken zu fassen.

Charlottes Schluchzer wurden nur lauter; ohne sich vom Geschrei der Zauberin beeindrucken zu lassen, trauerte sie weiterhin geräuschvoll um ihr Kind. Ihre Tochter war tot, davon ging sie aus, und würde nie mehr zurückkommen.

Conner stand ebenfalls unter Schock. Doch während er beobachtete, wie die Zauberin sich vergeblich mühte, keimte neue Hoffnung in ihm.

Um das Portal zu aktivieren, benötigte Ezmia alle sieben Todsünden sowie die Erbin eines magischen Throns. Womöglich war es Alex tatsächlich gelungen, der Zauberin ihren Stolz zu rauben – vielleicht hatte sie es somit geschafft, den Zauberstab fertigzustellen, und war am Leben!

»Diese grässliche Hexe Hagatha muss mich angelogen haben!«, schäumte Ezmia. »Die Flammen hätten sich in ein Portal in die Anderswelt verwandeln sollen, sobald ich die Vergangenheit, die Gegenwart und die Zukunft bezwungen und die sieben Todsünden gemeistert hatte – Wollust, Neid, Trägheit, Habgier, Maßlosigkeit, Zorn … und *Stolz*.«

Ein seltsamer Gesichtsausdruck überkam die Zauberin, als sie sich die Bestandteile des Zaubers ins Gedächtnis rief. Sie schielte hinüber zu dem Fleck, an dem Alex zuvor gestanden hatte. Zu aller Überraschung begann Conner in diesem Augenblick mit einem Mal breit zu grinsen.

»Wo hakt es denn, Ezmia?«, frohlockte er. »Hat Ihnen ein kleines Mädchen den *Stolz* geklaut?«

Der Kopf der Zauberin ruckte zu ihm herum; sie glich einem Habicht, der Beute erspäht hat. »Was hast du da gerade gesagt?«, fauchte sie.

»Conner, was soll das?«, wisperte Froggy.

»Mach sie nicht noch wütender!«, beschwor Jack.

Conner ignorierte beide. »Ich habe festgestellt, dass ein *kleines Mädchen* der *großen Zauberin Ezmia* ihren Stolz gestohlen hat!«, rief er laut, so dass jeder im Amphitheater ihn verstand. »Deshalb können Sie Ihren Zauber nicht zu Ende bringen!«

Ein flüsterndes Gemurmel lief durch den Raum und erfasste sämtliche Königinnen und Könige. Wollte Conner die Zauberin lediglich provozieren, oder sprach er tatsächlich die Wahrheit?

»Ruhe!«, donnerte Ezmia. »Wenn ihr glaubt, jemand könnte mir meinen Stolz rauben, dann macht ihr euch allesamt lächerlich! Bringt mir den Jungen!«

Die Ranken fixierten Rotkäppchen wieder an der Wand und zerrten an ihrer Stelle nun Conner vor das Feuer.

»Nein!«, schrie Charlotte auf. *»Wagen Sie es bloß nicht, ihm weh zu tun!«*

»Butterbub!«, brüllte Trollbella.

Conner hatte keine Angst. »Wollen Sie mich jetzt auch umbringen?«, wandte er sich an Ezmia.

»Das will ich in der Tat«, erwiderte die Zauberin.

»Oh, prima Idee!«, giftete Conner. »Danach fühlen Sie sich sicher besser, Ezmia! Noch ein unschuldiges Kind zu töten – der beste Beweis dafür, wie *stolz* Sie sind! Wer wird danach das nächste Opfer – ein paar Babyrobben?«

Die Zauberin hatte genug. »Irgendwelche *letzten* Worte?«, höhnte sie.

Darüber musste Conner nachdenken; was er auch sagte, es sollte etwas Bedeutungsvolles sein. »Sie sind hässlich und stinken«, ließ er Ezmia wissen. »Und da, wo ich herkomme, stellen sich alle Sie grün und mit Hörnern vor!«

Ezmia hob eine Hand in seine Richtung. Conner wappnete sich.

»Ezmia! Sieh nur!«, kreischte in diesem Moment Rumpelstilzchen und deutete in den Himmel.

Ein riesenhaftes weißes Pferd mit gewaltigen Flügeln schwebte auf das Amphitheater zu. Als es näher kam, keuchten alle auf – denn sie erkannten, wer es lenkte.

»Alex!«, schrie Conner.

»Du lebst!«, schluchzte Charlotte aus ihrem Käfig.

Das Pferd landete in der Mitte des Bauwerks, und Alex sprang von seinem Rücken. Sie hob gebieterisch den Stab des Staunens in die Höhe und richtete ihn auf Ezmia.

»Haben Sie mich vermisst?«, wollte Alex wissen.

Die Zauberin traute ihren Augen nicht – viel schlimmer hätte ihr Tag wohl kaum werden können. Sie wedelte mit beiden Händen, und die Schlingpflanzen rissen Conner zurück gegen die Wand.

»Alex, verplemper keine Zeit!«, brüllte Conner, als er davongeschleift wurde. *»Mach sie fertig. Knall sie einfach ab –«* Ezmia schwang noch einmal ihre Hand, und die Pflanzen legten sich über Conners Mund.

Mit einem Seitenblick auf Charlotte in ihrem Käfig traf die Zauberin nun endlich die Erkenntnis: Das war nicht die Enkelin der guten Fee, die sie in ihrer Gewalt hatte. Gemessenen Schrittes spazierte Ezmia zu Alex hinüber und musterte sie dabei, als hätte sie ein interessantes Kunstwerk vor sich.

»Dann bist in Wirklichkeit also du die Enkelin der guten Fee, nehme ich an?«, sinnierte Ezmia und begann, Alex zu umkreisen. Alex hielt den Stab weiterhin in die Höhe – bereit, zuzuschlagen, sollte die Zauberin das Gleiche tun.

»Kurios, wie ähnlich wir uns doch sind«, plauderte Ezmia. »Wir kommen beide vom selben Ort, haben beide Magie im Blut, und wir besitzen auch beide außergewöhnliche Fähigkeiten ...«

»Wir sind uns nicht im mindesten ähnlich«, fauchte Alex. »Ich könnte niemals all die schrecklichen Dinge tun, die Sie verbrochen haben.«

Ein Lächeln stahl sich auf Ezmias Gesicht. »Da täuschst du dich«, versicherte sie. »Weißt du, als ich in diese Welt hier gekommen bin, war ich vermutlich genau wie du – ganz aufgeregt und begeistert, und alles erschien mir verheißungsvoll. Ich wollte so viel Gutes tun, so vielen Menschen helfen, und all jenen, die mich brauchten, so viel geben, wie ich nur konnte. Dann aber habe ich eine sehr bittere Lektion gelernt: *Von der Welt bekommt man nicht immer etwas zurück*.

Ich bin kein tragischer Einzelfall in dieser Welt; ich *verkörpere* die Welt – grausam, ungerecht und *alles andere als märchenhaft*. Man wird nicht als Held oder Schurke geboren; die Leute ringsum bestimmen, zu was man sich entwickelt. Und eines Tages, wenn deine rosarote, verblendete Weltsicht mit ihrer ersten Kostprobe der Realität konfrontiert wird, wenn erstmals Bitterkeit und Zorn durch deine Adern strömen, dann wirst du feststellen, dass du *ganz genauso bist wie ich* – und es wird dich zu Tode erschrecken.«

Alex schüttelte den Kopf und umklammerte den Stab des Staunens noch fester. »Nein, Ezmia. Ich werde niemals so werden wie Sie«, bekräftigte sie. »Denn ich hätte lieber nichts und dafür ein großes Herz, als alles und überhaupt kein Herz.«

Im Amphitheater wurde es vollkommen still. Nur Ezmias Haar wirbelte völlig unkontrolliert um ihr Gesicht.

»Autsch, verdammt!«, johlte Conner. *»Das hat gesessen, was, Ezmia?«*

Die Zauberin machte eine Handbewegung, und erneut pressten sich die Ranken auf Conners Mund.

»Ganz schön mutig bist du mit diesem Stab in der Hand«, richtete sie das Wort an Alex. »Ich würde bloß gern einmal sehen, ob du es auch wagst, mich zu reizen, wenn er nicht in Reichweite ist.«

Alex wusste, dass nun ihr großer Moment gekommen war – womöglich ihre einzige Chance, endgültig über Ezmia zu triumphieren.

»Schön«, erwiderte Alex und warf den Stab zu Boden. »Ich brauche ihn nicht.«

Alle im Theaterrund schnappten nach Luft.

»Alex, spinnst du?!«, brüllte Conner durch die Triebe in seinem Mund. *»Heb ihn wieder auf! Heb ihn wieder auf!«*

Die Zauberin lachte schallend über Alex' Leichtsinn. »Du dummes Mädchen!«, spottete sie. »Du scheinst mir lebensmüde zu sein!«

»Ich kann Sie auch ohne Zauberstab besiegen, Ezmia«, sagte Alex schlicht. »Ganz gleich, ob ich nun Magie im Blut habe oder nicht – die mächtigste Magie überhaupt trage ich immerzu in mir: *Mitgefühl.* Und davon besitze ich so viel, dass es sogar noch für Sie reicht.«

»Wie bitte?«, fragte Ezmia, die sich noch immer über Alex' vermeintliche Dummheit amüsierte.

Alex holte tief Luft und betete insgeheim, dass ihre nächsten Worte Ezmia tatsächlich für alle Zeit ihrer Kräfte berauben würden.

»Ezmia, im Namen aller Anwesenden in diesem Theater möchte ich mich bei Ihnen für das *entschuldigen*, was die Welt Ihnen angetan hat. Und ich *vergebe* Ihnen alles Unglück, das Sie über die Welt gebracht haben in dem Versuch, Ihr Seelenheil wiederzufinden«, trug Alex vor. »Es tut mir leid, dass Ihre Familie ermordet worden ist, als Sie noch ein kleines Mädchen waren. Es tut mir leid, dass niemand Sie getröstet hat, als Ihnen wieder und wieder das Herz gebrochen wurde. Es tut mir leid, dass die Feen Ihnen nie jene Güte und Freundlichkeit entgegengebracht haben, die sie allen anderen gegenüber gezeigt haben. Und es tut mir leid, dass Sie das Gefühl hatten, *Rache* sei Ihre einzige Chance, Ihre gebrochene Seele zu kitten.«

Sämtliche Blicke im Theater huschten zwischen Alex und Ezmia hin und her, als verfolgten sie ein Tennisspiel. Conner kniff die Augen zu, da er fürchtete, seine Schwester andernfalls diesmal wirklich sterben sehen zu müssen.

Die Zauberin war von Alex' Ansprache völlig überrumpelt – diese Worte waren das Letzte gewesen, was sie aus dem Mund des Mädchens erwartet hatte. Ezmia fiel nichts anderes ein, als darüber zu lachen; gleich mehrmals warf sie den Kopf zurück und ließ ein boshaftes Gackern in ihrer Brust wachsen und aus ihrer Kehle aufsteigen.

»Entschuldigung nicht angenommen«, verkündete sie schließlich und richtete erneut einen Finger auf Alex, um sie abermals in den Himmel zu schießen – doch nichts geschah. Die Zauberin wiederholte die Geste – ohne Erfolg. Ezmia versuchte es mit der anderen Hand – mit demselben Ergebnis.

Ganz langsam begann ihr Haar seine purpurrote Färbung zu verlieren und zu Grau zu verblassen, während ihr eine Strähne nach der anderen ins Gesicht fiel. Das Feuer in der Senke schrumpfte von Sekunde zu Sekunde, bis außer den Totenschädeln nichts davon übrig war. Und schließlich wanden die Schlingpflanzen ringsum sich wie Schlangen im Todeskampf, verloren ihren Halt und gaben die Opfer, die sie gegen die Wände gedrückt hatten, frei.

»Nein!«, kreischte Ezmia. *»Nein – das ist unmöglich!«*

Alle wurden staunend Zeuge, wie die Magie schleichend den Körper der Zauberin verließ und Ezmia zu einer in die Jahre gekommenen, gebrechlichen Frau verfiel, deren Beine zu schwach waren, um sie zu tragen. *Die Zauberin hatte ihre Kraft eingebüßt.*

Alex schloss die Augen und atmete aus, zum ersten Mal überhaupt an jenem Tag ließ die Anspannung sie los. Sie wandte sich zu ihrem Bruder um, als dieser gerade die schlaffen Ranken von seinem Körper streifte. Ebenso wie jeder andere im Amphitheater starrte er sie mit so unverhohlenem Stolz an, dass es dem Gemäuer die Decke weggesprengt hätte, wäre denn eine vorhanden gewesen. Einem dreizehnjährigen Mädchen mit Haarreif war gelungen, was keines der gekrönten Häupter vermocht hatte.

Ezmia schwand derweil immer schneller dahin; sie war zu Boden gestürzt und kroch nun auf allen vieren über den steinernen Untergrund. Ein leises, krächzendes Kichern entfuhr ihr, als sie die Hand um den Stab des Staunens schloss, der unbeachtet dort liegen geblieben war.

»Alex, hinter dir!«, schrie Conner.

Alex wirbelte herum und musste feststellen, dass die Zauberin den Stab direkt auf sie gerichtet hatte. Und nun, da sie das magische Objekt fest umklammert hielt, erholten sich auch ihr Körper und ihre Zauberkraft. Ihr Haar wallte aufs Neue um ihren Kopf, das Feuer in der Kuhle entzündete sich abermals, und die Schlingpflanzen erzitterten vor neuem Leben und zerrten ihre einstigen Gefangenen zurück an die Wände.

Ohne Zeit mit Nachdenken zu vergeuden, packte Conner Goldlöckchens Schwert und sprintete zu seiner Schwester hinüber, wobei er rechts und links nach den Ranken hackte, die ihn aufzuhalten versuchten.

Ezmia funkelte Alex mit bösem Lächeln im Gesicht und mörderischen Augen an. »Vielleicht habe ich mich getäuscht«, säuselte sie. »Vielleicht finde ich hier und heute doch noch mein ganz persönliches glückliches Ende!«

Alex erstarrte, wo sie stand – sie war vor Angst wie versteinert und konnte nicht fassen, wie rasch die Situation gekippt war: Innerhalb von Sekunden war ihr Sieg in eine Niederlage umgeschlagen. Ein greller Blitz schoss aus dem Zauberstab in ihre Richtung. Alex schloss fest die Augen; sie wusste, dass nun alles vorbei war – *so würde sie sterben.*

»Neeiin!«, schrie Rumpelstilzchen. Aus dem Nichts kam er angerannt und warf sich vor Alex. Der Blitz traf ihn in die Brust, und er sackte in sich zusammen.

Schockiert musste Ezmia mitansehen, wie die tödliche Explosion, die für Alex bestimmt gewesen war, das einzige Lebewesen traf, das sie jemals als Freund betrachtet hatte. Conner erreichte die Zauberin und hieb mit einem gezielten Schlag den Stab des Staunens entzwei. Kaum war ihre Waffe zerstört, sickerte die Magie endgültig aus Ezmias Leib, und die Zauber ringsum im Theater verloren ein für alle Mal ihre Wirkung.

Alex ließ sich auf die Knie nieder und wiegte Rumpelstilzchens Kopf in ihrem Schoß. Conner sank neben ihr zu Boden, doch keiner von beiden konnte noch etwas für ihn tun.

»Sie haben mir das Leben gerettet!«, flüsterte Alex dem kleinen

Mann in ihren Armen zu. *»Wieso um alles in der Welt haben Sie das getan?«*

Rumpelstilzchen keuchte, und seine Lider wurden mit jeder Sekunde schwerer. »Ich wollte bloß, dass meine Brüder einen Anlass haben, stolz auf mich zu sein«, ächzte er schwach. Mit einem Lächeln um die Lippen schaute er zu den Zwillingen auf, schloss dann die Augen zum letzten Mal und starb in Alex' Umarmung.

»O nein«, hauchte Conner. »Armer kleiner Kerl.«

Hinter ihnen schnappte jemand lautstark nach Luft. Die Geschwister drehten sich um und erspähten Ezmia, die auf sie zukroch. Ihr Körper verkümmerte und zerfiel in unaufhaltsam raschem Tempo.

»Scheint ganz so, als hättet ihr gewonnen«, schnaufte die Zauberin mühsam.

Alex und Conner sahen einander angewidert an. Selbst mit dem Leichnam ihres einzigen Verbündeten vor Augen scherte Ezmia sich um nichts als ihr eigenes Vermächtnis. Die Kinder bedachten sie mit einem so mitleidvollen Blick, wie ihn die Zauberin nie zuvor auf sich gespürt hatte.

»Nein, Ezmia«, widersprach Alex. »Wenn es Verluste zu beklagen gibt, dann gewinnt überhaupt niemand.«

Ezmia wälzte sich auf den Rücken und starrte in den von Rauchschwaden durchzogenen Himmel hinauf. Mit einem letzten, rasselnden Atemzug verging ihr Körper vollends, und zurück blieb nichts als die Erinnerung dessen, was sie einst gewesen war. Sobald sie keine Rechtfertigung mehr für die Wut gefunden hatten, die ihr Lebenselixier gewesen war, hatten Leib und Seele der Zauberin sich aufgelöst – sie waren dem Mitgefühl zum Opfer gefallen.

Die Königinnen, Könige und Feen streiften sich die Ranken

ab und umarmten einander glückselig. Ihr gemeinsamer Albtraum war vorüber und die Königreiche erneut in Sicherheit.

König Chance und Königin Cinderella liebkosten Prinzessin Hope, und Cinderella wischte sich Freudentränen aus den müden Augen. Dornröschen wollte König Chase gar nicht mehr loslassen; seit Wochen hatten die beiden einander nicht gesehen. Schneewittchen und König Chandler halfen Rapunzel, alle Blätter aus ihrem Haar zu lösen – womit sie tatsächlich eine Weile beschäftigt waren.

Rotkäppchen küsste Froggy immer und immer wieder auf jede erreichbare Stelle seines großen Froschschädels. Jack versuchte, Goldlöckchen zu einem romantischen Kuss in seinen Armen nach hinten zu neigen, doch diese konnte ihren Reflex nicht bremsen – geschult durch die langen Jahre auf der Flucht – und beförderte ihn prompt mit einem gekonnten Schulterwurf zu Boden.

Trollbella kam zu Conner herüber.

»Hey, hör mal, Trollbella – es schmeichelt mir sehr, aber ich habe eigentlich wirklich kein Interesse daran –«, setzte er an, doch die Trollkönigin brachte ihn einmal mehr zum Schweigen, indem sie ihm einen Zeigefinger auf den Mund presste.

»Nein, Butterbub, jetzt rede nur ich«, tadelte sie. »Ich verstehe, dass du einen harten Tag hinter dir hast – du musstest mitansehen, wie das Wabbelmädchen beinahe gestorben ist, und bist dann selbst nur um ein Haar dem Tod entkommen. Ich wollte dir bloß mitteilen, dass es mit unserer Hochzeit keine Eile hat: Ganz gleich, ob du in zwei Tagen oder zwei Wochen bereit bist, ich werde auf dich warten.«

»Ähm … danke?«, brachte Conner hervor. Trollbella zwinkerte ihm zu und ging davon; Conner blieb verwirrter denn je zurück.

Der Rat der Feen eilte zu den Einmachgläsern hinüber, die vor dem goldenen Stuhl aufgereiht waren, und die Ratsmitglieder öffneten einen Deckel nach dem anderen, um die Seelen im Innern freizulassen. Vor den Augen der Zwillinge stiegen die Geister des Bäckers, des Schmieds und des Soldaten beglückt aus ihren Gefängnissen auf und schwebten in den Himmel davon – befreit, nach so langer Zeit. Die Seelen des Königs und des Musikers dagegen blieben in der Luft stehen und zögerten noch, sich ihren Vorgängern anzuschließen.

Nun rauschten auch die Gespenster der alten Königin Röschen und Glorias ins Amphitheater und auf ihre verloren geglaubten Geliebten zu. Die durchscheinenden Wesen wirbelten umeinander, schwebten über- und unter- und nebeneinander her und feierten in einem stürmischen Tanz ihr Wiedersehen nach endlosen Jahrhunderten.

Gloria und der Musiker suchten die Blicke der Geschwister und verneigten sich vor ihnen, ehe auch sie zu den anderen Seelen ins Blau hinein verschwanden. Die Geister des Königs und der alten Königin Röschen schauten liebevoll von oben herab, winkten Dornröschen und König Chase zu und glitten dann davon.

»Wer war das?«, fragte Dornröschen ihren Ehemann.

König Chase lächelte mit zurückgelegtem Kopf in den Himmel hinauf. »Tja – unsere zukünftigen Schutzengel, nehme ich an.«

Jack zertrümmerte mit seiner Axt das Schloss an Charlottes Käfig, und sie stürzte auf ihre Kinder zu und warf beide Arme um Alex und Conner.

»Mom!«, riefen die Zwillinge wie aus einem Mund.

»Niemals in meinem ganzen Leben bin ich je so stolz auf euch gewesen«, verkündete sie mit tränenerstickter Stimme.

»Damit sind wir schon zwei«, meldete sich eine Stimme hinter dem kleinen Grüppchen zu Wort.

Die Geschwister fuhren herum und fanden sich ihrer Großmutter gegenüber. Sie war soeben aus ihrem Einmachglas entlassen worden und wieder ganz ihr altes, robustes Selbst. Alex und Conner sprangen auf sie zu und schlossen sie in eine gigantische Umarmung – unendlich dankbar, diesen Moment endlich erleben zu dürfen.

Grandma lehnte sich zurück und sah Alex und Conner voller Hochachtung tief in die Augen. »Ihr beiden beeindruckt mich immer mehr, je älter ihr werdet«, gestand sie ihnen zärtlich. »Auch euer Vater wäre so stolz auf euch.«

Alex und Conner lächelten einander an; sie wussten, dass ihr Dad – wo auch immer er sein mochte – ebenfalls auf sie hinablächelte.

Das geflügelte Pferd wieherte laut von der gegenüberliegenden Seite des Theaters herüber.

»Hey, Alex, wo hast du denn ein fliegendes Pferd aufgegabelt?«, wollte Conner wissen.

Da verblasste Alex' glückliches Grinsen mit einem Mal. »O nein, ich habe Bob ganz vergessen!«, schrie sie. »Grandma, kannst du ihn für mich zurückverwandeln?«

Die gute Fee lachte. Dann zog sie ihren kristallenen Zauberstab aus ihrem Gewand und schwang ihn in Richtung des Pferdes. Ein heller Lichtstrahl brach aus der Spitze hervor und umwirbelte das Pferd, bis an dessen Stelle wieder der gute alte Dr. Bob stand.

Bob schüttelte den Kopf und fand sein Gleichgewicht, auch wenn ihm von der Verwandlung noch leicht schwindelig war.

»Bob, bist du das?«, keuchte Charlotte. »Was tust du denn hier?«

»Ich konnte euch ja nicht den *ganzen* Spaß allein überlassen, oder?« Er lachte. Charlotte rannte zu ihm hinüber und küsste ihn – die Zwillinge mussten den Blick abwenden.

»Du wirst gar nicht glauben, was er alles durchgemacht hat«, informierte Conner seine Mutter. »Er wäre beinahe von Bären und Haien gefressen worden, die Meerhexe hat ihn zwischenzeitlich gefangen genommen und –«

»*Und* das darf er dir alles *selbst* erzählen«, fiel Alex ihrem Bruder ins Wort und zerrte Conner mit sich fort. Sie wollte den beiden Erwachsenen ein wenig Privatsphäre lassen.

Die Kinder und ihre Großmutter traten an den Rand des Amphitheaters und ließen ihre Augen über das Königreich des Gläsernen Schuhs wandern. Die Sonne ging gerade unter und tauchte den Himmel in ein herrliches Rosa.

»Es tut mir leid, dass wir von zu Hause fortgelaufen sind, Grandma«, begann Alex und gab sich alle Mühe, aufrichtig zu klingen, wenngleich sie ein kleines Lächeln verbergen musste.

»Jep«, lachte Conner. »Ich habe ein *dermaßen* schlechtes Gewissen.« Er versuchte nicht einmal, dabei ernst zu bleiben.

Die Großmutter der Zwillinge schüttelte den Kopf und sah nach oben, und auch sie konnte nur mit Mühe ein Schmunzeln unterdrücken. »Was soll ich bloß mit euch beiden anfangen?«, gluckste sie. »Ein wenig Unterricht im Umgang mit eurer Magie täte euch wohl ganz gut – damit ihr zumindest keine Häuser mehr versenkt.«

»Das habe ich ja total vergessen!«, fiel es Conner wieder ein. »Entschuldige, dass wir deine Hütte haben abgluckern lassen, Grandma!«

»Zauberstunden?! Im Ernst?«, quietschte Alex mit großen Augen und hüpfte vor Begeisterung auf und ab.

»Ich denke, ihr habt sie euch verdient«, bestätigte ihre Großmutter. »Solange eure Mutter damit einverstanden ist.«

»Nach allem, was wir durchgemacht haben, wird sie uns nie wieder etwas ausschlagen können«, meinte Conner überzeugt.

»Was war das gerade, Conner?«, fragte Charlotte, die sich in diesem Moment zusammen mit Bob zu den dreien gesellte.

»Oh, ähm …«, stammelte Conner und lief scharlachrot an. »Ich könnte mir nur vorstellen, dass du uns in Zukunft nur schwer etwas wirst abschlagen können. Nachdem wir dir das Leben gerettet haben und so.«

Charlotte blinzelte ihn aus zusammengekniffenen Augen an. »Ich habe dir dein Leben überhaupt erst *geschenkt*«, merkte sie an. »Das wirst du niemals toppen.«

Conner gab sich alle Mühe, das Ganze mit einem Lachen abzutun. »Sollte doch nur ein Scherz sein«, beschwichtigte er – auch wenn in seinen Worten offenkundig durchaus ein wahrer Kern gesteckt hatte.

Die wiedervereinte fünfköpfige Familie nahm gemeinsam das Reich ringsum in Augenschein. Mit der Sonne, die nun rasch auf den Horizont zuwanderte, ging auch die Herrschaft der Zauberin unter, und die Zwillinge spürten förmlich, wie das magische Land erleichtert aufseufzte. Nun endlich war es wieder ein wahrhaftiges Paradies.

Kapitel 29

Was auch immer geschehen mag

Sämtliche Königinnen und Könige traten am folgenden Tag vom Königreich des Gläsernen Schuhs aus die Heimreise an, um die Neuigkeit vom Sieg über die Zauberin mit ihren jeweiligen Untertanen zu feiern. Rotkäppchen blieb als Einzige zurück, denn gemeinsam mit Froggy, Goldlöckchen, Jack, Bob, Charlotte und den Geschwistern erwies sie am Ende der Woche Rumpelstilzchen die letzte Ehre.

Für die sieben Zwerge war es ausgesprochen schmerzlich gewesen, von der Heldentat am Ende seines Lebens und den Worten, die er im Sterben gesprochen hatte, zu erfahren; daher scheuten sie keine Mühen, seine Beerdigung genau so zu gestalten, wie Rumpelstilzchen sie sich gewünscht hätte.

Die Beisetzungszeremonie fand im kleinen Kreis in den Zwergenwäldern statt, im Vorgarten der Zwergenhütte. Die sieben Zwerge hatten ihrem Bruder einen Sarg aus Glas und Juwelen, die sie selbst in den Minen abgebaut hatten, gefertigt – genau wie einst Schneewittchen. Begraben wurde er in einem Feld voller Gänseblümchen nicht weit von der Hütte. Dort hatte Rumpelstilzchen den Erzählungen der Zwerge zufolge früher viel Zeit verbracht, und sie wussten, dass er sehr glücklich darüber gewesen wäre, hier seine letzte Ruhe zu finden. Auf seinem Grabstein stand geschrieben:

Hier ruht

RUMPELSTILZCHEN

Der achte Bruder
einer stolzen Zwergenfamilie

Als die verbliebenen Freunde an jenem Abend ins Königreich des Gläsernen Schuhs zurückgekehrt waren, veranstalteten König Chance und Königin Cinderella ein Festmahl zu Ehren der Zwillinge und jener Gefährten, die sie an Bord der *Granny* begleitet hatten. Conner saß bereits am Tisch im Speisesaal, als ein Mann neben ihm Platz nahm und ihn ansprach.

»Ach, was freue ich mich hierauf«, meinte er. »Die berühmten Glasschuh-Festgelage habe ich wirklich vermisst.«

»Kennen wir uns?«, stutzte Conner und warf dem Mann einen scheelen Seitenblick zu.

»Conner, ich bin's«, lachte der Fremde. *»Froggy.«*

Conner schüttelte ungläubig den Kopf und betrachtete seinen Sitznachbarn noch einmal eingehend. Er vergaß immer wieder, dass Froggy in Wirklichkeit ein Mensch war, – doch ganz egal, welche Gestalt er annahm, stets gleich blieben seine gütigen Augen.

»Eure Großmutter hat mich zurückverwandelt, direkt nachdem wir von der Beerdigung eingetroffen waren«, erklärte Froggy. »Das Lustige ist, dass ich mich bereits so an mein Dasein als Frosch gewöhnt hatte – mir war beinahe entfallen, dass sie den Zauber noch aufheben musste.«

»Vermisst du irgendetwas aus deinen Tagen als Frosch?«, wollte Conner wissen.

»Es ist tatsächlich sehr angenehm, ohne Leiter an die Bücher auf dem obersten Regalbrett heranzureichen«, gestand Froggy. »Man macht sich gar nicht bewusst, wie praktisch Froschschenkel sein können, bis man sie wieder verliert.« Ein Leuchten trat in Froggys Augen. »Wo wir gerade vom Lesen reden – ich habe da etwas für dich.«

Er griff in seinen Jackenaufschlag und zog einen zusammengerollten Pergamentstapel hervor.

»Als wir das Lager für die Trolle hergerichtet haben, sind mir diese hier in den Trümmern der *Granny* in die Hände gefallen«, erläuterte Froggy und reichte die Rollen an Conner weiter.

»Meine Geschichten!«, rief Conner aus. »Ich dachte, die würde ich nie wiedersehen!«

»Ich muss gestehen, dass ich mich ziemlich gut davon unterhalten gefühlt habe«, schmunzelte Froggy. »Du hast wirklich ein Talent fürs Erzählen. Ein paar Ratschläge hätte ich allerdings noch für dich.«

»Und die wären?«, erkundigte sich Conner.

»Lass Rot das niemals lesen«, warnte Froggy. »Ich fand es ja ausgesprochen raffiniert, alle vorkommenden Personen zu Trollen zu machen, aber sie würde dich köpfen lassen, sollte sie jemals davon erfahren, dass du auch sie so dargestellt hast.«

Conner kicherte und boxte Froggy spielerisch in die Schulter.

»Nein, das ist mein Ernst«, beharrte Froggy. Nun schluckte Conner.

Endlich stießen auch die anderen dazu und verteilten sich um die lange Tafel. Jack und Goldlöckchen beäugten geradezu eingeschüchtert all das Silberbesteck; sie wussten gar nicht, womit sie anfangen mussten. Rotkäppchen kam so über und über mit Schmuck behängt in den Saal, dass die Übrigen von ihrem Anblick beinahe geblendet wurden. Selbst für ein schickes Abendessen im Glasschuhpalast war sie eindeutig zu aufgetakelt.

Bob nahm Conner gegenüber Platz; er wirkte ungewohnt angespannt.

»Was ist denn los, Bob?«, fragte Conner. »Du schaust aus, als müsstest du gleich den amerikanischen Präsidenten operieren.«

Alex räusperte sich, um die Aufmerksamkeit ihres Bruders auf sich zu ziehen.

»Er will heute Abend Mom den Heiratsantrag machen«, flüsterte Alex, als die Mutter der Zwillinge gerade abgelenkt war.

»Oh«, hauchte Conner aufgeregt zurück, zwinkerte Bob auffällig unauffällig zu und reckte beide Daumen in die Höhe.

»Alles in Ordnung mit dir, Conner?«, wunderte sich Charlotte.

»Ähm … *klar*«, versicherte Conner. »Ich freue mich bloß wahnsinnig auf die Vorspeise.«

Alex verdrehte die Augen in seine Richtung. Charlotte musterte ihren Sohn misstrauisch; sie befürchtete, die Ereignisse der vergangenen Stunden könnten ihm nun doch zusetzen.

Ein Diener hielt Goldlöckchen ein Tablett hin, auf dem ein an sie adressierter Umschlag lag.

»Ein Brief ist für Euch eingetroffen, Madam«, näselte er.

»Für *mich*?«, staunte Goldlöckchen. »Was kann das nur sein?« Sie ritzte den Umschlag auf und überflog die Nachricht, die darin steckte. Ein belustigtes und zugleich schockiertes Grinsen huschte über ihr Gesicht – offenbar war sie zwiegespalten darüber, wie sie die Neuigkeiten aufnehmen sollte.

»Was gibt's denn?«, drängte Jack.

»Eine Mitteilung aus den Stallungen von Rotkäppchens Königreich«, verkündete Goldlöckchen. »Hafergrütze ist *trächtig.*«

Jack und die Kinder konnten nicht an sich halten – sie brachen allesamt in Gelächter aus, einer heftiger als der andere.

»Inferno!«, japsten die Zwillinge wie aus einem Mund.

»Ich wusste, da läuft was zwischen den beiden!«, prustete Conner.

Das Festmahl begann, und Gang für Gang wurden die köstlichsten Speisen aufgetragen, die die Geschwister je in ihrem Leben probiert hatten. Kurz vor dem Nachtisch schlug Bob mit einem Löffel gegen sein Glas und sicherte sich so die Aufmerksamkeit aller Anwesenden. Alex und Conner warfen einander kribbelige Blicke zu – *der Moment war gekommen.*

»Ich wollte mich lediglich von Herzen bei euch allen dafür bedanken, dass ich heute Abend mitfeiern darf«, setzte Bob an. »Ich bin noch recht neu im Bailey-Clan; von euch zu erfahren und in diese Welt zu gelangen ist für mich also – nun ja – gewissermaßen das Abenteuer meines Lebens gewesen. Und angesichts der Tatsache, dass ich mich in einem Zimmer voll jener Menschen befinde, die seit Menschengedenken die größten Liebesgeschichten erlebt haben, würde ich diese Gelegenheit gern beim Schopfe packen.«

Charlotte betrachtete ihre Kinder mit gerunzelter Stirn, um festzustellen, ob Alex und Conner ahnten, was Bob vorhatte. Die beiden wichen ihrem Blick bewusst aus, um Bob die Überraschung nicht zu verderben. Er kniete nieder und präsentierte ihr den Ring.

»Charlotte, willst du mich zum glücklichsten Mann der Welt – *beider Welten* – machen und meine Frau werden?«, fragte Bob.

Sofort traten Charlotte Tränen der Rührung in die perplexen Augen. »Ich … ich … ich …«, schniefte sie. Die Gäste im Speisesaal hielten es vor Spannung kaum aus. *»Ja, nichts lieber als das!«*

Bob steckte Charlotte den Ring an den Finger und schloss sie in die Arme. Alex begann zu schluchzen, was wiederum Conner an den Rand des Weinens trieb, woraufhin bald jeder andere im Raum sich ebenfalls die feuchten Augen tupfte. Es war ein märchenhafter Moment, selbst gemessen an allem, was das magische Land bereits gesehen hatte.

»Ihr solltet eure Hochzeit hier im Palast feiern«, schlug Cinderella vom Ende der Tafel her vor.

»Was?«, keuchte Charlotte, die ihren Ohren kaum zu trauen wagte.

»Bitte, wir bestehen darauf«, wiederholte Cinderella und fasste König Chances Hand. »Wir grübeln schon die ganze Zeit über einen Weg nach, uns erkenntlich dafür zu zeigen, dass du so gut auf Hope achtgegeben hast, als ihr beide in der Gefangenschaft der Zauberin wart. Es wäre uns ein Vergnügen.«

Charlotte wusste nicht, was sie darauf antworten sollte; das Angebot verschlug ihr im wahrsten Sinne des Wortes die Sprache. »Das ist so unglaublich nett, aber ich bin nicht sicher, ob ich das jemals –«

»Mom«, mischte Alex sich ein. »Im Namen sämtlicher Frauen, die je in der Anderswelt gelebt haben, kannst du die Chance auf eine echte Märchenhochzeit *auf gar keinen Fall* ausschlagen!«

»Da muss ich Alex zustimmen – ziemlich cool wäre es definitiv«, pflichtete Conner ihr bei.

Charlotte zuckte mit den Schultern; die Entscheidung wurde ihr schließlich geradezu abgenommen. »Tja, dann geht das wohl in Ordnung. Und es ehrt mich sehr – vielen Dank!«, wandte sie sich an Cinderella. »Wir müssen in der Anderswelt dringend zurück an die Arbeit, aber ich nehme an, wir könnten eine schnelle Trauung mit unseren Freunden hier feiern und dann eine zweite für diejenigen zu Hause.«

Alle hoben ihre Gläser, um auf Charlotte und Bob anzustoßen.

»Möget ihr glücklich und zufrieden zusammenleben, bis ans Ende eurer Tage«, wünschte die gute Fee.

Rotkäppchen schlug einen Löffel gegen ihr Glas und kletterte auf ihren Stuhl. Niemand konnte sie direkt ansehen, da sich das Licht in ihren unzähligen Diamanten brach.

»Ich würde gern noch eine wunderbare Verkündigung meinerseits zu dieser Feier beisteuern«, tat sie kund. »Nachdem ich mit den Feen und all den anderen Königinnen und Königen gesprochen habe, erkläre ich hiermit, dass der Märchenrat beschlossen hat, Jack und Goldlöckchen für all ihre Verbrechen zu begnadigen und sämtliche Haftbefehle gegen das Paar fallenzulassen – als Dank dafür, dass sie so mutig und heldenhaft dazu beigetragen haben, die Zauberin zu besiegen.«

Der Saal brach in Applaus aus, und die beiden Freigesprochenen wurden von allen Seiten beglückwünscht. Jack und Goldlöckchen selbst wirkten allerdings keineswegs sonderlich begeistert.

»Großartig«, brachte Goldlöckchen durch ein gepresstes Lächeln hervor.

»Prost«, kommentierte Jack und hob widerwillig sein Glas mit all jenen, die auf ihn und seine Geliebte anstoßen wollte.

»Jetzt kannst du wieder in dein altes Zuhause ziehen, Jack«, freute sich Rotkäppchen. »Was sehr praktisch ist, da ich mir überlegt habe, direkt daneben mein neues Landhaus bauen zu lassen!«

Jack und Goldlöckchen taten ihr Bestes, sich den Anschein zu geben, als freuten sie sich über diese vermeintlich guten Neuigkeiten. Rotkäppchen erging sich in Schwärmereien über die wunderbaren Doppelrendezvous, die die beiden gemeinsam mit ihr und Froggy veranstalten könnten, und all die Unternehmungen, die sie sich als neue Nachbarn miteinander einfallen lassen würden.

Goldlöckchen lehnte sich zu Jack hinüber. »Na, da muss ich nun zumindest kein schlechtes Gewissen mehr haben, dass ich dich zu einem Leben als Geächteter zwinge«, befand sie.

»Nie mehr überstürzt vor Soldaten fliehen … keine zukünftigen gefährlichen Begegnungen mit Trollen … in Läden einbrechen, um etwas zu essen zu stehlen, fällt ebenfalls flach … und in unheimlichen Wäldern unter freiem Himmel schlafen müssen wir nun auch nicht mehr«, zählte Jack beinahe ein wenig wehmütig auf.

»Schon irgendwie … *verlockend*, so ein ruhigeres Leben«, versuchte Goldlöckchen es halbherzig. »Stell dir bloß mal vor: Wir können den Rest unserer Tage in deinem Herrenhaus verbringen und gemeinsam mit Rot und Charlie dem Gras beim Wachsen zuschauen.«

Jack und Goldlöckchen grinsten einander an; ihnen war klar, dass sie beide exakt dasselbe dachten. Ein *furchtbareres* Schicksal vermochte sich keiner von ihnen auszumalen.

Goldlöckchen flüsterte Jack etwas ins Ohr, und sein Grinsen wurde noch um ein Vielfaches breiter. Alex und Conner schielten zu ihrem jeweiligen Zwilling, überzeugt, dass die beiden Gesetzlosen etwas ausheckten. Tatsächlich stand Goldlöckchen in diesem Moment auf und ging zu Rotkäppchen hinüber. Liebenswürdig schlang sie ihrer ehemaligen Erzfeindin beide Arme um den Hals und drückte sie fest an sich.

»Was soll das werden?«, argwöhnte Rotkäppchen.

»Ich wollte mich nur bedanken«, flötete Goldlöckchen. »Was du für uns getan hast, war so großzügig und selbstlos von dir – dafür werden wir uns nie genug revanchieren können.«

Rotkäppchen wirkte, als wolle sie jeden Augenblick in Tränen ausbrechen. »So, so von Herzen gern«, schniefte sie. »Und ungeachtet dessen, dass wir beide einst versucht haben, einander umzubringen – ich, indem ich dich in ein Haus voller zorniger Bären gelotst habe; du, indem du mich in eine bodenlose Grube geworfen hast –, würde ich mich sehr freuen, wenn wir diese Vergangenheit hinter uns lassen könnten und nun unsere Freundschaft noch mehr zum Blühen käme.«

Goldlöckchen schenkte ihr ein Lächeln. »Das halte ich für eine zauberhafte Idee, Rot«, versicherte sie. »Wenn du mich jetzt bloß kurz entschuldigen würdest, ich muss eine Sekunde Luft schnappen.«

Noch einmal umarmte Goldlöckchen ihre einstige Konkurrentin und eilte dann aus dem Zimmer. Endlich wurde das Dessert aufgetischt, und Conner vergewisserte sich akribisch, dass niemand am Tisch ein größeres Stück Kuchen vor sich hatte als er selbst.

»Hey, das ist nicht fair, Rot hat zwei Stücke von –« Mitten in seiner Beschwerde hielt Conner inne. Irgendetwas war anders – er konnte Rotkäppchen anschauen, ohne die Augen zusammenkneifen zu müssen. »Hey, Rot, wo ist denn deine Kette?«

»Meine Kette?«, wiederholte Rotkäppchen. Sie langte an ihren Hals und schrie auf, als ihr klarwurde, dass ihr Geschmeide aus Diamanten verschwunden war. »Das kann doch nicht sein. Wie hätte ich es verlieren können – *GOLDLÖCKCHEN*!«

Beide Kinder wirbelten zu Jack herum. Er wischte sich mit seiner Serviette über den Mund und gab sich dabei alle Mühe, ein gigantisches Grinsen unter dem Stoff zu verbergen.

Mit einem Mal rauschte Sir Lampton in den Speisesaal. Ihm eilte inzwischen der Ruf voraus, immerzu derart grausige Botschaften zu überbringen, dass der gesamte Raum verstummte, um zu hören, was er diesmal zu verlauten hatte.

»Ja, Sir Lampton?«, erteilte König Chance ihm das Wort.

»Verzeiht die Störung, Euer Majestät«, setzte Sir Lampton an. »Bei allem gebührenden Respekt: Habt Ihr Goldlöckchen die Erlaubnis erteilt, eines der Pferde aus den Stallungen zu entwenden, oder hat sie soeben eines gestohlen?«

Sämtliche Augenpaare huschten prompt zu Jack. »Tja, das ist dann wohl mein Stichwort«, stellte er fest und erhob sich vom Tisch. »Alex und Conner, es war herrlich, euch wiederzusehen, und allen anderen danke ich für einen reizenden Abend und ein vorzügliches Essen. *Gute Nacht.*«

Mit diesen Worten sprintete Jack durch den Saal und katapultierte sich aus dem nächsten Fenster. Rotkäppchen sprang vom Tisch auf und rannte ihm nach, und auch Froggy und die Zwillinge eilten hinterher und spähten in die Nacht hinaus.

Sie kamen gerade rechtzeitig, um zu erkennen, wie Jack das schräge Dach hinabschlitterte und eine Punktlandung auf dem Rücken eines Pferdes hinlegte. Dessen Zügel hielt Goldlöckchen, die daneben auf der Erde stand. Die beiden winkten zu Rotkäppchen, Froggy, Alex und Conner hinauf – und im Mondlicht glitzerte Rotkäppchens Kette um Goldlöckchens Hals.

»Das ist mein Collier!«, kreischte Rotkäppchen. *»Gib das auf der Stelle zurück!«*

Goldlöckchen schnalzte mit den Zügeln, und gemeinsam mit Jack stürmte sie hoch zu Ross in die Nacht davon – einmal mehr glücklich auf der Flucht vor dem Gesetz.

Rotkäppchen klatschte beide Hände wütend auf das Fenstersims. »Ich fasse es nicht, dass ich auch nur eine Unze Großmut an *diese Frau* verschwendet habe!«, erregte sie sich. »Sir Lampton, ich möchte, dass Ihr eine Truppe Eurer besten Männer zusammenzieht und ihr augenblicklich nachsetzt!«

»Aber ich stehe ja überhaupt nicht in Euren Diensten«, rief Sir Lampton ihr ins Gedächtnis.

»Keine Ausreden, Lampton! Findet sie!«, herrschte Rotkäppchen ihn an.

Lampton schielte zu König Chance und Cinderella hinüber – die beide mit den Schultern zuckten. »Gewiss und unverzüglich, Königin Rotkäppchen«, fügte Sir Lampton sich seufzend und hastete aus dem Saal.

Alex, Conner und Froggy konnten ein Lachen nicht unterdrücken, als sie ihren davongaloppierenden Freunden nachblickten. So sehr es Rotkäppchen auch peinigen mochte, so froh waren die anderen doch, dass Jack und Goldlöckchen wieder ganz in ihrem Element schienen.

Charlottes und Bobs Trauung fand nur zwei Tage später statt. Für das Ereignis war der komplette Palast mit Blumen und riesigen Spruchbannern dekoriert worden. Glockengeläut hallte durch das ganze Königreich. In guter alter Glasschuhtradition verwandelte die Großmutter der Zwillinge Charlottes Krankenschwesternuniform in ein wunderschönes weißes Brautkleid samt Schleier.

Alex und Conner hatten ihre Mutter noch nie so umwerfend

hübsch erlebt, und beiden wurde dabei ein wenig rührselig zumute. Sie waren so glücklich, dass Charlotte nun endlich die Hochzeit bekam, die sie verdiente.

Die Zeremonie wurde im Ballsaal abgehalten, und der Raum war derart überfüllt, dass es den Geschwistern beinahe schien, als wäre das gesamte Königreich des Gläsernen Schuhs zur Hochzeit gekommen. Die gute Fee leitete die Feierlichkeiten selbst. Prinzessin Hope wurde von ihrer Mutter als Blumenmädchen den Gang hinuntergeführt. Alex und Conner gaben selbstverständlich die Trauzeugen für Charlotte und Bob.

»Willst du, Charlotte, diesen Mann zu deinem angetrauten Ehemann nehmen?«, fragte die gute Fee.

»Ja, ich will«, antwortete Charlotte.

»Und willst du, Robert, diese Frau zu deiner angetrauten Gattin nehmen?«

»Das will ich«, versicherte Bob.

Die Treueschwüre wurden nur einmal kurz unterbrochen, als Rotkäppchen sich in ihrer Bank laut die Nase schnäuzte – sie war einerseits von der Trauung überwältigt, zudem aber auch noch immer nicht über den Verlust ihrer liebsten Halskette hinweg.

»Kraft meiner mir vom Märchenrat verliehenen Autorität erkläre ich euch hiermit zu Mann und Frau«, verkündete die gute Fee froh und fügte an Bob gewandt hinzu: »Du darfst die Braut nun küssen.«

Beide Kinder drehten rasch den Kopf zur Seite, während die Menge in Jubel ausbrach. Kurz darauf stiegen Bob, Charlotte und die Zwillinge in eine kürbisförmige Kutsche und klapperten damit durch die Straßen des Königreichs des Gläsernen Schuhs, um all den Gratulanten zuzuwinken, die sich dort versammelt hatten.

»Ich nehme das mal als gutes Omen für uns als Familie«, beschloss Conner.

An jenem Abend – nachdem alle Feierlichkeiten zu Ende gegangen waren – trat im Glasschuhpalast der Rat der Feen mit der guten Fee zusammen. Es war ein hochoffizielles und dienstliches Treffen und so geheim, dass niemand außer den Feen selbst daran teilnehmen durfte. Die gute Fee schwang ihren Zauberstab und beschwor eine Tür herauf, die in die Anderswelt führte, dann wartete sie gemeinsam mit den übrigen Ratsmitgliedern auf die Ankunft von Mutter Gans, damit die Sitzung beginnen konnte.

Als Mutter Gans schließlich tatsächlich durch die Tür schlüpfte, zerrte sie ihren Korbkoffer und einen ausgesprochen widerwilligen, sich sträubenden Lester hinter sich her.

»Komm schon, Lester«, lockte sie ihn. »Ich weiß, du liebst die Glücksspielautomaten, aber wir können nicht für immer in Las Vegas bleiben.«

Ihrem Erscheinungsbild nach zu urteilen, war Mutter Gans in den vergangenen Tagen reichlich umhergereist. Sie trug einen großen Sombrero, auf dem breit *TIJUANA* stand, dazu einen typisch hawaiianischen Blumenkranz um den Hals und außerdem ein weites T-Shirt mit der Aufschrift *I LOVE NY*. Ihre Füße steckten in holländischen Holzschuhen und ihre Hand noch immer in einem riesigen Schaumstofffinger, wie ihn Footballfans gern zu Spielen ihrer Teams mitbringen.

»Schaut ganz so aus, als wärst du beschäftigt gewesen, O.M.G.«, grüßte Conner.

»Hey, C-Dog – dass du mit deiner Schwester die Welt gerettet hast, gibt dir noch lange kein Recht, nun frech zu werden«, fauchte Mutter Gans zurück. »Ich hatte Sorge, die Zauberin könnte versuchen, in die Anderswelt zu gelangen, also habe ich noch einmal all meine Lieblingsorte abgeklappert, ehe sie dort Verwüstung anrichtet.«

Alex musterte Mutter Gans' allzu weltliches Outfit. »Ich erkenne Mexiko, New York, Hawaii und ein Footballturnier – aber woher stammen diese Schuhe?«, stutzte sie.

»Amsterdam«, sagte Mutter Gans. »Dort liebt man mich.«

»Ich wusste gar nicht, dass Kinderreime in Amsterdam so populär sind«, wunderte sich Conner.

Doch Mutter Gans klatschte nur in die Hände. »Also dann mal Butter bei die Fische!«, meinte sie und folgte dem Rat der Feen in einen privaten Salon.

»Wurde auch Zeit, dass du dich blicken lässt«, murrte Mandarina.

»Kümmer dich um dein eigenes Bienenwachs, Mandy«, konterte Mutter Gans. »Nein, im Ernst – deine Bienen lassen ihren Krempel überall auf den Boden fallen.«

Die Feen drückten die Tür fest hinter sich zu. Natürlich legten Alex und Conner prompt beide ein Ohr gegen das Holz und gaben sich alle Mühe, so viel wie möglich von dem mitzubekommen, was dahinter gesprochen wurde.

»Die Welt ist noch immer ein heilloses Durcheinander«, vernahmen die Zwillinge Emereldas Worte, mal leiser, dann wieder lauter. »Ganz allmählich schaffen wir es, das Östliche Königreich von sämtlichen Dornbüschen und Schlingpflanzen zu befreien. Das Nördliche Königreich ist endlich all seine vergifteten Nahrungsmittel losgeworden, allerdings muss Ezmias Säule aus Geröll und Dreck noch fortgeräumt werden … und eine Sache wäre da noch, über die wir bisher überhaupt nicht geredet haben, da sie Euch betrifft, gute Fee.«

Alex und Conner warfen einander vielsagende Blicke zu; sie konnten vor Neugier kaum an sich halten.

»Bin sofort wieder da«, flüsterte Conner. Wenige Augenblicke später tauchte er mit zwei leeren Gläsern aus der Palastküche auf und reichte eines davon an Alex weiter. Die beiden pressten die Glasränder gegen die Tür und legten je ein Ohr an den Glasboden. So konnten sie nun viel deutlicher hören, was auf der anderen Seite gesagt wurde.

»Euch ist bewusst, wie schwierig das für meine Familie sein wird, nicht wahr?«, erklang in diesem Moment die Stimme ihrer Großmutter.

»Wir machen den Vorschlag nicht, um grausam zu sein, sondern vielmehr als vorbeugende Maßnahme«, erklärte Skylene.

»Wenn wir nichts unternehmen, wird es nur eine Frage der Zeit sein, bis jemand anders in Ezmias Fußstapfen tritt«, gab Xanthous zu bedenken.

»Am Ende liegt die Entscheidung bei *Euch*«, schloss Emerelda. »Es ist *Eure* Gabe – *Ihr* seid einst dazu auserwählt worden, das Tor zu hüten. Wir können euch nur einen Vorschlag unterbreiten, den wir als beste Lösung für beide Welten erachten.«

Alex und Conner schielten erneut zu ihrem jeweiligen Zwilling hinüber.

»Verstehe«, erwiderte ihre Großmutter. »Und wenn der Rest von euch diesen Weg für den richtigen hält, kann ich die Weisung kaum ignorieren. Ich weiß bloß nicht, wie ich diese Neuigkeit meinen Enkelkindern beibringen soll.«

»Nehmt Euch alle Zeit, die Ihr braucht«, betonte Emerelda.

Die Geschwister hörten, wie die Feen sich in Richtung der Tür bewegten, und rannten rasch den Flur hinunter, um nicht beim Lauschen erwischt zu werden.

Den ganzen restlichen Tag lang verzehrten sie sich beinahe vor Neugierde. Welche schwierigen Neuigkeiten würde ihre Großmutter ihnen eröffnen müssen? Was konnte sowohl Alex und Conner als auch Grandmas Fähigkeit, sich zwischen den Welten zu bewegen, betreffen? Zum Glück mussten die Zwillinge sich nicht lange das Hirn zermartern: Am selben Abend bat der Rat der Feen alle Anwesenden in den Ballsaal, um ihnen mitzuteilen, worüber die Ratsmitglieder zuvor getagt hatten.

»Es wird einige Zeit dauern, bis die Welt sich vollends von dem Schaden erholt hat, den die Zauberin ihr zugefügt hat«, setzte Emerelda an. »Ezmia mag besiegt sein, doch das ändert nichts an der Tatsache, dass ihr finsteres Ziel nach wie vor im Rahmen des Möglichen bleibt, solange die beiden Welten derart eng miteinander verknüpft sind.«

»Was soll das heißen?«, unterbrach Conner.

Die gute Fee schloss die Augen; sie wollte die Mienen ihrer Enkelkinder nicht sehen müssen, wenn sie die folgenden Worte aufnahmen.

»Zum Besten beider Welten haben wir beschlossen, den Durchgang zwischen ihnen zu versiegeln«, verkündete Emerelda.

Alex überkam ein Gefühl, als hätte man ihr noch einmal gesagt, dass ihr Vater tot oder ihre Mutter entführt worden war. Ihr Magen zog sich zusammen, und ihr Herz fing zu rasen an. Sie spürte, wie ihre Hände feucht und ihr restlicher Körper taub wurden.

»Was?«, keuchte sie atemlos.

»Wie soll das überhaupt gehen?«, wollte Conner wissen. Auch ihm fiel es ausgesprochen schwer, diese Nachricht zu verdauen.

»Es wird gehen, wenn wir alle unsere Magie bündeln«, erklärte die Großmutter der Kinder bedauernd.

»Und was hat das dann zu bedeuten?«, hakte Conner nach. »Heißt es, wir können dich niemals wiedersehen?«

Grandma schüttelte den Kopf; sie schien froh über die Gelegenheit, ihren Enkeln nun wenigstens einen kleinen Trost zu bieten. »Es ist mir gelungen, die übrigen Feen davon zu überzeugen, uns einen Weg zu lassen, weiterhin miteinander in Kontakt zu bleiben«, erläuterte sie. Mit einem Schlenker ihres Zauberstabs erschienen zwei längliche, rechteckige Spiegel mit goldenen Rahmen in der Luft. »Mit Hilfe dieser Spiegel können wir uns verabreden und plaudern, wann immer es uns gefällt; es wird bloß keine Möglichkeit für uns mehr geben, zwischen –«

»Zwischen den Welten hin und her zureisen?«, brachte Conner ihren Satz zu Ende.

Die Großmutter der Geschwister kniff abermals die Augen zusammen, ehe sie nickte. Zweifellos schmerzte es sie nicht weniger, ihren Enkeln diese Wahrheit zu gestehen, als es Alex und Conner weh tat, damit konfrontiert zu werden. Alex schüttelte beharrlich den Kopf, und Tränen strömten ihr übers Gesicht.

»Nein, Grandma«, flehte sie. *»Bitte sag mir, dass das nicht wahr ist.«*

»Leider doch, mein Schatz«, flüsterte Grandma.

Alex verlor völlig die Fassung und vergrub ihren Kopf an der Schulter ihrer Mutter. Sie weinte so heftig, dass nahezu kein Laut aus ihrem Körper drang, außer wenn sie tief und verzweifelt nach Luft schnappte. Charlotte mühte sich nach Kräften, für ihre Kinder stark zu bleiben, doch sie kämpfte selbst mit ihren Emotionen – ihr war klar, wie furchtbar die Entscheidung des Rates der Feen für Alex und Conner war.

»Und damit bist du einverstanden?«, schrie Conner. Inzwischen liefen auch ihm Tränen über die Wangen.

»Es widerstrebt mir ebenso sehr wie euch«, räumte Grandma ein. »Doch um die Sicherheit beider Welten zu gewährleisten, bleibt uns keine andere Wahl.«

Conner brachte von seiner nächsten Frage nur ein einziges Wort hervor. *»Wann?«*, krächzte er, und seine Stimme brach, während er weiter von seinen Gefühlen geschüttelt wurde.

»Morgen bei Sonnenuntergang«, antwortete seine Großmutter, der es längst kaum besser ging als ihren Enkelkindern.

Alex ertrug die Situation nicht länger; sie stürzte aus dem Ballsaal und rannte die Treppen zu ihrem Zimmer hinauf, die Hände vor das Gesicht geschlagen.

»Alex?«, rief Charlotte ihr nach – vergeblich.

Alex schlug die Zimmertür hinter sich zu und brach auf dem Fußboden zusammen. Sie weinte und weinte, Stunde um Stunde. So oft schon hatte sie Ängste durchlebt, die Märchenwelt wieder zu verlieren, und nun bestätigten sie sich: Das magische Land würde ihr tatsächlich genommen werden.

Und ihr größter Albtraum bewahrheitete sich zu allem Überfluss ausgerechnet in jenem Moment, in dem sie erfahren hatte, welches Potential für diese Welt in ihr schlummerte. Direkt nach ihrer Entdeckung, dass sie eines Tages die nächste gute Fee sein könnte. Gerade, als ihre ungewisse Zukunft endlich gefestigt erschienen war – gerade dann wurde ihr der Boden unter den Füßen weggerissen.

Alex kam es beinahe so vor, als wäre ihr und ihrem Bruder das magische Land direkt vor der Nase hin und her gewedelt worden wie einer Katze eine Spielzeugmaus: Jedes Mal, wenn die Kinder geglaubt hatten, es endlich greifen und festhalten zu können, war es ihnen wieder durch die Finger gerutscht. Alex weinte, bis ihre Tränendrüsen ausgetrocknet waren und sie sich vollkommen leer fühlte. Sie warf sich auf ihr Bett und betete für einen Ausweg aus diesem Albtraum.

Ein leises Klopfen drang durch die Tür. »Alex, darf ich reinkommen?«, fragte Charlotte von der anderen Seite.

»Klar«, schniefte Alex.

Charlotte betrat das Zimmer und nahm auf dem Bett neben ihrer vollkommen aufgelösten Tochter Platz.

»Es ist so ungerecht, Mom«, wimmerte Alex. »Nach allem, was wir erlebt haben … nach allem, was wir erfahren haben … wieso muss uns das wieder genommen werden?«

Charlottes Hand massierte sanft Alex' Knie. Alex setzte sich auf und blinzelte zu ihrer Mutter hinüber – die nun beinahe herzzerreißender weinte als ihr Kind.

»Wieso bist du so traurig, Mom?«, stutzte Alex. »Du verlierst doch nichts.«

Charlotte lächelte. »O doch, Liebling«, widersprach sie. »Vor einem Jahr, als du und dein Bruder zum ersten Mal von diesem Ort hier zurückgekehrt seid, wusste ich, dass ich mein kleines Mädchen für immer verloren hatte. Ich musste mitansehen, wie es immer betrübter wurde, je länger es von dort fernblieb, und mir wurde klar, dass ich machtlos war, ihm zu helfen – weil sein Herz anderswo sein Zuhause gefunden hatte.«

»Mom, wovon redest du?«, fragte Alex verwirrt.

Charlotte nahm Alex' Gesicht zärtlich in die Hände und betrachtete ihre Tochter mit feuchten Augen. »Ich rede davon, wie ich nicht zulassen werde, dass du die Welt verlässt, in die du gehörst«, flüsterte sie.

Kapitel 30

Der Abschied

Am nächsten Morgen erwachte Conner mit einem festen Vorsatz. Bevor irgendjemand anders wach wurde, hastete er hinunter in die Stallungen und ließ einen Wagen anschirren, der mit ihm aufs Land hinausfahren sollte. Was er im Sinn hatte, verriet er niemandem, da er befürchtete, aufgehalten zu werden, sofern sein Plan ans Licht käme. Erst am frühen Abend, kurz vor Sonnenuntergang, kehrte er zurück – und zwar nicht allein. Als der Wagenschlag sich öffnete, stiegen noch drei weitere Passagiere aus.

Conner hatte Lady Iris, Petunia und Rosemary mitgebracht. Nachdem die drei Frauen beinahe ein ganzes Jahrzehnt lang unter den unerbittlichen Schmähungen der Gesellschaft gelitten hatten, hatte Conner ihnen nun die einzige Ausflucht eröffnet, die sich ihnen je geboten hatte – und nachdem sie stundenlang seinen Schilderungen gelauscht hatte, war die geächtete

Familie zu dem Entschluss gelangt, diese einmalige Gelegenheit zu nutzen.

Bei sich hatten Mutter und Töchter so viel ihres Besitzes, wie sie nur tragen konnten. Lady Iris umklammerte das Gemälde ihres verstorbenen Ehemannes, Rosemary wiegte ihre liebste Rührschüssel in den Armen und Petunia hatte sich einen Stapel zusammengerollter Tierporträts unter die Achseln geklemmt.

»Es gibt da diese Einrichtung, die sich Kochschule nennt – du wirst sie lieben, Rosemary«, erklärte Conner, der sich alle Mühe gab, die Vorzüge seiner eigenen Dimension zu preisen. »Und warte nur, bis ich dir *Animal Planet* zeige, Petunia.«

Sir Lampton kam die Eingangstreppe des Palasts hinuntergeeilt und zielstrebigen Schrittes auf die Kutsche zu. »Was geht hier vor sich?«, wollte er von Conner wissen.

Conner zog ihn beiseite, außer Hörweite der Frauen. »Ich nehme sie mit uns in die Anderswelt«, vertraute er Lampton an.

»Du tust was?!«, wiederholte Lampton fassungslos.

»Ich habe ihnen alles erläutert; es hat eine Weile gedauert, bis sie es verstanden hatten, aber jetzt wollen sie unbedingt weg«, führte Conner aus. »Lampton, hier sind sie unglücklich – wenn sie bleiben, bringt ihnen das keinerlei Vorteile. Wenn sie uns aber folgen, haben sie zumindest die *Chance*, ein besseres Leben anzufangen.«

»Und warum willst du ausgerechnet *ihnen* helfen?«, argwöhnte Lampton.

Conner seufzte und senkte den Blick. »Weil ich meiner Schwester nie werde helfen können«, sagte er. »Alex ist nicht wie ich – ohne diese Welt hier wird sie für den Rest ihres Lebens nicht mehr froh werden. Wenn ich dafür sorge, dass Lady Iris uns begleitet, haben wir zumindest etwas, was die Rückkehr lohnenswert macht.«

Lampton hatte nach wie vor Bedenken, bewunderte aber dennoch den Großmut des Jungen. »Du bist ein guter Mann, Conner Bailey«, lobte er. »Alle haben sich zum endgültigen Abschied im Garten versammelt; bitte bring deine *Gäste* dorthin.«

Conner nickte und führte die Frauen um die Flanke des Palasts in die prachtvolle Parkanlage. Der Glasschuhgarten beheimatete eine Reihe außerordentlich schöner gelber Rosen, Birnbäume sowie ein Heckenlabyrinth: ein herrlicher Ort für ein schmerzliches Lebewohl.

Froggy, Rotkäppchen, König Chance, Cinderella und Mutter Gans waren dort bereits zusammengekommen. Cinderella musste zweimal hinsehen, als Conner sich näherte – niemals hätte sie erwartet, in seinem Schlepptau ihre Stiefmutter und Stiefschwestern zu erspähen.

»Stiefmutter?«, rief Cinderella aus. »Rosemary? Petunia?«

Wenngleich ihnen klar gewesen war, dass sie unterwegs zum Palast waren, hatten Lady Iris und ihre Töchter beinahe die Hoffnung gehegt, der Königin nicht zu begegnen.

»Hallo, Cinderella«, entgegnete Lady Iris.

»Was tut ihr hier?«, staunte Cinderella. Sie ließ den Blick über all das Gepäck schweifen, das die drei Frauen bei sich trugen, und gab sich sogleich selbst die Antwort.

Lady Iris dagegen schien einen Moment darüber nachgrübeln zu müssen, was sie ihrer Stieftochter erwidern sollte. »Wir haben beschlossen, dass es das Beste ist, wenn wir das Königreich des Gläsernen Schuhs verlassen«, erklärte sie schließlich.

»Verstehe«, meinte Cinderella. Sie widersprach ihrer Stiefmutter nicht, zumal sie die Gründe für diese Entscheidung wohl besser als jeder andere nachvollziehen konnte. »Wohin zieht es euch?«

Erneut zögerte Lady Iris. »In die *Anderswelt*, wie es das

Schicksal so will«, gestand sie. »Ich denke, ein Neubeginn könnte mir und den Mädchen guttun. Dort werden wir leben können, ohne dass die Leute zu harsch über uns urteilen, unser Haus mit Steinen bewerfen oder uns auspfeifen, sobald wir uns auf die Straße wagen.«

Cinderella blieb nur zu nicken. Gewiss, sie hatte einen Zaun um das Anwesen ihrer Stieffamilie ziehen lassen – doch all die Schmähungen, denen Lady Iris und ihre Töchter täglich ausgesetzt waren, würde sie nie unterbinden können.

»Und was habt ihr dort vor?«, erkundigte sie sich.

»Der Junge hat mir von einem Fleckchen namens *Florida* erzählt, das mir ganz interessant erscheint«, berichtete Lady Iris.

»Ich werde Köchin«, sagte Rosemary.

»Und ich will mit Tieren arbeiten«, meldete Petunia an. »In der Anderswelt gibt es so viel mehr unterschiedliche Arten als hier. Offenbar haben sie dieses eine Wesen, das sich *Honigdachs* nennt – faszinierend, nach allem, was ich gehört habe.«

Cinderella freute sich für die drei Frauen, vermochte jedoch nicht zu leugnen, dass es ihr weh tat, die einzige Familie zu verlieren, die ihr neben dem König und der kleinen Prinzessin geblieben war.

»Da bin ich sehr glücklich für euch«, versicherte sie ihnen.

»Wir tun das auch für dich, Cinderella«, gab Lady Iris zu bedenken. »So wirst du dir künftig um keine schwarzen Schafe in deiner Verwandtschaft mehr Gedanken machen müssen. Du kannst Prinzessin Hope aufziehen, ohne ihr je von uns erzählen zu müssen, wenn du möchtest.«

Cinderella nickte. »Trotzdem habe ich vor, Hope alles über euch zu erzählen«, beharrte sie. »Besonders, dass ihre Großmutter einer kleinen Gruppe mutiger Abenteurer geholfen hat, die böse Zauberin zu besiegen, die sie uns geraubt hatte.«

Lady Iris hatte nicht erwartet, dass die Zwillinge und ihre Gefährten die Bitte, die sie bei ihrem Besuch geäußert hatte, im Gedächtnis behalten würden. »Haben sie dir erzählt, dass ich sie unterstützt habe?«, fragte sie.

»Nein, das mussten sie gar nicht«, antwortete Cinderella. Sie zog sich einen Ring, der am Finger neben ihrem Ehering steckte, von der Hand – es war der Ehering ihrer *Stiefmutter*. »Der Zauberstab, zu dessen Teil er geworden war, ist zerstört, doch den Ring habe ich wiedererkannt – jedes Mädchen würde sich an den Ehering der eigenen Mutter erinnern. Ich dachte mir, du hättest ihn sicher gern zurück.«

Lady Iris starrte auf das Schmuckstück hinunter. »Ich weiß nicht, was ich sagen soll«, flüsterte sie gerührt. Das Mädchen, zu dem sie so grausam gewesen war, bewies ihr gegenüber selbst jetzt noch Güte und Freundlichkeit. »Danke, Cinderella. Du wirst nach wie vor jeden Tag zu einer noch besseren Frau, als ich es je hätte sein können.«

Cinderella lächelte. Sie umarmte ihre Stiefmutter und die Stiefschwestern ein allererstes und zugleich letztes Mal. Rotkäppchen und Froggy läuteten als Erste die Runde der Verabschiedungen ein.

»Du wirst mir fehlen, alter Kumpel«, meinte Froggy zu Conner und schloss ihn fest in die Arme.

»Du mir auch«, erwiderte Conner. »Und nur, damit du es weißt: Wann immer ich an dich denke, werde ich stets einen riesigen Frosch vor Augen haben.«

Froggy gluckste. »Anders würde ich es gar nicht wollen.«

Rotkäppchen küsste Conner auf die Wange. »Du bist der süßeste Junge, den ich kenne«, verriet sie ihm. »Allerdings gebe ich mich freilich auch kaum je mit irgendjemandem von geringerem Alter oder sozialem Stand ab.«

»Hey, Kleiner«, trötete Mutter Gans und zog Conner zu sich heran, um ihm unauffällig einen Pokerchip in die Hand zu schieben. »Sollte es dich jemals nach Monte Carlo verschlagen, pflanz dich an den Roulettetisch in der nordwestlichen Ecke des Lumière des Etoiles und setz den hier auf Schwarz.« Sie zwinkerte ihm zu und klopfte ihm kräftig auf den Rücken.

»Ähm … danke?«, meinte Conner.

Der Rat der Feen erschien prompt wenige Augenblicke später. In einem großen Halbkreis entlang der Einfassung des Gartens nahmen die Ratsmitglieder ihre Positionen ein und begannen damit, das Tor zwischen den Welten zu versiegeln.

»Wir warten lediglich noch auf die gute Fee und die Übrigen«, erläuterte Emerelda. »Wenn bitte all diejenigen von euch, die diese Welt verlassen werden, einen Schritt vortreten könnten?«

Conner, Lady Iris, Rosemary und Petunia schlurften allesamt auf dem Rasen nach vorn und traten in die Mitte der Mondsichel, die der Rat bildete.

»Und da kommen die anderen«, bemerkte Skylene.

Conner wandte sich um und erkannte seine Großmutter, Charlotte, Bob und seine Schwester, die vom Palast herbeieilten. Bob trug einen der goldenen Spiegel, deren Bewilligung die gute Fee dem Rat abgerungen hatte, sicher unter dem Arm. Conner vermied es, Alex in die Augen zu sehen; er ahnte, dass ihre zweifellos untröstliche Miene sein ebenfalls ohnehin bereits gebrochenes Herz noch mehr zertrümmern würde.

Kaum hatte die gute Fee das Gras betreten, warf sie ihre Arme um Conner und verabschiedete sich unter Tränen von ihm.

»Dass du mir bloß gut auf dich aufpasst, verstanden?«, bläute sie ihm ein.

»Ich werde dich vermissen, Grandma«, schniefte Conner.

»Und ich dich erst, mein lieber Junge«, erwiderte sie und tupfte sich die Tränen von den Wangen. »Jeden Sonntagabend sprechen wir durch den Spiegel miteinander – ganz gleich, wie beschäftigt du bist, es gilt keine Ausrede!« Sie bohrte ihm scherzhaft einen Finger in die Brust.

»Ich werde da sein«, lachte Conner.

Die Sonne senkte sich zum Horizont, und der Himmel wurde dunkler. Sämtliche Feen im Halbkreis nickten einander vielsagend zu.

»Es wird Zeit«, drängte Emerelda. »Gute Fee, wenn Ihr bitte ein Portal für unsere Reisenden heraufbeschwören würdet – zum allerletzten Mal.«

Die gute Fee nickte widerstrebend. Sie brachte sich vor dem Rat in Stellung, und die übrigen Ratsmitglieder fassten einander hinter ihrem Rücken bei den Händen. Der Wind frischte auf und umbrauste sie alle, als der Zauber zu wirken begann; die umherwirbelnden Birnenblüten erinnerten an einen Schneesturm.

Die gute Fee schwang ihren kristallenen Zauberstab und ließ ihn niedersausen wie eine Peitsche. Ein langer Riss erschien in der Luft, als wäre eine Nahtstelle zwischen den Welten aufgetrennt worden. Alle Anwesenden starrten ehrfürchtig darauf. Conner erkannte auf der anderen Seite das Wohnzimmer des gemieteten Hauses, in dem er mit seiner Mutter und Alex lebte.

»Es ist vollbracht«, verkündete die gute Fee und drehte sich wieder zu den anderen Feen um. »Sobald das Portal sich wieder zusammengefügt hat, wird der Durchgang für immer undurchdringlich sein.«

Am oberen und unteren Rand fing der Riss bereits an, sich zusammenzuziehen – die Naht zwischen den Welten würde bald ein für alle Mal verschlossen sein. Charlotte und Bob begaben sich zu Conner und den Frauen in die Mitte, doch Alex blieb hinter den Feen zurück.

»Alex, na komm, wir müssen los«, rief Conner seiner Schwester zu.

Alex rührte sich nicht. Erst in diesem Moment bemerkte Conner, dass sie nicht ihre normalen Kleider trug. Stattdessen steckte sie in einem leuchtend blauen Gewand, das funkelte wie die Sterne am Nachthimmel – genau wie die Robe der guten Fee. Ein Kranz aus den gleichen weißen Blüten, wie die Großmutter der Zwillinge sie im Haar trug, lag um Alex' Kopf, und auch sie hielt einen Kristallzauberstab in der Hand – wiederum ganz ähnlich wie ihre Großmutter.

»Alex, wieso bist du so angezogen?«, stutzte Conner.

Sofort traten Alex Tränen in die Augen. Sie schielte zu ihrer Mutter und der Großmutter hinüber, um sich ihrer Sache zu vergewissern, und holte dann tief Luft, ehe sie ihrem Bruder ihre Entscheidung verkündete. »Weil ich hierbleibe«, hauchte Alex.

Conner kam es vor, als hätte ihm soeben jemand einen Tritt in die Magengegend verpasst. *»Weil du was?!!«*, keuchte er.

Alex war klar gewesen, dass dieser Augenblick einer der schwersten ihres Lebens werden würde, doch niemals hätte sie ihn sich *derart* schlimm ausmalen können.

»Ich bleibe hier bei Grandma«, bekräftigte sie. »Das wollte ich dir schon heute früh sagen, aber als ich aufgewacht bin, warst du verschwunden.«

Conner konnte nicht glauben, was er da hörte – er wollte es nicht glauben. Er fuhr zu seiner Mutter herum, in der Hoffnung, sie würde seine Schwester zur Vernunft bringen.

»Mom, sag Alex, dass sie spinnt, wenn sie glaubt, sie kann

hierbleiben«, flehte er. Doch entgegen seiner Erwartung tadelte seine Mutter Alex nicht sofort; sie blickte nur mit großen, feuchten Augen zu ihrer Tochter hinüber.

»Es stimmt, Conner. Alex spricht die Wahrheit«, bestätigte sie ihm.

Conners Blick sprang zwischen den beiden hin und her, und er schüttelte stur den Kopf. »Nein, das kann nicht sein«, beharrte er. »Wieso solltest du so etwas zulassen?«

Charlotte legte ihrem Sohn eine Hand auf die Schulter. »Eines Tages, wenn du eigene Kinder hast, Conner, wirst du herausfinden, dass deine größte Angst darin besteht, nicht immer die besten Entscheidungen für sie treffen zu können. Ich weiß zwar, dass ich den Entschluss, Alex bleiben zu lassen, bis in alle Ewigkeit bereuen werde, trotzdem bin ich zugleich in jeder Sekunde sicher, dass es das Richtige ist«, erklärte sie. »Und du weißt ebenso gut wie ich, dass deine Schwester hierhergehört.«

Conner fühlte sich völlig überrumpelt. Er schaute zu seiner Großmutter hinüber, doch auch in ihren Augen fand er keinerlei Anzeichen einer anderen Antwort.

»Alex, was ist mit der Schule?«, versuchte er es dennoch erneut. »Was ist mit unserem Schulabschluss? Einem Studium? Einer eigenen Familie, eines Tages? Willst du all das einfach so aufgeben?«

Alex wischte sich die Tränen aus dem Gesicht, auch wenn immerzu neue nachströmten.

»Nichts von dem, was du jetzt oder in einem Jahr anführen könntest, habe ich mir nicht schon hundertmal durch den Kopf gehen lassen«, versicherte sie ihm. »Für mich ist das auch nicht leicht, Conner, aber ich weiß einfach, dass ich es tun muss.«

»Soll das heißen, du hattest das längst geplant?«, empörte sich

Conner. Eine heftige Wut durchfuhr ihn bei der Vorstellung, dass sie ihm etwas so Schwerwiegendes verheimlicht hatte.

»Ich habe an jedem einzelnen Tag, seit wir zum ersten Mal aus dem magischen Land zurückgekehrt waren, darüber nachgedacht«, räumte Alex ein. »Nie hätte ich mir träumen lassen, dass die daran geknüpften Bedingungen so hart sein würden – aber immerhin hat ja sogar die Schneekönigin es prophezeit. Wir haben es bloß nicht verstanden. ›*Vier gingen auf die Reise, nur drei kehren zurück*‹ – das bezog sich auf dich, mich, Mom und Bob. Nicht unsere kleine Gruppe an Bord der *Granny* war gemeint, sondern wir.«

»Du wirst das hier bereuen«, sagte Conner. »Eines Tages wirst du zurückblicken und dir wünschen, du hättest Mom und mich nicht verlassen –«

»Nein, werde ich nicht«, fiel Alex ihm ins Wort. »Weil ich ohne diese Welt nicht leben könnte – nun, da ich weiß, wie viel sie mir bietet.«

Conner hatte das Gefühl, in einem Albtraum festzustecken.

»Alex, ich bin in meinem ganzen Leben noch nie ohne dich irgendwo gewesen«, beschwor er sie. »Wir können nicht in zwei verschiedenen Welten leben!«

»Kapierst du es nicht, Conner?«, widersprach Alex. »Wir waren immer dazu bestimmt, in zwei unterschiedlichen Welten zu leben. Die Magie selbst hat uns zur Brücke zwischen diesen beiden Welten auserwählt – deshalb gibt es zwei von uns. Ich war seit jeher auserkoren, hierzubleiben und Grandmas magisches Erbe anzutreten – und dir fällt es zu, in die Anderswelt zu gehen und dort ihre Geschichten weiterzuverbreiten. Glaubst du etwa, du bist nur zufällig ein so talentierter Schriftsteller?«

Mit jeder Faser seines Körpers sehnte sich Conner danach, ihr etwas entgegenzuhalten; jeder Zentimeter an ihm wollte protestieren gegen das, was sie ihm zu vermitteln versuchte – doch etwas am Anblick seiner Schwester inmitten all der Feen wirkte so unfassbar *richtig* auf ihn, auch wenn im selben Moment ringsum sein Weltbild in sich zusammenstürzte.

Alex kam zu ihm herüber und schloss ihn so innig in die Arme wie nie zuvor. »Wir werden immer zusammen sein, Conner«, versprach sie. »Im Herzen und in deinen Geschichten – jedes Mal, wenn du wieder einen Text über unsere Abenteuer im magischen Land zu Papier bringst, bin ich ganz nah bei dir. Und sollte das mal nicht reichen, könnten wir uns jederzeit durch die Spiegel sehen.«

Emerelda hatte derweil als Einzige das Portal im Auge behalten. »Der Durchlass schließt sich«, mahnte sie. »Ihr müsst euch bald auf den Weg machen, ehe ihr *alle* in dieser Welt gefangen bleibt.«

Hinter jeder Träne, die Conners Wangen hinunterrollte, hielt er ein Dutzend weitere zurück. Er wusste, dass es nichts mehr zu rütteln gab – Alex hatte ihre Entscheidung getroffen. So vieles hätte er ihr noch sagen wollen, und doch blieb dafür nicht genügend Zeit. Conner war die Bedeutsamkeit dieser letzten Augenblicke mit seiner Schwester bewusst, und er sprach die einzigen Worte aus, auf die es ankam.

»Ich hab dich lieb, Alex«, sagte er leise und umarmte sie.

»Ich hab dich auch lieb, Conner«, flüsterte sie zurück und erwiderte seine Umarmung. Beide spürten die Tränen ihres jeweiligen Zwillings im Nacken.

Eine nach der anderen traten Lady Iris, Rosemary und Petunia durch den Saum zwischen den Welten und verschwanden, Bob nach ihnen. Charlotte nahm Alex ein letztes Mal fest in die Arme, ehe auch sie den Riss durchschritt, und zuletzt folgte ihr Conner. Durch die sich langsam schließende Naht behielt er seine Schwester im Blick, als die Märchenwelt sich vor seinen Augen in Luft auflöste. Beide Zwillinge waren nun Dimensionen voneinander entfernt – und doch endlich gleichermaßen *zu Hause*.

Alex hatte recht – in seinem Herzen spürte Conner sie nach wie vor. Und zugleich war da tief unter dem Abschiedsschmerz eine leise glimmende Gewissheit, dass es kein Lebewohl für immer gewesen war. Ganz gleich, was die Feen ihm versichert haben mochten: In seinem Innersten wusste Conner, dass seine und Alex' Geschichte noch lange nicht zu Ende erzählt war.

Stimmt – es geht weiter! Die Fortsetzung
»Land of Stories. Das magische Land. Eine düstere Warnung«
findest du überall da, wo es Bücher gibt!

Danksagung

Mein Dank gilt Rob Weisbach, Glenn Rigberg, Alla Plotkin, Erica Tarin, Meredith Fine, Lorrie Bartlett, Derek Kroeger, Liz Uhl, Tom Robb und Heather Manzutto für ihren Beitrag zur CC Army.

Außerdem danke ich Alvina Ling, Melanie Chang, Bethany Strout, Megan Tingley, Andrew Smith und allen anderen bei Littlc, Brown.

Ein besonderes Dankeschön an all meine Freunde sowie meine Familie, die im alltäglichen Balanceakt meincs Lebens manchmal zu kurz kommen: meine Eltern, meine Großmutter, Will Sherrod, Ashley Fink, Pam Jackson, Jamie Greenberg, Megan Doyle, Barbara Brown, Robert Aguirre und meine gesamte gigantische und nach wie vor wachsende Familie.

Angesichts der Tatsache, dass dies bereits meine dritte Buchveröffentlichung innerhalb von weniger als einem Kalenderjahr ist, würde ich mich gern bei den Menschen bedanken, die mir das Lesen und Schreiben beigebracht haben, was gewiss keine leichte Aufgabe war – danke an meine Grundschullehrer Mrs Shehorn, Mrs Keller, Mrs Karl, Mrs Lubisich, Mr Schultz, Ms Smith, Mrs Denton und Mrs Ulrich.

Da er stets auf meinem Schoß saß, während ich die meisten Teile dieses Buchs geschrieben habe, und mir als Inspirationsquelle gedient hat, möchte ich mich zudem bei meinem Kater Brian bedanken, dem diese Erwähnung vermutlich vollkommen egal ist.

Und ein abschließendes Dankeschön an Polly Bergen – die wahre Mutter Gans.